序言
Preface

在这里,让我们倾听民声

(代序)

2018年是改革开放40周年,也是我们实现中华民族伟大复兴中国梦,开启建设社会主义现代化强国新征程的一个重要坐标和时间节点。

习近平主席在博鳌亚洲论坛2018年年会开幕式主旨演讲中说:"1978年,在邓小平先生倡导下,以中共十一届三中全会为标志,中国开启了改革开放历史征程。从农村到城市,从试点到推广,从经济体制改革到全面深化改革,40年众志成城,40年砥砺奋进,40年春风化雨,中国人民用双手书写了国家和民族发展的壮丽史诗。"

本书的聚焦点是中国好故事,时间范围从改革开放之日开始一直延续至现在,讲述了40年来流传在中国大地上的故事,这些故事能够清晰地折射出时代背景,反映出社会变迁。

其一,因为故事是口头文学,来自于民间、又回归于民间,是最具民间色彩、原汁原味的文化载体,充分体现了改革开放的民间文化意识。我们知道，为及时、有效、直接地了解民间舆情，很早、很早的时候，我们的先人们就设立了民间"采风"制度。中央政府不但设置专职的采风官员（"行人"），而且还定期深入民间进行"采风"活动。于是，便应运产生了"风诗"以及"小说"之类的文学样式。曹植在《与杨德祖书》中即说："夫街谈巷说，必有可采；击辕之歌，应有风雅；匹夫之思，未易轻弃也。"那些民间话语，不断得到有识之士的重视，而且，作为一种根植民间的口头文化也一直生生不息。

其二，如果说故事是一条流动的河的话，那么，本书就是一幅当代版"清明上河图"，它关注民生，关注民情，关注民风，艺术地再现了改革开放40年以来丰富多彩的和谐生活。

本书所涉及的内容总字数达30万字，分为六个章节："故事的春天"、"被释放的精灵"、"沉重的翅膀"、"彩虹总在风雨后"、"发展是硬道理"、"走向新时代"。所选故事普遍关注朴素平凡的生活细节，聚焦丰富多彩的生活场景，充满生活色彩，富有生活气息，因而具有广泛的代表性。就空间社会来讲，既有都市的绮丽风光，又有田野的自然情趣，还有少数民族地区的纯朴风情；而就作品构局来讲，所选作品艺术地再现了社会生活的方方面面，其中有利益双方的对立、矛盾和冲突，有对立双方的博弈和转化，当然也有伦理、和谐和审美，但每个故事最后都说明一个共同主题，即"做人的道理"。

其三，本书所捕捉的是改革开放的朵朵浪花，真正讲述了这个时代老百姓心中的故事。既是"载道"文学，同时也是"言志"文学。说它们是前者，是由于它们所展现的只是改革开放时期重要的社会变迁和人们的社会心态。文章合为时而著，歌诗合为事而作。这些

上海市民修身系列读本

中国好故事

CHINA GOOD STORIES

上海文艺出版社
上海故事会文化传媒有限公司

上海市民修身系列读本
中国好故事
编写委员会

主 任
潘 敏

副主任
姜 鸣 宋 慧

编委
李 刚 王延水 匡 煜
夏一鸣 范伟成 张伟平 王 雁 陈 萍

作品紧跟时代步伐，是时代最忠实的摄影师和记录者。而说它们是后者，是由于它们虽是口头、口传的，是茶余饭后的"街谈巷语"，但"言为心之声"，是反映社情民意的"口碑网"、晴雨表，并元气淋漓地再现了老百姓的喜怒哀乐。它们凝聚的是集体的智慧和知识。经过40年的风雨激荡，但仍不失其核心价值，有些至今仍在人们口头流传、仍有旺盛的生命力。因此，记住一则故事，就等于记住一段历史。

正如一滴水能反映太阳的光辉，我们相信，故事正是通过一个个细节、元素以及细节和元素的有机组合，艺术地再现了40年来我们国家、我们党、我们人民所走过的艰难而辉煌的历程。

聆听40年改革故事，书写新时代开放篇章。

在这里，且让我们侧耳倾听。

《故事会》编辑部

目录 Content

在这里,让我们倾听民声(代序) ………………… 1

第一章 故事的春天 ………………………… 1

三百元的故事 ………………………… 吴　伦　2
捉鼠记 ………………… 赤　叶　孔凡禹　康庄路　11
如此恋爱 ………………… 萧　金　搜集整理　22
活包公 ………………………… 张道余　26
吃得开的理发员 ………………… 张红兵　搜集整理　38
书记盖房 ………………… 冯蜂鸣　韩钟亮　44
土瓦罐案件 ………………………… 姚炳森　49
奇怪的姻缘 ………………… 陈希元　搜集整理　54
石库门里的故事 ………………………… 黄宣林　62
一百个称心 ………………… 周学忠　搜集整理　71

第二章 被释放的精灵 ………………………… 77

我找北京人 ………………………… 李国文　78
老结奇遇记 ………………………… 陈多林　86
搭汽车的人 ………………………… 刘延高　91
要房钱 ………………………… 陈枚健　96
李三苟做官 ………………………… 吴文昶　99
盖章记 ………………………… 张长公　112

目录 Content

医驼背 ··· 宋　河　119
小大胖 ··· 陈献民　123
书呆子经商 ··· 张少英　127
算出来的万元户 ····································· 邓　磊　138
彩蝶 ··· 陈希元　148
颠倒 ··· 吴　伦　154
瓜棚相会 ····························· 张忠强　搜集整理　158
狗尾巴的故事 ·· 吴文昶　163
她就一个条件 ······················· 黄宣林　夏元寿　174

第三章　沉重的翅膀 ···································· 183

小校长怒砸校门 ····································· 徐凤清　184
民办教师 ·· 阎建朝　197
作弊的三好学生 ··················· 夏友梅　张鸿昌　204
迟到的婚礼 ··· 金　一　211
谁是领头人 ··· 方赛群　214
桑琼泪 ··· 陈桂娣　221
医院枪声 ·· 鲁　秀　231
咱们工人有力量 ····································· 朱芝云　237
情满金鸡岭 ··· 傅东海　243
一碗面条九百元 ····································· 曲凡杰　251
卖炸弹 ··· 刘金涛　255

目录 Content

气功打靶 …………………………………… 谢元清 261
太阳从西边升起 …………………………… 金　一 266
勇敢人的较量 ……………………………… 曾有情 268
死去活来 …………………………………… 吴　天 276

第一章 故事的春天

> 利用传统故事"仙人跳"结构,巧妙改造社会传闻,突破了当时"革命故事模式",在社会上传播很广。

三百元的故事

吴 伦

那一年春天的一天晚上,"当当当……"海关大钟已敲过十下,在风雨交加的马路上,匆匆走来一个人。只见他身披一件塑料雨衣,脚蹬一双半高筒套鞋,圆圆的脸,淡淡的眉毛下有一双温和的眼睛。他,就是上海电料厂工人,姓温,单名一个林字,今年三十二岁。他心肠好,胆子小,平时踩死个蚂蚁心要疼,见只癞蛤蟆要绕着走,是全厂出名的菩萨心肠,大好人。现在下班回家,半路遇上雷阵雨,慌得他裹紧雨衣朝前奔跑。还没拐过淮南路,只听前面传来"扑通""哎呀"的声音,一个黑影躺在地上不动了。

温林心里一惊,上前一看,是一个妇女,正一边挣扎一边痛苦地呻吟着。温林弯腰搀起那人,关心地问:"同志,摔伤了没有?"那妇女没有回答,只是用手不住地揉着膝盖。温林急忙脱下雨衣,往她身上一披,说:"你家在哪?我送你回家。"那妇女感激地看了温林一眼,说:"拐过两条马路就到了。"温林于是就搀着她往回走。

十分钟后,他们就在一幢石库门房子前停住了。那妇女开了门，温林扶着她一步一步上了楼梯，来到一间布置得非常漂亮的房间里。

那妇女看温林浑身淋得湿透，感到很过意不去。为了表示感谢，她热情地给温林泡茶、拿烟，又从柜子里拿出糖果，嘴里还一个劲地说着感谢的话。温林拘束地坐在那里，半天才突然想起问一句："这里就你一个人吗？""嗯，丈夫去厂里值夜班了。"温林一听，神经质地从沙发里一跃而起，说了声："再见！"也没等对方回答，就向楼梯口走去。

才走到楼梯口，猛听得楼下传来一阵急促的敲门声，一个粗声粗气的男嗓门在喊："方英，开门，我钥匙掉家了。"那个被叫作方英的妇女突然脸色剧变，一把拉住正欲下楼的温林，声音发抖地说："不好了！我……我丈夫回……回来了，我……我……"温林莫名其妙地看着方英，说："你丈夫回来就回来，做啥这样？"方英惊恐地压低嗓门说："平时我丈夫看见我和男人在一起就要骂，最近他当上了啥头头，更凶了，今天这么晚被他看见，还不把我打个半死啊？"温林说："你去开门，我给他解释一下。"

"嘭嘭嘭"的敲门声伴着那男的骂声又飞了上来："人死啦，怎么不开门呐？"方英哭着哀求温林说："同志，你好事做到底，找个地方躲躲吧！"温林双手一摊，为难地说："躲起来？那像什么话呀？""同志，他是值夜班，马上就走的，你先在这厕所间里躲一躲吧！"方英说着就朝温林跪了下来。

女人的苦苦哀求，打动了温林那颗善良的心，他于是就走进了厕所间。

方英擦去泪水，稳稳神，赶紧下楼开门。她男人贾大权一边上楼，一边骂声不绝，进了房间，他怀疑地东看看、西看看，当他看到桌上摆着香烟、糖果，还有一杯冒着热气的浓茶时，就像只发疯的野兽，冲上去一把揪住方英的头发吼道："谁来过？人哪儿去了？"方英吓得又是摇头又是摆手，连连否认："没、没、没人来……""啪啪"两记响亮的耳光，接着一阵拳打脚踢，桌凳碰翻了，茶杯打碎了，贾大权一边打一边骂："你这个不要脸的，竟敢趁我值夜班勾引野汉子，看我不揍死你……"

这时，躲在厕所间里的温林，出去不敢，逃又无路，全身就像三九严寒又泼了一瓢子冷水，止不住"得得得"地打起寒战来了。

贾大权把方英往沙发上一推，突然走去拉开厕所间的门，当他看见一个陌生男人呆呆地缩在里面，就穷凶极恶地一把揪住温林的头发，把他拖了出来。温林刚想张口申辩，"啪啪啪……"几个又响又脆的大巴掌就飞到了他的嘴边，打得温林眼前金星直冒，鲜血从嘴边流了下来。

"砰！"温林腰里又挨了一脚，"扑通"一声跌倒在地板上。贾大权叉着腰，声色俱厉地喝道："吃了豹子胆，敢到老子家里来通奸，说，哪个单位的？"这一顿闷头闷脑的痛打，把温林打得晕头转向，他呆呆地望着对方，一动不动地坐在地板上，直到腰里又挨了一脚，才清醒过来。他爬起来，擦着嘴边的血迹，委屈地解释说："你别误会，我是见她摔伤了，才送她回来的。"方英也说："他、他说的是实话。"贾大权狠狠瞪了方英一眼："装得倒像。你是她什么人，躲在厕所间里干啥？"温林平时就不善于说话，碰到这种浑身长了嘴巴也说不清的尴尬事，就越发没词了，只是翻来覆去这几句老话。方英也不敢再开口了，只顾蒙着脸，缩在沙发里低声哭泣。

闹了足足有半个钟头，贾大权好像气消了一点，叼上一支烟，长叹一声："唉，都是我家教不严，才闹出这种丑事，传出去可怎么做人？"温林还想说什么，只见贾大权把眼珠一转，突然阴沉沉地说："你看，这事是官办呢，还是私办？"温林困惑地问："什么官办、私办？""嘿嘿嘿，官办就是一齐上文攻武卫指挥部去，告你个通奸罪。私办嘛，我们自己解决。"温林点点头说："私办，私办。""那好，你拿三百元钱来。""你……"方英惊恐地从牙缝里挤出一个字来，被丈夫眼睛一瞪，又吓得缩了回去。

"轰！"像刚才那个大惊雷在温林头上炸响，贾大权这几句话震得他几乎又要倒下去。三百元？我的老天！我一个月才挣多少钱，这不是坑人吗？委屈、懊悔、愤怒，使温林不顾一切地冲上去，拉住贾大权的衣袖就喊起来："走，上文攻武卫指挥部去！我光明正大，不怕说不清楚。"贾大权一甩手，"嘿嘿嘿"一阵干笑："你半夜三更躲到人家家里的厕所间里，非奸即盗，还嘴硬？告诉你，这三百元是赔偿我的名誉损失费，还算便宜你的。不然，一到那边，只要我对弟兄们打声招呼，招待你的是皮鞭、木棍，剪头发、游街批斗，最后戴上一顶坏分子的帽子，监督劳动一辈子！"贾大权几乎是一步一句地把温林逼到了墙脚跟。

冰凉的墙壁冷透了温林的心，他好不容易鼓起来的那股勇气，全被这一连串恐怖的话吓飞了。贾大权说的这些，他在厂里亲眼看到过，落到那个下场，一辈子坏名声，将会给自己带来多大的痛苦……他想到自己心爱的妻子金梅，是那样的聪明能干，虽然一张嘴像把尖刀似的，说出话来犹如机关炮，但她心地善良，是那样的体贴自己。难道也让她跟着我丢人吗？

温林的目光又落到沙发里那个可怜的女人身上。罢罢罢，为了她们，要想躲过这场灾难，不出钱，还能有啥办法？温林只好昏昏沉沉地按照贾大权的摆布写了一张"自悔书"，还按了手印。贾大权挥挥这张纸条，说："明天上午十点，在南门百货店后门交钱。你要到时候不来，嘿嘿嘿，这可是你亲笔写的啊！"

这里暂且不说温林走后贾大权如何对待他的妻子，只说那可怜的温林一脚重、一脚轻地回到家里，电灯没开就钻进了被窝，他只感到全身一阵阵发冷，贾大权那狰狞的面孔一次次地在眼前浮现。他左思右想：上告，不行，现在连法院的牌子都砸了，那群戴藤帽、拿铁棍的人能听你的？不给，也不行，那张纸条虽说是被迫写的，可往上一送，等于断送了自己的前程；给他，更不行，经济大权在金梅手里，不说明白，她哪肯拿出这么多钱；可说明真相吧，万一金梅当真怀疑自己在外面鬼混，这个美满的家庭不是吹啦？这样不行，那样不行，把个温林愁死了，翻来覆去哪里还能入睡！时间一长，睡在旁边的金梅受不住了："怎么啦，怎么啦，这么晚还不睡，在练功呐？"温林不敢动了。

可是，总得想个办法出来啊！温林的脑子不停地转，办法想了一个又一个，可就是一个也行不通，愁得他忍不住又不停地翻起身来。这下，金梅火了，"啪"地拉亮电灯，坐起来说："你到底是吃多了撑得慌，还是……"话未说完，人就像触电似的顿住了。原来，她看到丈夫那微微肿起的面孔和嘴角的血迹，慌忙一边撩起枕头毛巾就往丈夫脸上擦，一边还急切地问："出了什么事？快说呀！"妻子这一擦一问，触动了温林的苦衷，只见他眼泪"扑簌簌"地直往下淌，哪里还能说出话来？金梅一看更发慌了:"哎呀,你快说呀,光哭干啥?"温林想想也没办法,一咬牙,一边哭,一边把事情从头到尾说了一遍,金梅气得一脚把被子踢了个底朝天。

温林忙不迭地声明:"我是可怜那个女人才躲起来的,金梅,你要相信我啊!"金梅朝温林一摇手:"别说了,我还不相信你?走,我们找地方说理去……"温林连连摇头:"那纸条在人家手里,去不得了!"事情到了这般地步,叫金梅有啥办法?现在是好人受气、坏蛋神气的世道啊,没罪都能被捏造罪名,自己的父亲不就连一点事情也没有,硬被关了起来?今天这个木瓜丈夫做的事情,一旦传出去,真不知落个啥下场呢!金梅低头想了半天,想不出一点办法,只好赌气说:"从明天起,我们都别吃饭了,把钱省下来去喂狗吧!"

第二天早上,金梅从银行里取出三百元存款,崭新的十元票在手中一甩,"哗哗"直响。金梅看着这叠钱,忽然像是发怒似的把最上面的一张十元钞票的一个角撕了下来。她跑回家,用刚到的一张《参考消息》将钱包好,交给温林,说:"我上班去了,你把钱给送去吧。"看着这包要送出去的冤枉钱,温林心疼得又要掉眼泪。金梅朝他一瞪眼:"哭什么,以后长长脑子就行了。记住,一定要把你写的那纸条要回来。"

南门百货店的后门,贾大权嘴上叼了一支海绵头香烟,已经等在那里了。他见温林来,右手一伸,只一个字:"钱!"温林一手将钱给他,一手赶紧把那张要命的纸条拿回来。那三百元钱到了贾大权手里,你看他,真好比饿狗见了个大肉包子,贪婪地"嚓嚓嚓"一数,照原样包好,往黑皮包里一塞,紧跨几步,跳上了一辆十三路公共汽车。望着飞驰而去的车影,不争气的眼泪终于还是从温林脸上流了下来。

且说现在坐在公共汽车上的贾大权，想想自己略施小计就弄到了三百元钱，真像一把钥匙插进心窝——开心啊！你瞧，随着车子的晃动，他竟洋洋得意地哼起来了："银头大洋白花花，世上无人不爱它……"

说起这个贾大权，原是一个游手好闲的无赖，"文化大革命"中趁乱造反，打砸抢加上诈骗拐，他样样沾边。且不说他那房子是抢占的，就连他的老婆方英，也是他从外地一个小城镇诱拐来的。如今，他又当上了一个区行业"文攻武卫"的头头，就更神气了。最近，他专找岔子打骂方英，要撵她走，所以有时在厂里值夜班，也要悄悄来自家门口转转瞧瞧，看看能抓住方英什么把柄。昨天他转回家门口时，正好看到温林搀着方英一瘸一拐地过来，他灵机一动，就使出了这个"一箭双雕"的毒计。现在他终于如愿以偿了，怎么会不得意？

这时，汽车已来到闹市区，乘客更拥挤了。售票员是个挺认真的老同志，他提醒大家："乘客们，人多手杂，各人当心自己袋里的钞票……"话音刚落，突然从贾大权身边发出一声惊叫："哎呀！我的钱没啦！"只见一位三十岁上下的青年妇女，急得像疯子一样双脚乱跳。

车厢里立刻热闹起来，人们紧紧围住这位妇女，七嘴八舌地问她："多少钱没啦？""快，再仔细找找……"丢钱的妇女急得号啕大哭："这钱是我父亲开刀住院用的，刚从银行领出来，整三百。我记得清清楚楚，全是十元的，面上一张十元还少了一个角，是用今天的《参考消息》包的，明明上车时还在哪！"那青年妇女越说越伤心，越哭声音越响，把大家的心也都哭碎了。有人骂起来："真作孽呀，哪个小子这么缺德，偷病人用的钱？"还有人提议："车子不要停站，搜……"

一说"搜",贾大权可沉不住气了,心里暗暗着急:真碰到鬼了,那女人说的,怎么和我皮包里的钱一模一样啊?他心里一紧张,脸也变了色,两只手捂住黑皮包,就要往车门口挤。这时,那个丢了钱的青年妇女,一双眼睛怀疑地紧紧盯住了他,贾大权心虚地朝她干笑了一声,把个方脸拉成了长脸,简直比烂冬瓜还难看。突然,他胸前的衣服被这妇女揪住了:"刚才就是你在我身边挤来挤去的,我的钱一定是被你偷了!"

贾大权心里虽慌,但他毕竟是久经沙场的老手,立刻眼珠一弹:"你别乱咬人,当心吃耳光!""不偷干吗想溜?""不偷你紧张什么?""搜他……"人民是最能维护正义的,大家见这个流里流气的家伙就来气,纷纷帮着助威。贾大权见势不妙,拔腿就想往车门口跑,哪还走得了。于是人们揪衣领、扭胳膊,旁边一个小青年一把夺过他手里的黑皮包,当众打开一看,果然是用当日的《参考消息》包的,果然是整整齐齐一叠三十张十元钞票,果然是面上的这张钞票上少了一个角,一点不错!

上海人平时最恨小偷了,再加上这样乱的日子里,找不到出气的地方,眼见此情,谁肯罢休,"揍揍揍",丢钱的青年妇女一马当先,上去就是两记耳光,旁人也不甘落后,纷纷大显身手。

"我没偷,我这钱……我……"现在是轮到贾大权说不清楚了!说这钱是敲诈来的?这话只要一说出口,他的狗头不被暴怒的群众砸烂才怪哪!贾大权只感到无数只拳头朝自己头上、身上捅来,他现在真正是切身体会到了——人民的力量不可抗拒!

若问这位青年妇女是谁?她就是温林那聪明绝顶的妻子

金梅。

昨晚事情过后,金梅一直在想:在现在这种有理无处讲、有冤无处伸的年代,只好靠自己巧斗争,靠群众惩凶顽。于是她布下巧计,终于狠狠惩治了贾大权这个害人虫,夺回三百元,为她那老实温和的丈夫温林解了恨!

关键词：科学精神

> 这是一则饶有趣味的科普故事，构思在全国科学大会前夕，发表于1978年全国科学大会之后。

捉鼠记

赤　叶　孔凡禹　康庄路

这则故事在四川流传很多年了，归结起来两句话：天下无难事，只要肯登攀；莫看捉老鼠，也能出状元。

那年开春，四川省南充地区一个公社供销社的仓库里，接连发生了几桩奇怪的盗窃案，先是几箱点心长了脚，后是王主任锁在抽屉里的五十元钱悄悄搬了家，再接着就是老李保管的一万多斤花生少了二百一十八斤。

案子发生后，李保管报王主任，王主任报治保会，治保会报派出所，派出所报公安局，于是公安人员就抱起照相机来到了现场。可是勘查的结果，实在让人怄气，据说作案的家伙老奸巨猾，根本没有留下任何痕迹，所以要想破案，难！

眼看案子破不了，李保管急得火烧眉毛。正在这时，有个大嗓门嚷嚷着来了："今天啥子事哟，这么热闹？"大家回头一看，是公社卫生院管收发的曾泽兴的幺爸。曾泽兴幺爸平时最爱帮大家做好事，所以大家都管他叫"热心幺爸"。

李保管拉住热心幺爸的手，说："热心幺爸，你来得正好，你帮忙找下原因。我负责保管的花生，昨天腾库房时一过秤，少了二百一十八斤。公安局来查过，也没得出个结论。到底是怎么少的，我又报不出盘来。你说急人不急人！"

热心幺爸一听，立刻说："咦，怕是这东西在作怪！老李，你不要心焦，我去给你请个专家来，像这样的案子，他破了好多起，请他来看看。""是哪儿来的专家？这阵在哪里？""蓬安来的，正在我们卫生院办训练班。你等着，我马上就去把他请来。"热心幺爸说完，转身就走。

李保管糊涂了：卫生院的人，哪会破这种案子？不是瞎胡闹吗？大家也议论纷纷，都说热心幺爸这回可是"热心"过头了！

可没过一会儿，热心幺爸果真就领了一个人来了。大家一看：那人年纪约四十多点，浅平头，宽肩膀，黑黑的皮肤紫红脸；中等个，粗腰杆，两目炯炯光闪闪。啊？哪个？他，就是蓬安县防疫站副站长，县人民代表，省劳动模范，中国医科院特约研究员，北京市卫生防疫站特约顾问，中国动物学会成都分会理事，灭鼠专家沈前明嘛！

热心幺爸把沈专家向供销社的主任及同志们作了介绍，那李保管心想：噢，原来是个灭鼠专家，怪不得到卫生院去办学习班。可眼前这案子，这位灭鼠专家能破？不过，既然来了，让人家看看也好，于是就说："专家，请你费心，帮忙弄个水落石出……"

沈前明"呵呵"笑着，拍拍李保管的肩膀说："不要着急，等我观察一下再回答你。"说罢，他就抬头仔细看了起来。

这是一座老式四合院改建的群房，南面临街处是门市部，东西两间是办公室，正面一排五间才是库房。

沈前明围着这五间库房转了一圈，时而在墙脚边上看看，时而往地板底下细盯，然后指着库房问："这里头装些啥子？"

李保管回答："第一间花生，第二间糕点，第三间杂货，第四间药材，第五间百货。""难怪，有这么丰富的物资，所以贼娃子要牵起线线来。""沈专家，为啥子贼娃子会牵起线线来哟？""因为它是老鼠嘛！""老鼠？难道几百斤花生都是老鼠偷的呀？""据我的观察，花生是老鼠偷的，而且还在，没有被吃掉。""嗨，要真是这样就好哟！""不过，要动大手术才行。热心幺爸，请你跑一趟，通知训练班的学员，带上工具到这里来。""要得，我这就去。"沈专家又要求王主任动员一部分同志来帮助腾库房，王主任答应："没问题，我们全力以赴。"

于是接下来，场面可热闹啦！这里，王主任集合全体职工腾库房；那边，热心幺爸领着学员赶到了现场。沈专家于是就对学员来了个"调兵遣将"，各就各位，一齐动手。

只见库房的地板才撬开三块，有个小伙子就惊奇地大叫一声："唷！好一个地下商店！"

大家围拢一看，嗨！里面硬是内容丰富，货色齐全，而且分门别类，一点不乱。有核桃、鸡蛋，有粉条、挂面，有红枣、桂圆，有黄芪、当归，有甘草、附片，还有阿斯匹林药片和前门、牡丹香烟。有人不明白了："嗨，怪事，怪事！难道老鼠还要抽纸烟？"

沈专家解释道："老鼠当然要吃纸烟，有些老鼠还有烟瘾嘞！""你开啥子玩笑啊！难道老鼠还会玩打火机，瘾发了，点燃一支抽几口过瘾？""我是说老鼠要吃烟，不是要抽烟，它是把烟丝嚼来吃，而且专吃好烟不吃孬烟，那种飞雁牌它还瞧不起嘞！""啊哟，沈专家你硬是越说越新鲜，不见得老鼠连烟的好孬都认得出？"沈专家笑着又解释道："老鼠的嗅觉很灵敏，因为好烟香味浓，孬烟发臭，它用鼻子一闻，就能辨出烟的好孬来。"

这时，王主任伸手捡了两片阿斯匹林放在手心里，说："沈专家，我只听说老鼠偷吃补药，怎么这里还有西药呢？"沈专家说："老鼠偷西药也是为了治病。从前，我在灭鼠的过程中，经常发现鼠洞内有药片，后来，我对研究室的老鼠做试验，我把药片分别放进笼子里，发现那些吃多了不消化的老鼠去啃苏打片，发烧的老鼠去啃阿斯匹林，各取所需，这是老鼠它们根据自己长期偷吃的经验鉴别出来的，所以要保存好药物，不然，老鼠病少了，人的病就多了。"一席话，说得大家连连点头称是。

突然，有人大声叫道："嗨呀，这里才新鲜啊！"

众人跑过去一看，那地板下面全是鲜花饼、油酥饼、羊尾酥、广式月饼。最绝的是五个一墩，五个一墩，摆得整整齐齐。可惜这些点心掉了壳壳，断了尾巴，到处是老鼠屎，遍地是芝麻，硬是被糟蹋完了！

沈专家指着点心告诉大家："老鼠这坏蛋，每年要糟蹋全世界五分之一的粮食，给人类带来几十种疾病，我们可不能麻痹大意呀！"

说到这里，那位管糕点的保管员小王一下子跑过来，抓住沈专家的手说："沈专家，实在是感谢你啦！以前东西一掉，大家就东怪西怪的，现在才知道，原来问题出在这里。太感谢你啦！不过……嘿嘿，你怎么一来就晓得我的东西长了脚呢？"

沈专家说："我一来就发现这屋子周围爬满了老鼠的脚印，说明老鼠都朝这儿集中，你主人家要不招待，哪儿去找那么多'客人'来朝贺呢？哈哈……"

大家有说有笑,兴高采烈,唯独李保管一言不发,愁眉苦脸,蹲在一边。咋个的？你想嘛，他满以为地板一撬开，就有大堆大堆的花生。结果是啥样都有，唯独没有花生。他闷头想了一阵，实在憋不住了，撑起身来："沈专家，这花生怕没得指望？"

沈专家安慰他说："哦，你别急，花生还在，而且一颗都没被吃掉。老鼠有囤粮的习惯，只要外面还能找到东西吃，就决不吃窝里的储存。另外，带壳的东西老鼠不在窝内吃，要在洞外吃。你看，这周围见不到一颗花生壳，就说明花生还在。""还在？怎么没见到呢？""古话说：'狡兔有三窟。'老鼠比兔儿狡猾多了，这里只不过是它的临时仓库，要问它的窝窝和真正的仓库在哪儿，你跟我来。"

沈专家说罢，转身走出库房，蹲在地上，用拳头"咚咚咚"地敲着，边敲边画出一根长长的线，这根线沿着库房一直插入厢房的办公室里。沈专家在办公室敲打了一阵，画出的线分为两股，在两线的顶端又各画了个大圆圈，相距大约有三尺多点。他抬起头来，对李保管说："老鼠把花生搬到这里藏起来了！"

李保管嘴上不敢说不信，但心里头又确实不太信："沈专家，你画的这些线线是啥子哟？老鼠真把花生搬到这里了？"沈专家朝李保管点点头："真搬来啦，这儿就是老鼠洞嘛！""就凭你敲那么几下，就晓得是老鼠洞啦？""怎么说呢？打个比方吧！为啥医生在病人胸口上敲敲，就能判断出肺部有病没病？道理是一样的啊！"沈专家一席话，说得大家直点头！

这时，那边已经清点结束，学员们拥出库房，沈专家把大家集中起来，沿着他在地上画的线走进办公室。他指着右边那个大圆圈说："这个是老鼠窝，里头还有它的崽崽。左边的那个圆圈下面是它们的仓库，花生就在那里。根据这样的情况，宜先捉鼠，然后开仓取物。"沈专家在离鼠窝两步远处亲自动手，一锄头挖下去,果然出现了一个鼠洞,他趴下身侧耳一听:"好家伙,这里面少说也有七八十只。快,拿草把来!"

一个学员赶忙用草把塞住洞口,沈专家对学员们说:"这里地方窄,手脚施展不开,就用我在课堂上讲过的'灭鼠烟雾炮',先把老鼠熏昏了再逮。"说着,他从身上摸出一个像电池大小的纸筒筒,擦根火柴点燃引线,往洞口一放,只听"轰"的一声,一股浓烟直往洞内冲去。那洞中的老鼠"吱吱"乱叫,有的打喷嚏,有的流眼泪,有的喊头痛,有的说:"哎哟,我要瞌睡。"

没等五分钟,沈专家喊了声:"动手!"

学员们"乒乒乓乓"把鼠洞全部刨开,只见一大堆老鼠就像吃了安眠药,又像喝了大曲酒,一个个脑壳搭起,眼睛翻起,嘴巴闭起,学员们都争着动手,只管把它们往箩筐里头丢。

旁边站着看热闹的群众在帮着数数,说是总共一百还出了头。

老鼠一逮完,但见那鼠窝的周围,有几个像掩体那样的小洞,洞内有小孩的绒帽、老头的棉帽,帽边是一堆堆还没睁眼睛的小老鼠。沈专家说:"这就是老鼠的'产房'。老鼠的繁殖力是很惊人的,它每二十一天就产一窝,每窝七至九只,一对老鼠一年能繁殖一万五千只后代。""哟喂,我的妈呀!这东西要不收拾住,那还了得啊?""是呀!所以我们要更加努力地工作,以灭鼠防病的优异成绩,迎接四个现代化的早日到来。"

同学们一边听沈专家讲解,一边把小老鼠往畚箕里甩。突然,有个学员叫道:"怪事,怎么还有钱哪?"大家一看,在一顶小绒帽里,有五张崭新的十元票子,做了小老鼠的床单。李保管见此情况,高兴地大声喊道:"对,对,那桩案子又破啦!

王主任,你的钱找到!"

王主任惊奇地问:"沈专家,老鼠为什么要偷钱啊?"沈专家解释道:"老鼠在下崽崽时,要偷最光最平的纸来垫窝,这种新票纸正合适。以后可要把钱放放好!当然,最主要的还是要把老鼠消灭干净。"

话分两头。暂不说沈专家怎样带领学员去挖开地下仓库取花生,先说那院坝中间里三层、外三层,围着观看战利品的热闹情景。"喂,亲家!今天硬是长了不少见识,要不是亲眼看到,我还真不相信会有逮老鼠的专家,今天真是服!""当然,当然,就凭这一箩筐老鼠也配得上当专家嘛,哪个抓到过这么多老鼠哟!"

热心幺爸把八字胡一抹:"哼,这几只老鼠算啥子?自从毛主席号召除四害以来,你们晓得沈专家逮了多少老鼠?""好多哪?"热心幺爸把小指头弯起来一比:"这么多!""七万呀?""七万?你大方点,再转个手!""那是好多呀?""七十万!""哟喂!我的天,这七十万只老鼠好大一堆啊?"

热心幺爸又把他那八字胡儿一抹:"岂止是好大一堆,这笔账我叫我那上中学的幺娃子算过,每只老鼠就算它四两,七十万只就是二十八万斤。二十八万斤就是一百四十吨,要是用我们公社的130汽车来装,要一百四十辆才能装完。还有,要是把七十万只老鼠拿来排成单行,从成都南门外的武侯祠开始,脑壳顶着尾巴一个一个摆起来,经过双流、新津、名山,翻过金鸡关,到雅安大桥,再倒转来,又回到新津,围着城墙转三圈,还能剩一个尾巴甩到三江渡的船上当桅杆!就凭这个,沈专家两次去北京,见过毛主席,和周总理还握过手,跟朱总司令摆过龙门阵。自那以后，沈专家干得更出色，又新发明了几种逮老鼠的绝妙方法，还摸清楚了老鼠的种类、生活习惯，有些啥子病，身上有啥细菌……哦，比如黄胸鼠嘛，就是住在房檐上、专门晚上出来活动的那种老鼠，它身上就有一种病菌叫虼螨，这种老鼠要是从你床上跑过，虼螨掉下来，你身上要是有伤口，它就要钻这个空子，你就会得一种叫'出血热'的暴病。这种病开始时是发烧、头痛、腰痛，三天后腰杆上出现红色斑点，如果不及时抢救，五天之内就有生命危险……"

热心幺爸见大家听入了迷，干脆换了一袋烟，给大家摆起龙门阵来了："要说沈专家，他在老鼠身上下了二十多年的功夫，他对老鼠的了解就像了解他自己手上的指纹一样。嘿，不是吹，连老鼠的婚姻情况他都是弄清楚了的。老鼠实行的是一夫一妻制，而且严格得很呢。如果哪个找错了对象，胆敢胡闹乱来，其他的老鼠就要冲上去，团团围住，把它按在地上，不管是舅子还是老表，立刻咬死！"

一番话，说得大家哈哈大笑。热心幺爸用手一摆："笑啥子？这可是乌龟碰石头——硬碰硬的！沈专家现在正研究老鼠的绝育问题。""热心幺爸，啥子叫绝育问题？""就是要老鼠断子绝孙的问题！""热心幺爸，我看你也算得上是个专家？""嘿嘿，夸奖，夸奖，我这都是从沈专家那里听来的，他每次来我们公社办训练班，我都要去旁听。"

这里，热心幺爸还在滔滔不绝地义务宣传，那边，办公室里抬出了一箩箩花生，一共五箩，拿秤一过，一百十八斤。

李保管硬是笑得嘴巴都合不拢了。他正想再好好去感谢感谢沈专家，突然听到隔壁办公室的出纳大声嚷嚷："沈专家，沈专家！我们办公室发现了一个老鼠洞！"沈专家领着学员们过去一看，洞口在出纳的办公桌底下，离墙壁有三尺远。他问："背后这房子是谁家的？""是张大婶家的猪圈房。""这就难了，猪圈房就不能像刚才那样用挖洞的方法了。""那怎么办？""有办法，我把它喊出来逮。""喊出来逮？"

出纳和在场的人都你看我、我看你，心里有点不相信。你本事再大，总不能跟老鼠对话？

只有热心幺爸心头有数，他在那位小伙子的肩上一拍："嗨，我说好戏在后头嘛，这是沈专家最拿手的一招，叫作'鼠音灭鼠法'，今天硬是芝麻掉在针眼里——巧了，该你享眼福啦！"

这边沈专家把手表一看，快到六点："嗯，时间也正合适。请大家退出办公室，在外面也不要大声说话。"

众人退出办公室，远远地站着，往办公室里望。只见沈专家走到鼠洞旁边，侧身蹲下，然后，低下头来对着鼠洞："咕咕咕，咕咕咕！"

且说那洞内的老鼠，刚才被隔壁挖洞的响声吓得缩成一团，还当是发生了地震，尽管肚子饿得咕咕叫，还是不敢出洞。现在被沈专家这么一叫，一只小老鼠欢喜地叫道："没事，隔壁的大哥都来喊我们出去开晚饭！"说着，就往外跑。老公鼠一口把小老鼠的尾巴咬住："你跟老子回来哟！你不要命啦？有事没事，先等我出去看一下。照老规矩，听到我的喊声，让你们妈先出来。"老公鼠说完，转身轻轻走到洞口，鬼鬼祟祟地探出半个头来，从右至左警惕地看了一遍："嘿，真的没事！"接着，便伸出前半身，一纵跳出洞口。

就在这一瞬间，沈专家嘴唇一动，学着猫叫的声音："喵……"那老鼠一听，好像触电一样，立即趴下，浑身发抖。

沈专家这时候就不慌不忙地伸出手去，叉开两个铁钳般的手指，一下卡住老鼠的耳门骨，像捏鸡蛋壳一样"咔嚓"一声，那老鼠就呜乎哀哉了！

这叫作：蛇怕打七寸，鼠怕捏耳门。老鼠的耳门骨又薄又脆，一捏就破，不会整老鼠的，逮到半天都整不死；会整的，一捏就完蛋。

沈专家一扬手臂，把死老鼠丢出门外，接着，又探身朝着洞口："咕咕咕，咕咕咕！"叫声一停，母老鼠便大胆地跑了出来，刚出洞口，就听到："喵……"这一声，吓得那母老鼠也瘫在地上，三魂掉了两魂，还有一魂飘飘然、恍恍然，也就不知所以然。沈专家两个指头"咔嚓"一捏，又顺手丢出门外，再探身朝着洞口，紧闭嘴唇，发出一串"吱吱吱"的母老鼠叫声。那些小老鼠硬是那么听话，马上又跳出一只来，沈专家又是一声"喵……"捉住了。

就这样，还没到一顿饭的工夫，沈专家就像魔术师变戏法一样，丢了三十多只老鼠出来。

那位小伙子在热心幺爸的耳朵边上小声说道："好倒是绝好，这种本事只怕学不会！"

热心幺爸把手一挥："不难，不难，功夫不负有心人。再说，现在先进的东西越来越多了，这种'鼠音灭鼠法'可以机械化。""幺爸，你才说得安逸，这怎么机械化法？""嗨，我说出来保管你相信。上个月，河北省秦皇岛船舶监理所来了三个同志，向沈专家取经，因为轮船上的老鼠破坏性特别严重，又不好对付，他们打听到沈专家的'鼠音灭鼠法'，就背了一个录音机来，不到半点钟，就把录音拿走了。沈专家前几天收到他们写来的感谢信，说是录音很见效，硬是把老鼠喊出来捉住了。你说，这难道不是机械化是啥子？"

这时，一辆摩托车在供销社门口停住，从上面跳下一个人来，进门就喊："沈专家，沈专家！"

沈专家正好捉完最后一只老鼠，闻声走出门来，一看是蓬安县委的通讯员小李。"有啥子要紧事吗，小李子？""中央人民广播电台来了两个记者，要采访你关于攻克老鼠绝育难关的体会。另外省里来通知，要你做好准备，去北京参加全国科学大会。"

院坝头顿时沸腾了，人们的笑声、欢呼声、祝贺声，加上雷鸣般的掌声，响成一片！

> 改革开放后，青年男女的恋爱观、价值观亦有所变化。这个故事通篇以"巧合"取胜，却不落虚空之中。

如此恋爱

萧　金　搜集整理

有一位男子，找对象只讲漂亮。

一天，他在公共汽车上看见一位女售票员，弯弯的细眉，水汪汪的大眼，脸上一对酒窝儿，十分漂亮。他便挤了过去，非常客气地说："同志，买票！"女售票员微微点头一笑，很有礼貌地卖给他一张车票。这本来是正常的工作关系，可是对这位男子来说，女售票员这"一笑"，就像是一双纤细的小手，把他的心弦给拨动了：莫非她对我有意思？他心里美滋滋的，急忙掏出一张纸，歪歪扭扭地写了两行字，捏在手里。一会儿，车子靠站了，女售票员在开车门，招呼乘客上下车，好机会！他赶紧把纸条儿压在售票桌上，然后依依不舍地下了车，对女售票员报以热情的一笑。

女售票员卖完车票，发现了那张纸条，她拿起一看，只见上面写着："我叫赵文莲，住在梧桐街柳叶巷22号，有空请来玩！"真是胡闹！女售票员看了心里很恼火，把纸条儿一揉，顺手往车窗外丢了出去。

事又凑巧！这纸团儿不偏不倚，"啪"正好打在一个骑自行车的人的脸上。那人抬头一看，见车上一位穿铁红两用衫、卷着头发的年轻姑娘，笑眯眯地向他抛来一个纸团，急忙下车拾起，一看，我的天哪！他心里乐得简直就开了花。此君也是快到三十岁还未找着对象，同那位赵文莲患的又是一样的毛病，没想到今儿个天赐良缘，真像古代小姐抛彩球一样，嘻嘻！竟给抛中了。骑自行车的人回到家里，掏出纸条儿一连看了三遍，越看心里越甜，他把纸条儿小心翼翼地折好，放进贴胸的口袋里，本想立即去找赵文莲，可又有点担心：姑娘虽说有情，她父母是否有意呢？弄得不好把美事儿吹了，岂不弄巧成拙？还是先写封信，逐步培养培养感情吧！

信，按照纸条儿上的地址发出去了。自然没有寄到女售票员那儿，而是送到了赵文莲的手上。赵文莲高兴得简直像疯了一样：想不到那位女售票员果真是位多情的姑娘，竟主动给我回了信！他从头到尾一口气把信读了五遍，信上全是一些充满感情的话，最后还说："我住在秋风路流水巷44号，非常欢迎你来做客。李新珠。"妙啊！"文莲"对"新珠"，"柳叶"随"流水"，连门牌号码都成双作对，真是前世姻缘啊！他想马上按信上的地址去找那位让他一见倾心的女售票员，可又一想，姑娘家都爱面子，直接去找似有点冒失……便也挥笔疾书，写了一封热情洋溢的回信。

就这样，赵文莲和李新珠，两人书信来往，越谈越热烈。

转眼过了半个月，双方通了十五封信，开始互相称"同志"，慢慢直呼"赵""李"，后来干脆什么"亲爱的""敬爱的""可爱的""心上的"……全都用上了。

眼看恋爱已经成熟，赵文莲想得周到，他去商店买了块全钢防震手表，配上金灿灿的表带，从邮局给李新珠寄了去。他心想：只要你收下，婚事就成功了一半，我就马上约你见面。

再说李新珠，收到手表，连连敲自己的脑袋：该死啊！人家姑娘都主动寄礼物来了，我还是个男子汉呢！于是他不敢怠慢，赶紧把他妈留下来的一只金戒指，也从邮局给赵文莲寄了去。

双方都收到了对方的礼物，眼看水到渠成，都觉得应该正式见见面了。于是，约定了日子，星期天上午九点在新公园"春意亭"相会。

约会的那天，两人头发梳得溜溜光，衣服穿得笔笔挺，各自戴上对方相赠的礼物，都提早一小时来到了春意亭。

到了八点五十分，两个人都迫不及待地同时立起了身，四下里瞧瞧。到了九点，赵文莲伸长着脖子，李新珠踮起了足尖，都希望那位迷人的女售票员能突然出现在自己的面前。可是，哪里有踪影呢？眼看九点半过了，十点钟又到了，赵文莲脖子仰酸了，李新珠足尖踮累了，还是没有姑娘的踪影。

这时候，两个人才开始拉起话来。

赵文莲很客气地问："同志，我看你好像在等人吧？"

李新珠彬彬有礼地回答："不瞒老兄说，我是在等我的女朋友。同志，你呢？"

赵文莲说："不瞒老兄说，我也是在等我的女朋友呀！"

"那好哇！祝你成功！"

"彼此彼此，祝你成功！"

过了一会儿，李新珠煞有介事地对赵文莲说："老兄，谈恋爱首先要有耐心，姑娘家的心思可捉摸不定，有时她会故意考验你，看你有没有真心哪！比如今天，我和女朋友约好是九点钟见面，可现在已经十点了……"说着，他伸手看了看表。

这一看,赵文莲发现了对方手上的东西,心里不禁一惊:咦?这不是我买的吗?但又不好直说,只能兜着圈子问:"同志,你这块配着金表带的手表是买的,还是借的?"

李新珠答:"不瞒老兄说,这表是我女朋友送的哩!哎,同志,你这戒指……"他也发现赵文莲戴在手上的戒指了。

赵文莲说:"也是我女朋友送的呀!"

李新珠说:"不!你这戒指是我送给我女朋友的,怎么戴到你的手上了呢?"

"胡说八道!"赵文莲生气了,"你那块表才是我送给我女朋友的哩,怎么被你给戴上了?"

"你胡说!"

"你瞎扯!"

两人你一言、我一语,吵得不可开交。后来,各自都掏出对方写来的信件作证,彼此一看,都不禁"啊"地叫了一声,失魂落魄地跌坐在椅子上,两眼直翻,半天说不出话来。

> 早期的侦破故事，却相对成熟。故事的主人公严格执行党的政策，执法如山，最后的结局令人震撼。

活包公

张道余

杭嘉湖地区，有条通天河，河边住着一个叫酒葫芦阿三的老头。他有两个女儿，大女儿叫金花，前几年已经出嫁，女婿叫方明，是大队治保主任；小女儿叫银花，才貌出众，是文艺宣传队的头牌花旦，招农机厂青年工人阿龙根当过门女婿，并定在"五一"节结婚。

眼下已是四月底了，酒葫芦阿三想，小女婿过门，总得准备点菜，于是便约大女婿方明一道到通天河去捉春水鲤鱼。他们取了网，划着船，在通天河里一连下了几网，竟连一条鱼都看不见。酒葫芦想，今朝天气不好，鱼都躲到深水里去了，便关照方明把船划到三角漾去。

这三角漾水深流急，是捕鱼的好地方，方明把船划到那里，酒葫芦阿三便"刷"地把渔网撒开。随后，方明把小船靠到河滩边，酒葫芦阿三一只脚踏在船头上，一只脚踩在河滩边，两只手慢慢地拉紧网头绳，只觉得网底沉甸甸的，不觉喜上眉梢。可谁知这渔网越拉越重，越拉越重，酒葫芦阿三使劲用力一拉，顿觉网底一松，水面冒起一阵水花，紧接着"呼"地浮起一个庞然大物。他只当是条大鲤鱼,伸手就去抓,再仔细一看,吓得惊叫一声,人跌倒在河滩上。原来,他拉上来的是一具尸体!方明一看,慌了手脚,跑到岸上大声喊起来:"不好了,三角漾里死人了!大家快来呀!"

呼叫声震惊了三乡五里,金花、银花、方明的母亲方翠娥、大队党支部书记老赵,以及附近的群众,听到方明的呼叫声都纷纷赶来了。方明先叫人把酒葫芦阿三扶上岸,又招呼几个胆大的把渔网里的尸体拖到岸上。大家一认,这尸体不是别人,正是酒葫芦阿三未过门的小女婿阿龙根。

银花本来是来看热闹的,谁知死者竟是自己日盼夜盼的未婚夫,胸口顿时像有千百把尖刀在捅,头一晕,就跌倒在阿龙根的尸体旁。大队党支部书记老赵立即派民兵保护现场,并向公安局报案。不一会儿,公安局局长包正清就带着助手坐吉普车赶来了。

包正清五十多岁年纪,中等身材,一双眼睛特别有神,有人说,只要他朝你一看,就能猜出你心里在想什么。包正清搞了二十多年公安工作,不论什么疑难案子,只要一到他手里准能水落石出,他绝不会冤枉一个好人,也绝不会漏过一个坏人,因此群众送他个外号,叫"活包公"。这时,大家见活包公来了,便主动让开一条路来。

方明迎上去,喊了一声:"阿爸!"

包正清姓包,方明姓方,方明为啥喊包正清阿爸?原来,包正清是方家的过门女婿,照当地的风俗习惯,过门女婿可以改姓,也可以不改姓,但儿子一定要依女方姓。如此说来,包正清不但与方明是父子关系,同酒葫芦阿三还是亲家翁哩!

包正清走到阿龙根的尸体旁,认真地验看起来。他发现死者虽然全身浮肿，但是肚子里没有腹水；头颈里扎着一条麻绳，勒得并不紧，但头颈表皮却严重破损，有皮下血肿。他又把尸体翻了个身，看到死者背上有三道棒打的伤痕，后脑门上的头皮也有破裂，但没有皮下血肿。包正清沉吟了一下，仔细看了看死者头颈里的那条麻绳，发现麻绳的断茬口还是新的，便断定说："河里还有一块十来斤重的石头。"

方明一听河里还有石头，二话没说就"扑通"跳下河去，不一会儿，果然从河底摸起一块十来斤重的石头。石头用麻绳绑着，麻绳的断头正好与死者头颈里那根麻绳的断茬口相接。大家佩服得一个个跷起大拇指称赞："真不愧是活包公，不但知道河里有石头，还说得出石头的重量，了不起！真了不起！"

包正清让助手把现场拍下来，随即通知法医验尸。最后，他让方明捧上那块从三角漾里捞上来的石头，与支部书记老赵及死者家属一起，到大队办公室去排摸案情。

包正清先叫酒葫芦阿三和方明把发现阿龙根尸体的经过详细讲了一遍，又挂长途电话到百多里外阿龙根工作的农机厂，询问阿龙根回家的具体时间。对方说，阿龙根是昨天晚上乘六点三十分的末班车回家的，随身拎着一大一小两只鼓鼓囊囊的皮包，临走时，还在传达室给队里人打过电话，说是让告诉他未婚妻一声，叫未婚妻晚上等他。

根据这些迹象，包正清断定，阿龙根应该是在昨天晚上九时半左右被人杀害的。因为这班车在路上的时间是两个半小时，从车站出来到阿龙根的家，至多走半个小时，极有可能凶手就是在这半个小时内杀害阿龙根的。

那么，这个凶手到底是谁呢？包正清认为有三个可能：第一个可能是阿龙根厂里的人，因为厂里人知道阿龙根回家的确切时间，看到他手里那两只鼓鼓囊囊的包，见财起意，尾随行凶；第二个可能是流窜在半路上的案犯，同样是见财起意，谋财害命。但包正清觉得这两种可能性都不大，因为不论厂里人或流窜犯，他们都不是本地人，作案后完全可以神不知、鬼不觉地走掉，何必要绑石头沉尸、多此一举呢？那么，剩下的第三种可能，就是接阿龙根电话的这个人，因为没人来告诉银花说阿龙根要回家的事。这里就有一个疑点，接电话的人为什么不告诉呢？

为使破案工作顺利进行，老赵决定派大队治保主任，也就是包正清的儿子方明，专门协助包正清破案，老赵因为有其他工作，就先走了。

根据现有线索，包正清的助手提出，先设法找到接电话的人。包正清没有马上表态，问方明："你的意见呢？"方明摇摇头，说："电话总机每天要接成千上万个电话，不一定能记清这个接电话人的口音，我们如果从这里着手，就像钻进一堆乱麻，非但理不出个头绪，恐怕还会被乱麻捆住手脚。我认为还是从这块石头着手……"包正清想了想，朝大家点点头，说："这也是一条破案的线索，我们不妨研究一下。"

方明于是就把那块石头搬到桌子上，包正清细一打量，说："这是块捉鱼船上的压舱石！"方明愣了愣，立即一拍大腿叫起来："对呀，这不就是我丈人捉鱼船上的那块压舱石嘛，怪不得这么眼熟！哎，阿爸，你怎么一看就知道是压舱石呢？"包正清指着沾在石头上的斑斑鱼鳞说："这不是证据吗？去，问问你丈人，他这块石头是什么时候不见的。"

方明赶紧跑去问，他丈人酒葫芦阿三说，就是昨天夜里不见的。大家由此推论，凶手可能昨天就是偷了酒葫芦阿三的捉鱼船去沉尸的，于是便立即来到酒葫芦阿三停捉鱼船的水桥边。这时，酒葫芦阿三已经将船从三角漾划回来了，用铁链条缠在水桥桩上，没有上锁。包正清几个踏上小船，仔细地寻找可疑迹象，终于在后舱舱板夹缝里发现一片疤斑。包正清用钳子把疤斑取下来，交给助手，过后不久，又在一根铁链条上发现有淡淡的指纹印痕，便立即让助手取样化验。

化验结果很快就出来了，疤斑是癞痢头上的癞疤，而且铁链条上的指纹里，也有癞痢头屑，看来这是同一人所留。包正清问酒葫芦阿三："最近有没有癞痢头来问你借过小船？"酒葫芦阿三说："从我买这条小船起，就从来没有哪个癞痢头来借过。"包正清又问方明："这附近有几个癞痢头？"方明说："只有癞痢阿四一个。"包正清想了想，吩咐方明："你去取个癞痢阿四的指纹来。"

癞痢阿四的家，离车站不远，方明去时，癞痢阿四正好在家休息。他见治保主任突然上门，吓得心头"扑腾扑腾"直跳："方主任，找……找我有事吗？"方明朝癞痢阿四瞥了一眼，话中有话地说："找你当然有事，想问你借一把铁铲用用。"癞痢阿四连声应道："好好好！"赶紧把铁铲拿给他。

方明将铁铲拿回来，一化验，癞痢阿四留在铁铲上的指纹竟然和铁链上的指纹印痕一模一样。方明激动得立刻跳起来，建议包正清立刻把癞痢阿四抓起来。可包正清反问他："癞痢阿四为啥要杀阿龙根？他又是怎么知道阿龙根昨天晚上要回来的？咱们是不是先到他家去一次，摸摸情况再说？"方明被包正清这一问，问得哑口无言，难为情地低下了头。

包正清于是就带着助手和方明来到癞痢阿四的家。刚踏进门，癞痢阿四吓得浑身筛糠般抖个不停，包正清见癞痢阿四这样紧张，便搬过凳子让他先坐下来，和颜悦色地对他说："党的政策你是知道的，你应该将事情原原本本向政府讲清楚。"

癫痢阿四知道瞒不住了，便颤抖着开了口。他说："昨天晚上九点半左右，我在屋里听到鸡棚里的鸡'咯咯'乱叫，就赶紧开门出来，看到有个人趴在鸡棚旁边想偷鸡，我一时火起，拿起门闩就朝他打过去。可他一点不逃，我觉得奇怪，就凑上去看，发现他人已经死了，舌头都伸出来了。我有一记是打在他头上的，大概打重了，我顿时慌了手脚，我知道打死人是要偿命的。于是就找了条麻绳，往那人头颈里一套，把他拖到酒葫芦阿三的捉鱼船上，划到三角漾里，因为那里水深。把人丢下去的时候，我看到旁边有块压舱石，一想绑块石头人不容易浮上来，于是就……唉，我也是没办法，我也不是故意要打死人家的。我把人家丢下去，我自己也吓瘫了，头上的帽子掉在船上，摸了好久才摸到……"

包正清的助手问："那……这个人随身应该还带着两只皮包，你看到过吗？"癫痢阿四说："在，都在，我塞在稻草下面，东西一样不少。"癫痢阿四说着，就领包正清去堆稻草的棚里，翻开稻草，从里面拿出一大一小两只皮包来。方明伸手要拿，却被包正清那个戴着手套的助手抢先一步接了过去："别碰，这上面有指纹。"

包正清又带着助手和方明去看癫痢阿四的鸡棚，情况基本上与交代的相符。方明松了口气："看来，我们这个案子可以结了。阿爸，没想到这么快就摸清了真相！"可谁知包正清却摇摇头："从死者的伤痕分析，应该是凶手先勒死阿龙根，再用门闩打的，而癫痢阿四交代，却是先用门闩打，再用麻绳套在他头颈里拖他到船上的。这里是个矛盾……"包正清沉思着，喃喃说道。

心急的方明沉不住气了,便朝癞痢阿四嚷道:"快说,你到底是先勒死他,还是先打死他的?"癞痢阿四被方明这一吼,结结巴巴地回答说:"我没有勒过他。噢,不,我勒过他的,我把麻绳套在他头颈里……我该死!啊,谁让我把他打死了啊……"癞痢阿四越说口齿越不清楚。包正清虽然不满意方明这种办案态度,但认为已有足够的证据说明癞痢阿四与这件凶杀案有关,当即决定对他采取保护性拘留。

经过预审,癞痢阿四的口供没有变,包正清心中的疑团当然也没有解决,他回过头来,决定对本案所有的环节重新做进一步调查。就在复查中,他在指纹单上隐隐发现有一个几乎看不出来的淡淡的小拇指的印痕。他不觉警觉起来,正要把助手叫来,突然他桌上的电话响了,他拿起来一听:"是我!什么?啊?好,我马上就来!"

出啥事情了?原来,电话是大队党支部书记老赵打来的,说包正清的儿媳妇、方明的老婆金花不幸溺死,要他火速回去。包正清赶到家里,只听见一片哭声,方明靠在金花的遗体旁,嗓子哑得已哭不出声来,银花和包正清的老伴方大娘也都已经哭成了泪人。酒葫芦阿三跌跌撞撞地走到包正清面前,捶着胸口说:"老亲家呀,我对不起金花,对不起你,更对不起我的好女婿呀!"包正清扶住酒葫芦阿三,说:"老亲家,人死了哭也没有用。你告诉我,金花到底是怎么死的?"

酒葫芦阿三说:"老亲家呀,自从阿龙根被杀害后,你们父子两人日夜操劳办案不算,女婿还三天两头到我家来,帮我劈柴担水种自留地。他晓得我喜欢喝酒,不是买了酒送来,就是喊我到你家喝几口解解闷。今天上午,他又叫我到你家喝酒,还特地烧了一盆葱烤鲫鱼。唉，大概是我喝酒喝糊涂了，喝着喝着，就不知怎么把酒瓶子打翻了，大半瓶酒全倒在鲫鱼盆里不说，鲫鱼盆又摔到了地上。女婿晓得我喜欢吃鱼，硬是把金花推进厨房间，叫她去水缸里再捞几条鲫鱼出来，他自己就拿了酒瓶到隔壁小店去买酒。谁知女婿酒买回来了，我女儿金花却还没把鱼捞出来。金花平时做事手脚挺利索的，今天捞几条鱼怎么捞得这么慢？我进去一看，哪知金花两只脚搁在水缸边上，头却倒栽在水缸里。我吓了一跳，赶紧把她拉起来，一看，她肚皮里早已灌饱了水……老亲家呀，这都怪我不好，我怎么对得起你们一家人呀！"酒葫芦阿三说到这里，伤心得号啕大哭。

包正清皱着眉头没吱声，拉着酒葫芦阿三一起走进厨房。只见厨房靠后门口的地方，放着一只半人多高的青石缸，里面装着大半缸水，水里还有几条鲫鱼在游来游去。方大娘哭哭啼啼地走过来，对包正清说："老头子呀，媳妇死得好惨呀，要不是她右手落下了病，也不至于闯这么大的祸呀！"方明一步三晃地来到包正清面前，哭着说："阿爸，今后的日子让我怎么过呀？"包正清心里也很难过，但他毕竟是久经考验的老公安，劝大家说："哭也没有用，先处理金花的后事要紧。"

金花后事处理完毕，方家出了两件怪事：一是包正清整天围着那只青石缸转，别人喊他也不理，一连三天，天天如此；二是方明有些疯疯癫癫，嘴里老是喊着金花的名字。这可急坏了酒葫芦阿三，他心里想，这都是被我搞坏的，弄得亲家翁没有媳妇，女婿没有老婆。他们两个人现在成了这个样子，叫我哪能看得下去？

酒葫芦阿三想来想去：心病需用心药医！如果能找一个比

自己女儿更好的姑娘嫁给方明，方明的心病就可能医好了；方明一正常，包正清的心情自然也就会好起来，但到哪里去找这样的好姑娘呢？这时，正好小女儿银花端了一脚盆衣服从房间里出来，要拿到河边去洗，酒葫芦阿三眼前一亮，于是对银花说："银花，你姐夫待我家的好处你是知道的，现在他变成这个样子，我想，手心手背都是肉，不如你和姐夫配成一对，今后也好有个依靠。"银花听了心里想：姐夫虽然比自己大几岁，但他心地好，与他在一起，不会吃苦，但又不好意思明说，就含糊地点了点头。

酒葫芦阿三于是连忙跑到包正清家里，先把这事对方大娘说了，方大娘当然一百个赞成。又去找方明，方明却摇着手说："不不不，金花尸骨未寒，我怎么能再娶银花妹？如果你们一定要这样做，还得听听我阿爸的意见。"酒葫芦阿三连忙又去找包正清，把这个想法如此这般一说，问他："老亲家，这件事你就依了我吧？"

包正清听了心里一震，说："老亲家，你的心意我领了，但这件事我还得好好考虑考虑。你先回去吧，今晚听我回音。"

酒葫芦阿三走后，过了许久，包正清把方明和老伴喊到青石缸边，他对方明说："你给我从缸里捉条鲫鱼上来。"方明突然脸色惨白，犹疑地看了包正清一眼，磨磨蹭蹭跨上垫脚石，弯下腰去。他刚把手伸进缸水里，这时候，包正清冷不防在他后面把他的脚一抬，"扑通"一声，方明一个倒栽葱，头就插进了缸水里，他两只脚拼命乱蹬，不管他想不想喝，缸里的水却"咕嘟咕嘟"直朝他嘴巴里灌。

方大娘被弄得莫名其妙，急忙把方明从青石缸里拉起来，埋怨包正清说："你这个老糊涂，你在发什么昏？"包正清还未开口，方明却像黄瓜棚抽掉竹架子，"扑通"一声跪倒在包正清面前："阿爸，放了我，你放了我吧！"包正清脸色铁青，说："你给我老实交代，你是怎样杀阿龙根的？又为什么要杀金花？"

方大娘顿时吓得魂飞魄散："老头子呀，你不要乱讲……"包正清手一挡，不让方大娘说下去，又严厉地喝道："说！"方明没法，只得如实招来。

原来，方家几代没有儿子，所以方明一出世，就成了全家的掌上明珠，被百般溺爱娇宠惯了，想要什么，就非得要到不可。起先，方明见金花长得漂亮，就央人说合与金花结了婚，后来金花在饲养场打草时，不小心被打草机打坏了右手，而且打草机里的一块铁片飞出来打在她脸上，还留下了一个很大的疤斑，金花变丑了，方明越看越觉得不舒服。一次，银花来看望金花，姐妹俩坐在一起吃饭，方明看看金花丑得像只癞蛤蟆，看看银花美得像朵牡丹花，他顿时心里就动了念头，想把银花弄到手。但这时候，银花已经和阿龙根好上了。为了拆散这一对恋人，方明就利用自己治保主任的身份，推荐阿龙根去数百里外的农机厂当工人，他想先把他们俩分开，然后再动脑筋把银花搞到手。其实，那天阿龙根打回来的那个电话就是方明接的，方明故意不告诉银花，而且晚上就等在阿龙根回家的必经路上，用麻绳把他勒死。接着，方明把阿龙根的尸体搬到癞痢阿四的鸡棚边，故意造成癞痢阿四打死阿龙根的假象，叫他有嘴也说不清。

方明到底是治保主任，知道作案时尽量不能留下提供破案的痕迹，所以他在干这一切的时候，特地戴了副手套。第二天，金花在洗衣服时看到这副手套，而且发现上面一只小手指的地方还破了一个洞，她觉得很奇怪：方明戴手套干什么？她追问方明，还埋怨他怎么用东西这么不仔细，这下方明慌了手脚：不把金花除掉，总有一天自己做的事情要败露，性命也难保。所以他就想找机会对金花下手。这天，他拉酒葫芦阿三到自己家里来，在劝酒的时候故意把酒瓶打翻，假装推金花进厨房去捞鱼，自己去买酒，其实是悄悄尾随金花把她栽进了青石缸里；酒葫芦阿三提出把银花嫁给他时，他心里真是求之不得，可表面上却装得一本正经。他以为这一切都可以蒙混过去，但终究还是被当了二十多年公安局局长的包正清识破了真相。

　　方明断断续续把事情讲完，包正清气得怒发冲冠，一把抓起方明就朝外拖。方大娘吓得面如土色，拦住包正清"扑通"一声朝他跪下来："老头子呀，别人只晓得阿龙根是癞痢阿四杀的，金花是不小心淹死的，你现在如果声张出去，咱们儿子的头还保得住吗？"包正清问："那照你的意思？"方大娘说："咱们儿子是作了孽，可他是我们方家四代的独苗，只要你这次手下留情放了他，我们方家永生永世不会忘记你的恩情！"

　　包正清心里一震：是呀，自己只有这棵独苗，如果把儿子办了，方家实际上就等于绝了后。但人称活包公的包正清，怎么可能会去照老伴说的做呢？他叹了口气，对老伴说："老太婆，其实你心里也清楚，我不可能会放阿明。我这个做父亲的没有管教好儿子，已经犯下了不可饶恕的罪过，难道叫我再包庇凶手，罪上加罪吗？"方大娘知道自己理亏，只好冷冷地嘀咕道："算你是活包公，铁面无私。可我只听说从前包公斩皇亲国戚，还没听说过包公斩儿子的！"包正清仰天长叹："你说得对，封建王朝的官吏尚能做到铁面无私，如今我们共产党干部就更应该执法如山啊！"

包正清正说着，忽听外面有敲门声，原来是酒葫芦阿三拉了支部书记老赵来替方明说媒来了。他们进门一看，怎么方明和方大娘都跪在地上？一时发了蒙。待弄清楚事情真相，酒葫芦阿三气得冲上去抓住方明就吼："你这条披着羊皮的恶狼，竟然害得我家破人亡！"

方明最终依法归案，癫痫阿四无罪释放。包正清严格执行党的政策、大义灭亲的事迹人人传颂，有人把包正清事迹掐头去尾，挑紧要几段讲出来，就成了这个《活包公》的故事。

关键词：民生

> 情节似不可信，但多年来，类似故事却不断地"卷土重来"，看来老百姓是与其信其无，不如信其有了。

吃得开的理发员

张红兵　搜集整理

江南沿海有一个小镇，镇上有爿滨海理发店，店里有位3号理发员，叫江海。小伙子二十五六岁，不但心灵手巧，而且待人又热情和气，所以很受镇上人欢迎。

这天下午三点多钟，店里来了一位六十多岁的老大爷，小江连忙笑脸接待。可是老大爷却虎起个脸，往转椅里一坐，眉毛锁成了大疙瘩，眼睛布满了血丝，又"呼"地拿下头上的破草帽，顺手摔在墙角里。

一看这架势，小江知道这老大爷遇到了不顺心的事，肚里的气还不小呢，于是就一边理发，一边跟这位老大爷拉扯起来。他先自我介绍一番，然后说："大爷，你有啥为难事，尽管对我小江讲。"可是，问第一声，老大爷闭上眼睛不吭声；问第二声，老大爷长叹一声摇摇头；小江再问第三声，老大爷这才抬起眼皮看看他。终于，老大爷被小江的热心肠感动了，就把肚里的心事一五一十倒了出来。

原来，这个老大爷姓李，是附近一个生产队捏锄头柄的社员。他一家五口，三个儿子眼看都到了成家的年龄，却都没娶上媳妇。啥原因？缺房子。他家现在只有两间破草房，媳妇进了门往哪住？今年初，大儿子好不容易说了个对象，李大爷就准备把老房子翻修翻修，扩建一下，买砖瓦的报告一批下来，他就赶紧到窑厂开单子。当时说好一个月后提货的，可李大爷到时候去，窑厂却说"没货"；约他第二次，结果第二次去还是没货。窑厂将约期一拖再拖，上个星期，李大爷已经是第十一次跑窑厂了，却还是空手回家，连窑厂那个发货员自己都觉得不好意思了，说下次无论如何给李大爷把货发了，所以今天李大爷第十二次去窑厂，把船都租好了，准备把砖瓦运回去的，可最后还是扑了空，任他再怎么给发货员求情也不管用。一位装卸工挺同情地把李大爷拉到一旁，悄悄劝他说："老哥，'穷不同富斗，民不同官争'，发货员也难，这个月一下子插进三个局长的条子，几十万哪！唉，你就再忍忍，等下次，下次吧！"

  李大爷说到这里，从衣袋里掏出一张涂改了十二次约期的提货单，给小江看："同志哟，我再不把这房子的事解决了，这大儿媳妇肯定得吹。唉，我三个儿子，好不容易才攀头一个哇，我这心里……同志哟，你在镇上熟人多，帮个忙，能不能给我想想办法？"小江听了李大爷这番话，心里很同情，想了想，说："大爷，别难过，我给你写张条子到物资局供销股，你看好吗？""好，好！那真太谢谢你啦！"小江于是就拿出纸和笔，低下头"刷刷刷"写起来。

  李大爷从衣袋里摸出香烟，递给小江："同志哟，你请抽烟！"小江摇摇手："大爷，我姓江，你叫我小江好了。我不会抽烟。""那，小……小江，到酒店去……""大爷，别客气，我这张不到三十个字的条子，能值几个钱？你拿去试试吧，成了别谢，不成也别怪；结果如何，方便时捎个信来就行。"

就这样，一字不识的李大爷拿着理发员小江写的条子，来到物资局供销股。秃头大脑的胖股长正在和女会计说笑话，李大爷将纸条递上，他连眼皮都没抬，爱理不理地接过去，瞥了一眼，却立刻眼睛瞪大了，从上到下打量着李大爷："唔，这是谁给你的条？捡来的？"

"不，"李大爷说，"是小江在理发时听了我的情况，当场亲笔给我写的。"

胖股长一听老大爷这话，赶紧打着哈哈说："老伯伯，跟您开开玩笑，别当真！您老人家请坐，您的提货单呢？"李大爷把那张改了十二次的提货单拿出来给他，胖股长接过一看，虚张声势地叫道："呀，太不像话！他们怎么能给您拖这么长时间呢？真是一群混蛋！这样吧，我现在就给您批一下，让他们明天一定发货给您。唉，您要是早一点来反映，我早给您解决啦……"

胖股长还要拉着李大爷喋喋不休地说，可李大爷却等不及了，打了个招呼就赶紧离开物资局奔窑厂。他将那张有胖股长批示的小江写的条子交给发货员，本还担心是不是又会被打发回家，没想发货员二话不说马上找会计，会计找厂长，厂长当即指示：现货一律停发，集中力量，挑选最好的上等货给李大爷，并且连夜替他免费装船运到家。

李大爷好运道，多年的愿望终于实现了！眼看着媳妇娶进门，他心里一直记着小江的恩，想去当面谢谢他，无奈前一阵翻修老房累坏了身子，他老腿病犯了，走不了远路，这事儿就搁了下来。事有凑巧，李大爷的老舅子赵满生想盖一间房，砖瓦齐备，就少三根桁条，也是跑了不知多少趟就是办不成事儿，李大爷于是就让赵满生去替他给小江捎个信，顺便再让小江帮帮忙。赵满生按照李大爷的吩咐如此这般做了，小江果真也给他写了一张不到三十个字的条子。

赵满生是认字儿的，走出理发店，他拿出条子细细一看，只见上面写着：

物资局供销股：

　　来人自述住房困难，请你们调查。如情况属实，请酌情供应三根桁条。

江海亲笔
1979年12月20日

赵满生心想：这理发员倒真有点儿路道，看这口气，多气派！赵满生紧接着也找到物资局供销股，把条子递给那个秃头大脑的胖股长。胖股长先也是连眼皮都没抬，爱理不理地接过纸条，瞥了一眼，也立刻眼睛瞪大了，从上到下打量着赵满生："唔，你是他的什么人？"

赵满生心想：非亲非故，人家总不会那么实心帮忙，就眨眨眼睛说："他是我儿子的好朋友，叫我大爷哩！"赵满生话音刚落，胖股长那张脸早笑成了一团花，"老伯伯"长、"老伯伯"短地招呼起赵满生来。他亲自陪着赵满生到仓库里去挑选上等桁条，关照发货员开最低廉的价钱，还让人专门帮他装车，送他上路。

赵满生喜滋滋地将木料运回家，过后，他特地到理发店去向小江道谢。从此，"吃得开的理发员"便在群众中悄悄地传开了。

再说胖股长，这几天正在为自己按纸条办了这两件事，心里感到乐滋滋的。这天，他突然接到县委江副书记打来的电话，胖股长向他添油加醋地汇报了一通工作成绩后，便压低嗓门说："江书记，您最近批办的两张条子，我都给他们解决了，不知两位老人可满意？"

"你说什么？我可没给人写过什么条子。"

"最近，嗯，就在本月……"

"你记错了吧？我最近一直在省里开会，今天才到家。"

"那……这是怎么回事？"胖股长放下电话，揩了揩秃头上的汗珠，立即发动全股人员内查外调。顺着发票上的住址找到了赵满生，追出了李大爷，最后查到了滨海理发店的小江。胖股长咬牙切齿，发誓非要重重办他胆敢冒充县委副书记的罪不可。原来，小江叫江海，这个县委江副书记也叫江海。

第二天，没等别人叫，小江就自己主动登门找江副书记来了，正好胖股长也在场。江副书记刚要起身招呼，不料胖股长已经指着小江的鼻子怒吼起来："你……你来得正好！我问你，冒充县委领导，欺骗国家干部，套购国家物资的是你吗？啊？"小江朗声回答："我曾经写过两次条子，但没有冒充别人的名字，也没有欺骗过别人，更没有套购过国家物资。""白纸黑字在我手里，你抵赖不了……"胖股长还要叫下去，这时江副书记打断了他的话。

江副书记挥手让小江坐下来，然后严肃地问他："小伙子，你叫什么名字？""江海。长江的江，大海的海。"江副书记点点头："噢，原来你也叫这个名字！"

胖股长又蹦起来："胡说！谁让你叫这个名字的！"小江轻蔑地朝他笑了笑，说："我这名字是父母给的，从小叫到大，在这个镇上，凡是认识我的人无人不知，你可以去调查。""那你为什么给我写什么条子，你有什么权力让我这么做？你这是欺骗国家干部！"胖股长急吼吼地朝小江吼道。

小江脸上的神情顿时严肃起来，说："我正是为这个问题来找江副书记的。我也想不通，我这个普普通通的名字，为什么会突然像皇帝的圣旨那样灵光？是不是就因为与书记名字相同的缘故？如果是的话，为什么一个书记的名字竟然比政府的一个公章还管用？"胖股长当然不爱听这种话，他晃晃手里捏着的那两张小江写的纸条，说："你别扯远了，老实交代你自己的犯罪行为。"

小江说："我没有犯罪。我两次都在纸条上写着，先请你们调查，如情况属实，再酌情处理给材料；我署的，是我的真名；我以我个人的名义，为两个有困难的老人提个建议。如果这些都是犯罪的话，那么有些人以职务之便，把大批国家物资批给自己的亲朋好友，这又算什么呢？"

小江义正词严的这番话，说得胖股长哑口无言，他求救似的看看江副书记。只见江副书记站起来，紧紧握住小江的手，连声夸小江说得好，胖股长顿时没了辙，秃头上一颗颗黄豆大的汗珠直往下淌……

> 好人难写,清官难描。不过,这个故事却一反常规,先抑后扬,让人觉得可信、可能、可取和可喜。

书记盖房

冯蜂鸣　韩钟亮

柳林公社副书记老马最近突然提出要盖一所新房,而且选中了原先要盖幼儿园的那块地基。那地方前靠柳树林,后临荷花湾,景色宜人,交通方便,是全公社最好的宝地。

这老马平日还是个坚持原则的人,这样一来,人们的议论可就大了,都说:"别看他平时装得一本正经,到头来,还得谋私利!""还不是人家有权,不费吹灰之力,就把幼儿园的地基弄到手了!"有的还干脆骂上了:"真他妈的是什么风气!"这些议论不知道老马有没有听到,反正他是照样东奔西走,张罗着盖房。

老马首先找到建筑队的高队长,说:"老高,咱是老战友了,这盖房的事,还得请你帮忙呵!老高一拍胸脯说:"没说的,你书记要盖房,还不是一句话嘛!虽说材料有点紧张,不过也不是什么大不了的事。"老马说:"材料嘛,我帮你一起想想办法,总不能让你一个人为难啊!"高队长一听,连声说:"那好。施工我替你包了,你就等着住新房吧!"

晚上,老马正考虑着明天到哪几个地方去跑材料,公社水泥厂的赵厂长突然一阵风似的走了进来，关心地问道："老马，听说你盖房子材料有困难？"老马点点头说："是呀，水泥、石灰、砖头、木料，都还没准备呢！"赵厂长拍着胸脯说："别的不敢吹牛，水泥嘛，好说，我们厂有的是过期的！"老马摸摸自己的秃脑袋，说："盖房可是百年大计，过期的水泥怎么能用呢？"赵厂长凑近老马，轻声说："我是说，你按过期的付钱，货嘛，当然按最好的给！""啊？"老马听到这里方才明白，"真难为你呀，赵厂长，替我想得这么周到。"

赵厂长前脚刚走，后脚又来了一大串人：砖瓦厂的钱厂长、石料厂的孙厂长、联合工厂的李厂长……他们都是来关心老马盖房的，不但都表示可以提供各种各样的建筑材料，而且全是价廉物美的"次品"、"等外品"。老马见他们这样热情周到，感慨地摸着自己的秃脑袋不知说什么好。

那些厂长们可真是说话算话。第二天，各种材料就陆陆续续运到了工地。眼看马上就可以开工了，老马心里别提有多高兴！可是当他这天下班骑着车子回家的时候，忽然半路上杀出个"程咬金"来，有人呵斥他："站住！"他抬头一看，原来是供销社主任老姜。

老姜人称"老犟"，曾经和老马一起参加过淮海战役，还是老马的排长，后来负伤落残，成了瘸腿。虽说腿瘸，可他路走得正，平时见到不合章法的事儿，就是天神爷爷，他也要横挑鼻子、竖挑眼地管。因为他资格老，脾气犟，又爱管闲事，公社里不论是谁，做了亏心事都得怕他三分。

老马一看是他，就想绕过去，可老犟把手里的拐杖往地上一捅，一副拼刺刀的架势："不许动！"老马只好下车："嘿嘿，是老排长……"老犟打断他的话说："马子，我问你，你要盖房，是不是？""是！是！""看上幼儿园的那块地基了？""不错，不错！""材料都是买的次品？""有这事，有这事。"老犟一听大怒："好小子！亏你说得出口？""老排长，是这么回事……"老马正想解释几句，哪知老犟举起拐杖说："你给我听着！第一，把次品退掉。第二，换个地基。你听我的话，就跟我回家喝两盅，要不……""嗖！"老犟把拐杖抡到了老马的秃脑袋上，"要不，我把你这灯泡敲个窟窿！"老马情知不妙，"噔噔噔"跳上自行车就逃，老犟在后面拄着拐杖直骂："马子……你跑了初一跑不了十五……"

虽说老犟这么坚决地反对，可还是没能挡住老马盖房的进程，而且还提前破土动工了。老马每天只要有空就去工地，这儿走走，那儿看看，一会儿扛木头，一会儿搬石头。他见地上丢了一块砖，"噔噔噔"跑去捡起来；见撒了一把水泥，就"噗噗噗"双手捧起来；见脚手架上有地方可能会松动，就"哧溜"爬上去提醒。五十多岁的老头子了，真有点老当益壮的样子！

那老犟呢，也不甘罢休，就像块黄米黏糕，这回粘上老马就甩不掉了。这天，他一瘸一拐来到工地，看到眼前的情景，气得拐杖直指老马的鼻子尖："好小子，你还真干起来？"他将手里的拐杖到处抡："啪！"水平线的细绳被打断了；"咚！"刚垒上的新砖捅下来了；"扑通！"运石灰的小车掀翻了……

老马赶紧把他拖住，说："老排长，有话好说。走，到我家喝两盅。"老犟的眼睛里简直要喷出火来："喝你的酒恶心！"说着，手里的那根拐杖又抡了起来。建筑队的高队长急忙冲上来，又是拉又是劝的，才勉强把老犟拖走。老犟才不会罢休呢，远远喊道："我就不服羊角是弯弯，非拾掇你马子不可！"

老犟大闹工地之后，大伙都在看这事情老马怎么收拾，可老马照样沉住气，该干啥干啥。于是就有人说："这老犟也太犟了，等房子盖起来了，老马写个检查不就完事儿了吗？""是啊，"又有人说，"老马现在不盖房，将来退了休，垒个鸡窝也难哪！"

说话间，时间"嗖嗖嗖"飞快地往前走！没多久，新屋落成了。

老马忙着办宴席，说是要答谢所有帮助过自己的人。他让人帮忙买来牛肉、羊肉、鲍鱼片儿、金针、木耳、黄花菜儿，泡上了蘑菇、湘莲干儿，备下了烧鸡、松花蛋儿。宴席就摆在新屋里，十分丰盛，公社的有关领导、提供建筑材料的各位厂长、高队长和他底下的那帮盖房师傅们，统统都被请来了。老马还要让高队长去帮他请老犟，高队长替他着急："老马，我看今晚就算了吧，他再来一场大闹，可就扫了大家的兴了！"老马却坚持说："他是我的老上级嘛，还是应该请他来，这个场合，他不至于抡拐杖。"高队长说不过老马，只好去请，那老犟一听，还真就来了。

不过，老犟可不是来赴宴的，他憋着一肚子火，是要给老马的宴席来个"席间开花"的，只不过他觉得没到时候，他要听听老马在做下这么不像话的事情之后，还会厚着脸皮说出什么话来。所以，当老马客客气气地喊他"老排长"时，他一声不吭，毫不客气地坐了下来。

酒宴开始，只见老马高高举起了酒杯，大声说："同志们，辛苦了！为了感谢大家的盛情帮助，来，先干一杯！"所有人都举起酒杯，将杯中酒一饮而尽，只有老犟，手不沾杯，唇不沾酒。

老马也不生气，朝老犟笑了笑，又给大家斟满酒，说："刚才喝了答谢酒,接下来,再请大家喝第二杯道歉酒!"大家一听,感到奇怪:老马要向我们道什么歉?连老犟也觉得意外,竖起脖子,瞪大了眼睛。

只听老马一板一眼地说:"大家都知道,这地基划给公社直属单位盖联合幼儿园后,我就上水库工地去了,一去就是两年。这次回来一看,地基还是地基,一问才知道,原来大家对盖幼儿园都不起劲。所以,这就逼得我'假私济公',请大家帮我完成了这个盖幼儿园的任务。"

大伙一听,全都傻了。老犟"腾"地从座位上跳起来:"好小子,你……你怎么不早说呢?"老马摸摸他的秃脑袋,说:"老排长,我两次想告诉你,可都差点被你手里这根拐杖敲了我的'灯泡',你让我咋说呀?嘻嘻!""这……"老犟一时没词儿了。

接着,老马又掏出一个账本,把盖房所用材料以及数量等,一五一十念了一遍,然后说:"这笔账,以后请幼儿园去结算吧,不过所有'次品'、'等外品',都要按正品付钱,不能让工厂吃亏。至于今晚的酒宴嘛,是我请客,大家可以开怀痛饮,一醉方休!""啤",老马话音刚落,全场掌声雷动,这回,老犟第一个就把杯中的酒喝了个底朝天。

全场气氛浓烈,老马又一次给大家斟满酒。之后,他高高举起自己的酒杯,说:"这第三杯酒,是告别酒,因为明天我就要退休回山区老家去了。不过临走之前,我还想问大家一个问题:为什么幼儿园两年没盖成的房,我一说要盖房,不出十天就盖好了呢?"

一个问题,问得大伙儿大眼瞪小眼。

关键词：工作作风

> "外行"领导"内行"，肯定要闹出笑话。

土瓦罐案件

姚炳森

市博物馆新近恢复开放，缺一位馆长，市文化局提议由原馆长王文通担任这个职务。可是，主管文化工作的市委左副书记不同意，说："此人偷过文物，不能重用。新任馆长我已另有人选。"

果真没几天，新馆长就走马上任了，这是一位白白胖胖、满脸福相的中年妇女，姓尤。尤馆长一来到博物馆，但见这里林木苍翠、鸟语花香、假山溪水、雕栋画梁，这环境胜过蓬莱仙岛，住进来赛过王母娘娘，她心里就甭提有多高兴了，打心眼里感激左副书记的匠心安排。

可是，俗话说："乐极生悲。"尤馆长到任没几天，馆里就出了件大事：丢失了一个土瓦罐。嗨！按说一个土瓦罐有啥稀奇，了不得花几毛钱再买一个。可诸位有所不知，这博物馆里的土瓦罐可不比寻常，它是一件有四五千年历史的文物，叫作印纹陶，就是古代印有花纹的陶器，对研究我国古代文化有非常重要的价值，传说当年大禹治水时，曾用这个罐子熬过粥烧过饭、蒸过鲜鱼煮过蛋，你说稀罕不稀罕！

你想，丢了这样一件无价之宝，能不叫人着急吗？其中最焦心的就数博物馆的原馆长王文通了。王文通急忙去找新来的尤馆长，说："尤馆长，不好了，咱们馆丢失了一件印纹陶。""什么桃？"尤馆长以为是树上的桃子被人摘了，心想：这也值得这么大惊小怪吗？王文通便解释说："是印纹陶，千金难买的文物呀！""啊？"听到"千金难买"四个字，尤馆长估计非同一般。心想：怪呀！早不丢晚不丢，怎么我一上任就丢了呢？究竟是外盗还是内贼呢？如果是外盗，他怎么这不偷那不偷，偏偏就偷这个千金难买的什么"桃"呢？哼！看来准是个行家干的。尤馆长两眼一骨碌，心里就明白了几分：定是馆里有人跟我过不去，故意给我出难题儿，设绊腿儿。好哇，我就把这个案子抓给你瞧瞧，让你也知道知道我的能耐。

尤馆长主意已定，就向左副书记做了汇报，然后拿着令箭在馆里开始了清查工作。她先贴大标语，后挂检举箱，开罢动员会，又抓活思想，一时间弄得全馆上下人心惶惶。大家越是紧张，尤馆长越是得意。这就叫：水不急，鱼不跳。只要我再加几把柴，还愁你锅里不冒泡吗？

有道是，功夫不负有心人。尤馆长的工作确实很有成效，没几天就发现了重要线索，有了怀疑对象。谁？原馆长王文通。

王文通曾偷过文物，被撤销了馆长职务，有前科；此次未能官复原职，心怀不满，有作案的思想基础；文物保管室整理不久，管理不严，平日又是王文通去得最多，有作案的条件；案件发生后，又假装积极，表现反常；特别是王文通有个在国外工作的姐姐王文凤，最近回国来看望过王文通，她离开的那天，正是丢失印纹陶的日子，有人发现王文通送他姐姐出门时，手上拎了个鼓鼓囊囊的提包。这难道是巧合吗？不！这是重大的怀疑对象。

尤馆长把自己的分析向左副书记做了汇报，提出要对王文通的姐姐王文凤来个跟踪追击，务必查个水落石出。左副书记本来就对王文通印象不好，自然点头同意。

尤馆长向有关部门一打听，王文凤正在国内旅游，路线是黄山、庐山、峨眉山、桂林、广州、上海滩，目前正在第二站——庐山。尤馆长雷厉风行，轻装上阵，一路上马不停蹄，跟踪追击，最后坐上飞机，长空展翅，来到了上海滩。

可是，尤馆长与上海的公安部门一联系，一位负责同志严肃地对她说："没有确凿证据，不能随便怀疑归国探亲的华侨，这是党的政策！"尤馆长碰了壁，但依然兴高采烈。她想：虽然印纹陶没查出来，可轮船、火车、飞机我都坐了，全国著名的风景区都去了，也不枉我这一趟长途跋涉了。

尤馆长回到市里，正好省博物馆的赵馆长来，印纹陶的失踪，引起了省博物馆的重视，年迈的老馆长亲自赶来了。这是自己的顶头上司，尤馆长自然要热情相待，于是当即留老馆长在馆里用膳。尤馆长本想摆上一桌丰盛的酒席，无奈老头子好歹不让，只好搞几个便菜。席间，尤馆长为了显示自己的成绩，滔滔不绝地向老馆长汇报了案情的进展情况，说目前各条线索都已集中在王文通身上，案子指日可破。老馆长一听，大吃一惊。他是了解王文通的，王文通作为这个市博物馆的原馆长，一向致力于考古事业，曾发表过不少很有研究价值的论文。"文化大革命"中，他吃了不少苦头，但在处境十分艰难的情况下，他还冒着生命危险抢救了一部《孙子兵法》，但没想到竟有人告发他偷文物，把他吊在房梁上打断了三根肋骨。为此，他被撤去了馆长职务，押送回乡，监督劳动，直到粉碎"四人帮"

以后，才调回馆里当馆员。

老馆长语重心长地对尤馆长说："像王文通这样兢兢业业的人，是完全可以信赖的。"

尤馆长却不以为然："老馆长，知人知面不知心！案情正在追查，反正过几天就要见分晓了。"

话不投机，老馆长这一顿饭吃得很不是味儿。尤馆长生怕怠慢了上司，忙殷勤地说："老馆长，我家有臭豆腐，拿来给您调调口味吧！"原来她已经打听到老馆长最喜欢吃臭豆腐了。

不一会儿，尤馆长就端了一罐子臭豆腐回来，盖子一揭，还真叫人口水直滴呢。

老馆长也许平日确实喜欢吃这东西，所以对这一罐子臭豆腐倒发生了浓厚的兴趣，他抹了抹嘴，说："尤馆长哇，我平生爱的就是这东西，要是你舍得的话，就把这一罐子臭豆腐送给我吧！"

尤馆长见有了巴结上司的机会，好不高兴，忙说："行！行！我给你换一个景德镇的青花瓷罐吧。"

老馆长哈哈一笑："你没见四川的榨菜、安庆的豆瓣酱吗？都是用陶罐装的哩。陶罐装臭豆腐，才有土特产的风味啊！"

尤馆长一听，忍不住想笑，心想：我那天在门口碰上一个卖臭豆腐的人，一时找不到合适的东西装，才顺手拿了这个罐子，没想到正合老头儿的意哩！

老馆长停了一会儿，说："尤馆长，我下午就回省里去了，我看这丢失印纹陶的事，也就算了吧，别再追查了。"尤馆长一听，很坚决地说："不！我一定要查个清楚，把王文通的画皮剥下来！"老馆长说："不用了，我都查清楚了。""啊？"尤馆长半信半疑地问，"谁？你告诉我，我一定要对他严加惩办！"老馆长"霍"地站起来，铁青着脸说："就是你！""什么，什么？"尤馆长想，这老馆长大概是老糊涂了吧！

只见老馆长指着尤馆长给他的那只装臭豆腐的土瓦罐，说："这就是丢失的印纹陶！你还耍什么威风呢？不学无术，岂有此理！""啊！"尤馆长"啪嗒"一声跌坐在地，好半天说不出一句话来。

关键词：价值观

> 解放思想的春风，也吹进了年轻人的心里。女性在恋爱的自主追求上获得了空间。

奇怪的姻缘

陈希元　搜集整理

俗话说："花开引蝶，树大招风。"在"文化大革命"那个动乱时期，姑娘长得漂亮也遭罪。

有个火柴厂女工，名叫杨爱霞，个儿不高不矮，身材不胖不瘦，不但长得漂亮，而且聪明大方。

这一天，厂里政工组的老王找爱霞谈话，他笑眯眯地说："爱霞，恭喜你，咱厂革委会主任选你做他的三儿媳妇，派我当介绍人，你要愿意，马上把你从工人提升为干部，你看咋样？"

爱霞一听，气得脸绯红。她低头沉思：这主任的三儿子是个正事不入门、邪事门门通的二流子，自己怎么能同他谈恋爱呢！可再一想：这个主任靠造反起家，要是得罪了他，就会大祸临头！这事怎么办呢？她灵机一动，笑着对老王说："感谢主任对我的关心，但我的个人问题早就解决了。"

老王一愣，严肃地说："解决个人问题，为啥不征求组织意见？"爱霞说："我想组织是抓大事、管路线的，这种个人生活小事，何必麻烦组织呢？"老王面孔一板："你这是什么话？咱主任在会上讲了多少遍了，如今事事有路线，恋爱结婚也有路线问题。你那朋友叫啥名字？在哪儿工作？是工农兵还是臭老九？家庭是依靠对象还是革命对象？你得马上告诉我，我要把情况向主任汇报。"老王这一席话，问得爱霞头上直冒汗，但她沉着应付，故意装作俏皮的样子说："现在先不告诉你，一个月后，我把人领到主任办公室，听候审查。"

老王听爱霞的口气，好像她的朋友还真有点来头，也就圆滑地说："好吧，那就等审查后再谈吧。"

爱霞回到宿舍，越想越觉得害怕，她没有谈恋爱，哪来的朋友，到时候，岂不要落个欺骗组织的罪名？但眼下再托人介绍，如果声张出去，被主任知道，事情不就更糟了吗？爱霞越想越伤心，一头栽倒在床上哭了起来。她哭着想着，整整翻腾了一夜，也没想出个好主意来。

第二天上班，她在车间里一边包装火柴一边想心事，看着手里这一只只包装好了的火柴盒，她突然心里一亮。当天，她悄悄从车间里带了一只空火柴盒回宿舍，然后取出纸，写了一张便条，便条上写着："我叫杨爱霞，今年二十三岁，火柴厂工人。凡年龄在二十六岁以下的未婚男青年，为人正直，思想进步，不管工人、农民、干部、学生，愿意和我谈婚者，请携此便条和照片，来火柴厂面谈。"写完，她拿了一张照片，一起包好，装进了那只空火柴盒里。第二天上班，爱霞又悄悄把这只装了她征婚纸条的火柴盒带到厂里，趁人家不注意的时候，打在马上要出厂的火柴盒箱子里，出厂了。

自从火柴盒出厂后，爱霞整天提心吊胆。担心要是万一碰上一个比主任的三儿子更坏的人，咋办？她甚至后悔自己怎么做出这种荒唐事来，现在一碗水已经泼出去，收也收不回来了，她只好自己安慰自己：说不定能碰上一个称心如意的人。

就这样，过了一天又一天。到第五天头上，爱霞正在车间里忙着，门房来电话，要爱霞去大门口会客，爱霞的心顿时"怦怦"乱跳起来。到了厂门口，门房老汉指着门外大槐树底下一个人说："就是他。"爱霞一看，树下站着一个农民打扮的青年，就快步向那边走去。

那青年一见爱霞，就自我介绍说："我叫李向农，红旗公社火箭大队社员，今年二十六岁，家中还有一个多病的母亲和两个小妹妹，看到你的纸条和照片，我就来了，不知你愿不愿意和我……"

爱霞一边听，一边悄悄打量对方，她觉得来人虽是农民，衣服又脏又土，头发乱蓬蓬，但体格魁梧，相貌英俊，从这几句简短的话里，听得出是一个朴素实在的人。爱霞红着脸说："我在纸条上写得很清楚，你既然接到并且赶来了，我当然愿意。不过……不过，你来厂里找我，也该换身衣服呀！"

李向农为难地说："这几年'批林批孔'，我们生产队一个劳动日只有两角钱，连吃饭都成问题，哪……哪有钱买衣服穿？"爱霞一听，同情之心油然而生，从口袋里取出二十元钱交给李向农，说："你拿去买衣服吧，后天中午十二点，我在这儿等你。"李向农接过钱，感激地点了点头，转身走了。

到了约定的这天，中午十二点，李向农准时来到大槐树下，可是依旧穿着那身又脏又土的衣服，爱霞就问他："你咋没换衣服？"李向农愁眉苦脸地说："我妈病了，那二十元钱给我妈看病用了。"爱霞听了忙问："病得咋样？"李向农说："连着打针吃药，现在好多了。"爱霞于是又从口袋里取出三十元，递给李向农，说："这钱，二十元给你买衣服，十元继续给你妈看病。还是后天中午十二点，咱们还在这儿见。"李向农接过钱，深情地看看爱霞，转身慢慢地走了。

　　李向农第三次又和爱霞见面了！可这一次，他还是穿着那身又脏又土的衣服。爱霞有点不高兴了，问："咋又没换衣服？"李向农说："队里买化肥钱不够，我把钱垫着买化肥了。"爱霞听了，低头不语。李向农解释说："庄稼一枝花，全靠肥当家。化肥买迟了，就会耽误一季庄稼，这是急事呀！"爱霞听了解释，笑着对李向农说："你做得对。"说完，她转身回到厂里，去取来五十元钱，交给李向农，说："这回给你五十元，二十元买衣服，三十元留着备用。星期天中午十二点，咱们还在这儿见！"说完，扭头回厂里去了。

　　可谁想，星期天中午十二点，李向农还是穿着那身又脏又土的衣服来和爱霞见面。爱霞生气了，背转身子问："咋搞的，又没换衣服？"李向农笑着说："走了几家服装店，我不知买啥样的衣服好，今天你休息，想请你进城当个参谋。"爱霞只好跟着李向农进城。

　　李向农和爱霞走进百货大楼，爱霞为李向农挑选了一套衣服，付了钱，正要离开，李向农一把拉住她说："别走，咱们见了四次面，你给了我一百元，又送了我一套衣服，今天，我也要送你一件礼物。"爱霞问："你送我啥礼物？"李向农四下一指，说："随你挑，你看上啥我买啥！"爱霞一听，"扑哧"笑了，暗想：一个劳动日只有两角钱的生产队，一年能分几个钱，还说让我看上啥买啥，好大的口气！但又一想：瓜子不饱情意重，能有这个想法，也算他对我的一片心意。为了不让李向农为难，她指指旁边柜台，说："我就喜欢这把梳子。"李向农一看，标价只有五角五分，就开玩笑说："你太小看人了！走，咱们上楼去看看！"

李向农把爱霞带到楼上手表柜台，指着一块进口手表对营业员说："同志，买块表。"营业员上下打量着李向农，冷冷地说："看好牌价！"李向农风趣地说："我不是文盲，五百元的阿拉伯数字还能认得。"营业员有意为难地说："先交款，后提货。"

李向农一听，把手伸进又脏又土的衣兜里，取出一叠崭新的人民币交给营业员。营业员接过钱一数，十元一张的整整五十张。仔细一看，还是连号码的。她看看钱，又看看李向农；看看李向农，又看看钱。她觉得现在阶级斗争复杂，必须提高革命警惕，站在面前的这个人，就很值得怀疑，所以转身跑到里面办公室，悄悄给公安局打了个电话。

公安人员要营业员设法拖延十五分钟，于是营业员便借口给他们调节表带长短，故意拖延时间。

十五分钟过去了，营业员一看化了装的公安人员已经赶到，于是就将手表给了李向农。李向农当场就给爱霞戴在手上，随后两人转身下楼，公安人员立即紧紧尾随跟上。

李向农和爱霞走出百货大楼，爱霞就追问李向农："你哪来的这么多钱？"李向农幽默地说："你放心，这钱绝对是正道来的。"爱霞还要问，李向农抢先说："对不起，我有急事，要马上回去，下星期天中午十二点，咱们老地方再见。"说完，不等爱霞点头，就急匆匆地走了。

这时，跟在他们身后的公安人员傻眼了：他们兵分两路，我跟哪一个好呢？常言说"捉贼见赃"，既然手表戴在女的手上，还是盯住女的要紧。于是，便盯准了爱霞。可是爱霞还完全蒙在鼓里，和李向农分手后，她回忆一次次和李向农见面的情景，和今天买表的经过，越想越觉得不对头，特别是李向农一直说没钱，可是今天怎么会一下子拿得出这么多钱呢？而且刚才分明是不想被我追问下去，走得那么突然……

爱霞心里疑团重重，甚至想到这钱会不会是偷来的呢，她顿时起了一身鸡皮疙瘩，赶紧把表从手腕上卸下来，装进衣兜。

爱霞快步回到厂里，公安人员也跟了进去，马上与厂革委会联系。于是厂革委会主任立刻组织老王等有关人员成立杨爱霞专案组，争取协同公安机关迅速破案，并通知民兵小分队，马上把杨爱霞的行动监视起来。

公安人员和老王研究了一下，决定先找杨爱霞谈话，当听说李向农是红旗公社火箭大队的社员，公安人员就马上去那里调查。谁知查来问去，火箭大队根本就没有这样一个人，公安人员回厂，要爱霞老实交代。爱霞能交代出什么来呢？她吓得哭了起来。

公安人员严肃地对爱霞说："你现在应该积极协助我们破案。他不是约你星期天中午十二点见面吗？为了把他和他的同伙一网打尽，你必须配合我们将计就计，这也是对你的考验。"

厂革委会主任在一旁更是冷言冷语地说："放着阳光大道不走，偏要走独木桥，现在交了个流氓、小偷做朋友，看你怎么办？"

到了星期天中午十二点，火柴厂门口表面上和往常一样平静，实际上到处都布了暗哨。

前来赴约的李向农，今天也大大地变了样：他理了发，吹了风，衣冠楚楚，风流潇洒，一表人才。他兴致勃勃地笑着对爱霞说："走，咱们去兴庆湖公园玩好吗？"爱霞强作笑容地应了声："好。"便跟着李向农走了。

当他们走进兴庆湖公园，公安局的吉普车也相继赶到，火柴厂厂革委会主任带着民兵小分队也兴冲冲地赶来了。公安局的李处长亲自部署，周围全都布了岗，然后他带了公安人员开始搜寻。

没走多远，李处长见湖畔的长条椅上坐着三个人，仔细一看，只见一位白发苍苍的老人两侧，一边坐着李向农，一边坐着杨爱霞。

李处长快步上前，正要执行任务，猛听一个非常熟悉的声音在唤他："小李！李处长！"他抬头一看，哎呀！中间那位白发老人，原来是自己过去的老首长、省军区的罗司令员，他急忙走过去给老首长敬礼。

罗司令员一边起身还礼，一边对李向农说："华子，这就是我给你常讲起的那个李叔叔。"转身又对李处长说，"这是我的三儿子罗华。"接着，又指着爱霞说，"这是华子的女朋友杨爱霞，火柴厂工人，今天休息，我们难得来公园玩玩。"听了罗司令员的介绍，李处长和公安人员都愣住了，站在他们身后的厂革委会主任更是惊得目瞪口呆。

李处长狠狠瞪了公安人员一眼，问罗司令员："老首长，他俩到底是咋回事？"罗司令员似乎已经意识到了什么，他哈哈大笑道："华子，你们这种恋爱的方法可不大好呀，看看，把公安局都惊动了。现在，你就向你的李叔叔老实坦白吧！"

罗华红着脸站起来，说："是这样，几年来，别人给我介绍了不少女朋友，通过交谈和了解，我发现她们追求的不是真正的爱情，而是看中了我父亲的地位。二十天前，我买了一盒火柴，打开一看，里边有一张纸条和一张照片。看过纸条，我觉得她不是那种追求金钱地位、追求享受的姑娘，而是一个寻找真正爱情有理想的好姑娘。为了试探真假，我有意化装成农民，改名叫李向农……"

爱霞不等罗华说完,指着厂革委会主任气愤地说:"我这样做,全是他们逼出来的!"爱霞把前后经过一说,厂革委会主任当着这么多人又不好发作,只好灰溜溜地走了。

罗司令员哈哈大笑,对李处长说:"他们俩谈恋爱的方法是不是有点儿新奇啊?不过年轻人的这种恋爱观,我们可要支持和保护哟!"说得李处长不好意思地笑了。

第二天,这个奇怪姻缘的故事就像长了翅膀带了电,飞一样地传遍全城,大家一边为这对年轻人祝贺,一边责骂那个厂革委会主任。

关键词：民生

> 在上海改革开放之后，商品房尚未兴起，人们大多住在石库门和工人新村里。"弄堂"生活是许多上海人的生活原貌，邻里之间的距离很近，故事也由此而生。

石库门里的故事

黄宣林

人世上，鬼是绝对没有的。但说来也怪，最近，石库门的永福村却确确实实发生了一桩"鬼"讨债的奇事。起初，我也不相信，青天白日，朗朗乾坤，哪来什么鬼呢？但是，实地调查后，嗬，"鬼"讨债还真有其事呢！今天，我就来讲讲这桩事情。永福村25号前客堂，住了个青年叫小华。小华今年要结婚，他想买只电视机，但手头紧了些，就向后客堂卖葱姜的孙老太借了两百元钱，讲好三个月内如数还清。卖葱姜本微利薄，孙老太怎么会有这么多积蓄呢？原来，她是为了给远在外地工作的独生女儿阿珍积一笔钞票，所以平时克勤克俭，一分钱也要掰成两半用，好不容易才积下这点钱，听说小华结婚急需钞票，就成人之美特地从银行里取出来借给小华。小华拿到钞票，当天就把电视机买了来，晚上还请孙老太过去一起看。那天电视里正好放孙老太平时最喜欢的滑稽戏，孙老太一边看一边笑，嘴巴像烧熟的蛤蜊，闭也闭不拢。

俗话讲：天有不测风云，人有旦夕祸福。孙老太看电视时还好端端的，谁知看完后回到后客堂就喊脑壳痛，而且越痛越厉害,送到医院已不省人事,医生说是脑溢血,到下半夜孙老太就气绝身亡了。消息传出,小华心里不禁一动:借钱的时候只有我与老太两个人,正所谓天知、地知,她知、我知,现在老太一死,这事只有我一个人知道,只要我不说,还有谁会来向我讨债呢?小华邪念迷心窍,决定来个嘴巴上贴封条——闭口不谈。

再说孙老太的女儿阿珍接到凶信,心急火燎地从外地赶来上海奔丧。在清理娘的遗产时,她发现娘有一张存折,两百一十五元,三天前取走了两百元。阿珍想:娘生前省吃俭用,从不肯乱花一分钱,这取出的两百元派啥用场了呢?看看娘房间里也没添什么新家什,阿珍就怀疑娘这笔钱还没有用掉,可能是放在什么地方了,于是翻遍房间里所有的抽屉角落,连枕头芯子也拆开来了,就是找不到。阿珍又想:娘平时热心助人,会不会把这钱借给别人了?按说真要是借了的话,女儿回来了,借债人应该主动来打招呼不是?如今不声不响的,看来不会是好兆头,说不定想赖账呢!

这一天,灶间里只有阿珍和小华两个人。阿珍说:"小华,我们两家住在前后客堂,是一板之隔的老邻居。据说,我娘生前有两百元钱借给人家了,也不知借给了谁,你能不能帮我打听打听?我娘苦了一世,临死再被人家骗去两百元,她死了也口眼不闭的!"

小华听了阿珍这话心头一惊:啊?我以为这事只有我知,看来现在竟然还有第三个人知道!小华想摸摸阿珍的底,就眨眨眼睛说:"阿珍,我们两家虽是一板之隔,但有关钞票的事你娘从来不曾对我提起过。不过,帮你打听打听还是可以的。唉,可惜你娘死得太快,没留下片言只字的凭据,即使我帮你打听到借债人,万一人家不认账,又叫不醒你娘来对质,要讨还这笔债,难啊!"

阿珍听小华这么一说,顿时心灰意冷:是呀,看来要讨还这钱,就像到大海里去捞针,没指望了。她伤心得差点要掉下泪来,一声不吭地回后客堂去了。

老话说得好:为人不做亏心事,半夜敲门不吃惊。自打阿珍在小华面前提过钱的事情之后,小华心里就多了个疙瘩。到了孙老太大殓的日子,小华特地请假买了花圈赶到火葬场,名义上是为孙老太"送葬",实际上是去"轧苗头"的。当大殓仪式进行到最后,向孙老太遗体告别的时候,阿珍和亲友们都忍不住扑到孙老太身上失声痛哭,小华也凑了上去。他突然听到人群中有个声音,一边哭一边诉说:"阿珍娘啊,阿珍娘,想你在世好良心,为人厚道又热情,生前助人两百整,哪知帮助了一个黑良心。阿珍看到存折起疑心,东打听,西问询,哪知人家不承认。如果你老有灵性,请你睁开眼睛指指明,或者开口讲一声,我们好帮你来查清。你临死被骗走两百元,替你想想真伤心,啊哟,真伤心啊……"

小华心里暗暗吃惊:果然,阿珍将孙老太丢两百元钱的事说了出去。但他再细细一想,心又定了下来:刚才这人讲"阿珍看到存折起疑心",说明到目前为止,他们只是从存折上知道少钱,并没有哪个人亲眼看到孙老太借钱给自己。这就死无对证了,除非孙老太还魂来讨,否则谁也别想从他那里把钱拿回去。

从火葬场里出来,小华特地到浴室去洗了个澡,除除身上的晦气,然后就洋洋得意地回家了。刚推开房门,"哗"一阵风吹进房间,小华发现新买的电视机背后,轻悠悠、轻悠悠地飘起一根白颜色的棉纱线，上面还粘着一张黄草纸。小华又惊又疑，疾步上前，拿过黄草纸一看，上面写了四句诗：借我两百整，速速还阿珍，若存抵赖心，休怪我无情。下面具名：卖葱姜老太。"啊？"小华两眼一黑，一阵慌乱，只感到一颗心好像跳到了喉咙口：这到底是怎么回事呢？刚才去火葬场之前，房间里的窗是自己亲手关的，门是自己亲手锁的，会有谁进来过呢？小华不由朝孙老太过去住过的后客堂看去。这一看，他发现不对！由于年久失修，两家一板之隔的这道板壁，缝道细的细，阔的阔，细的像鞋带，阔的像裤带。这样的缝道，不要说一张草纸，就是一刀草纸也塞得过来。小华心想：会不会是阿珍疑心我拿了她娘的钱，存心借她娘的口，用张黄草纸来试试我呢？世界上鬼是没有的，但是搞鬼的人还是有的！小华想到这里，心神反倒安定下来，他将黄草纸放进口袋，不露声色。

第二天是厂休日，小华原先就打算用一天时间把房间墙壁用涂料重新粉刷一下的，如今他决定改为贴墙布了：我把板壁缝道全部贴没掉，看你阿珍还有什么东西可以塞过来！小华说干就干，店铺一开门他就去买墙布，拿回来之后，就在屋里忙开了。

小华不知道，就在他忙碌的时候，孙老太两百元无头案的事也已经在整条弄堂里传开了，大家都很同情阿珍，个个为死去的孙老太抱不平。事情传到里委会，那些热心的里弄干部立刻帮阿珍排查起疑点来，他们从存折上记录孙老太到银行取钱的日子算起，发现整条弄堂只有小华搬进过大件电视机；而且还有人来反映说，小华买电视机前曾向人借过钞票。会不会这两百元就是他向孙老太借的呢？里弄干部为了摸清情况，决定找小华谈一谈，于是就把他请到了里委会。

里委会其实就在小华家隔壁，正好小华这时也已经基本忙完了，临出门时，他特地把窗关紧，将门锁上，看看板壁已经全部被墙纸贴没，他心想：只要挺过今天这一关，以后他们就不会再来纠缠了。小华昂头挺胸来到里委会，里弄干部刚给他提孙老太两百元钱的事，他就暴跳如雷，粗声粗气地说："冤枉啊，同志！我不知怎的踏痛了人家的尾巴，这是有人存心想害我哇！阿珍娘死了，现在死无对证！这不是存心要我背一世的黑锅吗？同志，你们对死人负责，也要对我活人负责啊！"里弄干部找小华谈话，只是因为觉得有疑点，要讲证据还不足，现在他这么一闹，里弄干部只得反过来劝慰他："别急，是红是白，我们一定会弄清楚的。"

小华从里委会出来，心想：笃定了，里弄干部手中没证据，下趟不敢再来找我了。他回到自己家门口，将房门一开，"哗"一阵风吹进房间，奇怪！新买来的电视机背后，轻悠悠、轻悠悠地又飘起一根白颜色的棉纱线，上面又粘着一张黄草纸。"啊？又来了！"小华惊惶不安地冲过去，拿起黄草纸一看，这回上面写得密密麻麻，从小华怎样开口向孙老太借钱写起，到孙老太怎样到银行取回两百元，回来后怎样在小华房间里靠窗的桌子前数钱给他，小华接过钱后又是怎样感谢孙老太，而且怎样保证三个月内将钱如数还清，等等，等等，整个过程黄草纸上写得眉是眉、须是须，有板有眼。黄草纸上最后还写道：如果你继续赖账，我就到阴曹地府去告你，与你在阎罗殿上对质！下面具名：卖葱姜老太。

小华看完，只感到脊梁骨上凉飕飕。借钞票那天，阿珍还在外地，绝对不会知道得这样详细，如此看来，真是出鬼了！小华捧着黄草纸，越想越怕，吓得面孔煞白，手脚冰凉，两眼发直，额角头上的冷汗好像六月里的阵雨，大的像黄豆，小的像赤豆，一颗一颗落下来，整个人就像一根蜡烛，一动不动插在房间当中。

这时，小华的女朋友莺莺来了。莺莺和小华，是一对"宝货"，当初赖账，一个吹箫，一个捏眼，两个人真所谓一个调子、一个心思。今天她下班后想来看看新房间弄得如何了，一进门，见小华这副样子，就推推他："怎么，青天白日见鬼啦？"小华被她一推，"哇"的一声几乎要哭出来了："莺莺啊，我真的大白天碰见鬼了！"他把手里捏着的黄草纸递给莺莺。莺莺一看，也吓坏了：这新房是结婚用的，现在我人还没住进来鬼倒先进来了，以后我还怎么敢住？她赶紧把黄草纸朝小华手里一塞，说："快，你快去找阿珍，就说那两百元钱我们一定在三个月之内还清，求她帮帮忙，叫她娘不要再来了。"

看来赖是赖不掉了！唉，竹篮打水一场空。小华只得垂头丧气去找阿珍。此时阿珍正在里委会与里弄干部商量继续查这二百元的事。小华见他们人都在，觉得很尴尬：如何开口呢？刚才还满口叫"冤枉"，现在怎么一百八十度大转弯？小华感到两片嘴唇有千斤重。他朝四周看看，心里不免一动：这里是阳间，又不是阎罗殿，反正孙老太不在，我何必要全部承认呢？于是他走到里弄干部和阿珍面前，说："阿珍娘在世时，我向她借过一百元，不是两百元，所以你们说两百元，我就搞糊涂了。现在我向阿珍保证，我借你娘的这一百元，保证三个月内凑齐，如数奉还。"

阿珍是个老实人，心想：小华既然承认借了娘一百元，那剩下的一百元也有可能是娘借给别人了，不能冤枉小华。于是阿珍说："小华，我马上要回去了，以后你将钱交给里委会，请他们寄给我就行了。""那好,到时候我一定会还上,你放心。"小华见阿珍相信了自己的话,心想:我又赖着一百元了!他在里委会坐了一会儿,寒暄了几句,便回家了。

总算可以太平无事了!小华兴冲冲跨进房间,这时候,莺莺还没有走,正坐在后门口钩一块台布的花边。小华正得意地要把自己怎么赖下一百元的事告诉莺莺,突然"哗"一阵风吹进房间,他猛地发现新买的电视机背后,轻悠悠、轻悠悠地一根白颜色的棉纱线又飘了起来,上面又粘着一张黄草纸。怎么又来了?小华三魂吓掉两魄,脚都发软了。他拿过黄草纸赶紧看,上面有四句诗:明明借两百,为何讲一百?非要当面对,方能弄明白!署名还是"卖葱姜老太"。什么?我刚刚承认一百元,老太婆已经晓得了?只见黄草纸下面还有一行小字:当心,今夜三更我来和你对质!

小华脸都吓白了,问莺莺:"刚才我去找阿珍,你离开过房间吗?""没有啊,怎么啦?""那,有人来过吗?""也没有啊!""完了!"小华只感到脑袋"嗡嗡"响,身子直摇晃,"莺莺,完了!我与你夫妻做不成,今夜三更就要分手了!"说着,他把手里这第三张黄草纸递给闻声扑过来的莺莺。莺莺一看,一边摘自己手腕上的表,一边对小华说:"快,把你的表也摘了。两只表总值两百元吧?咱们先押给阿珍,等以后筹齐了钱,再去把它赎回来。你求求阿珍,千万不要叫老太婆再来了,我吓不起的,再这样,我宁可不要结婚。"

小华早已吓得六神无主,只要莺莺讲啥,他就做啥。于是,他就按着莺莺的吩咐,拿了这两只从手上摘下来的表,来到里委会,见阿珍、里弄干部都还在,他将两只表往桌子上一放,说:"我承认,阿珍娘的两百元都是我借的。现在我先拿两只表作抵押，等以后筹齐了钞票再赎。"

阿珍和里弄干部面面相觑，一时都搞不懂：怎么小华一会儿神气活现地不承认，一会儿又含含糊糊地承认借过一百元，现在又失魂落魄地拿手表来作抵押，这到底是怎么回事儿？阿珍疑惑地问："小华啊，你到底借了我娘多少啊？"小华一听阿珍的口气，好像怀疑自己还不止借两百元似的，这下他急了："阿珍，我真的只有借过两百元，只有两百元啊！你不信的话，喏——"他把三张黄草纸摊在桌上，"这就是证明，你看看，是你娘亲笔写的！"

在场的人都凑过来看，看了都觉得奇怪：孙老太已经死了，死人怎么会写字呢？阿珍更不相信：娘生前是个文盲，给我的信都是请别人代写的，怎么到了另一个世界不但摘掉了文盲帽子，还学会写诗了？阿珍对着黄草纸直摇头："不可能，这不是我娘写的！"

小华见阿珍不信，急得跳起来了：现在唯一能证明我借过阿珍娘孙老太两百元钱的，就是这三张黄草纸了。如果阿珍硬是不相信的话，若是再来第四张、第五张黄草纸，叫我还三百、四百，我怎么办？

小华正万分尴尬时，从门外进来一个人，她是阿珍的同学，叫素琴。素琴进门就对小华说："小华，你放心，你承认了借钱的事，黄草纸就不会再来了。"大家听她突然这么说，不觉一怔。素琴笑着说："这三张黄草纸，其实都是我写的！"

原来，素琴就住在小华的楼上，由于房子旧了，地板也出现了多处细缝道，当她得知小华要将前客堂作新房，担心万一以后拖地板不小心将水漏下去弄脏了新房，容易惹是生非，于是就弄来一些薄铁皮，打算把地板缝道钉上。那天素琴正要钉铁皮,从地板缝里看下去,只见卖葱姜的孙老太正在数钞票借给小华。孙老太死后,阿珍查找两百元的下落,素琴很想站出来做证人,可是听阿珍讲已经找过小华,小华说了"死无对证"之类的话,素琴才知道小华是存心要赖账,那样就是自己出来作证,估计小华也不会认账。于是,她就想出这个办法,把已经钉好的铁皮撬起一块,把黄草纸从楼板缝道里放下去,布下一个"鬼讨债"的迷魂阵……

谜团解开,小华顿时满脸通红,说不出有多窘,说不出有多羞,头越垂越低,恨不得找个地洞一头钻进去。但阿珍根本不计前嫌,她将两只手表硬塞还给小华,说:"其实,你只要说一声就行了,钱不急的,等什么时候有了再还都不迟。"

小华见阿珍如此宽容大度,禁不住流下了两行热泪:"阿珍,我……我错了!"

关键词：价值观

> 对老年人情感生活予以关注，这是一篇有前瞻性的、有生命力的作品。

一百个称心

周学忠　搜集整理

这个故事发生在焦枝线上一个小城市里。在西城居民住宅区内，有一家人家，主人是个有志气的寡妇，人称惠侠嫂，家里只有她和儿子两个人，日子过得很红火。

可有一件事叫惠侠嫂放心不下，儿子夏宝宝二十六岁，在宇光机械制造厂当工人，至今还打光棍呢。

这一天，惠侠嫂终于耐不住了，就问儿子："宝宝，你是咋弄的，谈了五六个还不成？"夏宝宝很有主见地说："不慌不忙，选个漂亮。""宝宝，选对象光挑漂亮可不行啊，最要紧的是思想好、品德好。""妈，这我懂！我宁愿一辈子打光棍，也不要那些猪不啃的南瓜！"真是儿大不由娘啊！

事隔不久，好消息传来了！夏宝宝一次看电影交了个女朋友，叫柳曼曼，是东风商场的营业员，二十四岁，条子个，瓜子脸，长睫毛，杏子眼，简直就像从画里走出来的美人。

两人一见钟情，谈得十分火热，逛公园，荡马路，看电影，下馆子，形影不离。

一天，柳曼曼突然来到夏宝宝家里，她是想来看看夏宝宝的家庭情况。

夏宝宝的家境虽不算非常富裕,可住房宽敞,房间里桌椅箱柜齐全,而且都是时兴的、照得见人影的漆货,另外还有收音机、缝纫机,新近还买了一台电视机。

柳曼曼一进门,夏宝宝立即泡上香茶,并把她介绍给母亲。

柳曼曼眉头一皱,坐了一会儿就走了,夏宝宝紧紧跟上,一直把她送到车站。

分手时,夏宝宝笑眯眯地问:"曼曼,你说咱这个家咋样?""九十九个称心!"夏宝宝急忙追问:"你还有哪一个不称心?"柳曼曼显出非常丧气的样子,说:"说出来你也没办法。"夏宝宝真想掏出自己的心来给她看,连忙说:"曼曼,为了让你一百个称心,就是赴汤蹈火,我也毫不犹豫。""那好,啥时候把你那个废物母亲处理掉,咱就一百个称心了!"

夏宝宝听了,眉头一皱,心想:自己三岁时死了父亲,母亲好不容易把自己拉扯大,如今要把她当作废品推出门外,这对老人家来说该是多么大的打击呀!一旦母亲因此寻了短见,那自己可是造了大孽。可是再一想,不把母亲处理掉,那自己美满的婚姻就要变成泡影。哎呀,无论如何也不能失去柳曼曼这个不可多得的美人呀!思来想去,夏宝宝竟答应了柳曼曼的要求。可想什么办法把母亲处理掉呢?夏宝宝一时又没了主意。

回家路上,只听有人叫他:"宝宝,你在想什么?"夏宝宝抬头一看,是李师傅,急忙说:"没什么。"李师傅是宇光机械制造厂的老工人,为人忠厚,劳动积极,家里经济条件很好,两个儿子在外地工作,去年秋天,他老伴不幸突然病故,使他的生活失去了一个得力助手。

这时,夏宝宝嘴里说没什么,心里却盘算开了:让母亲跟着这个李师傅不是很好吗？既处理了母亲，又成全了自己。于是，夏宝宝鼓足勇气对李师傅说："师傅，俺师娘去世，两个哥哥又不在家，你饮食起居多不方便！俺邻居有个寡妇，和你的岁数差不多，勤劳俭朴，很会体贴人，如果师傅愿意，我给你搭个鹊桥……"

开始李师傅不答应，后来被夏宝宝说动了，就松了口："都是几十岁的人，谁知道脾气合不合？""哎，咱们一步一步来嘛，你看看再说，先别声张，不成就拉倒。"夏宝宝这么一说，李师傅就点头答应了。

吃晚饭时，夏宝宝对他母亲说："妈，今晚俺师傅买了几张票，请咱们看电影去。""你师傅我没见过，再说，你徒弟不请师傅看电影，倒让师傅请你，咋好意思哩？""没关系，他今晚请咱，明晚咱请他嘛！"惠侠嫂说："那你去，我不去了。""妈，师傅已经请了，你不去，多对不起人！"惠侠嫂一想也对，就答应了。

这天晚上，星光影院上映的是"天仙配"。放映不到十分钟，坐在惠侠嫂和李师傅中间的夏宝宝就起身走了，直到电影结束，夏宝宝再也没进影院，于是电影结束后，李师傅和惠侠嫂也就各自走了。

第二天，夏宝宝问李师傅："你看那人行不行？"李师傅郑重其事地说："人是挺不错的，不过不大开口，看样子像是不大愿意。"夏宝宝说："那人是不爱讲话，再加上第一次见面，也不好意思开口。其实她对你可满意了，今晚上再见见，你们可以好好谈谈。"

又是吃晚饭的时候，夏宝宝说："妈，昨晚是李师傅请咱看电影，今晚咱请李师傅看电影。"

还是像第一次看电影一样,三人挨着坐,不到十分钟,夏宝宝借故又起身走了。

这时,李师傅凑近惠侠嫂,问:"那个事考虑得咋样了?"惠侠嫂侧过脸来,莫名其妙地问:"啥事?"李师傅觉得惊异:"怎么,你还不知道?""什么事啊?我真的不知道。"李师傅暗暗埋怨夏宝宝:干吗不向人家说明呢?又一想,可能是她不同意,在故意装糊涂,就说:"既然你不知道,那就算了。"惠侠嫂的确不知道这件事,但已觉察出其中有什么蹊跷,急忙追问:"到底是啥事?你只管说。"

于是,李师傅将事情的根根苗苗说了出来。惠侠嫂一听,如同一声晴天霹雳:天哪,竟有这样的事情!顿时天旋地转,头晕眼花。

然而,惠侠嫂是个自制力很强的人,她强压住内心的痛苦,平静地说:"李师傅,你提的那个事我现在明白了,让我考虑考虑。明天上午你去我家,咱们再作商议。"惠侠嫂的自重、有主见,使李师傅打心眼里佩服,觉得和她生活在一起,一定不会错。李师傅正在这样想着,惠侠嫂推说身体不舒服走了。

这天夜里,惠侠嫂在床上翻来覆去,"刷刷"地直流泪:宝宝啊,你三岁死了父亲,我吃尽千辛万苦守寡几十年,实指望把你养大有个靠山,谁知你的心肠竟这样狠!你为了你的柳曼曼,竟忍心把母亲往外推,你对得起你死去的父亲、对得起你这白了头发的老娘吗?

惠侠嫂越想越伤心,整整想了大半夜。最后决定:儿子靠不住,就靠自己。看来李师傅为人忠厚,嫁就嫁!主意已定,她倒觉得困倦了,一觉睡到大天亮。

刚刚吃完早饭,李师傅骑着一辆崭新的自行车,来到了惠侠嫂的家。惠侠嫂让座、递烟、沏茶。李师傅办事爱干脆，茶还没呷一口，就开了腔："那个事……"不等李师傅再往下说，惠侠嫂就爽快地说："那件事就算定了。不过，你得依我三件事。"

嘀，新鲜，青年人结婚要讲讲条件，咱这几十岁的人了，也来这个？李师傅问惠侠嫂："你具体说说，哪三件事？"惠侠嫂扳着指头，认真地说："第一，你前边的孩子得喊我妈；第二，咱们要马上结婚；第三，结婚那天，你得开着汽车来我家里接，而且不要小汽车。"李师傅一听，都答应了。最后，两人商定这星期六就结婚。

就在此时，李师傅从墙上的镜框里发现了秘密，吃惊地问："啊呀，你就是夏宝宝的母亲？这咋能使得？"惠侠嫂反问："这有啥使不得？事情是咱俩商量着定的，与他无关。"李师傅不好意思地搔着头皮笑了。

星期六一大早，李师傅开上汽车来接惠侠嫂，惠侠嫂让人帮着把家里的东西一件一件全往汽车上搬。李师傅要阻拦，惠侠嫂理直气壮地说："这些东西都是我用辛勤劳动换来的，我嫁人当然要带上自己的财产。"

眼看家里快搬空了，李师傅又拦着说："给宝宝留一点吧，他是你儿子啊！""儿子？儿子心里没了娘，娘还要儿子干啥？"东西全搬上了汽车，惠侠嫂坐上汽车去李师傅家了。

夏宝宝明知星期六上午母亲改嫁，但感到自己在家不好意思，便躲到人民公园去了。到了中午，他猜想母亲应该走了，才慢悠悠地走回去，一路走一路想：现在，总算可以让曼曼一百个称心了！可是回家进屋一看，除了一张床，屋里什么东西都没了，不觉大吃一惊，只好去找李师傅求情。李师傅也帮着夏宝宝说话，可惠侠嫂坚决地摇头："他心里没有我这个娘，我哪有他这个儿子!"

夏宝宝自知理亏,只好垂头丧气地回家。

恰在这时,柳曼曼来了,夏宝宝把事情经过给柳曼曼一说,要求和她马上结婚。

"结婚?"柳曼曼指着屋内仅剩的一张床,轻蔑地说,"你就指望这个来跟我结婚?你睡到椿树下做梦去吧!"说完,转身就走。

夏宝宝愣住了,仰天长叹,顿足落泪……

第二章 被释放的精灵

关键词：脱贫致富

> 20世纪70年代末，中国出现了少量城市信用社。信用社能促进个体工商户经济的发展，搞活城市经济。我国第一个城市信用社于1979年在河南驻马店成立。

我找北京人

李国文

一九八一年的一天，在北京城的大街上，有一位三十多岁、农村打扮的男子，到处奔走，见人就问，看样子他是在找人。问他找谁，他说要找北京人。问他这北京人姓啥叫啥，他说姓北叫京人。问他此人住在哪区哪胡同，在哪儿工作，他摇摇头说不知道。嗨，哪有这样找人的，真是件八十年代的稀奇事！有个老工人指点他到派出所去试试。

这位农村打扮的人，谢过老工人，找到派出所，就往里面闯。一进屋，见值班的是个年轻的女干警，他走上前，开了腔："同志，你能为我查查户口簿吗？"女干警惊奇地问："查户口干什么？""我要找一个人。"女干警微微一笑，说："户口可不能随便查呀，你要找什么人，为什么找他，请把来龙去脉说清楚好吗？"这人连说："好好好。"于是，就滔滔不绝地说了起来。

这人家住四川广安农村，姓牛，因为从小就放牛，名字就叫牛倌。

一九六八年，他们生产队来了一名从北京下乡的知识青年，说是下乡，其实是劳动改造。因为这个知青的爸爸当时是个"走资派",所以就没有人敢接近他这个"劳改分子",怕沾上阶级阵线不清的边儿,他只好一个人孤孤单单地住在生产队的一间破草棚里。别人不敢靠近,可是牛倌却不在乎,牛倌看这个知青平时沉默寡言,但劳动却很出力,于是把铺盖一卷,就搬进草棚和他做伴儿。白天,牛倌教他学农活;晚上,他教牛倌认字学文化。日子长了,两个人一碗稀粥分着喝,一个饼儿掰着吃,牛倌叫他"北京大哥",他叫牛倌"牛倌兄弟"。就这样两人感情越来越深,朝夕相处了五六年。

到了一九七三年的一天,突然开来一辆吉普车,把这知青接走了。临别时,知青对牛倌说:"牛倌兄弟,我要回城了,你以后生活上遇到什么困难,到北京来找我。"两人分别以后的几年里,牛倌每月都收到落款"北京人"的汇款,这些钱牛倌没舍得花,已经攒到整整五百元啦!

到了一九七九年,党号召社员发家致富,牛倌就用这五百元买了一头乳牛,没过两年,他又养了不少大肉牛。

就靠这,牛倌的日子越来越好过啦,新房子盖起来了,老婆也有了,这还不算,他信用社里还有两千多元存款哩!

牛倌感谢党的好政策,也忘不了他那北京大哥的帮助。俗话说:饮水不忘打井人。这次牛倌千里迢迢专程来找北京人,一是想看看他,二是要还他五百元钱,三是想酬谢酬谢他。

女干警听了非常感动,立刻认认真真、仔仔细细地帮牛倌查起来。可是查了好几个小时,也没查到,她抬起头来对牛倌说:"在我们派出所管辖的人口范围里,没有一个叫北京人。"

牛倌当然很失望,说了声"谢谢"转身要走。女干警叫住他,说:"同志,你这样找不是办法,这么大的北京城,你查到何年何月呢?据我分析,北京人不是他的真名,那是人们顺口好叫。再说，那个时代，出于各种各样的原因，隐姓埋名的人也很多呀！"牛倌一听更失望了，愣愣地站着。女干警想了想，拍着手叫起来："有办法了！市里有个知青安置办公室，你到那里去问问，既然北京人是知青，也许可以在那里查到。"

牛倌一听，连连道谢，走出派出所，按着女干警的指点，来到了安置办。

接待他的是一位五十多岁、戴副老花眼镜的老同志，他听了牛倌的述说，查了没一会儿，突然摘下眼镜，从上到下细细地打量起牛倌来。老同志神秘地对牛倌说："查到了，但北京人是他的化名。难道……难道你真不知道他的真实姓名吗？"牛倌心里一愣："真不知道哇！""那么，他的家庭情况你也真不清楚？""不清楚。"牛倌心里越发糊涂了。

老同志不再问了。他倒背着手，在办公室里来回踱着，寻思了片刻，很诚恳地对牛倌说："小同志啊，我劝你别找他了，在北京好好玩几天，然后回去吧！"牛倌一听，十分惊奇："那为什么呢？""因为他的家庭很特殊。""特殊？你是说他爸爸是'走资派'？可现在都打倒'四人帮'了，'走资派'还不站起来呀？我才不怕这个呢！""不、不，小同志，你误会啦，我是说你找的这个人非同一般啊，他的家不是个普通的家庭，他父亲是高级干部，他家的人都很忙。所以我劝你还是听我的话，别去打扰了。"

牛倌听出了老同志话里的意思，心里想想也是，北京大哥是好人，但人家现在是高级干部的儿子，我不过是山沟里的一个牛倌啊！想到这儿，他对老同志说："老同志，感谢你的指点，我不找他了，我回去了。"

牛倌千里访友的心情，因"高攀"而成了泡影。离开安置办，他也无心欣赏北京城的风光美景,就直奔火车站准备乘车回家。他排在长龙似的买票队伍里,慢慢往售票窗口移动,眼看就快排到时,旁边窗口一个人买好票回身过来,正好和牛倌打了个照面,这个人目不转睛地盯上了牛倌,惊叫起来:"哎呀,这不是牛倌兄弟吗?"牛倌打量着对方,愣了愣神,又擦了擦自己的眼睛,也大叫起来:"哎呀,这不是北京大哥吗?"

这哥俩怎么也没想到,会在这个时候、这个地方见面,两个人紧紧握手。

北京大哥激动地说:"牛倌兄弟,好几年没见面了,真想你呀!快说说,你干什么来了?"一句话,把牛倌问得不知说啥好,想说是专程来看他的,可是话到嘴边又咽了回去。

牛倌提醒自己:别忘了,人家是高干子弟,咱是山乡牛倌。咱可不能高攀呀!牛倌撒了个谎,说:"北京大哥,我去东北串亲戚了,回来在这换车呢。""那为什么不来找我?""啊,你也忙,我也忙,以后再去吧!""牛倌兄弟,我后天出差去广州,今天来买预售票。明天正好是星期天,你不要急着走,我陪你逛逛北京城。"说罢,他不容分说,拉着牛倌就走。

两人左拐右绕地来到一座别致的小洋楼前,北京大哥把牛倌带进楼,和一个服务员说了几句什么,那服务员就过来把牛倌领进一个房间。牛倌一看,里面好讲究呀!北京大哥跟进来对牛倌说:"牛倌兄弟,我家虽然也有住处,但不如这儿方便,咱们拣实惠的来吧。我现在还有点急事要处理,明天早上我来找你。"说完,和牛倌握握手走了。

第二天,天刚亮,北京大哥就来了,他笑嘻嘻地说:"牛倌兄弟,走,咱玩去!"两个人走出小洋楼,牛倌看到楼门口停着一辆崭新的"小面包",北京大哥说:"这是我特地租来的,咱们今天多玩几个地方，上吧！"牛倌也不客气，大模大样上了车，晃晃荡荡，忽忽悠悠，美得不知姓啥了！北京大哥做牛倌的向导和讲解员，他们先到天安门前合影，然后去毛主席纪念堂，再接着到故宫、颐和园，牛倌跟着北京大哥游北海、逛景山、下地铁、上天坛，逛了大前门，来到十三陵，徒步登香山，最后又上了雄伟壮丽的万里长城。这一天差点没累死他俩，可是北京大哥始终兴致勃勃，牛倌兄弟大开眼界。

吃过晚饭，北京大哥送牛倌到旅馆。牛倌想：北京大哥待我依然这么真诚，我不该瞒着人家呀。他刚想向北京大哥说明来意，又一想，别急，让我考他一考，看他到底现在和咱有没有二心。想到此，牛倌就说："大哥呀，我这次是去东北亲友家借钱的，可是转了一圈也没借到哇，你……你……"北京大哥一听，没等牛倌把话说完就责备起他来："牛倌兄弟呀，当初咱分别时我说什么啦？我说让你以后生活上有什么困难，到北京来找我，可你为什么还越过北京门去东北呀？你说，咱还是不是兄弟？我身边正好还有五百元，你先拿去，不够以后我给你寄。"

牛倌再也忍不住了，一把抓住他："北京大哥呀，兄弟对不起你呀，兄弟对你说了谎啦！"牛倌于是就把自己千里迢迢专程来找他的经过详详细细说了一遍。

北京大哥听了可真生气了："你呀你，若不是巧遇，咱俩这次不就见不到了？""大哥，原谅我吧，说老实话，我现在富裕了，哪还要借钱！我还把你每月寄我的钱，一共五百元，都带来了，这钱该还你，而且该加倍还。我真该好好谢谢你啊！"说着，牛倌就从贴身的兜里拿出一千元来。

北京大哥笑了，说："牛倌兄弟，你现在日子好过了，我真为你高兴。可这钱我不能收,这可是咱们兄弟的情分啊!"牛倌一听急了:"北京大哥,你要不收的话,你就是瞧不起兄弟咱了,就和咱疏远了,你以后就不是咱大哥!"这番话还真把北京大哥给说住了,他想了想,动情地说:"好吧,牛倌兄弟,既然你这么说,我就收下你的这份心吧!我还告诉你个事,咱俩的兄弟情我爸爸早就知道了,很早就想见见你。昨天晚上我告诉他你来了,爸爸说明天一定要请你到我家去吃顿饭,他要见见你。"牛倌有点紧张:"北京大哥,听说你爸爸是高级干部,那到底是多大的官啊?"北京大哥亲热地拍拍牛倌说:"牛倌兄弟,干部的职务只是分工不同,哪有什么高级、低级之分。我爸爸是个很普通的人,你明天见了就知道了。"

第二天,北京大哥来接牛倌,哥俩上了一辆小轿车。牛倌说:"北京大哥呀,我这一辈子见过的最大的官,就是见了两回乡长,你爸肯定比乡长大吧?待会儿我见了他,应该用什么礼节啊?"北京大哥一听笑弯了腰:"我说牛倌兄弟呀,你的等级观念还挺强啊!我不是昨天对你说了嘛,我爸爸是个很普通的人,你不用紧张。"

说话间,小轿车已绕过长长的围墙,开进一个两侧有解放军站岗的大门,然后稳稳地停了下来。

下车后,北京大哥把牛倌领进一个非常雅致清净的会客厅,但见桌上饭菜已经摆好了。北京大哥说:"牛倌兄弟,你先坐会儿,我爸爸马上就来。"牛倌心里一阵紧张,刚想正正帽子、系系纽扣,就听北京大哥说:"我爸来了!"他话音刚落,只见客厅里进来一位七十多岁的老人,虽然两鬓已经斑白,但看上去身体很健朗。

老人上前紧紧握住牛倌的手,操着牛倌家乡的四川口音问："你就是小牛同志吧？很早就想见见你了呀！快请坐，咱们边吃边唠。"说着，他就让牛倌坐下，亲手给牛倌拿碗递筷。三个人边吃边聊，老人兴致一直很高，幽默风趣，谈笑随和。

牛倌发现老人原来那样平易近人，他的紧张情绪也一下子飞到九霄云外去了。饭吃完以后，他终于忍不住问道："大伯，其实你一进屋，我就看你有点面熟，好像在哪儿见过，就是想不起来了。你到底是干啥的呀？"老人哈哈大笑起来，说："我呀，和你一样，都是干社会主义呗！"

牛倌还想往下问，这时进来一个解放军战士，"啪"向老人敬了个礼："报告首长，国务院的电话。"什么，国务院？牛倌惊住了。噢！想起来了，想起来了！见过！在电影上见过！在报纸上见过！牛倌控制不住内心的激动，惊喜地喊道："你是……"

没等牛倌喊出口，老人紧紧握住了他的手："小牛同志，托你两件事：一是你们农民对中央当前的政策还有什么意见，请及时反映给我们，也可以直接给我来信；第二，我也是你的家乡人，回去向家乡的乡亲们代问个好哇。再见了！"老人说完就走了，牛倌没说出一句话来，激动的泪水却从他脸上"哗哗"地流了下来。

牛倌在北京待不住了，他要马上回去，把见到首长的消息告诉乡亲们。

北京大哥把牛倌送到车站，指指从车里搬出的一个四方四角的大箱子，对牛倌说："牛倌兄弟，这是我特地给你准备的礼物，东西有点重，不过带回去就可以派大用场了。"牛倌好奇地问："北京大哥，这是什么东西呀？""一台彩色电视机，是我国目前最好的牌子，其实就是用你还我的钱买的，就算是我送你的纪念品吧！""北京大哥，你怎么能这样？这东西我不能收。""哎，兄弟给的东西怎么能不收？我告诉你，以后你有了它呀，在家里就可以看到全国各地，还可以看到北京城！"牛倌掉泪了："北京大哥，你说得对，我在家里还可以看到大伯！"

火车徐徐开动了，北京大哥依依不舍地向牛倌招手道别："兄弟，我以后一定到你那里去！"牛倌也哽咽着："我……我等着你！"

关键词：价值观

> 个体有缺陷并不可怕，可怕的是国民素质的整体下降。如是，有理也寸步难行。

老结奇遇记

陈多林

老结是红星机械厂的装修师傅，响当当的五级工。其实老结并不姓结，只是从小患了个口吃的毛病，有一次，食堂里做的是面条，老结端过来一尝，发觉味道太淡，于是把碗向炊事员一伸："酱酱酱油。"他一向怕讲长句子，常常把一句话精简到不能再精简的程度，他的意思是：请你给放点酱油。炊事员拎起酱油瓶，说："我给你放，够了，你就说一声。"哪知老结一个劲地说："放放放……"眼看放了半碗酱油，好不容易他才冒出后半句："放放多了！"弄得炊事员哭笑不得。从此，"老结"的大名便在厂里叫开了。

红星机械厂与远近不少工厂有业务往来，厂里的师傅们常常要去那里出差，但厂长很少派老结去，一则结巴出门不方便，再则那些年社会动乱，人与人之间感情淡薄，对这个"土包子"加"结巴"的老结，厂长实在不敢委以重任。

但这次砍竹子还真遇到了问题，厂长不得不来找他了。厂长对老结说："哎，老结师傅，这阵子厂里人手实在太紧，忙不过来，你是不是帮帮忙，收拾一下，到云县农机厂去检修一台机床,好吗?"老结一听,脸"刷"一下涨红了:"对对对……"厂长以为他满口应承,谁知老结是说:"对不起,我怕出远门……"

老结为啥怕出远门?说起来这里确实有个原因。几年前,老结出过一次差,在省城,走到十字路口时他愣住了,不知道自己要去的东风机械厂往哪个方向走。不得已,老结便向一个正站在街口吃冰棍的小伙子打听:"请请请问,到东风厂走哪哪哪边?"那小伙子也缺德,学着老结:"你听着,向右右右拐。"幸好旁边一个老同志听见了,发觉不对头,就责备那个小伙子:"到东风厂明明是向左拐,你怎么叫人家向右拐,这不是故意捉弄人吗?"那小伙子居然还强词夺理:"我叫他向右右右拐,三个右拐,不就是左拐嘛!"把个老结气得差点当场掉下泪来。自此,只要一提起出差,老结便暖瓶炸花——没胆啦!

厂长知道老结的心病,哈哈一笑,鼓励他说:"没问题,没问题,这两年不比那两年,何况,眼下正是文明礼貌月,我包你一路平安,马到成功。"老结想想厂里任务这么紧,这种节骨眼上自己不好推辞,只好答应下来。

云县离本地不近,到那儿得坐火车。厂长派人替老结落实了车票,到时候又把他送到了车上。一切都很顺利,老结不觉放松下来,有节奏的"隆隆"声,使得老结连打了两个呵欠,于是背靠座椅,两眼一闭,昏昏然,不觉过了几个钟头。

突然,一个下意识的念头使老结猛醒过来:哎呀,云县是个小站,该不会错过了?他朝旁边一看,坐着一个戴眼镜的青年,穿着一件胸前印有铁路徽记的工作服。老结心里一喜:这人站熟,一定知道云县过没过。于是便挨近他,小声问道:"请请请问,云县站过过过了没过?"哪知这个戴眼镜的抬起头,两眼直直地盯着老结的嘴看了半天,然后并不开口,摇摇头算是做了回答。

老结弄不清这个"眼镜"摇头的意思:是云县站没有过呢,还是他不知道有云县这个站,或者根本没听清老结的话。老结心里着急,一心要弄清楚,只好硬着头皮唱"二进宫",稍稍抬高嗓门,又问了他一遍。可谁知这回眼镜连头都不摇了,只是重重地瞪了老结一眼。这下老结更糊涂了,猜不透这瞪眼算什么意思,索性来了个"三盘为定准"。哪晓得问到第三遍时,那眼镜干脆连头也不抬了,从衣兜里掏出个笔和本子,埋头写自己的了,根本不搭理老结。老结心里直嘀咕:今儿晦气,遇到个神经病!

这一切,早被对面的解放军同志看在眼里,他见老结撞了一鼻子灰,不由替他打起抱不平来:"我说你这个小伙子,也太不像话了,你知道就说知道,不知道就说不知道,干吗老让人家……""出洋相"三个字刚滑到嘴边,他突然打住不说了。

听他这么一嚷,周围旅客都向眼镜投来责备的眼光。眼镜满脸通红,伸着脖子像是想申辩什么,可又什么也没说,只是用手指指自己的嘴巴。老结大吃一惊:啊,闹了半天,原来他是个哑巴!解放军同志立刻不好意思起来,连连向他道歉:"对不起!对不起!我不知道你是……"他说到这里又打住了,安慰老结道:"同志,你别着急,我马上就去帮你问问。"

正在这时,列车一声长鸣,徐徐开进了一个小站,只见那个眼镜站起来,去拿自己放在行李架上的行李,但他动作太急,一个站立不稳,身子一晃,差点跌在地上,幸亏解放军同志眼明手快把他扶住。眼镜感激地向解放军同志点点头,脱口说:"谢谢!"啊,闹了半天,原来这小子的哑巴是装的?他把我们大伙儿都耍了！老结气得牙齿一咬，袖子一卷，眼珠子瞪得滚圆，朝眼镜大吼一声："你你你给我过过过来！"谁知眼镜看也不看他，闷头就冲下车去。随后转过身，伸长脖子学着老结的样子，朝老结嚷着："我我我给你你你……"

他这一学非同小可，老结触景生情，马上想起几年前在省城遭遇的那个"向右拐"的恶作剧。我这个结巴就这么受人欺负？唉，真不该出来受这份罪！他越想越伤心，两滴眼泪不禁落了下来。忽然，那个解放军同志叫他："同志，你看，这是那个已经下车的眼镜给你的条子。"老结心想：这小子学我不算，还要画我不成？可是他接过纸条一看，竟惊讶得说不出话来。纸条上这样写着：

同志：

请原谅，我并不是哑巴，但我却是个严重的结巴。

当你问我的时候，我本该立即回答你，可是我发觉你也有这个毛病。我想：如果我当场结结巴巴回答你，你肯定会以为我是故意在嘲弄你。所以，我没有开口。

你问的云县车站，还没到，我下车后，还有三站，大约下午2点20分左右可以到达。估计你不是当地人，对那儿可能也不熟悉，你下车后向右拐，可到问询处找一个姓刘的老同志，他见到这张纸条背面的附言，会给你帮助的。

请原谅，我没有及时回答你。

一个同路人

老结忙把纸条翻转来，背面写着这个"同路人"给老刘同志的信：

爸爸：

　　这位同志与我在火车上萍水相逢，他和我一样，有口吃的毛病，请你尽量多给他一些方便。愿天下病残者都能得到别人的帮助，咱和他同病更应相怜！

儿：刘诚

　　老结简直不敢相信眼前的一切：人情的冷暖炎凉，是非的曲方直圆，才几年啊，变化竟是这么突然？他扑到窗前，望着已经远去的刘诚的背影，热泪滚滚。

关键词：见义勇为

> "棺材铺里伸手——死要钱"，这是民间流传多年的俗语。殊不知，也催生了许多与此相关的有趣故事。

搭汽车的人

刘延高

一天凌晨，从城里风驰电掣般地开出一辆大卡车。开车的是一位四十岁左右的中年人，大家都叫他"马乐乐"。干吗取个这样有趣的名字？因为此人生就一副乐天派脾气，加上平时又乐于助人，求他搭个车或捎带点什么，只要能办到的，他从来都是有求必应，因而得了个"马乐乐"的雅号。

此时，天空灰蒙蒙的，好像要下雨，马乐乐将车开得飞快。马乐乐是昨天出来给县里送货的，他打算今天早点赶回去，抢时间再运一趟货出来，所以天没亮就开车上了路。

当汽车开到枫树坳时，天已微亮，马乐乐见前面有一位大爷在招手，便"吱——"的一声把车停了下来。这位大爷看上去六十岁左右年纪，白发银须，身穿蓝布褂，脚蹬轻便鞋，肩上背着一个小挎包，他对马乐乐说："司机同志，我去看生病的老伴，赶了一夜路，想搭你的车，能不能给个方便？"马乐乐二话没说，打开车门就让他上车。"谢谢，谢谢！我在后面站站就行啦！"大爷边说边攀住车杠，双脚一跺，"噌"就上了后面的车厢里。

大卡车继续向前开去。不一会儿,天上下起了毛毛细雨,大爷没带雨具,经风一吹,不由打了个寒噤。怎么办?他一看,这才注意到车上有一口棺材,高大厚实,漆得乌黑锃亮。大爷乐了:嘿嘿,不如到棺材里去躲躲雨吧!

这棺材其实是马乐乐做的好事,趁今天回去是空车,他特地帮村里七十三岁的金老太捎口寿材回去,没想到,此刻居然成了大爷躲雨的地方。大爷揭开棺材盖钻进去之后,因为赶了一夜路,他身子有些疲乏,随着汽车的颠簸,就像躺在摇篮里一样舒服,他很快就在棺材里"呼呼"睡着了。

驾驶室里的马乐乐见天上下起了小雨,担心大爷被雨淋着,有心叫他到驾驶室来避避雨,哪知连喊几声也没见回应。他停下车,探起身子朝后一望,咦,大爷怎么不见了?马乐乐根本没想到大爷会钻进棺材里,还以为他什么时候下了车,因为急着赶时间,也没细想,就又开车继续往前奔。

不一会儿,车子开上了一个陡坡,不料有棵大树横在路上。马乐乐刹了车,正准备下去把树搬开,忽见从山坡上蹿出个人来,"噌"的一下就跳上了驾驶室的脚板。马乐乐吓了一跳,扭头一看,只见此人原来是个解放军,身后还跟着一个女的,拎着一个沉甸甸的大皮箱。

解放军笑眯眯地对马乐乐说:"司机同志,帮帮忙吧!"那女的也央求说:"师傅,行个方便吧,我们要赶火车回部队,要不就得迟到了。"马乐乐本来见他们冒冒失失的样子正要发火,可既然是解放军,便热情地打开车门,说:"行!不过驾驶室只能坐一个,另一个要到后面车厢去了。"

按一般常规,总是女的坐驾驶室,男的上后面车厢,可这两人恰恰相反,男的倒先挤进了驾驶室,那女的也好像很乐意地爬上了后面的车厢。

马乐乐随后用力移开横在路上的大树，重新将车子发动起来。大约开了三十多公里，前面到了一个岔路口。向左，到地区；向右，到海滨。马乐乐正要把方向盘转向左边，突然，"笃"一个尖尖的硬家伙顶在了他的腰上，只听那个男的恶狠狠地对他说："往右开，要不就一刀捅了你！"

马乐乐心里一惊：糟了，什么解放军，碰上歹徒了！他只怪自己太麻痹，坏蛋冒充解放军，怎么没看出来呢？他只好把方向盘往右打，但一边开车，一边就拼命动起了脑筋：歹徒逼我把车往海边开，看来他们准是想从海上逃跑。这两个人是特务还是走私犯呢？哼，反正我绝不能让他们从我的手上逃掉，得想办法对付他们。

再说那位老大爷，在棺材里美美地睡了一觉，此时醒过来，他心里惦记着车不知开到什么地方了，雨还在下不，于是就把棺材盖顶起来，伸出一只手试试外面雨停没停。他这一伸不打紧，却把车上那个女歹徒吓得魂灵差点出了窍。那女歹徒刚才上车后见车上有口棺材，心里就有些发毛，现在忽听"嘎吱"一声响，棺材盖顶起来，棺材里还伸出一只鸡爪般的手来，她能不害怕吗？

可是，车子在开着，她逃也没地方逃。咋办呢？女歹徒想起了一句话：棺材里伸手——死要钱。莫非这个鬼知道我身上的钱来路不正，想和自己分赃吗？她赶紧打开皮箱，拿了两块银圆，往棺材里伸出来的那只手上放。

可她这一放，把棺材里的大爷也吓了一跳。大爷用手捏捏，奇怪呀！这不是银圆吗？天上怎么会下起银圆雨来啦？他又伸出手来，叉开五个指头，捞了几下。那女歹徒一看，哟！鬼还嫌少？瞧他那五个指头叉开，大概是要五块银圆吧？只好又拿出五块银圆，往他手上放。这时候，躺在棺材里的大爷就更奇怪啦：这是怎么回事呀？他决定出去看看，于是把棺材盖一掀，"腾"地跳了出来。

这下可不得了啦！那女歹徒以为是"诈尸"了呢，两腿一软，昏了过去。大爷见一位女解放军被自己吓坏了，不由连连拍自己脑勺，后悔自己太鲁莽，闯下了大祸。他正要去把女解放军扶起来，突然发现不对呀，她身边那只爆开的皮箱里，竟然滚出许多银圆和金银首饰。这是怎么回事？解放军怎么会带这种东西？莫非她是个走私犯？大爷这么一想，便立刻走到车厢头，准备叫司机停车。不料，此时大卡车却突然左歪右拐像扭秧歌似的东摇西晃起来。

怎么回事呢？原来马乐乐正在跟那个伪装成解放军的歹徒搏斗哩！刚才，那家伙的刀子顶在马乐乐的腰上，马乐乐虽然动弹不得，可他脑子里一直在想主意：怎么办？怎么办？怎么办？大概是急中生智吧，他还真想到了办法：把车撞翻，和歹徒一起来个鱼死网破。

马乐乐决心已下，见前面正好有座陡立的大山石，他一咬牙，开足马力就要将车子往山石上撞去。那歹徒看出不妙来，就急忙来抢方向盘，两人就这样在驾驶室里搏斗起来。大爷从车顶棚探头一看，立刻明白是怎么回事了，他从女歹徒的皮箱里抓过一把银圆，对准驾驶室里那个男歹徒的脑壳，"咣当"一声就将他砸了个正着。男歹徒一愣神的当儿，马乐乐趁机刹了车，猛力一推，两个人便从车上滚到地上，扭打成一团。

正打得难解难分之时，大爷喊了一声："司机同志，你闪开，让我来收拾他！"说着，大爷纵身一跳，犹如大鹏展翅，轻轻落在男歹徒的身后，劈手就是一掌，只听"呼"的一阵风响，男歹徒知道不好，赶紧一个"鲤鱼打挺"躲了过去。大爷对司机说："你去把车上那个女歹徒捆起来，这小子交给我了。"马乐乐见大爷身手矫健，料想他有些本事，便放心去绑女歹徒了。

男歹徒见凭空里杀出一个老头，估量来者不善，便一拱手说："老哥！都是江湖上人，有话好说，你需要什么尽管说，咱们千万别伤了和气。"大爷说："我啥也不要，就要你们这一对狗男女。识趣的话，老实跟我走，省得你大爷动手！"男歹徒一听，鼻子里"哼"了一声："嘿嘿！那就看看到底谁厉害吧！"说着，他"刷"地亮出匕首，恶狠狠地朝大爷当胸刺过来。

只见大爷不慌不忙，手一张，眼一瞪，挺着胸就迎了上去。大爷这一手，是练铁砂掌练就的，大爷这身功，堪称武当山内功，功夫非同一般。原来，大爷是这一带颇有名气的民间武术家呀！只听"咔嚓"一声，男歹徒那把匕首犹如砸在石头上，他方才知道自己今天遇上了高手。他转身想逃，可大爷岂能放过他，三个指头在他手腕上一锉，比刀劈斧砍还厉害，只听男歹徒"哎哟"一声，便瘫倒在地。

马乐乐早已将女歹徒捆了个结实，此时又过来把男歹徒也捆了个紧。他乐呵呵地直朝大爷竖拇指："大爷，您真有本事！"随后，他开动车子，让大爷看着这对狗男女，他们两个一起把歹徒送进了公安局……

后来经审讯，这两个家伙原来是公安局正在追捕的走私犯。

关键词：教育

> 讲的虽是新时期发生的事，但总觉得故事所反映的事，过去有，现在有，将来免不了也会有。

要房钱

陈枚健

有个老太太，儿子在外地工作，她的心一直惦挂着儿子，儿子也经常给老太太写信、寄钱，老太太逢人就忍不住夸儿子对她孝顺。

可是儿子结婚成家以后，就不给老太太写信了，钱当然更不会寄，这可把老太太气坏了。

老太太提起笔来，一连给儿子写了三封信，可儿子一封也不回。老太太要去找儿子责问，被人劝下了，他们帮她出了一个主意：先给儿子拍一个要钱的电报，然后再写封信去好好数落他一顿。

电报发出去没几天，老太太收到了儿子的来信，拆开一看，可气恼喽。

为什么呢？因为儿子的信没头没尾，上面就写着这么几句话：新时期，新国家，能劳动，有文化，谁个挣钱谁个花。坐享其成恃老迈，真正不像话！

儿子不赡养老娘，还有理了？你说老太太能不气吗？老太太戴上老花镜，用气得发抖的手拿起笔来，给儿子写了封回信。

那信也是没头没尾,写着这么几句话:小喜鹊,长尾巴,有了媳妇不要妈;糊涂顶撞不明理,十个月房钱你付啦?真是个没良心的娃!

看这气势,老太太真要对着干哩!

老太太的信到了儿子那里,儿子拆开一看,怔住了:我咋欠十个月房钱呢?不是每个月都让会计在工资里扣了吗?他拔脚就往会计室跑。

走进会计室,儿子劈脸就问会计:"我们家的房钱,我哪一个月不是让你在我工资里扣了的?你怎么跟我母亲说我十个月没交房钱?"

会计被他问糊涂了,说是根本没有这回事儿。

儿子见会计不认账,就把手里捏的老太太的来信往他桌上一摔:"你别不承认。你要不说,我母亲怎么会说我欠房钱?"

会计拿起信一看,笑了,可她一言不发。

儿子见会计笑而不答,顿时青筋暴起,质问道:"你笑什么?我问错你了?"

会计不吭声。过了一会儿,她看看对方不气了,才慢条斯理地说:"告诉你吧,我给你代扣的,是公房的房费,现在你母亲跟你要的,是私房的房费。'井水不犯河水'!你欠她多少,我怎么知道?回去吧,还有什么弄不清的,问你老婆去。"

儿子听会计这么说,只好怏怏地走了。回到家里,他那怀孕的妻子见他回来了,便问他:"怎么样,会计承认不承认?"

儿子把老太太的来信朝她怀里一扔,说:"那会计说,妈跟我们要的是私房钱,让我来问你。"

"怎么来问我呢?"妻子一边嘀咕一边又拿起老太太的信来看。这一看,她看出名堂来了,顿时满脸通红,一声不吭。

儿子奇怪地问她:"你怎么不说话?"

妻子走到他跟前,咬了一阵耳朵,指指自己挺起的肚皮,又用手指戳一下丈夫的脑门:"真是个笨蛋,丢人现眼!"

儿子被她手指一戳,顿时像泄了气的皮球,跌坐在床上,捂着脸哭了起来。

关键词：地位

> 什么叫"人力资源"？在某些人眼里，一人得道鸡犬升天，于是便四处钻营，把"人力"转为"权力"，把"资源"转为"资本"。

李三苟做官

吴文昶

桃沅村的李三苟，这天刚端起早饭碗，忽见村长神色紧张地跑来通知他："三苟，乡长来电话，说有要紧事情，叫你赶紧到乡政府去一趟。"李三苟一听，不由倒抽一口冷气。

说起李三苟，他可是全村出名的老实人，一年到头只知道做做吃吃、吃吃做做，活到四十岁还从来没跟比村长大的干部打过交道。现在听到乡长叫他，横想竖想也想不出自己闯了什么祸。他再也没心思吃饭了，把碗一推，拔腿就往乡政府跑。

李三苟气喘吁吁跑到乡政府大院门口，先用手拉拉衣服，又胆怯地探头朝大院里面张望，见门口传达室坐着个值班的，心里有些发慌。

正在这时，一串笑声飘了过来："哟，这不是三苟同志吗？快屋里请！"随着话音，一个中年人热情地奔过来，把李三苟让进乡长办公室坐下。

李三苟估计这就是乡长，马上规规矩矩地把两只手放在膝上，低着头说："乡长，你叫我？我一贯老老实实……""啊呀，三苟同志，你想到哪儿去了！今天请你来，是想同你商量件事。根据新形势的需要,乡里决定成立一个新的机构,叫'对外联络部'。它的任务就是搞联络,也可以说是我们乡的外交部。经我们领导研究,想请你当主任,怎么样?"

一听这话,李三苟吓得双手直摇:"乡长,你不要寻我开心,我这个人没文化,嘴巴笨,脑子也不灵,连普通话都听不懂,万一来个外国人……"

乡长哈哈大笑起来:"那又有什么关系,我们反复讨论过了,这个担子只有你挑得起。你不要紧张,其实你这个主任任务并不重,只要联络好一个人就行。""谁?""王副县长。""啊?"李三苟吓得跳起来,"不行,不行,乡长,不怕你见笑,叫我和你联络,腿都会发抖,和县长联络,不要吓死我了?"说着就想逃。

乡长一把拉住他说:"哎,你别慌么,你知道王副县长是谁?她就是你的王丽英同志。""啊!是我老婆?她啥时候当县长啦?我怎么一点也不知道?""瞧你那耳朵,真不灵,她是在昨天县人民代表大会上当选的,我还投了她一票呢!怎么样?跟老婆联络总没负担吧?""那、那为什么要跟我老婆联络呢?""这个你以后就会明白的,怎么样,敢不敢?"乡长一番话把李三苟的大男子汉神经触动了,他肚子一挺:"当然敢,我已经跟她联络十多年了,不要说她当县长,就是当上省长也还是我的老婆。在办公室里我管不着她,可在家里我是一家之主,她就得听我的!""好!"乡长拍拍李三苟的肩膀,说,"男子汉就得有男子汉的气魄!你明天就来上班,怎么样?""好!"

李三苟走出乡政府大门,觉得浑身轻松,好像自己一下子年轻了十岁,他和老婆王丽英当年相识的一幕幕,顿时浮现在眼前。

那是一个暴雨之后的傍晚，李三苟在河里捕鱼，忽然从上游漂来个黑乎乎的东西，待漂近了一看，原来是个长头发的姑娘，已经昏迷不醒，他连忙把姑娘抱上岸，背起就往家跑。谁知这一跑一颠，姑娘吃进去的水都吐出来了，到了李三苟家就苏醒过来。

一问，才知道姑娘名叫王丽英，是上海人，家中有个年老多病的父亲，还有个年幼的小弟弟。为了照顾家庭，她不想去老远的黑龙江插队，她想到富春江畔的小山村找个落脚的地方，可是在那个年代，谁敢收留一个来历不明的姑娘？王丽英跑了好几个村都没着落，这天途中遭到暴风雨，她跑到一个山洞中去躲雨，不料碰到几个流氓，她被轮奸了。姑娘走投无路，又遭此大辱，痛不欲生，便跳了河。

李三苟把苦命的王丽英留在家里，让他的老娘照顾，老娘便把王丽英当亲生女儿一样看待。后来，李三苟和王丽英成了亲，两年后生了个儿子，取名桃桃。

"四人帮"粉碎后，王丽英作为知识青年上调，被安排在县里一家服装厂当采购员，她通过各种关系从上海引进技术，又把新产品打入上海市场，使这家快要倒闭的工厂起死回生，越办越兴旺，几年下来，成了县里数一数二的重点企业。因此，王丽英成了全县颇有影响的女能人……

李三苟想到这里，禁不住"扑哧"一笑，自言自语道："咳咳，真亏了那场暴雨，要不然，说不准我现在还是个光棍呢！如今我不但有了老婆、儿子，老婆还当上了县长！咳咳，捡来个县长！咳咳……"他越想越高兴，嘴里哼着"米来米发梭来米"的秧歌调回去了。

第二天，李三苟走马上任，堂而皇之地坐进了乡政府对外联络部的办公室。虽然门口牌子一本正经挂好了，可他这个主任坐在里面没事干呀！还是乡长想得周到，给他准备了两大叠连环画，还对他说："老李，这几天没事，先看看小人书吧！"

李三苟对连环画一向很感兴趣，但他从来只看画不看字，所以一天下来，就把两大叠连环画全翻完了。再干啥呢？

李三苟拿出纸和笔，画乌龟，画老鼠，画男人和女人。开始，他觉得坐在办公室里挺舒服，也挺新鲜，但几天下来，就感到浑身发酸，捋起裤脚管一看，不禁大吃一惊：两个脚背肿得像发糕一样，用指头一按一个坑。

李三苟急忙找到乡长，哭丧着脸说："乡长，你看看，我坐了几天办公室，脚就坐肿了，再坐下去，硬是要坐出浮肿病来。"

乡长笑笑说："放心，放心，这叫'调一样生活，换一副骨头'，慢慢就会适应的。""哎，乡长，你总不能老是叫我看小人书呀？吃了饭总得干点事，哪怕挑水、扫地也行。""好，你这精神不错。不过你是主任，怎么能叫你干杂活呢？既然你闲不住，明天就进城去看看王副县长。给，先拿三十元钱去，有什么好吃的，买点带着，一来表示对她祝贺，联络联络感情，二来也去办点事，好几个村要搞自来水厂，想请王副县长帮忙给我们弄二十吨平价水泥。"

李三苟遵照乡长的嘱咐，回家杀了只鸡，装了三十个蛋，包了一大包霉干菜，还装了十几斤香米。

第二天一清早，李三苟搭上早班汽车到了县城，径直来到服装厂王丽英的宿舍。他见房门紧闭，就摸出钥匙去开门，可是怎么也开不开。他正恼火，跑来一个人，一把抓住他说："好大胆的贼，大白天竟敢撬我的门！"说着就将他拖到厂长办公室去。

　　厂长一看，原来是王副县长的丈夫，连忙告诉他，王副县长已经搬到县政府大院里去住了，还特地派了辆小车，将他送到那里。

　　王丽英见李三苟来了，亲亲热热地接过东西，让他坐下，又给他端洗脸水，又给他冲麦乳精。李三苟见当了县长的老婆对自己还是服侍得这么周到，笑开了的嘴巴合也合不拢。王丽英打开衣柜，取出一件毛衣、一套笔挺的中山装，还有一双新皮鞋，对李三苟说："我这个妻子很不称职，结婚十几年了，也没给你做过一双鞋子。你今年四十岁，这是我送你的一点礼物，啥时候你把桃桃带来，我们一起照个相。现在你先歇息，我去买点酒菜来，让你开开荤！"

　　李三苟心里暖乎乎的，他见王丽英忙着要出门，连忙一把拦住说："丽英，你先别忙，我这次来，想请你帮我办点事。""什么事？""给我弄二十吨水泥！""干啥？""我们乡好几个村打算搞自来水厂，可是水泥弄不到，大家想请你为家乡做点好事。"王丽英一听，心里叫道：好家伙，我县长刚当上就来走门路啦？但一转念，觉得搞自来水厂是好事，应该大力支持，就笑笑说："我给想想办法，不过……"正在这时，"笃笃笃"有人敲门，进来的是物资局的金局长。

　　金局长进门一看："唷，有客人呀！"王丽英忙说："不是客人，是我老头子，叫李三苟。""噢——是老李同志呀，您好，您好！"金局长笑容可掬地上前又是握手又是递烟，像见到了老朋友。

　　王丽英给金局长泡了杯茶，说："金局长，你来得正好，他们邻近几个村打算搞自来水厂，就是水泥搞不到，你能不能帮助解决一下？"金局长说："你县长开口还有什么话说，要多少？""二十吨。""行，明天来提，平价供应。"

一句话，二十吨水泥就解决了？李三苟惊得目瞪口呆，他不由想起两年前家里修猪圈，需要五包水泥，他跑东过西，求爷爷、告奶奶，口水讲干，舌头讲焦，香烟分掉好几包，最后总算花高价买到了，可回来一看，都是快要过期的货色。唉，难怪有人说"家有做官人，没事办不成"，看来我李三苟从此要"大树底下好乘凉"喽！

第二天，李三苟回到乡政府，喉咙"乓乓"响："乡长，事情办好了，一句话解决问题，马上可以提货，而且平价供应！"乡长一听，不但眉开眼笑，而且得意扬扬：让李三苟当主任这步棋，算是走对了！他见李三苟掏出三十元钱来要还他，赶紧说道："这是交际费，你尽管用，由乡里实报实销。"随即塞给李三苟一叠钱："这是你这个月的工资，一百五十元，干得出色，年底还有奖金。"

李三苟接过钱，心里乐开了花：好家伙，小人书看看，乌龟画画，城里跑跑，一个月还要拿一百五，这钱可比在地里啃泥块不知好赚多少倍！

一晃过了一个星期。这天晚上，乡长硬把李三苟请到他家去吃饭。酒过三巡，他凑到李三苟面前说："老李，上次你为各村搞水泥，大家都很感激你。现在我家里准备造房子，也想请你帮点忙。""行啊，你要人抬石头、挑砖块，我保证随叫随到。""不、不、不，我想请你到王副县长那里弄十吨平价钢材，但是不能说是我私人的，你就说是乡里造厂房需要。""没问题！"李三苟胸脯一拍，说，"这还不是一句话的事情？明早我去跑一趟，你把车子准备好。"

哪知,第二天王丽英听李三苟把要求一说,不高兴地说:"你以为这是搞十吨稻草呀?你赶快回去告诉乡里,正当的用途,应当通过正常的途径,不要专走我的门路。"说完,拎起皮包就回去办公了。

李三苟碰了个钉子,好不气恼,他走出县政府大院,正好碰到物资局的金局长。

金局长十分殷勤地招呼他道:"啊,这不是王副县长家的老李吗?哪儿去?"李三苟摇摇头说:"唉,想弄点钢材,不巧,她……她下乡去了。""哎呀,走,到我家里去坐坐。"金局长不由分说,一把将李三苟拉到自己家里,烟茶糖果招待之后,问道:"你要多少钢材?""十吨。""公用还是私用?""公、公……嗯,私、私用。""这点事就不要麻烦王副县长啦,我给你解决。"

李三苟一听,像遇到个救命菩萨似的,连连说:"这真得谢谢你啦!""谢倒不用谢,不过我也有件事,想请你帮个忙。""啥事?你尽管说,上刀山、下火海,我李三苟都不怕!"金局长笑笑说:"我有个儿子在708厂当工人,可是他年纪轻轻犯了心脏病,不适应那里的工作,想请王副县长给调个单位。事成之后,我马上聘请你担任我们劳动服务公司的名誉经理,待遇从优。"

又一顶官帽向他飞来,弄得李三苟七荤八素,他想:调一个人总比弄十吨钢材要简单得多吧!于是又一拍胸脯说:"金局长,你放心,你儿子的事我包了!""那好,十吨钢材你马上可以派车来运。"

没想到老婆不在,事情居然也能办得这么快,李三苟开心啊!哼起他那"米梭来米"的秧歌调,跑到邮电局给乡长打电话，让他马上放车子来运。

打完电话，李三苟满面春风地回到县政府大院，走进宿舍一看，咦！王丽英回来了，忙问："怎么这么快就回来啦？"王丽英笑笑说："怕你被老虎拖去，赶回来陪你呀！哎，坐下来，你说说，那钢材到底是谁要？我刚才走得急，也没来得及好好听你说。""不必谈了，"李三苟得意地摇摇手，"货已经有了。""有了？哪儿弄的？""这你不用管，虾有虾路，蟹有蟹路。不过有件事情要你帮帮忙，打个电话给708厂，把金局长的儿子调出来，金局长说事成之后聘请我当名誉经理，还说待遇从优。你知道吗，从优是多少一个月？"

听李三苟这么一说，王丽英愣了好长时间才开口说："你不要走开，我去打个电话。"李三苟以为她是马上出去找人办这事了，心里好不高兴。

不多时，王丽英回来了，李三苟忙问："怎么样，讲好啦？""讲好了，一个电话，十吨钢材全部卡下了。"李三苟一听，脑子"嗡"的一下："你这是发疯啊？人家乡长车子都开来了，这下怎么办？""唉，你变啦，不安心在家里劳动，整天东逛西荡拉关系。我说过，你是我丈夫，就应该支持我的工作，可你……""我什么时候不支持你啦？你出来工作，我衣服自己洗，扣子自己钉，还要带孩子，这么多事情都是我一个人干，我放过一个屁吗？现在你当了县长，衣裳角都要掸倒人了，好威风呀！你要我支持你工作，可我也是新官上任，你也应该支持我的工作么！"

王丽英一惊："你当啥个官啦？""我是乡里对外联络部主任，大小也是个官！"王丽英一听，简直哭笑不得："看把你神气的，人家拿你当猴耍，你还自鸣得意呢！告诉你，我一个电话，就把你这狗头官给撤了。""你敢……"

就这样，这对夫妻接上了火，你一刀、我一枪地干了一场。到后来，李三苟说不过王丽英，就摆开了大丈夫的架势，一拍桌子说："你这样掐住我脖子，我、我和你打、打离婚去！"王丽英也不让步，"啪"地站起来说："好啊，走，马上办手续去！"说着，拖起丈夫就往外走。

这下李三苟傻了，心想：要是真离了，我不成光棍了吗？可是话已出口，无法收回，男子汉大丈夫嘛，哪能在老婆面前显软？对，硬要硬到底，赤膊穿蓑衣。这样想着，他不禁头一犟，手一甩，说："走就走，怕啥？"于是两人一前一后来到街上。

王丽英一把拖住李三苟往店铺里走，李三苟抬头一看，是家饮食店，就问："干啥？""你说干啥？吃饭！吃饱肚子再离。""农民伯伯，没钱坐馆子。""我请客！""肚子气饱了，吃不下。要离，就快走；不离，我要回去了。""好，你滚，我是不会同你离婚的。"王丽英一甩手，自顾自跑进了饮食店。

李三苟一听王丽英这话，那颗提着的心总算放下了，但是想到事情没办成，要是乡长的车子真放来就麻烦了，所以急忙搭了一部拖拉机赶回到乡里，把情况原原本本对乡长说了。乡长眼珠子一转，笑着说："你离婚这张王牌掼得好，有男子汉大丈夫的气概！"李三苟说："还好呐？差点把我的冷汗都吓出来了。"乡长立刻安慰他："这有啥好吓的？要说吓，她比你还吓！你想，她这县长刚当上，要是和你离婚，那她不就成了女陈世美？要遭万人骂的，县长位子就别想再坐下去了。哼，她现在绝对不敢和你离婚，你放心！我十吨钢材是小事，可你失败了，今后就只得乖乖给你的县长老婆端洗脚水。"

李三苟这个老实人，就是肚里少根弯弯肠子，被乡长这么一分析，弄得晕头转向，就觉得替乡长办的十吨钢材的事，如果就这么算了，岂不在乡长面前太没面子？

离开乡长家，李三苟牙齿一咬，索性就到城里去住了，逼着王丽英给他批钢材，否则就嚷嚷要离婚。王丽英自然不会答应，李三苟就学人家的样，天天在宿舍里骂娘摔家伙，闹得王丽英不得安宁不说，还在周围造成了极坏的影响。

好些人实在看不下去了，都来劝王丽英："这种不讲理的丈夫要他干啥？还不是离了清爽？"连县委书记也发话了："王丽英同志，这样下去，可要影响工作的啊！"

王丽英见糊涂丈夫怎么突然变得像头蛮牛，劝劝不回，讲讲不听，一气之下就说："你真要离婚？那你给我滚！"说着，一狠劲把李三苟推出了门外。

李三苟想想乡长说过的，老婆现在应该比自己还怕离婚，可是看看她今天这副样子，又像是真同意离婚了，李三苟吃不准到底是怎么回事，失魂落魄地回到乡里，愁眉苦脸地对乡长说："钢材的事要不就算了吧？再弄下去，老婆真跟我离婚怎么办？"

乡长笑他："老李呀，你眼光也太短浅了，你老婆前程似锦，她怎么敢在现在这个时候和你离婚？现在是两军相峙勇者胜，你只要咬紧牙关，她肯定就服服帖帖给你下跪。"被乡长这么一激，李三苟又像打足了气的皮球鼓起劲来，他对乡长说："我这样来来去去的耽搁时间，还不如我们明天一起去，把车开到那里，看她敢不签字？"

第二天，他们两个果真把车开进了县政府大院，乡长让李三苟先进去，自己在外面等着。

只见李三苟大模大样地走进王丽英的办公室，冲着她喊道:"喂,车子开来了,你批不批?"王丽英严肃地说:"告诉你两条:第一,公事公办,一切按规定办,不许你干扰;第二,私事私办,我不同意离婚!"

呵,她果然怕离婚!李三苟心里有了底气,胆子也更大了。此刻正是上班时间,许多干部听见争吵声,都过来相劝,李三苟想在众人面前抖抖自己大丈夫的威风,快点把事情了了,于是袖管一捋,朝王丽英吼道:"你再敢犟嘴?看我怎么揍你!"

王丽英见丈夫这般胡搅蛮缠,气得浑身发抖,就命令旁边的工作人员:"把他赶出去,再要胡闹,打电话叫派出所来处理。"

旁边几个工作人员早就看不惯李三苟这副样子了,王丽英一发话,他们立刻连推带拉把李三苟轰出门外。乡长在外面一看,知道没戏唱了,赶紧来了个脚底抹油,开着车走了。

李三苟没想到王丽英竟叫人轰他出来,乡长现在又自顾自走了,觉得自己的面子全丢光了,一时间气冲脑门,眼里直喷火,不管三七二十一,指着王丽英的办公室就大叫大嚷:"好你个王丽英,现在你当县长了,了不起了。你不想想,原先你是个什么货色,要不是我看你可怜收留你,谁会要你这个被几个男人玩过的女人!"

此话一出,所有的人都震惊了,王丽英顿时面孔煞白,人差点晕倒。

这件事是王丽英埋藏在心里十多年的创伤,只要一想到它,就感到刺心地痛。今天,当着这么多人的面,丈夫居然就这么无情地把它挑了开来,怎不使她痛彻心扉?

好半天,王丽英睁开泪眼,冷冷地朝众人说道:"大家都松手,我和他上法院!"

事情发展到这一步,李三苟只觉得脑子发麻,手脚冰凉,直到走出法院，他才真正清醒过来，后悔自己把戏演过了头。

现在是水已泼在地上，收也收不回了。

李三苟昏昏沉沉回到家里，蒙着头睡了一天一夜。最后想想，算了，譬如当初没有捡到这个老婆，好在自己身边还有个儿子，将来让他上大学，大学毕业当县长！李三苟自我安慰了一番，然后就拖着沉重的腿步去上班了。

可是到乡政府一看，李三苟那办公室已坐满了人，再一看，门口"对外联络部"的牌子也不见了，他不知出了什么事，就去找乡长，顺便把几张发票递过去，让乡长签字报销："乡长，这几笔交际费……"乡长冷冷一笑："交际费？你和谁交际啦？你们夫妻吵架，这钱怎么好报销？不能报，不能报。"顿了顿，乡长又带着训斥的口气说："谁叫你真的和你老婆离婚啦？真是笨蛋一个！"李三苟有苦说不出，只好摇摇头："不提了，她当她的县长，我当我的主任，咱俩以后互不搭界。""你当你的主任？"乡长鼻子里"哼"了一声，说："李三苟，经我们研究，决定撤销对外联络部，你回家安心劳动去吧！"

直到这时，李三苟才明白：什么主任主任的，没有了当县长的老婆，自己是一钱不值呀！不过他转念又一想：官有啥当头？无官一身轻！做做吃吃，吃吃做做，还有比这更自由的吗？可他回到家里，看见儿子桃桃一个劲地哭着吵着要妈妈，心里想想也难过，只得硬着头皮，带桃桃去县城。

车进站，父子俩刚下车，桃桃就喊了起来："妈妈……"李三苟定眼一瞧，王丽英扛着行李，像是要出远门的样子，一时愣住了。

桃桃扑上去说："妈妈，我要跟你去。""为啥？""人家都说，我不跟当县长的妈妈是傻瓜。我不要当傻瓜！"

王丽英不觉一惊,她一把搂起孩子,说:"妈妈不当县长了,妈妈要去省委党校学习。你爸爸是个糊涂人,但不是坏人,你跟着爸爸,好好读书,妈妈学习完了就来看你。"

这时,只听一阵喇叭响,王丽英提起行李要上车,李三苟急忙奔过去,眼泪汪汪地说:"丽英,是我害了你,我……"

王丽英苦笑着说道:"不要再说了,一切都晚了,现在看来,当初我们真不该结婚!"

李三苟眼睛里的泪水终于忍不住滚了下来,他痛苦地嘟哝着:"可这次我们更不该离婚呀!"

王丽英看着他,笑了笑,说:"你现在想通了?那好,你回去好好看看《婚姻法》,弄弄清楚,什么叫离婚吧!"

"嘀嘀"一阵喇叭响,车要开了,王丽英转过身,一步跨了上去。

儿子"哇哇哇"号啕大哭起来:"妈妈——我要妈妈!"

李三苟不由双手抱着脑袋蹲了下来,失声叫道:"天呐!到底是谁害得我李三苟有苦难言呀……"

> 作为权力象征的公章,有时竟成为少数人以权谋私的工具……

盖章记

张长公

朱家村的村长朱留官,猴子脸,鹰爪鼻,老鼠眼,脸孔蜡黄,牙齿焦黑,烟瘾、酒瘾大得喊爷叫娘。这天,他坐在办公室里抽烟,酒瘾上来了,打了个哈欠,唾沫子在嘴里滴溜溜地转。突然,他听到一阵脚步声。

"噔噔噔"门口闯进一个四十多岁的女人,长脸,大眼,高鼻梁,进了门,在朱留官对面桌子上一坐,开口就说:"村长,听说供销社来了批建筑材料,我那馒头摊的摊棚漏雨了,你给我敲个买瓦片木材的公章。"

朱留官一看是摆馒头摊的朱二娘,心想:这个女人不是人,在镇上摆着馒头摊,生意不错,钞票不少,可平时却一根毛都拔不到,上次供销社主任光临,叫她送点馒头当点心,她要了钞票还要拿粮票。老实说,供销社的建筑材料怎么卖,他早和供销社主任说好了,由他写私条盖私章供应,这种女人既然这么不识好歹,建筑材料就不能给她。

想到这里,朱留官不耐烦地指指窗口,说:"图章在那里,你自己敲吧。"

朱二娘一看,村民委员会的公章,竟用绳子吊在窗口旁。难道公章这么不值钱?她奇怪了,问:"村长,你怎么把公章挂在那里?"

朱留官说:"公章公章,公用之章,你要盖买瓦片木材的章,随你自己盖还不好?"说着他敲敲桌子,扬长而去。

朱留官一路来到家里,见靠墙边的柜子上放着两瓶茅台酒,顿时眉开眼笑,跑过去捧在手里横看竖看。随后他拔开瓶塞,只觉一股香气直冲鼻孔,唾沫子顿时"滴滴答答"流了下来,他问老婆:"谁送来的?"

他老婆圆滚滚的身子,两手叉腰,见他高兴成这副样子,"嘿嘿"干笑两声,说:"你呀,只知道吃只知道喝,一点也不知道上进。"

朱留官听到老婆要他上进,弄不明白了。他只想着前不久,人家来求他写条盖章买啤酒,他不知道"啤"字怎么写,只觉得喝了这种酒,一股股气直往上冒,像放屁一样,因此将啤酒写成了"屁酒",结果硬被食品店经理敲去两条香烟,说否则就要把它当笑话讲出去。朱留官出尽洋相,气得他老婆一把夺走了他写条盖章的权力。

此刻朱留官心想:我写条盖章的权力已经被你夺走了,可你也不想想,没有我村长这张面孔,你这权力还有什么用?可你还不满足,要我上什么进,难道要我戒烟戒酒不成?

朱留官气呼呼地瞪了他老婆一眼。

"呸!"他老婆一口浓痰吐在他面前,说:"你呀,懂个屁,只知道领着一帮人走东家、串西家地吃吃喝喝。哼,井底蛙、老鼠眼,能有多大出息?你四十多岁年纪,正是太阳当空、发光发热的时候,也不知道步步高升。唉,我跟着你一辈子没出息！"

朱留官听着老婆这番话，不觉心里一动：是呀，人家说起来，"村长老婆"多难听，如果我是乡长，人家就会叫她"乡长夫人"；如果我是县长，她不就成"县长太太"了吗？想到前年选乡长的时候，自己也被人家提到过名字，他顿时来了精神，雄心勃勃地对老婆说："你说得对！你等着，今后我一定会出息给你看！"

老婆"嘿嘿"又干笑两声，说："你这是白日说梦话！哼，别忘了，'朝里有人好做官'。你也不知道发发请柬，叫那帮人来我们家吃一顿？吃发吃发，越吃越发，你怎么连这点道理都不懂？"

被老婆这么一开导，朱留官恍然大悟，如此精明能干的老婆，诸葛亮也要叫她舅妈。

朱留官把老婆的话当成最新最高指示，他立即行动，先买来请柬，然后精心筹办宴席。为了表示郑重，他决定将请柬一律挂号寄出，于是骑上自行车，一路车轮滚滚，耳边风声呼呼，直奔邮局而去。

路过中心小学的时候，他发现一群孩子正围着自己的女儿，一边朝她刮脸皮，一边唱着："你爸不要脸，你爸下流胚！"

这还了得！朱留官赶忙紧急刹车，跳下来大骂道："小杂种，狗养的东西，看我不教训你们！"

孩子们见村长凶如下山猛虎，狠似饿狼扑食，一个个吓得四处乱窜，眨眼就逃得无影无踪。

朱留官拉住女儿问："他们为啥欺负你，快对爸说。"

女儿抽抽噎噎地说："大家说你和'千里香'好，还偷偷摸摸写条子让人家到卫生院去打胎……"

朱留官一听，顿时五脏冒烟，六腑起火：这千里香的父亲在国外做生意，最近这姑娘和不三不四的人来往，肚子被弄大了。要是把我朱留官搭进这种事情里去，别说村长当不成，连做人的脸孔也要没有了。他急得邮局也顾不上去了，掉转车头，骑上车子就朝家里奔。

赶回家中，朱留官劈脸就问老婆："你给千里香写过条子了？""写过呀。""写啥条子？""打胎嘛。"

啊呀，这个女人，还说得理直气壮。

朱留官火了，大叫起来："你在寻死呀？这种事情能写私条盖我的私章？"

他老婆指指靠墙柜子上那两瓶茅台酒，说："人家送酒来的，这酒是你喝又不是我喝，你怪我做啥？"

唉，这个女人真是头发长见识短，怎么一点也拎不清？朱留官又拍桌子又跺脚："你懂个屁，连人家学校里的孩子也在乱说，说我把人家肚子弄大了，偷偷摸摸写纸条让人家到医院里去打胎。"

他老婆一听，干脆吃醋撒泼起来："我看你这德性，千里香要来寻你，你不会不干那事！"

朱留官怒不可遏：只怪自己瞎了眼睛，写私条盖私章的权力被她夺走。

明明老婆是只烂草包，自己却把她看成金皮包，唉！现在吃苦头啦！他想来想去，只有再重新以村民委员会的名义开个证明信，加盖公章，然后送到卫生院去，说明老婆愚昧无知，瞒着他篡政夺权乱写条子，今后一定严加管教，希望卫生院领导声明辟谣。

朱留官这么一想，早把到邮局寄请柬的事忘到九霄云外去了,他"噔噔噔"一路小跑直冲办公室。可是开门一看,平时挂在窗旁那只用绳子拴着的圆图章,此刻已不知去向,只留下半截绳子在风里一颤一抖。朱留官只觉得两腿酸汪汪,背上汗津津,浑身上下跟着那半截绳子一起抖了起来。

想着以前做官人如若失落官印,不但丢官,还要杀头;就是现在,人家失落一张支票,还要登报声明作废。我村长失落大印,查问起来,怎么了得?唉!想不到平时不值钱的大印,关键时刻比黄金还贵。

朱留官脑袋里星飞电转,眼珠一转,计上心来。只见他跳起来,把原本挂公章的那半截绳子拉掉,又戴上手套,把办公桌抽屉敲坏,再跑到村口,从垃圾堆里拾了双破鞋子,拿回来在地上敲上几只脚印。接下来,他准备到派出所去报假案,这样以后就是大印找不到,他朱留官也好交代。

所以伪造好现场后,朱留官就一路小跑,直奔镇上的派出所。谁知他刚到镇口,咦,发现朱二娘的馒头摊前围着一大群人,那些吃馒头的人手里捏着的馒头上,都敲着鲜红的大印,比人家养儿子送的馒头糕还显眼。

他们见朱留官来了,一个个朝他晃着手里的馒头,说:"嘻嘻,古往今来,还没见过公章敲馒头呢!""哈哈,现在改革年头,啥稀罕事都有……"

啊呀,朱留官听了连喊"不好",这公章原来是被朱二娘拿去敲馒头了。

这个女人怎么想得出来!朱留官恨得咬牙切齿:哼,一定要给她点厉害看看。

围观的人很多,朱留官好不容易挤近朱二娘的馒头摊,只听朱二娘正在叫卖她新出笼的热馒头:"大家快来买呀,我的馒头只只有村里的公章鉴定,斤两足,馅儿多,货真价实。买呀,大家快来买呀,买公章鉴定过的馒头呀!"

朱二娘的馒头叫卖声抑扬顿挫,简直比唱歌还好听,引得围观的人都骚动起来,朱二娘喜滋滋地忙着,人头顶上接钱,夹着手去递货,馒头卖空一笼又一笼,摊棚里蒸气始终缭绕不绝。

朱留官看得真切,只要新一轮馒头出笼,朱二娘就捏着那只原本挂在他办公室窗口的大印,沾上红米粥的"印泥",眼明手快地往一只只馒头上敲。

朱留官看得眼睛里出血,冲上去大喝一声:"朱二娘,你盗窃公章,该当何罪?"说着,他一把夺过大印,揪住朱二娘:"走,到派出所去。"

谁知朱二娘比他还凶,指着他的鼻子就骂:"我盗窃公章,还是你盗窃让你为大家服务的权力?这用公章的权力早被你盗窃光了,连修摊棚的一点材料都买不到,挂着它还有啥用?嘿嘿,倒不如用来让老娘敲馒头!"说着,朱二娘卷卷衣袖,又要来夺朱留官手里的公章。

这时,围观的人都为朱二娘助威呐喊:"对,朱二娘说得对,把公章夺回来!""朱二娘,加油!"

朱留官一看这阵势,心想:这个女人,简直比造反派夺权还厉害,现在不镇住她,以后还不爬我头上来?他于是伸长脖子粗声粗气地吼起来:"朱二娘,我告诉你,只要我到公安局去说句话,叫你十年八年官司逃不了!"

朱二娘"嘿嘿"冷笑两声,说:"是你把公章挂在那儿的,是你说'公章,公章,公用之章,要敲尽量敲'的。要吃官司,你也逃不了!"

朱留官心想：坏了，这个女人厉害透顶，越吓她越嚣张，要是真闹起来，被上面知道了，自己也没有好下场。趁公章已经在我手里，现在不走，还待何时？想到这里，他脚底抹油就想溜。

朱二娘哪里肯饶他？冲出摊棚一把抓住他。只听见"哧啦"一声，朱留官上衣口袋被撕破了，大红请柬从口袋里掉出来，朱留官只顾拿着公章跑，没发觉。

朱二娘拾起来一看，原来是这种东西，数一数，有八张，她转身取出八只盖了公章的馒头，一只馒头供一张请柬，在馒头摊棚里供了起来，引得一街的人川流不息地来观看。

这事儿一传十、十传百，越传越远。

等到那些请柬和馒头被乡里派来的干部拿走时，朱留官已经被撤职了。

关键词：地位

> 有人把此故事中的现象称为官场上的"帕金森综合征"。故事夸张，略有脸谱化，但"点穴"的功夫很到位。

医驼背

宋 河

芦花镇有位叫尤望升的年轻人，他身材挺拔，脸形四方，剑眉高挑，脸孔上的各个"部件"真是高低适中，黑白分明，就像是造物主精心雕塑出来的一件人类艺术品。可最近，这件"艺术品"得了一种怪病。

什么病？驼背病，而且背驼起来的速度之快，简直令人吃惊。据他妻子透露：目前，他的额角与足尖正在以每天 0.6 厘米的速度靠拢，他的背脊已经突起了一个 12 厘米高的驼峰！如果照此速度下去，身高 1.80 米的尤望升，只要三百天时间，他的形体将成为一个三百六十度的圆圈。

尤望升的妻子叫宋丽丽，是县越剧团的主要旦角，长得如花似玉、风姿动人，人称芦花镇上一朵红玫瑰。想当初，她与尤望升堪称天生一对、地设一双，可如今，尤望升这件"艺术品"成了一只驼背虾公，宋丽丽要是再与他站在一起，真是脸面丢尽、无地自容。眼看着自己的丈夫背越来越弯，人越变越丑，宋丽丽真是心急如焚，坐卧不安，她拖着丈夫到处求医问药。可是，从中药到西药，从针灸到膏方，甚至气功、电疗、推拿、激光……等等，等等，结果均无疗效。

一次，宋丽丽拖着尤望升去他的一位老同学处求医。这位老同学原是一位医生，最近被提拔为医院副院长。尤望升见了他，当即就觉得背脊发酸、发麻，如受重压，头一阵阵地低了下去。那位老同学先是一阵劝慰，后来给他配了些药。哪知尤望升看病回来，驼背速度反而加快了百分之五十。

还有一次，一位当了副县长的老同事得知尤望升得了这种怪病，特地从外地搞来几种新药，专程送到他家里。尤望升见了他，又是觉得一阵阵背脊发酸、发麻，如受重压，脑袋直往脚底下勾。那位老同学见状吃了一惊，连忙帮他揉背脊、捶腰骨。谁知不揉不要紧，一揉吃一惊，只听得尤望升的脊梁骨"咯咯"作响，他那背脊上的驼峰闪电般地增高了3厘米。

宋丽丽急啊，急得面色枯黄；愁啊，愁得双目无光。她一照镜子，自己都吓了一跳：天哪，一个如花似玉的女子，都快变成一个干瘪老太婆了。她禁不住双手掩面，大哭一场。

宋丽丽实在没有办法了，便在报纸上登了一则"求医启事"。

不久，来了一位江湖医生，自称会治一切疑难杂症。宋丽丽马上把这位银须白发的江湖怪医请到家里，递烟奉茶，待如上宾，老人听完宋丽丽的叙说，问她有没有到医院检查过，宋丽丽说："检查已不下十次，每次都说正常，可再说得怎样正常，他的背脊就是不正常！"

老人捻捻胡子，看了看尤望升的气色，又按了按他的脉搏，对宋丽丽说："一愁百病起，一喜百病消，要我医此病，得讲究个天时地利，你丈夫的天时地利，便是要他在精神上舒筋活血。你是他的妻子，你必须想办法让他开怀大笑，随后再来取我的药。"

宋丽丽对此话有点将信将疑，但如今她是心急乱投医，只得百样办法都试试了，于是便遵照老人的嘱咐，开始琢磨如何使尤望升大笑起来。

为了得到这个"笑"，宋丽丽这位漂亮绝顶的年轻女子，竟然抹下脸孔，学了许多忸怩作态的小丑动作，当着丈夫的面一一表演，今天学卓别林，明天学唐知县。可是，尤望升任妻子变妖作怪，也不露一丝笑容。宋丽丽万般无奈，只得又去找那位江湖医生。

江湖医生摇摇头，说："他不笑，我就无能为力了。天下药店千千万，只有你自己去想办法采一味笑药了。"

宋丽丽没办法，只得死马当作活马医，又在报纸上登了一则"求药启事"。不久，尤望升单位的一个小青年出差回来，兴冲冲地找到宋丽丽，说他从外地买回来一味笑药。他交给宋丽丽一个纸包，并特别交代，此药的包装特别好，必须由吃药者自己剥去药纸，然后吞下，别人千万不可代劳，否则即刻失效。

宋丽丽捧着纸包，急急忙忙奔回家中，交给尤望升，又如此这般地交代了一番。尤望升自然也是求药心切，接过纸包就赶紧打开，没想里面还有一层纸；剥开第二层纸，还有第三层；一直剥到了第九层，里面还是一个纸团。

尤望升抖抖索索地把纸团展开，里面根本没有什么药丸。宋丽丽很是失望，但尤望升却在纸团展开的一刹那，奇迹般地跳了起来："哈哈，我尤望升终于有了这一天！"

宋丽丽不知出了什么事，抬头望去，只见尤望升已经完全挺直了背脊，他挥着手里的小纸片，笑着，跳着，完全回到了从前的样子。

宋丽丽这时如坠云山雾海，她不知那张纸片为何有如此神力，忙夺过来看。只见上面写着这样一行字：据可靠消息，尤望升将被提拔为本局局长。

宋丽丽这才恍然大悟：天哪！丈夫原来是因为没有官当，觉得无颜见人，才挺不直腰杆的啊！她顿时如雷击顶，觉得天旋地转，身子一软，竟然瘫了下去。尤望升连忙去拉她，可她怎么也没有站起来。

这一瞬间，又出了奇事：尤望升的驼背病好了，宋丽丽却得了软骨病，此病如何医治，那是以后的事情了。

关键词：见义勇为

> 让好人不死，有无数种办法，但"不巧之巧"就得靠艺术创新的手段了。本故事离奇的事件，让读者拍案叫绝。

小大胖

陈献民

湘潭小学六年级有个外号叫"小大胖"的学生，今年才十一岁，可体重已达一百二十八斤，远远望去：圆手圆脚圆脑瓜，活脱脱像只吹足了气的大皮球。小大胖为何这么胖？第一，能吃：一顿要吃八两米饭。平时他妈妈还特地在他肚兜处做了一只大口袋，里面放一只半斤重的面包，只要小大胖一饿，马上加餐；第二，能睡：小大胖只要眼睛一闭，就是身边地雷爆炸，他都醒不过来。

这天晚饭后，小大胖上街看电影，妈妈怕他肚子饿，又给了他一只大面包。小大胖高高兴兴进了电影院，谁知电影不精彩，看着看着就睡着了，待他醒过来，电影早就散场了，四下里黑乎乎，静悄悄的。小大胖揉着被椅子撞痛的圆脑袋，走到大门口，用力敲了半天门，才有一个值班的阿姨把他放出了电影院。

这时，已是夜深人静了，街上见不到一个行人。小大胖提提裤子，接连打了几个哈欠，他穿大街，走小街，很快又拐进了一条漆黑的小巷子。

小大胖正急匆匆走着,不料脚下一绊,"扑通"跌倒在一个人身上,他用手一摸,那人身上滑腻腻的,还闻到一股刺鼻的血腥气!吓得小大胖头皮发麻,差点喊出声来。

这时候,躺在地上的那个人轻轻地呻吟起来,小大胖借着月光一瞧,认出是同学的爷爷,一个贩猪肉的个体户,忙喊道:"爷爷,爷爷,您怎么啦?"那老人也认出了小大胖,有气无力地说道:"小大胖,刚才,一个坏蛋捅了我三刀,抢走了我贩肉的钱……快骑我这单车去报告,坏蛋朝前跑了……"

小大胖听了,以为自己是在做梦,忙用手拧了一下胖脸,生痛生痛的,便想起了老师说过的"维护治安,人人有责"的话,浑身来了精神,嘿!我一定要抓住这个坏蛋!说时迟,那时快,小大胖扶起单车,一纵身追了过去。

果然,出巷口不远,小大胖就发现前面有一个黑影在仓皇逃窜,只见那人腰身细,个子高,手上正握着一把刀。唔,没错,就是他!小大胖看准对象,也不说话,两腿用力一蹬,"嗨!"连人带车一下子把那瘦高个撞了个狗吃屎,小大胖不敢怠慢,一纵身把自己那128斤的身体,重重地压在瘦高个的身上,又举起两只肉鼓鼓的小拳头,一边砸,一边骂:"哼!坏蛋!我看你抢劫!看你杀人……"

那瘦高个呢,突然遭到这一巨大冲击,一时间倒被砸懵了,直到听小大胖不住地骂,才发现对手竟是个孩子,不由得眼珠一转,骗道:"哎,小鬼,别胡闹!杀人犯在前面。""不,就是你,就是你!"瘦高个见骗不了,想翻身,可又动不了,只好求饶道:"小鬼,我给你钱,喏,一百块,好吧,你,学习雷锋,做个好事,放我一条生路!""呸!谁要你那黑钱!告诉你!学习雷锋,就要抓住你!"小大胖这么说着,又扯开嗓门叫了起来:

"喂！快来人呐！抓抢劫犯呐！"

随着喊声，街道两旁的人家亮起了电灯，有人推开窗户，探出头来观看。瘦高个见大事不妙，使出浑身劲，一躬身子挣扎着爬起来，嘴里还凶狠地威胁道："你再喊，我用刀捅了你！"小大胖毫无惧色，死死地抱住坏蛋的腰，那瘦高个见远处有不少人朝这里奔来，顿时慌了，用拳头没头没脑地狠揍小大胖。小大胖被打得头昏眼花，他怕坏蛋逃脱，一歪脑袋，照准瘦高个手臂狠狠地咬了一口，瘦高个疼得一声惨叫，随手举起了那把带血的匕首，"哧"，一刀刺入了小大胖的腹部。小大胖只觉得一阵头晕，手捧腹部，慢慢地倒了下去。

这时候，四周群众赶到，瘦高个东窜西逃了一阵，最终被大伙当场擒住了。

人们扶起昏迷不醒的小大胖，凑着路灯一看，只见小大胖满脸满身都是血，那把罪恶的刀子，深深地扎进他的肚子里，只留下根刀柄，看到孩子生命垂危，大伙都难过得低下了头。这时值班民警喊来救护车，小大胖的妈妈也闻讯赶来，一见这副惨相，不由得放声痛哭。妈妈的哭声和车子的颠簸，慢慢地使小大胖苏醒过来。他睁眼瞧瞧，忙问："坏蛋抓住了吗？"妈妈点点头，用手轻轻地抚摸着儿子的肚皮："痛吗？"小大胖的手一触到刀柄，立即急促地喊道："妈妈，别动，我听同学说过，刀捅进肚皮里不能拔，一拔肚皮就会漏气，人就要死了。妈妈我会死吗？"车厢里的人听了，都低下头抹起眼泪来。

不一会儿救护车驶进医院，主治医生一见小大胖浑身是血，急忙说："快进手术室！"不料，小大胖"哇"的一声哭了起来："妈妈，我要妈妈。"妈妈淌着泪说道："好孩子，不用怕，待会儿妈妈接你回家。"小大胖摇摇头，说："妈妈，我要死了,我想和同学们玩。"民警叔叔强忍住悲伤,轻轻说道:"好孩子,你不要怕,治好伤再为人民做好事。"小大胖听了,觉得有点惭愧,男子汉死就死,掉泪多难为情,所以把胸脯一挺,学着电影里的英雄说:"妈妈,我们老师说过,人死后,遗体可以派用场。我想外婆瞎了眼,走路不方便,把我眼睛给她吧。叶老师常给我们讲故事,是个大好人,最近腰子被切除了,把我的腰子给他,还有我的书包、铅笔……都给同学们吧。"听着小大胖似懂非懂的临终遗嘱,人们似乎看到了一颗天真无邪的童心,一个个泣不成声,久久拉住小大胖的手不放。

小大胖被推进手术室,量体温、测血压,奇怪,一切正常,主治医生果断地发布命令:"脱掉孩子的衣服!"小大胖知道自己的生命将走到终点,便使出浑身力气喊道:"妈妈再见了!"这时忽听有人惊叫一声:"啊!"接着手术室里"哄"的一声,大家哈哈大笑起来。主治医生拍拍小大胖的胖屁股,笑呵呵地说道:"快起来吧,你没事啦!"小大胖被弄得莫名其妙。

这是怎么回事?原来,小大胖妈妈今晚在他肚兜上的口袋里装进一只半斤重的大面包,那坏蛋一刀正巧刺中那只厚厚的大面包,那血嘛是老人身上沾的,瘦高个手上淌下的。着实让人虚惊一场!

关键词：个体户

> 曾几何时，全民经商是一时之兴。然而，读书人经商却不失本色，也不失其本质。

书呆子经商

张少英

常言道："书呆子经商，老本儿赔光。"

可是，城关镇出了名的"书呆子"程世南，第一次做买卖虽然上当受骗，却不但没赔了老本儿，反倒赚回个漂漂亮亮的大姑娘。

说起程世南，可是个视书如命的人，他要是钻进了书本儿，不能说三伏不知热、腊冬不晓寒吧，也得说是雷打不动。有一次后半夜闹地震，已经睡熟的同学们都被惊醒，爬起来就往外跑，他却跟没事儿人似的，随着晃来晃去的煤油灯苦读。自此，"书呆子"的绰号不胫而走，很快便传遍了城关镇的角角落落。

这年秋天高考，也不知是太书呆子气了还是命运之神故意作对，金榜揭晓，程世南仅以一分之差而名落孙山。

程世南心凉了：看来大学这条道我走不通，那么，我该走哪条道呢？从小就把他当自己儿子看待的三叔，看他心灰意冷的样子，就费尽心思给他介绍了一个在县城商店里做营业员的姑娘，想让程世南先和她处处，如果成功的话，以后可以到县城里去发展。可人家女方那边传过话来，说程世南才高中学历，得考虑考虑。

程世南一听这话"腾"地就上了火:咋,没考上大学就瞧不上了?你不也就是个站柜台的料吗?好,你能站,莫非我就不能站了?哼,你等着,我还要比你做得好!程世南这一火,倒为自己找了条道:经商!干买卖!他说干就干,立刻"噔噔噔"找他三叔去了。

程世南的三叔名叫程叫天,人送外号黄鼬三。此人自打九岁起就做小买卖,是个蹦出来的角色,就是瞎闹腾的那几年都没能把他治住。程世南的三叔在这一带买卖人中颇有名气,是个滴水不漏、星秤不跑的买卖精。

黄鼬三一听侄子要跟自个儿学干买卖,不由用细长发黄的手指捋着三根半黄胡子,眯起黄眼珠儿,用行家的眼光相面似的,仔仔细细地端详了侄子半个钟点,这才摇头晃脑、拿腔作调地说:"经商的人,个顶个都是鬼头蛤蟆眼儿、满肚子拐骨心眼儿的主儿,像你这般闷头闷脑、笨嘴拙舌的书呆子相,不是经商的料。不过话又说回来,人分三六九等,木分桦柏杨松,猴子里头还出了个孙大圣呢,只要尽心学、尽心钻,没有不成的……"

黄鼬三满嘴鸭子冒白沫,越说越上劲。程世南有点不耐烦了,截住他的话头说:"三叔,啥也甭说了,今儿城里就赶集,你有啥货让我去卖,若是给你跑了秤亏了本儿,我今后决不再提经商的事儿!"

"好好好!"侄子说得干脆,黄鼬三忙起身离座,"前天我从山后贩来一口袋鲜姜,八十斤整,是按每斤二毛五分钱的价儿买的。眼下正逢栽姜季节,集上价格是每斤五毛,你到集上去卖吧,就是亏,也大不了亏趟跑腿钱。"顿了顿,他又嘱咐道:

"世南哪,现在的买卖人,十商九奸,稍一疏忽就要上当受骗,你可要谨记在心。还有,这一袋姜要是遇上大主顾,能一下撺出去更好,那样,就是少个毛儿八分的,腾出工夫干别的买卖,照样可以把扔的捞回来。再就是,零卖也好,全撺也罢,一定要一手交钱一手交货。买卖两样心,弄住谁算谁。你可把我这些话记住了?"

程世南听得头昏脑涨,嘴巴里却一迭声地应着:"记住了,记住了,一手交钱一手交货!"

随后,程世南就用自行车驮着三叔给他的一口袋鲜姜来到集市上,学着别人的样子,把姜摆在主顾面前。

俗话说:"看着容易做起来难。"平时看着人家做买卖挺容易,今儿自己一做,程世南可就傻了眼:整整半天,光有问价的没有买下的;过了晌午头才有三个买主,而且谁也没多买,不是半斤,就是八两,总共才卖出五斤多。

这一来,程世南心里毛了:一天卖的钱还不够一顿饭食费呢!眼看着日头偏西,左邻右舍摆摊的都开始收拾摊子回家了,程世南心里更加焦躁起来。

正在这时,一个五十多岁年纪、面容慈祥的老汉,推着一辆自行车从程世南身边走过,车后面还驮着一只纸箱。

真个是情急生智,程世南竟破天荒地学着别的买卖人那样,满脸作笑地招呼他道:"大伯,上等的鲜姜,捎几斤吗?"

谁想这句话还真奏效,老汉随着话音扭头看了看程世南,然后把车子一支,来到程世南的摊前,蹲下身拨拉着鲜姜看了看,笑悠悠地说:"嗯,货不赖。啥价儿?"

程世南赶紧回答:"五毛。"老汉略一沉吟:"哦,不算贵。"说罢,动手在身上里里外外摸了起来。末了,他着急地一抖手,连连咂着嘴:"啧啧,坏喽,坏喽!要不怎么说人老不顶事?瞧这记性,钱忘了带身上!"

老汉恋恋不舍地瞅着姜,自言自语地说:"赶了好几个集,还没见过这么好的姜呐,真让人眼馋。可惜!可惜!"忽然,他悄悄蹲下身,声音随和地说:"小伙子,大伯跟你商量商量,行不?"程世南忙点头:"行,你说吧!"老头用征询的口气说:"咱货换货怎样?"程世南问:"你那是啥货?"

老汉见有门,就从怀里掏出一张"个体户营业执照"给程世南看,自我介绍说:"小伙子,不瞒你说,老汉我是个体经营香油的。今儿县政府家属院给我去了个信儿,让给他们送去一箱,因有点别的事儿,到这晚了才去,恰好碰上了你。咱这样行不?我把香油估一下价,你把这鲜姜也估一下价,东西交换,长退短补从钱上说。你看如何?"

程世南一听,心里暗自琢磨:香油可是好东西,谁家不用三斤五斤的?忙点头道:"那中!不过,你给政府晚送一天,人家不怪吗?"老汉把头晃得像面拨浪鼓,一连声地说:"不怪,不怪,县政府那些人,个顶个都通情达理,明儿我送去,再给他们解释一下,要怪那才叫怪呢!"程世南这才放心地说:"这么着,那咱算一下吧。"

"好,算一下!"老汉见程世南同意了,就起身走到自行车旁,从车上的纸箱里取出两瓶香油,往程世南手里一递:"小伙子,先瞧瞧货色。"程世南接过一看,呵!还别说,真是呱呱叫的小磨香油,清亮亮,黄澄澄,一开盖儿,香味儿直钻鼻子眼儿。更绝的是,那香味儿竟把邻近的人都诱得扭过脸儿来直吸溜鼻子。

程世南赞道:"不错,好东西!大伯,啥价?"老汉爽快地说："公平交易,市上的价:二块三毛。咋样?""好!"程世南也直爽地说,"我这姜也按市价,五毛。"老汉点头:"中!我那一箱油共二十瓶,每瓶一斤,按每斤二块三算,二三得六、二二得四,该四十六块整。你的姜呢?"程世南说:"我这袋姜九十斤整,卖了五斤,还剩八十五斤,按每斤五毛算,一共四十二块五毛。"老汉听罢,说:"我多你三块五毛。得,咱这样,我掂两瓶香油,再找你一块一毛,咋样?"程世南听老汉说得合情合理,点头作答:"行,就这样。"双方谈得融洽,买卖也就算成了。

程世南万没料到第一次干买卖竟这么圆满,愁闷的心情一下子变得十分舒畅,回家路上经过食品店门口,猛地想起今儿是三叔生日,不由孝心大发,他将车一支,走进店堂。

一位眉清目秀、梳羊角辫的女售货员招呼罢别的顾客,见程世南站在那儿瞧着食品柜发愣,忙迎上来招呼道:"同志,你想买点什么?"

"哦?"程世南像从梦中被惊醒似的,忙说,"同志,是这样,今儿是俺三叔生日,我想给他买盒蛋糕,可是看来看去,硬是看不到蛋糕在哪儿。"

女售货员一听乐了:"嘿嘿,你这人真是,今儿的蛋糕早就卖完了,你咋能瞧见呢!"

程世南一听,很懊丧:"那……那就算了。"说罢,他扭身往门外走。走了两步,他忽又转回身来,对那个女售货员说:"同志,说实话,我长这么大,还从没给三叔买过东西,没想这头一回,就、就……麻烦你一下,能不能再给我找找?""咳!同志,你这人可真是。我说卖完了,还糊弄你干吗?再说,买不到蛋糕买别的点心送给你三叔,不是一样吗?"程世南听她说得有理,便点点头说:"那你就拣最好的点心给我拿两包吧!"

女售货员转身去拿点心,却突然发现钱柜后面放着一盒蛋糕,忙拿过来往柜台上一放,说:"嘿,你这人还挺有运气,这不,那儿还拉下一盒没卖!得,给你吧!"程世南顿时感激地连连点头:"谢谢!真是太谢谢你了!"

程世南高高兴兴地回到家,刚进门儿,就和黄鼬三迎了个正着。

黄鼬三溜眼一瞅车后边没了鲜姜袋,就用细手指一捻黄胡子,喜眉笑眼地问:"世南,全卖啦?"

程世南边往里走边点头答道:"嗯,也可以这么说。不过……"他故意给三叔卖了个关子。

黄鼬三闻听一皱眉,捻胡子的手停住了,急问道:"不过什么?""不过人家没给钱。""啥?"黄鼬三一听程世南说没给钱,黄眼珠子立刻瞪得核桃一般大:"你……你忘了我说的话啦?"

程世南见三叔动了真气,吓坏了,赶紧指指车后的箱子说:"我哪敢忘呀,我用香油折换啦!咋,不行?""哦,是吗?"黄鼬三拍拍侄子的肩头,"好小子,这么办就对啦!快,解绳,到屋里瞧瞧货色。"

程世南把箱子从自行车上解下来,抱到屋里,放到桌上。黄鼬三迫不及待地打开箱子,从里边抽出一瓶,晃了晃,然后眯着黄眼珠端详了一阵儿,又用鼻子嗅了嗅,这才"啧啧"咂了咂嘴:"嘿,上等的小磨香油哪!"看罢,放到旁边,又取出一瓶举到眼前,看着看着,倏地脸色一变,猛地用牙咬开盖儿,伸舌头尝了尝,"咚"砸在了桌上。紧接着,他像疯了一般,三把五把把箱子里的瓶子全部提了出来。程世南见三叔的举动有些异常，心中诧异，刚要说话，就见黄鼬三猛地一拍桌子，怪声叫道："嘿呵，世南，你小子上当喽！"

程世南一惊，忙凑到近前，把开盖的那瓶尝了尝，啊，原来那里面灌的全是酸不拉叽的醋呀！程世南只觉天旋地转，两腿发软，"扑通"跌在地上，手里的蛋糕盒也扔在了一旁。

黄鼬三见侄子这个样子，护犊之心油然而生，忙过来将侄子扶起，安慰道："咳咳，傻小子，就那么点姜，值得生这么大的气吗？常言说得好：'吃一堑，长一智。'其实哪……"黄鼬三说到这儿突然停住了。这一停，倒把程世南的精神给提起来了，忙问："三叔，你想说啥？"黄鼬三神秘地一笑，说："其实咱也吃不了多大亏！"程世南一听就急了："三叔，你别安慰我了，咱八十五斤姜换了人家十七瓶醋、一瓶香油和一块一毛钱，你还说没吃多大的亏？"

"呸！"黄鼬三朝地上啐了一口，"世南哪，你也不想想，三叔经商这么些年，若没有七十二转轴、三十六拐骨，能叫得响吗？实说了吧，三叔让你卖的姜里，只有十三斤是真姜，其余的全是咱地头道沟里种的洋姜，虽然模样相同，东西可差远喽！"程世南一听，两眼瞪得溜圆："真的呀？"黄鼬三得意地说："那还有假？他一瓶香油二块三，十七斤醋，每斤一毛二，一共是四块三毛四；还有十八个瓶，每个合六分，又是一块零八。加上找给你的一块一，一共是六块六毛二。咱那十三斤姜，你按五毛钱卖了五斤不算数，还剩八斤，每斤五毛才四块。那八十多斤洋姜就值一块钱，才五块钱。算起来咱还赚一块六毛钱哩！不吃亏。"

"咱不吃亏了？可……可……"程世南有点儿于心不忍地说，"可人家回去把洋姜当成姜种，那不就糟了吗？""哼，活该!"黄鼬三脸一沉,嘴一撇,"他这是自作自受!"

程世南心中实在过意不去:"三叔,我们这……这是不是有点儿……缺德?""缺德?"黄鼬三狠狠地瞪了侄子一眼,"啥叫缺德?他用醋冒充香油,缺不缺德?我琢磨,这骗子八成是计谋好你以后,故意冲你来的。唉,你这十足的书呆子!"

黄鼬三说着,猫腰拎起一边地上的蛋糕盒:"你买的?"程世南点点头:"三叔,今天是你的生日,我……"可是他话音没落,黄鼬三已经惊叫起来:"我的妈呀!"程世南伸脖一看,不禁也惊得张大了嘴巴。

怎么回事?蛋糕盒里面,竟然是码得整整齐齐的九叠一元票面的人民币!

到底黄鼬三老于世故,他立刻回过了神儿,急忙朝两只拇指头上"噗噗"吐了口唾沫,一捻,随后就"扑啦啦"开始一沓沓点起这些钱来。点到末了,有零有整,一共是八百九十五元四毛。"哈哈!"黄鼬三眉飞色舞地直夸侄子:"世南呐,你小子好福气哪!头趟买卖就凭空进了这么多财,真乃福大命大造化大!嘿嘿,这就应了一句:'有福的不用忙,没福的忙断肠。'妙!妙!真是妙也!"

此时此刻,程世南的眉头却越皱越紧了,三叔"嘟嘟噜噜"一大堆话,他一句也没听进耳朵。这到底是怎么回事呢?他琢磨来琢磨去,总也琢磨不出个子丑寅卯。他心一急,伸手从三叔手里夺过蛋糕盒,抽身就要往门外跑。

黄鼬三猛一怔,等明白过来,他气急败坏地大吼一声:"你给我站住!"程世南这时候已经跑到了大门口,被黄鼬三这一吼,不由立住了脚。趁这工夫,黄鼬三一步抢到程世南前头,"砰"的一声把门关上了。他斜了侄子一眼:"你想干啥?白白捡了八百来块钱,不存着娶媳妇,莫非要找钱主儿不成?哼,书呆子!"

程世南急着说:"三叔,咱得钱娶媳妇,可那丢钱的人还不要去寻死呀?这不义之财,我不能要。""呸!"黄鼬三把眼一瞪,"小孩子家你懂个屁?常言道:'人无横财不发。'这钱一不是偷来的,二不是抢来的,你慌点啥?赶明儿三叔到银行把存款提了,咱到百货商场买台外国大彩电。啧啧,这样就万全了,一不用盖房,二不用置电器,等你过了事儿,就稳稳地过你的小日子去吧!不过,到你三叔老不动的时候,可别忘了给端口热汤、送口热饭的,那样你三叔也就知足啦……"说到这儿,三叔还真动了感情,不住地抬手用袖口擦眼角。

程世南不忍心再说什么,可他人在屋里,心早飞了,恍惚间,他眼前出现了那女售货员披头散发的身影,扯着一条绳子要寻短见。他猝然一惊,大叫一声:"不行!"抱起蛋糕盒,拉开门就飞跑了出去。程世南前脚跑,黄鼬三跟脚就撵,无奈人老腿劲儿差,老是差一截子赶不上,气得他一边声嘶力竭地喊,一边气急败坏地拍着屁股蛋子骂。

唱戏的腿,说书的嘴。一支烟的工夫,程世南便来到了食品店。因为少了这么多钱,店里早已"风起云涌",那个卖给程世南蛋糕的姑娘,正在柜台后面抹眼泪。程世南走到姑娘跟前,把手里的蛋糕盒往她面前的柜台一放,说:"同志,原物奉还!"

姑娘一看,蛋糕盒回来了?赶紧打开,但见里面这一叠叠一元票面的人民币依然整整齐齐地码着,不禁破涕为笑,她抑制不住自己激动的心情,一把抓住程世南的手,使劲摇着说:"同志,你、你……"

这时，商店里不管是售货员还是顾客，闻听此事都纷纷朝程世南竖起了大拇指。

一位老大姐拉着程世南的手说："唉，这事儿全怪我！千不该万不该，不该把就要上交的钱装在空蛋糕盒里，也没告诉一声就接电话去了。要不，是不会闹这岔子的！小伙子，太谢谢你了啊！"

"不不不！"程世南把责任都往自己身上揽，"全怪我，全怪我！谁让我非要买蛋糕来着！"他这纯朴诚挚的话语，把在场所有的人都逗笑了。

这时候，猛地，听店门外传来一声哭叫："老天爷呐，睁睁眼吧！我们小家小户的可经不住这么折腾呀！"随着声音，就见一位慈眉善目的老汉跌跌撞撞地跨进门来。

卖蛋糕给程世南的那个售货员姑娘见了老汉一愣："爹，你怎么来了？"她爹着急地说："秀琴呐，你个死丫头，咋就这么马大哈？丢了这么多钱，咱们赔不起呀！"

这个叫秀琴的女售货员连忙跑过去扶住她爹，指着程世南说："爹，现在没事儿了，人家这位同志把钱给送回来啦！""啥？"秀琴爹竖起耳朵，"你说啥？"秀琴附着她爹的耳朵大声说："人家这位'活雷锋'把钱送回来啦！"

秀琴爹揉揉眼，定睛一瞧，恰好与程世南的目光在半空相遇，两个人不禁异口同声地叫起来："啊，是你？"

大伙儿不知是怎么回事，有人正张嘴要问，就听商店外面又有人喊："世南哪，世南在这儿吗？"一边喊着，一边人就进来了。

来人正是黄鼬三，他进来一眼就看到了程世南，狠狠瞪了他一眼，正要开口说什么，一扭脸儿瞧见了秀琴，忙满面堆笑地问:"秀琴哪,你们店里是谁把钱当蛋糕卖的呀?""三叔,是我。"秀琴脸一红,她又指指程世南,"喏,人家这位同志又给送回来啦!"

黄鼬三冲侄子使了个眼色,轻声对秀琴说:"秀琴呐,不瞒你说,他就是我给你介绍的对象,我侄子程世南,你咋拒绝见面呀?"

"啊,是他?"秀琴头一低,不好意思地说,"三叔,我听人说他好吃懒做,不务正业,上学不用功才落了榜,所以……"她生气地瞪了她爹一眼,又忍不住用多情的大眼睛偷偷瞧了瞧程世南。

站在旁边的秀琴爹赶紧一步跨过来,伸手拽住黄鼬三:"哈哈,我说这多半辈子了没栽过跟头,咋能栽到一个白面书生手里呢,原来是你个老东西做的好事!得,咱旧事不提,新事开始。秀琴和世南的事儿,今儿咱就定了吧?"程世南和秀琴一听,顿时羞得脸红到了脖子根。

大伙儿听出了两位老人的弦外之音,禁不住全都哈哈大笑起来。

关键词：万元户

> 此作品是最早反映"万元户"题材的故事，在社会发展进程中留下了较深的文学痕迹。

算出来的万元户

邓 磊

这个故事说的是20世纪80年代的事。

山陂乡是全县出名的穷地方，至今老百姓连温饱都没解决，有时还得吃返销粮，领救济款。

年轻的乡长卜梧实刚上任一个月，就接到县里通知，5月1日全县要开万元户表彰大会，要乡政府立即上报名单。

卜乡长看着手里的通知，两道眉毛挤成了疙瘩：这万元户怕是戴着放大镜也难找啊！但上级的通知又不能不执行。卜乡长当机立断，立即把各村村长召来开会布置，又紧急动员乡政府全体人员出动去寻找万元户。

眼看着会议日期一天天逼近，县里又一次次来电话催报，卜乡长急得吃饭不香，睡觉不宁，像丢了魂似的。他的妻子桂花看他这副模样，不知发生了啥事，就关心地问："梧实，你哪儿不舒服？还是啥事挂住心啦？"卜乡长翻了一个身，没好气地说："去去去！给你讲也没用。"桂花见他满脸阴云，笑着又追问道："到底是咋回事？说出来我兴许能替你拿个主意呢。"

卜乡长一想也是，便把找万元户的事说了一遍。桂花一听,撇着嘴说:"俺当是啥子大不了的事呢,这万元户嘛,嘻嘻,咱娘家就有一个。""谁?"卜乡长像触电似的一跃而起。桂花用手指在他脑门上轻轻一点,说:"咱二舅呗。"卜乡长有些不相信:"你是说王村的王老万?"桂花点点头说:"是啊!他早几年在县城里卖过烧饼。别看那生意利小不起眼,可听咱舅妈的口气,也积攒下不少钱呢!""哎呀呀!你咋不早说呢?"卜乡长一骨碌翻身下床,推上自行车,风风火火就朝王村骑去。

到了王村,卜乡长直奔王老万家,进门一看,院子里可热闹了,东墙根拴着一头大黄牛,西墙角是猪圈、羊舍,房檐下的笼子里喂着长毛兔,一群母鸡正在院子里低头觅食。

一见这情景,卜乡长禁不住暗暗叫好:桂花说得不错,看这架势,二舅家像个万元户,就是这房子太破旧了点,看这山墙的裂缝有多大!

卜乡长正想着,忽听背后有人叫道:"梧实,稀客哟!今天来有啥事?"卜乡长回头一看,正是王老万,就笑着说:"二舅,是这么回事,县里要召开万元户表彰大会,咱们乡准备让你去。"

王老万听了一愣:"梧实啊,你莫和二舅开玩笑,我能是开会的料?"

卜乡长哭丧着脸说:"二舅,不跟你开玩笑,你想想,我当乡长才个把月时间,如果连这件事都办不好,我的脸往哪儿搁?领导往后还会信任我吗?二舅,会议就那么两三天,有吃,有玩,又不要你花一分钱。二舅,去吧,去吧,开开眼界也好嘛。"

王老万一听,可为难了:"梧实啊,不是二舅不愿帮忙,只是我手头的票子离一万元差远喽!"

"二舅,这你就不懂了,上面并没要求万元户必须有万元钞票啊，咱们可以用实物折算嘛！你这牛、羊、鸡、兔一大群，我看算下来只多不少。"

卜乡长这么一说，王老万不好回绝了。他衔着烟袋嘴叭哒了好一阵子，最后把烟袋锅朝桌子上一敲，说："行，二舅依着你，就当一回万元户。不过梧实啊，这实物折合成钱，二舅的账头可算不清啊！"

"这好办！"卜乡长当即掏出钢笔和笔记本，说，"咱俩一块合计合计。二舅，先说说你手头的钱数。"

王老万说："二舅不怕你笑话，信用社只存有一千五百元，这是打算盖房子时付工钱的。"

卜乡长边记边说："二舅，你先别急，起屋盖房是百年大计，仓促动工可不保险。等开罢万元户表彰大会，我给你联系个工钱低、质量高的工程队，包你房子盖得漂漂亮亮、结结实实的。来，咱们往下算。那头大黄牛你看值多少？"

王老万说："牙口正好，膘水也行，有人出过九百，我都没舍得卖。"卜乡长痛快地说："凑个整数，就算一千吧！二舅，你喂有几只羊？"

"大大小小有六只。"王老万回答道。卜乡长沉思片刻说："现在羊肉价钱挺贵，一只羊按五十元算没说的，六只羊就是三百元。二舅，你家喂有几只兔子？"

王老万说："去年秋季买回来二十只长毛兔。咱又不会喂养，死了七只，跑了三只，今年开春母兔又下了八只。"

卜乡长扳着指头算了算，说："一只少说也值三十元，十八只就算六百元吧！一年剪下的兔毛也能卖个四百元，加起来一共一千元。二舅，那群鸡有几只？"

王老万仔细想了想，说："五只公鸡，三十六只母鸡。"

卜乡长用笔划拉了好一会儿,说:"就按四十只母鸡算吧!一只母鸡一年下二百五十个蛋,四十只母鸡能下一万个蛋。一个鸡蛋按一角钱算,一万个就是一千元。还有四十只鸡也值个二百元。二舅,已经有五千元啦!"

王老万吭吭哧哧地说:"梧实,算得不对头吧?咱那鸡养得不好,没下那么多蛋,有时候下的蛋自己也吃了。"

卜乡长放下笔解释道:"二舅,大致估计一下嘛,哪能把几分几厘也算上?你想想看,咱家还有啥值钱的?"

王老万寻思着说:"没啥子值钱的了。"

卜乡长略一思忖,问道:"二舅,你不是准备盖房子吗?木料准备得怎么样了?"

王老万说:"家里有十五根檩条;椽子是两元钱一根,我买了一百二十五根。"

"这不就有了。"卜乡长边算边说,"现在木材的价钱比吃肉还贵,一根檩条算五十元,十五根是七百五十元,加上买椽子的二百五十元,正好一千元。"

王老万又忍不住了:"梧实,那檩条是咱自己种的树……"

"咳!自己种的树就不值钱了?"卜梧实打断了王老万的话,又问道,"对了,二舅,你买了多少砖?"

王老万老老实实地答道:"没买啥子砖。我和大生起早摸黑,打了五万块砖坯,打算这两天就点火烧窑。"

卜乡长掐指一算:"好!一块砖算六分,五万块砖就是三千元。二舅,九千元啦!"

王老万说:"梧实呀,我不是给你说了,那还是砖坯呢!"

卜乡长道:"哎呀呀,二舅哟,你不是说这两天就点火烧窑嘛!等大会开始时,砖不就差不离了!"

王老万不吭声了。卜乡长灵机一动,又问道:"二舅,你今年要缴多少斤小麦?"

　　王老万答道:"九百多斤。"

　　卜乡长说:"四舍五入,就算一千斤吧!一斤小麦卖两角钱,一千斤就是二百元。二舅,你再想想还有什么?"

　　王老万一拍脑门:"咳!咋会把那两头猪给忘了!"

　　"一头猪算二百元,两头猪是四百元。"卜乡长飞快地算了算,兴奋地喊道,"九千六百元啦!二舅,还有什么?"

　　"没有啦!"王老万皱着眉头苦苦地思索着。卜乡长劝慰道:"别急,别急,只差四百元啦。二舅,你再使劲想想。"

　　"使劲想也没有啦!二舅又不会生票子。梧实,你先坐会儿,我去喂喂猪,那头老母猪快下崽了,得勤喂着点儿。"王老万说着站了起来。卜乡长一听,突然兴奋地大声叫道:"有了,有了!二舅,你是不会生票子,可那母猪会生票子呀!你想想,母猪要是能下十只猪崽,满月后一只卖四十元,不就凑够一万元啦!"

　　王老万摇着头说:"这法子使不得,使不得,谁知下几只呢!再说猪崽没满月,会也早开过了。咱庄户人要守本分,有一是一,有二是二,可不能哄弄人啊!"

　　卜乡长打着哈哈说:"好好,咱爷儿俩先别争了。我问你,母猪啥时候下崽?"

　　王老万说:"大概就今晚的事。"

　　"好!"卜乡长双手一拍说,"二舅,我今天就守在这儿不走啦!"正说着,舅妈和表弟大生回来了,大家在一起热热闹闹地吃了一顿晚饭,便等着母猪下崽。

　　半夜时分,果然有动静了,母猪一连生下了七个胖嘟嘟的小猪娃。

卜乡长可着急了："还有没有？"话音未落，第八只猪崽生了下来。紧接着，第九只猪崽也落了地。

这时，卜乡长心头怦怦直跳，两只眼睛瞪得滚圆，直盯着母猪的屁股，连声喊道："生啊，快生啊！再生一个就够啦！"

舅妈笑着说："猪是畜牲，咋能听懂人话呢！"谁知话音刚落，那母猪像通人性似的，把第十个猪崽生了下来。

时间过得飞快，全县万元户表彰大会终于如期在5月1日正式开幕，县长讲话，少先队员献花，整整忙乎了一上午。中午吃饭时，王老万更是大开眼界，满桌的菜肴，喝的那些名酒、饮料，叫都叫不上名字，县领导还一个接一个前来碰杯，直灌得王老万红光满面，晕晕乎乎的。

吃罢午饭，王老万打着饱嗝回到屋里，本来准备歇一会儿，可躺在那软绵绵的钢丝床上，浑身不舒服。王老万正在翻来覆去睡不着的时候，忽听有人敲门，下床开门一看，原来是山陂乡政府的张会计。

张会计一屁股坐在床上，抹了把汗说："我来找你商量件事。""找我有啥事？"王老万感到有些奇怪。张会计说："直讲吧！找你认购国库券。""那不是在村上买过了？"王老万满脸疑惑。张会计表情严肃地说："你是买过了，王老万同志，可你只买了十元钱。这像话吗？我们发家致富可不能忘本啊！要是在过去割资本主义尾巴时期，你能当万元户吗？你能和县长平起平坐、喝可口可乐吗？现在国家有困难，咱们要尽力而为哟！再说以后还要还本付息，这和存钱储蓄没什么两样。你听说没有，红泥乡的万元户代表主动认购了一千元，河口乡的代表也认购了一千元。你比比人家，看看自己，再拍着胸口想想。"

听了张会计这番演讲,王老万低头一想:是这个理儿,大不了五间房先少盖二间。想到这里,他试探着问张会计:"那依你看该买多少?"张会计爽快地说:"前头有车,后头有辙。买得少了你脸上寒碜,买得多了我过意不去。干脆,你就买一千吧!"王老万倒吸了口气,一咬牙说:"就依你,记上一千元。""这就对了!"张会计大功告成,起身说道,"老万,我回去就把国库券给你送家里。咱们回头见!"

张会计走后,王老万还没关上门,又有一男一女闯了进来。那男同志劈头就问:"你是王老万同志?"王老万急忙答道:"是啊,是啊!二位是……"

那女同志开口道:"我们是县税务局的,来向你核实一些情况。老万同志,根据大会印发的材料看,你在县城卖过六年烧饼?"

王老万眨巴着眼睛想了想,说:"没有啊!只有两年零三天。"

"老万同志,为人要诚实嘛!"那女同志从皮包里取出一份材料,翻了几页说:"你听听这一段,'王老万卖的烧饼用料考究,做工精细,皮黄里酥,老少咸宜,既活跃了市场,又方便了群众。六年来,他早起晚归,勤劳致富,成了我乡首屈一指的万元户。'"

王老万听到这里,急得浑身直冒冷汗。他前言不搭后语道:"这、这不是我的话,你们别、别相信啊!"

"我们不信这信什么?"那男同志声音高了八度,"这是你们乡政府报上来的材料,你瞧瞧上面的大印。可你呢,明明卖了六年烧饼,却只缴了两年税款,按规定你每月应缴三十元,一年是三百六十元,四年就是一千四百四十元。你是万元户代表,我们只罚你六十元,你再补缴一千五百元吧!"

王老万一听这个数目,脸都变了颜色。他一个劲儿央求道:"同志,好同志啊!我真的只卖了两年烧饼,你们千万别搞错呀!"

那女同志拍打着材料说:"没错,这白纸黑字写得清清楚楚,你还想抵赖不成?作为万元户,更要遵纪守法,起模范带头作用嘛!要知道,偷税漏税是违法的。如果拖延不缴,我们还要加倍重罚。"

"啊!"王老万吓得张口结舌,"这、这,可我、我身上没带钱啊!"

那男同志见状,口气缓和下来:"老万同志,这好办。材料上说你不是有存款吗?我们可以先打电话通知你们乡信用社,等会议结束后再跟你一道去取款。就这么定了!啊?"

送走了两位不速之客,王老万重重地瘫坐在沙发里,心疼得胸口难受。他正在寻思回去如何向老伴交代,李县长推门进来了,王老万急忙站起来让座。

李县长和蔼地问道:"老万同志,饭菜合胃口吗?"王老万连连点头:"蛮好,蛮好,合胃口。"李县长又笑吟吟地问道:"老万同志,我看你气色不大对劲儿呀,中午休息好了吗?"王老万挤出笑脸说:"没啥子,没啥子,休息好了。李县长,让你费心了。""噢,那好!来,抽支烟。"李县长递过来一支过滤嘴香烟,又说:"老万同志,今天下午的活动已经安排好了,全体代表到县中学参观,走,车子就在下面,我们一道去。"

一辆大客车把三十多个万元户代表拉到了县中学,校领导恭恭敬敬地把李县长和万元户代表请上主席台。

校长首先致辞，接着，李县长开始讲话，只听他扯开嗓门说："同志们，同学们，今天召开这个欢迎大会，意义非常重大。大家都知道，是党的开放政策，才使这些万元户走上了富裕道路。可我们也应该清醒地看到，我们国家的底子还很薄，县里也有困难，因此我们拿不出更多的钱来办教育。就拿我们县中来说吧，断断续续建了几年，至今连围墙还没拉起来，更不用说添置图书、仪器了。教育是实现四个现代化的基础，帮助发展教育事业是每个公民应尽的职责。对此，我深信，我们的万元户是不会袖手旁观、无动于衷的。"李县长大手一挥，结束了讲话，台下便响起一阵热烈的掌声，全场几百道眼光齐刷刷一起射向这些万元户们。

迫于这种形势，有些万元户代表坐不住了，这个报"八百"，那个报"一千"。

李县长见王老万还呆坐在那里，就悄声催促道："老万同志，你呢？快表个态吧！"王老万不想捐款，他哭丧着脸咽了口唾沫，神情尴尬地伸开五指摆了摆手。县长一见，惊喜地喊道："太好了！王老万同志捐款五千元。记上记上！同学们，同志们，我提议，我们要为这些热心支持教育事业的人树碑立传。"又一阵掌声打断了李县长的话。

王老万呢，坐在那里哭笑不得，只听得照相机"咔嚓咔嚓"直响，镁光灯闪得他眯缝着眼。好容易熬到会议结束，回到招待所，王老万像害了场大病似的，回到屋里倒头便睡。

昏昏沉沉地不知过了多久，一声霹雳把王老万惊醒了，一望窗外，狂风怒吼，雷电交加，豆大的雨点打在窗上"啪啪"作响。

王老万心里更犯愁了：这大雨一下，不知家里的房子怎么样呢？他干瞪着两眼坐了几个钟头，天稍稍亮，就冒着大雨往家赶。紧走慢行到家一看，房屋早被大雨冲塌了，土墙倒了，把个猪圈、羊舍、兔子笼都砸得稀里哗啦。

卜乡长和大生等人正忙着在清理，老伴坐在稀泥地上大哭大嚎。

老伴一见王老万回来，"腾"地一下子爬起来，一把抓住他哭喊道："你个老不死的东西，你只顾上广播扬名！捐款、捐款，咋不把你那把老骨头也捐上呢？呜呜，这房子倒了，钱也光了，大生的对象怕也要黄了，往后可咋过啊……"

王老万本来就窝着一肚子火，再加上顶风冒雨走了几十里路，回家又遇到这种场面，气得一句话也说不出来，身子一歪倒在了地上。卜乡长一看不好，立刻指挥众人把王老万送进了医院。

王老万这一去就是一个多月，虽然没啥大危险，可吃药打针花费了不少钱。等卜乡长前去探望时，王老万憋了好久，才长叹一声道："唉！你这小子啊，算把二舅给害苦了！"

> 一个人如果缺乏法律意识，铤而走险，等待他的将是万丈深渊……

彩 蝶

陈希元

哪年的春风不暖花草？哪家的父母不爱儿女？话是这么说，可这世上，还真有要把亲生女儿置于死地的法盲父亲！

有个汽车司机叫华铁成，今年三十六岁。去年，贤惠的妻子不幸暴病死去，留下了两个女儿，大女儿九岁，叫彩蝶，小女儿六岁，叫蜓蜓，一家三口，艰辛地过着日子。

这几天，华铁成整天唉声叹气，坐立不安，他藏着天大的心事啊！原来，他谈了一个女朋友，叫赵爱娜，年轻美貌，两人一见钟情。刚谈时，华铁成没说自己有两个女儿，怕说了后一下就把女朋友气走，可时间长了，不说不行呀，没办法，他就说了实话。赵爱娜外貌俏丽，可生性冷酷，她听了一跳八丈高："好你个华铁成，我可是黄花闺女啊，你就这么把我糟蹋了？我……我要告你强奸！"华铁成慌了，他说愿意将孩子送人，赵爱娜不答应："送人？送了，孩子就从这世界上消失了？""那你说怎么办？""你自己琢磨该怎么办！你要真想和我结婚，就得先把两个孩子处理掉；你要留着孩子，那咱俩就一刀两断！不过，我告诉你，我……有了！"赵爱娜说完，气呼呼地转身走了。

赵爱娜走后，华铁成一头倒在床上，一支接一支地抽着烟。怎么办？他想呀，想呀，一连想了几天几夜，最后，他狠下了心肠：为了赵爱娜，为了自己将来美好的小家庭，他决定对两个孩子下毒手！

那一天中午，华铁成出车回来，先煮好饭，然后在饭里拌上了从街上买回的老鼠药，再加上鸡蛋一炒，将蛋炒饭盛了两大碗，放在灶台上，随手锁上门，又去公司出第二次车。

华铁成是晚上六点多才回来的，一路上，他想象着家里将会出现的情景：两个孩子中毒后送到医院，抢救无效死了；此刻，他家的院子里围满了人，在叹息着、议论着、猜测着，盼望着他。越是这么想，华铁成的心越是跳得慌，这不长不短的一段路，简直就是生死关、奈何桥呀！华铁成就这么想着把车开到了家门口，奇怪了，家里静悄悄的，什么都没发生，他纳闷了：难道孩子死在屋里到现在还没被发现？他轻手轻脚地走进院里，一看，只见小女儿蜓蜓坐在门槛上抹着眼泪，蜓蜓看到华铁成，一头扑过来拉住了他的手，欢快地叫着："爸爸回来啦！爸爸回来啦！"

华铁成脱口问道："吃饭了吗？"

"没有。"

"为什么不吃？"

"我们想等你回来一起吃。"

这时，大女儿彩蝶笑吟吟地说："爸爸，今天是11月17日，是你的生日呀！妈妈活着的时候，每到这天，她总要给你炒几个菜，买一瓶酒，陪你喝一杯，今天，妈妈不在了，你……你就一个人喝吧，爸爸，今天你可要开心哦！"说着，彩蝶抹了抹泪，拉着妹妹，转身去厨房了……

华铁成的心颤抖了，他的灵魂被灼着了！才九岁的孩子，心里想的是如何体贴自己的爸爸，而三十六岁的爸爸，却在想着如何毒死自己的亲生女儿，这……这还算是人吗？华铁成的心在"扑腾、扑腾"跳着，眼泪在"吧嗒、吧嗒"淌着，就在这时，彩蝶和蜓蜓已各自端了一碗蛋炒饭从厨房走了出来，姐妹俩坐到了桌边，拿起了筷子，彩蝶正想吃，忽然又住了手，她看了看桌上的菜，说："爸爸，这几个菜，是我用平时省下的小菜钱买的，钱不多，买不了好吃的……等我长大了，有钱了，我一定给你买世界上最好吃的菜！"彩蝶说完，就伸出筷子准备扒碗里的蛋炒饭，华铁成见了，立即举起手来，"啪、啪"两巴掌，将两碗蛋炒饭打落在地，他猛地扑了过去，将两个女儿揽在怀里号啕大哭……

这天夜里，华铁成翻来覆去地又没睡好觉，他决意去找赵爱娜好好谈谈，求她宽容这两个没娘的孩子。

第二天，华铁成就去见了赵爱娜，说了给孩子下毒的经过，赵爱娜听了，冷笑着说："这么说来，你是舍不得这两个孩子了？那我问你，我怎么办？我肚子里的孩子怎么办？看来我只好连这没出生的孩子一起服毒自杀了！"华铁成一听，吓得魂飞魄散，赵爱娜如果真这么做，他华铁成就算不判死刑，也得坐二十年牢啊！他越想越怕，"扑通"一声跪在赵爱娜脚下，哭着哀求道："爱娜，别生气，你再给我半个月时间，我一定想办法把两个孩子除掉！"

话是这么说，可真要华铁成把自己的亲骨肉送上绝路，他实在狠不下心、下不了手呀！时间一天天过去，眼看将近半个月了，这天，两个孩子放学后，华铁成说是要开车接她们去秦岭玩,其实他是想把孩子送到远离公路的秦岭山上,是死是活,听天由命吧!

孩子哪知道华铁成的心思,听说爸爸要带她们去秦岭玩,可高兴啦。车子开了一个多小时,然后在秦岭的山梁上停了下来,华铁成背着蜓蜓,拉着彩蝶,跋山涉水,来到了一座远离公路的险峰上,这时,太阳已经下山了,彩蝶有些害怕,她紧紧拉着华铁成的手,说:"爸爸,天快黑了,咱们回去吧。"华铁成说:"不要紧,你俩就坐在这大石头上等着,爸爸去抓野兔子,抓到后再回家。咱汽车跑得快,一会儿就到家了。"说完,华铁成转身走了,他三拐四绕,避开了姐妹俩,偷偷下了山,跑上公路,跳进驾驶室,"呼"的一声,把车开跑了。

华铁成回到家里,已是夜晚十点,这时,天变了,北风呼呼,大雪飘飘,天地间冰封雪冻,寒冷彻骨。华铁成关上门,熄了灯,躺在床上,竭力想让自己平静下来,可是,他心惊肉跳,无法安宁。他想,日落坡,狼出窝;鸡上架,狼吃娃。黑夜里,在那没有人烟的秦岭荒山上,别说野兽会伤害两个孩子,光那虎啸狼嗥的声音,也会把孩子活活吓死!

想着想着,华铁成的眼前好像看到彩蝶和蜓蜓手拉着手,孤零零地站在那石峰上,一声连一声地呼喊着:"爸爸,你不要我们,把我们送人都行,可你……你为啥这么狠心呀!"就在这时,一只凶猛的恶狼,瞪着绿莹莹的眼睛,张牙舞爪地向两个孩子扑了过去……华铁成"腾"地从床上跳起,高声惨叫起来:"彩蝶!彩蝶!蜓蜓!蜓蜓!"

半夜三更,华铁成的叫声惊醒了邻居,这邻居是华铁成单位里的车队队长,队长敲开了门,见华铁成神色异常,心里起疑,便连声追问,华铁成说了实情,队长一听气得直打哆嗦,拿了手电,一把扯着华铁成,二话没说就出了门,两人跳上车,全速开往秦岭。

一夜的大雪,漫山遍野全是白茫茫的一片,两人下了车,华铁成带路,跌跌撞撞地一路找去,两人来到了那块大石头旁,一看,惊呆了:九岁的彩蝶,解开了棉衣,把六岁的蜓蜓搂抱在自己的怀里,两人依偎着,早已冻僵了,彩蝶的身上积了厚厚一层雪……

队长再也控制不住了,他扑上前去,一把揪住了华铁成的领口,指着眼前的孩子,愤怒地大吼:"你看看,九岁的孩子都知道疼爱自己的妹妹,你这个当爸的却忍心将亲生女儿害死!你……你真是个畜生啊!"

华铁成被骂得狗血喷头,他没有吭声,解开自己的棉衣,抱起彩蝶,搂在怀里,发疯一样地往山下跑。队长随后抱着蜓蜓,一前一后,一路奔着,上车后又开足了油门,直奔医院。

话是一阵风,一日传千里,第二天上午,华铁成谋杀亲生女儿的消息就传遍了全城,十点左右,医院大门内外围了上千人!华铁成蹲在医院急救室的门外,双手抱头,一动不动,就在这时,赵爱娜来了,她冲到华铁成面前,大哭大叫:"华铁成,你怎么能把亲生女儿活活往死里整?你真是一条披着人皮的恶狼!算我瞎了眼,我和你一刀两断!"华铁成一听,"霍"地跳起,一把揪住赵爱娜,说:"你这个人面兽心的女人,事到如今,还想溜掉?我和你一起上公安局去!"接着,他就把赵爱娜如何唆使自己谋杀亲生女儿的真相告诉了周围的人,众人听了,群情激愤……

突然,急救室的门打开了,一个老医生走了出来,他流着泪告诉大家:"蜓蜓醒过来了,可……可彩蝶把自己身上的热全给了妹妹,她……她死了……"华铁成听了,身子晃了晃,没等他栽倒,有人上来搀住了他,那是两个警察,警察给华铁成戴上了手铐,连同赵爱娜,一起押走了。

这时,急救室里推出了一辆手术车,车上是彩蝶的遗体,被白布蒙着,紧接着,一个护士抱着小蜓蜓从急救室里走了出来,小蜓蜓在护士怀中一边挣扎,一边哭喊着:"姐姐,我要姐姐……"

> 故事用正常人与不正常人的行为反差，来讽刺麻木不仁的利己主义者。

颠 倒

吴 伦

没有经历过上世纪八十年代末的人可能无法想象，那时城市的公交车有多挤，最典型的一句比喻叫"贴相片"，人和人贴在一起，几乎没有一丝空隙。有天下午6点钟光景，上海43路汽车站早已是人声鼎沸，等车的乘客越聚越多，远远望去，像蚂蚁似的黑压压一片。

不知过了多久，汽车终于慢吞吞地开来了，没等停稳，乘客们就像遇到地震似的"哄"的一声弹跳起来，以前所未有的冲击力向车厢里挤去。这时，有个满头银发的老奶奶，手里抱着一个婴孩，也夹在人群中，可毕竟年纪大了，还没挨到车门口，人已经被挤得跟跟跄跄，左右摇摆，急得她忍不住大声叫喊起来："爷叔，阿姨，各位师傅，帮帮忙，让我先上，让我先上……"

人群中有人见老奶奶不知好歹地挡住去路，便用手一拨拉，嘴里咕哝道："老东西，这么大年纪，不待在家里，跑这儿来凑啥热闹？"老奶奶脚没站稳，一下子被推出了人群。

老奶奶可不是吃饱了撑得慌，出来挤车玩的，她是街道托儿所的保育员，刚才，她发现托儿所里有一个婴孩突然浑身抽筋，呕吐不止，知道事情不妙，就赶紧打电话找孩子家长。事不凑巧，电话怎么也打不通，要想拦辆"的士"，可那时"的士"少得可怜，根本叫不到。百般无奈，只得抱了婴孩挤公共汽车上医院。谁想到，整整等了一个多小时，到现在仍在下面站台上转。眼看怀中的婴孩呼吸越来越急促，老奶奶好似万箭穿心，不由得泪流满面地哭喊起来："大家帮帮忙，救救这病危的孩子吧！"

老奶奶的哭喊声，很快被狂潮般的叫骂声淹没，不一会儿，车厢里塞满了人，车门口还吊着三四个，最后面那个穿连衫裙的时髦姑娘，还在那里像蚕宝宝似的，屁股一拱一拱地朝上挤。

老奶奶还有些不死心，又颤巍巍地挤到前面，对吊在车门口的时髦姑娘喊："姑娘，姑娘……"见对方无动于衷，以为她没听到，只得腾出左手，轻轻地碰了一下："姑……""动手动脚干啥？"时髦姑娘猛然一声怒喝，吓得老奶奶头皮一阵发麻，她稳住神，哀求道："姑娘，人心都是肉长的，看在生病孩子的分上，你让我先上吧。""我让你，那谁让我，也不看看现在是啥年代，还有'让'字？""那，那也不能见死不救呀。"

正说着，打人群外面冒出个剃光头的小青年，他用手扒开人群，挤到老奶奶身边，好奇地东瞅瞅，西望望，"嘿嘿"笑了两声，问："吵啥？"老奶奶感叹地摇摇头："真不像话，孩子生病上医院，连车都挤不上。"那光头青年听了，莫名其妙地又"嘿嘿"笑了两声，把袖子朝上一卷："这有啥大惊小怪的，我来帮你挤。"老奶奶见对方衣冠不整，面露凶相，以为对方是在寻自己开心，所以把头扭向旁边。

这时，那个光头青年旁若无人地走到车门口，很神气地命令道："都下来，都下来。"吊在车门口的那几位都觉得好笑，相互对视了一下,不屑一顾地讥讽道:"你是雷锋的什么人,管得倒宽?"光头青年把大拇指朝上指指:"我,我是雷锋的儿子。""哗……"人们哄堂大笑,时髦姑娘乐得弯下了腰:"这人有毛病哦!"光头青年的脸一下子涨红了,他也不说话,伸出蒲扇般的大手,照着那位时髦姑娘的屁股就是一巴掌。

哄笑声戛然而止,人们一时间呆如木鸡,好半天,那时髦姑娘才清醒过来,"哇"的一声惊呼起来:"流氓,流氓!"光头青年也不理会,用手一指:"你下来不下来?""不,不下,你敢对我怎么样?"时髦姑娘嘴里还在硬撑,可声音已经发飘了。光头青年探身过去,一把抓住时髦姑娘的连衫裙,一用劲,"嘶啦"一声,连衫裙裂了一道口子。时髦姑娘一个寒噤,从车上跳了下来:"你,流氓……"光头青年嘴里骂了声:"去你的!"一挥手,时髦姑娘"啊呀"一声,四脚朝天跌倒在街沿上。

光头青年转过身,双手一叉腰,气势汹汹地朝车门口喊:"你们下不下?"吊在车门口的那几位见对方动了真格,一个个都吓傻了眼,谁也不敢再顶嘴,乖乖地都溜下车来。光头青年这时才得意地晃了晃脑袋,又"嘿嘿"笑了两声,朝老奶奶说道:"你快上车吧,我保护你。"老奶奶虽然对光头青年粗鲁的举动心有余悸,但还是挺感激地连声道谢:"谢谢,要不是你……"底下话还没出口,从对面精神病医院里匆匆跑出几个穿白大褂的医生,他们左顾右盼,似乎在寻找什么。突然,有个医生朝这边一指,喊了声:"病人在这里。"那几个穿白大褂的一下子冲了过来,围住刚刚从医院里逃出来的光头青年,连哄带骗地将他拉了就走。光头青年回头朝老奶奶挥挥手:"拜拜!"然后又手舞足蹈地唱了起来:"鞋儿破,帽儿破……哪里不平哪有我……"

四周的空气突然凝固了,像一大块铅沉甸甸地压在各人的心头。那个时髦姑娘从地上爬起来,拍了拍身上的灰尘,自嘲地骂了声:"哼,是个神经病,怪不得……"已经上了车的老奶奶低头看了看怀中的婴孩,又抬头望望远去的光头青年,一串泪珠滚了下来,自言自语地说了声:"这年头……"下面的话没说出口,但在场的人心里都清楚。

关键词：价值观

> 生活之巧，巧夺天工，巧得出奇，巧得有趣，巧出许多匪夷所思的事来。

瓜棚相会

张忠强　搜集整理

孙百发人称"老孙头"，当了好多年小王村的村长，可前年改选，村长这个宝座被一个名叫张振坤的年轻人坐上了，而这个张振坤又和老孙头的独生女儿月娟谈起了恋爱。就为这，老孙头对这个小伙子恨得不得了。

老孙头妻子死得早，他不当村长后，就在村西头种上了几亩地西瓜，他在瓜田当中砌了间砖墙看瓜棚，还在砖墙上挖了几个洞，远远望去，活像个碉堡，给这块瓜田增添了神秘的色彩。

这天夜晚，月娟带了一条狗，代爹看瓜。夜深人静，凉风习习，这是个和情人约会的好机会，岂肯放过，于是约来了张振坤，两个人依偎着，说起了悄悄话。

两个人正沉浸在甜蜜幸福之中。突然狗"汪汪汪"叫起来。接着，又听到了老孙头的咳嗽声和渐渐走近的脚步声。

老孙头的突然出现让月娟大吃一惊：爹原说今晚有事去县城，不来瓜棚的，咋突然来了？难道我们的约会被他知道了，哎呀，若被爹撞见了，可咋收场呀？月娟紧张，振坤更紧张，两个人急得暗暗叫苦，两颗心怦怦乱蹦。

老孙头"沙、沙"的脚步声越来越近了，怎么办？月娟突然看到身边的草床。这草床是老孙头睡觉用的。床是木头支起来的，上面垫着草，草上盖着个大床单，床单两边都耷拉到地上，正好把床下面遮了个严严实实。情急智生，月娟急忙一拉床单，指指床底下，悄悄对振坤说："躲进去！"张振坤也想不出其他好办法，就一弓腰，钻进了黑咕隆咚的床底下。月娟忙把床单弄好，然后就趴在床上装睡觉。

月娟刚趴下，老孙头就敲门了。月娟装作刚睡醒的样子，开了门。老孙头走进瓜棚说："咋这么贪睡呀？瓜丢了你也不知道。"

月娟一边揉眼睛一边问："爹，你到家了吗？我今晚给你炖了只鸡。""没到家。""那你快回家喝鸡汤呀，喝好鸡汤再来换我。""我在城里吃过了。月娟，你回家吧，这里有爹。"

月娟见爹赶自己走，心里一惊，赖着不肯走。老孙头生气了："快走吧，磨磨蹭蹭的干啥呀？"

月娟为难死了，不走吧，爹的脾气犟得很；走吧，哪放得下心。她想了想，就提高嗓门，告诫床底下的振坤说："好吧，那我走啦，你一人可要当心啊！"

老孙头鼻子一哼："废话！"月娟又说："夜里要当心，不要弄得扑通怪响的。"老孙头嗔道："这丫头说哪一朝话呀？唠唠叨叨的，你当爹是三岁小孩呀？快走，快给我走！"

月娟没法子，只得走了。等月娟一走，老孙头装上旱烟袋，坐在瓜棚门口，两眼瞪得大大的望着前方。

约莫过了一刻钟，又一个黑影往瓜棚走来。狗又"汪汪"叫着向黑影扑去，但跑到黑影跟前却不叫了，反倒围着黑影摇起尾巴来。

那黑影是谁?原来是老孙头的老相好。她叫何淑贞,是个寡妇。她和老孙头从小相爱,因老孙头父母早给他订了"娃娃亲",两人只好分手。眼下一个是寡妇,一个是鳏夫,做起了"露水夫妻"。今天,老孙头特地约她来瓜棚,商量他们的终身大事。

这对老相好,你挨着我,我依着你,正说着悄悄话,突然,那狗又"汪、汪、汪"叫开了,接着,传来了月娟的声音。

这一下,可把瓜棚里的老孙头和何淑贞吓得同时憋住了气。老孙头心里骂道:这个死丫头,怎么又来了?何淑贞更是急得老脸通红:这事给月娟撞见,可难为情死了!老孙头也是情急智生,一指那张大床,悄声说:"快藏到床下面去!"说着,一把把她推进床底。

何淑贞刚钻进床肚里,月娟就"咚咚咚"敲开了门。老孙头忙放下床单,装着没事一样开了门,问道:"你咋又来啦?"月娟说:"爹,我怕你在城里没吃饱,就把炖的鸡热了热给你端来了,喏,我还拿来一瓶白酒。"边说边把鸡和酒放在板凳上。

"哎呀,我都吃过了,还费这事干啥。好了,放这儿吧,快回去睡觉。""爹呀,咱西屋家的吴奶奶要吃香瓜,你去地里给摘几个。""你自己去摘吧。""黑咕隆咚的,我摘不好。爹,还是你去吧。""咦,我上午不是摘了一些放家里吗?你送去就好啦。""那太少、太少。"

父女俩都想支走对方,不让对方发现床底下的秘密,所以谁也不肯离开瓜棚。

这时候,月娟见支不走爹,干脆一屁股坐在床上,说:"爹,我和你谈件事。""啥事?明天谈吧。"老孙头也一屁股坐在床上,这下,两个人僵持开了。

床上两人干坐着,可苦坏了床底下的两个人。刚才,张振坤见又有人钻进来,吓得缩在角落里,一动也不敢动。何淑贞被老孙头推进床底下后,一直蹲着,时间一长,两只脚麻酥酥的,就悄悄伸开双脚。谁知脚一伸,碰到一个肉鼓鼓的活东西,吓得她倒抽了一口凉气,一收腿,"扑通"一声,脑袋撞在床板上,心想:有鬼!

床下这一声"扑通",吓得坐在床上的两个人心里也"扑通"一跳,惊得同时跳到地上,四只眼睛惊恐地望着草床。两个人呆了一刻。月娟掩饰说:"呃,是耗子。"老孙头忙接过来说:"对,是耗子,你听,还叫呢。"

爷俩又一个东头、一个西头坐下来。老孙头又提起了中断的话头:"啥事呀?你快说。""爹,我找……找了个对象。""啊,对象?谁?""张振坤!"

老孙头心中一惊,这丫头为什么偏在这个时候提张振坤?难道她已经发觉了今晚的事,故意来卡我?"这……"老孙头可尴尬了。

"爹,你有什么意见?"月娟撒娇地晃着父亲的膀子。

"呃,他、他……"老孙头的喉结骨碌碌地上下直滚,像吞了个整鸡蛋,塞得直伸头。月娟见爹不吱声,哎,默许啦。于是,乘机进攻道:"爹,你同意啦,你真是我的好爹爹,振坤说了,待咱……他会像侍候亲爹一样侍候你老人家呢。"月娟说着,悄悄把手伸到床边,把被单揭了一条缝。

这一下,把老孙头吓了一跳,心想莫非她已发现了秘密。闺女把被单一揭,这不把床底下的女人羞死呀。于是便冷不丁地叫一声:"哎唷哇……"见闺女转过身来,他忙叹口气说:"好吧,不过,我也有件事和你商量一下。""啥?你说吧!"

"我,唉,一天天老了,越来越孤单,想找个老伴在身边,谈谈说说。"老孙头说着，装着不在意的样子，把身边的床单往外拽拽。

月娟清楚，爹说的老伴是谁。但一看爹把床单往外拽，心里慌了，赶紧说："爹，我没意见。""真的，没意见！"老孙头的老眼里闪着晶亮的泪花，"同意了，我闺女同意了。"他忘情地向床下人报告着消息，并弯腰要掀床单。"慢！"月娟赶紧摁着爹的手，"爹，这事，我看再问一下张振坤……"

她话音没落，突然从床下传来一个男人的声音："我也同意。"

一听是男人的声音，老孙头惊得跳下床，向后一退，一脚碰翻了板凳，只听"扑通"一阵乱响，凳上的一盘鸡肉打翻了，酒瓶也砸碎了。

月娟也急忙跳下床，拉起床单轻声说："出来吧。"

可是，从床下钻出来的是一个女人。月娟惊得瞪大眼睛，咦？怎么回事？

老孙头忙去搀起女人，心里也纳闷：刚才不是男的说话吗？

"大伯！"随着喊声，张振坤从床下钻了出来。

这会儿，四个人，八只眼，他望望你，你望望他。噢，大家全明白了这是怎么回事！"妈！"张振坤向女人叫了一声。啊，原来这女人就是张振坤的妈呀！

这时，月娟捣着张振坤的后腰，向老孙头努着嘴，眨着眼。张振坤立刻会意，响亮地叫了"爹——"

月娟也过去拉着何淑贞的膀子，又甜甜地叫了声"妈——"

关键词：工作作风

> 这个故事用了个奇怪的题目，扰得人心神不安：狗尾巴能有啥故事？其实，作者用嬉皮笑脸的方式，阐述了一个严肃而又让人深思的主题。

狗尾巴的故事

吴文昶

宏桥乡新调来个姓刁的乡长，因为他的工作作风是喜欢大刀阔斧，处理问题快刀斩乱麻，连平时讲话也常常刀光剑影，所以大伙索性把"刁"喊成"刀"，干脆叫他刀乡长。

刀乡长三十多岁，血气方刚，事业心很重。他知道，来到这人生地不熟的宏桥乡，开头一刀很重要，就像剧团里主角演员上台第一个亮相动作一样，关系到今后的声望、威信和前途。可这第一刀往哪里下呢？

真叫无巧不成书，刀乡长正愁往哪里下第一刀时，文书送来了一份红头文件，他接过一看，是关于加强对群众养狗的管理通知。他顿时灵机一动，决定下乡调查了解一番。

说走就走，这刀乡长跨上自行车，首先来到大树村。这小山村风景秀丽，小桥流水，绿树成荫，刀乡长在村口一座大院门口架好车子，就一脚跨进了院子。

突然，"汪汪汪"一阵狗叫，从里面冲出来一只大黄狗，挡住了他的去路。

刀乡长心想：唷，正要找你，你倒自动来了。他顺手从墙边拾起一把柴刀,高高举起,说道:"你再叫,我就宰了你!"谁知这条狗也是不怕死的,见了刀不但不退,反而龇牙咧嘴地向他展开了进攻。刀乡长有点恼火:"不给你点颜色看看,你就不知道刀的厉害!"于是他一个箭步上去,要抓狗的脖子,哪知一把捋去脖子没抓住,却抓住了狗的尾巴。这下狗急了,出于自卫,掉过头来往他腿上就是一口,刀乡长疼得"啊哟"一声,顺手一刀劈下去,正好落在狗屁股上,将狗尾巴斩落在地。大黄狗也疼得一阵狂叫逃进屋去,刀乡长捋起裤腿一看,糟糕!两个深深的狗牙咬痕正在往外渗血,他立即跨上自行车,直奔医院而去。

刀乡长从医院回到乡政府,叫来文书,让他拿出那份红头文件,仔细看了一遍,然后一拍桌子,拔出钢笔,"刷刷刷"画了张表,写上:养狗情况普查表。栏目有:村名、户数、人口数、咬过人的狗数、被狗咬的人(次)数,等等。他将表交给文书,要他在三天之内统计好,数字一定要准确。

文书立即刻印分发,接着又是催交、统计,足足忙了三天,才完成任务交了差。刀乡长当即下通知:明天上午八点钟,召开村长紧急会议。

大概村长们对这位新来的刀乡长的工作作风已有耳闻,所以第二天一反以往拖拖拉拉的作风,八点还差一刻,十个村长全部到齐了。

刀乡长宣布开会,说:"今天开个村长会议,主要研究一下狗的问题。我统计了一下,全乡一万七千人口,一共养了一千一百三十六只狗,平均十五人就有一只。养这么多狗,究竟对四化建设有什么好处?狗要吃,浪费粮食;狗随地大小便,污染环境;狗到处'汪汪汪'要叫,增加噪音;狗要打架,在地里打，损坏庄稼，在家里打，会掀掉桌子打破缸；狗还咬人，危害人们身心健康。特别应该指出的是，狗会传染疾病。"他拿起那份红头文件，朝大家晃了晃，"这是上级发下来的文件，要我们立即行动起来，加强对群众养狗的管理，坚决消灭狂犬病。什么是狂犬病？那是一种非常可怕的急性传染病，狗得了这种病就像发疯一样，见人就咬，谁被咬着谁就会和狗一样见人就咬。前几天，我去大树村就被狗咬了一口，幸好这只狗没得狂犬病，要不，我不就变成一条疯狗，今天非咬你们不可了吗？这样一来，那你们也都会变成疯狗，你们回去再咬人，你们那里的人也成了疯狗……嗨！那可不是闹着玩的，后果不堪设想。同志们，我们都是共产党的干部，所以，对上级的指示必须坚决执行，希望大家开完会回去以后立即行动起来，索性把你们那里的狗统统杀光，让我们宏桥乡成为全县第一个无狗的先进典型！"刀乡长拳头一挥，结束了他的动员报告。

可那些村长们听完刀乡长这番话，一个个都呆住了：把狗统统杀光？这合适吗？他们你看看我，我望望你，谁也不说话。

就在这时，从门外闯进一个满头白发的老太太，只见她一手拄着拐杖，一手捏着个纸包，进门问道："哪个是刀乡长？"

刀乡长说："我就是，你有啥事？"

老太太朝刀乡长看看，然后解开纸包，亮出了一条狗尾巴："你是乡长，为啥趁我不在家的时候，把我家那只狗的尾巴砍了？过去'四人帮'割资本主义尾巴，你割我家狗尾巴，算什么意思？我问你，我家这狗犯了什么法？"

刀乡长这才明白了老太太的来意，心想：我们正在研究狗的问题，你这时候来凑什么热闹？于是没好气地说："你家的狗咬了我一口，你说它犯什么法？""你不要诬赖，我这只狗养了十年了，从来没有咬过人。不信，你到我们村里去调查，谁都知道我那只狗见了人就摇尾巴，我只要唤它一声，它就跑到我身边，那条尾巴摇啊摇啊，多亲热！可你偏偏把它斩了，以后还让它摇什么？我不管你乡长不乡长，你得赔我的狗尾巴！"老太太说着说着，竟哭了起来。

这可把刀乡长弄得火冒三丈：赔你的狗尾巴？哼！我还要杀你的狗呐！他挥挥手，对老太太说："你先回去，我们正开会呢，明天叫你们村长来处理。"几个村长连忙上去连劝带哄，总算把老太太打发走了。

经老太太这么一搅，倒把刀乡长刚才"一言堂"的气氛搞活了。

大树村村长金阿祥说："刀乡长，我提个意见你看行不？一下子把狗杀光，恐怕操之过急，也很难办，是不是分两步走，第一步先杀有狂犬病的狗，而后再考虑其他。"

其他几个村长正想表示赞成，刀乡长却把金阿祥的话挡了回去："这办法行得通吗？你知道哪只狗有狂犬病？是不是要把全乡一千多只狗全送医院去透视、验血，做肝功能、心电图检查？不行的！再说，就是这只狗今天检查说没病，谁能担保它明天也没病？而且这样很容易有漏洞，那些习惯于走后门的人就会乘虚而入。所以，要干就干他个彻底，管它好狗、恶狗、看家狗还是哈巴狗，一刀下去，斩草除根！""哎呀乡长，你讲讲容易，做起来难啊！""这有什么难的？回去先动员，把道理讲清楚，让大家自己动手，要是不自觉，就在村民规约里加一条，同时成立打狗队，采取强制手段，见狗就杀！"

刀乡长话音一落，站起来一个年轻小伙子，说："我叫罗小华，是青山村的村长，要说养狗，全乡恐怕数我们村最多，过去，不但流氓、小偷不敢进村，就连'文革'时那帮造反派都不敢到我们村去点火。因为狗多，所以每年冬天到我们村来买狗肉吃的人也就络绎不绝，他们称我们青山村为'狗肉之乡'，养狗成了青山人的传统副业。我听了刚才刀乡长列数的养狗罪状，一共有六条，不好意思，过去都没有意识到，如今上级有红头文件，要我们杀狗，我们决不犹豫，坚决执行，不管困难多大，我保证三天之内完成任务！"

罗村长这一表态，原先那些叫困难的村长们的嘴，此刻好像全被贴上了膏药。

刀乡长高兴地说："好，这才是八十年代的干部作风。大家要以青山村为榜样，一星期之内完成任务，谁第一个完成，我就奖励谁；哪个村拖后腿，照罚不误。就这样，散会！"

村长紧急会议结束后，杀狗就成了宏桥乡压倒一切的中心工作。小镇上的狗肉充斥市场，价格大跌，弄得卖猪肉的都改行卖狗肉。可在这轰轰烈烈的杀狗运动中，大树村村长金阿祥却苦了。他大会开了开小会，还每家每户去动员，规定也下了，告示也出了，打狗队也成立了，整整忙活了两天两夜，可是别说杀狗，连狗毛也拔不掉一根。这是什么原因呢？问题就出在被刀乡长砍掉狗尾巴的那家老太太身上。

这位老太太可不是一般的农村老太婆，她有个儿子在县委组织部当部长，前些年，她儿子得了胃病，久治不愈，后来听说小奶狗能治胃病，老太太就弄了只给儿子吃，果然把病给吃好了，于是老太太就弄了只黄毛大母狗，每年生一窝小狗，这些小狗全都给儿子食用。

老太太养狗为儿子，几年下来和狗建立了深厚的感情，有一次老太太到池塘洗菜，不小心掉进水里，当时四周没人，大黄狗"扑通"一声就跳下去救她，老太太一把抓住了狗尾巴，才被大黄狗拖上岸来。这样的救命之恩，她怎能忘记？所以那天她发现狗尾巴被砍，痛心不已，抱着狗大哭了一场。现在动员她杀狗，当然，杀她的头也不肯。

可是老太太这只狗不杀，其他的狗就别想去动，这可把金阿祥弄得束手无策，只得到乡政府去讨救兵。金阿祥把情况详详细细向刀乡长做了汇报，刀乡长也呆住了，心想：糟糕，我这第一刀竟砍到组织部部长家里去啦！

正在这时，门外跑进来青山村村长罗小华，肩挑一担东西：前边两只狗腿，后边一只胖鼓鼓的麻袋。他进门就说："刀乡长，我们青山村的狗全杀光啦，这两只狗腿给你们乡干部尝尝鲜。"刀乡长眼睛一亮："真的？"罗小华拍拍胸脯说："在你刀乡长面前，我哪敢弄虚作假？不信你看。"他说着拎起麻袋，"哗"一下倒出一大堆狗尾巴，"以狗尾巴为证，请你点点数。要再不信，你到我们村去实地考察，要是找出一只狗来，你撤我的职！"刀乡长一听，转头对金阿祥说："看见了吗？人家干得多漂亮！"金阿祥急得都快哭出来了，说："乡长，那老太太我好话说了千千万，就差给她下跪磕头了。只要你能帮忙把这个钉子拔掉，剩下的我保证一天全杀光，要是剩下一只狗，由你怎么处理！"

刀乡长眉头一皱，血性一上来，就直接把电话打给了组织部部长。他将狗的事情详详细细做了汇报，最后请示，部长家里的这只大黄狗如何处理。

组织部部长听完，在电话那头哈哈大笑："你是一乡之长，我妈是你管辖下的公民，一只狗嘛，杀还是留，你看着办就是喽！"说完，"啪"搁了电话。

刀乡长放下电话想：部长说"你看着办"是啥意思？他想了想，牙一咬，对金阿祥说："公事公办，不要说组织部部长的娘，省委书记的爹也不行！老金啊，你给我带三十元钱给老太太，就说是我赔她的狗尾巴钱。但你告诉她，狗是一定要杀的。为了革命，很多人大义灭亲，她作为组织部部长的母亲，应该服从大局，大义灭狗！我先到青山村去看看，回头就到你们大树村来。小罗，我先走啦。"刀乡长一边说，一边跨上自行车，飞一样向青山村骑去。

刀乡长在青山村前前后后转了一圈，确实不见狗的影子。他想：他们会不会把狗藏起来呢？为了探听虚实，他躲进村后山坡上的树林里，像口技演员一样"汪汪汪、汪汪汪"地装起了狗叫，他想以假乱真引出真狗来。哪知狗没引出来，倒引出一群人来，有的拿绳子，有的拿棍子，一齐往山坡上跑来。刀乡长吓得连忙逃下山，他心里踏实了，高高兴兴地骑上自行车，放心去大树村"拔钉子"去了。

刀乡长来到大树村，一看，形势大好，很多人在杀狗。他找到金阿祥，问道："问题解决啦？"金阿祥笑笑说："嗯，好在你那一刀，老太婆那只狗今天死啦，她不忍心拿来吃，叫人弄去葬掉了。""钱给她啦？""给了。""你再做做工作，安慰安慰。你告诉她，我们也是执行上级命令，请她老人家谅解。"

就这样，刀乡长像救火一样，到处奔波，连老婆生孩子都没回去看。经过几天努力，终于将全乡的狗全部杀光。

这天，刀乡长正在写总结《宏桥乡是怎样成为无狗乡的》，突然，一辆小车开进乡政府大院，从车上走下两个人来。刀乡长一看，其中一个正是自己的顶头上司杨县长，急忙跑出去将他们迎进会客室。

杨县长说:"听说你改姓刀了,是吗?你这位刀乡长可不能举刀乱砍哟,要刀下留情,对吗?"刀乡长连连点头:"对对对。"杨县长又指指他旁边一位中年男人,对刀乡长介绍说:"这位是迎宾楼宾馆的经理老张同志。时间也不早了,你是不是先给我们解决一下肠胃问题?我看简单一点,听说你们这里狗肉很多很便宜,是不是弄点狗肉来吃?""行啊!"

刀乡长想起青山村村长罗小华那天送来过两只狗腿,只吃了一只,还有一只现在不是正好可以派用场?可是跑到食堂里一问,那只狗腿昨天晚上被副乡长奖给联防队员吃光了。刀乡长一听火冒三丈,但转念一想,不是还有好多狗尾巴吗?于是立即来了个总动员,乡政府干部人人动手,将狗尾巴煺白、洗净,还吩咐炊事员好好动脑筋,用狗尾巴搞几个特色菜出来。

不一会儿,一桌狗尾巴宴就开出来了,花样还真不少,有清蒸狗尾巴,白斩狗尾巴,红烧狗尾巴,爆炒狗尾巴,还有一大锅狗尾巴汤。可是杨县长吃着吃着,却皱起了眉头:"我说你这位乡长怎么这样小气?净叫我们啃狗尾巴呢?"刀乡长忙说:"杨县长,你有所不知,狗肉虽香,但是发火败胃,不能多吃,这狗尾巴虽然骨头多了点,但因为是活肉,所以味道特别鲜香,而且有清凉败毒的功效。我们这里有个说法:宁可丢了亲爸爸,也不能丢掉狗尾巴。"

杨县长一听忍不住大笑起来,说:"嗯,连狗尾巴都这么值钱,那狗身上的宝就更多喽?可听说就有人总结了狗的六大罪状,主张要彻底消灭它,这哪行啊!凡事都不能绝对嘛!你知道今天我和老张同志来找你的目的吗?为了促进旅游事业的发展,老张同志他们动了很多脑筋,开设了鱼味馆、鸡味馆,很受群众欢迎,他们还想增设蛇肉馆、狗肉馆。现在万事俱备,只缺东风，就是狗肉的货源没有保证。听说你们这里狗肉多得卖不掉，因此，宾馆想和你们地方挂钩，把养狗作为一种家庭副业抓起来，这对宾馆是个支持，对发展旅游事业是个贡献，对群众也有好处，你看怎么样？"

刀乡长一听愣住了："杨县长，你说的有道理，可是最近上级有文件，要我们消灭狂犬病。""哎呀，你这个同志呀！"杨县长拍拍刀乡长的肩，语重心长地说，"消灭狂犬病，并不等于要消灭狗啊！狂犬病要消灭，狗也要养，这就是矛盾的对立和统一，我们可不能一讲狂犬病，就要把狗全杀了。那人如果得了传染病怎么办？总不能把人也杀了吧？告诉你，我们县至今还未发现过狂犬病。再说狂犬病也可以预防的，可以请卫生部门的同志把关嘛！"

一听这话，刀乡长汗都下来了，连忙向杨县长表示："我接下来一定抓好这件事，争取尽早解决狗肉供应问题。"杨县长摇摇头："尽早？这不行，你得保证三个月之内拿出五百只狗来。""嗯？好……好！"刀乡长说话做事雷厉风行，尽管他觉得现在全乡狗都杀光了，要在短时间里解决狗肉问题有困难，但还是先把任务接受下来了。

这一晚，刀乡长在床上翻来覆去没有睡着，任务棘手得很哪！他想了整整一个晚上，想来想去觉得只有一个办法，就是给全乡各村下一个指令性文件，规定每户至少必须养一只狗。

文件一下，舆论哗然，一会儿杀狗，一会儿养狗，连那些村干部们都哭笑不得，于是刀乡长又召开第二次村长紧急会议，研究落实养狗问题。

刀乡长说："上次我们杀狗，是根据上级文件精神办的，没错，这次强调养狗，是按照杨县长的当面指示办的，也是正确的,这就是矛盾的对立和统一,所以,大家决不能以今天养狗来证明昨天杀狗错了,没错,都是形势的需要。"

他正说着,青山村村长罗小华风风火火跑进来,刀乡长一看表,足足迟到了半个小时。他正要批评,罗小华抢先开口道:"报告乡长,我们青山村养狗任务已经超额完成。"

这可把大家惊得目瞪口呆:杀狗你第一名,如今养狗又是你第一,怎么像变戏法似的?这里面肯定有名堂!一个村长提议说:"刀乡长,学习先进,咱们是不是到他们村里去取取经?"罗小华也不避讳:"欢迎各位去检查,中饭我请客,狗肉招待。"

于是十个村长加上刀乡长,十一辆自行车浩浩荡荡直奔青山村。一进村,果然听到一片狗叫声,并且冲出来一群狗,白的、黑的、黄的、花的、灰的,气氛显得非常热烈。大家仔细一看,发现这里的狗,脖子上都挂着牌牌,屁股上全没有尾巴。狗尾巴哪去啦?罗小华笑笑说:"你们问狗尾巴?唉,都被刀乡长一刀斩掉啦!至于它们脖子上的牌牌,那是狂犬病免疫证。"

刀乡长恍然大悟,一把把罗小华抓过来:"你这鬼东西,上次我来,你把狗藏哪儿去啦?"

罗小华"嘿嘿"笑着:"那不简单?每只狗替它灌上点烧酒和安眠药,就跟死了差不多。"

刀乡长拔出拳头当胸擂了罗小华一拳:"你这家伙,给我搞这名堂啊!我告诉你,这些狗一只都不能卖掉,都给我留着!"

罗小华朝刀乡长眨眨眼:"晚啦,乡长大人,杨县长带着宾馆张经理已经来过,全都订了去啦!"

"啊……"刀乡长呆住了。

这里正在议论纷纷,只见组织部部长的母亲来了:"这位就是刀乡长吧?"她"嘻嘻"笑着,打趣说:"乡长啊,上次杀狗我当了落后分子,这次我可要当先进分子!"正说着话,那只大黄狗摇摇晃晃来到老太太身边,老太太摸着大黄狗的头,叹息着说:"唉,多好的狗啊,可惜尾巴没了,只好晃屁股了。"

老太太将当初那三十元钱还给刀乡长,对刀乡长说:"刀乡长啊刀乡长,今后你再下刀得看看准啊,你这样左一刀、右一刀的,老百姓可吃不消哇!"

关键词：价值观

> "硫酸毁容"是轰动一时的新闻事件，然而，这个故事却能"跳出三界外，不在五行中"。跳一跳，摘果子。故事亦如是。

她就一个条件

黄宣林　夏元寿

伟力弹簧厂有一个非常俊朗的男青年，是一个甩榔头的打铁匠，魁梧壮实，天生一副运动员的身材，但他身上却有个小零件没长好。哪一件？舌头比别人短了一截。说起话来嘟嘟囔囔，碰上急事更是结结巴巴讲不清楚，车间里的人都叫他阿楞。

阿楞今年二十九岁了，可还是光棍一个，母亲急，亲友催，他自己心里也有些着慌，于是就经常到电影院门口去等退票，一来看看电影散散心，二来也希望碰碰运气遇上个好姑娘。

这天，火车站附近的一家电影院放《夜半歌声》，门口等退票的人好像八月十五的潮水涌来涌去。阿楞正为等不到退票而苦恼，突然，从他背后钻出一个姑娘，这姑娘不高不矮、不胖不瘦，那脸蛋就像涂过东北绵白糖，让人看一眼嘴里也觉得甜啊！姑娘对阿楞说："同志，我有一个很重的旅行包，还在对马路，我拎不动了，想请你帮个忙，帮我把包送到火车站附近的小件行李处寄存掉，我想看完这场电影再去拿。行吗？"

阿楞平时为人憨厚热情，无论厂里同事还是街坊邻居，请他帮忙他从来不打回票，何况现在这样一位美貌的姑娘求助自己,他二话不说,走到马路对面,拎起旅行包就走。姑娘跟在他后面,不由暗暗吃惊!为啥?原来那个旅行包里放的全是铁团团,有两百多斤,阿楞拎了这么重的东西,居然能疾步如飞,真是力大如牛啊!

阿楞很快帮姑娘将旅行包送到了火车站的小件行李寄存处。办好手续,姑娘掏出一张电影票,递给阿楞,说:"给你,你辛苦了!谢谢你!"阿楞心里不由一愣:她明明是想看电影,嫌这么重的旅行包带在身边不方便,才来求我帮忙的,现在她把电影票给了我,她自己看什么呢?

姑娘好像猜透了阿楞的心思,就又拿出一张电影票,笑着说:"我们一起去看好吗?"阿楞没想到姑娘会主动约他看电影,真像天上掉下个林妹妹一样兴奋,不过他嘴巴张了半天,就是说不出一句话来。姑娘以为阿楞不好意思,将电影票往他手里一塞,说:"快开场了,走吧!"阿楞从口袋里摸出五元钱,要给姑娘,姑娘白了他一眼,说:"戆大,你下次请还我不就是了?"阿楞没想到第一次电影还没看,姑娘已经约他第二次了,心里激动啊,他像喝醉了酒似的,晕晕乎乎地跟着姑娘走进了电影院。

说起来,阿楞还是第一次与一位姑娘坐在一起看电影,所以感到特别拘束,但姑娘却十分大方,主动问阿楞叫什么名字,家里还有谁。阿楞怕暴露自己的短处,回答时尽量少说话,能讲一个字的,绝不讲两个字。后来,姑娘问多了,阿楞想:我被她问了半天,她叫啥名字我还不知道呢。于是忍不住也问了她一句:"你姓啥?"姑娘调皮地朝阿楞笑笑,说:"五点廿一横。"啊?这么多笔画?这是什么字?阿楞在手心里画了半天,也没画出个字来。姑娘"呵呵"笑出了声,小声告诉他:"我姓洪,这个洪字,不是五个点,再廿加一横吗?"阿楞又愣住了,心想:这个姑娘不仅漂亮,而且聪明啊!姑娘自我介绍说:"我姓洪,再加上一个柳树的柳,就是我的名字:洪柳。""洪柳?好听,好听!"阿楞不住地点头。

等到电影散场,洪柳主动约阿楞说,明天要阿楞请还她,再看一场电影。于是两个人就这么好上了,今天洪柳请阿楞,明天阿楞请洪柳,请来请去,天天不脱班,三个月下来,两个人竟如胶似漆、形影不离了。

这天晚上,洪柳和阿楞正在江边散步,突然,洪柳劈头劈脑地问阿楞:"阿楞,你喜欢我吗?"阿楞点点头:"喜欢。""你知道我喜欢你吗?"这一问,把阿楞问住了,他心里暗暗叫苦:自己就因为舌头短了一截,被厂里姑娘瞧不起,洪柳是不是也嫌我这个小零件没长好?他瞪大了眼睛,紧张地望着洪柳。洪柳说:"阿楞,别的姑娘找对象都有条件,我也有一个条件,就这一个条件,你能依我吗?"阿楞问:"啥条件?"洪柳说:"我想请你帮我办件事,你肯出力吗?"阿楞心想:我别的能耐没有,力气有的是。他将袖子一捋,手臂上的肌肉一块块全鼓了起来,他挺挺胸,问洪柳:"办啥事?"洪柳见阿楞这副仗义的模样,眼泪流了下来。

原来一年前的一个晚上,洪柳车间里的工段长兰武山,借谈话为名把洪柳叫进办公室强奸了她。洪柳又气愤又伤心,思想斗争了一夜,第二天鼓起勇气去厂保卫科告状,不料推门进去,却见兰武山正在保卫科长面前做戏,摆出一副沉痛的样子说:"我与洪柳谈了三年恋爱,昨晚一时感情冲动,与她亲热过了头……我错了,请领导处分我吧!"洪柳气得直发抖:你这个工段长好狡猾,想用正在和我谈恋爱来推卸罪责?哼,我今天非要撕了你的伪装不可！洪柳冲到保卫科长面前，指着兰武山怒吼道："他胡说！他干这件事完全是有预谋的！"谁知，保卫科长根本就不做任何调查，脸一板，说："你们现在的年轻人啊，谈恋爱一点不严肃，好的时候好得分不开，不好起来说翻脸就翻脸，什么强奸不强奸的，这话说出来多难听！"

洪柳怎咽得下这口冤气？反正告也告了，她决心一告到底，把兰武山告上法院。保卫科长看了她一眼，意味深长地提醒她说："上法院？你能拿得出证据来吗？办案全凭证据！你没有充分的证据，他反而可以反告你诬陷他。嘿嘿，别忘了，他父亲是区公安局副局长，法律上的事情，他们比你懂！"洪柳听了这番话，心里猛一颤：原来保卫科长不是不相信自己的话，而是明明看出事情真相了，却还要为兰武山说话。她的心猛地收紧了，突然想起曾听人说过，保卫科长是兰武山父亲的老部下。看来，要在他们手下伸冤，简直是鼻头底下吊鱼干——休想！

可是洪柳不甘就此罢休，她打听到兰武山曾借谈恋爱为名玩弄过好几个姑娘，为了进一步搜集相关证据，就悄悄把这几个姑娘找来，想联合她们一块儿上告。可谁知这几个姑娘，有的现在已结婚成家，怕旧事重提引起夫妻关系破裂；有的怕兰武山的权势背景，不敢出面对质。结果，洪柳同盟军没有找到，反而后院起火——她的后母早就想撵走她，得知此事后便冷嘲热讽道："苍蝇不叮无缝的蛋；篱笆扎紧了，野狗还能钻进来吗？既然破了身，就嫁鸡随鸡、嫁狗随狗得了，何必要乌龟垫床脚——硬撑呢？"听后母说出这样的话，洪柳悲愤不已。为了复仇，她想来想去，只有一个办法：找一个力大如牛的人，只要对方肯为自己报仇，她就以身相许。

洪柳把事情一五一十全部说了出来，阿楞听得脸色铁青，额头上青筋暴出，他气咻咻地朝洪柳晃晃手里的拳头，说："这……这仇……一定要报！"洪柳见他这个样子，不禁破涕为笑，从包里取出一瓶硫酸递给阿楞，说："兰武山就凭他那张奶油面孔，欺侮了我们好几个姐妹。我想来想去，揍他一顿太轻，杀了他又太重，不如把这瓶硫酸泼到他脸上去！"阿楞刚才还摩拳擦掌地表示要为洪柳报仇，可是此时看到洪柳手里的硫酸瓶，立刻吓得脚也软了：厂里刚刚办过法制学习班，把硫酸泼在人家脸上，这要犯法的啊！

洪柳万万没料到，体壮如牛的阿楞，其实是个胆小如鼠之辈，她鼻子一酸，转身就走。阿楞追上去想拉住她，可是她头也不回。这下，阿楞心里发了毛，想来想去觉得洪柳肯把这种事告诉自己，这是对自己最大的信任，而自己却不能为她分担痛苦，还像个男子汉吗？虽然洪柳提出的这个条件太苛刻，可那也是事出有因啊！要不是受了这么大的委屈，她何必要走这一步？帮，自己宁可舍了命，也一定要帮她！

主意拿定，阿楞便去找洪柳。洪柳见了他剑眉倒竖，杏眼怒睁，冷冰冰地问："你来做啥？"阿楞说："你把硫酸给……给我，我吃了秤砣铁……铁了心，我给……给你报……报仇！"阿楞心里突然涌起一种为心上人赴汤蹈火的悲壮感觉。

洪柳见阿楞真的肯帮她，立刻转忧为喜，她悄悄陪阿楞来到自己厂里，把兰武山指给阿楞看。随后，两人又细细商量了行动计划，决定在八月十五中秋晚上动手，因为那天兰武山上的是中班，他下班回家时天早黑了，他家弄堂口又没人，是下手的好机会。为了便于阿楞脱身，洪柳可以事先在那里放一辆不上锁的自行车，到时候阿楞骑上车就可以逃走。

转眼,就是中秋节了。晚上,阿楞特地请洪柳上他家吃晚饭,打算吃过晚饭他俩一起出发,采取行动。

再说阿楞家中,母子两人相依为命,阿楞娘年迈多病,平时全靠阿楞细心照料。关于洪柳的事,阿楞已经给娘说过多次了,今天,阿楞娘听说阿楞要把洪柳带回家,赶紧撑起多病的身子忙碌开了。到了晚上,洪柳进门,阿楞娘一看,姑娘要多文静有多文静,要多端庄有多端庄,喜得眼睛合成一条缝,嘴巴笑得合不拢:这真是吉人天相!儿子为人忠厚老实,菩萨才赐他一个天仙美女。这下阿楞娘忙得更来劲了,奔进奔出好像毛病全好了。阿楞担心娘累垮了身子,说:"娘,我来忙,你去陪她。"娘笑了:"戆囝,她是你的女朋友,怎么让娘陪?去,你快去!"

阿楞悄悄从厨房门背后拿出一杆秤,又用眼睛瞟瞟坐在房间里的洪柳,说:"娘,你去帮我称一称。"阿楞娘愣了愣,一把将秤夺了过去:"你个死戆囝!"天底下哪有毛脚媳妇上门用秤称的?不过,阿楞的意思做娘的当然明白!原来,阿楞平时办事,娘总嫌他没头脑,说他像根没有秤花的秤杆。现在阿楞要娘去陪陪洪柳,其实还有一层意思,就是要娘帮他拎一拎秤纽绳,把秤花看看准足,对洪柳满意不满意。

阿楞娘于是走出厨房,挨着洪柳坐了下来。她从身边摸出一只宝石戒指,放在洪柳面前,说:"姑娘,你第一次上门,做娘的一点心意,你收下吧!"洪柳一看阿楞娘拿出这么贵重的东西,吓得连连摇头:"不,我不要!"阿楞娘见洪柳不肯拿,心里真是又高兴又担心,高兴的是姑娘看起来不贪,担心的是儿子婚事恐怕不牢靠。阿楞娘于是就对洪柳说:"姑娘,我家阿楞心肠好,但心计少。你看我,已是风烛残年,管不了他后半辈子啦,我把阿楞托给你了,你要多管着他点,他这个人啊,跟了好人学好样,跟了黄鼠狼学偷鸡……"

洪柳闻言,暗吃一惊,心想:我让阿楞泼硫酸,难道他娘也知道?她抬起头,望着阿楞娘,眼神中流露出一阵惊慌。阿楞娘以为洪柳有点怕自己,便拉过她的手,继续说:"姑娘,你的遭遇,阿楞全告诉我了……""啊?"洪柳大吃一惊,心想:阿楞啊阿楞,你样样事情可以向娘汇报,可是怎么能把我这件事去告诉老人呢?洪柳感到全身一阵燥热,再也坐不住了,拎起背包就要走。

阿楞娘硬把她拉住,说:"娘知道,一个姑娘最伤心的事,莫过于你这样的遭遇,但娘相信,你是清白的,你过了门,就是我的媳妇,你若不嫌我们家阿楞,这只戒指,为娘就给你戴上了……"自打出了事,洪柳欲告无门,还受尽了后娘的冷嘲热讽,今天,洪柳第一次听到这样体己、知心的话,虽然她是第一次进这个家,却感到一阵阵亲人的温暖,她哭倒在阿楞娘的怀里,听任阿楞娘把戒指戴到自己手上。

此时,阿楞已把烧好的菜摆了满满一桌,他将母亲和洪柳请入席,又是夹菜又是敬酒,忙个不停,可是此刻,洪柳的心里乱极了,脑子里乱糟糟的,根本辨不出菜是啥滋味。吃完饭,阿楞娘推托到居委会去值班就走了,她想腾出房间来,让阿楞和洪柳好好谈谈。

阿楞见娘一走,就对洪柳说:"我准备好了。"他撩起门帘给洪柳看:里面房间一张单人床上,被子打成了铺盖卷。阿楞对洪柳说:"我去替你报仇,万一坐……坐班房,你把铺……铺盖给我送……送来。"洪柳听了,鼻子一酸,忍不住滚下两行泪来:"阿楞,今晚你别去了,我……我不能破坏你的幸福家庭。你把硫酸瓶给我，我自己去，让我同这个恶魔拼了吧！"洪柳自己要去，阿楞怎舍得？"洪柳，你不能去！我家少……少了你，还有啥幸……幸福呢？"

这时，墙上的钟已过了九点三刻，再过一刻钟，兰武山就要下班回来了。常言说，机不可失，时不再来。阿楞急忙从床底下抱出那个硫酸瓶子，拿了就走。洪柳拦在门口，阿楞一把把她推开，夺门而去。洪柳拔脚追出大门，阿楞跳上洪柳特地为他准备的自行车，"吱溜"一声，立刻跑得无影无踪。

这时，洪柳急得像热锅上的蚂蚁团团转：假如阿楞将硫酸泼到兰武山身上，犯法进了牢房，这个温暖的家就要毁在我手中。我怎么对得起阿楞，怎么对得起他慈祥的母亲？洪柳紧追慢赶，直朝兰武山的弄堂口奔去。

洪柳赶到弄堂口时，只见兰武山正悠闲自得地回家来，洪柳见了他，真是怒从心底起，恨不得扑上去咬他几口，可是此时，她发现躲在暗处的阿楞已经将手中的硫酸瓶盖子掀掉了，情急之中她慌忙朝兰武山喊道："不许过来！"兰武山听到洪柳喊，又看看四周没人，一丝淫笑爬上了嘴角，立刻一个"饿虎扑食"扑到洪柳面前，要动手动脚。说时迟、那时快，阿楞一个箭步从暗处冲上来，举着硫酸瓶就要朝兰武山脸上倒。洪柳急得都要哭出来了，用尽全身力气将兰武山猛地一推，兰武山两脚跟跄，跌倒在地。就在这个时候，阿楞手一歪，一瓶硫酸全部倒在了洪柳的脸上，洪柳只感到天昏地黑，眼睛又辣又痛，脸上顿时泛起了一个又一个的泡泡……

阿楞万万没料到，半路里会杀出个洪柳来，吓得一步冲上去扶住她："你……你……"洪柳慢慢睁开眼睛，正要说话，突然从远处传来一阵"突突突"的摩托车声音，洪柳以为巡逻民警来了,连忙说:"阿楞,快逃,这里有我!这全是我的错啊!"

摇摇晃晃从地上爬起来的兰武山这下明白了:原来这两个人是在合伙算计自己啊!他跳上去一把将他们拉住,扯开喉咙就喊了起来。几乎就在同时,不知从哪里钻出几个民警,就像专门等着他们似的,立即把他们带进公安局。民警叫他们报自己名字,阿楞说:"我叫阿楞。"民警一愣:"你就是阿楞?""对,我就是阿楞。""那么,这封信是你写的?""是我写的。"阿楞转身对洪柳说:"你有冤,快……快对他们说!"

原来,阿楞事先给公安局写了封信,报告中秋之夜十时许,有流氓在某某弄堂口打架,请公安局来捉。阿楞想:只要兰武山进了公安局,洪柳就可以当面揭发他,公安局的人就要去调查,在事实面前,兰武山不敢不低头认罪。这样,既为洪柳报了仇,又为社会除了害,所以刚才洪柳劝他不要来,他已经发了信,是非来不可的。

望着阿楞热情鼓励的目光,洪柳怒不可遏地将兰武山做下的所有恶事统统说了出来。兰武山吓得全身像摊烂泥,颓丧地倒在椅子里。公安局根据兰武山承认的犯罪事实,将他拘留起来了。

洪柳和阿楞双双走出公安局的大门,阿楞拿出手绢给洪柳擦,问她脸上痛不痛。洪柳这才发现:怎么硫酸没有把自己的容貌毁掉?

阿楞调皮地朝她眨眨眼睛,说:"我在里面装的是……是肥、肥皂水。"

"啊?你为什么不事先告诉我?"

"我怕……怕你不和我好……好!"

第三章　沉重的翅膀

> 改革开放初期,处处都讲招商引资。可有些人为了钱,无所不用其极。故事中,小学校长的骨气和精神,就在这最关键的时刻巍然而立。

小校长怒砸校门

徐凤清

有一件天下少见的稀奇事,在江南双荷乡中心小学,大门被木条钉得死死的,几百个师生每天从又窄又脏的侧门进出。是谁不让社会主义学校开大门呢?是住在学校对面的林阿贵。

说到林阿贵,本是小镇上一个无业居民。此人三十上下,光棍一人,平时游手好闲,惹是生非。大前年,他鸿运高照,他那杳无音信的伯父林瀚云突然有了消息。这位林瀚云乃是海外一家有着亿万资产的实业公司总经理。年逾古稀的林瀚云苦于身边无儿无女,便想起国内还有个嫡亲侄子林阿贵,意欲叫他继承林家产业,就几次写信给双荷乡政府,诉说了自己多年的苦衷和愿望,拜托乡政府多多照顾林阿贵,并汇来五十万元巨款支持家乡,聊表思乡之情。

本来就不务正业的林阿贵,有了这么个硬靠山,更加胡作非为,有恃无恐。他养了条半人高的狼狗,成天虎视眈眈地瞪着学校大门,见了学生就汪汪吼叫,还先后咬伤了许多学生。林阿贵见了不但不加阻拦,还哈哈大笑,以此取乐。

老校长气得去找周乡长,周乡长苦笑说他早已找过林阿贵，劝他杀掉狼狗，可林阿贵却把脖子一拧，说："不要得了好处忘了恩，没有我林阿贵，你们能拿到我伯父五十万钞票吗？哼，要我杀狼狗，除非石臼浮水面，红菱长树梢……"周乡长还说，最近又接到林瀚云的来信，说他半年后要回乡洽谈办合资企业事宜，愿意为家乡起飞再资助三百万，并再三要求乡政府照顾好他的侄子林阿贵……周乡长最后说："老校长，你的心情我们理解，可乡里也没法子……老校长，请你为我们这个穷乡忍一忍吧，林阿贵一走，事情就过去啦。"

老校长气愤地责问："周乡长，如此说来，只能放任林阿贵的恶狗天天咬伤学生？"

"不，不是这个意思……"周乡长在办公室踱了几个来回，看着白发苍苍的老校长，迟疑了半天，才用无奈的口气说："老校长，办法只有一个了，把校门暂时封起来，另外开个侧门……"

老校长胸口一阵剧痛，好一阵才喘过气。

第二天，乡政府派来两个工人，"乒乒乓乓"把校门钉死了。老校长落泪了，教师落泪了，学生"呜呜"哭了。为此，老校长心脏病发作，一纸报告病休在家，无颜再回学校。

学校不能没有校长，一个月后，教育局从县里派来一位新校长。

新校长叫刘文青，二十六七岁。他一到学校，看到被封的学校大门，双眉拧成疙瘩，问身旁的教导主任。教导主任长叹一声，把事情的来龙去脉告诉了新校长。

刘文青听了，浑身血涌，眼睛瞪着被木条钉死的校门，紧握拳头，举到胸前，又猛地一挥，转身对教导主任说："只要我刘文青在这儿当校长，我非把这扇校门砸开不可！"说完，头也不回地向乡政府走去。

刘文青找到周乡长,周乡长以教训的口吻说:"小刘校长,你懂什么?我们是县里出名的穷乡,好不容易找到一个财神菩萨,你刚刚到任,就想横戳一枪,想到过后果吗?告诉你,你若有办法也给乡里搞来几十、几百万元,我同意你马上打开校门,若搞不到,少给我捅娄子!"

刘文青被训得半天透不过气,默默回到学校,整整一个晚上没有合眼。第二天一早,他走到大门口,举起钢钎,塞进木条,只听"咔嚓咔嚓"一阵响,根根手臂粗的木条被撬断了。

响声惊动了已经陆续进校的师生,呼啦啦一齐围上来。教导主任大吃一惊,急忙拦住刘文青说:"刘校长,不能莽撞,没有周乡长的同意,门不能打开。"

刘文青说:"吴老师,这儿没有你的事,你带学生走开!"

"刘……刘校长,你要三思呀,"教导主任苦苦劝道,"你年轻,有前途,千万不要为了这件事葬送了自己!"

"吴老师,谢谢你的好意!"刘文青动感情地说,"这件事我仔细考虑过了,我不牵连任何人,出了问题由我顶,你不要再阻止我了……"说着,又举起钢钎,撬下最后一根木条,只听"哗啦"一声,关闭了一个多月的两扇校门响着"嘎嘎"的声音,沉重地打开了。

顿时,孩子们眼含泪花,拍着小手,跳着,欢呼着:"校门打开,校门打开!"

就在刘文青擦抹额头上的汗水时,只听"汪!"的一声,一条大狼狗从林阿贵屋里蹿出来,箭一般冲向刘文青。

教师们吓得直往后退,孩子们吓得"哇哇"直哭。别看刘文青模样斯文,可他从小学过几路拳脚,见狼狗龇牙扑上来,他不慌不忙轻巧地躲过。那狼狗掉过身,狂叫着再次扑过来时,他又轻轻一跳，躲了过去。狼狗见二次扑空，顿时兽性大发，跃身蹿到半空，张牙舞爪压下来。刘文青把身子一缩，狼狗的脑袋恰巧落在刘文青的膝前，只见他"嗨"的一声吼，好似武松打虎，一把揪住狼狗头皮，使劲一按，狼狗被按了个嘴巴啃地。刘文青抽出右手，"咚咚咚"一连打了十几拳。这条恶贯满盈的狼狗终于被打得七窍流血，四肢一蹬，死了。

"嗬，狼狗打死，狼狗打死！"

教师在欢呼，学生在欢呼，校门口的街坊邻居也在欢呼。人们欢呼刘文青为学校、为小镇百姓除了一害。

本来在一旁助战的林阿贵，眨眼间见自己的狼狗一命呜呼，急得眼珠子崩出血浆，他做梦也没想到，一个教书匠竟敢打死他的狼狗，简直翻天了！他操起一把雪亮的菜刀，冲过来狠狠向刘文青砍去。

在场的教师、学生、居民见了都"哎哟哟"惊叫起来，为刘文清担心。

刘文青愣了愣，想不到这个无赖还是个亡命之徒，再一想，今天不治服你，还待何时？刘文青头一昂，既不躲，也不退，而是闪电般地一掌把林阿贵劈下来的菜刀从斜刺里打出丈把远，而后笑呵呵地说："林阿贵，行凶杀人，是要犯法的，还是罢了吧！"

林阿贵哪肯罢休，又抓起地上的钢钎，嚎叫着向刘文青砸去。刘文青不让不避，只用臂膀轻轻一挡，钢钎"当"弹了回去，只听"扑"一声，那钢钎不偏不倚，正好弹到林阿贵的前额，痛得他跌倒在地，双手抱头"哇哇"乱叫，接着伤口涌出血来。

林阿贵双手抱头，杀猪似的大喊："杀人啦，教书匠杀人啦！"

刘文青连瞧都没有瞧他一眼，转身对老师和学生说："进教室上课去，没有什么好戏可看，日后再有恶狗挡道，我刘文青定然奉陪到底！"

刘文青严惩恶棍，为学校除害的事，在小镇不胫而走，小镇百姓无不拍手称快。可是，这消息传到周乡长耳朵里，震得他目瞪口呆。他刚刚接到县政府外办的电话，说林瀚云已飞抵香港，不日就可到达双荷洽谈合资事项。可眼下……万一林阿贵恶人先告状，林瀚云又偏听偏信，合资企业不就泡汤？他急得坐立不安，嘴里连连叫着："刘文青呀刘文青，我的一盘棋全叫你砸了！"但光恼恨有什么用，当务之急是在林瀚云未到双荷之前，先稳住林阿贵。怎么稳？他苦思冥想，终于想出了一个办法。他走过去，拎起电话，叫来了刘文青。

刘文青进门见周乡长立在窗口，办公室里一团烟雾。他知道叫他来一定是为打开校门的事。他早已作好了挨批的准备，他叫了一声："周乡长！"

周乡长转回身，一脸怒气地说："小刘校长，你好痛快呀，一拳一脚，稀里哗啦的全给我砸啦！你想过没有，你痛快，你逞能，我可是船头上跑马，走投无路了！"

刘文青坦然地望着周乡长，说："周乡长，我对不起你，但是，在这件事上，我没有错。作为一个校长，难道不应该保护自己的学生吗？"

周乡长说："我早给你说过，你的一举一动不在于打开不打开校门，而是牵动着全乡老百姓的利益。你砸的是几十、几百万钞票呀！我的小刘校长，你，你知道不知道，林阿贵的伯父林瀚云三天后到乡里来，目的就是办合资企业，这是关系到我们乡经济起飞的大事，你这么一砸，林阿贵添油加醋在他伯父身边告恶状,人家会拱手给你钞票呀?"

刘文青还是倔强地站着,丝毫没有自责地说:"周乡长,我认为如果林瀚云真有爱国之心,爱乡之情,那么,只要我们把事实真相说清楚,他对自己侄子的胡作非为一定深恶痛绝;如果他认为自己的侄子不算错,周乡长,我们拿这种人的钱,手不觉得烫,面孔不觉得热吗?"

一听这话,周乡长的脸上像给火燎了一下。他用手指把烟头使劲捻灭,抖了几下嘴巴子,好一阵开不了口。

刘文青看着周乡长这神情,他突然感到,周乡长也是为了乡里几万人的吃住穿呀!这么一想,不由得心里慢慢升起一种内疚和不安。他放低了声音问:"周乡长,我承认我的行动有欠妥的地方。现在,我能帮你做点什么?尽量挽回影响……"

周乡长猛地转回身,走到刘文青跟前,双手重重地压在他的双肩上,眼神里对他充满希望地说:"小刘校长,办法只有一个,我陪你一同登门向林阿贵赔礼道歉!"

一听这话,刘文青肠胃一阵绞痛,像吞进苍蝇蛆虫一样恶心,感情又失去控制,朝周乡长大喊道:"我……我一个堂堂的人民教师、小学校长,向一个曾经欺负过自己学生的无赖恶棍赔礼道歉?万万办不到!"

周乡长一点也不激动,他像在战场上一样,下了死命令:"小刘校长,这一点,办得到要办,办不到也要办!"

刘文青同样眼睛里喷着火,四目相对,各不相让:"周乡长,别的事我都肯干,这件事,我不会,也不愿意!"

"你……"周乡长狠狠一甩手。他暴怒了,他恨不得狠狠揍刘文青一拳。但当他一看到刘文青眼睛里含着不屈的眼泪时,他眼睛红了,无可奈何地说:"小刘校长,我从心底里佩服你了。

但我不得不恳求你，因为我是乡长，是全乡百姓的父母官。我有说不出的难处呀……"

"啪"，刘文青含在眼眶里的两滴泪水掉了下来："周乡长，我，我听你的！"

当天，周乡长同刘文青买了点水果，跨进了林阿贵的家门。

林阿贵冷笑着问："周乡长，刘校长，我是双荷镇上的无赖、恶棍呀，你们来干什么？"

周乡长把水果放到桌上，赔着笑脸说："阿贵啊，我陪刘校长来向你赔礼道歉的。"

"嘿嘿，怎么个赔礼道歉呀？"林阿贵双手交叉抱着双肩，斜着眼睛看着刘文青，"一个大校长，一个打死我狼狗的英雄，不怕失了你的大面子、大身份？"

周乡长朝刘文青使使眼色，刘文青憋着口气，脸上挤出的笑比哭还难看："林阿贵，我伤了你，我错了，我向你赔礼道歉。"

"哈哈，"林阿贵弹出眼珠，"怕是我伯父要回来了，又想捞上一把吧，是不是？既然你有打开校门的勇气，别来找我呀，大校长，你的志气哪儿去了？"

"你……"刘文青实在受不了林阿贵的嘲弄，脖子一下涨得血红，但被一旁的周乡长暗暗捏一把，他只得把蹿上心头的火硬压下去，说："林阿贵，我赔礼道歉是真心的，你是双荷乡的人，希望你伯父回来之后，不要干扰他同乡里洽谈合资的事。你该为全乡父老乡亲积点德！"

"好，痛快！"林阿贵伸出两条胳膊，"看你说话是真心，我也提两个条件，第一，你必须赔我一条正宗狼狗；第二，你必须在最短时间内离开双荷。我不想看到一个杀死我狼狗的校长再出现在我眼前！"

刘文青反倒冷静了，阴沉下脸说："第一条，我决不同意，以后任何人当校长，也不会同意的；第二条，我可以答应你，只要上面一声令下，明天就可以卷起铺盖离开！"

刘文青说罢，头也不回，转身离开了林阿贵家。

三天以后，林瀚云果然在县外办主任的陪同下，驱车来到双荷镇。林瀚云满头银丝，步履蹒跚，拄根红木拐杖，刚刚在乡宾馆安顿好，他第一句话就向周乡长要求："我要马上见到侄子林阿贵，关于合资企业，以后再谈。"

见林瀚云急切要见侄子，周乡长暗里叫苦不迭，三天前自己和刘文青到林阿贵家里谈砸了。他恼恨得牙龈肿胀，饭不能嚼，现在，唯一的办法是不能让林阿贵同林瀚云见面，必须先叫刘文青来把事情真相讲清楚，也许，真如刘文青所说，能挽回局面。林瀚云见周乡长迟迟不言，起了疑心，颤巍巍拄着拐杖从沙发里站起来："周乡长，我侄子阿贵怎么啦？他……他出什么事了？""不……不不，"周乡长连忙赔笑说，"他很好。只是前些日子偶与人争，破……破了点皮……"

"什么？"林瀚云手捂胸口，"这是同谁……谁？"

周乡长说："是……是同一个刚刚接任的小学校长。"

一旁的外办主任气愤地说："是校长，更应该懂得我党对侨胞的政策，简直是乱弹琴。周乡长，这件事一定要严肃处理。"

林瀚云吃力地摆了摆手，坐回沙发，微微闭上眼睛："周乡长，别的不要说了，快把阿贵找来。"

周乡长脑门突突跳。眼下，这是万万不能见的，他就硬着头皮和林瀚云周旋："您侄子一点小伤，没什么危险，您老放心，您一路奔波，太累了，先歇下，养养神……"

林瀚云勉强点点头。周乡长正想去打电话叫刘文青，想不到门"砰"的一声被撞开,奔进来个头缠纱布、衣着破烂的人。他"扑"的一声,在林瀚云跟前跪下,放声大哭:"伯伯,你侄儿遭恶人欺侮,被打得头破血流,你要为我做主啊!"

周乡长和外办主任大吃一惊,来者正是林阿贵,而且竟然把丢了的血染纱布又缠到了头上。这下子全砸锅了。

林瀚云见侄子这等模样,感情上哪接受得了?联想到刚才周乡长的支吾神态,血压骤然升高,"啊呀"一声,失去了知觉……

林瀚云在小镇医院住下,乡政府要派人服侍,都叫虎视眈眈的林阿贵轰了出来。周乡长急得日夜团团转。他把事情的来龙去脉同外办主任说了后,外办主任倒也为刘文青的正义所打动。但是,这毕竟有点因小失大,一切都要以经济建设为中心嘛!经过商量,采取两个措施:第一报县教育局批准,撤去刘文青校长职务,调离双荷镇,到乡下任教;第二,由刘文青亲自去医院向林瀚云说清楚事实真相,以图事情有所转机。

当刘文青听了处理意见,望着急得肿了半边脸的周乡长,紧握住他的手,感情冲动起来:"周乡长,我理解您,我真不该为您添这么大麻烦,我愿意接受组织上对我的任何处理,我只要看到孩子们平平安安、高高兴兴上学,我就高兴了……"

刘文青同周乡长来到医院,走进林瀚云病房,林阿贵挡住说:"喂,姓刘的,你该走啦,你还来干什么?"

周乡长忙把刘文青领到林瀚云病榻前,做了介绍。

林瀚云睁开眼睛,见面前站着一个文质彬彬、眉清目秀的青年。他怎么也想象不出,这样的青年会干出伤害自己侄子的野蛮行径,不觉阴下脸说:"年轻人,你怎么能动武呢?什么事不能商量解决,难怪国外有的宣传,说大陆青年不讲文明,不讲理性，看来……"

周乡长见刘文青一下涨红了脸，怕他忍不住又冲动起来，急忙接过话头说："林老，请息怒，是我们乡里教育不当，才发生这件令人痛心的事，我们深感内疚，还望林老海涵。"说罢，转头对刘文青说，"还愣着干什么，快向林老认个错！"

认错？怎么认错？刘文青直直地站着，违心的话实在讲不出，他只想立刻把事实真相告诉林瀚云。但是，他刚要开口，林瀚云见刘文青脸上丝毫没有认错的意思，本来有点平息的火又蹿了上来："年轻人，你太不懂情理了，是你无理伤害了我的侄子，难道要我这个古稀老人向你认错不成？"

林阿贵得意地瞟了刘文青一眼："哼，打狗也得看看主人面！"

刘文青以最大努力，克制着自己的感情，对林瀚云说了那天开门打狗的事。谁知林瀚云摇头不信，说刘文青打了人还来编故事哄他。

周乡长见无法解释，只得强忍气恼，带着刘文青走了。

两人一走，林瀚云摇摇头，痛苦地闭上眼睛，禁不住流下老泪，嘴里喃喃说着："看来，做了几……几十年的家乡梦，都……都是一场空。阿贵，我们还是早……早点离开吧！"

几天后，做了不满半个月校长的刘文青，背着同来时一样简单的行装，缓缓出了学校大门。他正式接到县教育局调令，到一个偏僻的农村小学当一名普通教师去了。他的后面整齐地跟着一大群送行的学生和教师。他们谁也不出声，但他们眼睛都红红的。

听说刘文青要调离双荷，小镇街道两旁，自动站满了人群，他们都用敬佩的目光、无声的语言为刘文青送行。刘文青身披阳光，面露微笑，向街道两边的父老乡亲们致谢告别。师生们送了一程又一程，谁也不肯回去。刘文青被这深深的情意感动得止不住掉下泪来。

突然，他看到不远的地方站着三个人。一边是林阿贵，一边是个十一二岁的小姑娘，二人搀扶着林瀚云当街走来。风把林瀚云的白发吹乱了，他那瘦削的身子摇摇晃晃。一旁的林阿贵满面杀气。他充满着胜利者的满足与嘲讽，望着他的强大对手的下场。

后面的孩子和教师呼啦啦围过来，护住他们已经离任的新校长。可是，刘文青拨开孩子和教师，一步一步朝林阿贵和林瀚云走去。

小街两旁的人们也一齐将鄙薄和气愤的眼光投向林阿贵和林瀚云。

周乡长气喘吁吁地赶来，一看这紧张气氛，急忙插进双方中间，以防再次出现难以挽回的局面。

林瀚云走近刘文青，一手紧紧抓住小姑娘，一手猛地把紧靠在身边的林阿贵推开，暴怒地喝道："畜生！你……你给我向刘校长跪下！"

林瀚云这一举动，把在场的人弄晕了，把林阿贵吓得像傻了似的呆呆站着。林瀚云又举起拐杖，吼道："畜生，听见没有？跪下！"

林阿贵见伯父拐杖当头砸下来，吓得腿一软，"扑"地在刘文青跟前跪了下来，又回过头，惊恐地瞪着眼睛问："伯伯，你这是为……为什么？"

"畜生，你听着，"林瀚云说，"我几十年在外风风雨雨，拼死拼活为什么？还不是为报家乡养育之恩，为我中华自立于世界之林……可我做梦也没想到，我林家出了你这个不争气的孽种！"

林阿贵还要犟嘴："伯伯，我一直安分守己，没干什么坏事啊！"

"畜生,你还要哄我？"林瀚云把身旁小姑娘的裙子撩起来。立刻，她大腿上出现一块触目惊心的伤疤。林瀚云喝问："畜生,这是什么？"

周乡长和刘文青一看，很快就明白，这是被狼狗咬的伤疤。小姑娘含着泪水，对林阿贵说："被你养的狼狗咬伤的学生有十几个，那时候，我们都吓得不敢上学，多亏了刘校长打死了恶狗。可你对刘校长反咬一口，还要逼走刘校长……"

原来，这些日子，林瀚云虽然在感情上希望自己侄子不会像街上传说的那样，是个为非作歹之徒，但是，理智上又非叫他冷静思考和仔细观察不可。昨天，林瀚云一个人独自在双荷街上行走，可是走到哪儿，人们都对他态度很冷，侧目而视。他感到困惑，他想：我向家乡捐了那么多钱！我对家乡的爱是真挚的，可换来的却是冷漠。林瀚云很伤心，也很失望，但又不死心。他走到一处，见一群小女孩在快乐地跳橡皮筋，边跳边唱，活泼可爱极了，他就颤巍巍走了过去，谁知一群小女孩一见他,"轰"一下四散跑开。他的感情受不了了,伤心加着急，一个踉跄，摔倒了。这时一个跑在后面的小姑娘怔了怔，还是走过来，把他搀扶起来。林瀚云拉住小姑娘老泪纵横地问："小阿妹，你们为什么要躲我，我也是双荷人啊……"小姑娘猛地撩起自己的裙子，眼泪簌簌而下，说："你看！"

林瀚云一看小姑娘大腿上的伤疤，顿时惊得心里发毛，忙问："小阿妹，快告诉爷爷，是谁伤害了你……"

小姑娘气愤地告诉他:"是你的侄子林阿贵养的那条狼狗……"

林瀚云顿觉眼前一黑,差点倒下去。他明白了,一切都明白了。老人痛心疾首,为了教育侄子林阿贵,也为了挽留即将调离的刘文青,他今天找到那个小姑娘,赶到了这儿。

这时,林瀚云上前一步,紧紧握住刘文青的手,激动地说:"年轻人,多有骨气的年轻人!我明白了,一个民族要崛起,光有钱不够,更需要像你这样的年轻人啊!我这趟回来,见到你,值得,值得啊!"

接着,林瀚云用拐杖点着林阿贵,恳切地对周乡长说:"周乡长,这个不争气的畜生,我差点被他骗了。我这次不能带他出去了。我现在把他交给你,交给乡里父老,他如果再惹是生非,你们该怎么处理就怎么处理,我林瀚云没有意见。我只求你们把他教育成像小刘校长那样的人……"

> 民办教师承受了生活贫困的艰难，却坦然用坚毅的双肩扛起了新中国农村基础教育的重担。

民办教师

阎建朝

民办教师的艰辛是一般人很难体会到的。在交通闭塞的固坪村小学，就有这样一位民办教师，他叫郭明义，这所小学就他一个教师，他从十九岁就在这里任教，从一年级到六年级的课，他都上，而且一待就是十六年。

这些日子，郭明义十分担心，学校设在一口破窑洞里，因为暴雨已经连下了三天三夜，他担心这破窑洞承受不住，到时，万一倒塌，那可要出人命事故呀。今天上午，正上着课，忽然，"叭嗒"一声，一团湿乎乎的东西掉在郭明义的头上。他伸手一摸，不禁大吃一惊，忙仰头去看洞顶，就见窑洞上方已裂开一条缝。此时，十几个孩子正在埋头做作业，他们全然不知危险已越来越近了。郭明义来不及多想，高声喊道："快，快朝外跑！"

孩子们没有反应过来，一个个扬起稚气的小脸，十几双眼睛迷惑地看着老师。

"快跑，窑洞要坍了。"郭明义急得直跺脚。然而，一切都晚了，只听"轰隆"一声，窑洞口堵死了。洞内立刻显得更加昏暗，顶部的泥土还在"哗哗"地掉下来，把十几条生命推向了死亡的边缘。

怎么办？郭明义脸色苍白，他紧紧地把十几个孩子拢在自己周围，想着解围的方法。

"哗啦……"又是一阵倒塌声，仅有的一盏油灯也熄灭了。但此刻，郭明义发现了头顶一丝光亮，那里有一个小洞。郭明义一阵狂喜，一把拉住身边的大黑，急切地吩咐："你先出去在外面接应！"话音刚落，有人喊道："爸爸，我怕。"郭明义见儿子小宝眼睁睁地望着自己，忙安慰道："别怕，你和爸爸一起先把同学们送出去！"说着，他抱起大黑用力向上面推去。

一个、二个、三个……终于，窑洞里只剩下自己和小宝了，郭明义吸了口气抱起了儿子，但他实在太累了，举了几次都没有成功，大黑在外面刚刚拉住小宝的手，只听"轰隆"一声，窑洞又一次倒塌了。

"郭老师！""小宝！"

孩子们疯狂地喊着，和闻讯赶来的村民们用力地刨挖着，鲜血从他们的指尖渗出，但立刻又被雨水冲刷得干干净净。

中午时分，郭明义被村民们救了出来，但他唯一的儿子小宝却因窒息时间太长而停止了呼吸。

雨还在不停地下着，郭明义经雨水一淋，慢慢苏醒过来，他环顾四周，见十几个孩子齐刷刷地跪在自己身边，雨水浇在他们头上，褐黄的泥水沿着一张张淳朴的小脸滚下来。突然，他看到老支书双手托着小宝，一种不祥之兆从心底涌过，禁不住喊声："小宝……"

孩子们"哇"的一声哭了起来，郭明义什么都明白了，泪水忍不住从他眼眶里涌出来。

老支书托着小宝的尸体，一脸的愧疚："郭老师，我们对不起你啊,至今还没钱盖学校。"人群开始骚动,有人忍不住轻声抽搭起来。好久,老支书才忍住悲哀,下了决心似的喊道:"乡亲们,咱们再穷,也不能苦了老师和孩子们,一定要把学校盖起来!"

"盖吧,割了肉也要盖学校!"大黑爹高声叫起来。

"盖吧,有钱出钱,没钱咱们出力气……"村民们的情绪一下子高涨起来。

俗话说:众人拾柴火焰高。集资建校舍很快就有了眉目,这天晚上,郭明义的妻子秀云刚刚收拾完锅碗,老支书就推门进来。

这些天,郭明义身体状态很不好,肚子老是隐隐作痛,但见老支书上门,他还是勉强挣扎着下了床。

老支书没有坐下就从口袋里摸出一个塑料小袋摊在桌上,说:"这是村里人给集的建学校钱,大叔我不识字,你给合计合计。"

郭明义拿过算盘,打开袋子,却不由惊呆了,原来袋子里的钱都是乡里出具的"白条",在市面上是根本不能流通的。郭明义没有挑明,还是认真地一笔一笔合计着,嚄,竟也有三千多元钱啊!

老支书见郭明义算完了,咧了咧嘴说:"还有呢,都在我心里记着。我说,你记:二狗四根檩条,大毛二十根椽,小旦一千块瓦,我自己,一口棺材。"

郭明义听了,心里不禁一惊,停了笔望着老支书说:"大叔,这棺材可使不得。"

"有什么使不得。"老支书不高兴了,"大叔穷,没几个钱,隔日打听个主儿把它卖了,能换几个钱是几个钱。大叔我还硬朗，就这么定了！"老支书说完，起身出了屋。

望着大伙集资的建校款，郭明义和秀云感动得热泪盈眶，他们用一张牛皮纸小心地把那一张张白条包好，取出一个黑红色的小匣子，把它放进去，然后装进床头那只剥落了漆的木箱中。

开春了，固坪村新的校舍开始动工。这一天，郭明义来到工地，望着已初具规模的校舍，心里十分高兴，他爬上了房顶，和村民们一起干了起来。

忽然，郭明义觉得腹内疼痛难忍，豆大的汗珠顺着面颊滚滚而下，他知道老毛病又犯了，赶紧用双手捂住腹部，可是疼痛没有减轻，郭明义只觉得两眼一黑，"咕咚"从房上滚了下来。

正在干活的村民们吓呆了，他们七手八脚扶起昏迷的郭明义，快步朝青山镇医院奔去。

村民们轮流背着郭明义，翻山越岭，整整走了四个小时，才来到青山镇医院。一见医生，老支书话也说不完整了，气喘吁吁地说："快，医生，救救郭老师……"

医生检查了后，随手开了张药方，递给老支书。"取药去，另外再补个挂号费。"

老支书接过药方却一下子犯了愁。怎么了？原来他走得太急，身上没有带钱。

大伙忙在口袋里翻，突然，大黑爹眼睛一亮，他从口袋里翻出一张一百元的"白条"，一下子好像遇到了救星，"我这儿还有一百块钱。"

但这张"白条"，很快就被药房扔了出来，一个戴眼镜的护士冷冷地说："这算什么钱？快拿现钱来。"

大黑爹发急了，赶紧申辩道："这怎么不算钱？这是上面欠我们的，都盖着章哩。"

可是不管怎么说，医院坚持医院的规定，最后郭明义硬是被抬了出来。

走投无路的村民们，最后又把郭明义背进了一家老中医的诊所。老中医听完村民们的叙述，他被感动了。他足足为郭明义切了十几分钟的脉，然后长叹一声，什么话也没说。

老支书的心一下子沉了下去，他急急地拉住老中医的手，哀求道："你可要想办法给他治好呀，他是我们村唯一的老师，孩子们还等他上课呢。"

老中医爱莫能助地摇摇头："这病我也没把握，你们还是赶快送县医院，越快越好啊！"

村民们闻听此言，不由面面相觑，他们知道上县医院，那要更多的钱呀，这钱从哪里来呢？

良久，老支书才像下了决心似的一跺脚："走，送县医院，天塌下来我们大家顶着！"

时间过得很快，一晃，郭明义在县医院已整整躺了十多天。他的病情不但不见好转，反而一日重似一日。渐渐地连食物也难以下咽了，大伙心里明白，郭明义得的是不治之症，他的肝癌已到了晚期。但谁也不明说，他们排队去血站卖血，用血钱为郭明义治病，似乎这样心里才会舒坦些。

将近年底的时候，在郭明义一再要求下，郭明义出院了。郭老师要回村了！消息像长了翅膀传遍了固坪村每家每户。那天晚上，沿途的山野到处是等候、迎接郭明义回村的人。一簇簇火把如同指路明灯在黑暗中摇曳。

二十里有人在等，三十里有人在接，四十里有人在盼。固坪村的人护送着郭明义整整走了一个晚上才回到了家。

第二天,郭明义的病情奇迹般有了缓解,他精神突然好了许多,天刚一亮就要去学校看看。

新建的学校一溜九间,一字排开,高大的大门,宽敞的大院。人们用担架抬着郭明义,默默地、逐个教室转了个遍。郭明义抚摸着崭新的课桌,双眼饱含着泪水。他见到挂在院中老梨树上的铜铃,忍不住伸手握住铃绳,轻轻晃了起来。

"当、当、当!"铃声悠扬,清脆悦耳,那美妙的铃声久久回荡在固坪村上空,回荡在固坪人心中。

就在这时,大门外匆匆走进一个人来。此人是乡信用社的赵主任,人们不知发生了什么事,都瞪大了眼。

赵主任来到郭明义身边,弯下腰,望着躺在担架上的郭明义显得有些尴尬,但责任又使得他不得不开口:"郭老师,你贷的五千元建校款已经到期了,不知能不能归还?"

郭明义微微睁开眼,想说什么,他已说不出话来,只能吃力地向站在身边的妻子做了一个手势。

妻子秀云会意,飞奔回家。不一会儿,她抱来一个约有一尺长、八寸宽的黑色木匣。

人们迷惑不解,老支书打开一看,只见里面放着一张五千元贷款收据,下面是一个用褐色牛皮纸包着的厚厚的纸包,上写一行大字:"固坪村集资建校款。"

难道这笔款没有用?所有的人都糊涂了。

打开纸包,里面是一张张发黄的纸条:

今欠固坪村刘二狗粮款肆拾元整。

青山镇粮管所(印)

今欠固坪村赵老六粮款陆拾元整。

……

这不是那种不顶用的"钱"吗？大家一下子明白了过来，人人脸上露出愤怒的神色。

"这就是还款！"郭明义用尽全身力气喊出这一声，便"哇"的一声，一口鲜血吐出来，他永远垂下了头。

初春的固坪村突然之间下了一场雪，仿佛整个世界都披上了孝服。老支书的棺木盛着郭明义的遗体，缓缓地被村民们抬出。一座新坟建在固坪小学附近，没有墓碑、没有碑文，墓前却端端正正地安放着一个黑红色的木匣子。

它没有一个字，却向人们讲述了一切。

关键词：教育

> 把玫瑰献给他人，把荆棘留给自己，这也是一种幸福观。

作弊的三好学生

夏友梅　张鸿昌

祁县二中教导主任罗顺根突然收到一封匿名信，信上揭发了这样一件事：一年级（1）班的杨浩，当初入学考试时，逼他姐姐杨洁代考数学。匿名信以严厉的口气要求学校迅速处理这次作弊事件，否则，他将"决不罢休"。署名是"一个知情者"。

罗顺根看完信，不觉倒吸了一口凉气：杨浩上学期末还被评为三好学生，这样一个学生，入学考试时还要由人代考？简直不可思议！罗顺根将信将疑，他将信塞进抽屉，准备看看动静再说。

岂料没过几天，匿名信又来了。这一回，写信人又详细叙述了事情的具体经过，最后以威胁口气说："一个星期内你们再不处理，我将向县有关部门写信举报。"

罗顺根觉得事态不同寻常，第二天傍晚，就将杨浩叫到教导处，罗顺根神情严肃地从抽屉里拿出两封匿名信，摊在杨浩面前："说说这是怎么回事？"杨浩神色紧张，眼珠骨碌碌转动，手也不知放哪儿才好。罗顺根又加重语气，说："事情我们都知道了，你姐姐在哪儿读书？这事我们要严肃处理。"

杨浩顿时大惊失色："罗老师，我姐姐退学了，在家里，这事和她无关的，是我叫她代考了数学……"

"你姐姐答应了？"

"她……不敢不答应，因为我是男孩，我妈一直希望我能进城读书；而且，我姐姐，不是我的亲姐姐，她是……我后父带来的，和我一样大……"

"那你后父呢？"

"两年前，他上山砍柴，被毒蛇咬了一口，死了……"

原来是这样！一个年仅十四岁的小男孩，竟敢仗着自己是母亲的亲生儿子，逼姐代考，这是祁县二中这所重点中学的招生史上从未有过的丑闻！罗顺根厌恶地瞪了杨浩一眼，说："你先回去，等候处理。"

为了扶正祛邪，第二天，罗顺根就到了祁东罗汉岭脚下的杨家村，他要去看看那个可怜的小姑娘，把事情了解清楚；另外，有可能的话，他要为不幸的杨洁出口怨气，争得原该属于她的上学权利。

罗顺根到了杨家村，找到了杨家，开门的是一个瘦弱的小女孩，衣衫破旧，但很整洁，那双黑白分明的眼睛，透出掩饰不住的温顺、早熟和灵秀。罗顺根介绍了自己的身份，杨洁见老师上门，显得很开心，忙请他进屋："罗老师，你坐会儿，我妈不在，我去烧点儿开水。"杨洁说着，转身到屋外抱柴火去了。罗顺根坐下后环视屋内，只见除了两只大缸、一个旧柜和几件衣具，几乎一无所有。不一会儿，杨洁吃力地抱着一捆柴火进来，小脸汗涔涔的，她笑着问："罗老师，我弟弟在学校里好吗？"

"唔,好……"罗顺根掩饰道,"你妈妈呢？"杨洁答道："去庙里烧香了。"

罗顺根细心观察,丝毫看不出杨洁神态中有什么不自然的地方,联想起刚才进门时她那欢快的心情,越发疑窦难解:咦,她好像心里没有什么委屈和痛苦呀,按理,一个被逼失学的孩子,是不可能如此心平气和的,难道她原本就不想读书?

"罗老师,你喝茶。"

罗顺根喝了一口茶,不得不把话挑明了:"杨洁,据我们所知,杨浩在入学考试时,曾经叫你代考过……""不!"杨洁一惊,开水从碗中泼出,差点烫了手指,"不不,我没为他代考,是他自己考的,真的!"

罗顺根的脸色严肃了:"杨洁,代考的事,你弟弟都已承认了!"

"不,罗老师,这不可能!"杨洁叫着,泪水夺眶而出,"如果真是这样,一定是弟弟故意的,他一直想让我去读书!"

"什么……"罗顺根一下子坠入了云雾中。

杨洁见老师一脸茫然,就原原本本地将事情的来龙去脉说了出来:

一年前,杨洁和杨浩都是祁东小学六年级的学生,他俩同班读书,成绩出类拔萃,可杨家接连遭受不幸,杨母因常年的悲痛、劳累而未老先衰,双目几乎失明,根本无法下地干活,因此,她打算在杨洁、杨浩小学毕业后,留下一个在身边帮忙干活。俗话说,穷人的孩子早当家,姐弟俩懂得母亲的心思,于是就争着要求自己留在家里干活。杨洁的理由是她是女孩,会做家务,弟弟比她小,应该去读书;杨浩的理由是他是男孩,力气大,留在家里干活更合适。姐弟俩争来争去,母亲在一旁禁不住潸然泪下,她说:"你们别争了,都去参加考试,谁考得好谁就去读书。"姐弟俩都答应了。

到了考试时，杨浩为了保险，后来在考数学时他故意做错了好几道题，这样便可万无一失了，谁知道杨洁的心思更细，她在考场中一直注意着弟弟的动静。杨洁发现弟弟在考数学时心不在焉，只考了半个多小时就交卷了，她立刻知道弟弟是故意相让，于是就在自己的试卷上写上了弟弟的名字和准考证号码，交了上去。监考老师很快发现有两张"杨浩"的试卷，马上叫来了杨洁，追问之下，杨洁把弟弟的试卷说成是她的，还解释说："'洁'和'浩'只一撇之差，写得潦草就会弄错。"监考老师见杨洁要的是答得差的试卷，自然没有起疑，杨洁顺利"蒙混过关"。

罗顺根听完，感叹不已，他和蔼地问："你说你弟弟的成绩一向很好，你有什么证据吗？"

"有。"杨洁立刻从柜子里翻出弟弟过去的成绩单和作业本，罗顺根看着这一大沓无法辩驳的证据，半晌没说话。

杨洁眼泪汪汪地恳求说："如果你把我弟弟开除了，我妈就活不下去了。"罗顺根听了不由一愣："为什么？"

"自从弟弟进县城读书后，我妈常到庙里烧香拜佛。"

"那你干吗不和妈妈一起去呢？"

"我妈说小孩子不能去，否则菩萨会不高兴的。"

一丝难以言表的感觉从罗顺根心中渐渐升起：她的母亲为什么执意要独自上山烧香呢？他决定会一会杨洁的母亲，杨洁起先有点犹豫，但想到罗顺根是弟弟的老师，最终答应了，两人翻山越岭，朝天皇庙走去。

一个小时后，他们终于到了庙里，前前后后一找，却没见杨母的影子，问庙里的和尚，都说不曾见过这样一位瞎眼妇人常来烧香,罗顺根正在犹豫,有个老和尚突然似有所悟地说:"不过,我倒想起了另外一个人来,跟你们说的那位女施主有点相像。"

罗顺根和杨洁几乎异口同声地问:"谁?"

"是个洗衣服的,四十出头,长得不高不矮,清清瘦瘦的,眼睛不大好,差不多瞎了,她常在我们庙里洗衣服。"

"什么时候开始的?"

"有半年了吧。半年前她来我们这儿,说丈夫已经过世,女儿小学毕业,成绩好,都是九十几分、一百分,可是没钱上不了学,只好待在家里,她请求庙里给点活儿让她做,为女儿挣点学费。方丈见她可怜,就让她每星期来这里洗点什么,其实我们这儿没多少东西要洗的,方丈纯粹是出于慈悲,才让她来的。"

杨洁的眼泪"刷"地淌下来了,她抬头对罗顺根说:"这一定是我妈。"

在老和尚的指点下,罗顺根和杨洁来到了寺庙的伙房,老和尚念一声"阿弥陀佛"后就低头走了,罗顺根走到窗口前,往里一望,只见一个妇女,四十出头,面黄肌瘦,头上扎着白绳,正坐在一只小凳上洗香客住宿用的被子,她洗呀洗,干瘦的身躯艰难地一动一动,就像风中的一株枯草,摇摇欲坠。突然,那妇女身子一晃,扑倒在地上……"妈!"杨洁揪心似的哭叫一声扑了过去,罗顺根和杨洁一起上前,扶起了她,一会儿,杨洁的妈才渐渐醒来,杨洁扶住她妈骨瘦如柴的身子,痛哭着:"妈,你干吗要这样啊!我宁愿不去读书,也不要你这样啊!"

罗顺根陪着母女俩回了家,他赶回县城时已是晚上八点,他顾不上回家,先去敲校长的门。他把前前后后的事情一说,校长半晌没说话,他深为杨家母女的行为感动,两人商量了一会儿,有了主意……

这一天,杨浩又被叫进教导处,罗顺根依然板着面孔,十分严肃地对他说:"你的入学考试作弊事件现已查明,是由你姐姐自愿代考,现在学校决定,除对你做出必要的处分外,还要将情况上报县里,由有关部门对你姐姐做出处理,因为她严重破坏了招生秩序……"

杨浩一听,脸色变了:"罗老师,你们不能处理我姐姐,要处理就处理我!"

罗顺根装作十分为难地说:"可是,如不作处理,那两封检举你的匿名信怎么办呢?学校想瞒也瞒不住,弄得不好……"他刚说到这里,只见杨浩神色大变,吞吞吐吐地说:"罗老师,这信……都是我写的……"

果然不出所料,但罗顺根不动声色,继续问道:"怎么能证明你说的是实话呢?"

"罗老师,我说的全是真的……当初,我故意考坏,想让姐姐来读书,但结果是姐姐让了我,我心里一直很难过。上个月回家,我无意中发现姐姐在偷看我上学期读过的书,她看得很入神,当时,我觉得心里像有一把刀子在搅。后来,我悄悄地翻了她藏书的地方,她竟然把我学过的课本全都偷偷地抄了下来,放在自己的枕头下,而在她睡觉的枕巾上却湿了一大片,罗老师,我姐姐每天晚上都是一边看书一边哭着的呀……"说到这里,杨浩已泣不成声。

罗顺根鼻子一酸,差点掉下泪来,当夜,他跟校长商量到十二点钟,心情沉重地给县教育局、县政府起草了一份报告。

没几天,上面的批示就下来了:同意祁县二中的意见,不给杨浩以任何处分；允许杨洁参加今年的入学考试，倘被录取，其学习和生活费用由学校负担；另外，由县政府出面跟民政部门联系，安排杨母到他们属下的福利厂工作，使杨家能有相对稳定的经济收入。见了批示，年近六旬的校长和罗顺根高兴得竟像孩子似的跳了起来："啊，这下可好啦！"

三个月后，休学一年的杨洁参加了县里统一的招生考试，并以总分第三名的成绩被祁县二中录取，消息带着浓重的传奇色彩传开，轰动了整个县城。

八月底，也就是在杨洁报到入学的前一天，杨母也正式接到通知，去县五金福利厂工作。这个苦了半辈子的瞎眼女人，捧着通知书，热泪滚滚而下……

关键词：形象工程

> 对于形式主义，这个故事是个绝妙的讽刺。

迟到的婚礼

金 一

团县委书记刘福林一下子成了全县头号新闻人物。事情很简单，团县委要为十对青年举行集体婚礼。

其实这是一年前就决定了的事，十对新郎新娘也早定下了，只是刘福林为了扩大影响，特别请了县政府的陈副县长。当时，陈副县长满口应承，而且亲自写了讲话稿。哪知，就在集体婚礼开始的前一天上午，县政府办公室打来电话，称陈副县长连夜赴市参加抗旱紧急现场会议去了。

没办法，刘福林只得一面通知集体婚礼改期，一面让人指挥收拾会场，逐个对新郎新娘做工作，让他们再坚持几天。

抗旱工作搞了一个多月，刚刚松口气，陈副县长又去市委党校学习，一去就是半年。回来后，处理完积压的事务，又四处跑项目、下基层，等提及集体婚礼一事时，已经快一年了。这期间，刘福林多次想请县里其他领导参加集体婚礼，但又怕因此得罪了陈副县长，事情就这么拖了一年。

这日，县政府办公室电话通知团县委："陈副县长说，请刘书记安排集体婚礼事宜。"刘福林大喜过望，忙让人去布置会场。这天上午八点五十五分，陈副县长来到会场。他在台上第一排放着写有自己名字牌的座位前落了座，并习惯地朝台下看去。当目光落到第一排时，不由皱起了眉头。他不悦地悄声问坐在身边的刘福林："不是说十对吗？怎么才来了七对？"

刘福林为难地说："那三个新娘在家坐月子了，她们的丈夫一个人来也不合适……"

"这个，这个……"陈副县长不知该说什么才好，他再看看台下几个新娘，眉头皱得更紧了，原来有几个新娘都微微挺着肚子。"这不好嘛，几个月就坚持不住啦？"

刘福林无可奈何地解释道："他们都是大龄青年，早就领了结婚证。"

陈副县长咽了一口唾沫，摇摇头说："新娘挺着肚子上台参加婚礼，这成何体统？"

"我已安排好了，陈县长。"刘福林胸有成竹地悄声道，"让那个不是孕妇的新娘，代表全体新娘讲话，其他新娘不上台。"

到这个时候，陈副县长没什么可说的了，只能点头同意。

会议九点钟正式开始。奏乐、鸣炮，讲话开始。第一个讲话的就是陈副县长，他滔滔不绝，一口气讲了一小时零五十分钟，连讲话稿都很少看上几眼。接下来是刘福林讲话、来宾代表讲话、新郎代表讲话。整个会议已经整整持续了三个多小时。

"下面，由新娘代表邹蕾同志讲话！"

掌声过后，不见邹蕾上台。刘福林坐不住了，离开座位，直奔后台，准备训斥失职的工作人员，正巧看见在那儿抹眼泪的邹蕾。工作人员上前七嘴八舌地告诉他："邹蕾不肯讲话，她想请假回家。"

"为什么？"刘福林莫名其妙。

"她说，给孩子喂奶的时间已经过了一个小时了……"

"什么？"刘福林头昏目眩，汗珠从额头上渗了出来。他马上反应过来，用近于哀求的口吻对邹蕾说："邹蕾同志，你看，陈副县长和大家都在看着你呢。我代表团委，就算求你了，中不中？"

几位工作人员也连说带劝，好歹把邹蕾请到主席台上。

不一会儿，随着邹蕾讲话的延续，她粉红色上衣的胸前便湿了两大块，而且面积还不断地扩大着……

关键词：社会正义

> 在紧张的叙事过程中，又穿插了许多带有喜剧色彩的细节，从而使这篇有思想、有悬念的作品更有传播力。

谁是领头人

方赛群

一个细雨蒙蒙的下午，一辆大客车奔跑在通往蒲州的公路上，车上座无虚席。

突然，一个老太太一把拉住身旁的一位乘客惊喜地叫道："哎呀，你不就是电视里那个关山虎吗？"她这一叫，惊动了车上所有的人，几十双眼睛"刷"地都盯向老太太身边那位身材魁梧、浓眉大眼的大汉。

此人正是电视演员！最近，当地电视台正在播放四十集电视连续剧《关山大侠》，其中那位身怀绝技、爱打抱不平、一身正气的"关山虎"就是他扮演的。现在他又在另一部电视剧《鹦哥儿》中担任主角，去蒲州拍外景，因没赶上剧组专车，只得乘大客车前往。

当人们认出大汉就是电视里的"关山虎"时，整个车厢顿时热闹起来。不少人过来和他打招呼，还有两个女学生，红着脸拿个本子要他签名。那个老太太高兴地说："我今天运气真好，能和大侠坐一起。听说这条道上出过强盗，我正担心着……"大侠听了笑着说："大妈，有我在，你尽管放心，不是我吹牛，对付他十个八个不在话下。"听他这么一说，乘客们都因为有了安全感而开心得大笑起来。笑声中车子停了，车门打开，上来三个人，接着车门关上，车又开了。

汽车转了两个大弯，来到"鹰嘴崖"，刚才上车那三个人中的一个像是准备买票似的，边掏口袋边走到驾驶员的身旁。可他掏出来的并不是钞票，而是一把寒光闪闪的匕首，对准司机的脖子，厉声喝道："给我停车！"

车停了下来，整个车厢霎时静得一根针掉到地下都听得见。人们全都明白眼前发生了什么事，一个个惊得目瞪口呆。大家不约而同地把目光投向"大侠"，可是，他却呆呆地坐着，既不动口，也不动手。

这时，三个歹徒中为首的一个彪形大汉，从后腰拔出支手枪，往自己脑门上一顶，将帽子推到后脑勺上，额角上那道长长的月牙形大疤顿时显露了出来，他阴沉地一笑："诸位大概还不认识我，我介绍一下。我叫刀疤阿三，这额上的刀疤就是我的身份证，也是我的商标。我可不是假冒产品，是正宗的持枪抢劫杀人犯！是公安局注了册的，下了通缉令的。一句话，我刀疤阿三是脑袋吊在裤腰带上闯荡世界的好汉！近来手头紧，想问大家借点钱用。在座各位凑够五千元，咱们各走各的路，平安无事。要是哪个不识相，对不起，我刀疤阿三也不在乎多杀几个人！闲话少说，言归正传。"他手一挥命令道，"开始收钱！"

一声令下，另两个歹徒立即分头行动。高个子对付右边，矮个子对付左边，"刀疤阿三"站在车头上压阵。

高个子首先来到一个中年胖子面前。这胖子西装革履，手上戴着四只金戒指。高个子晃晃手中的匕首，说："看样子是个大款嘛！怎么样？带个头吧。"胖子吓得结结巴巴地说："师傅，你把刀子收起来好不好？我心脏不好，血压又高，我害怕的啦，钱我统统给你就是啦。"说着就解开钱包递了上去。歹徒接过钱包打开一看，里面全是卫生纸，钱只有十来元，就说："怎么？想拿毛纸来哄我们？"胖子急忙分辩说："不是的啦，这卫生纸是昨天旅馆里拿的啦。""为什么只有这么点钱？""师傅，我是只有这些的啦，不瞒你们说，我是卖假药的，生意没做成，哪来的钱啦。""把手上的金戒指拿下来。""不不，不能给的啦。"高个子火了，随手往座椅的靠背上"嗤"地划了一刀，"不给就试试，你的肚皮是不是比人造革结实？"胖子吓得"涔涔"直冒冷汗，忙说："给给，但是给你们也没用的啦，兄弟，不瞒你们说，我这假药生意不好做，我是装装门面唬唬人的，这金戒指是我三元一只十元四只买来的啦。"高个子一生气，给了胖子"啪啪"两巴掌，胖子捂着脸不做声了。

右边那个矮个子歹徒来到一个年轻人面前，一把抓住他的头发说："喂，低着脑袋干什么？快掏钱！"年轻人说："我没钱，不信你搜。"歹徒将他浑身上下摸了个遍，确实找不到一分钱，一气之下，随手往他腿上扎了一刀，年轻人的腿上顿时鲜血直流。

这一刀扎在年轻人的身上，痛在众人的心里，大伙不约而同"啊"的一声惊叫。坐在后面角落里一个卖烤红薯的农民更是又惊又怒。他拿起两个拳头大的生红薯，正想站起来拼命，被"刀疤阿三"看见了，举枪吼道："你他妈的想干什么？找死是吗？"另两个歹徒三步并作两步冲到农民面前，用匕首对着他。农民知道自己赤手空拳，寡不敌众，急忙亮出红薯说："别误会，我今天为赶车，中饭都没吃，想吃个生红薯充充饥。"高个子歹徒伸手打落他手中的红薯，说："少废话，快拿钱！"农民无可奈何地掏出了钱包，说："大哥，我是卖烤红薯的，小本生意，这点钱是我省吃俭用攒下来想娶老婆的，我今年三十二岁了，还是个光棍，求你们拿一半，给我留一半吧。"矮个子一把夺过钱包骂道："老子今年四十岁了，还没老婆，你三十二岁，早呐！"

那位老太太起先很镇定，因为她身边就坐着个身怀绝技的"关山大侠"，但当她发现"大侠"两条腿也在发抖，就知道靠不住了。所以当歹徒来到她身边时，她就"咚"地跪下哀求："你们可怜可怜我老婆子吧，我儿子躺在医院里，等着我的钱去救命，求求你们啦。"歹徒哪管这些，抢走钱后，抬起一脚，将老太太踢倒在地。

"关山大侠"怎么也没想到，今天会碰上这样的场面。他真想像演电视剧那样，一声大吼，凌空一跃跳将过去，一个"铁砂掌"，先把"刀疤阿三"制服，然后来个左右开弓，把高个子和矮个子打倒在地，再踏上一只脚……可是不行啊，那功夫全是假的，连常用的武器"三节棍"也是塑料的，这可咋办呢？

"大侠"正一边发抖，一边胡思乱想着，就见那两个歹徒已经来到两个女学生面前。高个子嬉皮笑脸地说："姑娘，快掏钱吧。""我们是学生，我们真没钱，求你们了。""嘻嘻，没钱？口说无凭，得搜搜看。"两个歹徒说着就上去一人一个抱着乱摸。姑娘哪里受得了这样的羞辱，一边反抗一边骂："流氓，强盗！""强盗，流氓！"

随着她们的叫骂，突然传来一声呐喊："打死他！打死他！为民除害！"

这意外的一声喊，把大家都唤醒了，是啊，刚才许多人都意识到与其束手被抢，不如奋起反抗，车上四十多人，还对付不了这三个歹徒？只是因为怕无人响应，才都憋到现在，如今有人领头，立刻"呼啦啦"好多人站了起来。

"刀疤阿三"大惊，举起手枪失声吼叫："谁敢动？谁动先打死谁！都给我老老实实坐下！"谁知他话音刚落，那位老太太一跃而起，猛扑上去，抓住"刀疤阿三"拿枪的手，死命地咬住不放，痛得他杀猪一样尖声叫起来，手枪"咣当"落地。

"大侠"一看老太太这么勇敢，一个激灵，腿也不抖了，急忙抓起塑料三节棍，跳到椅子上，像演电视剧那样摆开架势喊道："弟兄们，跟我上！"卖烤红薯的农民见"大侠"出头了，胆子顿时壮了三分，抓起红薯就当手榴弹扔。那拳头大的红薯一个接一个朝歹徒飞去，歹徒们一个个被砸得鼻青脸肿。几个妇女受到启发，也摸出茶叶蛋扔过去。一时间，红薯茶叶蛋横飞，打得歹徒嗷嗷直叫。

这时，车上所有的人都精神大振，有的拿鞋，有的甩包，有的挥伞，一切能充当武器的东西全用上了，大家叫着骂着，一拥而上，就像对付过街老鼠，将三个歹徒分割包围，往死里打。

就这样，眨眼工夫，形势发生了根本性的变化。刚才还耀武扬威的歹徒，现在一个个像猪猡似的被捆得结结实实；而刚才连大气都不敢喘的乘客，如今却扬眉吐气，群情激奋。连那个卖假药的老兄，此刻也胆大了，冲着三个歹徒狠狠地踢了几脚，说道："你们这几个人，良心大大的坏啦！常言道，善有善报，恶有恶报，你们都要枪毙啦！做坏事的人没一个有好下场啦！"听他一说，大伙都乐了，有人问他："你卖假药算不算做坏事呢？"他红着脸说："我是不好不坏啦，实话告诉你们，我卖的药治不好病，也吃不死人，统统都是面粉做的啦。"

在大家的说笑声中，车子开进了公安局，当公安干警们发现群众抓获的歹徒竟然是公安部通缉的"杀人魔王"刀疤阿三时，一个个都惊呆了。为此，公安局局长亲自接见了他们，将四十多人的姓名、工作单位和家庭住址一一做了登记。

局长认为，群众当然有功，都要表彰，没有群众的齐心协力，是不可能赤手空拳制服这些歹徒的；但更重要的是领头人，没有领头人，群众就无法发动起来。那么这领头人是谁呢？

有人说，卖红薯的农民是领头人，他那些红薯实在太厉害了，只只击中要害，是他鼓起了士气。卖红薯的农民脸"刷"的红了，连连摇手说："哪里，其实我是个胆小鬼，刀疤阿三把枪对着我的时候，我吓得尿都拉到裤裆里了。后来看见大侠拿着三节棍站出来，我胆子才壮了，要说领头人，该是大侠。"

"大侠"连连摆手，"不不不，说实话，我这个人平时喜欢吹牛，可今天这个牛我不敢吹！你们别看我在电视里飞檐走壁，那全是假的！今天的事我很清楚，要说领头人，不用说是这位老太太。是她第一个冲向'刀疤阿三'，咬住了他的胳膊。告诉你们，老太太一共六颗牙，这一咬她嘴巴里只剩四颗牙，还有两颗恐怕现在还嵌在'刀疤阿三'的肉里呢！"

听他这么一说，公安局局长上前握住老太太的手说："大娘，多大岁数了？""六十六岁，属龙的。""好！老太太，您真不简单呐。"

老太太急了，"局长，我可不是领头人，我胆子小着呐，要说领头人，应该是喊'打死他！打死他！为民除害！'的那个人，没有那一声喊，我老太婆哪有那么大胆子敢咬'刀疤阿三'呢？"

老太太这么一说，众人连连称是。于是公安局局长又查访谁是第一个呐喊的人。可是怪了,谁都说清清楚楚听到过呐喊声,可查问谁是呐喊者时,大家又都糊涂了。那么喊"打死他!打死他!为民除害!"的又是谁呢?公安局局长有些为难了。

突然,"大侠"拍了拍脑袋,高声叫道:"我知道了,我知道是谁喊的。"说完就飞快地跑到汽车上抱下个用布蒙着的东西,掀掉布一看,是只鸟笼,笼里装着一只鹦鹉。"大侠"说:"喊'打死他!打死他!为民除害!'的就是它!"

原来,这鹦鹉是电视剧《鹦哥儿》剧组里的一位"演员"。其中有段戏是当女主角受辱时骂"流氓,强盗"时,它就喊"打死他!打死他!为民除害!"刚才那两位姑娘受歹徒欺侮时骂"流氓,强盗",鹦鹉以为又拍电视了,所以马上叫出了它的台词。

听"大侠"这么一说,所有的人都乐了,一个姑娘想试试真假,故意对着它喊了一声:"流氓,强盗!"鹦鹉果然又响亮地叫起来:"打死他!打死他!为民除害……"

关键词：民生

> 故事作者以自己的亲身经历，写出了对弱势群体的同情和关爱。这是新故事中的一篇代表作。

桑琼泪

陈桂娣

市人民医院最近来了一个小病人，名叫桑琼，刚满十三岁，长得美丽聪慧，活泼可爱，特别讨人喜欢的是：小桑琼很会唱山歌，而且嗓音像山泉一样清亮甜润，因此，病区上下，无论医生、护士、病人，以及病人的家属都十分喜欢她。

但是，桑琼从小患先天性心脏瓣膜裂缺关闭不全症，因为家里穷没有钱看病，所以，只能眼睁睁地看着她的心脏功能逐年衰退，毛病越来越重。

今年春节，桑琼的爸爸突然在车祸中丧生，桑家由此得到一笔赔偿金。桑琼的妈妈捧着这笔钱，哭着对儿子说："你爹已经死了，就用这笔钱救你妹妹吧！"就这样，小桑琼跟随妈妈从四川老家一个偏远的穷山沟，摸进了繁华的大城市，慕名找到唐克强大夫。

唐克强是市人民医院胸外科病区的主任医师，今年五十上下。生得矮墩墩，胖笃笃，虽然个子不高，但在外科手术上，他医术精湛，技艺超群，是全市乃至全国闻名的一把刀。

自从病区来了小病人桑琼，唐主任的心里沉甸甸的，一直像压着块大磨盘。这天傍晚,他从市里参加一个会议回到家,三扒两咽吃了一碗饭,丢下碗就往医院奔。因为他知道,根据事先的安排,桑琼将在明天上午施行心脏手术。他径直来到医生办公室,取出桑琼的医疗档案查阅起来。

这时,突然"吱呀"一声,办公室门被推开,桑琼出现在门口,一副怯生生的样子。"啊,桑琼!"唐主任又惊又喜,忙放下手中的材料,招呼道,"快,快进来啊!"

桑琼穿一件浅红色连衣裙,圆圆的苹果脸上长着一对乌黑晶莹的大眼睛,一条又黑又粗的大辫子一直垂到腰际。她见办公室就唐主任一个人,忙从身后拿出一只大信封,高举着奔到他面前,神秘地说:"唐伯伯,这是感谢信,你一定要收下来。"边说,边往他手中塞。

"感谢信,谢什么呀?"唐主任心头疑惑,接过信就要拆。"不许动,不许动,你回到家再拆!"桑琼机灵地转过身,伸出小手按住大信封。

唐主任见大信封厚厚的,立即明白了怎么回事,不由虎起脸问:"桑琼,这信是谁叫你送来的?""我妈,妈说要我把信交到你的手里,不要让别的医生看见。"小桑琼没有注意到唐主任的神情变化,她扭过头,警惕地朝办公室门口望了一眼,又附到他耳边小声说:"唐伯伯,我妈说要你亲自为我开刀。"唐主任心头一震,用怜悯的目光对小姑娘瞥了一眼,故意问:"为什么一定要我开刀呢?""你本领大,不会死人,妈妈说,爸爸已经死了,要是我再死掉,她也会死的。"

听桑琼说出这些话,唐主任鼻子一阵发酸,他强忍住又问:"奇怪,我开会刚回来,你妈怎么知道我来医院呢?"桑琼笑了,做了个调皮的鬼脸:"是我看见的。唐伯伯,这几天,我天天在医院门口等你,我知道,明天我开刀,今晚你一定会来!"

唐主任恍然大悟,面对这样可爱懂事的小病人,他心里像打翻了五味瓶,辨不出是什么滋味。沉思片刻,他突然抬起头,对着桑琼大声说:"好,唐伯伯答应你,明天我为你开刀!"

"哇,答应啦,答应啦!"桑琼高兴得手舞足蹈起来。唐主任一把将她抱住,说:"桑琼,你先要答应我一个条件。""啥条件?""把这感谢信还给你妈。""为啥?"桑琼歪着小脑袋一脸惊讶地问。"我不能收这封信。"唐主任认真地说。"你、你变卦,不替我开刀啦?"看她急得几乎要哭出来的样子,唐主任忙转口说:"不、不,我说话算数,一定为你开刀!""好啦!"桑琼一下子破涕为笑,说:"你答应了就不许赖账,来,拉拉钩。"边说边伸出小手指,勾住唐主任的手牵了两下,一转身逃了出去。

唐主任没有去追桑琼,因为他不愿再伤害这颗幼小的心灵。回到桌前,他拿起信封拆开一看,里面果真是五百元人民币,忙叫来值班医生,把钱连同信封交给他,说:"这是桑琼家的钱,你明天交给护士长代为保管好,出院时再还给她。"

第二天,唐主任临时改变医疗方案,亲自主刀,为桑琼做了心脏瓣膜的修补手术。手术十分顺利,桑琼恢复也很快,她只在监护病房待了五天就转入了普通病房。为了祝贺手术成功,护士长和护士阿姨们送来一束鲜花,插在小桑琼的床头,鼓励她:"琼琼,你好好养病,大家都喜欢听你唱山歌,等养好了身体唱给我们听,好吗?""阿姨,我现在就唱。"一听说唱山歌,桑琼就来了劲,挣扎着要爬起来,急得护士长连忙将她按住,说:"不、不,现在还不能唱,等你伤口好了,拆了线,再唱给大家听,好吗?""嗯。"小桑琼听话地点了点头,钻进被窝中睡了。

护士长转身一走,桑琼妈不知是高兴还是激动,眼泪再也止不住了,她双手合掌,对着窗外默默念叨:"桑琼爹,你在天有灵,女儿总算得救了。但是,女儿这条命是用你的血钱换来的,我一定把她带好,抚育成人,你在九泉之下瞑目吧!"

桑琼转过脸,见妈妈又在流眼泪,便扯住她的衣角问:"妈,你在家时老是哭,我问你是不是想爸爸,你说是为我的病担忧,现在我的病好了,你为啥还哭啊?"桑琼妈抹了一把眼泪,坐到床边,搂着女儿笑着说:"好孩子,妈妈是高兴,流的是喜泪,懂吗?"桑琼点了点头,伸出小手为妈妈抹泪痕,又问:"妈,哥哥说,等我开了刀他就来医院看我,怎么还不来呀?""他……"桑琼妈停住话头,脸上掠过一道阴影。"我知道,哥哥没钱买车票?"桑琼机灵地说着,一边盯着妈妈,突然高兴起来,"妈妈,等我伤口好了,拆了线,我去唱山歌,别人给我钱,我就寄给哥哥买车票。"

听女儿讲完这几句话,桑琼妈的心都快要碎了。原来,她们母女俩从家中出来时,发生过这么一件事。那一天,小桑琼坐在汽车里已经一整天了,还没有走出山区,闲得慌,就倚着车窗唱起山歌来。嗨,歌声像一帖清醒剂,满车厢疲惫无聊、昏昏欲睡的旅客们都活跃起来了,大家见小姑娘天真可爱,山歌又唱得如此动听,纷纷拿出好吃的东西送给桑琼,其中有两个做生意的,出手大方,每人给她一百元钱。后来,桑琼妈妈就用这二百元钱买了火车票。

此刻,桑琼妈明白女儿的意思,忙说:"不、不,在医院里唱歌,决不能要别人的钱。唐伯伯为你看病开刀,护士阿姨给你打针喂药,还有,病房里的叔叔阿姨们对你这么好,等你病好了,应该唱山歌给他们听,但不能要他们的钱,懂吗?""嗯,"桑琼懂事地点了点头,"我知道,我不在病房里唱,我到医院大门口去唱,妈妈,你放心,我不会向别人要钱的。"桑琼妈又是一阵心酸,她搂着女儿喃喃地说:"好孩子,乖,医院大门口也不要去唱,先把身体养好吧!"

就这样,桑琼天天做梦唱山歌,还赚了好多钱。梦中,她把钱寄给哥哥,可是不知怎么回事,哥哥总是收不到,老是伸手向她要钱买车票,桑琼一急哭了起来,梦就醒了。

今天是桑琼手术后第十天了,唐主任认真地为她做了全面检查,发现桑琼心律正常,杂音消除,而且刀口长得很好,就吩咐其他医生为她拆了线。一拆线,桑琼待不住了,趁妈妈不在,悄悄下床向医院大门口走去。

现在正是探望病人的时候,住院部门口人来人往,熙熙攘攘。小桑琼暗暗高兴,她大方地来到大门正中的花坛旁,费力地站到石级上,面对众多的陌生人,她有些胆怯,但哥哥的身影老在眼前晃动,顿时,来了勇气和力量。她挺了挺胸,把大辫子抓到手中,正想亮开嗓门唱山歌,突然眼前一亮,看到大门口进来一个小伙子,山里人打扮,身上还背着一只背篓,一时间高兴得蹦了起来,大叫一声:"哥!"还有一个"哥"字没有来得及出口,"扑通"一声从石级上重重地摔了下来。

正巧,护士小姚从大门外进来,见桑琼从石级上跌下来,急忙抱起她喊道:"琼琼,琼琼!"可是,小桑琼面色苍白,两眼紧闭,已经不省人事了。小姚立即叫来几个医生、护士,大家七手八脚把桑琼送进了急救室。

唐主任正从手术室出来,听说桑琼摔得昏了过去,心头"怦"一跳,顾不得换装,三脚两步直奔急救室而去。急救室里,几个医生正在手忙脚乱地奔波，一见唐主任如遇救星，说："唐主任，你看怎么办？"唐主任见桑琼直直地躺在病床上，便对在场的医护人员扫了一眼，瞪着眼珠大声责问："你们都站着干吗，为什么不抢救？"这时护士长抢上前说："唐主任，桑琼预交的医药费全部用完了，还倒欠七百多元，刚才去拿急救的药，没有钱，药房不肯发药。""这……"

先交钱再配药，这是医院的制度，可是，救死扶伤，实行革命的人道主义，这是白衣战士的天职。此刻，小桑琼神志昏迷，脉搏微弱得几乎听不见，如不马上用药抢救，就有生命危险，怎么办？

就在这时，桑琼妈听到消息赶来了，只见她不顾阻拦冲进急救室，拉着唐主任哀求说："唐主任，快救救我的女儿吧！我女儿这条命是她爹的命换来的，你一定要想想办法呀！"

时间不允许唐主任再犹豫，他当机立断，像一个临战的指挥官，对身边的医生说："陶医生，你把我们胸外科那笔奖金拿出来垫付一下，马上去取药。"接着又对护士长说，"护士长，你立即在病区发动募捐，动员大家救救小桑琼。"说着，自己从口袋中掏出一百元钱交给她，"喏，这是我的捐款。"唐主任这种救死扶伤的精神感染了在场的医护人员，护士长、陶医生、小姚……大家争先恐后地掏出钱来，"我捐三十"、"我捐五十"、"我捐一百"……

随即，救救小桑琼的募捐活动在胸外科病区展开。也许是桑琼的特殊家庭遭遇博得了人们深深的同情，除了全体医生、护士外，病人，甚至家属、陪客也都纷纷解囊相助。一位六十多岁身患重病的老奶奶，拿出二百元钱塞到护士手中，噙着泪花说："我年龄大了，病治不好，死也无所谓了。可是桑琼这孩子,你们一定要把她治好啊!"

世界上的事情往往很难预料,人的命运更是吉凶难测。小桑琼自从跌了一跤以后,一直高热不退,昏迷不醒。有时,心律突然加快;有时,血压骤然下降,好几次从死亡线上被抢救过来。桑琼妈急得坐立不安,老是对着窗外发呆,嘴里念着一句话:"桑琼爹,你要保佑女儿,一定要保佑女儿啊!"

桑琼的病变,使主任医师唐克强内心十分焦躁。桑琼所有费用全部欠在医院账上。眼下国家底子薄,医院虽有国家少量补贴,但毕竟不是慈善机构,病人看病不交钱,确实行不通。但是,医院不看病,医生不救人,又如何实行救死扶伤的人道主义呢?唐主任无法解决这对矛盾,不免忧心忡忡。

大约又过了一个星期光景,这是一个烈日炎炎的夏夜,唐主任在家中刚洗完澡,电话铃急促地响了,"喂,哪里?""唐主任吗?请你马上到医院来一下。"唐主任听出是护士小姚的声音,心里明白了八九分,忙问:"什么事?是不是桑琼……""对对,她妈吵着一定要见你,说……""别说了,我马上就去!"

唐主任搁下电话,蹬上自行车直往医院奔。到监护室门口,小姚把他拦住了,说:"唐主任,桑琼不行了,完全靠呼吸器维持最后一口气,她妈死死抱着她不肯放,说一定要等你来。"唐主任没有吭声,转身推门进了监护室。

桑琼的病床旁边,围着五六个医生、护士,一见唐主任,悄悄让出一个位子来。桑琼妈本来扑在病床上搂着女儿,见唐主任一到,"霍"地爬起来,"扑通"跪在地上哭着恳求说:"唐主任,你是救命恩人,快行行好再救救我女儿吧,求求你,不能让她死啊,我给你磕头了。"说着,"通通通"在地上磕了起来。"别别,你起来,快起来!"唐主任示意让护士把桑琼妈搀起来,自己快步来到桑琼床头边。

此时,桑琼一脸死灰色,双眼微微合拢着,因为呼吸器的抽动,她的身子微微起伏着,人似乎还活着。唐主任非常清楚,只要管子拔掉,小桑琼就永远不会动弹了。但他还不忍心这样做,他急忙从陶医生手中接过听诊器,按到她胸前,发现心跳没有了,再翻开她的眼皮看了看,瞳孔已经放大。他微微愣了一下,缓缓放下听诊器,用他自己才能听到的声音说了句什么,转身离开监护病房。

桑琼妈本来把所有希望寄托在唐主任身上,现在看他默默地走了,而且医生护士正忙着把女儿身上的氧气管拿掉,知道情况不妙,不顾一切扑上前,摇着她大声喊叫:"桑琼,你醒醒,妈妈在叫你,快醒醒呀!"

撕心裂肺的叫喊声惊动了胸外科病区所有的人,"不好,桑琼出事了!""桑琼出事了……"医生、护士、病员、家属纷纷拥向监护病房。桑琼妈见大家都来了,越发感到悲伤,死劲抱着女儿哭喊起来:"我的女儿啊,你快回来,你不能走,你不能走啊!"

桑琼妈凄惨的哭喊声使在场的每一个人都流下了伤心的泪。顿时,监护病房门口一片抽泣声。护士长见人越来越多,忙叫来几个男院工,硬把桑琼妈拽了出去,一边迅速打开侧门,把桑琼的尸体藏了起来。这时,桑琼妈像疯了一样,她力大如牛,狠命挣扎着又一头扑进监护室。突然,她发现女儿不见了,急得尖叫一声栽倒在地,晕了过去。

桑琼妈醒来时已是半夜过后,她感到头痛欲裂,浑身像散了架。睁开眼一看,发现自己躺在病床上,护士长坐在身旁守护着,立即明白了是怎么回事,喉头一哽,眼泪像泉水一样涌了出来。护士长见她又哭了，立即安慰说："桑琼妈，人死不能复生，你想开点，自己多保重吧！"边说，边拿出一只大信封交给她，"喏，唐主任刚走，他要我把这封感谢信还给你，收下吧！"

此时，桑琼妈已经平静了。说实话，她心里明明白白，她十分感激以唐主任为首的胸外科全体医生、护士，她知道：要不是他们的尽力帮助，女儿早就没有命了。她接过那封感谢信，激动得眼泪扑簌簌滚落下来，哽咽着说："谢、谢谢护士长，谢谢唐主任，琼、琼琼……"护士长见她泣不成声，鼻子一酸，眼泪也差一点掉下来，马上站起来，打断她的话头，说："你放心吧，桑琼的尸体放在冷库中，明天你先回去，想办法带一万元钱来，把她领走。"

"啊，一万元……"桑琼妈听说要这么多钱，惊得眼都直了。护士长随即拿出一份清单交给她，说："这是记账单，桑琼的医药费都在上面，一共欠一万八千多元，唐主任说了，你交一万元吧！""这……"桑琼妈接过清单，手在不停地颤抖着。

护士长让桑琼妈吃了两粒药，又安慰了几句，走了。这一夜，桑琼妈没合眼，她心里又怨又恨，怨家里穷拿不出钱，恨自己没有看好女儿，怨恨交加，心里像有万把刀绞一样痛。她真想一死了之，但是，自己死了，桑琼怎么办？谁把她领回家去……

桑琼妈百感交集，思前想后，终于，一种强烈的母爱和责任感使她挺直了腰，她决定活着回家去，千方百计想办法借钱，尽快把女儿领回去。

桑琼妈回四川老家去了，胸外科的医生护士天天盼望她来医院结账，把桑琼的尸体带走。可是，黄鹤一去不复返，十天，二十天，一个月过去了，仍旧不见她的踪影。唐主任焦急万分，又吩咐他人连发了三封电报,电报上没有提一万元钱,只是通知桑琼妈迅速来医院,把桑琼的尸体领回,可是,就像风筝断了线,杳无音信。

大约又过了一个月,唐主任收到了桑琼妈寄来的信,信是这样写的:

唐主任及全体医生护士:

感谢你们对我的关心与帮助,大恩大德铭刻在我心头。

回家后,我四处奔走求助亲友,总算凑到了六千多元钱。但由于整日奔波,心力交瘁,现竟一病不起,眼前不能前来交钱。

小桑琼是我的心头肉,也是桑家的命根子,我时时刻刻牵挂着,寝食不安。

拼着老命我也要凑足钱,把桑琼领出医院,拜托你们好好照顾她,代我常去看望她,她孤零零一个人,怪可怜的!

桑琼妈

唐主任带着桑琼妈的信,同护士长来到停尸冷库看望小桑琼的尸体。

小桑琼静静地躺在那里,圆圆的苹果脸上挂着两颗泪珠,不,是两颗晶莹透亮的冰珠,小嘴微微张开着像有话要说。说什么呢?是说唐医生没有把她救活,还是说妈妈没有把她领回家去呢?

关键词：人性关怀

> 震撼人心的故事，反映出老百姓"看病难"、"就医难"等社会问题，揭示了不平常的医患关系。

医院枪声

鲁 秀

钟大奎是个刑警，由于工作的特殊性，他经常住在局里，眼见妻子爱华身子越来越重，很快就要临产了，局领导便下令把他从一线调回，让他回家好好照顾妻子。

这天凌晨，妻子突然喊肚子痛，而且越痛越厉害，钟大奎估计妻子要生了，就急忙出门拦了辆"的士"，搀扶着妻子钻进车里，急匆匆朝医院驶去。

住进医院，爱华的肚子就不停地痛，折腾了一天，到了傍晚，爱华疼痛加剧，在床上不停地呻吟。钟大奎第一次遇上这号事，一时没了主张，只得找到医生办公室，对一位医生说："大夫，我爱人痛得受不住了，请您快去看看。"

医生连头都没抬，说："你瞎吵吵啥，哪个女人生孩子不这样？她还不到时候，天亮生下来就不错了。你扶着她到走廊里走走，别老在床上躺着。"

钟大奎回到病房，把医生说的话告诉妻子。而后俯下身子扶妻子起来。可是妻子浑身瘫软，汗水不住地顺着脸颊往下流，怎么也起不来了。钟大奎不知怎么办才好，只得拿条毛巾，不停地给妻子擦汗。

过了一会儿，走廊上传来了嘈杂的声音，医护人员开始换班了。钟大奎看着妻子那痛苦的样子，感到揪心的难受，他又一次来到医生办公室，见换了医生，就向医生说明了情况，苦苦哀求他到病房去看看。

值夜班的医生听完钟大奎的话，不紧不慢地问了床号后，说："你先回去，我马上就去。"

钟大奎回到病房，等了半天仍不见动静，只得再次去请。刚一进屋就被医生训斥了一顿："你折腾啥？好像天底下只有你老婆生孩子难受，哪个女人生孩子不是这样？等着吧，该去的时候我们自然会去的。"

钟大奎平时只知道和罪犯打交道，从来没碰到过这样的医生，一时间什么话也说不出来。回到病房，邻床的陪护家属，是位五十多岁的老妈妈，她主动过来说："同志呀，我看你爱人的情况有点不正常，快去叫大夫吧。"钟大奎苦着脸说："我去请了好几趟了，可她们就是不来，说还不到时候。"老妈妈提醒道："这可不是闹着玩的，再耽搁下去会出人命的！"钟大奎一听更加紧张，便再一次来到医生办公室。办公室的门紧锁着，里面静悄悄的，没有灯光。钟大奎敲了半天也不见动静。这时走廊那边传来说话的声音，钟大奎就朝那边走去。转过弯，见门上方挂着个白底红字的牌子：护士值班室，房间里吵吵嚷嚷的好像有不少人。钟大奎伸手敲了几下门，没人理睬。他试着推了一下，门没上锁，他就走了进去。

房间里乌烟瘴气，整个妇产科值夜班的人都挤在这里，收款的，发药的，打针的，倒尿的几乎一个不少。十几个人围着一张桌子在搓麻将。前面的坐着，后面的站着，四个人上阵，余下的人有的"支招",有的"压龙",有的给上阵的人把钱。因为都穿白大褂,也分不清谁是医生,钟大奎只得冲着众人高喊:"大夫,我妻子都快不行了,求求你们快去看看吧!"

开始,没人理钟大奎,经他苦苦哀求,总算有一位女医生站起来,跟着钟大奎走出了值班室。

女医生给爱华做了检查,叫上钟大奎又回到了护士值班室,她同另一个男医生耳语了几句,就对钟大奎说:"你老婆要剖腹产,你马上跟小李去交钱。"说着朝坐在桌前的那位护士一指。

钟大奎口袋里只剩下三百元钱了,听说妻子要动手术,忙问:"需要多少钱?"小李先是没搭腔,后来大喊一声:"三万!"钟大奎吓得不禁脱口而出:"什么?要三万!"

小李回过头瞪了钟大奎一眼:"看你这个憨样,还当警察呢,三万是牌。"

钟大奎这才回过神来,原来小李打出的那张麻将牌是三万。

女大夫见钟大奎弄拧了,马上又解释说:"你先交一千元手术费吧。"

钟大奎赶紧把钱掏出来,说:"我身上就剩下这三百元钱了,求求你们,先救人,天一亮,我马上就去取钱。"

女大夫说:"这可不行,医院有规定,先交款后就医,不管是什么人,不交钱就别想看病,你还是快回去取钱吧。"

钟大奎无奈,只得求同病房的人暂时关照一下妻子,自己急匆匆出了医院。家中已经没有现金了,深更半夜银行又不开门,钟大奎只得去敲熟人家的门,一连走了几家,总算凑足了一千元。等他返回医院,已经快深夜12点了。这时,他的妻子已经不再呻吟，呼吸也相当微弱，灰白的脸开始发青，让人见了害怕。

同病房的人见钟大奎回来了，绷紧的心才缓和了一些，赶紧帮着去办手续。交了钱，才来了两位护士把爱华抬上一辆双轮小车，推进了手术室。钟大奎焦急地等在手术室外。忽听有人喊道："28床的家属，赶快到血库去交五百元的备血费。"

一声叫喊，又如当头一棒，差点把钟大奎给击蒙了。

同病房的人直埋怨他："你这人也真是的，咋不多准备点钱呢？如今办事离开钱能行？我们这些正常生孩子的人，还得送个三五百的红包，你老婆难产，恐怕没有千把元钱的红包是下不来的。主刀的、麻醉的、药剂师、护士哪路'神仙'拜不到也不会顺利，你不对他们'意思意思'，他们就处处刁难你。瞧，半夜三更的，一会儿一千，一会儿五百，零打碎敲，这不明摆着是故意给你出难题吗？"

钟大奎平时只知道一心扑在工作上，家中的一应事物全由妻子掌管，他哪里懂得这些人情世故。眼下经人们一提醒，如梦方醒，可手中没有钱，说啥也没用。大家见情况危急，纷纷相助。然而整个7病室总共四张床，人们把口袋都掏空了才凑了三百八十二元钱。

夜深人静，除了7号病室，整个妇产科静悄悄的。凌晨1点30分，钟大奎怀着忐忑不安的心情，穿过灯光昏暗的走廊，再一次找到医护人员，当他把三百八十二元钱捧出来苦苦哀求时，遭到的仍然是拒绝。

俗话说：一分钱难倒英雄汉。这位在追捕罪犯时临危不惧的公安战士，眼下万般无奈，竟然"扑通"一声双膝跪倒在地，声泪俱下地哀求说："大夫，求求你们，赶快救救我妻子吧,这三百八十二元钱,还是病房里大伙给凑的,那缺的一百一十八元,天一亮,就是一千八,一万八,我也设法给你们送来。我是一名人民警察,是绝对不会赖账的,大夫,大夫……"

不等钟大奎把话说完,那位女医生就火了:"你警察有什么了不起,没钱就少说几句。快,快回家取钱去!"

这几句话可把钟大奎给气坏了,他真想蹦起来,抬手给她几拳,可是人在矮檐下,不得不低头!为了救妻儿性命,钟大奎豁出去了,他强压住心头怒火,慢慢站起来,拔出腰间的"六四"式手枪,往桌上一放,说:"我把手枪放在这里作抵押,枪是我们公安战士的第二生命,这下你们该相信了吧。"

"嚯,少拿手枪来吓唬人,这玩意儿谁没见过,还不如根烧火棍呢。我们不犯罪,不违法,你掏出枪来能把我们怎么样?少来这一套!"几个穿白大褂的见了,在一旁热一句,冷一句地议论开来。

无可奈何的钟大奎,只得转身又跑出医院,飞快地消失在夜幕之中。

凌晨2点30分,医生们见再拖延下去,肯定要出人命,这才不得不给爱华进行手术。爱华的肚皮很快被切开了,是一对"龙凤"胎,一男一女两个婴儿被取出了母体。然而,晚了,一切都晚了!由于耽搁的时间太长,这两个婴儿已经憋死了,他们的母亲一句话没留下,也停止了呼吸。

3点45分,钟大奎怀里揣着一沓人民币,满身汗水,气喘吁吁地返回医院,当他把钱递给医生时,得到的只有两个冷冰冰的字:"死了!"钟大奎哪肯相信,匆匆揭开白布单,发现妻子和一双儿女都直挺挺地躺在那里,脑袋"嗡"的一声,人就失去了理智。他掏出怀中的一沓人民币，朝天一扬，大大小小各种面值的人民币纷纷扬扬落在妇产科走廊的地上。昏暗的灯光下，他的面目变得越来越狰狞可怕。走廊两头站满了人，有产妇，有病人，有病人的家属，也有医护人员，他们都远远望着一会儿哭、一会儿笑的钟大奎，谁也不敢近前。钟大奎渐渐停止了哭笑，一双布满血丝的眼睛露出可怕的凶光，上牙齿咬进下嘴唇里，鲜血顺着嘴角往下流。他突然拔出手枪，大吼一声，犹如虎啸一般，震得走廊里嗡嗡直响。钟大奎一边朝前走一边大声骂道："王八蛋，你们拿手术刀'宰'人，老子这枪也不是吃素的，我看你们到底是要钱还是要命！"

走廊上的人们都被吓跑了。钟大奎一脚踹开医生办公室的门，看见穿白大褂的，不问青红皂白，一把拽过来，对准脑门就是一枪。他一连杀了四个"白大褂"，他看了看冒烟的枪口，又朝躺在地下的四具尸体，挨个狠狠地踹了一脚，然后脱下警服，叠得板板正正放在桌上，接着，又摘下警帽放在警服上面，朝着警徽敬了礼，最后，把枪口对准了自己的太阳穴，悲愤地喊了声："爱华，等等我，我来啦……"话音未落，扣动了扳机……

八条性命，就这样消失了，而这桩令人痛心的惨案引起的社会震动是巨大的，法学界将把这桩案子作为典型案例进行剖析。人们迫切希望能从中找出带有普遍性的社会问题……

关键词：形象工程

> 新潮流服装厂成立了合唱队，为了一套演出服，闹得全厂上下不得安宁，这大锅饭的弊端，真让人啼笑皆非。

咱们工人有力量

朱芝云

国庆节快要到了，县里决定举行一次歌咏比赛。通知一下达，各单位闻风而动，到处歌声嘹亮，好不热闹。

最热闹的还数新潮流时装厂。厂部接到通知后，把任务交给了工会，工会主席又找到了团支部书记。团支部书记小林姑娘一串联，很快组成了一个四十人的合唱队。二十个男的，二十个女的，一个个年轻漂亮。他们天天晚上集中练唱，决心唱出水平，得个大奖，为厂争光。

离比赛只有两天了。这天晚上，陈厂长来审查节目。他看了合唱队的阵容，又听了他们唱歌，高兴地说："很好，歌好，唱得也好，希望加把劲，一定要争取得奖。不过你们这服装五花八门的……"工会主席连忙解释："陈厂长，今天是排练，上场那天一律白衬衫、蓝裤子。"陈厂长摇摇头，提醒道："我们厂不是生产最新款式的男女西装吗，干脆每人发一套，既统一又神气，这也是做广告嘛！"他随手写了张条子，交给了工会主席。

陈厂长这一决定，大大地鼓舞了合唱队的士气。大家纷纷表示：如果这次不得奖就爬着回来。

谁又想到，这发西装的事一传开，坏了，把工会主席差点逼得上吊。

工会主席他平时碰到谁都"哈哈、哈哈"地又是点头又是哈腰，事事都和稀泥，所以大家都叫他"哈哈主席"。可是这次他哈哈不起来了。

那是决定发西装的第二天早上，哈哈主席走进办公室，屁股还没坐稳，进来一个小伙子。他姓王名小虎，没落座就吼道："我说哈哈主席，你们组织合唱队，怎么把我给忘了呢？你倒打听打听，我小虎扔在卡拉OK厅的钱，少说上千，把我挤在合唱队外面，叫我的面子往哪里放？主席，这事你得多关照。"哈哈主席知道，这个小虎非同一般，他父亲是工商局局长，连厂长都怕他三分，于是忙打起"哈哈"，说："好说、好说，我们安排一下，到时通知你。"

小虎一声"拜拜"，刚走，"嘟——"电话铃响了。

电话是厂人事科长打来的："哈哈主席，你这家伙能量不小呀，居然要给合唱队每人发一套西装？你想过吗？先进工作者、优秀党员的奖金才二十五元钱，唱两支歌就要一套西装，人家心里会怎么想？我看你那合唱队嘛，不能光是青年工人，是否可以吸收一些干部、党员参加，你看呢？当然，我的意见不一定正确，仅供参考。"哈哈主席忙说："对对对，你言之有理，不能为了唱歌唱出一大堆意见来，我们研究一下，做些调整。"

哈哈主席放下电话筒，正想去找团支部书记小林姑娘，她来了。

小林一进门就说："主席同志，西装领不来。赵师傅说啦，衣服叫陈厂长自己去领。"说着"啪"地将一张香烟壳子扔到桌上,"你看看,这是他的意见书。"

这位赵师傅是成品仓库老保管员,年轻时也搞过工会工作,是个口口声声"没有功劳有苦劳"的人物。哈哈主席拿起香烟壳子一看,上面写道:"意见书:唱歌发西装,我还没见到过。想当年我们也常常上台唱歌,服装全是借借凑凑的。现在发一套西装,那我也要求参加!"

就这样,办公室里一会儿来人,一会儿来电话,一会儿来条子,全是冲着合唱队来的。哈哈主席左"哈哈"右"哈哈","哈哈"到后来就怎么也"哈哈"不起来了。中午下班一回到家,他老婆就冲他开起了机关枪:"你们倒好啊,唱几支歌就发高级西装,我踏了二十几年缝纫机,也没分到过一件。"

哈哈主席本来就一肚子不高兴,听老婆这一说,便没好气地回敬道:"怎么你也眼红啦?有本事你去唱?""我唱就我唱,不就是《解放区的天》吗?解放区的天是明朗的天,解放区的……""好了好了,就你这驴叫似的嗓子,能上台?""我是驴,你是啥?是猪,是笨猪!台上四十个人,还少我一个人的声音不成,我站在那里光动嘴巴不出声还不行吗?""别寻开心了,要西装去买一套,吃饭吃饭。""什么,寻开心?告诉你,我这是代表缝纫车间三十岁以上的女同胞,向你提出严重的抗议!西装大家有份,我们要参加合唱队,你要不答应,国庆节前不管饭!"

哈哈主席有些紧张了。他知道,有些女同胞要真闹起来,也不是好对付的。还有,王小虎、人事科长、赵师傅等等,这些人也都不是好惹的。怎么办呢?他左思右想,也想不出个妥善的解决办法,只得去找陈厂长。

哈哈主席把情况向陈厂长作了详细汇报。陈厂长沉思了片刻说:"看来问题的关键在一套西装上。一套西装几百元,待遇是高了点。这也是关系到分配政策,是应该考虑得周到一些。"哈哈主席说:"干脆不要发服装了!""那不行,作为领导,说话不算数,以后怎么工作? 合唱队的人数当然不宜再增加,我看还是调整一下合唱队的人员吧。"

陈厂长一锤定音,可哈哈主席心里明白,这调整也不简单,让谁进来? 叫谁出去? 谁来提名? 谁来拍板? 都是难题。他们经过研究,最后决定成立"合唱队成员协调小组"来处理这件事。这既体现了群众路线,也体现了集体领导。

当天下午,由老、中、青、干、妇等各方代表组成的协调小组,召开紧急会议。陈厂长作了动员,接着就进行讨论。

会议开得十分热闹,颇有轰轰烈烈的气氛。各方代表都慷慨陈词,争取多要名额。大家都摆出了一条又一条的理由,谁都寸步不让。最后,还是哈哈主席提出个方案:离退休职工、科室干部、青年工人各出十名,中年妇女出六名,这样一共三十六名,余下四名由厂部安排特殊关系户,但必须安排两名女的。

大家纷纷赞成哈哈主席的方案,但小林姑娘大为不满:"请问领导,这是合唱队还是优抚队? 开始,要我做工作硬把青年人动员起来,那时谁也不来关心一下,现在我们队伍拉起来了,歌也练好了,却要换人,不就是为了一套西装吗? 干脆,我们让,一个不留,全部退出!"说完要走。

这可急坏了哈哈主席,一把拉住她说:"哈哈,你不能走,唱歌么,还是靠你们年轻人,全部退出哪成? 哈哈,年轻人么,不要火气太大,不看僧面看佛面,就算帮我老哈一次忙吧。我们研究过了,凡是精减的,每人发二十元钱补贴。哈哈,这也算是感情损失费。请你以大局为重,做做工作。"小林姑娘说:"主席同志,你倒说说,叫谁退出呢？这工作我做不了,干脆一锅端！"说完辫子一甩,走了。

小林姑娘这番话可激怒了在座所有的人。有的摇头,有的叹息,有的拍案而起："哼,翘什么尾巴！我就不信,死了张屠夫,就会吃混毛猪！"

又经过一番讨论,新的合唱队终于组成了。离比赛还有一天一夜时间,要细细排练已经不可能了,好在唱的都是几支大家比较熟悉的老歌,谁都能哼几句。为了防止忘了歌词,每人发个讲义夹,里面夹着歌词,捧在手里,倒也壮观。

第二天晚上是正式比赛的日子,剧院一千多位子,座无虚席。新潮流时装厂合唱队是第三个节目。大幕徐徐拉开,灯光渐渐放亮。四十名合唱队员,一个个穿着笔挺的西装,手捧一样的讲义夹,还有大红的领带,大红的脸蛋,不论白发还是黑发,全都是油光光的,真是满台光彩,十分气派！歌还没唱,就引来了热烈的掌声。在掌声中,指挥出场了。

原来的指挥是小林姑娘,因她宣布退出,只得由哈哈主席顶替了。他来到台前,向观众鞠躬后,转过身去一看,坏了,只见有好几个人的两条腿直打哆嗦,连忙举起双手轻声说："镇定,别慌！"随即挥起双手。OK带里也响起了前奏……

今晚,他们唱的第一首歌是《咱们工人有力量》。这前奏一起,就得唱呀。谁知一开头就砸了锅。因为这些人中有好多是为那套西装来的,本来就五音不全,哪会唱歌？所以只动嘴巴不出声;有的人会唱也想唱,但是嗓子不争气,只能唱给自己听;还有少数几个倒是确实想卖力唱的,"解放区……"一句没唱完,发现别人都不出声,于是也来个紧急刹车。

这下可好，一下子变成了无声大合唱，急得哈哈主席汗都冒出来了，直叫："唱呀，唱呀！怎么不唱啦？"就在这时，音箱喇叭里突然传出了洪亮的歌声，"咱们工人有力量，嗨！咱们工人有力量！"这歌声是那样整齐，那样洪亮，那样铿锵有力！仔细一听，啊，歌声是从观众席里传来的。哈哈主席一转身，看见了，原来从合唱队退出去的四十个年轻人并没解体，他们集中在最后两排座位上，虽然穿的是各式各样的服装，但四十颗心连在一道，四十双手拉在一起，唱出了他们心中的歌："咱们工人有力量！"

哈哈主席一见这情景，真是又惊又喜又激动。他面对观众，挥动双手，边指挥边唱："为什么那个求解放，嗨嗨嗨嗨……为了新中国，彻底解放。"

"哗——"满场的掌声，经久不息。观众们为这别出心裁的大合唱喝彩，评委们一个个给了最高分。最后公布：新潮流时装厂的大合唱获得了一等奖。

奖是得来了，可是发下去的那些西装却没有一个人敢当众再穿。

> 眼前发生的事,山里大嫂可能不知道该援引法律的哪一款、哪一例,但她心里非常清楚:下一步应该怎么迈出去。

情满金鸡岭

傅东海

湖北青年谢永福跟本村一班人到深圳打工,干了大半年,赚了点辛苦钱,到了腊月二十八,他们包了一辆车,欢欢喜喜地回家过年。

也叫是乐极生悲。午夜时分,当客车经过粤西大山区时,突然从路两边蹿出一伙歹徒来,他们砸开车门,拿家伙顶着车上的人强行搜身。谢永福和几个青年后生不甘被劫,纷纷打开窗门跳出车外。这时候,守在路口的几个歹徒持刀向他们猛扑上来,谢永福他们便拾起路边的石块,且战且退,搏斗中,走在最后的谢永福右大腿被歹徒刺中一刀,顿时一阵钻心的剧痛,跌倒在地上。他见歹徒追了上来,眼一闭,一骨碌朝路边陡坡滚了下去。

却说谢永福这一滚,一直滚下了半山腰,被一棵小松树挡住了。这半山腰长着蓬松松的蕨草,谢永福总算没有跌伤筋骨,但右腿流了很多血,疼痛难忍。他摸摸斜挂在肩上的包,见包里面的钞票还在,稍稍松了口气,他忍着伤痛,一瘸一拐地朝山下走去。

好不容易走过几个山坳，谢永福听得对面山脚下有几声鸡啼，他心头一喜，隐隐约约看见那里有灯光，顿时加快了脚步。

不错，这是一个单门独户的人家。谢永福走近屋子，从门缝往里看，一位三十来岁的中年妇女正在包粽子。他敲敲门，喊道："大嫂，请开门。"

"谁？"屋里那大嫂忙停下手中的活，警觉地问。

"我是过路人，乘车遇上抢劫，我腿上还被他们刺了一刀。救救我吧。"

屋里沉默了一会儿，只听大嫂说："我男人不在家，我一个妇道人家，怎能让你进来啊？"大嫂的口气挺为难。

谢永福恳求道："大嫂，现在深更半夜，我人生地不熟，伤口又流了很多血，我实在没地方去，您就帮帮忙吧！"

大门终于"吱呀"一声开了。

"多谢您了。"谢永福感激地一边连声道谢，一边跨进了屋。

那大嫂见谢永福破衣烂衫，一瘸一拐的样子，说："看样子伤得不轻，你先喝口水，我给你拿刀伤药来。"说着，她给谢永福倒了一杯热开水，又走进里间，拿出一包药粉和一条白布带，还有一套干净的衣服。她对谢永福说："这是我男人的衣服，你敷上药后穿上吧，我再去给你热些饭菜。"说罢，到厨房去了。谢永福把肩上的挂包放在凳子上，小心翼翼地给伤口敷上药，然后换上大嫂给他的衣服。

不一会儿，大嫂端着一大碗饭菜回到客厅，说："这原是留给我男人的，你吃吧，别客气。"谢永福也确实饿了，谢过大嫂，捧起大碗，三下两下吃完了。吃罢饭，谢永福问："大嫂，这里离区派出所有多远？我要去报案。"

大嫂说："远着呢，要绕过几个大山坳。你腿受了伤，等我男人回来再说吧。"

谢永福这才想起还没见着大嫂的男人,忙问:"你男人呢?"

"噢,他和人结伴打野猪去了。唉,天都快亮了,还不见回来,我睡不着觉,就起来包粽子,准备过年。"

谢永福看着面前半竹篮包好的粽子,心想:说不定母亲也已经包好粽子等我回去,要不是这伙歹徒,现在不也快到家了?

大嫂好像看出谢永福的心事,说:"今日我婆婆带着我儿子到她女儿家去了,客厅右边长廊那头留着空房,你先歇一宿,明早我带你去搭过往车,回家过年还来得及。"

谢永福庆幸自己碰上了好人,他感激地又一次谢过大嫂,便来到空房,熄灯睡觉。

正当谢永福迷迷糊糊要睡着时,突然被一阵急促的敲门声惊醒,只听大门外有个男人在喊:"阿群,开门,快开门。"嗨,刚才亏得大嫂接待,还忘了问她姓名,原来她叫阿群。

不一会儿,大门"吱呀"一声开了。只听得阿群问:"你怎么到现在才回来?打着野猪了?"噢,这人就是阿群的丈夫,总算回来了。

阿群的丈夫叫成桂。只听厅堂里成桂在说:"别问了,快给我收拾东西,我要出门去。"

"什么?你要出门?"

"趁天未亮走,否则就来不及了。"

"这么急着要走,出了什么事?"

成桂把猎枪靠在墙根边,把脚一跺:"你别问好不好?反正现在我就得走。"

"你不说我不让你走。"阿群看见成桂额头上缠着纱布,纱布外面渗出殷红的血迹来,一把抓住他的胳膊惊叫起来:"你受伤啦,让野猪咬的?"

"不是,是让人用石块打的。"

"你和人打架也犯不着出走。"

"要是打架受伤就好了,还用得着出走?"

"那到底是为的啥?"

"若说出来你就不让我走了。"

"不,我要你说。"

"唉……"成桂说,"今晚我们合伙去抢劫一辆客车,有几个乘客跳窗逃走了,我这额头就是被他们用石块打伤的。我们头说,明早公安局必定来查案,我受了伤怕留下把柄,他要我天亮前远走高飞,到外面避一避风头。"

"啊,抢劫客车的原来就是你们一伙?你还骗我说去打野猪。"

"你——"

夫妻俩的对话,谢永福听得一清二楚,他连连叫苦不迭:"糟糕,我好不容易逃出虎口,如今又自投罗网。她男人如果知道我正在他家,后果不堪设想。"他急忙坐起来,思考着脱身之计。

客厅里,阿群抓着成桂的胳膊哭起来:"你良心喂狗了吗?跟着人家去拦路打劫,国法不容啊!"

"我是被逼得走投无路才这么做的。我欠了人家的赌债,若还不起,他们会把我砍成十八段的。"成桂的话里带着哭腔。

阿群听了又气又急:"我早就劝你别赌了,可你把我的话当耳边风。欠多少?我做牛做马替你还。"

"欠了八万元,你一辈子也还不起啊。现在出事了,你让我走吧。"

"我不让你走。去自首吧,成桂,自首才有出路。"

"不，我不要坐牢。"成桂拼命想挣开妻子的手。两人推推拽拽起来，"啪"的一声，碰翻了凳子，凳子上谢永福那挂包和换下的衣服掉在地上。

"挂包？谁的挂包？"成桂眼睛一亮，抓起挂包，迅速拉开包链，掏出一沓钞票来。"哦，这么多钱？"他瞪眼盯着地上的衣服，突然咬牙切齿地说："就是他们，害得我要离家出走。你说，这人在哪？"

这一切来得太突然了，阿群愣了一下，支吾着说："没来过。啊，对了，他坐了一会儿就走了。"

"你撒谎。包里有这么多钱，他舍得丢下吗？"成桂拿起猎枪，又抓过手电筒，转身走进里间，一看没人，便朝右边长廊那头空房冲去。阿群急了，拦住说："不用再搜啦，那人已经走了。"

"我不信，快闪开。"成桂推开阿群就要冲进去。

阿群急得喊起来："喂，快顶住门。"

话音刚落，"嘭"的一声，成桂用肩头撞开了房门，雪亮的手电光在房里四下照射，咦，人呢？他瞪大了眼睛，床是空的，窗门大开，估计是跳窗走了。"他既然知道了一切，是个祸根，我决不放过他。"成桂走出长廊，从后门追了出去，又在后院周围搜了一遍，也没有踪影，只好垂头丧气地回到屋里，恶狠狠地对阿群说："都怪你，坏了我的事。如果不看在夫妻情分上，我一枪就崩了你。快给我收拾东西，我要走了。"

阿群哀求说："即使你走到天边，政府也会把你抓回来。听我的话，还是去自首吧。"成桂摇摇头："不是鱼死就是网破，走了兴许还有活路。"

阿群见成桂决意要走，死死拉着他不放。相持了好一会儿，成桂只好让了步,叹口气说:"好吧,我听你的,天亮后就去自首。"

阿群这才松了手,说:"你去自首,即使要坐牢,我也等你回来。你坐十年,我等你十年。你先喝点水,我去给你做点吃的。"

"我不饿,还是早点睡吧。"于是夫妻俩回房去了。

此刻,谢永福正躲在墙角落边那个大肚瓮缸里。刚才谢永福见势不妙,就迅速摘下窗门板,翻身出屋,他在后院见着那大缸,忙探身躲了进去。过了好一阵,谢永福听里屋传来成桂呼噜呼噜的打鼾声,他这才慢慢顶开缸盖,刚想爬出大肚瓮缸,突然,从外边悄悄闪进一个人来。"谁?"

"是我。"原来是大嫂。只听大嫂小声而又急促地对谢永福说:"你快走,现在就离开这儿。"谢永福不解地问:"你怎么知道我还在屋里?"

大嫂说:"这瞒不过我。你腿有伤,就是爬出窗口,也爬不过围墙,幸亏我那死鬼现在睡得像只死猪,你快走吧,如果他醒来反悔就麻烦了。"大嫂把手里的挂包塞到谢永福手里。

真是好心人啊,谢永福感动得差点儿流下眼泪。他把挂包又斜挂在肩上,跟着大嫂穿过走廊,到了后院,来到正对面的陡坡脚下。大嫂从屋后扛来一把长竹梯,搭在陡坡上,对谢永福说:"山脚那里几户人家的男人和我死鬼是一伙的,你现在只有走这条路。别怕,今年春上我还从这儿爬上去捡过鹧鸪蛋呢。爬上这陡坡就跟着半山腰的高压电线往东走,翻过两座大山就是硫铁矿。到了硫铁矿,你就马上报案,决不放过这班人。"

听着大嫂的叮嘱,谢永福激动得泪流满面,哽咽着说:"大嫂,我日后必定要报答您。""后生哥,你快走吧,我不要你报答,你记着金鸡岭有个大嫂叫张阿群就行了。呜……算我瞎了眼,跟了这死鬼,我的命苦哇!"大嫂伏在竹梯上呜咽起来。

"大嫂,您……"谢永福迟疑着,没有攀上竹梯。

大嫂把眼泪一抹,说:"你快走吧。无论发生什么事,你都别管我。"

"走不了啦!"突然背后一声喊。两人不约而同掉过头来,只见成桂端着猎枪站在背后,乌黑的枪口正对着谢永福。

成桂其实并不傻,他已经料到谢永福没逃远,为了稳住阿群,他假装睡着了。阿群知道事情瞒不下去了,上前一把拉住成桂,哀求道:"成桂,放他走吧。"

成桂把枪一横:"放了他?那你丈夫就要去坐牢,说不定还会被杀头。"

"我求求你,看在夫妻分上,看在你六十多岁的老母亲和孩子分上,让他走吧。人家也有家啊!你提出什么要求,我都答应你。"

"你这个吃里扒外的贱妇,别啰嗦,先让我收拾了这个小子。咱这里山高皇帝远,杀个人只有天知地知。"成桂把枪口又对准了谢永福。

"后生哥,你快走。"大嫂猛地抓住枪管,和成桂扭作一团。

谢永福再没有犹豫,忍着伤痛,咬着牙,一级一级攀上竹梯。当他攀上最后一级,抓住陡坡上那突出的树根时,下边的成桂已经挣脱开阿群,端起猎枪向谢永福瞄准。

"成桂,你做得太绝了。"阿群不顾一切地扑上来,双手抓住枪管往上一托,"砰"的一声,枪口喷出红红的火舌,一把灼热的铁砂射向天空。

成桂见打不着谢永福,像输红了眼的赌徒,大喊一声:"我饶不了你！"把枪一横，坚硬的枪托砸中阿群的额角，顿时阿群脸上鲜血直流，倒了下来。成桂把枪一扔，攀上竹梯要追谢永福，阿群看得真切，挣扎着爬上前，双手牢牢抓住竹梯脚，用力往后一拉，长长的竹梯向侧边倒下。"你……"成桂惊恐地叫着，脚下踏空，一个猛子摔下来，后脑勺撞在硬石上，不再动弹了。

"大嫂！大嫂！"这一切只发生在几秒钟之内，谢永福站在陡坡上失声地喊着，泪水模糊了他的双眼。这儿人生地不熟，谢永福又没法再下到院里，他抹干了眼泪，一瘸一拐地爬上半山腰，按大嫂的叮嘱，顺着高压电线一直朝东走去，他要快快走到硫铁矿，找公安局报案，救大嫂，抓坏蛋！

一路上，一个声音一直在他耳畔回响："金鸡岭，有个大嫂，叫张阿群！"

关键词：廉政

> 针尖大的窟窿还是能过斗大的风。马部长花钱买个大教训，同样，读者也明白了这个理儿。

一碗面条九百元

曲凡杰

有一天，县委马部长到上坡乡检查廉政建设。按照县委的要求，干部下乡一律在机关食堂掏钱吃饭，不吃小灶，不吃招待饭，一句话，不搞特殊化。马部长对县委这个要求，也是拥护的。谁知快开饭时，他的豆面条瘾犯了。

绿豆面是用三成绿豆，七成小麦磨成，配以当年蒸晒的芝麻叶，再用一碟青辣椒佐餐，很有地方特色。过去马部长吃腻了大鱼大肉，就用这种绿豆面条调口味，一来二去就吃上了瘾。

马部长这次下来，身负检查廉政建设的重任。想吃又不好说，不说又挺难受。最后还是忍不住，曲曲折折地对接待他的王乡长说："王乡长，吃碗豆面条，不算搞腐败吧？"

王乡长过去经常陪上边来的领导大吃大喝。这一段搞廉政建设，肚里没了油水，心里就有了火气。他说："我的马部长，怎么一说廉政，就风声鹤唳，草木皆兵了？饭总是要吃的。你大老远的到这里，中午弄两个小菜，喝一瓶咱本县产的古唐头曲，不算过分吧？"

马部长一听说喝酒，连连摆手："不成、不成，酒是坚决不能喝的！"

王乡长叹口气："也罢，我这就去通知司务长小刚，给你做一碗豆面条。"

小刚是个复员军人，身上还有点刚劲儿。对吃喝招待，他早就看不惯了。一个乡机关，哪年不吃掉十几万、几十万的？可他是个临时工，人微言轻，敢怒不敢言。这次上级提倡廉政建设，正对了他的心思。这会儿一听说马部长点着名要吃豆面条，他的心火不由蹿了上来，说："不是说反腐倡廉吗？怎么还要开小灶、点饭菜！"

王乡长瞪他一眼："叫你做你就做，管那么多干什么？"

马部长听到他们的对话，心里很不是个滋味儿，就过来说："算了，我不吃豆面条了。"

王乡长脸上挂不住，恨恨地说："我掏钱，我请客，这个豆面条一定要吃！"

马部长说："哪能让你掏钱？该由我自己付钱，县委有廉政规定嘛。"

小刚知道胳膊拧不过大腿，只好把不满压在肚里。临走时突然想起一件事，忙对王乡长说："食堂里没有绿豆面。"

王乡长冷冷地说："我不管这个，我只要你尽快做出绿豆面条来！"

中午，马部长终于吃上了绿豆面条，他过了瘾，心里高兴，便让王乡长喊来小刚，掏出十元钱，说："小伙子，给你添麻烦了。这是饭钱，剩下的不用找了。"

谁知小刚却不接那十元钱，摇摇头说："太少了。"

马部长也不见怪，继续笑着问："那得多少钱呢？"

小刚从衣袋里掏出几张票据说："不算多，才九百元。"

马部长吓了一跳,但脸上仍挂着笑说:"看不出,你这小伙子还挺幽默。"

王乡长接过票据,见有买绿豆的,加工粮食的,买牛的,看病的,不由拉长了脸训道:"什么乱七八糟的东西!小刚,你怎么给马部长开玩笑!"

小刚正色说:"为了给马部长做豆面条,我到现在还没有吃中午饭哩,哪有精神给马部长开玩笑?你拿着票据,我一张一张说给你们听。"

原来,乡政府食堂真的没有豆面。小刚到街上问了几家面条铺,也没有豆面条。没办法,小刚只好骑摩托车下乡去找。

小刚很快来到附近的下洼村,找着村长帮着打听这里可有现成的绿豆面,村长说,一斤绿豆卖两三元,谁舍得吃豆面?小刚说,没有绿豆面,有绿豆也行。最后找到一家有绿豆的,可人家留的是绿豆种,五元钱一斤,小刚咬咬牙,买了两斤。

可是,光有绿豆还不成,还得加工成绿豆面。小刚找到一个粮食加工专业户,人家一看只有两斤绿豆,高低不给开机加工。因为粮食越少越磨损机器。磨坊主说:"今天给你加工这两斤绿豆,明天就得给面机上的磨辊重新拉丝。拉一次丝八十元,你要真想磨绿豆面,就把磨辊拉丝的钱也给掏了。"

小刚摆弄过机器,这道理他懂,再次咬咬牙:"磨!"

磨好了面,小刚心急火燎地往乡政府赶,摩托开得飞快,扬起一路灰尘。不巧的是,在一个下坡路上,路边的庄稼地里突然蹿出一头牛。小刚刹车不及,撞了个人仰牛翻。小刚还能咬着牙站起来,可那牛被撞断了后腿,无论怎样努力也站不起来,只会倒在地上一个劲儿地哞哞惨叫。

牛的主人从后边赶来,也没怎么埋怨小刚,只是从怀里摸出一张发票,说:"这牛是我刚从牛市上买回来的,整整一千元。牛腿撞断了,只有杀了卖肉。我也不讹你,全赔呢,你把牛拉走;不愿要牛呢,你就留下八百元,算咱俩都背时。"小刚没带那么多钱,只好先把摩托车押给了人家。

说到这儿,小刚问:"马部长,这事我还得征求你的意见,你是要条残牛呢,还是——"

马部长忙说:"我要条残牛干什么?"

小刚说:"那就赔人家八百元。"马部长浑身都冒冷汗:"八百九十元啦!"

小刚脱掉布衫,露出腰间一圈刚刚缠上的纱布,纱布上还浸了一片一片的鲜血。

马部长忙问:"这是怎么了?"

小刚疼得直叫唤:"人牛相撞,摔的。我是个临时工,不享受公费医疗。这十元药费,也只有让你马部长给报销了。"

马部长拿着几张票据发呆:"正好九百元。"

小刚说:"摩托车被人家扣着,还不知道撞坏了没有。只是我这身子是私有的,医生说下午让我到县医院拍几张片子……"

马部长叹口气,苦笑着说:"这九百元,我先掏了。小伙子,你抓紧时间去照 X 光,花多少钱也由我掏。"

王乡长哭不得笑不得,恼不得怒不得,心里想了很多,却一句话也说不出来,只会搓着手说:"这算怎么回事哩?"

小刚双手抚着腰,趔趔趄趄走出去,愤愤地说:"如果真搞廉政建设,不点饭菜,咋会有这回事哩!"

马部长拍着王乡长的肩膀,痛心地说:"针尖大的窟窿能过斗大的风,我算是花钱买个大教训!"

关键词：法治

> 无巧不成书，巧就巧在没有引爆的炸弹，被小偷自己引爆了。这个结果不知能否让所有人都满意呢？

卖炸弹

刘金涛

有位年近六十的徐老汉，孤身一人住在村外的一座茅草棚里。话说这年秋天，天干地旱，徐老汉打算在田中央挖一口深坑，然后挑些水倒进深坑中积存起来，以备急用。他挖着挖着，只听"咔嚓"一声，手中的铁锨断掉一块，亮闪闪的锨面上露出一处格外刺眼的豁口。

徐老汉抚摸着这把用了半辈子的铁锨，既心疼又纳闷：莫非泥土下面埋了一块硬石头？好奇心促使他继续往下挖。这一挖不要紧，竟挖出一坨锈迹斑斑的"铁蛋子"。望着这坨沉甸甸的"铁蛋子"，他心头乐开了花，这东西弄到乡废品收购站，最少也能卖个百儿八十块，这对穷苦老汉来说是一个不小的数目。

当下，徐老汉使出吃奶的力气，一步一步把沉重的"铁蛋子"移到自己的茅草棚旁边。

茅草棚里常有干活干累的村民们进来歇脚，为了不让外人发现自己这笔"外财"，徐老汉特意搬来许多干柴，把"铁蛋子"严严实实遮盖起来。

远远望去,紧挨着茅草棚是一堆小山似的干柴,谁也想不到里面竟然藏着徐老汉挖水坑挖出的"宝贝"。

其实,徐老汉不知道,这坨"铁蛋子"竟是五十多年前日本鬼子的飞机投下的一枚炸弹。只是因为引信部分受到破坏而没能自动爆炸,如今这枚炸弹内部结构完好,只要遇到巨大撞击或高温仍会爆炸。这真是太危险了!

徐老汉吃过午饭,就琢磨着如何把"铁蛋子"弄到废品收购站卖掉。用肩扛吧,自己没那份力气;雇辆车拉吧,又担心走露风声。思来想去,突然灵机一动:干脆到废品收购站找钱站长,让他们上门收购,自己和钱站长多多少少有点交情!想好主意,徐老汉又带上仅有的十来块钱,打算割斤肉打瓶酒,晚上回来庆贺一番。刚要抬腿离开茅草棚,忽然,一辆公安摩托车在田边戛然而止,从车上跳下来一位中年警察,径直朝茅草棚走来。徐老汉见状心里"咯噔"一下:莫非警察听到了什么风声,要把自己辛辛苦苦得来的宝贝没收归公?直到来人走近,徐老汉才看清,那人是乡派出所的刘所长。

刘所长笑呵呵地走到徐老汉面前,客气地为徐老汉敬上一支烟,亲热地问:"徐大爷,身体好吗?"

徐老汉见刘所长不像是来没收"铁蛋子"的,心里轻松了许多,忙接口说:"托您的福,我身板壮着呢!刘所长,快请棚里坐,我给您倒碗开水。"刘所长连连挥手:"不坐啦,不坐啦,我公务在身不能长留,今天来这里拜访您老人家,是有件事想请您帮忙。"接着,刘所长说明来意。

原来,这一段时间附近几个村庄的电力设施不断遭到破坏,不是电线电缆被割,就是变压器上的铜线铜件被盗,给群众生活和工农业生产带来严重的损失和影响。为此,刘所长几天来没吃上安稳饭,一边加强巡逻,一边走访群众摸线索。徐老汉听完案情,眼睛瞪得大大的:"天啊,这些偷盗犯真是胆大包天,带电的东西也敢偷,就不怕送掉小命?"

"是啊,为了几个臭钱,这几个歹徒啥事都干得出来。您常在野外居住,是不是碰到过三个流里流气的年轻人?"刘所长说着,替徐老汉点上香烟。徐老汉抽了几口烟,想了一阵,摇头说:"没见过。"接下来,两人闲聊一会儿。徐老汉很想把发现一坨"铁蛋子"的事情告诉刘所长,但又怕麻烦人家,所以话到嘴边又咽回肚里。

刘所长离开茅草棚时,嘱咐徐老汉,如果发现那三个可疑分子,要及时向派出所报告。徐老汉拍着胸脯保证:"请您放心,帮政府抓坏人是咱的分内事。我就是拼上这条老命也不会放过他们的!"

送走刘所长,徐老汉心里有些不踏实了,他怕盗贼把"铁蛋子"也盗了去,于是,抱了几捆干草,盖在柴堆上,然后拔腿朝废品收购站方向走去。

徐老汉累了一身汗,总算来到乡废品收购站,见钱站长正和职工们在忙乎,就摸出一支皱巴巴的香烟递过去,然后低声说:"我有块铁要卖给你。不过那物件太重,想麻烦钱站长上门收购。"

钱站长闻言,用警惕的目光打量一番徐老汉,认真地说:"徐老汉,不瞒你说,这两天风声很紧,派出所已经来这里查过几次,据说是有人盗割电线。虽然我想把站里的经济效益搞上去,但来路不正的东西我不敢要。你那块铁是——"不等他把话说完,徐老汉已经醒过神来,他把胸脯拍得"咚咚"响:"钱站长,我老汉会干那种缺德事吗?"接着,把发现"铁蛋子"的前后经过叙述了一遍,钱站长这才相信。

于是,两人商量一番,钱站长决定明天一大早就亲自开拖拉机上门收购。临分手时,钱站长开玩笑地对徐老汉说:"徐老汉,你真有福气,野地里竟会挖出黄金,这一回你得请客!"徐老汉也得意地点头答应:"放心吧,等明天把黄金卖成钱,我一定陪你喝二斤。"

不料,这两句玩笑话正巧被院门外一个戴着墨镜、东张西望的年轻人听见。他猛一愣,先满腹狐疑地瞅瞅破衣烂衫的徐老汉,然后又托起下巴苦思冥想一会儿,便悄悄地跟在了徐老汉身后。

这个年轻人不是别人,正是盗窃电力设施的首犯胡三毛。由于最近风声太紧,胡三毛急于将赃物脱手,以便去外地避风头,刚才,他正在废品收购站打听动静,听见钱站长与徐老汉的对话,居然信以为真,像只狗似的一路跟过来。

徐老汉在集市上转了一圈,割了二斤肉,打了一瓶本地产的老白干,一路哼着小曲儿往回走。回到茅草棚,天色已晚,他架上铁锅,点上炉火,开始炖肉。

徐老汉蹲在火炉旁,一边烧火一边瞅着铁锅中翻滚的水花,老白干的酒香勾得他直咽口水,到后来实在忍不住了,就摸出一把花生米,权当下酒菜。

这时,外面的萝卜地里传出"哗哗"的响动,像是野獾在啃吃萝卜,徐老汉放心不下!就把酒瓶和花生米塞进衣袋,然后提着猎枪朝外走去。

徐老汉在萝卜地里走了一圈,没发现野獾的影子,他松一口气,从衣袋里摸出酒瓶猛呷一口,热辣辣的烈酒一下肚,顿感浑身舒服许多,他干脆把猎枪朝地下一放,屁股朝下一蹲,就着花生米痛痛快快地喝起来。大约两袋烟工夫，一瓶老白干喝了个底朝天。

此时，徐老汉觉得上下眼皮直打架，便挎着猎枪站起身，晃晃悠悠地朝茅草棚走去，走着走着，"扑通"一声掉进一口深坑，不一会坑中传出一阵阵鼾声。

就在徐老汉呼呼大睡的时候，他的茅草棚旁边却出了事。原来，火炉里掉出几根正在燃烧的干柴，很快引燃了那堆小山似的柴草，一会儿工夫，熊熊火光映红了田野。巧的是：胡三毛此时领着两个小兄弟也来到茅草棚附近。胡三毛见这把大火，反而咧开嘴乐了："嘿嘿，天助我也，趁着火光咱们更容易找到黄金！"

于是三个家伙像饿狼似的冲进棚里，东翻西寻地找黄金。结果，连点值钱的东西都没找到。胡三毛恨得咬牙切齿，一脚踹翻火炉上的肉锅，还不解恨，又抓起一根正在燃烧的干柴，一下子扔到茅草棚上。

草棚很快就燃烧起来了，这时，一个小兄弟惊叫起来："不好，有人朝这里奔来啦！"胡三毛抬头一望，果然有几支手电筒在一闪一闪朝这边靠近，忙下令："撤退！"三个人撒腿就逃。可就在这一瞬间，只听"轰隆"一声巨响，那枚藏在柴堆里的炸弹爆炸了！

这下可惨了，那两个跑在后面的家伙被弹片击中腿部，痛得他们哇哇直叫。胡三毛虽然跑在最前面，但无情的弹片硬是把他的一只耳朵给削掉了。

此时，徐老汉也被巨响震醒，他挣扎着朝外爬，但四肢无力，挣扎了两下，头一垂又睡了过去。等他再次睁开眼，天色已亮，派出所的刘所长和废品收购站的钱站长站在他的身边。

刘所长显然已经弄明了情况,他见徐老汉醒了便简明扼要地说:"徐大爷,你昨天让钱站长上门收购的那个'铁蛋子'是一枚炸弹,昨晚爆炸了。经初步鉴定:是五十多年前日本飞机投下的炸弹。"

"啊!"徐老汉一下子瘫软在地。

钱站长也在旁边开起了玩笑:"徐老汉,你虽然没卖成炸弹,却帮派出所抓住了三个盗窃犯,说不定他们发给你的奖金比卖炸弹的钱还多呢!"

关键词：讽刺

> 作品来自生活，富有新鲜泼辣的活力。对农村基层社会的刻画，入木三分，充满了善意的讽刺。

气功打靶

谢元清

武装部每年都要组织一次步枪射击比赛。最近，古榕乡新调来的武装部邵干事一到任，就赶上比赛的筹划工作。一算下来，需要一万多块钱的经费。那么多钱，到哪儿去弄啊？他急忙向部长办公室走去。

见了郭部长，邵干事小心翼翼递过预算单，说："郭部长，这事儿难办啦！"

郭部长扫了一眼预算单，鼻子里哼了一声："看把你急的！这么大的乡，万把块钱还不是九牛一毛。喏，你给我开一张一万五千元的收款收据，我找乡长批去。"

"一万五？我的妈呀，上次我去报销几十块差旅费，乡长还叫乡财政吃紧呢！"邵干事说这话时，两眼瞪得像灯笼。

郭部长有些火了，把预算单往桌上一扔，愤愤地说："啊呀，你怎么这么说。我叫你开你就开嘛。"过一会儿，呷了一口茶，又压低嗓门，口气温和地说："找乡长批钱，我有我的招数，你急什么。你呀你，这些方面要多学，多领会，要不有朝一日把担子交给你，可怎么吃得消哟。"

批钱还有什么招数？邵干事弄不明白，但还是照办，开来了收据，郭部长接过来，往马乡长办公室走去。不一会儿，他就领回了乡长"准付"的批示。邵干事看傻了眼，好半天没憋出一句话来。

郭部长笑了笑，问道："你说我们一等奖为什么要设价值一千多元的高级毛毯？"

"为什么？"邵干事更加感到不解。

"看来你是真不懂了。我们马乡长是远近闻名、百发百中的神枪手，这一等奖不搞大一点，能对他有刺激吗？"郭部长摸一摸胡茬，得意地笑了。

"哦，原来如此。"邵干事一拍后脑勺，恍然大悟，但转念一想，又担忧了，"万一马乡长有个闪失，拿不了第一名……我说这风险也冒得太大了吧。"

"你别一万，万一的，还是把你的准备工作做好再说。我跟马乡长相处这么多年，他的功夫怎样，能不能拿第一名，我还不清楚？到时让你开开眼界，才知道你的担心是多余的了。"

邵干事挠一挠后脑勺，心里总有些不踏实。

话说邵干事带人整靶场、挖掩体、批枪支、调子弹、备伙食、买奖品，把各项准备工作做得妥妥帖帖，转眼就到了比赛的日子。

这一天，跟往年一样，乡直各单位的头头脑脑都汇集在靶场，比赛开始，十几支枪，枪声阵阵响彻云霄；百十号人，人声鼎沸，激荡山谷。

好戏压台，郭部长跟往年一样，把马乡长安排在最后打。

马乡长上场了。此刻上百双眼睛都盯着他。邵干事担任指挥员，内心更是紧张无比。"嘀！嘀！嘀！嘀！嘀！嘀！"一阵急促的隐蔽哨吹过,邵干事下了口令:"目标!正前方一百公尺,1号胸环靶,表尺一,卧姿装子弹!"

只见马乡长闪出队列,双手一整衣领,像平时做报告一样"嗯哼!"一声干咳,迈着大步,大大咧咧走近1号靶台,猛地吸两口香烟,朝空中喷一道烟雾,随后将烟头一弹,挽起袖子,抬起枪支。"啪哒"打开枪刺,"噼哩啪啦"推拉几下枪机,从从容容地卧下,"砰砰砰砰砰!"未等指挥员下口令,五发子弹就射了出去,随着"嘀——嘀!"一声哨响,报靶员冲出掩体,在1号靶稍加辨认后,示靶小旗在胸前横着划拉五次,大声嚷道:"命中五发,五个10环!"全场顿时爆发出热烈的掌声。

马乡长一激动,招一招手,叫报靶员把靶子扛了过来,邵干事上去一看,惊呆了,粒粒子弹尽穿10环中心圈。

邵干事曾在部队扛过五六年枪,这么好的成绩,他还是第一次见。打那以后,邵干事做梦都想学到马乡长打靶的招儿。但有些可惜,他是个小干事,没有说话的份儿。

这一年,机会终于来了,郭部长调任乡政府副乡长,一年一度的射击比赛筹划工作落在了邵干事的肩上。邵干事把从部长那儿学来的招数用上,果然非常顺利地批来了经费。比赛这一天,邵干事把马乡长请到射击场,让他当众为参赛对象传经送宝,做示范。

马乡长不客气,也不吝啬,他叫邵干事将参赛的百十号人集合起来,乐呵呵地走到队列前,挥一挥手说开了:"打靶,依我看有两种打法:你们三点成一线地瞄,那是最笨拙的传统打法;我的这种打法,我把它叫做气功打法,啊!那就是用心去瞄,用心去打,靠意念,靠第六感觉——这一点只能意会,不能言传。关键是要多体验,所谓功到自然成嘛,到了炉火纯青的地步,子弹就能听话了,心想到哪,子弹就能穿到哪了……"

这是多么新鲜的理论呀,邵干事听入了迷,掏出笔记本,"刷刷刷"不停地记录着,心想把这一理论总结提炼,对搞好以后的射击工作,极有指导作用。

马乡长传授完他的秘诀,全场"哗……"爆发出热烈的掌声,邵干事特别激动,手都差一点拍肿了。接着马乡长开始做示范,只见他提着一支枪进入射击位置,从从容容地卧下,"砰砰砰砰砰"连放五枪。

一会儿,报靶员跳出掩体,看过马乡长打过的靶后,把小旗往胸前画了个大圆圈,大声嚷道:"零蛋!"全场顿时傻了眼,静得一根针掉在地上也听得见。

这简直是出了邪!马乡长换了一支枪,运足气,又压进五发子弹,"砰砰砰砰砰"又是连放五枪。报靶员出来,还是画了个大圆圈,大喊:"零蛋!"

马乡长哪里会服气,叫报靶员把刚才打过的靶子扛了过来,可大家围上去一看,靶子光光的,哪里有枪眼!

马乡长的脸立刻"刷"地变成了猪肝色,把枪一摔:"这破枪准有问题!"说完,扬长而去。

这是怎么回事呢?邵干事吓出一身冷汗,心想,这些枪明明由县武装部枪械员校过,怎么会有问题呢?他见马乡长生那么大的气,靶也打不成了,像闯了祸的孩子,赶忙收场回家向刚出差回来的老部长求救。老部长听后大吃一惊:"怎么,你跟我那么久,这一招还没学会?"

什么招?原来马乡长是青光眼,每一次打靶都是吃"光饼"。郭部长为了讨好他,好批经费,自从请他第一次打靶起,每一次都亲自为他报靶,报假成绩,拿别人打过的枪眼欺瞒他。马乡长一直蒙在鼓里,还真以为自己打得准,居然总结出一套气功打法来。

邵干事听后,半天说不出话来。

关键词：亲情

> 利用一句大白话构思故事，此篇是一个发明。

太阳从西边升起

金 一

父母对儿女的情，情深如海，儿女对父母的爱，一样是刻骨铭心。特别是有些父母，在挫伤了儿女们感情的时候，又能否体会到儿女们那颗滴血的心呢？

我们班里有个同学叫曲玲，今年九岁，她爸爸是个画家，曲玲很喜欢画画。

上个月，省里举办少儿绘画大奖赛，我就动员曲玲报名。在截止期将到的时候，曲玲交来了一幅作品，名字叫《盼》，画的是一个小女孩，蹲在草地上，托着腮，仰着脸，望着天上的太阳。这画的构图、色彩都很好，我当时看了，一阵惊喜，凭感觉，我知道这画很有可能得奖。

曲玲的画通过了县里的初审，很快又送到了市里。

曲玲在盼，我这个美术老师也在盼，我盼望曲玲的画能在全省得大奖。

不料这天，一个老同学来了个电话，他是少儿绘画大奖赛市评审小组的成员，他在电话里告诉我：曲玲的画已经落选，问题不是画得不好，而是曲玲犯了个常识性错误。太阳是从东方升起来的，而在曲玲的画上，太阳却从西边升起来。这样优秀的作品因犯常识性的错误而落选，真是太可惜了！

九岁小孩一时疏忽，辨错东西，情有可原，不可原谅的是我。但我还是怀着一丝侥幸的心理，想再证实一下，曲玲的画上，太阳到底是从东边升起，还是从西边升起。

下课铃响后，我就把曲玲叫到了办公室。

曲玲畏畏缩缩地走了进来。这小家伙，这段时间里总是无精打采的，脸色也不好。我把她叫到身边坐下，对她说："曲玲，你那幅画上的太阳，到底是画在东边还是西边？"

曲玲十分肯定地脱口而出："西边。"

"什么，真的在西边？你再想想，有没有记错？"

"老师，是在西边，不会记错的，我还特地画了一个风向标。"

我一听，气呼呼地责怪她："你什么时候见到太阳从西边升起来？你画好后，也该让你爸爸看一看嘛！"

曲玲哭了，哭得很伤心。她一边用手抹着眼泪，一边说："爸爸和妈妈吵架了，他离开我们到省里去了。爸爸临走时对妈妈说：想让他再登这个家门，除非太阳从西边升起！我好想好想让太阳从西边升起，那样，爸爸就可以回家了……"

原来是这么回事，我只觉得心口隐隐作痛，忍不住也落下了眼泪，一把搂过曲玲，对她说："孩子，老师一定要让你爸爸看到这幅画，一定……"

我马上打电话，把曲玲的这些情况告诉了市里。昨天晚上，我的老同学打来电话，他说，经过他们的解释，评委会再次慎重讨论，最后曲玲的这幅画在省里获得了特等奖。

我很高兴，但愿曲玲的爸爸能看到这幅画，能理解女儿的这番苦心，父女团圆，一家团圆。

关键词：价值观

> 反映少数民族生活的故事并不多，但这一篇却以小见大，以少胜多。

勇敢人的较量

曾有情

西藏工布曲松草原有一个甜茶馆，开茶馆的是藏族少女次央。因为茶馆坐落在通向喀里物资交易市场和帮卡牧民村的交汇路口，所以这小小甜茶馆生意很是红火。

这天清晨，正当茶客进店时，突然从门外传来一阵豪爽的大笑声，接着，进来一个中年大汉。他其貌不扬，还少一只耳朵。几个老茶客听到他的笑声，赶紧让座，看得出这是个不平凡的人物。

进门的大汉叫索朗平措，是个皮货商。他性情暴烈霸道，是这儿的首富。靠窗的桌子是他的专座。

平措来到座位上，先从右肩卸下几张兽皮，往凳子上放好，又挪过一张凳子搁脚。一人霸占了三张凳子，然后就大嚷道："喂，次央上茶，青稞酒也同时上。"

甜茶馆的主人次央姑娘赶忙过来，站在他的身旁，不断地上茶倒酒。

平措边喝酒边和一些茶客大声地说着话。当一个茶客问他赚那么多钱，打算怎么花时，他瞅了次央一眼，说："到拉萨买一套房子，把次央接到拉萨去过好日子，让她做我老婆！我的女人死后还没续弦呢。你瞧次央又嫩又俊，赛过草原上的格桑花。"

次央听了，脸一红，低声说："平措阿叔，你又说酒话了，我不会嫁给你的，绝不！"

"你个死妮子别不识抬举，我看上你是你的福气！"平措有几分生气地说，"那可由不得你愿不愿意，我平措在工布曲松草原无人不晓，说出来的话撒出去的鹰是收不回的。我早晚会把你弄到手！"

听他说出这话，次央既怕又讨厌。她再不愿给他添酒，却又不好马上离开。

就在次央进退两难时，从里间走出一个头戴军帽、身穿军装的年轻军人。他提了一壶酒走过来。他叫旺堆，是附近哨所的藏族士兵。当他没岗时，常常来茶馆帮次央做一些杂务事。他走到平措桌前，正要朝他杯子里倒酒，被平措挡住了："臭小子，你又赖在这里干什么？"

旺堆说："平措阿叔，次央一个人忙不过来，我来帮忙呢。你别发火，喝酒喝酒。"

"少啰嗦，次央的生意还轮不上你来管，少打她的主意，下次再在这里碰上你，当心我剥了你的皮！"

茶客们见此情景，茶兴顿消，纷纷离去。旺堆和次央忙乎了一阵后，有点空闲了。次央就给旺堆倒了一碗甜茶让他喝。旺堆接过茶，正咕嘟咕嘟喝得畅快时，谁知平措忽然调转脸，冲旺堆大声吼道："臭小子，你喝茶得交钱！"次央赶紧说："是我让他喝的。""那也不行，喝茶就得交钱，当兵的更不应占老百姓的便宜。"次央说："我不要他的钱。"平措蛮横地一捶桌子：

"将来这茶馆是我的,你也是我的,得我说了算!"

旺堆见两人越争越厉害,便急忙翻军装兜掏钱。哪知他忘了带钱,忙表示先欠着。可平措就是坚持必须现在付。

一个要付,一个没钱,僵持一会后,平措说:"没钱也行,咱俩现在比赛点什么,我最爱打赌,你赢了我,茶钱我替你付。"旺堆说:"赌就赌。平措阿叔你选项目吧。"平措不屑地说:"毛小子,让你选。"

旺堆不再推辞,沉思一会儿,突然想了一个歪招,说:"赌吃冰。"

平措先一愣,随即朝窗外一望,只见屋檐上挂着洁白尖利、像魔鬼獠牙般的冰凌。他顿时对这新鲜项目产生了兴趣:"哈哈,老子就爱邪门儿。好,陪你玩玩——吃冰!"说罢,他起身出门,从屋檐上折下几根冰凌,回到屋里,拔出腰刀,在桌上"叭叭叭",一连几刀,把冰凌砍成小段,说:"臭小子你先请,谁吃得多谁胜。"

旺堆抓了一块送进嘴里,像吃糖果一样,"咯吱咯吱"一阵响,一块冰吃了,又拿一块,一会儿又吃了,再拿一块。他吃得迅速流畅,脸上始终保留了滑稽且带点得意的笑容。

平措说一声:"没啥得意的。"也抓了一块塞入口中。哪知冰一进嘴,一股冷气渗入骨髓,不由打了个寒颤。他牙齿一咬,冰段硬得像合金钢,咀嚼几下,牙床和舌头同时渗血。他终于忍不住用手捂住腮帮,将残冰吐出来,骂道:"妈的,没想到这狗屁东西这么硬,这么凉!"

平措哪里知道,旺堆在冰天雪地巡逻,经常靠吃冰解渴,都锻炼出来了。

吃冰败北,平措傲气顿减,他把狐皮帽往头上一扣,背起兽皮，捂住疼痛的嘴，狼狈而去。

然而，平措并未甘心失败，更不甘心把次央拱手让给旺堆。这天下午，他又来到茶馆，一直喝到天黑时，仍赖着不走。茶客全走光了。次央实在等不及了，便壮壮胆子，鼓足勇气，催道："平措阿叔，天黑了，明天再来好吗？"

平措喝了口酒，说："天黑管我啥事？"

次央说："我要关门了。"

平措说："你关你的门管我啥事？我还没喝够呢。"

次央犹豫了一会儿上前拿走了酒壶，说："你赶快走吧，我不给你喝了。"

平措扬起红得发紫的脸，酒气喷到次央脸上，说："老子今晚不走啦，我要在这里过夜，我要睡了你，让那当兵的小子死了这条心。"

一听此话，次央吓得不轻。她明白此刻单身面对一个酒鬼的危险性。她说了声："你不走我走。"她连酒壶也顾不及放下，直往门外冲去。

平措见她要逃，摔了酒碗，大步上前，抓住了次央的藏袍后襟，嘴里直嚷着："我看你往哪跑，咱们的事儿今晚必须成了。"

次央顺势将酒壶砸到他身上。他气急败坏地用力一拉，把次央拉了个仰天后跌，倒进他的怀里。

在这危急时刻，突然一声："住手！"旺堆好似从天而降出现在门口。原来，他发现平措一直在纠缠次央，预感他不怀好意，每天吃了晚饭，就在茶馆附近散步。今天刚走到附近，就听到次央的喊声，于是猛跑过来。

平措只得松了手，两眼冒出凶光，对旺堆说："好你个旺堆，你管闲事管到老子头上来了！"

旺堆立在门口,动也不动地说:"如果次央愿意,我啥也不管;别人不肯,即使不是次央我也要管!"

平措恨恨地说:"这事儿我俩一定要有个了结。"扔下这句话,灰溜溜地走了。

三天后,平措又来到甜茶馆。这次他一反常态,一不喝酒,二不品茶,进门便冲里屋大喊:"旺堆!"

旺堆应声出来,次央紧张地紧跟在旺堆身后。她不知这两个男人今天会生出什么事端。旺堆客气地说:"平措阿叔你来了?我这就给你备茶。"

平措两眼一翻,说:"你别充主人!为了次央,我们的纠葛该有个了结了。"旺堆问:"你说咋解决?""你也是从草原上出来的兵,我们按草原上的规矩解决:决斗!"

"正因为我是从草原上出来的兵,我不能和你决斗,其他啥法都行。"旺堆把"兵"字强调得字正腔圆。

平措说:"咱们不直接交手,鬼谷有一公一母两只恶狼,我们去把它们给消灭了。但只准用刀,不准用枪。"

次央和茶客们一听,惊愕不已。原来,一年前,鬼谷出现了两只恶狼,伤人伤牲畜还吃掉了一个十二岁的孩子,人们谈狼色变。牧民们曾凑钱贴出告示,说谁杀了恶狼,将被尊为工布曲松草原的英雄。可告示贴出,字迹都褪了色,也没人揭榜领赏。

茶客们议论纷纷之际,旺堆问:"胜败怎么讲?"

平措说:"如果你杀死了一只狼,次央归你,我会自行退出,绝不食言。"旺堆说:"一言为定。"

次央一听急道:"旺堆阿哥,你不能去。"

旺堆果断地说:"男人之间的事你别管!"

平措一锤定音:"明天上午鬼谷见,谁不去谁狗熊!"

鬼谷坐落于四周山峦重叠的环山之中,草木森森,人迹罕至。旺堆、平措还有次央来到这儿。旺堆要次央回去,次央说她要亲眼看他获胜。她说有她在一旁,可以使旺堆获得更大的勇气和力量。

平措见他俩争得不可开交,狡黠地一笑说:"你俩还是都回去吧,现在后悔还来得及,我不忍心看你年纪轻轻的喂了狼或者缺胳膊少腿的,怪可怜的。"

旺堆说一声:"别说废话了,咱们开始吧。"说着,他右手把大号腰刀拔出刀鞘,那是他家祖上传下来的,锋利无比;左手又取出一把小一些的腰刀,开始晃动身肢,活动筋骨。

平措却坐在地上,怔怔地望着旺堆,脸上呈现出辨不清是沉着还是慌张的神色,他问了一句:"一定要比?"旺堆说:"一定要比。"平措又问:"不比不行?"旺堆说:"不比不行。"

平措沉默了好一阵子,把手中的腰刀插进土中,然后用力一折,刀"咔嚓"一声,断成两截。旺堆见了说:"你这刀能杀狼?"平措一脸沮丧地说:"我是在杀我自己,用一把钝刀把过去的我彻底杀死了!"旺堆不解地说:"你神经兮兮地犯啥病?"

平措说:"你赢了。"旺堆说:"还没比呢。""比过了,我输得好惨。"平措顿了顿,望着旺堆,说,"较量一下勇气、胆量和毅力就够了。在这些方面你都不简单。"

旺堆说:"可咱们还没见到狼呢。"平措长叹一声说:"这里已经没有狼了。"

次央插嘴道:"胡说,有人亲眼看见狼吃了一个十二岁的小孩。"

平措眼眶滚着泪说:"那小孩就是我索朗平措的儿子班丹!"

一听此话,旺堆和次央惊讶得张大了嘴。平措望望两个惊愕的年轻人,又"唉"地叹了一口气,话音沉闷地说起来。

去年藏历七月的一天,平措的儿子班丹去鬼谷放牧,被两只恶狼吃得只剩一堆血骨。

平措为给儿子报仇,只身闯入鬼谷,寻到狼窝。于是,人与狼展开了一场生死搏杀。两只狼被他杀死了,他也被狼咬掉了半只耳朵。

两只恶狼被平措除了。他四处向人们说狼被他杀了,可人们不相信,说他吹牛。他便凭着这条无人敢走的捷径,往返于喀里物资交易市场而发了财。

平措说到这儿,把手伸到藏袍里,从贴胸处掏出一条项链,说:"我杀死恶狼后,把它们的四只眼珠挖了出来,用红线一穿,做成了项链。瞧,就是这个。"

听了平措说了杀狼的情景,两个年轻人不由对面前这个其貌不扬的皮货商肃然起敬。

次央夸道:"平措阿叔,你真勇敢!"她停了停又说,"你杀死了狼,为什么不去揭榜领赏?"

平措说:"我杀狼是除害报仇。钱有什么用?既买不来次央你,也买不到我失去的儿子!"

旺堆说:"平措阿叔,你算个英雄!"平措摇摇头:"我算什么,你比我强。唉,我要走了……"

旺堆问:"到哪里去?""我输了,得履行诺言。""可我们根本没有比。"

"不,比过了,比的是勇气和胆量。如果鬼谷里是两只老虎或狮子，你小子也会来的。说到这里，平措又摸出一个玉器发饰递给次央，说，"这是那天晚上从你头上抓掉的'巴珠'，现在还给你。原谅我，那晚我喝多了，我真的很爱你。现在我才觉得我不配你，站在旺堆面前，我狗屁不是了。再见。"说完起身走了。

旺堆和次央，怀着敬重的心情，呆呆地望着索朗平措那高大的背影渐渐远去……

关键词：教育

> "儿子"失而复得的过程，也是吸引读者眼球的过程。好的情节还要有好的文笔，这样才能让读者也"死去活来"。

死去活来

吴 天

玉田县文化馆有一个三流作家，姓李名千，爬格子爬了小半辈子，爬弯了腰，爬白了头，爬花了眼，也没爬出多少名堂。这一年，李千去"少教所"采访，笔记本记得密密麻麻，回来后翻来覆去睡不着，肚子里老像有什么东西一个劲地往外拱呀拱……嗯，看样子"胎儿"不小，要"生"啦！

李千立刻请了三个月创作假，闭门谢客，日夜伏案劳作，含着热泪一口气写出了五万多字的纪实作品，《回头浪子》。作品完成后，耗尽了心血的李千一连睡了三天三夜。

总算功夫不负有心人，小县城里那帮舞文弄墨的同行们拜读完作品后，一个个激动得拍案称绝，都说这是李千的"扛鼎之作"，肯定能一炮打响。李千的自我感觉也十分良好，他感叹说："与文学'结亲'二十余年，总算生了个'胖儿子'！"

消息不知怎么传到省城，一家晚报的编辑来信约稿，说是"希望大作先在本报连载，让读者先睹为快"。

这可是李千第一次收到的约稿信，他立即拿出大信封，写好晚报的地址，装进厚厚的稿件，打算第二天邮寄。正巧这天晚上，馆里的头儿临时通知李千，叫他去省城出一趟公差。他想，既然要去省城，干脆直接将稿子给晚报送去，这样比邮寄还快，还能顺便认识认识那位编辑，不是更好？主意打定，第二天，李千便坐上长途班车，翻山越岭直奔三百公里外的省城。

到了省城，已是华灯初放的时候。李千常年生活在小县城，很少到省城，加上一路晕车，下车后只觉得头重脚轻，连东南西北都分辨不清。七摸八摸，东找西寻，好不容易才住进了一家小店，李千连洗脚的力气也没有了，往床上一倒，就呼呼大睡。

第二天一觉醒来，已是早上九点多钟，李千随手一摸，顿时惊出一身冷汗：天哪，放在枕头边的黑皮包不见了！他住的是一间大客房，十几张床，都已是人去床空。李千翻遍所有的床铺，黑皮包仍是无影无踪，最后只能得出一个结论：皮包让人偷走了！包里没有什么值钱的东西，不过是漱洗用具、换洗衣物之类，丢了也不太心痛，心痛的是："胖儿子"放在包里，跟着落入小偷之手，这可是心肝宝贝哪！

李千急得失魂落魄，脑袋一片空白，双眼僵直，声泪俱下："儿子丢了……我的胖儿子！"

服务员跑来，听了个稀里糊涂，以为他真的丢了儿子："七尺汉子，连个儿子也带不住，快去报案呀！"

服务员慌忙拨通了电话让李千向派出所报案，谁知不报案倒还好，报了案反而招来一顿抢白："丢了几张纸有什么大惊小怪的？"李千反复申辩："不是纸，是稿——纸！"回答毫不客气："管你什么纸！以后出门留点神！"说完对方"啪"地挂断了电话。

李千悲痛欲绝，彻底失望。丢了稿子，他无心去见那位编辑，草草办完公事，不愿多呆一天，怀着失子之痛返回了县城。

就这一会儿工夫，李千猛然间老了一大截，整天神思恍惚。文友们听说他丢了稿子，都为他惋惜，并劝他振作精神，重起炉灶。唉，没有办法，看来只能重写一遍了！采访记录还在，部分残缺的底稿还留着，总不至于瞎子摸象吧？恼火的是，李千一坐到桌子跟前，脑袋就像花岗岩一样僵硬，怎么也找不到当初那种活鲜鲜、热辣辣的创作激情，写下的文字又干又涩，淡而无味，像一杯白开水，这简直是活受罪！

几天下来，他写了撕，撕了写，弄得胃病复犯、痔疮发作、感冒上身、内火攻心……

正当李千处于水深火热之中时，突然，有人敲门，一个自称是"文学青年"的不速之客，贸然登门拜访。

来人二十多岁，长发披肩如青春少女，身穿牛仔裤、脚蹬马靴又如乱世枭雄，一副玩世不恭的样子。李千也算是个小县城里的名流，文学青年登门求教也是常有的事情，可这时他心烦意乱，哪有心思接待客人？

"你是……"李千实在记不清来人是谁，态度冷淡，连茶也没泡一杯。来人并不计较，说："李老师，您是大象，我是蚂蚁，您怎么会认识我？"

李千听了，心里很不痛快，没有答话。来人东一句，西一句，这瞅瞅，那望望，根本弄不明白他到底来干什么！以前来的文学青年，不是送稿子就是谈构思，对李千都是恭恭敬敬。这家伙倒像是来视察的，大模大样，竟然对李千评头论足："李老师，想不到您还住这么破的房子，沙发也没有一个，电视机还是黑白的，唉，春蚕到死丝方尽，蜡炬成灰泪始干……人比人，真是气死人！"

李千忍无可忍，不客气地下了逐客令："小伙子，你到底有什么事？要是没有事，请你——"这家伙脸皮比城墙还厚，笑嘻嘻地说："怎么会没有事？听说李老师丢了稿子，就不兴我来慰问慰问、表示一点蚂蚁对大象的关心？"李千哭笑不得，只好闷抽香烟，听之任之。这家伙看到一地纸团，拾起一个，展开，边看边摇头晃脑地说："嗯，呕心沥血哪！一字一句，充满尼古丁的芳香！吃的是草，挤出来的是奶：男人的乳汁！"

李千暗叫不好：糟了，碰上"文疯子"啦！以前他也碰到过一个，爬了几年格子，犯了精神病，找到李千家里，赖着不肯走，最后只得叫来了警察……李千正不知所措，这家伙突然起身告辞，扬长而去，还没等李千擦去一头冷汗，那人又转了回来，眨眼间换了个人似的，一本正经地说："李老师，恕蚂蚁直言：稿子丢了，这是天意，犯不着重写，犯不着跟老天爷玩命。拜拜！"说完，这家伙像幽灵一样地走了。

李千想了半天，对天长叹，一把火烧了稿纸，恨声连连地立下了誓言："今后要是抓到小偷，老子一定把他阉了，也叫他断子绝孙！"

从此，李千整日借酒浇愁，不知不觉过了两个多月。这天，他正喝得醉醺醺，一个朋友举着一张晚报风风火火地跑来："登了，登了！你小子还骗我们，说稿子丢了？请客！"李千苦苦一笑："别、别逗了！"那朋友展开晚报，放到李千眼前。

李千醉眼迷离地一看，大惊失色：《回头浪子》赫然在目，作者"李千"名字准确无误……

啊，见了鬼啦？莫非丢失文稿只是做了一场噩梦？李千手捧晚报，止不住又哭又笑："心肝宝贝，死去活来，哈哈，天助我也！"

晚报连载每天约登二千字，差不多一个月才登完了《回头浪子》，直到这时，李千仍弄不清到底是怎么回事。作品反响很大，读者来信每天不断。这天，李千收到一封写有"内详"的来信，拆开一看，这才真相大白——

李老师：

很早以前，我也是一个文学青年，梦想当作家。只可惜爬格子爬不出生路，故铤而走险,浪迹天涯。那日与老师同住旅店，顺手牵羊拎走了您的皮包，有幸拜读了您的大作。不料，读罢热泪盈眶，字字可见老师胆汁，行行可见老师憔悴，于是决定登门拜访。但见老师一贫如洗，仍呕心沥血，竟然唤醒了我沉睡的良知，幸好信封上写有地址，贴上邮票寄去就行。而今大作登完，特写信向老师谢罪，并予祝贺。

值得告慰老师的是，在您的感召下，我已金盆洗手，立地成佛！

李千如梦方醒，感慨万千。几天后，晚报上登了一则李千的"寻友启事"，他要寻的"友"，正是那个失之交臂、起死回生的小偷。

上海市民修身系列读本

中国好故事

CHINA GOOD STORIES

VI

上海文艺出版社
上海故事会文化传媒有限公司

上海市民修身系列读本
中国好故事
编写委员会

主 任
潘 敏

副主任
姜 鸣 宋 慧

编 委
李 刚　王延水　匡 煜
夏一鸣　范伟成　张伟平　王 雁　陈 萍

目录
Content

第四章 彩虹总在风雨后 ……………………… 1

山魂 ………………………	钱 岩	2
古怪的瞎婆 ………………	海 生	9
谁都怕他 …………………	邵智康	13
军人的风采 ………………	曾有情	15
白虎岭的神 ………………	风 神	17
人往好处推 ………………	叶林生	24
和省劳模合影 ……………	冯士清	30
逼出来的办法 ……………	邢庆杰	32
打气 ………………………	范大宇	37
风雪路上 …………………	崔新三	41
好你个村长 ………………	吴 为	45
吃一口家乡饭 ……………	杨汉光	52
城里有只疯狗 ……………	封宇平	55
雪夜醉酒 …………………	李雪峰	60
不速之客 …………………	叶林生	64
倩倩的果篮 ………………	徐 洋	71
幸运闯三关 ………………	刘良军	75
黄缎子 ……………………	郑 志	78
和陌生人说话 ……………	杨 格	81
资深时代 …………………	张东兴	85

目录 Content

仙人指路 …………………………… 申之珉 87
砸碑 ………………………………… 黄　胜 90

第五章　发展是硬道理 95

望眼欲穿 …………………………… 一　冰 96
漂亮女对手 ………………………… 袁　翼 101
陶玉山的愤怒 ……………………… 老　三 109
小明在等待 ………………………… 徐　洋 115
"二号选手"不打折 ………………… 肖　冰 119
逃犯 ………………………………… 黄　胜 125
老哥儿们 …………………………… 李元奎 132
舔血的狼 …………………………… 尹全生 137
别伤害了金子般的心 ……………… 何长安 142
泉水叮咚 …………………………… 吴相阳 145
草原上的情人节 …………………… 孙高群 151
不平凡的雕塑 ……………………… 谢丰荣 155
贵客来访 …………………………… 樽里缺月 158
去北京采风 ………………………… 金十三 163
奇怪的捐赠 ………………………… 一　杰 169
水晶手链在哪里 …………………… 无字仓颉 175

目录
Content

第六章　走向新时代 …………………… 179

暖心扶贫 ………………………… 荻　秋 180
谁是猴王 ………………………… 廖　华 185
最美直播 ……………………… 无字仓颉 190
一条流产的新闻 ………………… 杨　璇 195
谢客宴 …………………………… 王兴田 199
跳房子 …………………………… 徐　涛 206
鸟司令 …………………………… 刘　勋 212
老爷子还会这一手 …………… 无字仓颉 217
第八座山峰 ……………………… 杨汉光 221
三请诸葛亮 ……………………… 大刀红 225
闻鸡起舞 ………………………… 侯　子 230
还有什么不能借 ………………… 菊韵香 236
辣子扶贫 ………………………… 徐　涛 241
大美莲山 ……………………… 尘世伊语 247
君子之交清如水 ………………… 蔡美美 251
张三接骨方 ……………………… 顾敬堂 258
天价理发 ………………………… 冷　空 262
私建幼儿园 ……………………… 牧　谦 267
寻找"蹬山倒" …………………… 高凤顺 272
拜年有鲤 ………………………… 贺小波 277

第四章 彩虹总在风雨后

> 读者的目光定格于道具之上，亦移情于道具之中，是读者心灵与作品山魂的相遇。

山 魂

钱 岩

碾盘湾是个只有三十来户的偏僻小山村，村上有所小学校，学校里只有一个老师，姓杜。碾盘湾的大人孩子都特别敬重杜老师，没有杜老师，他们就不会看书识字，更甭想把算盘打得哗哗响。

那年，杜老师的妻子生孩子难产，杜老师费尽周折把她送到山外医院，结果孩子被抢救过来了，大人的命却没有保住。杜老师把孩子取名叫"宝儿"。不幸的是，这宝儿三四岁了还不会说话，屎尿随意拉。到医院一检查，原来是出生时因脑缺氧而成了痴呆。宝儿是杜老师的命根子，这打击真是太大了。

幸亏宝儿还挺乖。杜老师上课，他就坐在教室门口，只要在面前瓦盆里撂上一条蚯蚓或一只掐去腿的蚂蚱，他就能拖着口水看上半天。不上课的时候，杜老师到哪他就跟到哪，一不见就嚎。杜老师家访，宝儿就牵着杜老师的衣角跟在后面，见到人，便咧着嘴笑，样子极真诚。

这天，杜老师正在给学生上课，忽见班上学生交头接耳，不注意听讲，便顺着学生们的视线，朝教室门口望去，原来是宝儿正在拉裆里的小鸡鸡。杜老师忙上去阻止："宝儿看虫虫，不能玩小鸡鸡。虫呢？"看看瓦盆，空空的，不远处一只老母鸡正在吞咽一只蚂蚱。杜老师见了，只好又走过来哄宝儿："宝儿乖，听爸爸上课，爸爸下课后再给你捉虫虫。"可杜老师起身刚走上讲台，学生们又哄堂大笑起来，原来宝儿又在玩自己的小鸡鸡，见大家笑，他也咧嘴傻乐。杜老师叹了口气，来到教室外面，拿下自己正晒着的短裤，给宝儿穿上。

夜里，杜老师翻来覆去睡不着，望着身边熟睡的宝儿，心里好难过：宝儿越来越大了，再穿开裆裤是不行了，可穿蒙裆裤又不晓得喊屎喊尿，怎么办……鸡叫头遍，杜老师终于想出了一个主意。

天一亮，杜老师就赶到村东头的李木匠家，借来一些工具，凭着平时修学生桌椅练就的手艺，用木板打了个围桶。

围桶打好之后，摆在教室门口，上课时，杜老师就把宝儿放在里面，虽然围桶只齐胸，但宝儿不晓得爬出来。只要能看到杜老师，宝儿就不闹。再家访的时候，宝儿还是牵着杜老师的衣角跟在后面，见人仍是真诚地笑，只是这个时候，杜老师一定给宝儿换条蒙裆裤。为此，杜老师难免要多洗几次屎尿裤子。

日子过得真快，一晃十年过去了，宝儿长得几乎跟背驼的杜老师一样高了。杜老师已换了五个围桶，一个比一个高。

这是一个初秋的下午。杜老师感到有点疲倦，看看课程表，刚巧下一堂就是体育课，于是就吩咐学生们在操场上或教室里自由活动。他没敢惊动在围桶里睡着的宝儿，径自进了自己的屋，想休息一会儿。迈门槛时，他腿一软，差一点跌倒。

迷迷糊糊中，杜老师似乎听到宝儿的傻笑声和女生的尖叫声。他浑身一激灵，急忙跑出屋来。果不其然，宝儿不知怎的已爬出了围桶，晃着白白的大屁股，乐呵呵地撵穿花衣裳的女生。

杜老师疾步赶了过去。这时，只见宝儿从背后搂住了一个叫刘霞的胖胖女生，刘霞哭喊着挣扎，宝儿却紧搂不放，撅着大屁股，高兴得哇哇大叫。杜老师上前，气得甩手就给宝儿一巴掌，然后抠开宝儿的手，费力地把他抱进围桶。宝儿挨了打，可在围桶里仍然兴奋无比。

杜老师忙转过头安慰哭着不停的刘霞："刘霞好，别哭了，老师向你赔礼道歉了。宝儿是傻子，不懂事，吓着你了，这都是老师的不是，不该有点不舒服就去休息……"有几个男生上来认错，说是他们惹了宝儿。杜老师摸着他们的头说："不怪你们，怪就怪老师养了个傻儿子。"听杜老师这么一说，几个男生眼圈都红了。

第二天，刘霞来上学，见到围桶里的宝儿便怯怯不敢上前。谁知宝儿见到刘霞，显得特别兴奋，竟又爬出围桶，迈着八字步来撵刘霞。刘霞见了，忙掉转头，哭着往家跑。杜老师当时正在晾晒衣服，见了忙丢下衣服，跟在后面喊，可刘霞就是不回头……

放学后，杜老师丢下宝儿来到刘霞家，劝刘霞去上学，说："现在宝儿再也爬不出围桶了，我把围桶加高，齐他脖子了。"可刘霞哭着不应。刘霞家长听了过意不去，忙说："杜老师，你可千万别这样,苦坏了你的孩子！宝儿是傻子,谁能怪他呢？这丫头片子不念拉倒，随她吧，这样你还少一个烦神。"

刘霞死活就是不愿来上学,她的确给宝儿吓坏了。天黑了，杜老师怏怏地回来，远远就听见宝儿在嚎，他气愤不过，上来

"啪啪"就是两巴掌。宝儿咧着大嘴，哭得更凶，样子十分可怜。宝儿毕竟是个傻孩子啊！杜老师后悔了，他把宝儿紧紧搂住，给宝儿擦去泪水。不知不觉中，自己的泪水也"叭嗒、叭嗒"滚落下来。

几天来，杜老师一直在想：宝儿这样活着其实也是受罪，倒不如死了，对自己，对宝儿都是解脱，又不影响娃儿来上学。主意拿定了，星期天的中午，杜老师就把宝儿领到山脚下的水塘边。杜老师弯下腰，把手里的瓦盆放到水面上，轻轻一推，瓦盆向水塘中心荡去。杜老师转身对宝儿说："宝儿，快下去看，瓦盆里有虫虫呢，瓦盆里有虫虫呢！"宝儿听了便乐颠颠地下了水，兴奋地朝瓦盆摸去。

杜老师站起身，强忍着泪水往回走，走走停停。忽然身后"扑通"一声，杜老师一惊，猛回头，见水面上已经没了儿子，只有一圈圈波纹在扩大。杜老师的心像被人狠狠揪了一把，一声哭喊："宝儿！"便疯狂地扑下塘救起宝儿。

宝儿虽傻，毕竟是自己的亲骨肉，他哪能见死不救啊！

星期一早上，双眼布满血丝的杜老师走进教室，见好几个座位空着，便焦急地问："姜花、艾梅梅、于山妹这几个同学怎么没来？谁知道她们今天干什么去了？"

教室里"嗡嗡"一片。后来几个男生犹豫了一下，还是站了起来，说："老师，姜花她们不来念了，她们说要到山外学校去念书……"

杜老师急了："这怎么行？姜花她们那么小，十几里山路能跑下来？现在，大家先自习，我这就到她们家去看看，请她们来上学。"说完，杜老师起身要走。

"老师，"一个学生看了看围桶里只露个头的宝儿，低声说，

"姜花她们说了,宝儿太可怜了,如果她们女生都到山外去念书,那老师就会把围桶锯矮。都是因为她们这些女生,老师才把围桶加高的。"

杜老师手一颤,手里的书本、粉笔全掉到地上。多懂事的娃啊!杜老师当着学生的面泣不成声。

夜里,杜老师心烦意乱就是睡不着,于是爬起来取出药瓶,准备吃几粒安眠药。倒出药粒正要吃,忽然脑中闪出一个主意,赶忙把宝儿弄醒,把药粒都倒在床上,哄宝儿说:"宝儿吃糖糖,宝儿吃糖糖。"宝儿见了药粒很高兴,两手急忙忙抓起药粒就往嘴里放……杜老师看不下去了,忙掩脸奔到门外……

宝儿死了。当村里人四下赶来,只见宝儿枕着杜老师的臂弯,清清爽爽地躺在杜老师的怀里。村里人想起宝儿见到他们时那真诚的笑,一个个都唏嘘不已。他们虽然都觉得宝儿死得有点儿蹊跷,但都不愿意把话往深处问。杜老师也不答村里人的话,只是用手抚摩着宝儿的脸,嘴里喃喃不停:"宝儿,其实你走了好呢!这样,你就不再受罪了……"

前脚安葬了宝儿,后脚杜老师就把刘霞、姜花她们接到学校来上学。杜老师现在课教得更认真了,他把全部心血都放在了学生身上。家访的次数也多了,只是走在路上,总觉得宝儿牵着他的衣角跟在后面。他不敢回头,不回头,宝儿便真的牵着他的衣角在走。夜深人静的时候,改完作业备好课,杜老师脑里全是宝儿的影子,以致无法睡去。一次睡着了,无意一摸身边,不见宝儿,便一惊而起:"糟了,宝儿还忘在外面呢!"忙赤脚奔出门外,不见围桶,这才醒悟过来,于是就伏在墙上伤心地哭。

杜老师的头发几天里就全白了。

初冬的一天,天阴沉沉的,刮着冷风。杜老师正在聚精会神地给学生们上课,外面忽然来了一帮人。村长把杜老师叫了出来:"老杜,县上来人了,电视台的,说要报道你的先进事迹。"

杜老师疑惑地说:"我有什么先进事迹?"村长冲口就说:"怎么没有?他们说你为了让娃们安心来上学,把老婆给耽误了,现在,宝儿的一条命也没了……"

没等村长把话说完,杜老师的脸就黑了下来,但又不好冲这帮人发火,就说:"我现在正在上课呢,等放了学再说。"说完,走进教室。

村长愣了一下,忙跟进教室:"老杜,你看你,这大冷天,让县上人在外面干等呀?他们可不像我们这些山民,受不了的。"村长挥手对学生们喊:"娃们,现在不上课了,县上记者要给你们老师拍电视。"

学生们欢呼起来。记者们走进教室,杜老师坐到课桌前,可就是沉默不语。

记者忍不住了:"杜老师,您说话呀!随便说说,就像和我们拉家常一样,不要拘束。"

杜老师一动不动。

记者说:"杜老师,其实您的事迹很感人的,当初我们听到您的事迹后,忍不住哭了。"记者动情道:"杜老师,像您这样默默无闻、无私奉献的人,才真正是我们民族的脊梁啊!如果再不向人民报道,那就是我们新闻工作者的失职!拍您的这个专题,我们起了个名字,叫《山魂》。拍完后,我们还要把片子送到中央电视台,向全国播放!让全国人民都知道您!"

杜老师还是一动不动,像尊雕像。

记者说:"我们知道,有些事您很矛盾,不愿说出来,是吧?

关于宝儿的死，如果您愿意，我们也可这样报道：宝儿生病了，您一心扑在教学上，结果耽误了时间，心爱的儿子最后死在自己怀里……"记者见杜老师嘴哆嗦着，两颗浊黄的泪珠滚到脸颊上，便试探地问："杜老师，如果您认为这样可行，那我们就开始？"说完，示意摄像开机。

霎时，雪亮的光柱一下把杜老师罩住。杜老师慌忙背过脸去，记者们这一次还是没成功。僵持了一段时间，杜老师转过脸来，抹干眼泪，愧疚地对记者说："我这个人好没出息，见人说不出话来。这样吧，让我准备准备，你们明天来，明天你们要我怎么说，我就怎么说。"

村长、杜老师把县上来人送到路口。这时，天更阴沉了，风更紧了，一片两片的雪吹了下来。村长回家了，可杜老师还久久立在雪中。

第二天清晨，大地、房屋、树木都铺上了一层洁白的雪。几个男生嬉闹追逐着来上学，远远便看见教室门口又立着围桶，里面有个人，身上、脸上落了白白一层雪。几个男生一怔，连滚带爬往回跑，一边跑一边哭喊："快来人啦，宝儿又活了！快来人啦，宝儿又活了……"声音在寂寞的山村上空回荡，极凄惨。

村里人纷纷赶了过来。几个胆大的慢慢接近围桶，抚去那人脸上的积雪："是杜老师！"随着一声哭喊，人们都拥了上来，哭声一片。

杜老师早已气绝，硬得像铁板一块……

关键词：智慧

> 天时、地利、人和的两极对比，把人物置之死地而后生。

古怪的瞎婆

海 生

龙桥镇上有一座破旧不堪的老宅院，那里住着一位六十多岁的孤老太婆，因为数年前双目失明，镇上人都叫她瞎婆。考虑到瞎婆一个人生活不便，镇敬老院曾几次要把她接去，可都被她拒绝了。放着清福不享，人们都觉得瞎婆有点古怪。

前不久，瞎婆又做出了一件古怪事：请人在院墙上用红漆写下四个大字："此宅出售。"从此她就每天坐在路旁，等着人前来买房。若有过路人问价，她便伸出两只巴掌，开口"十万"。镇上人都说这瞎婆子想发财想疯了，就她那破房子，六千块也不值。但不管别人怎么说，瞎婆依然日复一日地守在家门口，如同姜太公钓鱼一样，等着人家上钩。

这天正午时分，镇派出所新来的安所长驱车来到镇上，被突然冲上来的瞎婆给拦住了。司机小马忙下车询问情况，瞎婆说："快去抓坏人，杀我儿子的凶手找到了！"小马说："瞎婆，我们可有公事在身，耽误不得，你不要纠缠好不好！"瞎婆说："谁和你纠缠？你们领导呢？我要和你们领导说话！"

安所长一听，就从车上跳下来，却被小马拉到一旁："别理她！自打八年前她儿子死于车祸，这瞎老婆子就变糊涂了，做出的事情古里古怪，让人琢磨不透。"可安所长是个细心人，他想：瞎婆已双目失明，却能通过汽车声音辨别出自己是派出所的，这说明她是个很有心计的老人。于是安所长走上前说："老人家，你有啥话就对我说吧。"瞎婆说："这里说话不方便，你随我进屋谈吧。"安所长让小马先把车开回派出所待命，自己搀扶着瞎婆往她家里走去。

两人前脚刚踏进院门，突然"霍"地蹿出两只大狼狗，狂叫着往安所长身上扑咬。安所长也算是见过世面的人了，但像如此凶猛的恶狗还从未见过，他心中不由得一阵发慌。这时，只见瞎婆将手杖往地上一戳，轻声喝道："规矩点儿！"两只狼狗闻言乖乖地伏下身，卧在地上一动不动了。

走进屋里，瞎婆给安所长让座后，就把自己的身世和遭遇一五一十讲给安所长听。瞎婆家曾是旧上海有名的富户，解放后虽败落，但家中仍有些积蓄，并且还珍藏着几件祖上传下来的文物，据说都是老古董，价值连城。"文革"期间，红卫兵听说瞎婆家有"四旧"，便逼瞎婆的丈夫交出来，瞎婆的丈夫知道那些东西落到红卫兵手里就毁了，于是偷偷转移到一个远房亲戚家藏了起来。不料，在此后的一次批斗会上，瞎婆的丈夫竟被人活活打死。丈夫的惨死使瞎婆悲伤过度，她哭了一天一夜，把眼睛哭瞎了，可红卫兵仍不肯放过，为躲避灾难，瞎婆在那位亲戚的帮助下逃离上海，带着年幼的儿子来到龙桥镇住下来。

这些年，政治稳定，经济繁荣，瞎婆便动了心思，她想把那几件文物卖给国家，也好为儿子成家立业作个打算，可儿子为贪图高价，竟背着瞎婆和一个专门走私文物的贩子勾搭上了。

一天夜里，儿子把贩子带回家看货，那人当场表示愿出大价钱收购。第二天晚上，那贩子慌慌张张赶来，说这两天公安部门正在追查文物走私，风头很紧，他担心被公安人员盯上，就没敢把钱带来。他建议先把文物埋起来，等风头过后，他再来交易。那天夜里，瞎婆听到两人在院子里动锹动镐忙乎了好一阵，至于他们把东西埋在哪一处，瞎婆不知道。谁知两天后发生了一件意外事：儿子在家门口的公路上，被一辆飞速行驶的汽车给撞死了，而那辆肇事汽车停也没停，发疯一般地逃走了。悲痛之余，瞎婆隐约感到：儿子一定是遭了文物贩子的暗算！她本想把自己的想法报告派出所，可她对文物贩子的情况一无所知，再说儿子的行为也是违法的，因此瞎婆便打消了报案的念头，她决定用自己的方式惩罚凶手，为儿子报仇。瞎婆料定那家伙不久还会来她家盗取文物，于是她花高价买了两条大狼狗，放养在院中。

半月后的一天夜里，瞎婆被一阵狗叫声惊醒，她忙爬起来，隔着窗子对两条狗发出命令："咬死他！咬死他！"顿时，院中狗咬人叫乱作一团……

第二天早晨，瞎婆在院墙下摸到一把铁锹，一只皮鞋，还有几块被狗撕咬下来的血淋淋的碎布片，那个贼人却侥幸逃掉了。

也许是那两条狼狗太凶，此后七八年时间里，那家伙再没敢来冒险。

杀子之仇未报，瞎婆总是有点不甘心，她琢磨后认为：仇人并没有走远，院中埋下的文物，对他来说无疑是个巨大的诱惑，他绝不会就此罢手，于是瞎婆想出另一招：高价卖房，引诱他上钩。

这一招果然奏效，上午来了个买主，一分价钱也没讨就付给瞎婆十万元现金，并要瞎婆下午搬出去。

听到这里，安所长问："单凭他花高价买房这一条，还不足以证明他就是当年的罪犯，你还能提供别的什么线索吗？"瞎婆说："能！他要我带他进院看房子，可我俩还没走到门口，他就停住脚说：'老太太，你得先把你那两条狼狗拴好，我才敢进去。'他自称是从城里来的，怎么知道我养了两条狼狗？还有，进院后他根本没怎么看房子，而是在院子里来来去去兜了好几圈，而且我听得出来，他走路时两只脚落地的声音稍有差异，我断定他的腿脚有点瘸，很可能就是八年前被我那狼狗咬伤后落下的残疾。"

安所长听着瞎婆丝丝入扣的推理和分析，对眼前这位老太太油然而生敬意，他握住老人的手，如此这般作了一番交代。

当天下午，瞎婆将家中钥匙交给买主，随即带着她的家当和狼狗，搬到镇上敬老院去了。

晚上，月黑风高，安所长带领几个公安人员埋伏在老宅院的外围。过了下半夜，院中传出轻轻的挖土声，安所长一声令下，几个人一起翻墙而入，将正在起货的歹徒擒了个正着。

第二天早上，安所长带着文物来到敬老院交给瞎婆，瞎婆颤巍巍地用手摸着那些宝物，说："为它们，我无端丧失了两个亲人。现在我虽说孤身一人，可在这里不愁吃不愁穿，生活上也有人照料，往后的日子不会有啥后顾之忧了，这几件文物，安所长，就请你替我捐献给国家吧。"

关键词：讽刺

> 以极度夸张的手法虚拟了一个融现实主义和荒诞色彩于一体的故事。

谁都怕他

邵智康

这是一个在民间流传甚广的故事。

将军乡有个乡长，外号叫"林大肚"，虽不是什么大官，可凭着执掌一乡的权力，不但吃出了花样，吃出了档次，还吃出了名气，吃得几个乡办企业叫苦不迭：有来必请吧，还真开销不起；拒之门外吧，却又不敢开口，毕竟是一乡之长嘛，得罪了土地爷，吃不了兜着走。

有个年轻厂长气不过，私下里联系一伙人给县里写信，告林大肚"吃拿卡要"。却不知怎的，这信七转八转竟然转到了乡里，这下可被林大肚抓住把柄了，碰巧那个年轻厂长要征地扩展厂房，盖了四十六个图章，最后一关却卡住了，卡在哪里？卡在林大肚的手里！

俗话说得好，菩萨也有发狠时。这天，年轻厂长和另外几个"患难"厂长在一起开了个碰头会，商量了半天，想出一个绝招：准备一把椅子，在底下做个机关，只要林大肚一坐上去，便会触动机关，椅子随即倒下，虽说摔不死吧，也会摔他个重伤，而且，还要叫林大肚有苦说不出！

到了这一天，几个人还真把林大肚给请来了。可林大肚往椅子上一坐，奇怪，那椅子却不摇也不晃，林大肚乐呵呵地照吃不误。倒是那些请客的厂长急坏了，他们往那椅子底下一看，只见有几个小鬼正吃力地顶住机关，不让林大肚掉下来。

几个人感到奇怪，年轻厂长壮着胆子上前质问道："你们这些鬼好不晓事，怎么帮那贪吃的乡长？他可是大大的坏人啊！"

"我们也没有办法，这都是阎王的命令，"一个小鬼道，"阎王说了，这么能吃的人，阴间也招待不起啊！"

关键词：价值观

> 从一个特殊的视角凸现了改革开放初期的时代特点，塑造了具有鲜活个性的军人形象。

军人的风采

曾有情

我的头发长得很快，经常要光顾理发店，上个星期天，我又请假出去理发。出于对清洁卫生的考虑，我找了一家装饰豪华的理发店。走进店门，发现店里理发的人不少，电吹风"嗡嗡"响，耳朵里像钻进了几只小虫子，吵闹得不行。我正要找个地方坐下，门口有一个长着酒糟鼻的胖女人，很不友好地敲敲门口的牌子，又指指对面，声音尖利地说："这里是新潮发屋，不是你们大兵进来的，到对面推'光葫芦'去吧！"

我瞅瞅街对面，果真摆着一个理发摊子，一个老头正为一男子推"光葫芦"。胖女人如此没有礼貌，这样瞧不起当兵的，无论作为军人还是男人，我的自尊心都受到了极大的伤害，不由火气顿起，心想：什么大兵小兵的，我这大兵的长相也不比你那模样质量差！我气得把军帽往转椅上一甩，大声说："大兵怎的？我给钱，我要你给我理最新潮的发型！"

顿时，店里的人都把目光投向了我，一位正在理发的时髦小姐为我打抱不平："我说老板娘呀，你这不是侮辱解放军同志的人格吗？太不讲职业道德了！"胖女人自知理亏，咕哝道：

"我是好意给他提个醒儿,我们这儿价钱可不便宜哟!"我掏出一百元钱,往台上一放:"够不够?我今天就要臭美一回!"

"你可别心疼钱!"胖女人不情愿地给我摆弄起头发来,嗨,这一下我可遭洋罪了:头发一小绺一小绺地卷在一根根木棍上,再用橡皮筋严严地捆紧,捆得我头皮发痛;然后又在一个蒸笼似的罩子里,将头焖了个半生不熟,尤其是胖女人比哭还难看的表情,更叫我生厌。我咬着牙硬挺了一个多小时,果然效果不凡,一蓬死草似的乱发,鼓捣一阵,就新潮起来了。发型倒是成了,英气逼人,我对着镜子目不转睛地欣赏了三分钟,然后大步流星地朝外走去。

我走进一家照相馆,"宝丽来"快照留下了我永恒的纪念。

没多久,我再次走进那家豪华理发店,一进门就对胖女人说:"我要理发,你给我推个光葫芦!"

当时,所有的人都愣住了,不知我这葫芦里卖的什么药。胖女人以为我是上门找碴来了,所以好半天才咕哝道:"这发型是最新潮的,也是你自己要做的,你干吗……"

我打断胖女人的话,大声说道:"军人不准烫发,蓄大包头也是违反军容风纪的。"

胖女人这才松了口气,只是有些不解地问:"那你干吗要花大价钱做呢?"

我深深地吸了口气,然后自豪地说:"为当兵的争口气!"

所有的顾客都笑了,有人还鼓起掌来。

围观的人越来越多,把对面地摊上那个理发师傅也吸引过来了,他听说了事情的经过后,主动对我说:"来,我来为你理。"

油光水滑的新潮发型很快被推去了,从镜子里看到光脑袋的我,同样英气逼人!

关键词：理念

> 运用旁逸斜出、纵横突击的构思，通过不断发展的情节，塑造了一个活生生的、可歌可泣的英雄形象。

白虎岭的神

风 神

新建的铁路经过白虎岭时，需要打一条半里长的隧道，第五隧道工程队接了这任务。工程队派班长洪大炮带领一帮汉子，到白虎岭工地打前站。

寻找水源、搭建工棚，前期工作没几天就做完了，可后续队伍还没到，在这山高林密的地方，连电视都没得看，洪大炮闷得发慌，便和工友们一同到半山腰的山神庙闲逛。

说起这山神庙话就扯长了：据说这白虎岭，就是早年孙悟空三打白骨精的地方，白骨精丧生后，她手下的虎怪却躲过了孙悟空的金箍棒，藏了起来。孙悟空师徒四人离开白虎岭后，虎怪便出来作乱，闹得白虎岭一带五谷不生、路断人稀，老百姓无法过日子。玉皇大帝知道这事后，就封了一尊山神到白虎岭，这才降服了妖怪。一方百姓为感谢山神，为他建了庙宇、塑了金身，从此香火不绝。

山神庙名声很大，白虎岭一带的山民无人不知，无人不晓，但进了庙却没多少看头，除了一尊金身剥落的山神塑像外，再没什么可看的了，洪大炮直嚷嚷"败兴"，说是撒泡尿后就回工棚下棋去。庙外光天化日，而且不远处正有香客走来，洪大炮便要在庙内墙角处撒尿，工友"斜眼三"警告他说："听当地山民说，这尊山神很是灵验，你别把山神惹恼了！"

洪大炮是个不信神不信鬼的人物，听了斜眼三的话越发来了脾气："我还真想见识见识山神的厉害哩！"说完，竟然调转方向，挺着身子，扯下裤子，冲着山神撒了一泡尿，而且还是鼓足了劲、腆着肚子撒完的……

一帮汉子都埋怨洪大炮，却也不好过于指责他，因为大家都知道他是个喜好争强斗胜的人，背地里还有人称他为"二杆子"：平时同工友下棋，赢了，他乐得一蹦三尺高，蹦完还要就地翻跟头；输了，他眼睛瞪得像鸡蛋，死活缠住对手不放，对手吃饭他不吃，把棋盘摆到人家饭桌上，对手解手他跟进厕所，把棋盘摆在便池边，不赢一盘绝不罢休。洪大炮吹嘘自己的未婚妻漂亮，一次拿出照片炫耀，有人看过后开玩笑，说是比猪八戒强一点，他顿时火冒三丈，一拳打破了人家的鼻子……

白虎岭隧道开工了，由于这是深山区，交通闭塞，大型施工机械运不进来，隧道开挖只能用原始的方法：打眼放炮，最先进的工具也就是打炮眼的风枪。可隧道挖到一半时问题就来了：接二连三塌方，按常理根本不该塌方的地方也塌得一塌糊涂，多人伤亡。

塌方原因怎么找也找不到，人们就自然而然地想到了山神显灵。其实塌方就是塌方，和洪大炮的那泡尿有什么相干？可斜眼三因为被塌方砸伤了脚，对洪大炮恨得要死，见人就说："这一带山民都说山神灵得很，打隧道他老人家本来就不乐意，又被洪大炮浇了一身臊尿，山神还有不发怒的？"

有人接着斜眼三的话，说自己夜里曾亲眼看到一个顶天立地的神，在隧道上方的山顶跺脚，隧道还有不塌方的？

大家听了这些话，更是心惊肉跳，工程不得不停了下来。修筑铁路有工期要求，眼下能否按期全线贯通，关键就看白虎岭隧道了，上级一天几个电话催促，真是军令急如火，火烧眉毛！

工程队长急得像热锅上的蚂蚁，开会进行动员，要求人人表态。张三表态时喊肚子疼，说疼得直不起腰了；李四表态时说患重感冒，腿软得站不起来了；斜眼三是个直肠子，他用斜眼恶狠狠地盯着洪大炮说："谁闯下的祸谁进洞去！"

洪大炮被惹毛了："老子闯了什么祸？"

斜眼三说："你那泡臊尿，把山神惹恼了！"

洪大炮气不打一处来，攥起拳头要揍人。众工友拥上来，好不容易才把他拉开。斜眼三说："有本事今天你带头进隧道！"

洪大炮哪甘示弱，扛起风枪就朝隧道走："老子不信世上还有这种邪乎事！"他独自往隧道深处闯，队长和一些人战战兢兢地跟在后面。不管怎么说，活又干起来了，并且一连十几天没事儿。

洪大炮为什么叫洪大炮？不是因为他嗓门大，也不是因为他好说大话，而是因为他是一把打眼放炮的好手，有他在前面开路，工程进展很快。

眼看隧道就要打通了，这天洪大炮打完最后一排炮眼，装完雷管炸药，点燃了导火线，可是还没等他撤出洞，塌方再次发生了，他被砸得头破血流，好歹还算没丧命。人们把洪大炮抬进了医院，斜眼三说："怎么样？这就是得罪山神的结果，报应啊！"

更要命的是：洪大炮点的那六炮只响了五炮，有一炮哑了！光塌方就闹得众人心惊肉跳，再加上这哑炮，谁还敢玩命进隧道？哑炮又卡住了整个工程的嗓子眼，工程再度停下……

白虎岭隧道是这条铁路的卡脖子工程，延误不得，工程局领导急得跳脚，亲自给工地打来电话：谁能排除哑炮，发奖金一万元！一百多个脑袋摇得像拨浪鼓，于是领导又来了电话，奖金一提再提，最后提高到了十万元！

乖乖，十万元，一大堆白花花的银子呀！即使是自己死了，十万元也够家人享用大半辈子了，值！百多条汉子人人红了眼，谁都恨不得振臂一呼冲进洞去，可一看到那龇牙咧嘴的隧道口，又毛发直竖，头皮发麻，腿肚子打颤，最终还是没人甘愿"为家捐躯"。

实实在在的十万元奖金摆在面前，却又不敢去拿，你说这事有多折磨人？工程队的汉子们都被折磨得脸皮发青，眼睛发直，嘴唇发紫。该怪谁怨谁恨谁？斜眼三说："当然该怪洪大炮那混蛋！"大家都同意斜眼三的看法：洪大炮要是不得罪山神，不装了哑炮，哪会引出这等让人揪心烦心的事？

工地上人人都在声讨洪大炮，说这混蛋实在不是个玩意儿。骂得正起劲，不料正碰上洪大炮裹着一头纱布回来取换洗衣服，听到后肺都气炸了，额上青筋直暴，纱布上顿时渗出血来："什么？我洪大炮装的炮还能哑？"

斜眼三眼睛斜到了耳朵根："你洪大炮确实从来没装过哑炮，可这个哑炮不是你装的又是谁装的？还夸口不信邪，吹牛吧？"

洪大炮被噎得半天说不出话，横着膀子昂着头，就要进洞，工程队长忙赶过去阻拦，说："你伤得不轻，伤还没好……"

洪大炮吼道："既然哑炮是我装的，就由我来排！还是那句话——老子不信世上还有这种邪乎事！"洪大炮独自闯进隧道排哑炮了,这样一来,工程队的百十号人反而都后悔起来,乱哄哄的一片议论,有的说："哑炮哑了一个星期了,早不响晚不响,偏偏人进去就响么？说不定早成死炮了！"有的说："天大的便宜,竟让洪大炮抢了,十万元让他得了！"斜眼三更是后悔,差不多连肠子都悔青了,他指手画脚地煽动道："说不定哑炮是洪大炮故意埋的,他暗留'机关',听说有重奖了自己再去排,好得奖金,太卑鄙了！"

众人正骂着,隧道里突然发出一声巨响！

不知是不是山神真的显灵了,洪大炮进隧道没多久,那哑炮就山摇地动地响了,工程队的汉子们都被惊呆了,过了好半天才清醒过来,叫喊着拥进隧道查看,可是,洪大炮已经找不到了,人们找到的只是他的烂骨碎肉……

可喜的是隧道也被这一炮炸通了、透亮了,洪大炮算是有功还是有过？斜眼三说："洪大炮为奖金而死,轻于鸿毛,不能算功。"但大多数工友说："因为哑炮炸了隧道才透亮,应该算有功。"

工程队开会议论来议论去,最后认为洪大炮有功也有过,功臣、烈士算不上,只能算是工伤死亡。洪大炮的家离工地遥远,交通又不便,等他家人来工地再安葬显然来不及,于是决定由工程队操办丧事,并为他准备了一块三尺高的墓碑,碑文为：隧道工洪大炮之墓。

上级说话算数,马上送来了十万元奖金,工程队便派斜眼三火速去洪大炮家乡报丧,同时送去奖金。斜眼三到了洪大炮家乡才发现：洪大炮父母双亡,无兄无弟,没处报丧,奖金也不知道该交给谁。斜眼三想到洪大炮有未婚妻,就四处打听他未婚妻的下落，没料到知情人告诉他："洪大炮的未婚妻嫌他打山洞没出息，半年前就同一个做买卖的结婚了！"这消息传到工地，如同响起一个炸雷，工程队的汉子们捶着胸、跺着脚，泪水涟涟地叫着："大炮兄弟啊，你混蛋呀！"

洪大炮被安葬在半山腰，墓碑也立起来了，斜眼三看后破口大骂，说墓碑必须换，换成六尺高的；碑文也必须换，换成"烈士洪大炮之墓"。百十条汉子一致拥护，当天就着手准备换墓碑。

新墓碑刻写完毕，队长和斜眼三等人抬着，百十条汉子护着，一步一步抬到墓地，换下了那块三尺高的小墓碑。

墓碑换完，大家心里好受多了。可是站在墓碑前，看着空山荒草陪伴着一座孤坟，心里又都难过起来，斜眼三说："咱们工程队就要转移工地了，大伙走了，就把大炮兄弟留在这里，怎忍心哪！"队长也流泪了："不过三两年，墓碑被荒草埋没了，咱们回头来祭奠大炮兄弟，到哪儿找？"

难过归难过，可事到如今，谁能让洪大炮起死回生呢？一群汉子叹着气、抹着泪往回走。途经山神庙时，一种说不清、道不明的"新仇旧恨"，突然涌上了斜眼三的心头："他奶奶的！说一千道一万，大炮兄弟的死，这山神老儿脱不了干系！"

队长也说："什么山神灵验不灵验，砸了他！"众汉子一起冲进庙去，发疯一般，眨眼间便把山神像给砸了个稀巴烂。

山神像砸了，白虎岭一带的山民自然不依：山神是我们的保护神，你工程队为什么给砸了？不重塑山神金身，你工程队休想离开！工程队没法，只好自己动手，重塑山神金身。

斜眼三带着一帮汉子，你一把泥、他一把泥地糊，大家揉呀捏呀堆呀，叫呀骂呀哭呀，手里在塑山神，心里都念着洪大炮。到了最后，山神塑好了，大家一看，你道像谁？嗨，那山神竟活脱脱是洪大炮的模样！

山民们哪肯接受，说塑的这山神不像，斜眼三出面解释说："世道不同了，山神也不同了，这尊新山神年轻有为，精神焕发，比老山神更灵验。"

山民们不信，说斜眼三在唬人，斜眼三说："只要你们天天烧香，三年之内，白虎岭一带肯定会发达兴旺，要不然，三年以后我们工程队就回来，给你们当牛做马！"山民们将信将疑，工程队走后，出于无奈，他们还是到洪大炮的塑像前烧香朝拜。

斜眼三的话也算没错：火车通了，白虎岭一带很快就"活"了，富裕了。过去，山民们连百元一张的钞票都没见过，而三年后，钱包一个个都鼓了起来。山民们这才完全信了斜眼三的话，他们感谢新山神的功德，天天有人进庙朝拜，香火不绝……

关键词：干群关系

> 作者以满含热情的目光关注着农村、农民，塑造了一个颇有风采的干部形象。

人往好处推

叶林生

都说忠厚的人逆来顺受好欺侮，殊不知忠厚人要是被惹急了也会玩命。

这人叫虞木根，今年五十岁，是个碰着蛤蟆拦路都会绕开道儿的本分汉，他和老伴靠几亩粮田度日，家就在村主任宋文广的屋后。今年春上，宋文广为了"避邪"，在新造的楼屋后面搭起了一个茅池棚，那茅池棚的露天大粪缸不偏不倚正对着虞木根家的大门，相距不足五米。大热天，茅池臭气熏人，虞木根一家人天天恶心反胃，咽不下饭，他老伴还因此形成了条件反射，一捧起饭碗就头晕呕吐。为息事宁人，虞木根捧上三百元钱，赔着一张老脸，跟在宋文广的屁股后面转了一个多月，可姓宋的总是打着哈哈装聋作哑，最后，虞木根一急之下壮起胆子，自己动手扒了茅棚，砸了粪缸。

谁料一波未平，一波又起，前天虞木根的老伴胃疼得厉害，去医院一查，竟发现已患上了胃癌，需要尽快动手术。为了凑钱，虞木根赶紧将刚晒干扬净的三千多斤稻谷拉到乡粮站，卖了二千元。没想到结账时，这二千元却被会计按照宋文广的吩咐，代扣了下来，虞木根拿到手的，只是一张因拆棚砸缸而违反了村规民约的罚款收据，上面盖着村委会的大印。

这还叫人怎么活呀？刹那间，凄凉、悲哀和愤恨一起涌上虞木根的心头，慈厚木讷的老实人失去了理智，他找到一把短柄板斧，"霍霍霍"磨亮了，冲出门就要找村主任去。可转念一想又横了横心：宋文广要没上面撑腰，敢这么无法无天？他奶奶的，村主任太小！反正是豁出去了，要干就索性干大点儿，干他个惊天动地，让人家瞧瞧，我虞木根究竟是不是别人砧板上的肉！于是，他将斧头往怀里一揣，跨着大步闯进了乡政府大院，直奔乡长的办公室。

乡长办公室的门敞开着，虞木根一脚跨了进去，反手"砰"的一声关死了门。乡长姓胡，是个四十多岁的汉子，正伏在办公桌上忙着写什么，连头也没抬："嗯，关门干啥？马上有人来了。""胡乡长，我今天来……""噢，是老虞呀，什么事，你说吧。"

见乡长还是轻描淡写地没注意到，虞木根决定先给他来个"下马威"，便撩开上衣，将怀里那把斧头"刷"地拔出来，往一旁的茶几上一放，只听"咔嚓"一声，茶几上的玻璃碎了。乡长这才抬起头来，一下子怔住了："老虞，你这是干什么？"

见"下马威"起了作用，虞木根便将自己被村主任宋文广欺负的事说了一遍，然后抓起斧头，两眼射出一股杀气腾腾的寒光："我虞木根不想活了，今天，我要死在这里！不过在死之前，我要先把你这个宋文广的后台劈了！"他脸色青紫，"呼呼"地喘着粗气，两眼死死盯住乡长，像一头随时准备扑上来撕咬猎物的困兽。

乡长不住地打量虞木根，嘴巴张得老大，喉结在急剧蠕动，显然，他已经意识到了事态的严重性，正在紧张地思考着对策："老虞呀，这、这何必呢？我跟你无怨无仇，也没招惹着你，有话好商量……"

"少啰唆！"虞木根凶狠地打断了乡长的话。毕竟是从来没有杀过人，虞木根拿斧头的手抖得有点厉害。现在，他只希望乡长暴跳如雷，或者站起来跟自己搏斗，或者拍桌子喊人来，哪怕是挥挥手打几句推诿的官腔也行，那样，他手中的斧头才能毫不犹豫地砍下去。于是他又蛮横地吼道："你乡长不是比村主任大吗？你们不是官官相护吗？今儿个你别想活着出去！"

乡长直直地坐着，双手机械地放在办公桌上，胳膊一颤，满满一杯浓茶被碰翻了，那茶水沿着桌面"嘀嘀嗒嗒"往地上淌着。虞木根看在眼里，忽然觉得有点解恨：他奶奶的还乡长呢，这会倒成了个软蛋！可下一步该怎么办？他反倒有些无所适从了。

终于，乡长悲哀地叹了口气："唉，既然这样，那你就劈吧，谁让我这当乡长的工作失职呢？不过，在你动手之前，我想吸支烟，这总可以商量吧？"吸烟？虞木根知道乡长是在磨蹭，可转念一想：反正门被关死了，斧头又在自己手里，谅他也跑不了。

乡长小心地看了虞木根一眼，见没表示反对，这才伸手从身后的一排文件柜里找香烟，可那柜里的一大摞文件书报不知怎么弄的，晃了几晃，"哗啦啦"全翻倒在地上。乡长从那翻倒的文件书报里捡起一包香烟，揭开盖头，但手指头捏了几捏竟捏不出一支烟来，于是便将那整包烟撕开，立刻，散了壳的香烟又一大半"扑落落"地滚到桌上和脚下。哼，你乡长也有哆嗦的时候啊,平时那些威风哪去了?虞木根心里不由充满了一种自豪和满足,打从娘胎里出来,他还从来没有像今天这么扬眉吐气过!

正在这时,忽然"笃笃笃"一阵敲门声,外面有个粗粗的嗓门喊道:"胡乡长,胡乡长……"显然,敲门人知道乡长屋里有人。

虞木根一怔,本能地直起了两眼。此时此刻,只要乡长走过去开门,他就会毫不迟疑地拿起斧头砍上去,砍一个够本,砍两个赚一个!

你别说,在这一触即发的节骨眼儿上,乡长还真够识时务的,他先仰着身子往椅子上一靠,那意思是明白地告诉虞木根,他不会去开门,接着他又对门外说道:"请等一会再来,我正在跟人谈话!"

门外的脚步声离去了,虞木根握着斧头的手也软了,砍,还是不砍?他禁不住有些犹豫了起来。乡长似乎已经从虞木根的神情变化中看出了一线希望,他谨慎地站起身,递一支烟给虞木根:"来,抽支烟吧?"

见虞木根没有反应,乡长又竭力用坦诚的语气说:"烟酒不分家,抽一支嘛,今天,就算我给你虞大哥拍一回马屁吧!"

"你……你叫我大哥?拍我马屁?"虞木根内心有一种说不出的滋味:这真是"人怕凶,鬼怕恶"呀!他木然地接过香烟,看着乡长恭恭敬敬地给他打火点烟,又倔起了劲,说:"哼,你算了吧,你是乡长,我一个小百姓,高攀不上!"

乡长说:"你比我大三岁,应该是我称你大哥嘛,别看我是乡长,你是小百姓,可要是咱们两人换个位置,说不准你比我还强哩。"

虞木根有些受宠若惊，那斧头不经意地从右手换到了左手。

乡长继续察言观色："老虞呀，你可记得，去年在乡里的文明户表彰会上，我还给你发过奖状哩。你这人我是了解的，为人厚道，老实本分，逆来顺受，不被惹急了，是不会来当拼命三郎的……"

这话，虞木根当然知道是拍自己"马屁"的，可倒也觉得是说到了自己心坎儿里："这口气，你说我能咽得下去吗？"说这话的时候他虽然声音还很大，但不知为什么，心里已没了刚进门时的那股恶气。

"那……你用斧头把我劈了，问题就解决了？这口气你就咽得下去？"

"我一无后台，二无靠山，我还找谁去呀？"

"我说呢，原来你是看不起我，信不过我这个乡长老弟嘛！"

"这、这是怎么说？"

乡长欠起身体，伸出手："那张两千元的罚款收据带来了吗？我看看。"

虞木根不免有些意外，他迟疑片刻，便"扑"地扔下斧头，掏出那张罚款收据递了上去。此刻，虽然他还半信半疑，但劈人的念头已经渐渐消失了。

乡长仔细看过那张收据，随即就给村主任宋文广打电话，电话挂通后，乡长口气严厉地问："你给我说实话，虞木根的两千元罚款是怎么回事？"宋文广那头怎么说，虞木根听不见，但接下来乡长的话他却听得很清楚："我告诉你，这笔罚款和你这种做法，都是不能容忍的！现在，我马上把这笔罚款如数代退给虞木根，然后再从你的村干部工资中扣除！"宋文广在电话里不知又说了几句什么,乡长火了:"村干部都要像你这样霸道,我这个乡长脑袋提在手上也没法当!"那边好像还在嘀咕,乡长严厉地吼道:"你愿干就干,不愿干打报告来,少了你,地球照样转!"说罢,乡长"啪"地挂了电话,然后,他撕下一张办公用纸,又抄起笔,在上面写了几行字,交给虞木根:"拿这条子到乡财政所取回你的两千元钱,抓紧给嫂子治病吧!"

一把斧头,竟把万人之上的乡长给治服了?虞木根满腔的凄凉、悲哀和愤恨已是烟消云散,他接过那张字条,止不住有了一种胜利的激动:"这就好,这就好!今天,真是差一点点……"乡长从地上捡起那把斧头,将它递还给虞木根:"老虞呀,今天的事算是过去了,但你想过没有,你这样做是错误的,也是很危险的!"

虞木根先是漫不经心地点点头,接着不由暗暗责备起自己的莽撞来,着实感到了一阵后怕:刚才手中的斧头要是真的砍下去,那现在的自己,即使不是一个杀人罪犯,也是一个行凶歹徒了,幸亏……想到这里,虞木根极不自在地揣好斧头,本想打开门出去,一看地上还散落着那一大堆书报文件,便赶紧上前收拾起来。正收拾着,忽然,书报里滑落出一张照片,映入眼帘的,是一个身着特警服装的军人。

虞木根捡起那张照片,不由愣住了:"胡乡长,你……"

乡长拿过那张照片,淡淡一笑:"噢,这是在总队参加大比武的时候照的,那时我在防暴支队当队长。"

"这么说,刚才——你不是因为怕我这把斧头才……"

乡长轻轻地吁了一口气:"人往好处推啊……"

虞木根什么都明白了,他没说一句话,只是泪流满面……

关键词：讽刺

> 强烈的喜剧氛围，折射出生活中的怪异现象。偶然的疏忽其实源于必然，读者可以从中获得有益的启示。

和省劳模合影

冯士清

袁局长乘坐奥迪小车到火车站接老牛，车前贴着一条醒目的横幅："欢迎省劳模牛田富光荣归来"。

摄像师录下了这一庄重场面。

中午，袁局长特意把老牛接到了"风月酒楼"，局里十多位领导陪着，用一百多元一瓶的"剑南春"为老牛接风洗尘。

老牛因学历不高，一直是局办公室的老办事员。他很少饮酒，半两脸红，一两就醉。

袁局长一边举杯一边亲切地说："老牛的的确确是局里的老黄牛，只会工作，不会喝酒。餐后还要合影，老牛是中心人物，要照出省劳模的风采，照出我们虚心向老牛学习的态度，酒嘛，就不必勉强他了。"

众领导一阵叫好，大家都宽洪大量，让老牛以水代酒，轮番碰杯，喝得老牛连连打嗝；众人又连连互相碰杯，一个个喝得鸡鸭不分，天旋地转。

回到单位，已是下午三点多钟，局党委和各科室大小领导将和老牛合影留念。

一会儿，开始排位子，一排蹲着的是主任、副主任们，二排坐着的是局长、副局长们，三排站着的是科长、副科长们。

左排右排，老牛被排在了三排最右边。

好不容易排定了座次，才发现袁局长没到，副局长就派人去请。原来，袁局长躺在办公室的沙发上睡着了，浓浓的酒气直往外飘。

没有谁敢去叫醒局长，众人就等。

等得实在不耐烦了，有的打扑克，有的下象棋，有的翻书，有的看报，有的聊天，有的打盹，有的干脆喝茶去了。

两个多小时后，袁局长打着哈欠，伸着懒腰，迈着八字步出来了，大家赶紧站回原位。

袁局长直接走向二排中间空着的椅子。

摄影师是从当地一家知名照相馆请来的，早已等得不耐烦了，袁局长喊了一声"照吧"，只听"咔嚓、咔嚓"两声，合影就结束了。

第二天，照片送来了，照片上端是一排行书：局全体领导和省劳模合影留念。

大家很快在上面找到了自己的尊容。

唯独找不到老牛，一问，老牛说："你们拍照的时候，摄影师让我帮他打灯光呢！"

两张放大十倍的合影照镶在镜框里，一张挂在办公室，还有一张挂在局长室……

> 在情节的发展上尚见拘谨,但还是较完满地表现了一个相对曲折的矛盾过程。

逼出来的办法

邢庆杰

女司机邵丽已经围着市区转了两大圈,可还是没有拉到一个客人,她想停下车来歇一歇。就在她刚将车停在路边的时候,从街对面一幢大楼里走出三个高大的男人,他们下了台阶,径直向邵丽走了过来。

走在前面的一个面貌挺和善的胖子问邵丽:"去不去德州?"

德州离此地大约有三四个小时的路程,邵丽本想拒绝,但她转念一想:自己下岗已经半年多了,七拼八凑地好不容易借钱买了这么一辆"夏利",现在本钱还未挣回一半,很多债主已经来催讨了,还是能多挣点就多挣点吧。于是,她就拉开后面的车门,让三个男人上了车。

一路上,三个男人在后面一直没说话,邵丽感到有一种说不出的压抑和恐慌,女性的敏感使她意识到情况有些不妙,但她没有办法,只能将车尽量开快一些,争取天黑以前赶到德州。

太阳快落山时,德州到了。这时,背后有一个男人喊"停车",邵丽机智地将车停在路边一个商店的门口。后座右边下来一个黑脸男人,他拉开前车门,坐在了副驾驶座位上,邵丽一惊,刚要说什么,黑脸男人已经解释了起来:"我给你带路。"

在黑脸男人的指点下,车子穿过德州市区,到了城区的北边,邵丽见黑脸男人不说话,就问:"快出德州了,你们还到哪里?"

黑脸男人仍然不动声色地说:"去石家庄。"

邵丽一听,惊得差点跳起来:"什么?你们不是说到德州吗?"

后座上那个胖男人不紧不慢地说:"我们可以多给你钱。"

邵丽猛地一踩刹车,将车子停在路边说:"给多少钱我也不去,家里人还等我吃晚饭呢!"

突然,副驾驶座上的黑脸男人从怀里掏出一把锋利的匕首,顶在邵丽的腰上,说:"你要不听话,今天的晚饭恐怕是吃不上了,快开车!"

刀尖的寒气透过薄薄的衣服,直渗到邵丽的心里,她想:完了,碰上劫匪了!就在她一愣神的工夫,那个黑脸男人手上一使劲,刀子穿过衣服,扎进了她的皮肤,邵丽疼得"呀"地叫出声来。那男人低声喝道:"快开车!"

邵丽只好将车重新发动起来,她一边开车,一边急切地想着脱身的办法。此刻,车快出城市了,路上行人稀少,看来要想保住性命,只能放弃车子了。于是,邵丽试探着问坐在旁边的黑脸男人:"我把车给你们,你们放我走行不行?"

黑脸男人冷笑一声说:"你就不要自作聪明了,你不看看大爷是干什么的?"邵丽的心一下凉到了底,更让她心惊肉跳的是后座传来轻轻的嘀咕声,那个胖男人压低着嗓音在问瘦高个:"车好办,这个小娘们怎么办?"瘦高个没有说话,但邵丽从后视镜中却真切地看到他用一只手掌做了个杀头的动作，她不由打了一个寒战，心想：看来自己是死定了，硬拼又拼不过他们，该怎么办呢？

车子出城时，邵丽透过车玻璃，突然发现前面的路边有一个公共厕所，心里顿时有了主意，她一踩刹车，将车停在厕所的门口。

黑脸男人的刀一直顶在她的腰上，见她停车，手上又加了把劲，说："你想找死？"邵丽却用不容反驳的语气说："我要解手！"

一言出口，三个男人全沉默了，大概他们从来没有想到怎样对付这个问题。过了片刻，那个黑脸男人恶狠狠地说："就在车上解！"

邵丽倔强地说："你杀了我，我也不会在车上解！"

这一下，黑脸男人也没了辙，不到万不得已，他们不想在市区杀人，以免露了马脚。僵持了一会儿，三个男人见周围行人稀少，就互相交流了一下眼神，接着，黑脸男人先下了车，转到邵丽这一边，将车门打开，然后压低声音，恶狠狠地说："你放聪明点，不准耍花招，去吧，要快！"

邵丽心头一阵狂喜，她下了车，急不可耐地走进了厕所。她闪入厕所的一刹那，看见车上又下来一个男人，和黑脸男人一左一右把住了厕所的出口。

厕所内空无一人，邵丽不由得一阵失望，她看了看一人多高的墙头，知道自己不可能爬上去，唯一的办法就是在里面等，一直等到有人进来，自己好求救。

大约过了五分钟的时间，外面传来黑脸男人的声音："快点！磨蹭什么！"

"快了，快了。"邵丽一边答应着，一边飞快地动着脑筋。

这时，厕所外面传来一个女人说话的声音："你们两个大男人站在女厕所门口干什么？躲开，我要上厕所。"

邵丽一听，激动得差点掉下泪来，但紧接着又听到黑脸男人恶狠狠地说："里面在修理，厕所暂时不能用。"

那个女人的脚步声渐渐远去，邵丽几乎绝望了，怎么办呢……

重新上路后，邵丽的心再也不能平静，她一边不紧不慢地开着车，一边想着自己的心事。车子不久就出了山东，进入了河北境内，那三个男人好像并不着急，也不催她快开。

两个多小时后，天已经完全黑下来了，这时，前方忽然堵车了，大小车辆排了长长的两溜。邵丽将车停在一辆大货车的后面，坐在后面的瘦高个男人下了车，上前面去问情况了。几分钟后，他回来了，对车上的人说："前面公路局查车呢，要不要改道？"

黑脸男人问邵丽："你的手续全不全？"邵丽点了点头。

黑脸男人回头对胖男人说："这儿只有一条道，改道只能走土路，我们地形不熟，还是闯过去吧。"说着，他手上又加了把劲，对邵丽说："到时候你老实点，否则，我一刀挑了你！"

瘦高个男人担心地说："万一……"

"万一个屁！"黑脸男人打断了他的话，"是公路局，又不是公安局，你怕什么？"

车队一点一点地往前挪动着，十几分钟后邵丽的车就到了查车点上，黑脸男人的刀子更加用力地顶着她的腰，并用凶狠的眼神威胁着她，一阵钻心的疼痛令她不由自主地打了个哆嗦。这时，一个穿公路局制服的年轻男人过来拉开邵丽的车门，面无表情地问："你有这个季度的养路费手续吗？"

邵丽机械地说了声"有"，就从一旁的小坤包里拿出了缴纳养路费的收据，递给了那个年轻男人，那个男人没有接她手里的收据，却突然一把抓住了她的手腕，然后闪电般地将她拽下了车，并拽着她迅速地后退了几步……几乎就在同时，旁边正检查其他车辆的几个人突然都扑到这辆车的周围，"别动！""不许动！"五六支手枪同时对准了车里的三个歹徒。

事情来得太突然了，事先一点儿征兆也没有，三个歹徒一下就蒙了，面对黑洞洞的枪口，他们只能乖乖地束手就擒。

看着刚才还像恶狼一样的三个家伙被戴上了手铐，邵丽激动得泪流满面，她为自己的努力而感到自豪。原来，天黑前在厕所里，邵丽在几近绝望的时候，猛然发现地上有一张脏乎乎的白纸，心里顿时有了一个主意。她弯腰将那张纸捡起来，从口袋里掏出一支圆珠笔，飞快地在上面写道："我是一个被劫持的出租车女司机，开一辆红色'夏利'，正向石家庄方向行进，好心人如看到这个条子，请速打'110'或传呼告知我的丈夫，日后必有重谢。"她又在后面写下了自己的车号和丈夫的传呼号码。为了能引起注意，她从怀里掏出仅有的五十元钱，将纸条包在钱里面，放在地上一个显眼的位置……

仅过了几分钟，邵丽留下的条子就被一个来上厕所的女教师看到了，她当即向"110"报了案，"110"立即和石家庄警方取得了联系，石家庄警方以最快的速度在方圆百里的各个路口布下了天罗地网……

事后，有记者采访邵丽，问她怎么会想出这么个方法，她不好意思地说："现在回想起来，当时幸亏没有吓傻，也没有放弃求生的欲望，才'逼'出了这么个法子。"

关键词：个体户

> 以小见大，从生活中微不足道的一件小事着笔，以细腻的笔触，表达了民众渴望正义、正气的精神指向，时代特点鲜明。

打 气

范大宇

这天早上，天刚蒙蒙亮，刘大头就将自己的修车摊子摆了出去。昨晚上他看了中央台"焦点访谈"，那里面播了几个贪官贪赃枉法的事，气得他一夜没睡好。眼下，大街上还没有一个行人，他伸了下懒腰，心里感到憋得慌，又"啊啊"地吼了两嗓子。

就在这时，"丁零"一声，有个中年妇女推着车走了过来，边支车边说："师傅，打下气。"

刘大头抬眼打量了她一下，有点脸熟，猜测大概也是住在附近小区的。看这女人穿得干干净净，脸上化了淡淡的妆，不用问，一定是个坐机关的。刘大头心想：她十有八九也不是只好鸟，没准刚从哪儿风流回来，于是冷着脸不答话。

那女人见刘大头没吭声，又说了一句："师傅，我要打气！"

刘大头"哼"了一声，说："气筒子不是摆在那儿吗？怎么，要我伺候你？"女人被噎得一愣，想说什么，没说出来，又想到别的地方去打气，可是看了看前后左右，只有刘大头这一个修车摊子，于是她咬咬牙，从地上挑了个气筒子，然后拧开气门芯，使足了劲，一下一下地打了起来。

两分钟后，那女人的自行车打足了气，她从车座下掏出一块抹布，擦了擦手，在兜里翻了半天，最后拿出一张百元钞票递给刘大头，刘大头皱皱眉，冷冷地说："两毛！"

女人翻了翻衣袋，说："对不起，今天我出门急，换了衣服，没带零钱。"

"你再找找。"

"真的没有。"

刘大头低头收拾工具，头也不抬地说："那你就等着，等我什么时候有了零钱再找给你。"

女人说："师傅，我还有事呢。"

"谁没事呀，天底下就你一人忙？"

女人赔着笑，用手指了指不远处说："师傅，我就住在9号楼，要不下午我再给你送钱来？"

刘大头眯起眼，上上下下又将这女人瞅了个遍，瞅得这女人浑身不自在，这才说："你红嘴白牙，上下嘴唇一碰倒说得挺轻巧，你跑了，我到哪儿找你去？"

"你——"那女人仿佛受到了侮辱，脸涨得通红，说，"你怎么这么不相信人？"

刘大头摇摇头，说："这年头，谁相信谁呀？昨儿个还人模狗样坐在台上作报告，说不定今天就给检察院铐走啦！"

"师傅，不就是两毛钱吗？我再不值钱，也不至于为两毛钱把人格丢了呀！"

刘大头毫不通融，说："对不起，一手交钱一手清。"

那女人抬腕看了看手表，显得有点着急，想了想，说："要不这么着，我把这车胎里的气放了吧，算我没打。"

"放？"刘大头咧嘴一乐，说，"放不放是你的事，可是这两毛钱你得给。""为什么？"

"为什么？看你也有模有样的，像个知书达理的人，怎么这点事理也不明白？我问你，你在商场买了内衣能退吗？当然不能，我这气也就如同那内衣一样，货物售出，概不退换！"

空气仿佛凝结了，两个人僵在那里。大街上仍是一个行人也没有，那女人急得直跺脚，刘大头呢，就像耍猴似的，乐呵呵地哼起了西皮二黄："我坐在城楼观山景……"

那女人也是真急了，趁刘大头扭头的时候，飞快地一踢车支架就要骑走，可没想到刘大头比她的动作还快，一把就将她拉住了。刘大头像得胜将军似的，慢吞吞地说："想溜？你也不问问大爷我是谁，告诉你，我刘大头专抓像你这样爱贪便宜的。别说你了，就是膀大腰圆的大老爷们，也得败在我的手中！"

那女人哀求道："师傅，我求求你，我真的有事，要不我把这一百元押在你这儿？"刘大头摇摇头，说："想行贿呀，没门！我靠劳动吃饭，绝不想发什么意外之财！"

那女人傻了，走也走不成，溜也溜不掉，她身子一软，一下子坐在地上，"呜呜"地哭了起来。刘大头扫了一眼，不为所动，自言自语道："用哭吓唬谁？这个呀，我见得多了。"

这时，街上的行人渐渐多了起来，有的人看到一个女人在修车的摊位前哭，就围了上来，叽叽喳喳地议论。刘大头也不理，仍旧摆弄自己手中的家什。

突然，有人高声叫道："大头，你这儿干吗呢？"

刘大头一看，原来是居委会的张大妈。张大妈挤进人群，看看刘大头，又看看那哭泣的女人，问："你干吗欺侮她呀？"

刘大头撇撇嘴，说："她仗着有几个臭钱到我这儿显摆，不就是个坐机关的吗？"

张大妈蹲下身来，一边搀扶那女人，一边对刘大头说："你就是嘴臭！你认识她吗？她一个下岗的，家里还有一个病人。昨天领导刚刚给她找了个工作，今天要她去面试，想不到让你给耽搁了！"

刘大头看看那女人，感到一头雾水，自言自语地说："她……下岗的？怎么一出手就是百元大钞呀？"

那女人止住了哭，抽泣着说："师傅，这钱是昨天区长送来的慰问金，我还没……"

啊，区长给的？刘大头"嘿"了一声，狠狠地捶了一下自己的脑袋，不好意思地挥挥手，狼狈地说："算了算了，我白活了大半辈子，连个好人赖人都分不出……你赶快去面试吧！"

那女人摇摇头，说："来不及了。"

"为什么？"那女人痛苦地说："人家要我八点钟赶到，可现在已经六点半了，我还有五十里路呢……"

刘大头傻了，他没有想到自己图一时痛快，竟给人家造成这么大的痛苦。他愣怔了一会儿，"呼"地拨开人群，走到路边，拦下了一辆出租车，掏出一百块钱，对司机说："兄弟，你给我把那位大姐送去送回，不能耽误她的事儿。"说完，走到那女人身边，诚恳地说，"大姐，快上车吧，祝你好运！"

那女人头摇得像个拨浪鼓："不，不不不……"

刘大头说："别再耽误时间了。实话对你说，我刘大头是看不惯现在社会上的一些事，把火发到了你的身上，可话说回来，没有改革开放，我也不会在这儿摆摊挣钱了……得了，你快上车吧！"说着也不顾手上的油，将那女人推到了出租车里，然后说，"你放心去吧，回头，我给你把车子好好拾掇拾掇。"

关键词：个体户

> 此篇涉及了"个体运输户"，故事的题材有一定突破。

风雪路上

崔新三

娟子到省城打工已经三年了，这天，她突然接到父亲打来的长途电话，说她母亲病重，让她赶快回家。

娟子急忙买了一张火车票，匆匆赶回家。她的家在辽宁西部的大青沟，每次回家，都要先从省城乘火车到县城，然后再在县城的长途汽车站乘汽车，才能回到那个生她养她的小山村。路上只要稍微晚那么一点，就赶不上那班长途汽车，她就得在县城住一个晚上。

可是这天，一场罕见的大雪使火车晚点了两个多小时，娟子下了火车，气喘吁吁地赶到汽车站的时候，那班长途汽车已经开走半个多小时了！

在空空荡荡的车站上，娟子想起病重的母亲，急得哭了起来。就在这时，一些专门在车站发"雪难财"的摩托车个体运输户，就像饿狼发现猎物似的，"呼啦"一下就把娟子围住了。

"你是不是去大青沟？现在已经没有长途汽车了，坐我的车走吧……"

娟子对这些看上去十分热情的个体运输户是非常了解的，

别看他们现在一个个嘴像抹了蜂蜜似的，说得比唱得还好听，一旦你真的上了他们的摩托车，那可就上了贼船了：摩托车开到上不着村、下不着店的山路上，有些车主立刻就会把脸一变，让乘客加车费，如果不加，就把你扔在荒无人烟的大山上；更有一些不法之徒，以载客运输做幌子，对单身女乘客劫财劫色，刑事案件时有所闻。

面对这些个体运输户，娟子怎么敢上他们的摩托车呢？

正在她犯愁的时候，走来一个年轻姑娘，身穿火红色羽绒服，脚穿白色雪地棉鞋，手里拎着一个摩托车头盔，笑吟吟地对娟子说："小妹妹，你坐我的摩托车，总该放心了吧？"

这个姑娘长得眉清目秀，体态苗条，看上去也就是二十五六岁的样子，坐她的摩托车肯定不会出什么事，娟子连忙答应说："大姐，我就坐你的车。"

那姑娘把娟子带到一辆摩托车前，说："路上风大，你先去买一个口罩戴上，不然摩托车一开起来，冷风直往肚子里钻，你会得病的。"

"哎！"

娟子急忙跑到附近一个杂货店买了个口罩戴上，果然觉得暖和多了，她回到摩托车旁的时候，那个姑娘已经戴上口罩、头盔、皮手套，一切武装完毕，骑在摩托车上等着她了。

娟子坐到姑娘后边，说："走吧！"摩托车"噌"的一声就开走了。

摩托车在风雪中驶上了盘山公路，风"呜呜"地吹着，雪飞飞扬扬地下着,娟子紧紧靠在姑娘的身后，非常感激地说："大姐，谢谢你！要不是遇上你，我今天说什么也不敢坐那些大老爷们的摩托车……"

开摩托车的姑娘就像没听到娟子的话似的，什么也不说。

由于刚下了一场大雪，弯弯曲曲的盘山公路上积雪足有半尺多厚，摩托车行驶起来颠簸得十分厉害，司机不时地叉开两条腿，用两只脚控制着摩托车的平衡。

就在这时候，一个意外的发现使娟子大吃一惊：她看到这个姑娘两只脚下的女式雪地棉鞋竟变成了男式长筒大皮靴，这双大皮靴看上去最少也有四十五码，很显然，这是一个男扮女装的"姑娘"……

此刻娟子全明白了，刚才那个年轻姑娘趁她去杂货店买口罩的时候使了个调包计，把她骗上了这个男人的摩托车！那个姑娘为什么要这么做呢？难道是和这个男人合伙儿打她的坏主意？想到这里，娟子不禁吓出了一身冷汗。

天渐渐地黑了下来，弯弯曲曲的盘山公路上，前前后后只有这一辆摩托车在行驶，路两边的山坡上和树林里看不到一个人影儿，娟子坐在摩托车上，真有一种上了贼船的感觉……

摩托车在风雪中颠簸着向前行驶，娟子的心都快提到嗓子眼儿了，她甚至做好了拼命的准备……

不知过了多长时间，摩托车突然"嘎"的一声停了下来，这个男扮女装的驾驶员摘下头盔看了看娟子，说："下来吧！"

娟子意识到最危险的时候到了，她一下子从摩托车上跳下来，颤抖着往后退了一步："你……你想干……干什么？"

天已经完全黑了，借着路边积雪反射出的微弱的光，娟子看到这个摩托车驾驶员果然是一个浓眉大眼、留着络腮胡子的男人。

娟子下意识地抓起一团雪，一边后退一边说："你别过来……你过来我就跟你拼命！"

看到娟子这个紧张的样子,这个留络腮胡子的男人突然大笑起来:"哈哈……你好好看看,都到家门口了,你紧张什么!"

娟子这才发现,盘山公路下面的山沟里,正是大青沟村那一幢幢闪着灯光的农舍,刚才只顾胡思乱想,到家门口了自己都不知道,她有些不好意思地说:"换驾驶员,你怎么也不告诉我一声?"

那驾驶员笑着说:"对不起,我和姐姐在汽车站看到你那着急的样子,就知道你一定是有急事儿赶着回家,可是你又不敢坐男人的车,我们只好使了个调包计;再说,这么大的雪,哪个女人敢开车?快回家吧,我用车大灯给你照路!"

此时,娟子才看清,这个摩托车驾驶员是个和她年龄差不多的小伙子。

在摩托车大灯发出的一束强光中,娟子一边往家走,一边含着热泪说:"谢谢你……"

关键词：干群关系

> 塑造了一个改过自新的村长形象，在表现人物个性化的性格特征方面，有独到的思索。

好你个村长

吴 为

这天傍晚，青杉村村长修完水渠，扛着锄头回家。当他刚拐过一个山弯时，只听前边传来一阵女人的呼救声："救命，救命啊……"

村长一听到这声音，立即循声上前，只见一个歹徒正在撕扯一个姑娘的衣裳。他顿时热血沸腾，火冒三丈，举起锄头吼道："哪来的畜生，竟敢在此作恶，你不想坐牢就快放了她！"谁知话音刚落，歹徒"刷"一下拔出枪来，对准了村长说："怎么，活得不耐烦了是不是？你若不想死，就少管闲事，给我滚开！"

村长先是一愣，但很快镇定下来，心想：他怎会有枪？啊，肯定是假枪，拿着吓唬人的，我可不能上当，绝不可见了假枪就退缩，村长就得像个村长，坚决为民除害！于是他又严厉地说："我堂堂一村之长，还怕你威胁不成？你小子敢开枪，那就犯了死罪。我警告你，快放了她，争取从宽处理。"

歹徒一阵哈哈大笑之后，凶相毕露地说："老子本来只是想玩一下这个姑娘的，既然你村长硬要凑热闹，那我就两个一起玩，先看看你这个村长有多大的能耐！"随即"砰"的一声枪响,子弹"嗖"一下与村长擦肩而过……

村长大吃一惊,他想不到歹徒拿的竟然会是真枪,而且真敢开枪,于是浑身不自觉地打起颤来,手里的锄头也"哐当"落地。歹徒一脸狞笑,似乎还不过瘾,又吆喝起来:"你如果想活着回去,就向我举起双手!"

村长知道,举手意味着什么,他只觉得双手十分沉重,怎么也举不起来。歹徒见了,又朝他开了一枪,子弹从他耳边飞了过去。这一枪打得村长晕头转向,什么尊严,什么名声,全都抛到脑后,他当即举起了双手。歹徒乐了:"嗯,这还差不多,有点像个村长的样子了,不过还差一点点,你应该喊'好汉饶命',我才放你一条生路,快喊吧!"村长这时连半点骨气也没有了,马上顺从地跪地喊道:"好汉饶命。"歹徒大获全胜,得意地说:"你这个堂堂一村之长原来也是贪生怕死的料儿,就凭这点,我不杀你,不过你得跪着,等我干完好事你才能走!"他说完,抱起那个连吓带恨早已昏死过去的姑娘,钻进了树丛里……

村长趴在地上,连头也不敢抬,恨不得挖个地洞钻下去。过了好久,从树林里传来了姑娘的哭声,那悲切的声音令人心碎。村长连忙爬起来上前一看,歹徒已经走了,姑娘则披头散发,一味地哭着,他这才发现,受害的姑娘正是自己村里的,名叫周翠鸟,于是连忙上前劝说:"翠鸟,别哭了,事情已经发生,人家又带着枪,这也是没办法的事。你还是个姑娘家,这事千万不能说出去,要是被人知道,那你的日子就难过了。大叔很同情你,我会帮你保密的,走,咱们回家吧。"说着,他去拖周翠鸟。

正在这时,姑娘听到父母的呼唤声,知道家里人因天黑还不见她回家，急着来找她了，于是她甩开村长的手，发疯似的朝父母奔去。她向父母哭诉了自己的不幸遭遇，父母又把事情告诉了村里人，激起了全村人的怒火，大家点起火把，聚在一起，决心上山寻找歹徒，为周翠鸟报仇雪恨。

人们刚到村口，正好碰上村长，这确实有点狭路相逢的味道，大家围住了村长，全都满腔怒火，有的骂他"狗熊"，有的骂他"软壳蛋"，有的骂他"叛徒"……老支书站到土坡上说："我们全体村民投票选出来的村长，在关键时刻，居然向犯罪分子举手投降，下跪求饶，这是天大的丑事，把全村人的脸面都丢尽了，这哪像个共产党的村长！我提议，罢免这个没有骨气的村长，请村民委员会报请乡里批准。"他话音一落，所有的人都鼓起掌来。村长深感无地自容，低着头说："我贪生怕死，见死不救，我不是人，我对不起大家。"紧接着，村民们分成了两拨，年轻力壮的上山搜寻歹徒，其余回家休息，丢下村长一人，呆呆地站了好一会儿，才长长地叹了口气，迈着沉重的脚步回家。

村长到了自家门边，推推门，发现门已上了栓，只得边敲门边喊老婆开门，谁知他老婆却没好气地说："你还有脸回来呐！除非你把坏蛋抓住，不然就不要回来，免得我看见你恶心！"这几句话犹如五雷轰顶，惊得他头晕目眩，想不到一失足成千古恨，连亲人都容不下自己了，真是生不如死啊！他决定跳河自杀，一死了之。可到河边又改变了主意，觉得这样死了不值得，村里人会更加看不起自己。这时，他想起了老婆说的"除非你把坏蛋抓住"的话，对，哪怕掘地三尺，也要抓住那个歹徒！

可是到哪里去找他呢？

村长躺在草地上想了大半夜，终于有了办法。他从歹徒的说话声判断，歹徒肯定是本地人；他还记得歹徒脸上有一条长长的刀疤，一眼就能认出；再加上自己曾经当过赤脚医生，有专治跌打损伤的祖传秘方，凭这些就可以外出行医，既可以此谋生，又可寻找那个狗杂种！

说干就干，村长到城里买了假发、假胡子，把自己打扮成一个上了年纪的游医，戴上墨镜，挎起药箱，走村串乡。每到一处，他就挂起旗幡，敲响小铜锣，嘴里喊道："祖传秘方治疤痕，药到疤除特别灵，身上有疤快来治，错过机会要伤心。"这一招还真见效，一下子就围上来许多人，有看热闹的，也有求治疤痕的。村长自然十分热情，既认真，收费也很低，而且记下每个患者的姓名和住址，说是要来复查，如果疤痕不消除就退还全部医药费。这一来，他的生意就一天比一天兴隆了。

但奇怪的是，三个月过去了，他跑过二十多个乡镇，给几百号人治过疤痕，却没有见到他一心要抓的那个狗杂种。这家伙脸上有个刀疤呀，为什么不露面呢？莫非他已流窜到外地去了？

其实，那歹徒并未远走高飞，只是因为风声较紧，不敢轻举妄动。当他得知那个四处治疤痕的老头就是贪生怕死的村长后，不但不害怕，反而胆子大了起来。他想自己脸上那个刀疤很容易给人留下把柄，这次何不趁机……

这天，村长做完生意，正要收摊，来了一个长发遮脸的女人，怪腔怪调地问道："先生，请你给我治治伤疤好吗？"村长朝女人看看，说："伤疤呢？是不是长在脸上？让我看过才能下药呀！"女人摇摇头："不是我，是我男人屁股上有个疤，他不肯到街上来脱裤子丢人现眼，请你到我们家去，离这里不远，我们多付些钱，好吗？"村长思索良久，最后说："好，那就走吧。"

其实，那女人的家并不近，那是山弯里的一个小屋，单门独户，破旧而且杂乱。进屋后，女人随手把门拴上，然后又三下五除二脱去衣服，扯掉长发，抓起一把枪，指指脸上的刀疤说："村长大人，你的化装技艺不高呀，我早就认出你来了，不过，我俩还真是前世有缘，又走到一块来了。上次你跟我作对，我可是手下留情，放你一条生路，想不到你小子恩将仇报，化了装冒充医生，四处找我，还想抓我。今天，我把你请到家里来，你做梦也想不到吧？"

村长冷冷一笑，说："你太小看我的眼力了，你以为弄几根毛毛把半张脸盖住就能蒙住我？不！当你在我面前一出现，吐出那几句怪声怪气的话，我就知道你是谁了，可我还是跟你来了，你知道为了什么？因为我已不是村长，而是医生！医生不管好人坏人，只管病人，你请我，我当然要来。你说我化装冒充医生，实在幼稚得可笑，你想想，要是有人认出我是青杉村那个贪生怕死的村长，谁还会让我看病？为了混饭吃，不化装行吗？"

歹徒扬了扬手里的枪说："好了，废话少说，言归正传。你若能把我脸上这块刀疤抹掉，那就算你真是医生，我绝不动你一根汗毛；如果抹不掉，那就对不起，休怪我心狠手辣！"村长十分镇定："我保证药到疤除，但得先看一看，摸一摸，按一按，才能对症下药。"歹徒咬咬牙："好吧，你可以看，可以摸，可以按，但不能玩花招，告诉你，这枪里有子弹，我一扣扳机就可送你上西天！"

村长听了好不恼火，真想一把将他掐死，但还是强压怒火，不动声色地迎着枪口走上前去，先看了看，又摸了摸，然后一把抓住刀疤，使劲地捏，痛得歹徒"哇哇"直叫："啊，疼死我了，你轻点不行吗？"村长松了手，说："别叫得那么吓人，我只是要看看能否掐出水来，因为掐得出水跟掐不出水，下药是不一样的。好了，现在都弄明白了，我这就给你配药。"他说完便打开药箱，配了一大一小两瓶药给歹徒，说："这大瓶是喝的，最好一次喝光，喝后睡一觉，然后再用小瓶子里的药涂刀疤，肯定见效。"他交代完毕，挎起药箱就走，哪知歹徒一把拖住他说："你想走？这不行！在我脸上的刀疤抹掉之前，你休想走出我家门一步。"说着，歹徒将他拖进一间连窗户也没有的小屋里，锁上了门。

村长没说半句怨言，反而得意地笑了，心想：你别高兴得太早，只要你喝下我的药，用不了多少时候，你就成了一头死猪，等我叫人来把你捆住，你还不知怎么回事呢！

时至半夜，村长准备行动，但不知歹徒是不是喝了药。为了试探，他心生一计，扯开喉咙唱山歌，唱了半天也没动静，就又使劲捶门，边敲边喊："快开门，我肚子饿极了，让我吃点东西！"叫了一阵依然毫无反应，他这才放心，一脚把门踢开，再去推推歹徒的房门，里面拴得死死的，于是连忙破门而走，讨救兵去了。

村长摸黑在崎岖的山道上奔走了足足半个小时，来到一个小小的村子旁边，被几个当地值勤的民兵拦住盘问。他将情况细细一说，民兵觉得事关重大，立即集中了十几个人，兵分两路，一路直奔十多里路外的派出所报告，一路跟村长进山捉拿罪犯。

村长领着民兵很快到了山弯里，他让民兵包围小屋，自己先进去看看，可他撞开房门一看，不觉傻了眼：床上空空的，歹徒已不知去向。难道自己上当了？

突然，从墙角边发出了歹徒的说话声："你狗日的好啊，给我吃的是什么药？是不是迷魂药？好在我只喝了几口，打了个盹就醒了。你说，究竟想干什么？"说着，歹徒对着村长举起了枪……

村长非常后悔低估了歹徒，没有看着他把药喝光，没有趁他睡着把他的枪拿走，唉，后悔有什么用呢？村长想了想，说："你用不着虚张声势，我也不再是那个贪生怕死的村长了，告诉你，你已经被包围了，放下武器、举手投降是你唯一的出路！"他说完，一个箭步冲上去，用双手把歹徒拦腰抱住，大声喊道："快来抓坏蛋呀！"话刚出口，歹徒的枪响了，一粒子弹射进了村长的胸膛，但他依然紧紧地抱着歹徒不松手。民兵们一拥而上，三下五除二就制服了歹徒。

村长很快被送到医院，但已经不行了，临死前，他只说了一句话："我想回家……"

青杉村的村民们得知这一消息后大为震惊，许多人都哭了。村支书说："咱们的村长最终没给青杉村丢脸，是好样的，我们应该去接他回来，愿意去的跟我走！"当天晚上，大部分村民，包括周翠鸟一家，有打手电的，有点火把的，浩浩荡荡，在村支书的带领下，去接村长了……

关键词：民生

> 以独到的角度反映了责任田问题，反映了农民对土地的精神依赖。

吃一口家乡饭

杨汉光

田光大学毕业后，留在城里工作，乡下就老母亲一个人，种着一亩三分的责任田。田光心里牵挂着老母亲，不久就把她接到了城里，责任田租给了同村的张六叔，说好了，田租是每年三百斤大米。开头两年，张六叔总是把上好的大米送进城来，煮出的饭又软又香。吃着这香甜可口的饭，母亲也总是忍不住在儿子面前夸六叔，说他人好，做什么事都不会亏待人。

可两年后，事情就有了变化，张六叔送来的米差了很多，煮出的饭粗糙乏味，难以下咽。田光自己不吃这饭，也劝母亲不要吃，可是母亲照吃不误，还说吃着张六叔送来的米，就像回到了乡下。

这天，张六叔进城送米来了。母亲从袋里抓起一撮米，捏了捏，又拿到眼前看看、闻闻，疑惑地问："老六，这是我田里出的米？"

张六叔听了，脸"霍"地红了，不好意思地说："说句老实话，这是在城里买的便宜的米，嫂子，现在种田不容易啊！"

母亲想了想，就说："我知道种田难，这样吧，那田租减一半，你以后每年就送一百五十斤大米给我好了，但一定要我那块地出的大米。"说着，母亲赶到厨房，为张六叔烧菜做饭，六叔吃饱喝足了，立即把糙米拉走，第二天就送来了好米。

这样大约过了两三年。一天，张六叔来到田光家，可这回什么米也没拉，空着一双手，对母亲说："老嫂子，这田是越来越难种了，是不是再减点田租？"

母亲笑了笑，说："老六，我不跟你说田租了，我的田你照种，送多少米随你的心意。吃一点自己地里的米，我心里舒坦。"

此后，张六叔真的每年只送几斤大米来。

田光说："真是人变化得快啊，这个六叔，也太吝啬了！"

母亲却同情地说："不要多讲，随他，种田苦，你看他头发都快白完了，老得多快。"

谁知老六叔还不知足。这年冬天，他进城来到田光家，正赶上田光休息在家，他就对田光说："大侄子，种田实在太难了，你要贴补百把块钱给我，我才敢种你家的田了。"

母亲在一旁听了，没说话，脸色却十分难看。

田光忙抢在前头说："六叔，你不要得寸进尺，天下哪有贴钱出租的道理？这田你不种就算了，我们另找主儿。"

张六叔见田光生了气，饭也没敢吃，就走了人。

这一天，母亲有点坐立不安的。晚上，她对田光说好些年没回乡了，想下去看看。田光知道她还是惦着那一亩三分地，就答应陪她一道回老家。好多年没回去了，村里新添了许多小洋房，在村口他们碰见了刘二叔，刘二叔拉住田光母子俩，非要到他家坐坐不可，刘二叔原来在村里最穷，没想到现在也住上了砖瓦房。

母亲悄悄地对田光说："孩子，二叔心眼好，请菩萨不如撞菩萨,我们就把田租给他好了。"

田光笑笑点点头,就把租田的事跟刘二叔说了。可话没说完,刘二叔就急了,直摇头。母亲说:"老二,你让孩子把话说完,我是送田给你种,并不收田租,一年只要几斤米,吃一口家乡饭就行。"刘二叔说:"老嫂子,要米你就拿,你的田我可不敢种,别说白送田,你就是倒贴钱,我也不会去种。"

这下母亲可愣住了:"为什么?"

刘二叔说:"种田不赚钱,一年苦到头,连小孩的学费都交不起。我两年前就改跑生意不种田了。你看河对面,野草长得最高的那一块,就是我家的田。"

田光以为他在打诳,就跨出门向外看去,果然看见小河两边茫茫的田野上,确有东一块、西一块的田地,长有一人高的野草。田光低着头回到屋里,不解地问:"你为什么不把田退给政府,也免了交公粮呀?"

刘二叔说:"不准呀,说是政策三十年不变,等满三十年再说吧。现在不想种田也必须要田,公粮、水费照交不误。"

这么一说,母子俩再也不敢提租田的事了。

第二年夏天,母亲突然失踪了,田光稍作思索,就知道母亲是回老家去了。他放心不下,也不敢怠慢,就坐车追到了老家。

那时正是收割稻谷的时节,田野上打谷机响个不停,田光问清了自家责任田的位置,一口气跑了过去。果然,烈日下母亲正弯着个腰,蹲在地里割着野草。田光站在地头,大声喊着:"妈,你这是何苦呢?"母亲头也不抬,说:"这么肥的田,不种稻真是作孽哟!"她一边说着,一边颤巍巍地割着野草。

田光心头一热,一步一步走下田去,递给母亲一瓶矿泉水,接过了她手里的镰刀……

关键词：法治

> 以冷静、客观的笔触剖析了一起匪夷所思、触目惊心的超常事件。

城里有只疯狗

封宇平

2001年11月，这个城市发生了一起骇人听闻的"杀狗"事件，以至于那年冬天好多地方的狗肉都卖不出去了。这事呀，要从专做狗肉生意的个体户黄大胆说起。

黄大胆人品好，对送上门的狗有两条原则，即：三要三不要。三要嘛，就是狗要没怀孕的，要刚成熟会发情的，要漂亮结实的。如果哪条狗灵活、机智、生气勃勃的，那他就愿意出大价钱，这种好狗，往往也会被买主当场高价买走；至于三不要嘛，就是被小贩药倒的狗不要，有疯病嫌疑的不要，在铁笼里被踩死的不要。不管你是大汽车拉来的，还是小贩拿编织袋装来的，他都一视同仁。黄大胆杀狗本事大，再凶的狗看到他，都会吓得索索发抖，再被他那大手一摸，就只有俯首听命了。

黄大胆做出了牌子，他的摊位前每天总有那么一群人看杀狗，就像是大清朝在菜市口看砍人脑袋。看客中有一个家伙，人称"豆芽菜"，他本来是个出租车司机，有老婆孩子，收入很高，但自从迷上毒品后，就渐渐地不成个人样了，出租车"吸"掉了，老婆也气跑了，孩子被年老体弱的爷爷奶奶带着，自己则整天拖着鞋,到黄大胆的摊位边闲呆着,有时帮忙打打杂,维持一下现场的秩序,碰上黄大胆高兴,就能赏到一些狗肠子回去做菜。

这天一大早,黄大胆的生意刚开张,只见豆芽菜有气无力地提着一个塑料编织袋来了,黄大胆挂着打狗棍,问道:"豆芽菜,你提的是什么?"豆芽菜吃力地一摇袋子,只见里面的东西"呜呜"地哼哼着,动弹了几下,他有些讨好地说:"一条土狗,乡里亲戚送给我老爸的,卖给你。"黄大胆不想被他耽误生意,便问:"什么价格?我要了。"豆芽菜似乎已经急不可待了,凑到黄大胆耳朵边低声说:"只要八十块,一手交钱一手交货!"

黄大胆看见袋子沉甸甸、鼓囊囊的,知道八十块是捡便宜了,于是就从油腻的肚包里夹出三张钞票,整八十,团成卷,塞到豆芽菜手里,顺手就把袋子接了,扔在墙脚。豆芽菜紧紧抓住钞票卷,分开人群溜了。走出没多远,趁大伙不注意,豆芽菜又神情怪异地回头看了那袋子一眼。

这时,黄大胆正忙着跟前来买狗肉的人讲话,不料墙角那个袋子一抖动,竟把地上的污泥浊水、臭狗屎溅在黄大胆的鼻子尖上,这一下,围观的人不禁笑话起来:"大胆啊,谁那么大胆,往黄老板脸上泼泥、给黄老板美容啊……"

黄大胆一抹鼻子,闻到一股腥臭味,顿时恼羞成怒,脸红得猴屁股似的,早把开袋验收的规矩忘到九霄云外了,只见他一手抄起打狗棍,冲着估计是头部的地方一棍子又狠又准地打下去,只听见破西瓜似的闷声一响,就有红的白的浆液从袋子里渗透出来。围观的人对这种情景已经习惯了,狗嘛,死了就是肉呗。

平日杀狗，就是满地跑的，黄大胆都不用补棍子，可今天邪门，那挨了一棍的狗居然没断气，还在滚动，把污泥浊水弄得四处乱溅。黄大胆怕闹下去坏了自己的名声，立即抢过徒弟的刀，隔袋子一摸，就将刀直接插进狗的背心，一抽刀，那血就直往上喷。徒弟也配合着，立即把那狗和血污的袋子扔进热水大盆，准备洗剥。围观的人齐声叫好，因为这么干净利落的动作，只有在黄大胆的摊位前才能看到。

黄大胆出了一口恶气后想见识一下这条凶暴的土狗，便用刀把袋子口挑开了……"啊？"突然间，黄大胆脑袋像被敲了一棍似的，一屁股坐到地上，刀子也失手掉进泥泞中。徒弟伸长脖子上前一看，顿时吓得脸都白了！

围观的人好奇地去看木盆里的东西，一看都吓得纷纷散开，有的人当场连连呕吐，哭喊起来，这哪是条狗，竟是一个孩子！不少人认得，那是豆芽菜的儿子，豆豆！人们禁不住七嘴八舌地嚷着："老天，造孽啊！""豆芽菜把崽当狗卖，黄大胆你死也要拉上他陪着！"

这时，从菜市场的东头走来一对白发老人，他俩正是豆芽菜的爹娘，两个老人一边走一边呼喊着自己孙儿的名字："豆豆啊，豆豆啊！"平日，他们经常这样寻找淘气的孙儿，可今天，人们觉得这声声呼唤分外凄凉，原本在围观和议论的人突然沉默不语，纷纷散开，都想避开两位老人的眼睛。

黄大胆惊醒过来，他吃力地把一大盆热水倾翻，人血水和狗血水立时泼了一地，又将木盆倒过来，把一个三岁大的、手脚被绑的男孩尸体倒扣在盆里。黄大胆一屁股坐在盆上，喘着粗气，抖动的手摸出烟卷，另一只手举着打火机，却怎么也打不着火。

这时，两位老人互相搀扶着寻了过来，看见黄大胆，孩子的奶奶亮了亮手中的香肠，说："黄老板，生意好啊，看见豆芽菜，要他回来吃饭，今天是他的崽满三岁呢，我刚买了点香肠。"

黄大胆等老人转身走远，脊背一歪，屁股一软，从盆上滑到地上，他大滴的汗和大颗的泪一齐掉着，点燃烟，拼命抽了一大口，呛得直咳嗽。好半天，黄大胆跪在地上，对着冤死的孩子磕了三个响头，接着对徒弟说："上公安局，自首！"

这时，围观的人才如梦初醒，他们报警的报警，找豆芽菜的找豆芽菜，还有人把殡仪馆的车叫来了，纷纷说要把孩子的尸体整容后再交给老人。那殡仪馆的工作人员按理说什么场面都见过，但一揭开木盆，都不禁落下泪来，边解开绳索，边抚摸孩子苍白的面孔，让他闭上冤屈的双眼，把脸上和身上粘的狗毛拿掉，把捂住嘴的胶带扯掉，他们的动作很轻很轻，仿佛怕惊动了冤死的孩子。一个才三岁的孩子，多么可爱，这样惨死能不让人揪心吗？

一会儿，刺耳的警笛响起，警车呼啸而至。当着警察的面，黄大胆主动自首，交代了事情的经过，围观的人也都为他作证。

没隔多久，豆芽菜也在一处公共厕所里被找到了，找到时，他已昏迷不醒。原来，一早起来，豆芽菜毒瘾发作，但是家里再也没有可以典当的值钱东西，在毒瘾疯狂的折磨下，他不顾一切地把手伸向还在熟睡的孩子，用胶带封住孩子的嘴巴，用绳子把孩子的手和脚像狗一样分开捆绑，再用编织袋装好，提着去了菜市场。豆芽菜只是想把儿子当狗来骗黄大胆的钱，他想：只要先瞒着当场不验收，拿了钱就溜，黄大胆杀狗前都要打开袋子验货，绝不会真把孩子当狗办了，到时候，不愁孩子不回家；再说，才骗他几十块钱，他那么大的生意，不会记恨的。豆芽菜卖"狗"得手后,把那八十元钱全买了毒品,到私人诊所赊了一副一次性注射器和一小瓶稀释液。据当时正在上厕所的一个目击者说,豆芽菜一边往手臂注射一边似笑非笑地直哼哼,可转眼就往前一栽,倒在地上,针头还在肉里呢,针管倒从他手臂里抽出了一管子黑黑的血。

如今,豆芽菜还被关押着,法庭还没判呢,但"杀狗"的故事已经在各地纷纷扬扬地传开了,许多人听了这个故事,都忍不住咬牙切齿地骂:"畜生,这样的爹真是猪狗不如啊……"

> 以精巧设计的喝酒情节,为所塑造的乡长形象增添了浓墨重彩的一笔。

雪夜醉酒

李雪峰

我那年才十八岁,在牛毛坪乡当通讯员,主要工作就是给乡长提提水、扫扫地,接个电话什么的。那年冬天,县里新派来一个乡长,叫郑新兴,年龄不过二十五六岁呢。

别看牛毛坪穷乡僻壤,沟深林密,离县城又远,可牛毛坪乡的干部,个个后台都挺硬的,先后几任乡长都被那张钢铸铁浇的关系网撞得灰溜溜地走了。有些干部,在牛毛坪这天高皇帝远的地方,干事常常没个谱,整天除了打牌就是喝酒,乡政府大院里天天都是酒气熏天。

郑乡长刚上任没几天,牛毛坪就下了一场几十年不遇的大雪,鹅毛大雪足足下了半尺厚,一眼望去,满世界都白茫茫的。郑乡长一看心里急呀:下这么大的雪,许多偏僻村庄山高路远,老百姓有吃的没有?穿得暖吗?有灾情没有?郑乡长匆匆开了个会,要求每个乡干部明天分头下乡到老百姓家里去走走、看看,发现有困难的,要帮助解决。

第二天一大早,我在乡里留守,郑乡长带了个干事,冒着鹅毛大雪下乡了,可乡里的其他干部谁也没动,有的蒙头睡觉,有的烤着火喝着酒，谁也不把郑乡长动员下乡的那些话当回事儿。要说乡长，他们见得多了，新来的这个郑乡长，年轻，嫩，谁买他的账？

可郑乡长却一点不知道乡政府那些人的心思，他拄着拐杖，一脚泥、一身雪地跑了一天，半夜时才回到乡政府大院里，乡政府里的干部们刚刚酒足饭饱，正烤着火吵吵闹闹地搓麻将。几个副乡长正玩在兴头上，听说郑乡长回来了，挤挤眼说："走，看看这个'焦裕禄'去。"

一伙人推推搡搡地到了郑乡长的屋里，郑乡长正在换衣服，冻得口里直吸冷气，牙齿"咯咯噔噔"直打颤儿。王副乡长摇摇头，叹了口气，走到郑乡长面前说："论职务你是乡长，论年龄，你该称我叔哩。今儿个，你王叔说句不该说的话，这大雪天，虫鸟都往窝里躲，你还下乡去跑个啥？不是找罪受吗？"郑乡长听了，只是打着哆嗦说："妈的，没想到这么冷啊，骨头都快冻酥了。"瞧着郑乡长冻成了那熊样，一帮人都幸灾乐祸地偷着乐。

换罢衣服，郑乡长从床底下摸出一瓶酒来，说："谁还没喝够，来咂两口？"王副乡长在一旁说："他们从上午喝到天黑，都喝得尽兴了。"郑乡长也不多客套："你们不喝，我可要喝些暖暖身子骨了。"说罢，他拧开瓶盖仰头就灌，"咕咕嘟嘟"一口气喝下了大半瓶，看得大家个个目瞪口呆……

我见郑乡长喝完酒就睡了，心里也就安定了。回到屋里刚睡下，还没合上眼，忽然听见乡政府大院里有人又哭又闹的，我披上衣服出来一看，嗨，那人竟是郑乡长，只见他赤着脚光着背，只穿了件裤头，摇摇晃晃地在雪地上跳呢。王副乡长、陈副书记听到声音后都来了，"郑乡长喝醉了！"他们这么说着，便上去劝郑乡长快回屋,别冻坏了,可谁也拉不动郑乡长。

这时,只听郑乡长哭着说:"老百姓真可怜啊,收税收款的时候干部轮流上门,可缺吃缺喝的时候谁去看过一眼?谁去问候过一声呢?咱们这些干部,都是王八蛋,嘴里吃着老百姓的,身上穿着老百姓的,可咱们谁心贴心地替老百姓想过一件事、帮过一次忙?呜呜……"

郑乡长哭得伤心,骂得狠心,一旁的王副乡长脸上挂不住了,说:"郑乡长,不是我不下乡,天一冷,我这腿受了寒气又犯病了……"郑乡长冷笑着说:"一听说要下乡,你那腿就犯病,可去年冬天县上一个领导大雪天要吃野兔,你在山上满地跑,你那腿就不犯病了!"王副乡长一听,立刻缩回去了。

说到这儿,郑乡长又指着陈副书记瞪起了眼:"你爹你妈也是个老百姓,你也是老百姓出身,你一当官,就把老百姓给忘了,不问老百姓苦,不问老百姓疼,你还有良心没有啊?"陈副书记被骂得满脸火辣辣的,赶忙躲到人群后面去了。郑乡长哭着哭着又"哈哈"笑了,说:"我知道有人的舅是副县长,也知道有人的姑父是组织部部长,我知道你们后台硬,不把我这个芝麻绿豆乡长放在眼里,你们去歪歪嘴我就得滚蛋。滚蛋就滚蛋,但只要我姓郑的在这里干一天,我就是乡长,我说的你们就得听,哈哈哈哈……"

我看着这情景心里直发毛:虽说喝了酒能御寒,可这么冷的天,在这雪地里,光着身子赤着脚,冻坏了身子骨怎么办?我费了九牛二虎之力,才把郑乡长拉回了屋里。

第二天一大早,乡里的干部们全悄悄下乡去了。又过了两天,天终于晴了,乡里开会,会上郑乡长很抱歉地对大家说:"前些天夜里我喝醉了,都说酒后无德呀,我骂了谁得罪了谁,请大家多包涵,我给哥儿几个道歉了!"大家听了,都在下面嘀嘀咕咕。不过自此以后,乡里一布置任务,没有人再敢推三托四了。

有一天,我帮郑乡长打扫房间,看到了床底下那天夜里他喝剩下的半瓶酒,我知道郑乡长是不会喝酒的,生怕他再喝醉了骂人,可扔了吧,还有那么小半瓶,挺可惜的,我想,不如我把那点酒喝了。我拧开酒瓶盖,一喝就愣了,原来那根本不是酒,是水,一瓶凉水啊!想起郑乡长那天晚上赤着脚、光着身子在雪地上摇摇晃晃的,我的眼泪就"叭哒叭哒"掉了下来……

> "他是不是骗子？"这已经成为社会流行的模式化思维。就这一意义而言，这个作品给人的思考是深刻的。

不速之客

叶林生

许明是石城市一家机关单位里的转业干部，妻子何红在居委会工作，他们有一个舒适安逸的家庭。

除夕之夜，天很冷，零零落落地飘起了雪花，许明和妻子从外面吃了年夜饭回来，快走到家门口时，妻子忽然轻轻地捣捣他，努努嘴说："哎，你看！"借着对面不太亮的街灯，许明看见就在自己家门口，有一个穿大衣的陌生汉子，正在探头探脑地转悠。

这人要干啥？许明心里一动，悄悄拉了拉妻子，站到暗处。少顷，只见那汉子裹了裹大衣转身离去，但走了几步后，又迟缓地掉过头，伸手在防盗门上敲了几下。

许明一个大步上前，断喝一声："你找谁？"

汉子转过头来，朝他打量几眼，露出异样的神情，叫了一声："老班长！"

"你、你是？"许明一听愣住了，听声音这人有点熟悉，却怎么也想不起他的名字。

"老班长，你认不出我来了？我是三班的熊正寿呀！"汉子接着又看看何红,"这位是……是我嫂子吧?"不知是天太冷还是人太激动,他的声音听上去微微有些发颤:"还记得吗?拿谅山那晚,临上去之前你悄悄把我拉到旁边,从怀里掏出嫂子的相片交给我保管,说要是'光荣'了……"

"噢……"许明这下总算想起来了:熊正寿,东北人,自己那个班里的,八三年的兵,八六年退伍,可自打分手后,就一直没有他的消息……许明赶忙将熊正寿往屋里迎:"好家伙,你是怎么找到这儿的?"

"大前年在天津遇到老排长,听他提起过你,我刚才就是先找到你单位,问了门卫老头才找到这里的。"

说着话三人就进了客厅,许明打开了客厅里的灯,里面明亮整洁,显得很宽敞。熊正寿在门边的一张椅子上坐下,轻轻地叹了一口气,又裹了裹大衣,似有难言之隐。

丈夫的老战友登门,妻子何红自然十分热情,她一边忙端茶递烟拿瓜子,一边习惯地用眼角扫了扫来客。可渐渐地,她心里便犯起嘀咕,扭过头向许明递个眼色,许明不由得也留意起眼前的熊正寿来。只见他双眉紧锁,神情憔悴苍老,灰黄瘦削的脸上胡子拉碴;身上的那件灰色呢大衣皱巴巴的,也没有纽扣,一双皮鞋瘪塌塌的,有几处还脱了线;他两手空荡荡的,身边行李包裹也没有一件,这副落魄样子,简直就和大街上的乞丐差不多。许明心里一凉,脱口问道:"熊正寿啊,这些年你怎么混成这个样子?"

熊正寿艰难地笑了一下,表情显得有些不自然,嘴张了张,想说什么,却又没说出来,只是机械地端着杯子一口接一口地喝茶,脸上渐渐沁出了汗。

为避免尴尬,许明递过一支烟给熊正寿,又拿打火机替他点上,缓了缓语气说:"屋里开着暖气呢,你把大衣脱了吧!"

"不热,还好。"熊正寿抬手在脸颊上抹了一把,将大衣掀开了半边,但马上又咧了咧嘴,将大衣再次裹了起来。

见熊正寿这副狼狈样子,许明断定他必定有隐情,便问道:"你到底出什么事情了?"

"唉,我真是窝囊啊!"熊正寿长长地叹了一口气,断断续续说起了事情的经过:

熊正寿老家在一个偏僻山村,退伍后的十多年中,他一没门路二没特长,一直混得不死不活的,眼看村里的年轻人一个个飞出山外打工,今年开春他也南下闯荡,可到了广州以后根本找不到工作,就只好在街头给人擦皮鞋。几天前,他怀揣一万多元血汗钱,乘长途车回东北老家过年,没料到那长途车开到半路上,不知为何抛了锚,突然从路边蹿出来三个歹徒,叫车上所有人把钱交出来,他死活不肯,被歹徒拖到车下打昏在地,给剥走了上衣,那里面装着他所有的钱和身份证件啊!后来,幸亏一个拾荒的老太太,,给了他身上的这件大衣,又给了他十五块钱,他用这点钱买了张短途火车票,才勉强混到石城市。

熊正寿讲完后,许明夫妻俩一时都没有吭声,他们不约而同地交换了一个眼色:这种故事听得太多了,会不会是编的?

过了好一会儿,许明点上烟,狠狠地吸了一口,这才若有所思地问:"路上出了这种事情,你家里还不知道吧?"见熊正寿点头,他顺手将桌旁的电话往前推了推:"快给家里通个电话。"许明这样做,其实是希望能从熊正寿打出的电话中听出破绽来,以判断他这段经历的真伪,同时,用这个电话号码还能做进一步查证,可熊正寿却说:"我们老家那地方偏得很,到现在还没装电话。"

许明只好又说："要不，我先陪你去趟派出所，报个案吧？"

"别麻烦啦，"熊正寿摇了摇头，"案发地又不在这里，报了案也是远水救不了近火呀！"说完，他欠起身朝对面的卫生间打量了一眼，说要解个手，他进去关上门后，里面就响起"哗哗"的水声，趁这工夫，何红悄悄地问许明："他的话，你相信吗？"

许明沉吟道："现在还很难判断。"

"你看咋办？"

"我看不管是真是假，反正他肯定是遇到了难处，千里迢迢地来了，现在又是除夕夜，还能咋办？先让他在这儿过个年再说吧。"

"你昏头了？"何红瞪着眼睛，把丈夫往屋角里拽，"这年头什么乱七八糟的事没有？你想当救世主，想学雷锋，也得先留点神哪！"

"人家和我从前是出生入死的战友……"

"从前是战友？嘿，亏你还见多识广呢，如今你凭啥相信他？"妻子尽量压低声音，"人是会变的呀，都已经这么多年了，你了解他的过去，可你了解他的现在吗？"

许明点点头，又摇摇头："你别疑神疑鬼的嘛！"

"哼，我疑神疑鬼？"何红笑笑，"那些天天挂着'求助学费'纸牌、可怜巴巴跪在大街上的外地少年，那些天天拉住过往行人、诉说丢了回家路费的妇女，究竟有几个是真的？我在居委会工作，这样的事见得多了。"

许明心里也有点乱了："那依你看呢？"

"我看，你这个叫什么熊正寿的战友……"何红盯住许明摇了摇头,向卫生间望去,顺着妻子的目光,许明心中一闪,渐渐升起一种莫名的感觉。

熊正寿进去已经好大一会儿了,里面"哗哗"的水声一直还在响着,许明不由得朝卫生间那扇门走近了些,终于,他听到"哗哗"的水声中,隐约夹杂着几丝短促而压抑的喘息,那种声音尽管很低,但听起来竟有种毛骨悚然的感觉。莫非他真有什么不可告人之处,或者在玩什么花招?许明试着推了推卫生间的门,门却纹丝不动,他又拿出卫生间钥匙轻轻插进锁孔,发现门被熊正寿反锁死了,怎么办?是再等一会儿,还是马上敲门?许明夫妻俩正在举棋不定,里面忽然"通"的一声,紧接着似乎又有什么东西撞在门上,不对!他们心里一紧,"咚咚咚"用力敲起门来:"开门,开门,快开门!"

敲了好半天,门才打开,只见熊正寿正静静地站在那里,许明紧张地问道:"刚才……你在里面怎么了?"

"没怎么呀,我解了手,洗了把脸……"熊正寿依然紧裹着大衣,朝他们笑了笑,尽管如此,许明还是看出来了,熊正寿笑得很勉强,身子在隐隐地哆嗦。

熊正寿回到客厅里后,何红朝许明递了个眼色道:"你看你们光顾说话,你战友还饿着肚子吧?快帮我下饺子去!"

待许明进了厨房间,何红掩上门喘着气:"怎么样?我看他来路不正!咱摸不清底细,还不快当机立断、打发他走人?"

许明知道,妻子并不是个势利冷漠的人,而是因为世事使她变得谨慎了起来,况且,她的话也不能说没有道理,但此刻,真要将眼前这个老战友赶走,他狠不下心来。透过门缝,他悄悄注视着蜷缩在那里的熊正寿,踌躇了一下又说:"咱们再想想,看还有没有什么更合适的办法。假如他刚才说的话是真的呢？那咱们在这个时候赶他走，就实在说不过去，也太没人情味了……"

"你别放着安稳日子不过，倒去自找麻烦！假如他是在当地杀了人、犯了法的呢？假如他是个被通缉的罪犯呢？"何红又惊又怕，急得连气都喘不匀了，"咱要是收留了他，帮了他，没准就成了东郭先生，说不定还要被警方传去，成为窝藏犯，到时候一百张嘴也解释不清！"

客厅里，电视里的联欢晚会正进入高潮，门外此起彼伏的鞭炮声也越来越稠密，熊正寿似乎越发焦躁不安起来，他一会儿不停地喝茶、抽烟，一会儿站起身走到窗边掀开窗帘，望望屋外那越飘越紧的雪花，像是一头疲惫的困兽。

看来，真的不能再犹豫了！

可是，用什么借口赶他走呢？许明夫妻俩掩上门商量起来，何红灵机一动，很快想出了一个主意：由她在厨房里打许明的手机，故意说是局长打来的电话，要他今晚立即赶到单位去值班，然后顺水推舟，扔二百块路费让熊正寿走人。许明觉得这个主意不错，然而，当许明从厨房里出来后，却发现客厅里的人不见了，大门敞开着，门外洁白的雪地上，留下了两行歪歪斜斜的脚印，渐渐消失在夜幕尽头，熊正寿已经悄悄地走了。

直到这时候，许明夫妻俩才不由长长地吁了一口气……

两个月后，许明收到了一封寄自东北的信，拆开一看，信是熊正寿写来的：

老班长，嫂子：

请原谅我除夕之夜的不辞而别。那晚在你们面前，我轻描

淡写地隐瞒了一个重要细节：在与歹徒搏斗中，我的胸部和背部被刺了三刀，并且伤口还在流血。尽管我每动一下都疼得钻心，可我没敢显露出来，因为我记得老班长告诉过我，说嫂子从小就有晕血症，是见不得血的。何况大过年的，我实在不忍让你们沾上晦气。

　　我担心我坚持不到家，才不得已登门求助于你们，我不求别的，只求你们给我几百元的路费。也许是我太冒失了，那一刻，我却明显感觉到你们对我存有怀疑，我的自尊心受到了打击，我把借钱的话强咽了下去。就在这时，我身上的伤口也疼得更厉害了，不得已，先躲进卫生间，用水声来掩饰我痛苦的呻吟，我脱下外衣，对着镜子检查了一下伤势，没想到由于虚弱而昏倒在里面，又引起了你们的不安。也许是苍天有眼，离开石城后我沿路讨饭，居然奇迹般地活了下来。正月十五那天，当我回到家时，家中老少，还有全村的人，都为我哭了……

　　看完这封信，许明怔住了，一种强烈的不安和内疚涌上心头，心里仿佛被压上了一块沉甸甸的大石头，他喃喃念道："熊正寿，我多么希望你是一个说谎的骗子啊！"

关键词：人性关怀

> 以果篮为视点，匠心独具地设计了若干光彩夺目的细节，整个故事激荡着浓烈的情感暖流。

倩倩的果篮

徐 洋

市中心医院外科病房305室里，住着个患者小姑娘，叫倩倩，和倩倩同住一个病房的还有另外五个病人。这天大夫们查房的时候，有个人急匆匆走进来，拨开众大夫，贴近外科主任的耳边说了几句，外科主任听后想了想，说："实在没办法，就只能来这里了。"来人说："那这些病人得搬出去。"外科主任说："好吧，现在就搬。"

一道调整病房的通知马上就下来了，305室的病人全部合并到其他病房去，据说是有重要人物要入住。

全病房六个人一下子就搬走了五个，剩下倩倩没地方安排，只得暂时留下来，但被移到靠门的拐角里。

第二天上午，睡梦中的倩倩听到人声嘈杂，睁开眼睛一看，哦，好漂亮哟，用鲜花做成的花篮把窗台、桌子还有地面几乎全都覆盖了起来，还有人在不断地往病房里送花篮。小倩倩爬了起来，看到在鲜花和人们的簇拥中间，是一张宽大的病床，一个漂亮姐姐躺在上面，她在和前来看望她的人们说着话，她的床边堆着大包小包的食物和营养品。

这时,倩倩的爸爸和她的新妈妈也坐在倩倩的床头,倩倩的爸妈一年前离了婚,不久,倩倩就有了这个新妈妈。

爸爸的传呼机响了,他看过之后对新妈妈说:"她要来!"新妈妈说:"她来我就走。"说着就要起身出去,爸爸一边拉她一边说:"她说就看一眼,马上走!"他们两个边说边出了病房,剩下小倩倩孤零零地在床上看着热闹的场面愣神儿。

突然,有个人在倩倩的耳边叫了声:"倩倩!"倩倩扭头还没看清是谁,两颗湿湿的东西就落在了她的脸上,她定睛一看,是妈妈,她叫着:"妈妈,你怎么才来?"妈妈说:"倩倩想妈妈了?"倩倩点点头。妈妈又说:"妈妈早就想来,可是……妈妈马上就得走。"说着她把倩倩搂在了怀里。

倩倩知道,妈妈以前的工作单位不知什么原因没有了,妈妈成了没有工作的人,她看妈妈比以前更黑,也更瘦了,就想问妈妈找到工作没有。这时爸爸推门进来,妈妈把倩倩搂得更紧了,她贴近倩倩的耳朵,低声说:"妈妈给你买了一个水果篮。"说着把一个五颜六色的果篮拿到了倩倩的眼前,她的眼泪像断了线的珠子一样落在果篮的塑料薄膜上,发出了秋雨般的声音。妈妈又说话了,她的声音低得只有倩倩能听到:"妈妈给你放床下吧,水果下面妈妈给你放了一千块钱,你不是想学画画吗?这是妈妈给你买画具的钱……别忘了,在篮子里面压着呢,记住了吗?"倩倩点点头,问妈妈:"你哪来的钱?"妈妈说:"妈妈找到工作了。""什么工作?""劳动!"

妈妈问倩倩:"妈妈在大马路上劳动,你不嫌弃妈妈吧?"

倩倩眼里含着泪说:"不会的!"

妈妈走了,没有和身边的爸爸打招呼。倩倩探下身子低头看看床下,下面放着那个落满妈妈泪水的果篮,她想伸手把它拿到床上来，这时一个护士进来说："小姑娘准备一下，上B超室去做检查。"就这样，倩倩没来得及摸一下妈妈送来的果篮，就上了护士的手推车，去楼下做检查了。半路上，另一个护士上来说话："小刘，你们305室闹哄哄的，来了个什么官呀？"小刘护士答："哼，什么官呀，是王副市长的秘书，还没我大呢，腿上有点小毛病，突然想起来要开刀，来送东西的人就没断过，屋里跟超市差不多了。"那护士一咧嘴："还是当官好呀！"

躺在B超室，倩倩一直想着妈妈的果篮，那里边有妈妈放的一千块钱呢。倩倩想学画画，新妈妈和爸爸都不同意，不给她买画具，她就给妈妈打了电话。她并不指望妈妈能有钱给她，她只是想跟妈妈说说，可妈妈还是把钱拿来了。这下好了，自己将来能当画家了……她想着，盼着护士阿姨能快点把自己送回病房去。

倩倩终于被推回到楼上，可是没有回305室，而是进了另外一间病房，爸爸和新妈妈已经站在一张病床前等着她了。倩倩问："这是什么地方？"爸爸说："我们换病房了。"

倩倩上下看看，她的东西都搬过来了，就是不见妈妈给她的果篮，她急了，冲爸爸喊："我的床下边还有妈妈送我的果篮呢，你快去给我拿来！"爸爸和新妈妈对视了一下，说："咱们不要了，回头爸爸再给你买一个好不好？"倩倩说："不行不行，就不行！我就要妈妈给的。"

倩倩张嘴就哭了起来，爸爸火了，冲着她的屁股就是两巴掌，倩倩哭得更厉害了。

一直到睡午觉的时候，倩倩才不哭了。病房里的人们都睡了，楼里静悄悄的，爸爸和新妈妈不知上哪里去了。倩倩一个人下了床，一步步地来到了自己住过的305室门前，轻轻把门推开一道缝,就见里面的大姐姐一个人躺在床上。那大姐姐也看到了倩倩,笑着招呼倩倩进来,问她有什么事。倩倩来到自己睡过的床前,弯腰朝床下看,哎哟!整个床下边全是果篮,有大的,有小的,这可怎么办?那大姐姐问:"小姑娘,你找什么呢?"倩倩说:"我妈妈给我送的果篮就放在这里的,我想把它拿走。"那大姐姐想了想,笑着说:"是这样呀,你随便拿吧,看哪个像,你就拿走哪个好了。"倩倩倒难住了,哪个是妈妈送的呢?她想起了妈妈的眼泪,对,上面有泪水的肯定是妈妈的!最后她选了一个外面有水珠的篮子,很费劲地拿走了,临出门她还对那大姐姐说了声"谢谢"。

当天晚上,倩倩的病突然急性发作,大夫们抢救到很晚,但倩倩的爸爸还是得到通知,让他进去和倩倩说几句话,倩倩不行了。爸爸拉着倩倩的手,倩倩脸色苍白,已经明显没有力气了,可她的嘴一直在动,眼睛也在疲惫地搜索着四周。爸爸问:"倩倩,你还有什么事吗?"倩倩强打起精神说:"爸爸,你能帮我把那边那个大姐姐叫过来吗?"医护人员马上把那个大姐姐叫到了倩倩的身旁,倩倩看着她说:"大……大姐……姐,我床下面放的那个果篮,不是我的,你把它拿走吧!"

大姐姐奇怪地问:"为什么不是你的?"

"我妈妈说,她在里面给我放了一千块钱,可那里边是……是两……两千块钱,所以不是我的,你还是……"

大姐姐明白了,她急忙打断倩倩:"是你的,倩倩,是你的!再说,大姐姐有很多钱,就算是大姐姐送给你的,行吧?"

倩倩用尽了最后的力气,说:"不是我妈妈劳动挣来的钱……我、我不能要的。"

倩倩死了,她的脸上落下了大姐姐的两颗泪珠……

关键词：流行语

> 将"歪打正着"这一富有哲理的大众化、生活化的逻辑演绎到了极致，并能娴熟地借鉴民间故事的结构模式。

幸运闯三关

刘良军

李二憨跟老婆怄气，连夜步行三十多里地赶到县城，打算坐头班车去南方打工。可走到县城，气就消了大半，眼看都中秋了，庄稼该收的收，该种的种，打哪门子工去？再说跟老婆吵嘴也是些鸡毛蒜皮的小事，也不知道她这会儿在家多后悔呢。想到这里，二憨决定在城里转转，散散心就回家去。

二憨走到最热闹的商业街上，碰巧一个商场在搞宣传活动，主持人和礼仪小姐在新搭建的台子上扭来扭去，夹杂着普通话的乡音被扬声器放大以后，隔着两条街都听得到。闻声而来的人们把台子围了个里三层、外三层，巨幅的海报上还写着：智力竞猜闯三关者奖彩电一台。

二憨挤到台前的时候，正赶上主持人出题："一头牛头东尾西，左转三圈，右转三圈，问，尾巴朝哪个方向？"人们一下议论开了，有说朝东的，有说朝西的，也有说朝南的、朝北的。二憨笑了，他自言自语地说："老牛转八圈，尾巴不还是朝着地！"谁知他这话刚落音，就过来两个礼仪小姐，连拉带拖把二憨请到了台上。主持人当即宣布："这位大哥答对了！"

二憨没怎么见过大场面，这会儿往台上一站，两只手都不知往哪儿放。一个礼仪小姐亲昵地把一顶鲜红的太阳帽扣在二憨头上，还冲他甜甜一笑。主持人为了渲染气氛，在话筒里一个劲地吆喝，问二憨还敢不敢再闯第二关！看二憨还在犹豫，冲他笑的那个礼仪小姐又将一个精致的纸盒捧到他面前，主持人拿块红绸子布往上面一蒙，说："猜里面啥东西？猜对了东西归你，另外还有奖品。"

众人这才看清蒙住纸盒的红绸子上有两个箭头，箭头两端分别有"南"、"北"二字，便又"嗡"的一声议论开了，有的说肯定是什么仪器，有的说肯定是高级补品……只有主持人在得意地给二憨"倒计时"："30、29、28……"二憨两眼盯着礼仪小姐手里的纸盒，头比笆斗还大，脸比绸子还红，"10、9、8……"红绸子上的"南"、"北"二字老在二憨眼前晃悠，"5、4、3……"主持人越数越快，二憨用哆嗦的手指了指红绸布，说："这咋没有'东西'？"

主持人一愣，礼仪小姐随即揭开了红绸布，打开纸盒，里面空空如也。

围观的人们一下子"轰"了起来，鼓掌的，喝彩的，像看球赛似的，只有二憨痴痴地僵在台上，还没等他明白过来，礼仪小姐又将一个扎着红绸带的半导体递到了他手中——二憨闯过了第二关！

主持人心里没底了，她试探着问二憨还闯不闯第三关，可没容二憨考虑，台下的观众早已欢声雷动："闯！闯！"这下二憨想退也没有台阶了。

主持人想了一下，在一个礼仪小姐的耳边说了句什么，礼仪小姐就"噔噔噔"朝商场旁边的小院跑去。不多会儿的工夫，礼仪小姐手里攥着个东西气喘吁吁地跑了过来，主持人让礼仪小姐把手高高地举起，让二憨猜礼仪小姐手里攥的是什么。这算哪门子的智力竞猜？这分明是想难为人，不想把大奖拿出来！台下观众炸开了锅，纷纷替二憨鸣不平。二憨本来是想来散散心的，得奖的事儿他压根就没想过，可这时被众人一怂恿，气也就上来了，他琢磨着，你手里随便抓个啥，我咋知道？算了，不猜了，到别处转转去！想到这里，二憨冲着主持人摆了摆手说："大清早的，不猜了，不猜了。"

谁知二憨话音刚落，主持人的话筒"叭嗒"掉在了地上，礼仪小姐更是惊讶地张大了嘴巴，半天没有合拢，待她慢慢地张开手掌，人们这才看清，她手里攥着的竟是一颗大青枣！

原来，主持人把二憨请上台，一则看他是农民，谅他肚子里也没多少货；二则是抛砖引玉，煽动一下观众的情绪。当二憨闯过两关时，她心里也没了底，海报上写的那台彩电是今天的压轴戏，刚开场就被人捧走，后面哪还有好戏唱？她灵机一动，想起旁边的小院里有一棵正挂果的大枣树，就让礼仪小姐去摘一颗青枣放在手里，让二憨猜。她心里寻思着：要是连这个他也能猜着，那不成仙了？哪知二憨瞎猫撞上了死老鼠，居然让他给逮着了！

二憨就这样捧走了大彩电，可他心里还直犯嘀咕：这城里人都咋了，没事净瞎捣鼓，赶明儿再跟媳妇怄气，咱还来！

关键词：流行语

> 故事中套故事，结构别致活泼，通过谐音以此说彼、指桑说槐，形成了强烈的喜剧效果。

黄缎子

郑 志

一帮子大学校友聚会，酒桌上的那个热乎劲就甭提了，酒过三巡，有人就提议：每人扯一个"黄段子"，说得大家叫好就算过，说得不好罚酒一杯。

说起黄段子，那可是如今酒桌上的看家菜。那些走南闯北的老江湖，眼见有了用武之地，谁也不甘落后，一时间，五颜六色的笑话、七荤八素的故事全出来了，而且一个比一个来劲。

几个女校友坐不住了，一个个脸涨得通红，留也不是，走也不是，表情十分尴尬。这时，林老师站了起来，说："我也给大伙讲一个吧。"

大伙想不到温文尔雅的林老师讲起黄段子也是说来就来，不由得兴奋异常，"噼里啪啦"鼓起了掌。

林老师清了清嗓子，慢慢讲了起来："从前有一个丞相，很会讨皇上喜欢，皇上没事的时候，也总喜欢找他喝酒解闷。这年中秋之夜，丞相和他的七八房妻妾在后花园摆了宴席，饮酒赏月。美酒佳肴一字儿排开之后，一位小妾突然发现院门口的缎子屏风不知被谁捅了一个窟窿，你想，这多影响情调呀！

"丞相闻听此事，忙吩咐管家立刻去买块新的换上。管家还没走，女人们却吵开了，叽叽喳喳就像一群小麻雀，有的说换红色的，有的说换绿色的……这时，丞相最宠爱的小妾开了口：'哎哟，什么红的绿的，俗都俗死了。依我看，黄的最好，这种颜色的缎子布，月儿朦朦胧胧地一照，再配上花园里的绿树红果，别提多好看了！老爷，你说对不对？'她这么一说，在场的管家、用人都一起附和：'对，对，黄的好看，黄的好看。'丞相已被女人们吵得烦心，一听大家都说好，就说：'好吧好吧，快去快去，扯一匹最好的黄颜色绸缎来！'

"绸缎很快买回来了，往屏风上一罩，别说，还真显气派！大家喜气洋洋，纷纷落座。正猜拳行令、饮酒作歌之际，忽听前院有人大喊：'皇上驾到——'丞相一听，那个乐呀！你想，中秋之夜，月圆景美，皇上不在后宫赏月，到他这儿来，该是何等的荣耀！于是他赶紧出去迎接皇上。一会儿，皇上来了，大家在花园里落座，这时月亮升到了半空，又圆又亮，正好照在了后花园的屏风上，刚扯来的新绸缎吐着金灿灿的光，鲜亮夺目。众人正看得入迷，哪知皇上突然龙颜大变，哼了一声，大袖一挥，扭头就回宫了。

"这下子可把丞相吓坏了：皇上好好的，怎么突然就扭头走了呢？他琢磨着，目光就落在了刚买来的黄绸缎上。丞相猛地明白过来了：黄色历来为皇宫专用，今天真是被妻妾们吵昏了头，连这个规矩都忘了。想想伴君如伴虎，自己身居高位，皇上肯定有所猜忌，今天挂出黄缎子，这不是明摆着告诉别人自己想篡权夺位吗？那可是杀头之罪呀！想到这儿，丞相不由得冒出了一身又一身的冷汗，越想越害怕，越害怕就越懊丧，越懊丧就越恼火，只听他对着一桌子人大吼一声：'你们这群混蛋,吃得好好的饭,偏要扯什么黄缎子!'"

　　林老师的故事到这里讲完了,再看这几位侃爷,刚开始听的时候还全都精神百倍,到最后才忽然明白过来:林老师这不是拐着弯骂他们吗?他们这会儿酒也醒了,脸也白了,一个个面面相觑,哭笑不得,倒是几位女校友笑逐颜开,齐声喝彩……

关键词：农民工

> 从"险恶"处落笔，于"光明"处归宿。出人意料，却又在情理之中。

和陌生人说话

杨 格

兰花是大别山里的女孩，性子野，胆子也大，十三岁那年，兰花活捉过一只半大的小野猪。不过，你别以为兰花只是个风风火火的假小子，她鬼机灵着呢，还到山外的高中读了两年书，是山村里为数不多的知识分子哩。

可家里穷，兰花只能辍学了，她决定到南方去打工，支撑摇摇欲坠的家。兰花离开大山前，爹娘千叮咛万嘱咐，要她在城里处处小心，不要上了坏人的当，兰花自信地对爹娘说："放心吧，你们的女儿可不是个随便上坏人当的傻大姐。"

兰花拾掇了几件简单的行李，又向村里的同伴们借了几百块钱，跟爹娘道个别，坐上火车，到杭州打天下去了。下了火车，兰花在心里喊了声："杭州，我来了。"可她的手指碰到腰包时，就傻了，这个她魂牵梦萦的大城市给了她一个"下马威"：口袋里揣着的两百块"创业启动资金"，被小偷偷了个一分不剩。

夜幕降临了，兰花徘徊在灯红酒绿的街头，可哪里是她栖息的地方呢？就在兰花走投无路的时候，对面快步走过来一个高个子的年轻人，他似乎注意兰花很久了，说："这位小姐，如果我没猜错的话，你肯定是遇到了麻烦，现在连住旅店的钱都没有了吧？"兰花一惊，警觉地看着年轻人，从年轻人的脸上，兰花看出了他的不怀好意。兰花心里想，或许就是这个坏小子偷了自己的钱包，现在来装好人，想捉弄自己呢。兰花没有理睬年轻人，自顾自地往前走着，没想到那年轻人抢到兰花的前面，说："小姐，如果你不介意的话，到我家住一晚吧。"望着兰花皱眉的模样，年轻人赶紧解释道："小姐，我没有别的意思，你可以和我的女朋友住在一起的。"

听到这话，兰花停下脚步，望着年轻人，心里犹豫了。年轻人一脸灿烂的笑容，说："我保证，没有人会伤害你的。"

兰花想了想，终于下了决心，向年轻人点点头，说了声"谢谢"，跟年轻人来到他的家里。可进了屋子，兰花就发现上了年轻人的当了，这是一间典型的单人宿舍，狭小的房间，简单的家具，年轻人所说的女朋友连个影子也没有。已经到了这个份上，兰花不准备退缩，她相信自己既然能对付半人高的野猪，也就能对付这个心怀叵测的年轻人。

年轻人尴尬地笑着，说："对不起，我要是不说我有女朋友，你怎么会跟我到这里来呢？但请你相信，我是不会伤害你的，晚上你睡我的床，我在沙发上窝一晚没事的。"

兰花心里冷笑着，她的大脑飞速地筛选着应对的策略。

年轻人帮兰花把行李放好，转过身去，给兰花倒了一杯凉开水，说："渴了吧，喝杯水休息休息，我给你弄饭去。"

兰花确实是渴坏了，她端起那杯水就要喝，但突然想起在报上看的社会新闻，赶紧放下了，故作感激地说："大哥，谢谢你，你真是好心人。"兰花发现桌子上还有一只同样的玻璃杯，便拿过那只玻璃杯，提起水瓶，给年轻人也倒了一杯水，说：

"你也喝杯水歇歇吧。"兰花说着话的时候，悄悄地把水瓶放在年轻人的脚后跟处。年轻人感激地说声"谢谢"，端起杯子就要喝水，就在这时，兰花突然大声地说："当心你的脚后跟！"兰花这么一叫，年轻人吓了一跳，他赶紧放下玻璃杯，低头向脚后跟处看去，就在这一瞬间，兰花迅速地将两只杯子掉了包。年轻人还在寻找着什么，兰花走过来说："这里有一个水瓶，我怕你踢翻了它。"年轻人这才抬起头来，一副若有所悟的样子，说："小姐，你可真是个细心的姑娘啊！"

兰花心里的石头放下了，抓起杯子，"咕咚咕咚"一气把满杯的白开水喝了下去，年轻人也抓起杯子一饮而尽。

兰花坐在那里，安心地等待着故事往下进行……

没过多久，果然来了故事：年轻人突然呆坐在那里不动，吃惊地望着兰花，含糊地说着："你……"可话到一半，他一头就睡倒在桌子上，不一会儿，便响起了震天的鼾声。兰花乐了，指着睡得像死猪般的年轻人说："臭流氓，想算计本姑娘，你还嫩了点！"

兰花将年轻人拖到沙发上，摆平、放好，然后就哼着快乐的小调忙活起来，她先煮了碗方便面，安慰一下自己早已"咕咕"抗议的肚皮，又痛痛快快地洗了个澡。从洗澡间出来时，兰花看见小屋的墙壁上有一面落地长镜，在家乡的时候，兰花还从没见过那么大的镜子呢。兰花见年轻人睡得像头死猪，干脆站在镜子前，欣赏起自己的裸体，边看边说："咳！兰花，你这么聪明，又这么漂亮，你肯定会在这座城市里打出一片天下的。"

兰花自我欣赏了一会儿，这才穿上了内衣，准备舒舒服服地睡上一觉。为了防止年轻人半夜醒过来，兰花又把年轻人拖到洗澡间里，用一根木棍把洗澡间的小门抵严实了，这才放心地躺在那狗窝般的小床上，美美地闭上了眼睛。

兰花醒来时，发现天已经大亮了，她一骨碌跳起来，眼睛向洗澡间望去，这一看不要紧，兰花的冷汗冒了出来——洗澡间的门大开着，里面已经空无一人！

兰花手忙脚乱地穿好衣服，突然看见沙发上留着一张纸条，她抓过纸条，几行刚劲洒脱的字迹出现在她的眼帘里：

不知名的小姐：

你睡得还好吧？当你看见这张纸条时，我已经在上班的路上了。早饭放在锅里，估计还热乎着，你可放心食用，那里面绝对没有放蒙汗药。如果你愿意住在这里，就把行李放在小屋里，锁上门后，再去找工作；如果你不愿住在这里，请把钥匙交给对面的王大妈。昨晚的那杯凉开水，其实真的只是普通的水，那里面没有蒙汗药，我只是配合你演了一场戏，让你好放心睡上一个好觉；再有，那根木棍，是我的女朋友小玫惩罚我的时候使用的工具，这是一根柔软的木棍，我肩膀轻轻一扛，它就一分为二了。我没骗你，我有女朋友，不过她出差去了，我到火车站就是去送她的。

对了，顺便说一句：你的裸体真美。

"臭流氓"敬启

短短的几行字，可兰花看了好久，看着看着，她的小手颤抖起来，而晶莹的泪水也顺着臊红的脸颊滑落下来……

关键词：流行语

> 喜剧氛围浓郁，时代特点鲜明。

资深时代

张东兴

有个老太太，在街边摆了个免费茶水摊，给城管人员掀了。老太太挺生气，决心找市长絮叨絮叨。老太太打听准市长接待的日子，天不亮就去了。

要见市长的人很多，秘书按医院的办法给大家挂号，按号进去。

老太太挂了个66号，心里挺高兴，心想：六六大顺，这回肯定顺利得很。谁知市长只接待了50多人就到了下班时间，秘书很有礼貌地宣布："有书面材料的，可以把材料留下；没书面材料的，请到下个接待日再来。"

大家一听，只好散了。

老太太腿脚慢，落在后面。她看见一个老头递给秘书一张精美的名片，秘书看了看，进去请示，过了一会儿出来，说："市长请您进去。"

老太太就不走了，等老头出来，就问："你那纸片上写的什么？"老头说："资深教授。市长的老师还是我的学生呢，所以破例接见了我。"

老太太一听人家是教授,还"资深",服气了。

到下一个接待日,老太太比上回去得更早,这回挂了个44号。老太太有了上回的经验,自言自语地说:"也不见得就是事事如意。"

果然,43号还没出来,一个小胖子男人从门外进来,递给秘书一张烟盒纸,秘书看了看,赶紧进去。很快43号就出来了,市长也随后出来,对大家拱拱手:"对不起大家,对不起大家,我有紧急公务,请下回再来吧。"老太太知道自己又名落43了。一看小胖子走过自己身边,就用手拉拉他的袖子,低声问:"小伙子,你是'资深'什么?"小胖子愣了愣,随即笑了,低声说:"老太太,我是资深司机,我们老板让我来接市长去吃饭呢。"

老太太"哦"了一声:"原来司机也可以资深。"她说完,就若有所思地走了。

到了第三个接待日,老太太上午十点才出门。到了地儿,老太太也不挂号,大模大样地递给秘书一个叠好的纸包。秘书接过,刚转身,老太太又叫住了他,附耳对他说:"年轻人,你不傻吧?这可是个人隐私,别看,别问,别说,交给市长就行。"秘书本来不想看,老太太这一说,他转过弯就拆开了,一看纸包里有张美女照,玉照背面还写着两个字母"MM",吓得他赶紧照原样包好,仔细看看,看不出拆过的样子,才给市长送去。市长拆开一看,眼睛一亮,对秘书说:"请她进来。"

老太太进去,看到市长目瞪口呆的样子,笑了笑,自我介绍道:"我是资深美眉。"

关键词：社会风气

> 在看似信手拈来的故事片断和人物组合中，把艺术的想象力发挥得瑰丽奇特。

仙人指路

申之珉

黄刘村是通往市区的必经之路，刘师傅从城里退休回家后，就在村口路边摆了个烟糖饮料摊，顺便给进城办事的人指指道，不让他们走冤枉路。村里一位文学青年知道后，不但给县广播站写了篇表扬稿，而且还在他的售货车上写了"仙人指路"四个大字，于是乎，刘师傅在方圆数里便有了点小名气。

这天，村里几个没事的老人来到刘师傅"仙人指路"摊前聊天，只见不少行人前来问路，刘师傅便不厌其烦，将城里的大街小巷、行走路线讲得明明白白，众人不禁暗自佩服。正在这时，一辆拖拉机戛然停住，车上下来一人，急匆匆地问道："师傅，市妇产医院怎么走……"

刘师傅还没搭腔，众人就七嘴八舌地应道："照直走，见第三个红绿灯左拐弯，百货商场对面便是……"

那人说声"谢谢"，转身就要上车，却被刘师傅叫住了："不行，拖拉机白天不许通过市区，你只能在第一个路口换乘面的……"

"啊？"车上人急了，"这可怎么好，我媳妇马上就要生了，动不得呀……"

"这样吧,"刘师傅胸有成竹地说,"你再朝前走一公里,见一条小水泥路右拐,直接开到妇产医院后面的家属院,给守门的讲一下就可以进产房了,然后再补办手续……"

那人听罢,立即掏钱买了几包奶粉,零钱都没让找,便千恩万谢地开车走了。众人大为敬佩,一个个伸出大拇指夸奖道:"老刘,真有你的,不愧是仙人指路呀……"

正说话间,只见一辆小卧车又停了下来,一个气宇轩昂的中年人打开车门跳下车,来到刘师傅摊前,一眼瞅见"仙人指路"四个字,呵呵笑道:"看来我算是问着地方了,老师傅,教育学院礼堂怎么走呀?"

刘师傅应道:"南干道北头,市一中的斜对面。"

那人皱皱眉头:"市一中?市一中在什么地方?"

"省农机公司隔壁就是呀!农机公司知道吧?很有名气的!"

那中年人还是摇摇头:"按说我经常来市里呀,我怎么不记得有个农机公司呢?"

"外国语学院您知道吗,要不,华联超市……"刘师傅见对方还是一副茫然的神色,不禁没辙了。正尴尬时,镇办公室黄秘书正好坐车路过,一见车牌号,连忙下车热情地打起了招呼:"哎呀,宫总呀!您怎么自己开车来了?"

这个宫总正是某房地产开发总公司的老板,名气可谓叮当响、响叮当,只见他颇有气派地微微一笑道:"昨天接到一个通知——新来的王市长今天下午要在教育学院做有关本市土地管理的报告,我想应该去听听,受受教育,顺便再到市里办点事,所以就自己开车来了。谁知忘记会议地点了,就连这位'仙人'都没指明白,呵呵……"

"嗨!宫总您开什么玩笑呀,您常来常往的,哪个地方不知道,还用问路?"黄秘书说着,用手一指说,"从市政府往东,过'美人鱼大酒店'、'七匹狼夜总会',就在'波斯猫洗浴中心'南面嘛……"

宫总一听,不禁恍然大悟:"哦,在那儿呀,早知道是这地方,我就不费这么大劲问了……"说着,他又指着黄秘书,对刘师傅半开玩笑地说,"老同志,你好好向这位学学,这才是'仙人指路'呢……"说完,他开车扬长而去……

关键词：干群关系

> 以碑为聚焦点，叙写一个贪官从家乡开始的新生活，在"贪官"题材的故事中，有脱颖而出的新鲜感。

砸 碑

黄 胜

有个叫刘义的贪官，在监狱里关了十几年，今天终于出来了。按理说，出来好呀，俗话说，宁活世上七日，不活牢狱一年。然而，刘义出来后，却感到还不如呆在"大墙"里面，为什么？因为外面没人理他，不说一些当年所谓的朋友、兄弟们一个个都躲得远远的，就连老婆、孩子也不认他，改嫁的改嫁，断绝关系的断绝关系，刘义成了地地道道的孤家寡人。

刘义心想：城里是呆不下去了，还是回老家吧，母不嫌儿丑，乡亲们一定不会嫌弃自己的！于是，他就收拾收拾行李，回到了老家。刘义的老家在鲁北山区，名字叫刘村。刘义下车后，站在村头的水泥路上，不由得百感交集：上一次回乡，为的就是参加脚下这条柏油大道的建成立碑仪式，身边前呼后拥，那是何等的风光啊！

这条大街是刘义以扶贫的名义捐钱修的，花的当然是单位的钱。可乡亲们却不这样认为，把功劳都记在他的头上，建成后还在路旁立了个石碑，刻着"刘义大街"四个遒劲的大字，还特地把他请回来为街碑揭幕。而如今，经过这十多年，已是物是人非，脚下的路面已经变得坑坑洼洼，破败不堪，自己更是落魄成孤魂野鬼，在外面都没有容身之地，不得已才投奔老家……想到此，不由大觉凄凉。刘义抬眼望去，街旁的石碑还在。他缓步走过去，想看看碑上的字，等走到近前，他全身忽然一震，一颗心渐渐沉了下去，只见四个字已换了两个，变成了：贪官大街。顿时，"贪官"这两个字如同两把冰凉锋利的刀子，狠狠地刺进了他的心脏。刘义站在大街上，全身泛起阵阵寒意：没想到家乡人也是这么恨自己！他们把贪官这两个字刻在碑上，是要让自己遗臭万年呀！刘义想到以后的日子，不禁愁上心头，很后悔自己贸然返回家乡。

刘义正在呆呆地发愣，身边走过一个牵牛的老头，边走边侧着头好奇地打量着他。打量了一会儿，老头突然面露喜色，开口道："咦，你不是刘……刘义吗？你回来了？"刘义认出他是刘德昌，过去是村里的书记，当年就是他到省城跟自己要钱修了这条街道的，论辈分自己得叫他二伯。刘义偷偷瞄了眼石碑上的"贪官"二字，羞愧地低下头，说："二伯，是我，我回来了。"德昌老汉看看他身边鼓鼓囊囊的行李，不解地问："你这是……""我想回村里来住。"

德昌老汉一愣，显得很意外，随即展颜道："好啊，你这是叶落归根呀，跟过去做官一样，老了以后要解甲归田、告老还乡。其实，依我看，这就对了，金窝银窝不如咱的土窝，还是咱老家好。"刘义尴尬地笑笑，心中想说"我是没办法才回来的"，可这话哪能说得出口？

德昌老汉说："快进家吧，你还站在这里干什么？"他看了看那块碑，明白了，淡淡地说，"都是过去的事，不要想它了。"

刘义的父母在他出事不久后就双双去世了，家里的老房子还在，打扫打扫就可以住了。晚上，乡亲们听说刘义回来了，都跑来看他，说些欢迎的话，告诉他，要是缺什么就去家里拿，甭客气。大家都不提他过去的事儿，倒是刘义自己忍不住了，红着脸说："我对不起大家，丢了刘村的脸了。"

德昌老汉叹口气，说："这事儿以后不许提了。说实话，当时听说这个事儿后，大家伙都抬不起头来，心里也恨你，要知道，你可是咱们刘村的骄傲，是全村老少爷们的精神支柱呀！那时候，咱出门在外，只要一说刘村的，哪个不羡慕、不尊敬？可是这根支柱塌了，大家伙就成了人家嘲笑的对象了，人家动不动就说：'刘村别的不出，就出贪官！'还把你修的那条街，叫成是贪官大街。"刘义不由痛哭流涕，对着大家伙"扑通"就跪了下去："我有罪，是刘村的罪人，我愧对你们啊！"德昌老汉把他扶起来，接着说："后来大伙一商议，干脆就把街名改成了贪官大街，为的是警戒咱刘村的人，以你为鉴，莫做贪官。有了这面'镜子'，这些年来，从咱们刘村出去的人，个个都清清白白，对得起先人祖宗。"刘义喃喃地说："贪官大街，这名字改得好，改得好！"就这样，刘义在老家住了下来。

刘义当官之前在省医院做过大夫，在老家安下身子后，他就重操旧业，开了个小诊所。以他的医术，为乡亲们解决些头疼脑热的小病，自是药到病除，连有些乡里甚至县里医院都治不好的疑难杂症，他也经常能妙手回春。为了赎罪，洗刷自己往日带给乡亲们的耻辱，他给乡亲们治病仅收一点点成本，自己能够糊口就行了。两三年下来，经他手治愈的病人不计其数，他的名声也越来越大，十里八乡的人们都知道昔日的贪官如今成了救死扶伤的神医。现在，刘义到乡里去赶集，大老远就有人迎上来，恭恭敬敬地喊他刘大夫，不再有人对他指指点点，说这就是刘村那个大贪官了。

这一天，刘义正在家里配药，听到村口锣鼓家什响翻天，心想：肯定又有人来送锦旗了。由于他收费低廉，许多病人就把送锦旗当成表达感激的方式，如今，家里的锦旗多得都搁不下了，然而锣鼓家什响了半天，却也不见有人过来。过了一会儿，锣鼓声停了，突然传来了激烈的吵闹声。刘义正在胡乱猜测出了什么事儿，"咚咚咚"一个毛头小子慌里慌张地跑来，大老远就喊："叔，快到村口去，德昌爷爷叫你。"刘义问："啥事？""不好了，外村的人欺负上门来了，要砸咱村的街碑，你快去看看吧。"刘义一慌，赶忙放下手中的活儿赶了过去。

村口，德昌老汉正领着人与一帮人对峙着，双方剑拔弩张，对方手里拿着炮锤、镐头，来势汹汹；再看那块街碑，已经被砸去了一只角儿。这帮人看见刘义来了，欢呼一声，纷纷迎上来，招呼道："刘大夫，您来了？"刘义认出为首的这人是自己不久前治好的一个病人，松了口气，就问："你们干吗要砸碑？"

这人指着石碑上的字，气愤地说："刘大夫，我们是实在看不下去了，你村的人也太欺负人了，干吗到现在还竖着这么一块碑来臭你？"刘义一怔，心中升起一股暖意，眼中就觉热乎乎的，忙说："没有的事儿，没人来臭我，你们误会了。"

这人说："刘大夫，你别管了，我们大伙已经商议好了，说啥也不能再让他们糟蹋你了，这块街碑今天非砸了不可。你看，新碑我们都准备好了。"说着，他一挥手，就有人抬过一块石碑，在旧街碑旁边一放，接着把上面盖着的红绸子揭开了，露出四个大字：刘义大街。看到上面的字，刘义忍不住了，眼泪夺眶而出。德昌老汉见状，眉毛胡子喜得直抖，一拍大腿道："哎呀，大水冲了龙王庙，你们是来换碑的呀，咋不早说？其实，我们也早想换了,谢谢你们了。来,让我老头子亲自来把旧碑砸碎!"有人就把铁锤递给他,德昌老汉攥着铁锤来到刘义身旁,一竖大拇指,说:"刘义,你是好样的,你看,现在没人记得你是贪官了,你给刘村的老少爷们争脸了!"刘义心潮激荡,说:"二伯,你能不能把铁锤交给我,让我来砸?""行。"德昌老汉高兴地把铁锤交到他的手里。刘义攥着铁锤,一步步走到近前。这时候,鼓乐喧天,锣鼓家什重新响了起来,掌声中,刘义高高举起了铁锤,手起锤落,石碑顿时碎了。锣鼓家什戛然而止,大伙面面相觑,都愣了,原来刘义砸的并不是那块旧街碑,而是新做的这块。德昌老汉着急地喊道:"刘义,你这是干什么?"刘义放下铁锤,哽咽道:"我知道大家能原谅我就知足了。这块街碑不能换,留下这一面镜子,可以时刻提醒我们走正道,这比给我竖十块功德碑要好得多。"于是,这块断了一只角的街碑就一直在刘村的村口立着……

又过了半年,这天,德昌老汉急匆匆地来找刘义,商量说:"这次街碑恐怕不换不行了,因为有人出钱要重新铺这条街道,不过,人家的条件就是要用她起的新街名,你说咱答不答应?"

刘义一听,喜道:"好事呀,赶快答应,这条街早该修了。"

很快,一条崭新、平坦的大街建成了,立碑这一天,刘村的人们跟过年似的,喜洋洋地聚集在村口。震耳欲聋的鞭炮声中,当大红绸子从碑上徐徐落下时,刘义呆住了,只见碑上的四个大字清清楚楚:刘义大街!这时候,人群突然静下来,乡亲们簇拥着一位姑娘来到刘义面前,德昌老汉大声介绍说:"刘义,就是她出钱为我们修的街道。"

那姑娘冲着刘义深深地鞠了一躬,喊道:"爸爸!"

刘义突然间就泪流满面……

第五章 发展是硬道理

关键词：创业

> 作者利用时间和空间这两个要素，以"错位"的形式将人物、环境予以奇妙的组合，构思上体现了很强的独异性。

望眼欲穿

一 冰

孙成才高中毕业后没能考上大学，于是就来到深圳，帮着表姐打理一家咖啡馆。表姐的咖啡馆有一个很好听的名字：追忆逝水年华。表姐一开始还想换名字，说这名字虽然雅致，但显得太老气，只怕年轻人不愿意来，再说名字也太长了。孙成才极力说服表姐保持原名原貌，说是这样才能稳定原有的顾客，如果再提高服务质量，就不愁没有新的客源。后来表姐接受了他的意见。孙成才把全部精力都投入到咖啡馆，生意一天天好起来了。

这天一大早，咖啡馆刚开门，就进来了一位三十多岁的女人。这女人容貌秀美，气质高雅，她一来就轻车熟路地走到里厅靠后窗的一个隔间里，服务员送去了水果和咖啡。

到了下午，孙成才忙得刚刚停下来歇口气的时候，忽然发现那个女人竟然还是独自坐在那里，她的对面也好像始终没有来过人。孙成才有意观察了一下，那女人安静地坐着，几乎是一动不动，她面前的水果和咖啡也没有动过的痕迹。孙成才想：这女人莫非有什么心事？

这天下午，孙成才出门进了一趟货，一直忙到深夜十二点钟，回到咖啡馆里，客人渐渐散去，该打烊了，这时，孙成才忽然看到那女人竟然还一动不动地坐在原处！

打烊的时间到了，服务员过来悄悄请示孙成才，要不要请那女人离店，孙成才摇了摇头，让服务员都下班，他自己坐在吧台后面，耐心地等到差不多一点钟，那女人才突然像从梦中惊醒一样，看了一眼手表，拿起了包，匆匆站起来。路过吧台时，她感激地看了孙成才一眼。

第三天，也是一大早，咖啡馆里进来了一个男人，约摸四十岁的样子，中等身材，穿着体面。那男人也是轻车熟路地径直来到里厅那个靠窗的隔间，坐到了那个女人曾坐过的位子对面。男人坐下后，要了一杯咖啡、一碟开心果，也这么怔怔地望着对面空空的座位，陷入了深思之中。令孙成才惊讶的是，这个男人也和那个女人一样，整整坐了一天。

他们是不是在等人？他们为什么会选择同一个地方？他们等的会不会就是对方？他们为什么不一起来呢？他们的失之交臂，是有意还是无意？他们之间有什么故事呢？这些问题在孙成才的脑海里翻来覆去折腾了好几天。后来，那个女人和男人都不来了，孙成才也就把这事渐渐地放到了脑后。

大约又过了一个月，仍是个大清早，那个女人又来了，和上次一样，她又在那个位子上整整坐了一天，不吃也不动；隔了一天，那个男人也来了，仍是上次的姿势，坐了一整天，到打烊时才走。孙成才猛地醒悟了：他们这样的情形，差不多正好是一个月一次。孙成才有一种感觉，他们一定是认识的，而且他们这样擦肩而过，一定是无意的，也就是说，他们彼此并不知道有另一个人也在这么等待着，或者说惦念着自己。

这几个月来,他们一个前一个后,时间总是只相差一天,就这么咫尺之间而不能相见,孙成才暗暗祈祷着:哪一天女人能推迟一天,或者男人能提前一天,他们就可以见面了。也就在这一刻,孙成才做出了决定:如果他们中间有一个人再来,他一定把这事挑明。

可就在这时,表姐忽然做出决定:她要接一家公司,因为资金不够,要把原来的店转让出去,而那个接咖啡馆的人准备把咖啡馆拆掉,重建一个酒楼。孙成才得知这个消息后心急如焚,他想到那一对男女还没有见面呢。他把这事对表姐讲了,请求表姐再晚几天转让咖啡馆。

表姐一听,柳眉一竖,说:"我的好弟弟哟,你是不是读书读迂腐了?这里是深圳,一寸光阴一寸金,你哪来的闲情逸致?再说,每天来咖啡馆的顾客那么多,你敢确定那两个人一定是认识的?即使认识又怎么样,关你什么事?"

孙成才吞吞吐吐地说:"我……我看他们那样子,真的很难受呢……如果……"

"什么难受不难受的!"表姐斩钉截铁地说,"你别说了,我现在急等钱用,什么都管不了啦!除非你有本事把这咖啡馆接下来,三十万,你有吗?"

孙成才泄了气,怏怏地回到咖啡馆。他琢磨了一天:怎么才能让那一男一女见上一面呢?他想起表姐说的"除非你有本事把这咖啡馆接下来",是的,如果我接下来,不就可以留住这咖啡馆了吗?可这三十万元哪里来呢?他望着服务员们在厅堂里穿梭往来,忽然一拍脑袋,对了,搞股份制!如果咖啡馆里十几个员工都参与入股,问题不就解决了吗?不过,让这些收入有限的服务员入股,行吗?

下午，趁咖啡馆清闲的时候，孙成才召集员工开了个会，没想到他的想法竟得到员工们一致的赞同，大家都看到那对男女苦苦相望、痴痴相守的样子，也很想让他们见面；再说，跟孙成才共事了差不多半年，他们都知道孙成才是个聪明、厚道的"老板"，咖啡馆经他打理，生意肯定能兴旺。但是，大伙的能力毕竟有限，他们拿出自己的全部积蓄，又东借西凑的，才弄了二十六万。孙成才硬着头皮把钱送到表姐面前，表姐一看到钱，愣住了，她没想到员工们如此的齐心，眼眶一热，泪水流了下来："没想到你这么执着！算了吧，剩下的，就算我入的股吧。"

咖啡馆保了下来，孙成才也想好了让两人见面的办法。果然没几天，那个女人又来了，她刚一进门，孙成才就手捧鲜花迎上前去，对她说："恭喜您成为本店第一万名顾客！"那女人怔了一下，含着笑、道着谢，接下了鲜花。

孙成才又说："本店将在后天举行周年庆典，想邀请您参加，不知能否赏光？"那女人轻轻地摇摇头，说："很对不起，我在国外工作，后天我得回去上班了。"

孙成才心想：原来她在国外工作，怪不得一个月只能来一次。他真诚地说："小店能支撑到今天，我们走过了很多艰难的日子，所以这个活动员工们都很在乎，我们希望请到所有像您这样重要的客人参加，没有您，我们真的很失望。"孙成才决定，如果她不答应，今天一定要给她挑明了。

那女人看了看孙成才，又望了望周围的员工们，想了想，说："好，我答应你们，后天我一定来！"

女人这边安排好了，男人那边呢？按照惯例，男人一般是后天必到的，可万一男人那天有事不来呢？不只是孙成才，整个咖啡馆的员工都想到了这一点,所以他们虽然脸上笑容满面,可心里还是沉甸甸的。

约定的时间到了,那个女人果然如约而至,她还带来了一份精美的礼物,然后她就坐到了那个固定的位子上。

接着,孙成才在门口紧张地张望着,一个人走近了,不是;又一个人过来了,还不是……终于,一辆出租车停在咖啡馆门口,一个男人跳下车,正是他,孙成才这才把心放了下来。

男人快步走到里厅,那女人抬起头来,刹那间,两人都愣住了,然后又都揉了揉眼睛,仿佛都不相信这是事实,最后女人缓缓站起来,徐徐走去,被那男人拥进了怀里……

孙成才和咖啡馆的员工们目睹此情此景,禁不住眼眶都湿润了。一会儿,这一对男女向他们诉说了一个缠绵动听的爱情故事:这一对男女大学毕业后分别来到深圳闯荡,后来他们在这家咖啡馆里相识并相爱了,咖啡馆见证了他们三年的爱情足迹。后来,因为一个小小的误会,两人分开了,她远嫁澳大利亚,他则去了北京。很多年过去,他仍无法忘掉她,一直未婚,而她也始终难以割舍对他的一片痴情,心头总有着他的影子,和丈夫关系不太好,一年前离婚了。因为这一男一女都和深圳有业务往来,所以才能每月回来一趟。一回到深圳,他们就会到这家咖啡馆来看看他们相识、相爱的地方……

那女人泣不成声地对孙成才说:"真是太感谢你们了!我不知道用什么语言来表达我的感受。你们不知道,我这次来,很可能是最后一次,因为我已经被公司调到美国纽约,不再负责中国的业务。正因为是最后一次,所以我才推迟了行程,答应你们,来参加店庆活动,没想到却是帮了我自己……"

孙成才和员工们都会心地笑了……

关键词：打工

> 与一般意义上的"应聘"格局不同，融入了现代人对生活的更多思考，富有扑面而来的时代气息。

漂亮女对手

袁 翼

这年夏天，朋友田梦来信，讲述他在深圳淘金的幸福生活，信的末尾附了首短诗："啊／深圳／我的天堂／肥沃的处女地／敞开保险柜的银行。"就是这几句破诗，烧得我第二天便背着旅行包踏上南下的火车，直奔深圳去捡钞票。

其实，我这样做并非心血来潮。田梦这小子的底细我一清二楚，只会来几句狗屁诗，除了鬼点子多，没其他能耐，就他这样的家伙居然都发了，还有什么好犹豫的！再说我，二十出头，在书画界已小有名气，特擅长画广告画，找份搞广告、装潢什么的工作，还不是小菜一碟？

到达深圳后，我掏出田梦给我的信，按信封上的地址打听田梦的GGCS公司，可人家都说不知道。好在田梦的地址后面，用括弧注明在一家公司的对面，改问括弧里的公司，很快就找到了。我站在那家大公司门口，朝对面一看，天哪，竟然是公共厕所！想了半天，我终于明白了，这"GGCS"，不正是"公共厕所"的拼音缩写吗？田梦这小子莫非是在看厕所？我迟疑地过去问看厕所的大爷，有没有一个写诗的田梦在这里工作，大爷不耐烦地摇头说:"我这里没'写诗'的,只有'洗屎'的!"听了这话,我彻底绝望了:唉,龟儿子田梦,你混得不咋样,还死要脸皮,编谎话来蒙我,这下可把我给坑苦了!

不难想象,在举目无亲的他乡异地,那一刻我是多么孤立无助。我在街上晃到傍晚,最后只得硬着头皮住进了一家小旅馆。躺在脏兮兮的破床上,我想了一夜,就这么回家乡,那可太丢人了,唯一的办法就是自己碰运气,看能不能找个活干了。

接下来的几天,我开始像饥饿的猎犬一样,在报纸上捕捉招聘信息,疯狂应聘。转眼一个多月过去了,就在我差不多"弹尽粮绝"的时候,机会终于来了。

一家广告公司要招聘一名绘制户外广告的美工,待遇诱人,我一看到启事,立刻带着个人资料赶到这家公司。这家公司表面看并不起眼,可那主管的小小办公室里已经挤满了应聘者。主管是个矮胖子,负责初试,他看过个人资料后,选择有基础的应聘者,让他们当场写几个美术字,临摹一张指定的画。

轮到我了,我将美专毕业证书、一本我的书画、广告画作品剪辑,还有厚厚一叠大赛获奖证书,递给了胖主管,主管翻了一会儿,白胖胖的脸上露出了笑容:"条件不错嘛,这样好了,你就破例直接参加复试吧!"

我还没来得及高兴,身后一个女生叫起来:"这不公平!主管,只有当众露一手,才能服众,现在的骗子,鬼点子多着呢!"经她这么一说,四周的应聘者也跟着起哄。

我愤怒地扭过头,恶狠狠地往身后瞪了一眼,本想发作,可看到的竟是个美女,二十几岁,艳光四射,我被"电"了一下,一时不知该说什么。

"咦,又是你啊,"主管说话了,"我记得好几次都给了你复试机会,你一次也没来,怎么今天又跑来了?好吧,你同样可以直接参加复试!"

我听了主管的话,更是气不打一处来,几次复试你都放弃了,这回却偏偏跟我抢饭碗!我鼻子里哼了一声,不依不饶地说:"不行,我看还是大家都来露一手,才公平!"旁边的人也都随声附和,主管笑笑同意了。

我原以为人漂亮不等于画就漂亮,可是我错了,等我完成了初试作品,偷偷瞟一眼美女的作品,我额上冒汗了:我遇上了一个漂亮的女对手!再瞅瞅其他应聘者的作品,我敢肯定,如果没有这个漂亮的女对手,这个职位十拿九稳是我的。

主管还是有眼光的,其他应聘者的画还没完工,主管便打发他们走了,只留下我和美女,递给我们一人一张名叫"清雅小区"的楼盘效果图,叮嘱道:"你们按照效果图,各绘制一张楼盘广告牌作为复试作品,我们会在你俩中择优录用一人。不过,如果你们不能过老总那一关,我们宁缺毋滥,一个也不能录用。当然,如果你们都特别优秀,老总可能会考虑多增加一个名额,你们可要小心地画,老总的质量标准是很高的!还有,你们一定要守信用,明天一起在指定地点开工,一个星期内必须完工!"

"放心吧,主管,我知道您这样的大公司办事很规范,我不会像有些人那样开公司玩笑的!"我拍拍主管的马屁,顺带刺激了一下美女。美女甩了一下头发,说:"哟,恐怕有人巴不得我不来呢,做梦!这次我绝不放弃竞争机会!"美女的话像刀子,刺中了我的要害。

第二天,我和美女进入了没有硝烟的阵地。阵地设在一个废弃的旧礼堂里,我一看见靠在高墙上的两块大广告牌就特别来劲,广告牌有五米多高,十多米长,要说画这样的巨幅广告,那可是我的拿手好戏!用了不到半天时间,我就轻松地打完了整幅画的轮廓线,而美女因为拿不准比例,在高高的脚手架上爬上爬下,手忙脚乱地改来改去,昨天的傲气没了影。我终于看出了门道:这美女功底虽然好,却没有画大幅广告画的经验,怪不得前几次不敢来复试,想必是在背地里练习。我坐在远处的凳子上,和着二郎腿晃动的节拍,边审视构图,边得意地吹着口哨。

"喂!喂!喂!吹什么吹,知了似的,烦不烦?"美女恼了,站在脚手架上,扭头朝我做了个鬼脸,"你闲着,就不能帮着看看吗,一点都不绅士!"

美女就是美女,生起气来也别有风情。漂亮不仅是生产力,也是战斗力,我被漂亮冲昏了头,凑过去嬉皮笑脸地说:"嗨,美女!你可不可以不叫我'喂'?像你这样的女孩,如果在大街上这么叫一声,男人们争着答腔,会打破头的!"

美女"咯咯"笑起来,这笑声像一缕阳光,照进我多日来郁闷、灰暗的心里。

几天下来,我们相处得很融洽。美女叫郭莉莉,画画的基本功很扎实,悟性也挺高,在我的帮助下,很快掌握了画大幅广告画的要领,画出来的效果居然跟我不相上下。郭莉莉对色彩很敏感,也很有品位,我请她对我的画提了一些意见,修改后我发现,色调果然更加美了。

第七天傍晚,我最后一次审视七天来的成果,非常满意。我想:明天过老总的关,应该没问题吧!

"哇,真漂亮!"正想着,郭莉莉突然在我身后很夸张地叫起来。几天来,我已经总结出一条规律,获得郭莉莉的夸奖是要付出代价的,接下来必然有事相求。我笑着问道:"又有什么要在下效劳?""嘿嘿,是这样的,我的书法要是一露脸,你的字还怎么见人?所以,我画上的几个字,就留给你来练习吧!"

这几天相处下来,我已经把她当朋友看了,这会儿根本没考虑应该不应该帮助对手。当然,我也有点想在美女面前显露的意思,所以抓起刷把一挥而就,一行粗犷大气的行书"无限温馨,尽在清雅"就出现在眼前。郭莉莉兴奋得手舞足蹈:"哇,好!有视觉冲击力喔!"

这时,我的肚子也被"冲击"得咕咕叫,我催郭莉莉收工,一起去吃饭。可郭莉莉说她还要再"加工加工",她还朝我诡秘地一笑:"祝贺你,画了幅杰作,明天你一定会交好运的!"我没多想,就独自走了。

第二天上午,我到工作室等了一会儿,主管来了,他说老总有事晚来一会儿,让他先审审看。主管对着效果图,看着我的画,过了一会儿,他的脸渐渐阴沉起来,显得非常焦躁,我不知道出了什么问题,心里直发怵。

主管看着看着,突然回头冷冷地质问我:"哎,你是不是哪家对头公司派来卧底的?想砸我们公司的牌子啊?"我愣住了:"您这是什么意思?"

"装什么糊涂!你看看,"主管拿起一把长尺敲着画板,"你在这窗户上画上这么大的蜘蛛网是什么意思?人家开发商花钱是请我们做广告,不是往他们脸上抹黑的!"

我仔细一看,窗口上真的有大片的蜘蛛网,尽管线条很细,不留意还看不出来,可一旦看出效果,就觉得特别刺目。

我惊呆了,但立刻就意识到这是郭莉莉干的,一定是昨天傍晚我走后,她做的手脚!这条"美女蛇",我三番五次帮助她,她居然在背后给了我一枪!

我急得哀求道:"主管,我可以马上修改过来……"

"不行,说什么也没用,你还是趁老总来之前走人,否则,他会要你赔偿材料损失费的!"

就在这时,郭莉莉到了,她瞟了我一眼,脸上得意洋洋。可事实证明,她的命运并不比我好,主管撇下我,开始看郭莉莉的画,只见他的目光死死地盯在我写的那几个字上,再回头看看我的广告牌上的字,斩钉截铁地说:"这位小姐,很遗憾公司也不能录用你,如果我没有看走眼的话,'无限温馨,尽在清雅'这几个字是你请人代笔的吧?女孩子的字不可能这么霸气,我们公司不需要滥竽充数的……"

"是吗?那我就让你开开眼!"郭莉莉冷笑一声,操起一把五公分宽的大刷把,提起漆桶走向广告牌。主管惊问干什么,要上前制止,郭莉莉凶巴巴地叫道:"你要敢碰我一下,我就立刻报警!"主管一听这话愣了一下,郭莉莉就趁着他发愣的机会,走上前去,"刷刷刷"在整幅画的中间刷下了一行大字:无限欺骗,尽在招聘。字体酣畅淋漓,霸气十足,我看呆了,原来她的字出手不凡啊!可是,好好的一幅画也被毁了。

郭莉莉还不解气,指着主管的鼻子说:"告诉你,那蜘蛛网是我故意画的,我现在也把它改掉。"说话间,我的广告画也被她涂得面目全非。

不知道为什么,主管非但没有发脾气,反而耷拉着脑袋,脸上红一阵白一阵的,像泄气的皮球。过了一会儿,他突然气急败坏地指着郭莉莉叫道:"你……你根本不是来应聘的,你是故意来捣乱的,对不对?"

"不错！可是你们难道是真的招聘美工吗？你们是骗子！你们以非常低的价位抢下广告业务，然后再以优厚的待遇作诱饵，吸引高手来应聘，等他们复试画好广告画后，你们再设法找个借口，打发他们走人。这些蒙在鼓里的应聘者白白给你们画了广告！可是，这次你们失算了，我毁了画，交货日期已到，就等着客户跟你们打官司吧！"

听了这话，我惊呆了。

主管涨红着脸反问道："既然你认为我们公司骗人，为什么还三番五次来应聘？"

郭莉莉诡秘地一笑，说："我的广告公司缺人呀！我到你们这里来招聘员工，不花招聘成本，暗中选人，还能顺便戳穿你们的骗局，多划算！对了，前几次我没参加复试，是因为初试者中没有高手，这次不一样了，我终于找到最满意的人了！"

郭莉莉指了指我，接着说："他不仅业务精通，更重要的是善于合作，心胸豁达，这太难得了，我将高薪聘用他！"

想起这几天来嚼着烂菜叶，竟然是在为骗子卖命，我火了，揪住主管的衣领吼起来："我要告你们，我要找你的狗屁老总算账，他不是说今天来复试吗，怎么还没到？"

"谁在撒野？哼，胆子不小！"我的背后突然响起了一个声音，主管闻声像见了救星，结结巴巴地叫道："田总，你看……"

我回头一看，妈的，这位长发披肩的瘦猴田总，不正是田梦这小子吗！

田梦张大嘴巴，吃惊地问我："怎么……你几时也下海了？"

我气得直咬牙，正准备给他一巴掌，可看到他那一脸的沧桑、眼睛里流露出的尴尬和无奈，心又软了，我轻轻地在他肚子上擂了一拳，掩饰道："哈！小子，你真行啊……你怎么……

不给我一个真实地址，让我找得好苦！"

田梦苦笑了一下："哥们，我们公司是……'移动公司'，地址一直在'移动'，这不，明天不知道又要'移动'到哪里……"

郭莉莉"扑哧"一笑，说道："这样吧，田总，我劝你也别'移动'了，你这人脑子挺活的，只是没用在正道上，看在你哥们的分上，如果你愿意，明天你就到我的公司来吧，你负责搞策划。"

第二天，我和田梦都去郭莉莉的公司上班了。后来我才知道，郭莉莉是美院毕业的高才生，字画皆在我之上。没过多久，我们这个超级组合使得公司业务蒸蒸日上，而我和郭莉莉的关系，也有了突飞猛进的发展。

关键词：命运

> 所表述的情节，具有一定的超常性，人物命运启示我们对人生做出更深层次的思考。

陶玉山的愤怒

老 三

这天，一辆警车开到了城东的一个豪华小区，此刻，警察将要在这里实施一次异乎寻常的行动！

事情是这样的：有个小孩叫陶玉山，老家在农村，父亲是个不可救药的酒鬼，两年前的一天，他为了弄几个酒钱，竟然抱着三岁的儿子来到城里，说是要送人，其实是要卖几个钱。那天恰好有一对夫妻遇见了陶玉山父子，男的叫许崇久，女的叫唐霞，两口子开着个广告公司，有自己的汽车、洋房，家里雇着用人，是个非常富足的人家。过去他们一直忙事业，顾不上要孩子，等事业有成想要孩子了，两人都已年过四十，好久都没有怀上孩子。这天，夫妻俩看到了三岁的陶玉山立刻就喜欢上了，陶玉山的父亲只是说孩子是个孤儿，要寻找个人家养活，于是许崇久夫妇就把孩子收养了下来，当然，他们给了陶玉山的父亲一笔钱。也算是报应吧，陶玉山的父亲用卖儿子的钱买酒喝，酒后下河冲凉，给淹死了。

许崇久夫妇中年得子，夫妻俩如获至宝，将所有的疼爱都倾注到了这个儿子身上，真是含在嘴里怕化了，捧在手里怕碎了。不料两年后,陶玉山的生母吕静芳得知了儿子的下落,她向警方报了案,警察原本以为是人贩子作的案,后来一调查,不是这么回事,于是就做许崇久夫妇的工作,让他们把陶玉山还给亲生母亲,许崇久夫妇哪里舍得呀,说啥也不答应。警察说,孩子是吕静芳的呀,不还不行,就这样,今天警察带着陶玉山的生母吕静芳来领儿子了!

警察进了许家,许崇久和唐霞早哭成了泪人,他们说,倘若当初知道陶玉山不是孤儿,他们是绝不会收养的,他们和吕静芳商议,愿做陶玉山的干爹干娘,为他在市里提供优越的生活和学习条件,等他们百年之后,所有的遗产都由陶玉山继承。他们甚至愿意现在就立下遗嘱。假如吕静芳愿意过来的话,他们还可以在市里给她买房,并提供就业;如果回去,什么时候想来看儿子,他们都提供路费食宿。孩子以后上学了,只要逢年过节放假,他们都会把他送回去……

但是,吕静芳怎么可能答应?她曾几次在寻找儿子的路途上昏死过去,现在,她只想把儿子紧紧搂在怀里,再也不撒手!

警察见双方协商没有结果,只能强制执行了,他们护送着吕静芳抱着陶玉山,上了回家的吉普车。陶玉山虽然只有五岁,可他也看明白了一些,他这时的心情不好受啊,两年了,他早把亲生母亲给忘了,而和养父母情深意笃,现在,一个陌生的乡下女人突然要抱着自己走,小家伙恐惧到了极点,他拼命哭喊着:"我要妈妈……我要爸爸……妈妈救我,爸爸救我呀……"

唐霞挣脱开警察,扑到了吉普车的前盖上,撕心裂肺地哭喊着:"求求你们了,不要带走我的儿子啊……"许崇久攥着吉普车的车门,用男人的大嗓门对来掰他手的警察哭嚷着:"不许带走我的儿子!谁带走我的儿子我就和他拼了!"

陶玉山在车内母亲的怀中更是挣扎着、哭叫着,车上、车下哭声响成了一片,但吉普车还是开走了,唐霞和许崇久一边哭喊一边追赶着汽车,一次次地跌倒在坚硬的路面上……

一个多月后的一天,陶玉山老家的小村里,突然来了两位憔悴不堪的不速之客,他们正是许崇久和唐霞夫妻俩,也不知他们是怎么打听着找来的。他们找到了吕静芳的院门,吕静芳闻声走了出来,见了两人大怒,她堵着院子门,把许崇久、唐霞硬塞给她的小孩衣服、点心等礼物猛扔了出去,破口大骂:"你们害了我,害了孩子,还不够吗?这一个月里,孩子刚和我有了点感情,不再哭着吵着找你们了,你们就又来害人了?再敢来,打断你们的狗腿!"

唐霞苦苦地哀求道:"大姐,我们大老远地来,没什么别的目的,只求您让我们看一眼孩子,您把他抱出来,我们躲着偷偷看上一眼!另外,我们还给您带来了五千块钱……"

"收起你们的臭钱!"吕静芳横眉怒目,怒气冲冲地嚷道,"你们走不走?再不走,我可要喊人赶你们了!"唐霞和丈夫只得捡起扔了满地的礼物,一步三回头,哭哭啼啼地往村外走。

也就在这时,村头上,一个妇女一直尾随着他们,这妇女叫冯映月,她跟了一段路,忽然走上前去,拦住了许崇久夫妇俩,笑容可掬地说道:"大哥大姐,这大老远的来了,进我屋喝口水,休息休息!"说着,她就硬把他们往一旁的院子里让。

许崇久夫妇确实累了,于是就跟着冯映月进了她家,一看,院子里有好几个孩子在玩耍。冯映月把客人请进内屋,给他们泡上茶,接着她一下给客人跪下了,这倒把许崇久夫妇吓了一跳,忙搀扶她,连声说道:"这是怎么一回事?您快起来!"

冯映月爬起身来,哽咽着说:"大哥大姐,你们的事,我都听吕静芳讲了,那个女人,真是天下第一傻女人啊!你们也看到我家了,整个家当值不了千把块钱,孩子生下来日子更艰难啊,更甭提以后受教育什么的了!"

许崇久夫妇听了连连点头、叹息,冯映月又说:"大哥大姐,我知道你们是真爱孩子,我过世的男人也姓许,我们生了两个儿子,小的那个叫许家驹,今年四岁多了,你们要是不嫌弃,把我小儿子领养了吧,只要孩子有吃有穿,日后有个好前程,我就是一辈子见不了他也心甘情愿的!"

说着,冯映月就从外面院子的孩子堆里抱来了一个小子。这小子一瞧就是个机灵鬼,而且一点不认生,两眼直勾勾地盯着唐霞搁在桌上的点心匣子。唐霞马上拆开匣子给他拿点心,逗他说:"过来让阿姨抱,阿姨就给你点心吃!"孩子立即张开小手扑进唐霞怀里,还伶牙俐齿地说道:"阿姨,家驹要吃点心!"许崇久问他:"家驹,你去叔叔、阿姨家,叫你天天吃点心,你愿意去吗?"小家伙痛快地说道:"愿意!咱们是坐大火车,'呜呜'去吗?""对,是坐'呜呜'去!"唐霞乐得笑逐颜开,她和丈夫一下子就喜欢上了这个聪明伶俐的小伢子。夫妻俩当即决定收养这个孩子。当天晚上,他们在冯映月的家里将就着过了一夜,第二天早晨抱着许家驹就动身了,小家伙竟然不哭不闹,反而喜不自胜,冲妈妈摇着小手说:"妈妈,过年了我就回来看你,坐'呜呜'回来,给你带点心吃!"

这桩事轰动了整个小村,特别是吕静芳,她抱着陶玉山到处和人讲:"唉,你说那个冯映月她还是个人吗?把自己亲生的儿子送人!"然后她亲着陶玉山的小脸蛋,炫耀地说道,"玉山乖儿子,妈妈可不卖孩子,金窝银窝不如自己的狗窝,妈妈就是穷死也要自己养着你!"乡亲们对吕静芳的亲子之情十分赞佩，对冯映月则是嗤之以鼻。

但几个月后，到了春节，事情却起了变化：许崇久夫妇带着许家驹来亲妈家过年了，许家驹被打扮得像个洋娃娃，穿着毛皮大衣、牛仔裤、高筒子毛皮鞋，还学会了几句洋文，什么"噎死"、"闹"、"狗头白"的。这里家家养羊，许崇久还花了上万元选购了一公两母三只纯种的小尾寒羊，送给冯映月。年三十晚上尤其热闹：这里一般人家过年最多买几挂鞭，腊月二十三和年三十各放一挂，初一早晨放一挂，正月十五放一挂。可许崇久他们却买了几千块钱的各式烟花爆竹，什么钻天猴、二踢脚、大雷子、彩珠筒、冲天炮……吸引了全村人扶老携幼地前来观赏，足足一个钟头才放完。吕静芳抱着儿子也在人丛里，可看了一会儿，她就不顾儿子的哭闹反对回了家，到了家里，她看着陶玉山皴裂的小手，鼻孔下挂着的两道鼻涕，脏兮兮的脖子，再想想洋娃娃似的许家驹，她的心里涩涩的不是滋味。

在新的一年里，靠着那头小尾寒羊种的公羊给别人家的羊配种，再加上改良自己的羊群，冯映月家的日子渐渐好了起来，到夏天就翻新了房子，还自费在院子里打了口甜水井，入冬后，连彩电也搬进了家，还买了罐液化气，有点急事时做饭不用烧柴禾，下个面条烧个开水的，别提多方便了。冯映月的日子越好过，吕静芳的火气就越大。

又一个春节的时候，许崇久夫妇开着自己的车带着许家驹来过年，另外，许崇久刚装修了新房子，他就雇了辆槽子车，把淘汰掉的冰箱、席梦思床、沙发、立柜之类的家电、家具，全拉来送给冯映月。吕静芳见了心里酸溜溜的，而且这"酸溜溜"的日子一过就是十多年……

这年，陶玉山初中毕业，什么也考不上，在家放羊种地。

他粗手粗脚，沉默寡言，似乎总是在思考着什么，又似乎什么也没琢磨，只是沉溺在无边的茫然里。因为他一天也说不了三句话，村里人都觉得他智商有问题，拿他当半傻看待。他知道自己的身世，家里的日子虽然有了些起色，不过和冯映月家就没法比了，人家早就扒了旧房，在宅基地上盖起了两层小楼，而自己还住在破旧的老宅子里。

这天中午，冯映月家请客，在院子里摆了十几桌酒席，全村每一户都受到了邀请，连吕静芳家也请了，吕静芳当然不愿去，她要儿子也别去，但陶玉山还是去了。下午三点多，喝得跟跟跄跄的陶玉山回家来了，他一进门，就开始打包收拾自己的衣物，吕静芳大吃一惊，追着问："儿啊，玉山，你要干什么？"

陶玉山冲母亲艰难地笑了笑，说："妈，许家驹今年初中毕业，要去英国上学了，我见到他了，打扮得像个小少爷，油光粉面的。"他突然提高了嗓门，激动地说，"妈，那个人，本来应该是我呀！"

儿子今天破天荒一下子说出这么多话来，说的却是这番话，吕静芳禁不住伤心地哭了，她说："玉山，妈妈不愿意把你送掉，这有什么错？"陶玉山无力地摆了摆手，说："妈，你什么也别说了！打我懂事那天起，打我被你从唐霞妈妈、许崇久爸爸那里硬抱回来那天起，我就在恨你！特别是每次看到许家驹，我就更恨你！我已经憋了十多年了，我已经快要精神崩溃了！现在，我要走了，永远也不回来了！"

吕静芳一听吓傻了："妈可只有你这么一个孩子啊，你走了，妈可咋办？"吕静芳死死攥住了儿子的胳膊，膀大腰圆的儿子轻轻一甩，她就跌坐到了地上。

陶玉山背着包袱，跌跌撞撞地走出了家门……

关键词：人性关怀

> 在一个情节并不奇巧的故事中较为完美地塑造了一个真实、可爱而值得同情的孩童形象。

小明在等待

徐 洋

小东和小明是两个患了尿毒症的孩子，他们同住在长平医院的一间病房里。他俩都生活在单亲家庭，小东的父母离婚了，小明的父亲去世了，他们两个都由妈妈陪着。两个孩子的肾脏都已经没有了功能，他们的生命，只能靠几天一次的血液透析维持。大夫说，要挽救两个孩子的生命，最有效的办法就是进行肾移植。

但是，肾移植手术的费用太高了，除了十几万元的手术费，手术后还需要长期的药物治疗。小东和小明的家庭又都是工薪阶层，哪来钱做手术呢？正在这当口，一件小事，让事情发生了大的变化。

"六一"儿童节前夕，市里一所小学的老师组织他们班的同学来医院慰问小患者，孩子们给小东和小明送来了图书和水果，老师还给孩子们布置了一个作业，就是每人慰问一个小患者，回去后写一篇作文。

其中一个孩子学着大人的样子采访了小东的妈妈，写了一篇关于小东的作文。正巧这孩子的母亲是报社的一位记者，看了小东的情况后很受感动,就把孩子的作文改成一篇报道,发表在报纸上。这一下轰动了全市,许多人得知小东母亲为救孩子倾家荡产的事后掉下了眼泪。于是,在报社的号召下,一场捐助小东的爱心活动在全市开展起来。

最近几天,小东他们这间病房里来的人络绎不绝,有老的,有小的,有代表单位的,有全家来的,都是来给小东捐款的,少的几元十几元,多的成百上千元,来人进门的第一句话都是问:"哪位是小东呀?"每当这个时候,同在一个屋的小明母子就指指小东的床,说:"在那边!"由于人多,医院还专门抽出两个人负责接待这些来捐款的人。

看着社会上有这么多人关心小东,小东的妈妈高兴,小明的妈妈也高兴,因为她感到小东这下有救了,可一想到自己的孩子小明还没有一点着落,她的心里又像针扎一样难受。做一次透析的费用,差不多是小明妈妈一个月的工资,小明妈妈心里明白,要照这样下去,家里很快就没钱了,小明的生命还能维持多久,妈妈不敢往下想。

尿毒症病人的症状都差不多,当他们体内的毒素达到一定量而排不出去的时候,就会非常难受,而一旦经过血液透析,看上去就和健康人没多少区别了。小明这天刚刚透析完,头不晕了,也不恶心了,他拉着妈妈的手来到了医院的后花园里。红红的太阳晒在身上暖洋洋的,妈妈不说话,她心里难受,可在孩子面前还得装出高兴的样子。这时,小明问妈妈:"妈妈,为什么有那么多人给小东送钱呢?"妈妈就怕小明问这个,她只好硬着头皮回答说:"这是社会上的叔叔阿姨们为治小东的病献的爱心呀,为的是早一点治好他的病,好让他去学校上学呀!"小明眨巴着一双大眼睛想了半天,又问:"那为什么没有人来给我献爱心呢？我和小东不一样吗？"

妈妈把头扭向了一边，她用手挡住了自己的眼睛。过了一会儿，她偷偷地看了看小明，见他没有注意自己，才说："一样的，小东和小明都是得了病的好孩子，大家都会帮助你们的，只不过……只不过事情总得有个顺序吧，你没有看到吗？小东床头挂的那个小圆牌上写的是一，他是一床，你的牌子上写的是二，你是二床，等到把一床的小东治好了，就轮到二床的小明了，到那个时候，大家就都会来为你捐款的。"小明想了想，点点头笑了。

回到病房，小东去化验室验血了，房间里没有人。小明一眼就看到自己的床上放着一个信封袋子，他拿起来打开一看，里边是一叠零钱，有一毛的，两毛的，还有五毛的，信封上歪歪扭扭地写着几个字，是小东的名字。小明没有事做，就数起钱来，数来数去，一共是五块钱，他想着这五块钱的作用，能买一盒二十四色的图画笔，还能买两个带红边的大本子，还能……

妈妈看到这一切，假装没有看见，把头转向了窗外。小明把数好的钱叠得整整齐齐的，又装回了信封里，然后下了床，走过去放到小东的床上，嘴里自言自语地说："这是小朋友给一床小东的，等他的病治好了，下一个就轮到我小明了。"

妈妈一个人又在悄悄地擦眼泪了。

过了几天，给小东的捐款够他的手术费了，他要转到省里的大医院去准备手术了。临走的时候，两个孩子还交换了礼物，小明给了小东一支铅笔，小东给了小明一个人家送给他的大洋娃娃。

小东走了以后，病房里一下就静了下来。第二天一床又住进了一个从乡下来的小女孩儿，也是和小明他们同样的病。

新来的那个小女孩儿不怎么说话，她的爸爸妈妈也是一脸的愁云，也在偷偷地落泪。

这一天，小明又难受得厉害，又要去做透析了。等进了透析室，机器转开以后，小明对床边的妈妈说："妈妈，一床新来的那个女孩儿的妈妈不讲卫生，你看到她的床下放着一个大袋子了没有？"妈妈摇摇头说："袋子？什么袋子？"小明说："一个大的白布袋子呀，里面装的全是长了绿毛的大馒头，她妈妈吃饭的时候，就从里面拿上一个，用布把上面的毛擦掉，就吃开了，吃的时候还怕人看到，昨天我把一个新鲜馒头偷偷地给她放进去了。"妈妈问："你知道她妈妈为什么吃长了毛的馒头吗？"小明说："她家穷，没有钱。"

小明的妈妈觉得孩子长大了，小小的年龄这么有心计，她说："那你将来长大了一定要好好学习，多学点本领，好为穷孩子们多办点事情。"小明说："我现在就已经做了帮助她的事情了！"

妈妈不解地问："现在？你能做什么？"

小明看看周围，压低声音说："我把我的床号牌和她的床号牌换了。"妈妈问："那有什么用呢？"小明说："你不是说下一个接受捐款的孩子就是二床了吗？我看她家比我们家更需要钱，还是先给她家捐款吧，等她的病治好了，我再去治也来得及的。"

小明的妈妈又流下了眼泪……

关键词：亲情

> 从平凡的"打折"事象中提炼出不平凡的情节元素，从而演绎了一段颇为动人的故事。

"二号选手"不打折

肖 冰

这天，一个小伙子走进了富丽堂皇的乾隆大酒店。这个小伙子虽然穿的是西服，可是里面的衬衫却是皱皱巴巴的，还很脏，一双手十分粗糙，有的地方还裂开了口子，一看就是干粗活的打工仔。他在一楼转了一圈后，直奔二楼的贵宾部，那里可是酒店里最高级的雅座，来的大多是些有钱的主。

贵宾部的女服务员于秀丽赶紧迎上去，拦住他说："先生，这里是贵宾部，散客餐厅在一楼。"

小伙子看了一眼于秀丽，蹙了蹙眉，说："我就是想去高级雅座吃上一顿饭。"于秀丽撇撇嘴，拉长了声说："到这里用餐，消费标准都是很高的哟！"

小伙子试探着问："最低的标准是多少？"于秀丽想把他吓回去算了，随口便说："最少也得一千元。"小伙子下意识地碰了碰胸前的口袋，迟疑了一下，说："行，还能行。"接着，他扯过于秀丽手里的菜谱，看了又看，最后狠了狠心，说："给我上等药材炖斑豹肉、红烧鹿肉、清炖骆驼峰。"这可都是酒店里的招牌菜，加起来要一千二百多元。

看到于秀丽那不相信的目光，小伙子"噌"地从上衣口袋里掏出一沓百元大钞，在于秀丽面前晃了晃："你看这些够不够？"于秀丽心里说，土老帽，有几个钱就不知姓啥了。她转过身通知了厨房，并悄悄地叮嘱了一句："是二号选手。""二号选手"是她们酒店的暗语，这些招牌菜货源很紧俏，碰上那些来此尝鲜的外行生客，店里经常给他们来个偷梁换柱，用猫肉代替豹肉，用驴肉代替鹿肉，至于骆驼峰更绝，用的是母猪乳房。上千元一桌的菜，成本还不到三百元。用老板的话说，像他们这类人，哪能天天吃得起这样的菜，你就是给他们假的，他们也吃不出来。

小伙子选定了7号雅座，转身就要下楼，于秀丽急忙过去把他拦住："先生，你要去哪里？""下去接人。"

"你点的菜可都已经下厨了，万一你不回来了，那我就惨了，老板要扣我工资的。"

小伙子有些生气了，嘴角抽动了一下："你、你也太小瞧人了。"说着，他抽出几张钞票，塞到于秀丽的手里，"给定金，这回放心了吧？势利眼！"然后"噔噔噔"地下了楼。

于秀丽冲着那个小伙子的背影"呸"了一口，暗骂道：愣头青，不给你多放点血，你都不知道这酒店的门朝哪开的。因为她可以从客人的消费中提成，像这样的"二号选手"，老板给的红包最多。生气归生气，这样的一头"肥羊"，毕竟不多见，她捏着那几张百元大钞，放在嘴边来了个飞吻，又有谁会跟钱有仇呢？

不一会儿，小伙子扶上了一个老太太，老太太穿得很土，手里拄着一根用杨树杈修理出来的拐杖，嘴里还不停地叨唠着："你这孩子，吃顿饭跑这么高贵的地方干啥，咱们又不是啥金贵人。"小伙子说："城里的饭店都这样。"他俩这身打扮与饭店的装潢比起来，极其不和谐，简直就是一种讽刺。

看在那份红包的分上，于秀丽还是佯装热情地迎上去，把老人扶到椅子上，倒上茶，铺垫好餐巾。老太太看了看于秀丽，咂咂嘴说："多水灵的姑娘啊，你快歇着吧，我一个老太婆子，不是啥上等的人物，让你这样为我跑来跑去地伺候，倒是有些不自在了。"然后她又自言自语道，"孩子们出来赚点钱也不易呀！才这么大点的小姑娘，要是在爹妈跟前，还常撒娇哭鼻子呢！"

这些话让于秀丽心里感到热乎乎的，她不禁重新打量起这两位顾客：无论从哪个角度看，他们都不像是有钱人，莫非这位老太太得了什么绝症，到了医生说的那种想吃啥就给她吃点啥的时候了？如果真是那样的话，自己对他们实行二号选手方案，岂不是有点太残忍了？想到这里，于秀丽忍不住问："大娘，你的身体还很硬朗吧？"

老太太笑着说："好着呢，农村人身子骨结实，你别看我快六十的人了，家里那几亩地，还是我种着呢。"

莫非这个小伙子发了什么横财？于秀丽又问："你儿子最近的财运一定很不错吧？"

"没啥财运，都没啥大能耐，一个月赚个几百块钱呗。"

这时，小伙子在于秀丽身后轻轻地扯了一把，示意她不要再问了。

于秀丽刚离开了7号，小伙子就悄悄地跟了出来，红着脸恳求道："小姐，一会儿上菜的时候，我妈要问多少钱，最好是哪个菜也别说超过20元。""为什么？"

"要是我妈听说一个菜花了那么多钱,她说啥也不会吃的。"

于秀丽斜了小伙子一眼,揶揄道:"家境不那么宽裕,何必非要到这种地方来消费呢?还不如把省下来的钱,用在别的方面,多孝敬孝敬老太太呢!"

小伙子抬起头,脸涨得通红,嘴唇动了动,想说什么,又咽了回去,僵持了一会儿,小伙子又乞求着问:"行吗?"于秀丽冷冷地说:"行,那有什么不行的,你就是让我们说一块钱一个菜,我们也会听你吩咐的,顾客就是上帝嘛!"

小伙子说了声"谢谢",转身就走,走到一半,又停了下来,转过脸,"吭哧"了一会儿,才说:"我哥就是在盖这栋楼的时候,不小心从架子上掉下来摔死的。我哥临死的前一天,还跟我说,有机会一定要让没见过世面的爹妈也到这吃一顿。可是这些年来,我娶老婆生孩子,处处都要钱,钱一直是紧巴巴的。本来想,父母身体都还好着呢,以后有的是机会,可是没想到,去年爸爸突然走了,现在就剩下我妈,她的身子也大不如从前了,我真怕有一天……他们可是一辈子都没进过大饭店的!就只一次,你们也看不惯吗?"

于秀丽的心不禁一颤,从农村来的她,何尝没有过这样的想法!这些年来自己钱没少赚,可这个愿望一直留在梦里,想到这些,她说:"对不起,对不起,我误解你了。"这时,于秀丽心里一阵后悔,忽然产生一个大胆的想法:不能让小伙子把那点血汗钱就这样白白糟蹋了,她说:"一会经理过来时,你就说菜不对味。我想法说服他,多给你打几折。"

小伙子瞪大眼睛,说:"可那些菜,我从来也没吃过,愣是说不对味,这不是鸡蛋里挑骨头吗?"

没想到遇上个死葫芦脑袋!于秀丽没法子,只得悄声说:"就冲你这份孝心,我实话告诉你吧,那几个菜都是冒牌货,这年头，哪里来那么多豹肉、鹿肉的！"

小伙子顿时呆在那里，然后一跺脚："妈的，你们也太损了。"说着就要直奔后面的经理室，于秀丽一把拉住他，急得眼泪都要下来了："你可别吵，那样我就惨了，你这个人怎么这么浑啊！"

小伙子一愣，停了下来。

于秀丽叹了口气，把小伙子刚才付的定金塞还给他："都是打工的人，钱赚得都不容易，你就按我说的去做好了。"小伙子无奈地点点头，回包间陪他妈吃饭了。

过了一会儿，贵宾部的经理笑眯眯地走进7号包间，问："先生，菜可口吗？这都是纯正地道的山货。"于秀丽瞪大眼睛，她都计划好了，只要小伙子一说不满意，她就把经理叫到一边说："人家可是山里人，对那些东西是识货的，咱用'二号选手'糊弄人家，万一出了漏子，可不得了。"

小伙子抬起头看了看经理，又看了看吃得正香的母亲，"吭哧"了半天，才说："很好，很好。"然后他又对母亲说："娘，过去只有皇宫里的人，才能吃到这个。"老太太眯缝起眼睛，夹了一口"清炖骆驼峰"，咂吧咂吧嘴说："没什么好吃的，怎么有点奶气味。"小伙子解释说："这是驼背上的肉，储备营养用的，营养多的肉就这样。"

这下可把于秀丽气坏了，经理走后，她把小伙子拽到一边，指着他的鼻子说："你怎么忍心骗你妈啊！"小伙子的眼神黯淡下来，把头转向窗外，声音有些发颤地说："我妈舍不得吃舍不得喝，苦了一辈子，我这次来，就是想让她尝一尝这些稀罕东西……我实在不忍心告诉她真相啊！"

于秀丽心里一颤，险些落下泪来："这不怪你，都是我的错，我不该让他们给你们上冒牌货。"

于秀丽跑下楼，找到经理，嘴张了几次，才吞吞吐吐地说："经理，给7号打打折好吗？他们不是有钱人。"

经理很意外，看着于秀丽，问："他们是你的朋友？"于秀丽摇摇头。

"是你的熟人？"于秀丽又摇摇头。

经理不解地问："那你为什么替一个陌生人这么卖力呢？"

"因为他是个孝子，我们不能昧着良心，赚孝心的钱。我那份提成不要了，请您高抬贵手，多给他们打几折吧。"于秀丽再也憋不住，把事情一五一十都说了。

经理听完，眼圈也有点发红，他沉默了一会儿，然后拿起笔，写了几个字，递给于秀丽。于秀丽一看高兴得差点蹦起来，上面写的是："7号，免费。"她说了声"谢谢经理"，直奔前台。

来到前台，于秀丽却发现小伙子母子俩早已经走了，桌上放着一千二百元钱，还有一张字条："不知名的小姐，谢谢你了，你是个好心人，我不想让你为难。我既然请我妈来吃饭，就能掏得出钱来，孝心不能打折。不管菜是真是假，只要我妈吃得高兴，我就知足了。"

从此，于秀丽再也没执行过"二号选手"方案。

关键词：法治

> 两个特殊身份的人不期而遇，产生了戏剧性的人生变化。故事发表后，被当作社会新闻广泛流传。

逃　犯

黄　胜

老李是个退休工人，他因为喜欢山里的环境，退休后就在大山里买房住了下来。这年刚入夏，暴雨就一连下了好几天，这天中午好不容易停了，老李趁这个空当赶紧下山到镇上买米买面。

采购好东西后，老李拐进街口郭瘸子的修车铺，想听听这几天镇上有什么新鲜事，老李一个人住在山上，很少与山下的村民交往，与世隔绝了一般。而郭瘸子是镇上的百事通，果然，一见老李，郭瘸子就迫不及待地告诉他一个特大新闻："知道不，北山看守所前天跑了好几个犯人。"

老李吃了一惊，心想：这还了得，多少年都没听说越狱的事了，那些看守都是吃干饭的？手里又不是没有枪，咋能让犯人从鼻子底下溜了呢？

郭瘸子告诉他，不怪看守，就怪这场雨，前天半夜时分，山洪引发泥石流，冲垮了看守所靠山的一段围墙，连带着冲倒了几间监舍，几个犯人就趁乱跑了，听说里面还有个杀人犯。市公安局已经发了通知，提醒老百姓注意安全，看到可疑人员要马上报警。

老李担忧地说:"谁碰上这伙人可要倒大霉了。"郭瘸子见他忧心忡忡的样子,就呵呵笑着说:"伙计,你尽管放心大胆地回去吧,听说他们逃出来后,就劫了一辆车,现在早跑出几百上千里地去了,你想呀,谁还会在这里等着让人抓?"

接下来,两人又闲扯了几句,老李见天又阴上来了,赶紧起身告辞。

山陡路滑,老李背着米袋,走走歇歇,费了半天劲才回到自己那位于半山腰的家。刚好到了家门口,雨又稀里哗啦下了起来,老李暗暗庆幸,赶紧开锁进屋。他没有注意到,在右侧的窗台上,有两个泥迹斑斑的脚印。还没等他放下粮袋,他身后的房门忽然"吱呀"一声自己关上了。老李心里一紧,就觉得后脊梁一阵发冷,感觉到身后有人。老李素来不喜欢与人交往,附近的村民都知道这点,很少有人来打扰他。会是谁呢?老李转过身,骇然发现门前果然站着个陌生人。这人浑身上下全是泥水,胳膊上、脸上到处是擦伤、划伤的痕迹,胡子拉碴,一双大眼里闪着凶光,死死盯着老李。老李不由打了个寒噤,脑海中倏地蹦出两个字:逃犯!

"呼哧——呼哧——"逃犯粗重的喘息声清晰可闻。老李紧张,那逃犯似乎比他还要紧张,一只手藏在身后,老李眼尖,看到从他的屁股后露出了一截菜刀,正在微微颤动,显然,逃犯握刀的手正在抖动。

老李呆住了,一动不敢动,心里突突乱跳,隐约嗅到了一丝死亡的气息,不过他知道,现在千万不能刺激对方,否则后果不堪设想。

两人对峙了足足有五分钟,老李忍不住了,强笑着开口问:

"小伙子，你是上山迷路了吧？"

逃犯不说话，眼睛盯着老李，神情依然紧张无比。

老李看对方没有反应，想了想，干脆打开天窗说亮话："我知道了，你一定是昨晚逃出来的犯人。"

逃犯一哆嗦，"刷"把菜刀亮出来，威胁道："是又怎么样？"

老李后退两步，双手摆了个不设防的姿势，赔着笑脸小心翼翼地说："你别冲动，我这个人不喜欢多事，否则也不会一个人在山上隐居，请你放心，我决不会报警的。我也不会反抗，你看，就我这体格儿，十个绑一块儿也不是你的对手。"

逃犯脸上的神色稍微缓和了一点。老李看着他的眼睛，试探着问："你一定饿了吧？我先给你弄点吃的怎么样？"

逃犯眼睛一亮，点点头。老李松了口气，看来逃犯暂时不会对自己不利，希望他吃了饭快点离开。

逃犯自己找了个小凳子在门口坐下，菜刀放在右手侧，警惕地监视着老李做饭。老李边淘米边套近乎，问："你们不是劫了一辆汽车吗？为什么你不跟着他们一起往远处逃？"

逃犯说："我不想逃。"

老李奇怪了，心说：你都逃出来了，咋还说你不想逃？他要讨逃犯欢心，就说："其实逃出来是对的，逃得越远越好，自由多好啊！"

没想到，逃犯眼里突然涌出了眼泪，大声说："告诉你，我不是逃，不是为了自由，我出来只是为了弄笔钱给我奶奶。她七十多岁了，没有钱一个人怎么生活呀。"

他这一哭，凶狠之态尽去。看他这样，老李倒有些不知所措。他现在才有胆子仔仔细细打量这个逃犯，逃犯很年轻，也就二十刚出头的样子，满脸稚气，哭起来的样子分明还是个孩子。老李起了恻隐之心，就轻声问道："你犯的是什么罪？"逃犯抹了一把脸上的泪水，昂然说："杀人罪！"老李吓了一跳，要不是对方亲口说出来，看他年纪轻轻的样子，怎么也不会与杀人犯联系起来。一时间，老李又紧张起来。

逃犯见老李不说话，就说："你不要怕，我不会再杀人了。我奶奶信佛，从小不让我杀生，你信不信，我长到这么大，连鸡鸭都没有杀过！"老李听了暗暗好笑，心说，鸡鸭不敢杀，可你敢杀人。逃犯看出老李的心思，咬牙切齿地说："那人该死！"老李一震，不知那人是怎么惹得他这般恼恨。

一会儿，米饭蒸熟了。逃犯一天没吃过东西，早饿坏了，捧起饭就往嘴里塞，菜刀也忘了拿，扔得远远的。老李看着他狼吞虎咽的吃相，不觉想起了自己的儿子。逃犯一抬头，看见老李目不转睛地瞅着自己，竟羞赧地报以一笑。老李不禁想：这样一个孩子，怎么会是杀人犯呢？

逃犯吃饱后，抹抹嘴，四下瞅了瞅，看见屋角有条绳子，过去取过来，说："大叔，对不起，我要把你捆起来。"老李忙说："不用，你吃饱了就赶快走吧。"

逃犯却没有要走的意思，他很得意地说："我们驾车逃出很远以后弃车分头逃，只有我又一个人掉头折回来了，现在警察们都往远处追，绝对不会想到我还会掉头回来的。"说着，不由分说把老李像捆粽子似的绑起来，然后将他抱到床上，随后，逃犯自己也在老李身边躺下了。

老李暗暗叫苦，他心里明白，对方呆的时间越长，自己危险就越大……想到这里，老李出了一身冷汗，柔声问："小伙子，能不能告诉我你把谁给杀了？"

逃犯理直气壮地说："能，我为我媳妇报仇雪恨，不怕人，见了阎王我也敢说。"接下来,他就原原本本地把经过说了。原来,逃犯从小父母双亡,跟奶奶相依为命,奶奶历尽千辛万苦把他拉扯大,去年还为他娶上了个俊俏媳妇。本以为一家人从此过上好日子了,没想到厄运天降:就在他外出打工期间,村长将新媳妇强行糟蹋了。新媳妇不堪屈辱,悬梁自尽,奶奶一气之下,就此卧床不起。逃犯得到消息后赶回家,先是告状,因为没有证据,村长被派出所抓去当天就又放了出来,照样耀武扬威。于是,几天后,逃犯一口气咽不下,杀了村长,而后带着凶器来到派出所投案……

逃犯说完经过,又说:"我现在一点不后悔杀了他,杀人偿命,我也愿意伏法。我担心的只是奶奶,她今年七十二了,往后的日子……"逃犯长长地叹了一口气,很是凄凉。

老李听完,半晌无语,觉着目前只有劝他马上去投案自首:"我略微懂些法律,你杀了人是事出有因,很可能不判死刑。而你这一逃狱,情节就严重了,只怕要罪加一等。依我看,你最好去自首,也许还能保住命。"

逃犯却说:"这事我明白,出事后,全村人联名上书请求法院轻判我,连村长的父母、老婆都签了名。可是就是从轻判罪,我的余生也只能在牢狱之中度过,而我奶奶没有我照顾,可怎么活呀?"说着,逃犯抽泣起来,"我一定要为我奶奶弄一笔钱,决不回去自首。"

老李说:"你一个逃犯,怎么弄钱呀?去偷去抢,抓住了赃款还不是要没收?你奶奶照样没钱。"

逃犯说:"在我出来之前就有了弄钱的主意,现在只是缺一个我信得过的人来帮忙。"逃犯沉默了一会儿,突然问,"大叔,你是不是一个好人?""当然是。"老李说。逃犯突然起身跳下床，将老李身上的绳子松开，然后"扑通"跪在地上，冲着老李磕了三个响头，"大叔，求你帮帮我吧。"老李一慌，问："你要我怎样帮你？"逃犯说："等躲过这几天，你把我绑起来，送到公安局，就说你把我抓起来了。"

老李越听越糊涂，不知他葫芦里卖的是什么药，还以为他是正话反说，试探自己，赶紧表白说："你放心，你是一个孝顺孩子，我不会那样干的。"

逃犯却说："你一定要这样干。我想，像我这种杀人重犯，过了这几天如果仍不能抓住我，警方一定会悬赏的，到时候你就会得到大笔赏金，我求你把这笔钱交给我奶奶。"

老李这才明白对方要自己帮忙的意图，呆了半晌，他问："要是警方不悬赏怎么办？"

逃犯天真地说："那也有见义勇为奖金呀。"

老李看着逃犯满含期待的眼神，心中忽然好像被锤子重重地敲了一下，震荡不已：一个本来有希望苟活下去的杀人犯，为了亲人的晚年生活，不惜用自己的生命作赌注，他的想法虽然幼稚，是一厢情愿，可是一边是生，一边是死，做出他这样的选择需要多大的勇气和决心呀……

想到此，老李决定继续劝说对方去自首："小伙子，其实你完全想错了，你设想一下，如果这次你被判了死刑，你奶奶还能活下去吗？你是她的全部指望呀。我敢断言，没有了你，即使有再多的钱，她的晚年也是生不如死，更谈不上什么幸福。只有你，她的孙子，依然能在世上活下去，这才是她现在最大的要求，最大的心愿。"

逃犯听呆了，他一心想着为奶奶弄笔钱，可从来没有从这个角度想过这事，听了老李的这番话后，就如醍醐灌顶，哑了一阵，跳起来道："不好，我奶奶知道我逃出来，现在肯定为我担心死了。"他猛地跪下去，冲家乡的方向磕了个头，"奶奶，我这就自首去，您别为我担心了。"随后，他站起来冲老李鞠了一躬，感激地说："谢谢你，大叔。我这就自首去，让警方尽快把我投案的消息告诉我奶奶。我不会再让我最亲的人为我担心了。"说完，转身往外就走。

此时，外面电闪雷鸣，雨越下越大，逃犯拉开门，一头扎进风雨中……

许多天后，老李接到一封监狱里的来信，他知道是那个小伙子的，急忙展开一看，只见上面写道："……大叔，我现在很好。我见到我奶奶了，政府特意把我奶奶接来看我。奶奶说我做得对，还说她一定好好活着，等我回去……"

> 围绕"一块石头"演绎了一出曲折有致、波澜迭起的戏剧。

老哥儿们

李元奎

何老汉这一阵子可闹心了,他是个孤寡老人,心脏不好,失眠得厉害。可他那幢住房的楼下,新近有人摆了个烤羊肉串的摊子,摆摊的主叫常省三,这人在十八岁时因聚众斗殴出了人命,被判了无期徒刑,后来减了刑,等出来时已经三十八岁了,生活无着,他瞅着小区马路边的地方不错,来往人挺多的,就在路边烤羊肉串,摆了几张桌,录音机开得山响,做开了买卖。他那摊子紧挨着何老汉那幢五层住宅楼,成天烟熏火烤、歌声嘹亮,弄得整个单元里的人没法开后窗户,吵得半宿还睡不着。

何老汉住在三楼,更是深受其害,他也曾找过几个管事的单位,但人微言轻,加上常省三这种身份背景,谁愿意招惹他?因此问题一直没给解决。这天下午,何老汉实在受不了啦,下楼和常省三吵了起来。常省三把何老汉骂了个狗血喷头,何老汉哆哆嗦嗦地爬上三楼的家就气倒了,躺在床上直哼哼,连寻短见的心思都有了。

傍晚时分,来了个老头,姓李,他是何老汉当年的工友,退休后闲着没事,"周游列国",来到这座小城。他知道何老汉是个老光棍，做饭麻烦，就买好了酒肉，这才登门拜访。他见何老汉躺着，以为病了，忙关切地询问。何老汉晓得对方是个火暴脾气，没跟他说，但等到一瓶"黄河大曲"下肚，何老汉再也憋不住了，竹筒倒豆子，全告诉了对方，一边说一边委屈得直掉眼泪。这时李老汉也喝多了，他拍案而起，就要下楼找常省三算账，何老汉忙拦下他，说："你打不过那地痞的，何必去鸡蛋碰石头！"

酒壮人胆，等第二瓶大曲下去一半时，俩老汉都飘飘然了。李老汉"嗨嗨"笑了起来，因为他想出了一个好主意，他准备爬到楼顶上去，先扔下块小石头砸常省三一下，再撒下一把石灰，砸了这小子今晚的生意，教训教训这个欺人太甚的王八蛋！醉醺醺的何老汉直夸这个办法妙，还让李老汉一干完就马上下来，给他留着门，然后来它个一不作声、二不认账，谁也奈何不了他们老哥儿俩！

何老汉的阳台上有以前刷墙时剩下的一小袋石灰，还有半截红砖。李老汉提着石灰和红砖要走，何老汉叮嘱他：千万要把砖弄成小块的，别砸坏了人，李老汉连连点头。

李老汉走后，何老汉一直提着颗心，心窝里像是揣了个小兔儿，"扑腾、扑腾"跳个不停。没一会儿，楼下突然大乱，有人高叫："砸死人啦！""快报警！"何老汉吓得酒全醒了，他跑到厨房"砰"地推开后窗，向下一看，只见常省三倒在地上，一动不动，周围全是忙乱喊叫的人影，炸了营、开了锅一般。

所谓无巧不成书，正巧这时，新上任的市委李书记要来检查地方上的治安状况，政府部门和公安局的领导正在紧张地忙着接待工作，他们听到砸人的消息后立即赶了过来，一边把常省三送医院，一边挨家挨户地查问，搜查扔石头的嫌犯。何老汉正在发慌，又听到楼道里有人嚷着："这个单元五层十户人家都要查，另外还有楼顶！"接着就有人"噔噔噔"往上跑。

何老汉只犹豫了几秒钟，就毅然开了门，站到楼道里吼道："不用搜了，常省三那王八蛋是老子砸的！"

话音刚落，立刻有几个警察围了上来，一个警察打量了一下何老汉，问："常省三是你砸的？"

何老汉毫不含糊："是我砸的！砸死那狗东西！"于是警察就带着何老汉下了楼。

再说李老汉，刚才他提了石灰和红砖到了楼顶，两脚打颤，眼皮耷拉，酒喝多了，加上已经坐了一天的火车，不由直犯困，他心里嘀咕着：先躺下歇会儿，等一会儿长了精神再扔石头。谁知他往地上一躺，片刻工夫已"呼噜呼噜"鼾声大作，楼下常省三挨了砸、警察搜查、满楼里吵吵嚷嚷的都没吵醒他。等李老汉一觉醒来，天都蒙蒙亮了，他走到楼边朝下一看，下面烤羊肉串的摊子早散了。他又来到三楼，敲了敲何老汉的屋门，门锁着，对门一个邻居听到声响开了门，说："昨晚何老汉用石头砸死了下面烤羊肉串的那个孬种，被警察逮去了！"

李老汉顿时大吃一惊，只觉得头皮发麻，他记不清自己昨晚到底扔没扔石头，也许扔了，砸死了人，却忘了？对，一定是扔了，然后自己睡着了，警察来搜查，何老汉为保护自己，挺身而出，这才被抓的。好汉做事一人承当，怎么能让何老汉去背黑锅？李老汉问清了派出所的地址，决定马上去投案自首，把何老汉救出来。

李老汉一到派出所，就对值班警察说，石头是他扔的，和何老汉无关。

那警察鼻子里"哼"了一声，说："你们俩老头倒很勇敢很仗义嘛,争着顶罪。告诉你们吧,常省三没死,只是一条膀子被砸坏了。不过,你们已经触犯了法律,等着治安处罚吧,哼!"

李老汉和何老汉一听,全都耷拉下了脑袋。

这时,电话铃响了,那警察上去接电话,刚听了几句,他就一个劲地答"是",搁下电话后,他十万火急地拨通了派出所所长的电话,急促地说道:"所长,我是小周,请您立即过来,市委李书记要来……好,好,我再通知政委!"

没一会儿,一阵喇叭响,一辆皇冠轿车驶进了派出所的院子,市委李书记带着秘书到了。刚才在路上,李书记吩咐秘书:通知区委、区政府、公安分局、城管、工商等单位的主要领导,马上来这里。他这一道令,哪个敢怠慢啊!

李书记进了屋,没往别处去,只问那个老汉关在哪里。进了那间屋,李书记上前热情地和两个老汉握手,还把两位老人让进会议室,请他们一左一右坐在自己身边。

不到一刻钟,所有相关领导已全部赶到,派出所的院子里停满了小车,看得出他们走得匆忙,有的连脸都没洗,下了车才一边用湿手巾擦脸,一边往会议室跑。

李书记见人到齐了,便对何老汉说:"老人家,常省三在您那幢楼的窗户下烤羊肉串,您上访过没有?"

何老汉来了气:"怎么没上访过?工商、城管、派出所、区委、区政府,我都去找过,可到处给我踢皮球,没人管!"

李书记的目光往下面一扫,口气变得不客气了:"太不像话了!这么点小事都解决不了,逼得老人家急了眼,要用石头砸人,自己解决问题!啊?原本可以通过正常渠道圆满处理的事情,非要闹到出人命才能触动你们吗?啊?我还听说出事后,两位老人家争着要当'凶手',啊? 姑且不论他们的做法对不对,但他们这点勇于承担责任的精神,比起我们这些人的'不作为'来,我们难道不应当感到羞愧吗? 啊?"

这一顿训,训得这帮人大气也不敢出!

会散了,李书记要别人先走,他说要陪两位老人家说说话,于是参加会议的那些领导都识趣地离去。

到了这时,李书记才开始埋怨李老汉:"爹,我是昨晚接了娘的电话,才知道您来看何伯伯了! 爹呀,不是我说您,您怎么越活越倒退了? 明明知道我在这当书记,有什么事给我打个电话不就成了? 您老人家倒好,要拿石头去砸人!"

话说到这里,何老汉才知道李书记竟然就是李老汉的儿子! 其实事情也并非这么简单:那块砸了人的石头后来由天文台鉴定了,那是块从天而降的陨石,是老天爷砸的常省三! 天文学家说了,陨石砸中人的概率,跟买彩票中大奖一样难,常省三那个倒霉蛋,还真就中了! 唉,大概是那个家伙实在太坏,连老天爷都看不下去了! 常省三是被陨石砸的,这没错,但是这陨石不是从天上砸下来的,而是从楼上砸下来的:

何老汉那个单元的五楼有一名男子,他的女儿要参加小学升初中的考试,自从常省三这个摊子开张以来,他女儿就没法复习了,孩子的妈妈只好带着女儿回娘家住。他本人也是个倒三班的工人,因为休息不好,上班时好几次差点出事。昨晚他实在是忍无可忍了,这才顺手抄起了石头。这石头是他回乡下老家时在河滩上捡的,样子挺古怪的,他拿着石头,拉开厨房的纱窗,朝下面的常省三砸去,居然被他砸中了,多日来郁积在心头的这口恶气终于出了,他这才蹑手蹑脚地摸黑脱衣上床,心里想道:今晚终于可以睡个安生觉了!

关键词：人性关怀

> 整个故事以"奇异"见长：捕狼绝技、治伤秘方、人性复苏过程……故事曾获首届中国民间文学最高奖"山花奖"特等奖。

舔血的狼

尹全生

一家科研所需要用一只狼作解剖研究，得到政府主管部门同意后，委托靠山屯的村民代为捕猎。用于解剖研究的狼，皮毛、内脏都不能受到伤害，因此，捕猎时不能使用夹子和猎枪。

由于政府禁猎，多年没有与狼过招的猎手老冯头手上痒痒，自告奋勇地接下了这档子事。年近六十的老冯头早年以打猎为生，有猎狼绝技在身。这次，他的猎狼用具非刀非枪，而是一个紫红色的"玉米棒子"。这种玉米棒子是用沾了兔血的三棱刮刀制成的：隆冬季节，位于松花江流域的靠山屯滴水成冰，老冯头将三棱刮刀沾上兔血放到室外，兔血转眼冻住；然后他将三棱刮刀再次沾血、冰冻……如此反复多次，刀刃被兔血严严实实地裹了起来，三棱刮刀就变成了一个紫红色的玉米棒子。

就在老冯头准备出猎时，他侄子找上门来了。侄子住在几十里外的县城城郊，平时又很少往来，在这大雪封山的时候，他找上门来干什么？寒暄过后，侄子道出了此行的目的："我的一个邻居胳膊受了外伤，不但伤及骨头，而且伤口已经开始溃烂，想从大伯您这里弄些药治一治。"

以前，老冯头不但是这一带最有名的猎人，而且又是一个用偏方治伤的高手，在方圆百里享有盛名。老冯头问侄子："你邻居受伤，怎么不到医院治疗，反而舍近求远到我这深山老岭来求医寻药？"

侄子说："您是治伤高手，经您治的伤不但愈合快，又没有后遗症，县城医院哪有您这般能耐？"

老冯头端详着侄子的神色，又问："你那邻居伤在胳膊上，为什么自己不来一趟？"

侄子挠了一阵头皮，叹了口气，说这一路上不但要挤长途汽车，还要走近十里的冰雪路，他那邻居经不起这般折腾。

老冯头盯着侄子的脸，说："治伤的偏方倒是不缺，不过，我不知道你那邻居属于哪种伤，如何给你出方下药？"

侄子说，他的邻居受的是枪伤，并解释道："我们那里民兵进行实弹射击训练，我那邻居不知道那里是靶场，结果被流弹伤了。"

老冯头站起身，说："既然这样，你这就带我去看看那人的伤情，以便对症下药。"

侄子摆摆手说："您这么大年纪了，哪能劳您大驾？还是请您现在给个偏方，我带回去得了。"

老冯头说不面见患者，起码也要知道对方受伤的准确时间、年岁大小、身体状况等，否则难以对症下药。侄子只好按老冯头的要求，说了那个人的一些情况。

老冯头听完了侄子的介绍，脸上露出了若有似无的笑意，说："那我就告诉你一个有奇效的偏方——狼血泡墙头纸涂抹伤口。"

所谓墙头纸，就是贴在墙壁上的纸，这玩意儿有的是，但狼血到什么地方去找？侄子犯愁了，老冯头便让他陪自己去猎狼。

叔侄两人结伴走进了白雪皑皑的山林……

老冯头选好地点后，拿出了早已准备好的玉米棒子，将头朝上插进雪地里，又从怀里掏出一只军用水壶，将壶中的水浇在玉米棒子旁边，转眼工夫，玉米棒子就被牢牢地冻在雪地上了。接着，叔侄两人走到下风头，选了个地方隐蔽起来，等待饿狼上钩。飘落的雪花，很快将他们的脚印覆盖了。

由于前些年人们滥捕滥杀，山林中野狼的数量已经不多了，但隆冬季节，大雪封山，断了食物来源的饿狼总会四出觅食的。果然，密林深处终于出现了一只狼，狼的嗅觉灵敏，它一路寻觅，循着血腥味找到了那个玉米棒子。

那只狼好像十分饥饿，它最先企图将玉米棒子叼走，努力失败后，就开始迫不及待地用舌头舔玉米棒子，一边舔着，一双眼却在"滴溜溜"地四处张望，警惕地观察着周围的动静。

被舔化的兔血散发出强烈的血腥味儿，这血腥味儿诱惑着饿狼，它越舔越快，越舔越有力，三棱刮刀渐渐露出了锋利的刀刃，但狼并没有停止舔食。

侄子感到奇怪，悄声问老冯头："狼的舌头已经舔到刀刃了，它怎么还在舔？"

老冯头告诉他，狼的眼睛只顾在观察四周动静，并没发现已经舔到了刀刃，而且三棱刮刀的槽很深，虽然刀刃已经露了出来，但刀槽内还遗留着不少兔血，它还得舔，"不过，就是看到了刀刃，它也不会停止，一定要把刀槽中的余血舔干净。"

侄子又问："它这样舔血，不怕伤了舌头？"

老冯头说:"血腥对于饿狼,类似于毒品对于瘾君子,当瘾君子毒瘾发作、好不容易得到毒品吸食时,就是掉脑袋也不会放弃吸食。狼嗜血成性,眼下,它已经到了瘾君子那样不顾一切的地步,把不住自己的舌头了!"

正如老冯头所说,远远看去,狼迅速抽动的舌头流血不止,而它仍然没有停止舔食,侄子忍不住又问:"那家伙难道不感到痛?"

老冯头说:"狼本性贪婪,正舔到兴头上,它被血腥味勾去了魂,已经感觉不到痛了。我就是摸准了狼的本性,才琢磨出这猎狼招数的。"

侄子算是开眼了,他自言自语道:"真是怪事,舌头流血不止,它竟不感到痛!"

"就是感到痛它也不会停止舔血的。"老冯头举例道,"这就如同世上一些贪利忘义的人,为贪小利连死活都不顾,弄不好就把自己的小命也赔进去了!"

这时候的狼,舔的已经不是兔血,而是自己的血了,它舌头抽动的速度越来越快,舌头上淌出的血也越来越多……最终,那只贪婪的狼竟双腿一软瘫倒在地上,它已经失血过多,连站的气力都没有了!

这时,老冯头从隐身之处站了起来,要侄子一起去捡冻成冰块的狼血,而侄子这时却两眼发直,看着远处垂死的狼发呆,口中喃喃自语道:"贪心的狼啊,为贪几口血,反把自己的小命赔进去了……"在严寒的冰天雪地里,侄子的额上居然沁出了一层汗珠!

叔侄两人返回村子后,老冯头指着村头墙壁上张贴的一张纸,对侄子说:"去把那张墙头纸撕下来包狼血,这样你需要的偏方就配全了。"

墙壁上张贴的那张纸,是一张带有照片的通缉令,贴上墙已有一周了:十天前,两个歹徒持枪抢劫一家银行,行凶杀人后正要携款逃离,警察已赶到了现场,当一个歹徒开枪与警察对峙时,另一个胳膊中枪的歹徒却乘机携带巨款潜逃了。警察封锁了进出该县的通道,潜逃的歹徒很可能就在该县境内藏匿,因此警方四处张贴告示通缉。

看到这张通缉令,侄子的冷汗又从脑门上沁了出来,他结结巴巴地说:"大伯,您的用意我明白了……我、我这就报案去!"他丢掉冻成冰块的狼血,撒腿向县城方向跑去。

原来,那歹徒与侄子曾有交往,案发后走投无路,便以瓜分那笔抢劫的巨款为诱饵,藏在侄子家里,侄子此行的目的,就是为那伤口开始溃烂的"邻居"求药的……

关键词：人性关怀

> 社会需要金子般的心来守护，金子般的心也同样需要社会来呵护。

别伤害了金子般的心

何长安

一天傍晚，我下班回家，正匆忙走着，突然一个陌生男子上前拦住我，他手里捏着一张十元钞票，神神秘秘地问我可不可以帮他一个忙。我一下子警惕起来，以为他要耍那些街头骗子的把戏，刚想赶紧离开，那个男子似乎看出了我的戒备心理，他神情急切地说："你放心，我不是骗子。"

我说了一声："抱歉，我没时间。"说完，就抬腿要走，那男子拦住我，笑笑说："你听我说，你要是不帮我，你就伤害了一颗金子般的心。"我一听便好奇地停住了脚步。

于是，男子告诉我：他刚才在街头的拐角处看见一个小女孩，大概十二三岁的样子，正站在寒风里瑟瑟发抖，他以为小女孩迷路了，上前一问才知道，原来那个小女孩在等人。小女孩说她是个卖花姑娘，一个女人买了她的鲜花，给钱的时候发觉身上没带钱包，女人把花拿走了，要小女孩站在那里等一等，说很快就把钱给她送来，可小女孩等了好几个钟头，那女人也没送钱过来。男子望望我，接着说："很显然，那个女人骗了小女孩。"男子说他劝小女孩赶快回去，不要再等了，说那个女人多半是在骗她，可是小女孩不肯，因为她不相信那个女人会骗她。男子说他实在不忍心看着小女孩在寒风里受冻，他想替那个女人把钱给小女孩，谁知小女孩怎么也不肯要。

我不解地问："你的意思是……"男子接口说道："小女孩不相信这个世界上有欺骗，纯真的心就像金子一样，我不忍心她金子般的心受到伤害，想让这个世界在她的心里是完美的，所以，我找你帮忙。"男子微笑着把那张十元钞票递给我，"你拐过这个街角就看见她了，拜托你过去把钱给她，就说是那个阿姨有事来不了，托你转交的。"我很感动，对男子说："既然这样，就让我来为那个骗人的女人埋单吧！"但是男子却坚决不肯，固执地认为这钱应该由他来出，硬把钱塞到我手里，高兴地说："这下我可以放心地回家了。"

我紧紧地握了握男子的手，和他道别后，拿着男子给我的钱，走过拐角，果然看见一个衣衫单薄的小女孩，手里拿个空花篮，站在寒风中往我这头张望。我快步走过去，告诉小女孩说，那个阿姨因为有事来不了，特地委托我将钱送来。

"真的吗？"小女孩看着我手里的钱，迟疑着不肯接。我急忙说："真的，那个阿姨没有空，让我给你送来。"小女孩看看我手里的钱，又看看我，说："我不相信。"我坚定地说："真的，我不骗你！""那她应该记得她买了我五十朵花啊！"小女孩嗫嚅道，"每朵两元钱，一共应该是一百元啊……"

原来是这样。我心想：那个好心的男子真是太粗心了，怎么就没问清楚那个女人买了多少花，该给多少钱呢，差点就露馅了。为了不让小女孩起疑心，我故意装作恍然大悟的样子，拍拍脑袋，嘴里嘀咕着说："啊呀，我真粗心，怎么把十元钱当作一百元的给你了？"我从包里摸出一张百元钞票递到小女孩手里，小女孩接过钱，迈着欢快的步子走了。看着小女孩的背影，我感到自己做了一件大好事。

半个月后，我在街头意外地看见了那个好心的男子，我刚要过去和他打招呼，却见他突然拦住一个女人，比画着跟人家说些什么，我看见他的手里捏着一张十元的钞票。那个女人和我当初一样，起初还有些戒备，但是听男子说完话，很快就变得高兴起来，接着和我当初一样，她先是拒绝接受男子的钞票，尔后被那男子的真诚态度所打动，有些难为情地拿了那张钞票，和男子握了握手，愉快地往街头拐角处走去。

果然，那个小女孩正站在那里，翘首张望。一切都和我当初一样：那个女人快步走过去，要给那个小女孩钞票，小女孩先是不肯接，当那女人弄明白小女孩不接钞票的缘由后，也和我当初一样，她装作恍然大悟的样子，从包里摸出一张一百元面额的钞票，这下，那个小女孩收下了钱，她向那个女人鞠躬道谢后，迈着欢快的步子离开了。那个女人和我当初一样，舒了口气，一副很开心的样子。我尾随着那个小女孩，在走过几条大街后，看见她走向那个男子，从身上掏出那张刚刚到手的百元大钞递给男子，男子高兴地蹲下身子跟小女孩说着什么。我气坏了，当即掏出笔和纸，写了一行字，然后叫住刚好路过身边的一个小男孩，让他帮忙把纸条送给那个男子。

小男孩纳闷地问我："你是不好意思跟那个叔叔说话吗？"我摇摇头说："是他不好意思跟我说话。"小男孩很乐意帮我这个忙，他按照我说的，把纸条塞给那个男子后就走开了。

那个男子打开纸条，看了一眼，就警觉地四处张望，他的神情有些慌张，赶忙牵着那个小女孩匆匆离开了。

我在那张纸条上写的是：别伤害了金子般的心！

关键词：亲情

> 这个作品的成功，很大程度上在于悬念的设置，情节发展中的几个层次为读者提供了较大的想象空间。

泉水叮咚

吴相阳

秦晓阳是个从山区来城市打工的小伙子，几经辗转，终于在一家自来水公司做起了催收水费的临时工。这天，晓阳来到城乡接合部的一个居民区收费，他从东到西，挨家挨户非常顺利地收了水费，最后来到最西头一户。晓阳敲门，里面鼓捣了半天，门才打开，开门的是一位头发花白的老太太。

晓阳问道："老人家，这户主人在家吗？""主人？"老太太愣了愣说，"你是说我儿子吧？他正在睡觉呢，你找他有啥事吗？"晓阳说："我是收水费的，能不能麻烦你把他叫醒，我只耽搁他一会儿工夫。"老太太犹豫了一阵子，然后小声说："我儿子干活太累了，我不想惊着他，要么你就算算有多少水费，我给你行不？"晓阳说声"行"，就往安装水表的地方走，他正要查看水表，忽然听见不远处传来"叮咚叮咚"的声响，那声音一听就知道是滴水声，出于职业的敏感，他想看看这声响来自何方，便绕过走道，向发出声音的地方走去。

这里是个阳台，晓阳一眼就看到那儿只有水龙头，下面放着一个水盆，而那"叮咚叮咚"的声音就是水滴落进水盆发出的。

这样的情况，晓阳见得太多了，这是有人在关闭水龙头时故意不拧紧，让那一滴一滴水滴进容器里，这样的滴法，被人称之为"抠水"，小水表里没反应，损耗都在公司的"大盘子"里。

说实话，对这样损公肥私的小伎俩，晓阳很看不惯，可是面对眼前这位上了年纪的老人，他也不忍心批评，只好委婉地说："老人家，就是用一吨水，也花不了几个钱，你这样滴着……"

老太太一脸茫然，说："这、这滴下的水不是算在咱水表里的吗？"老太太明知故问，晓阳有些不快，便故意反问道："当然不算在水表里，这个你难道不知道吗？"老太太低声喃喃道："我真、真不知道……"晓阳指着没关紧的水龙头，还有墙角已经滴满的一桶水，笑道："老人家，要真不知道，你怎么会这样一桶桶地装呢？说重了，这叫偷水。"

"我、我……"老太太惊愕了，结结巴巴一句话也说不完整。

这时，水照旧"叮咚"着，让人听着有些刺耳，晓阳赶忙走过去，想把水龙头拧紧，可是，没等他的手碰到水龙头，耳边突然传来一声断喝："不许动它！"

晓阳吓了一跳，回过头，只见老太太双眼圆睁，一脸严肃地指着里屋说："我儿子在里面睡觉，你别关它！"

晓阳大惑不解：水的"叮咚"声不是吵着她儿子了吗？怎么不让关呢？于是说："老人家，关了它，你儿子不就能更安静地睡觉吗？"

老太太平复了情绪，轻轻摇摇头说："我儿子是从山里来的，我们老家的屋旁有个山泉，平时他只有听着这种声音才能睡得踏实。他现在太累了，你别打扰他好吗？"

听老人这么说，晓阳心里像是被什么东西轻轻碰了一下，他猜想老人的儿子一定干了很累的活儿，老人才这样心疼他。

这么一想,晓阳连忙离开阳台。

老太太见了,一边用手帕拭了拭额头上的汗水,一边连声谢道:"小伙子,谢谢你没为难我这个老太婆,没关掉水龙头。不过既然水这样滴着,又没有算进水表,我自然不能占公家的便宜,我得给你们补点钱,你看,十元钱够吗?"老太太说着就摸出几张皱巴巴的零票,往晓阳手里塞。晓阳一把挡住,他知道水这样滴着公司自然会受点损失,但这位乡下迁来的老母亲并不是故意的,她所做的仅仅是想让儿子睡得踏实些。这一切,都让晓阳这个漂泊在外的游子感到温暖和感动。

一瞬间,他做出一个决定:公司的这点损失,他愿为老人"埋单"。晓阳激动地说:"老人家,你真是个好妈妈。你儿子睡觉时,你就让水'叮咚'好了,等他睡醒后,你记住关掉就行。这十元钱你先拿着,等我查过水表后再算。"晓阳查看了水表,算过水费,收了老人的一小卷钱,道声"再见",出门走了。可走了几步,当他想把攥在手里的钱放进衣兜时,却发现衣兜里竟塞着几张皱巴巴的钞票,正好十元。晓阳先是一愣,随即明白了,一定是刚才老太太趁他不注意时放进去的,他连忙转身,悄悄把那十元零钱塞进了老人家的门缝里。

过了些天,晓阳从外面回到公司,就听同事在嚷嚷:"晓阳,晓阳,有个老太太在找人,大家都不认识,你去看看,是不是你妈来了……"

晓阳一愣:我妈去世快两年了,怎么可能!他正想问问清楚,一抬头,只见一位老太太在东张西望。呀,这不是那个为儿子滴水的老太太吗?于是,他连忙迎了上去。老太太一看是晓阳,一把拉住他的胳膊,说:"小伙子,我终于找到你了!"

晓阳一时闹不清老人为什么大老远跑来找他,忙问:"老人家,你有啥事吗?"

"那十元钱我得给你送来——我原本想早点送来,可一直脱不了身,今天我儿子睡醒了,我抽空来把钱给你,你好交差呀!"老人说着,就把攥在手里的钱硬塞给他。

老人的儿子睡到现在才醒过来?这是怎么回事?晓阳正想问个明白,老人却急匆匆地往外走,嘴里还嘀咕着:"我不能耽搁了,我要回家和儿子说说话。"

晓阳不知道老人家里到底发生了什么,他望着老人佝偻的背影,眼眶不知不觉有些潮。他想:大街上车来车往,老人这么急匆匆地走回家,万一……

这么一想,他连忙跨步上前,说:"老人家,我也住在城郊,现在刚好下班了,让我顺道送送你吧。"

晓阳扶着老人来到她家门口,停住了脚步。

老人说:"我儿子醒过来了,这也多亏你那次没为难我这个老太婆呢,你进来坐会儿吧,我还要当着我儿子的面谢谢你呢。"晓阳随老人走进她儿子的房里,只见她儿子半卧着,微微打着哈欠。老人坐在儿子的身旁,用毛巾擦着儿子的额头,和他说起了话:"孩子,你终于醒过来了,娘好高兴,这也要谢谢这位小兄弟呢!"

可晓阳一看,她儿子除了"哈欠"没其他反应,不禁疑惑地问:"老人家,床上的这位大哥他到底怎么了?他并没醒过来呀……"

"他咋会没醒过来呢?他以前一动不动,你看他现在眼睛已微微睁开了,嘴巴也在抖动着,这可是他两个月来的第一次呀!"

晓阳一听,心里说不出是什么滋味,他看老人想给儿子翻身，可弄得气喘吁吁的，也没翻动，便说："你年纪大了翻不动，我年轻有力气，我来帮你。"说着，晓阳替老人的儿子翻过身，又轻轻按摩起来。老人抚摩着儿子的面颊，慈祥地看着晓阳，缓缓地说起了她儿子的病情。

原来老人和儿子是从山上迁下来后被集中安置在这儿的，儿子为了让母亲早日过上舒心的日子，就到矿山做苦力挣钱，谁知在一次采掘中，儿子和工友们遭遇了意外事故，十几个工友全部遇难，只有老人的儿子被救出来时还有一口气。医生说，她儿子已经成了植物人，不知什么时候能醒过来。

听到这里，晓阳不解地问，为什么十几个工友都死了，独独她儿子活了下来？老人说："这可能是老天的照应吧，那洞里的缝隙竟会渗出水来，那水'叮咚叮咚'滴个不休，我儿子一定是靠它挺过来的。"

晓阳还是不解地问："你儿子和工友们被困在一个地方，他们都能喝那渗出的水呀！"

老人说："他们是能喝水，可光喝水哪行啊，到最后他们和我儿子都晕过去了，可那水照样在'叮咚叮咚'响。这声音对其他人没啥作用，可对我儿子却不一样，我家老屋旁有一股清泉，日夜不停地'叮咚'滴水，我儿子从小就是伴着那'叮咚'声长大的。听到'叮咚'声，他就高兴得手舞脚蹬的，因此,我就给他取了个小名叫'丁东'。我想他昏迷中听到那'叮咚'声就知道是娘在呼唤他啊……在洞里，他身旁那'叮咚叮咚'的水声不歇，这不就是娘在'丁东、丁东'不停地叫儿子吗？我儿子一直撑着，一定是不忍心撇下我这个娘啊！"

晓阳恍然明白了：老人滴水"叮咚"不休，就是想要彻底"唤醒"儿子，让他早一天看到苦守在身旁的母亲啊！

现在，老人的"唤醒"计划收到了一点效果，离她最终的愿望是越来越近了。晓阳满怀希望地说："老人家，要是把他送回老家，听那真的泉水声，效果肯定更好，那他恢复得也会更快。"

老人抬头望着遥远的大山，叹口气，摇摇头，说："我是想这样，可老家没了，那股泉水被引到了城里，老家那地方早已建起了蓄水池……"

听到这儿，晓阳心里涌起一股莫名的惆怅，正不知道该怎样安慰老人时，老人突然"呀"地大叫一声，急忙起身，慌慌张张向阳台奔去。

晓阳吓了一跳，但他马上就反应过来，原来此时窗外静静的，已没有了那熟悉的"叮咚"的声音。晓阳匆匆跟着老人来到阳台，一看，发现那水龙头拧得紧紧的，旁边支起了一个木头架子，上面放着一只脸盆，此时，脸盆里的水滴光了，老人正从墙角的水桶往脸盆里舀水，水从脸盆底部的缝隙往下面的木盆里"叮咚叮咚"地滴落着。

晓阳明白了，老人是不愿水龙头无偿地"叮咚"下去，才想出了这么个法子。刹那间，他的心被深深地打动了，他不由自主地接过老人手中的水瓢，颤声说："老人家，你歇着，让我来舀。要是你愿意，我愿做你的小儿子，把这儿当成自己的家，帮你照看大哥，帮你让'叮咚'声继续响下去。"

老人仰着脸，呆呆地望着晓阳，就像凝视着一个从远处归来的游子，刹那间，她的眼角滚出了大滴泪水，双手颤抖着紧紧攥着晓阳的双手。此刻周围一片寂静，只有那"叮咚叮咚"的滴水声在有节奏地响着……

> 题材新鲜，情感色彩浓郁，曾获首届中国民间文学最高奖"山花奖"特等奖。

草原上的情人节

孙高群

刘斌是一位援藏的上海籍教师，大学毕业就去茫茫大草原教书，已经两年多了。听到自己的同学在繁华的城市有的已经成家立业，有的工作上业绩辉煌，刘斌的心里难免有点酸溜溜的，他已经多次要家人找人帮他往回调动，可至今还无音讯，眼看情人节要到了，心中不觉平添了几分孤独。

"叮铃铃"上课铃响了，刘斌走进教室，看见满屋子全是一双双渴求知识的眼睛，刘斌忙打起精神开始上课。这是一节美术课，孩子们一边画画一边和刘斌聊起天来，没出过草原的孩子们总有着无数的问题要问刘斌。

班里有一个调皮鬼，叫阿平，他先开了口："老师，什么是情人节呀？我姐说阿东哥约她到城里去过情人节，我姐可高兴了。我怎么从没过过这个节呀？"这一问又勾起了刘斌的伤心事，他勉强镇定了心神，答道："情人节是给相爱的人过的节日，每年二月十四日有情人就在一起过节，等你长大后有了女朋友，就会过这个节了。"

"哦，那刘老师，你过不过这个节呀？"

一个叫小秀的学生抢着说:"笨蛋,当然过了,刘老师这么帅,肯定有女朋友,是不是刘老师?"刘斌听了苦笑了一下。

阿平又说:"刘老师,你女朋友也是老师吧?情人节时让她到我们这过节吧,我把我们家的巴特给你们骑。"阿平家的巴特是这一片大草原上最好的马,轻易可不给别人骑的。

刘斌掩饰着自己的心绪,说:"她也在很远的地方教书,电话联系不上的,我们不能一起过节,谢谢同学们了。"

阿平失望地问:"刘老师,有多远呀?"

"翻过三座大山,走过四个寨子,那里有所小学,她就在里面教书,不过没关系,我们可以写信。"刘斌故意说得远一点,让学生们死心,要不再问下去,可就没完没了啦!

下课后,刘斌就到办公室写申请,他太想回他的上海老家了,这是他的第二份回乡申请。

再过一天就是情人节了,早上,刘斌去教室上课,突然,来了两个老乡,他们正是阿平和小秀的父亲,他们跑来说两个小家伙离家出走了,还骑走了那匹叫巴特的马。刘斌一听急得团团转,他到班里询问,也没人知道他俩的音信,刘斌赶紧和乡亲们一起在大草原上寻找,可河边、山上都没有他们的影子。刘斌嗓子也喊哑了,找了一天也没有找到他们,晚上起风了,在乡亲们的百般劝阻下,刘斌才无奈地回到宿舍。班里丢失了两个学生,这可是惊天动地的事儿啊,刘斌在宿舍里急得团团转,片刻后又骑着马出去了,可找了一夜还是一无所获。

第二天,校长让刘斌先去上课,下课后再安排同学去找。课上到一半,突然,班里同学的眼光"刷"地全往门口看,刘斌惊异地回头一望,只见一个男孩跌跌撞撞地扑到了门口,嗨,竟然是阿平回来了,他满头满脸全是灰,衣服也破了。刘斌扔下粉笔跑过去，一把将阿平搂在怀里，焦急地问："你没事吧？小秀呢？"谁知阿平居然高兴地说："刘老师，我们把你女朋友找来了，你们可以一起过情人节了！"

"女朋友？"刘斌大吃一惊，那天上课时，他只是怕孩子们失望，才把心里的渴望编成故事，其实他根本没有女朋友，也根本没有谈过恋爱呀！

正在这时，突然有人笑吟吟地说了一声："是我呀！"刘斌抬头一看，只见一个戴眼镜的挺秀气的姑娘，拉着小秀的手走进了教室，刘斌一头雾水："我不……"

"你想不到我会来吧？"那姑娘打断了刘斌的话，又上来挽起了他的手，教室里顿时一片欢呼声……校长闻声走来，一看眼前的情景，乐坏了，他朗声笑着说："好小子，还有个这么漂亮的女朋友，也不让我们认识认识！"

那姑娘大方地自我介绍道："我姓周，是从卡里来的。"

校长听了一怔："卡里到这里有两百多里路呀，稀客稀客！刘斌，我今天放你一天假，你带着这位尊贵的客人去……"校长话音未落，孩子们齐声嚷道："去过情人节喽！"

"可是……"刘斌刚张口，就被校长推了出去，他只好带着那姑娘走到了草原上。到了这时，刘斌才开口说道："现在你可以告诉我了吧，你是谁？"

姑娘的脸上泛出了微微的红色，说："刘老师，我先要说声对不起，你一定是个好老师，你的学生很爱你……"

其实眼前这个姓周的姑娘也是援藏教师，在卡里小学教书。昨天晚上，她在寨子里家访，很晚才回家，路上看见两个孩子牵着一匹马，眼看累得走不动了，于是周老师就把他们带回宿舍，一问才知道他们要找"刘老师"的女朋友，好和刘老师一起过情人节,他们还说刘老师为了他们这些草原上的孩子,弄得自己孤零零的……周老师说到这里泪水涟涟,刘斌听到这里也是泪流满面。周老师说:"我知道草原孩子的脾气,他们找不到你的女朋友是不会甘心的,我怕他们再去找会出事,只好骗他们说我就是你的女朋友,真是对不起……"

姑娘说着羞红了脸,两个人坐在草地上越聊越投机,没多久,周老师笑着把头轻轻靠在刘斌肩上……

没想到阴差阳错的,刘斌真的和周老师一起过情人节了……

关键词：价值观

> 淳朴和善良，总能给人带来难忘的记忆。

不平凡的雕塑

谢丰荣

我是一个雕塑家，在城里也算小有名气，但最近灵感枯竭，对自己的创作都不满意，于是，我决定去远方采风。

就这样，我带着相机，徒步而行，进了大山里。这天，我到了一个只有几十户人家的小村边上。远远地，我看到一个农妇在地里除草，她身上的衣服很破旧，那身影看上去虽然饱经风霜，但除草的动作干净利落而有节奏感，在辽阔的苍天下展现出一种充沛的生命力。我看着，不知不觉呆了，这真是个难得的素材！我情不自禁地举起相机，"嚓"的一响，拍起照来。农妇一直背对着我，这会儿转过身来，冲我和善地一笑，这一笑，更是把我迷住了，我那颗寻求艺术的心像是被什么重重撞击了一下，立时激动不已。于是我走上前，向农妇征求意见，说是想为她照几张相。农妇不解地问："照相？照我干什么？"

"我是搞雕塑的，可能你不懂这个职业……"我想解释，但考虑到对方的理解力，一时不知如何措辞，正在犹豫，农妇却像是突然明白了，说："我懂的，我懂的！"我注意到，农妇眼里猛地放出光来了。

原来，农妇有个女儿正在读大学，学的就是美术专业，今年春节回家时，还专门带回了一个自己创作的雕塑作品，农妇正是从女儿嘴里了解到这方面有限的一点常识的。她现在看到我，就好比看到了女儿的未来，激动不已，她站在地里，任由我拍了照，还热情邀请我回村里做客。这正合我意，因为我实在不愿错过观察这个鲜活的人物形象的机会。农妇收拾好农具，带着我回村。路上，我想到一个问题，就问她："你女儿读大学，一定用去你家不少钱吧？"这一下，勾起了农妇的伤心事：要说女儿读书的钱，其实准备得还算充裕，无奈天有不测风云，女儿进大学那年，农妇的丈夫大病一场，这才弄得捉襟见肘。不过农妇又说，等女儿有工作后会好起来的，说罢憨厚地一笑。

我有些过意不去，想到自己这么一来，无疑会打扰这家人的生活，决定先把话说明了，于是就开了口："嗯……我是搞雕塑的，回家后我想以你为原型塑个像，今天下午我帮你干活，明天再赶路，你看……100块钱怎样？"农妇突然停步，神情异样地看着我。我见她半天没吭声，以为她嫌少，又补充说，自己这些天在山里遇到别人，都是以这个标准提出塑像的，我还提醒说，能为农妇讲点有关雕塑方面的事，兴许对她女儿有用。大概因为这句话起了作用，农妇又笑了，声音低低地说："钱呀……老师，就50元吧。"我感激地点点头，显然农妇在替我着想，这令我心里一热，决定先答应下来，明天走时再悄悄多留点钱。到农妇家里，我见了她的丈夫，那是个老实巴交的农夫。当天，午饭除了一小盘腊肉之外，都是素菜，但我知道，在很多农村家庭，腊肉是在过年或祭祖时才会拿出来的。

我们边吃边聊，夫妻俩不断打听有关雕塑方面的事，我则暗暗构思怎么为农妇塑像。饭后，我留在屋里喝茶，农妇却把丈夫神秘兮兮地拉到外边，两人在院门口嘀咕了一阵子，然后我看到农夫去了邻居家里。我说到做到，一下午都跟在农妇身后，她干活，我就在旁边帮忙，随着自己对农妇的生活渐渐熟悉，我心中雕像的样子也更加清晰了。

晚上的饭菜变得很丰盛，而且来了好些邻居，他们陪着我喝酒聊天，气氛非常热烈。我当然不笨，知道这些饭菜肯定是全村乡亲凑份子来招待我的，心里十分感动。这天晚上我失眠了，恨不能马上回到工作室，把农妇的形象雕塑出来，这将会是我迄今为止最好的作品，对于这一点，我很自信。

第二天一大早，我就向这家人道别，我说："感谢你们的款待！等我为你塑的像完成之后，我会拍成照片寄来的！"然后，我伸手在衣兜里掏钱，昨晚我就准备好200元钱，农妇一家对我这么好，我可不能让他们吃亏。谁知这时，却见农妇拿着50元钱交到我的手里，我一头雾水，忙问这是怎么回事。农妇说："实在不好意思，这50块钱还是女儿她爸向邻居借的，所以请你不要嫌少。"我还是没有明白，就问："明明是我在你家吃住，为什么你要给我钱呢？"

农妇说："你不是给我们拍了照吗？再说你还帮我们干活了。我想，一定是你在外边时间久了，钱快花完了，就想帮人干活挣点钱，这样才能回家，要这样的话，我们不能不帮你的忙呀！再说,我们也想听你说雕塑的事,以后对女儿会有用的。"

我的眼睛湿了，天哪，是农妇把我的话理解反了，可正因为这一错，才让我看到了他们金子般的心灵！

我的雕塑不久便问世了，引起了不小的轰动。一天，一个女大学生也来看我的作品，看着看着，她泪流成河，颤抖着嘴唇叫了一声："娘啊……"

关键词：亲情

> 作品洋溢着父子间朴素的亲情，两代人观念的碰撞。

贵客来访

樽里缺月

有一个老人，独自住在一个寂静的小山村里。这天，老人正坐在院子里晒着太阳，喝着热茶，一辆摩托车在院外停了下来。骑车人是个二十多岁的小伙子，老人很诧异，慢慢站起身来，注视着他走进院门。

"你好，大爷，太阳不错，暖暖的！"小伙子搭讪着，虽然他的外表有点凶巴巴的，但说出话来，语气却很温和。老人点点头，仍看着他。小伙子给老人递上一支烟，老人接了，两人开始抽起烟来。

老人试探着问："你是……"

"我认识你儿子，跟他是朋友。"小伙子很随便，自己进屋拿了把椅子出来，坐在老人身边。听他这么一说，老人放心不少，"呵呵"笑着，说："原来是小洪的朋友呀，那就是贵客了，欢迎欢迎！"然后，他又细问小伙子跟儿子小洪是什么关系，有什么事。

小伙子支吾起来，说已经好多年没见小洪了，只知道他住这里，今天路过，顺便来看看。老人说小洪正在外地念书，每年只回家两趟,小伙子听了,就为见不着朋友表示惋惜。说话间,小伙子不时盯着老人看,问老人高寿,听说是七十岁,就恭维起来:"哎呀,神仙呀,身体这么硬朗,起码要活一百二十岁,好好享福吧!"看来这小伙子很会说话,很快两人就无所不谈了,老人甚至拿出杯子,给小伙子也泡了一杯茶。

老人似乎想起了什么,问道:"你刚才说路过这里,你有事?"

"是这样的,我要到山那边的村子里吃喜酒,要送红包,却忘了买红纸袋,好像这里没什么店铺能买,可送礼总得沾点红。我想起小洪就住在这里,就来讨一张红纸,大爷,你有吗?我用红纸把钱包上,凑合着送去也成。"小伙子边喝茶边说,仿佛他和老人是天天见面的老邻居。

老人沉吟起来:"山那边……喜酒……这么说,李多福的儿子结婚了?早听说就在这些天里头。"

小伙子连连点头。老人笑了,说:"就这点事呀,有的有的!乡下人,就爱在家备点红纸。"说完,他走进里屋,打开柜子,从一大堆衣物里翻找起来,小伙子也跟着走进屋来。

老人继续找红纸,小伙子就站在他的身后,嘴里同他聊着,手却悄悄伸进裤兜里,慢慢摸着什么东西。这时,老人突然转过身来,看着小伙子,吃惊地问:"你摸什么?"小伙子干笑着,说摸手机看看时间。

老人说:"不用看,10点半,我猜得准着哩,不急,误不了吃喜酒的时间。"说着,他将从柜子里找出来的红纸递给了小伙子,小伙子只裁了巴掌大一块,然后从身上掏钱,突然一跺脚,叫道:"糟糕,我只有零钱,连一张100元的都没有,这可怎么办?"

老人摇摇头，像数落自己的儿子一样对他说："你呀，太粗心了，小洪就细心多啦，今天幸好遇到我，我给你换换吧！"说着，老人从箱底翻出一个塑料包，当着小伙子的面打开，里边全是百元钞票，不下一万元。

小伙子惊讶地说："老人家，你钱真多，怎么不存银行呢？"老人有点沾沾自喜，说，银行里还存着呢，这些钱是为小洪准备的。他拿出两张来，小伙子也数了200元的零钱，交换了。老人转身把零钱放进塑料包，理平整，再捆好，他的动作很慢很细致。

这时，小伙子又向他靠近了些，手慢慢移向腰间，突然，门外响起了刺耳的声音，小伙子叫道："糟了，怕是有人想偷我的车……"说着，他抬腿向外跑，哪知道跑得急了，一头撞在床栏上，身子晃了晃，差点跌倒。老人见此情景，连柜子也顾不上关，急忙向外跑去，去看摩托车，可到外面一看，院子里一个人也没有，摩托车好好地停在原地。老人不解，嘀咕道："好好的，怎么叫起来了呢？"

这时，小伙子也出来了，见车安然无恙，像是松了一口气，说："车没丢就好，大爷，红纸有了，钱也换了，我得先去送礼才好，改天再来看望你老人家吧！"老人便笑着将他送出老远，然后又回来喝茶。

喝着茶，晒着太阳，老人又想到小洪，老人没结过婚，小洪是他五十岁那年捡的，爷儿俩相依为命，却比亲人还亲。小洪很聪明，考上了重点大学，再过几个月就该毕业了。

人老了就爱忘事，老人喝了好一会儿茶，这才想起屋里的柜子还没关呢，他走进屋去，摁亮灯，一看却傻了：那个装钱的塑料包不见了。他忽然想起，刚才刺耳的车叫声，一定是小伙子故意弄出来的，当时的一切都是精心设计的。

好一会儿，老人慢慢走出屋，坐在椅子上，拿出手机，给远方的小洪拨了一个电话。这手机是小洪专门为他买的，说是爸岁数大了，儿子好随时问候老人。

老人还在拨着号的时候，小洪却先打过来了，他急切地问："爸，刚才没吓着您吧！"

原来，小洪在大学里成绩优异，最近获得一个出国名额，但他想到父亲一天天老了，便想回到家乡工作，好照顾父亲。到底是出国深造还是回家乡？正在犹豫，偏巧他上网看到家乡接连出了几起诈骗案，都是针对老弱病残的，就赶紧联系了家乡一个初中同学，让他过去看看。

小洪的那个同学是个机灵鬼，而且看多了香港"古惑仔"系列电影，他到了老人的家，即兴编排了一场假戏，想看看小洪的父亲会不会对陌生人有所防范。他心想，如果小洪的父亲很警觉，那小洪就可以放心出国留学，等几年再回到父亲身边。结果老人毫无戒心，不仅随便让外人进屋，还在他面前露了钱财。当然，那同学没把装钱的塑料包拿走，只是开了个玩笑，把包放在了老人的床上，自己还掏了 200 元钱，算是初次见面孝敬老人的，把钱和小洪写的信放在一起，而这一切，他都是在老人听到车的叫声跑出去后完成的。那同学在离开老人的屋子后，马上打电话向小洪如实讲了整个过程。

小洪对老人说："爸，尽管你不是我的亲爹，但没有你就没有我。俗话说，父母在，不远游，离开你这几年，我心里已经很担心了，如果出国了，以后的日子，一天天，一夜夜，我都无法安心的。所以，我今年一毕业就回家乡工作，守在你的身边！"

哪知老人突然笑道:"想骗我,那毛头小子还嫩了点!"

小洪不相信,以为老人故意宽他的心,好坚定他出国深造的念头。老人说:"我早就断定来人是你的同学了,因为我注意到他有个手指头断了一截,你还在念初中时,就说起过这位同学。我老了,记性差了,但你说的每一件事儿我都记得牢牢的!"老人还说,那同学说去山里吃喜酒,老人就故意问是不是李多福儿子结婚,结果那同学露了马脚,因为李多福儿子是昨天结婚的。当时老人就想,一定是那同学耍的花招。

尽管相隔万里,但老人还是听出小洪高兴得跳起来了。

老人接着说:"爸活七十岁了,什么骗局没见过?其实,我故意引你的同学进屋,也有一个心眼儿,是想试探你交的朋友会不会见财起意,为防万一,我把他的车牌号记下了。好在这孩子真不错!小洪,爸也怕你受骗呀!现在我彻底放心啦,你也放心去飞吧,你越飞得高,飞得远,爸越为你感到开心……"

电话那头,小洪已是泪湿了衣襟……

> 一个平凡的支教老师，教会了山里孩子美妙的音乐，也点亮了孩子们未来的希望。

去北京采风

金十三

大学毕业后，我来到了川西一个羌族寨子，当起了支教老师。支教的生活有苦也有甜，但最让我难以忍受的，却是夜深人静后的那份孤独感。幸好，我带了一把心爱的吉他。

这天，夜幕降临，我坐到床上，弹起了吉他。在这黑漆漆的夜里，在这只有山风和着松涛的山顶小学，一首首校园歌曲，为我消散了不少的孤独感。

然而，我没想到，就是这把吉他，给我惹来了许多麻烦。

第二天一大早，一群学生跑到我的寝室，围在我的床边，催我起床。我一看，傻了，我的学生们全都穿着节日的盛装，一个叫阿吉的学生说："老师，昨晚寨子里天降梵音，我阿爸叫我今天上完课后到山上去拜谢神灵。"

我听了，差点从床上掉下来，急忙跟他们说，这不是天降梵音，是我昨晚在弹乐器。说完，我指了指靠在床头的吉他。孩子们一愣，阿吉怯生生地问："金老师，这是汉人的琴吗？"

"这是吉他，当然，你们也可以叫它六弦琴。"

阿吉便伸出手去摸它，可一不小心拨动了琴弦，"嘣"，他吓得赶紧把手缩了回去，后来看我微笑着看着他，他才又高兴地嚷了起来："我弹响它了，我弹响它了！"其他孩子羡慕得不得了，于是，我告诉他们，每人可以拨动一次琴弦，但必须排好队。孩子们马上就按高矮次序排好了队伍，一个接着一个走上前来，拨响了琴弦。

从这以后，每天课间休息的时候，我都抱着吉他到教室里，给孩子们弹一些儿童歌曲、校园民谣。孩子们听得很用心、很陶醉。

六一前夕，一个北京的艺术团来县城义演，学校里争取到两张票。校长经过一轮评比，把票给了阿吉和一个叫阿岩的孩子。两个孩子高兴极了，一大早便骑着马下了山……不料第二天回来，两人却蔫蔫的，我问他们怎么回事，他们说，没什么，就是心里不舒服。

然而，有一次，阿吉和阿岩突然问我：金老师，用吉他能把什么歌都弹出来吗？

我说是啊，阿吉紧接着问："那我们寨子里的歌呢？"

我一愣，不知该如何回答了。他说的"寨子里的歌"，是指羌人世代口耳相传的民歌，它没有现成的曲谱，而我呢，又是业余得不能再业余的吉他手,他们的问题一下把我给难住了。

阿吉和阿岩看我不说话，眼神里满是失望。我只好使了个缓兵之计，说："我是真的不会弹寨子里的歌，不过，你们以后可以学着弹。"两个孩子听了，顿时高兴了起来。

几天后，我去县教委拿资料，下午回来后，我发现我的吉他断了一根弦。吉他断弦其实很正常，我的包里就有备货，可是，我不能容忍的是，当我不在的时候，竟然有人偷偷拿我的吉他，不行，这样下去那还得了？

我走到教室里,装作很生气的样子责问学生:"你们谁碰过我的吉他?"学生们低着头,没人承认。我的喉咙更响了:"好啊,你们不承认?没关系,反正吉他也坏了,以后大家都没得听了!"说完,我气呼呼地转身走了。

那天正是星期五,我和同来支教的同学早已约好到他那里玩,所以也没顾得换琴弦,便骑着马去了。到了星期天下午,我回到学校,走进寝室,竟然看到我的小床上摆着一把崭新的吉他,吉他下面压了张纸,上面写着:"对不起,金老师,是我弄坏了你的吉他。我阿爸去镇上卖了猪,到县城里买了一把吉他回来赔给你。我阿爸说,你给寨子带来了知识,带来了山外的快乐,请你千万别生气。阿吉。"

原来是这小子。唉,现在正是猪长膘的时候,卖猪划不来呀,再说,我的吉他压根儿没坏呀!我的心里很是过意不去,当即决定明天把吉他还给阿吉,让他阿爸退掉,再把猪换回来。

就在这时,忽然听到校长在外边喊:"是金老师回来了吗?"

我急忙出来,问他这会儿去哪儿,校长叹了口气,说是去阿岩家。他说,阿岩家是寨子里的贫困户。今年春上,家里的老牛跌下山崖摔死了,家里就指望剩下的一头牛犊长大好干活。谁知在前天,阿岩从学校回家,哭着说,他不小心把老师的吉他弄坏了。他阿爸心一横,就瞒着他阿妈把牛犊牵到镇上给卖了,到县城买了把吉他,想赔给我。他阿妈知道这件事后哭得不得了,这会儿正在闹呢。

坏了,这真的坏事了,原先只以为是阿吉弄坏了吉他,让他家卖了猪,现在可好,阿岩也牵扯进来了,还把牛卖了,这……这可如何是好?我随即深深地自责起来,没想到自己仅是一时气话,弄得两家人牺牲这么大。

校长看我低着头不言语，就说："金老师，你别难过。我们羌人就是这样直，做错事就会负责任，他们毕竟弄坏了你的吉他呀！"

"可是……可是我的吉他并没有坏。"我的声音小得连我自己都听不清楚。校长一听，眉头立刻皱紧了，早知道吉他没坏，这两家何苦去卖猪、卖牛呀！

第二天上课的时候，阿岩将一把新吉他拿给我，说："对不起，老师，是我弄坏了你的吉他。"

话音刚落，阿吉赶忙站起来："不，是我弄坏的！"在他们的争辩中我才知道，两个孩子上回看了北京那个艺术团的演出后不高兴的原因。

原来，来县城义演的那个北京艺术团里，也有很多少数民族的孩子表演的节目，其中有一个维吾尔族的孩子，一边敲架子鼓，一边演唱自己民族的歌曲，赢得了台下排山倒海般的掌声。这个节目完了以后，主持人来了个互动，恰巧就找到阿吉和阿岩，他让两个孩子也演唱一首自己民族的民歌。两个孩子就唱了羌人的《祝酒歌》，可因为没有音乐伴奏，演唱的效果很差，唱完后只听到象征性的微弱鼓掌声，这让两个孩子很受打击。

阿吉和阿岩回来后，就问我:吉他能不能弹奏寨子里的歌。我不明就里，就说让他们以后自己学。可是，两个孩子的家庭都不富裕，哪有余钱去买吉他呢？那天中午，他们看我不在，便想试着弹弹，却不料用劲过大，把琴弦弄断了。而我呢，又想着吓唬他们，便故意说吉他坏了，没想到两个孩子都认为是自己的错，于是让两个家庭跟着折腾起来，卖猪卖牛……

我满心歉疚，对他们说："吉他只是断了琴弦，没有坏。

你们赶紧把吉他拿回去退掉,把猪和牛犊赎回来。我不应该吓唬你们,你们能原谅老师吗?"

两个孩子没想到事情是这样,呆在那里不知该说什么。可是第二天,校长带着着阿吉和阿岩的阿爸来到学校,原来,县城的琴行有规定,乐器卖出,不是质量问题就不能退货。这可怎么办?我当时才上班,身上也没多少钱,根本不够赎回猪和牛犊。

正当我为此内疚不已、不知所措的时候,阿吉的阿爸说:"金老师,你别太自责了,是孩子们有错在先。这琴不能退就不退了,孩子们也该有自己的琴呀,你放心吧,家里的事,寨子里的乡亲都会想办法的。"阿岩的阿爸也说:"孩子们喜欢琴,你能好好教他们吗?让他们完成自己的理想:去北京采风。"

"去北京采风?"我糊涂了。阿吉和阿岩告诉我,那天看演出时,主持人问那个维吾尔族小孩:"为什么会来我们这里演出?"那小孩说:"我是来献爱心的,同时来大山里采风。"阿吉和阿岩不明白"采风"是什么意思,但他们很向往像维吾尔族小孩一样,能弹着吉他,表演自己民族的民歌,然后去北京演出,让所有的人都知道羌人的歌是多么的美丽、动听。

我的眼泪已经在眼眶里打转,羌人的善良和大度让我久久不能自已,而孩子们的理想又让我激情满怀,对,我要帮他们完成"去北京采风"的理想。

这以后,我带着"赎罪"般的心情,竭尽心力地教阿吉和阿岩,同时,还请教了不少当地的音乐人。他们听完两个孩子的故事,很受感动,便经常来山里教孩子们。阿吉和阿岩本身就有音乐天赋,在努力之下,很快便掌握了弹奏吉他的要领。

又到了六一,县城里举办了一台晚会,其中有两个神奇的羌族孩子，弹着吉他，唱着《祝酒歌》。歌声醇厚，琴声悠扬，打动了台下无数的人，当然，他们就是阿吉和阿岩了！有一位远道而来的音乐学院的教授，听过之后，便要两个孩子到省城去表演。他说，如果表演得好，他们很快就可以去北京演出。孩子们笑了，他们的梦想不再遥远，"去北京采风"，终有一天会实现的……

关键词：慈善

> 慈善捐赠原本是件好事，可如果缺乏监督者、落实者，一片心意只能付之东流。

奇怪的捐赠

一 杰

这是什么

村里有个红旗小学，里面只有一个老师，姓李，已年过半百。这天，村委何主任经过学校，捎给他一袋东西，说这是上海一家公司捐给他们的。李老师乐呵呵地打开一看，怪了，原来是几根二尺来长手臂大小的透明管子，不像玻璃，也不像塑料。他拿起来横看竖看，又敲又捏，弄不懂这是啥玩意。管子上没有任何说明，何主任又走得急，连这东西是什么都没有说就走了。李老师知道人家给他们捐这东西肯定有它的用处，可就是猜不出来。他心想，要是小关老师还在就好了。小关是大城市来的志愿者，曾在他们学校教过一年书。这丫头懂得多，这奇怪的东西她一定知道怎么用。

一晃过了一个月，这天李老师刚到学校，就见学生们叽叽喳喳地围着一个背着背包、挂着相机的小伙子。小伙子笑着自我介绍，说自己是个拍客，喜欢到处跑，喜欢拍照，网络上的名字就叫"任我行"。这次是无意中来到这儿的，想在这里拍几张照片。

见是远道而来的客人，李老师急忙把他请进自己的房间，然后拿了个碗，给他接了碗水回来。任我行喝了一口，眉头一皱，差点把水喷了出来。

李老师抱歉地说："不好意思，我们这里的水不好喝，都是接天上的雨水存起来，有点怪味。"

任我行勉强把嘴里的水咽了下去，点点头，然后抓起相机说："李老师，麻烦你带我去看看，我想把这里全都拍下来，特别是孩子们的生活条件方面。"

李老师带他前前后后转了一圈，任我行十分关注学生们的生活环境，对着他们的集水池以及学生们喝水做饭的地方拍了好多照片。拍完后，两人回到房间，任我行忽然发现桌子底下有什么东西，便弯腰捡了起来。李老师一瞧，原来是之前那些奇怪的管子。

任我行一脸诧异，说："这个……怎么放在这儿？"

"这是人家捐的。"李老师高兴地说，"村里转交给我们，也没说清楚是什么东西，正好，您知道这东西怎么用吧？"

任我行若有所思地拿着管子敲了敲，说："我……也不懂。这样吧，我们去村里问问就清楚了。"

李老师不好意思拒绝人家的一片热心，于是安排好了学生，就带着管子上村委去了。到了村委，一看来得正巧，何主任正趴在桌上打盹,李老师把他叫醒,向他介绍了拍客任我行。何主任热情地说："欢迎，欢迎啊！"他笑哈哈地请他们坐下，端上来两杯水。任我行拿起杯子喝了口水，又像上次那样眉头一皱。何主任一看，不好意思地说："我们这里的水难喝呀，你们大城市来的人，肯定喝不惯。"

任我行摆摆手，皱着眉头把水咽下去，然后拿着那个杯子左看右看。那杯子也没啥特别的,也就是个普通的一次性纸杯子。何主任见他盯着杯子看,脸上有些不自然起来,咳了两下,问李老师来这儿有什么事。

李老师忙把管子拿出来,尴尬地说:"何主任呀,您上次转交给我的东西,我没见过,也不知道是干什么用的……"

何主任顿时怔住了,说不出话来。

一路探寻

任我行忽然把杯里的水一口喝干,说:"其实它是用来装杯子的。"说罢,把手里的杯子放进了管子里。

"装杯子的?"李老师愣了愣,现在还有专门用来装杯子的东西!任我行微微一笑,给他演示了取出杯子的过程。看到这儿,李老师明白了,这管子真的是用来装杯子的东西,可没有杯子用来干什么呢?他疑惑地望着何主任。

任我行笑着问何主任:"这些捐赠的东西是乡里转下来的吧?人家捐了装杯子的管子,应该还会有些杯子吧?"

何主任脸红红的,沉默了半晌,叹了口气说:"唉,是还有些杯子的。那天乡里派人送来,来了人,水总得请人家喝一口吧?可咱这里连个像样的杯子都没有,碗又脏兮兮的,就先拿了几个杯子用。后来想,以后乡上还会来人的,就把剩下的杯子留在村委了……"

一听是这么回事,李老师愣了愣,接着苦笑着摇摇头说:"其实,有没有杯子都一样,咱们那里的水用碗喝跟用杯子喝,没什么两样。"两人走出村委,任我行突然说:"李老师,咱们到乡上去一趟吧。"

李老师疑惑地问他去乡里干啥。任我行说他想去见见乡领导,而且只会对他们学校有好处。李老师心动了,他觉得这个拍客有点神秘,又好像有很大的能力,或许真能给他们学校带来点好处。

一个小时后,两人来到乡上,进办公室一瞧,只有个胖大姐坐在桌子前嗑瓜子。任我行说他想找个领导说件事,胖大姐一打量他,觉得来头不小,热情地招呼他们坐下,迅速从饮水机接了两杯水过来。李老师拿起喝了一口,感觉甜丝丝的,扭头一看任我行,这回也不皱眉头了,反而赞道:"这水真好喝!"

胖大姐呵呵笑着说:"这不是自来水,是买的桶装水。"

任我行左看右看,最后眼光落在那台饮水机上,说道:"这饮水机很新款啊,得不少钱吧?"

胖大姐说不是她经手的,不晓得,说着出去找领导了。过了一会儿,她领着一个戴眼镜的男人回来,介绍说:"这位是我们郑副乡长。"

一看领导来了,李老师急忙站起来。刚要问好,哪知郑副乡长严肃的目光在他们身上来回一扫,脸竟沉了下来,冲他说道:"李老师,你来一下。"

李老师惴惴不安跟他走到楼梯口,郑副乡长转身严厉地盯着他:"李老师,你怎么能这样?"

"我、我……"李老师摸不着头脑,"我怎么了?"

"你有意见,可以反映啊!"郑副乡长气愤地说,"你怎么就不能考虑一下大局,你知道你这样做会带来多大的负面影响吗?"李老师完全傻了,愣愣地看着他。郑副乡长的目光恨不得把他吃了:"你不声不响就带个记者来,你存心要整我们呀!你明摆着要跟乡里作对啊!"

李老师吓得一哆嗦:"他……他不是记者……叫什么拍客。"

郑副乡长手一挥："拍什么客？你别说了，回去等着处理吧！"说罢手一背，气哼哼地往回走。

李老师蒙了，晕头转向地走到办公室门口，只见郑副乡长对任我行冷冷地说道："对不起，我们现在不方便接受采访，你请回吧。"

"我不是记者。"任我行急忙解释说，"我就是想来问个事而已。"

"问什么事？"郑副乡长咄咄逼人，手一指旁边的饮水机，"我知道你想问这个，我可以告诉你，是我们留下了，乡里经费困难，连个饮水机都无法购置，所以暂且把几个饮水机留在乡里作招待用，这是乡里讨论决定的……"

原来如此

门外的李老师听到这儿，头脑忽然清晰了：怪不得自己糊里糊涂挨了一顿骂，原来乡里的饮水机也是人家捐给他们的啊！李老师默默地转身走下了楼。刚出门口，任我行从后面追上来，说道："李老师，你知道我为什么叫你来乡上了吧？"

李老师苦笑着摇摇头说："我不知道你是不是记者，但我谢谢你了，不过也请你不要追究了。其实就算我们有了饮水机，有了喝水的杯子，那又有什么两样？水还是一样的水。"

"我真不是记者。"任我行笑着说，"但我有权利弄清楚这件事。"

任我行这才告诉李老师，他就是捐助他们学校的那家公司的人，公司派他暗中调查捐助物资的情况，所以他才没有公开身份。李老师双手握住他的手用力一摇，露出一脸苦笑："谢谢你们的好意了！不过，事情弄清楚了，就算了吧……有没有饮水机，用什么东西喝水，我们也不介意。"

任我行摇摇头，也不说话，他打开身上的背包，从里面取出一张图纸，递到李老师面前。李老师看了看，上面印着的显然是一套机器设备。

"这是我们公司捐赠给你们学校的直饮水设备。"任我行说，"有个姓关的志愿者曾在你们学校任教，她在网上呼吁帮助你们解决饮水困难，所以我们公司给你们捐了这套设备。"

李老师的眼睛顿时瞪圆了，呼吸也重了起来，直愣愣地盯着图纸上的机器。

任我行指着图纸上的设备，告诉他，这是什么，那是什么，这套设备价值三万多元，经设备处理出来的水可直接饮用，可供三百个学生饮用和做饭。

李老师越听，眼睛瞪得越大，双手更是微微颤抖。"这、这些设备呢？"李老师指着图纸上的设备，声音都哆嗦了，"在哪儿？"

任我行没有回答，而是把目光投向了通往县城的道路方向，半晌才默默地说："都怪我们，只图省事，早应该想到，这套设备从省里到市里，再到县里……"

李老师眼眶都湿了，猛地一拉任我行的手："走，我们这就到县里去！"

"算了。"任我行拉住他，"找到了又能怎么样呢？我会向公司报告的，争取再给你们捐一套，到时我一定亲自押送，交到你的手上。"

李老师站住了，怔怔地望着县里的方向，心里无比高兴，却又分明想哭。

关键词：生态

> 随着草原游的日渐升温，草原的生态环境亦遭到不同程度的干扰。如何保护脆弱的草原生态，对草原旅游业来讲，尤为重要。

水晶手链在哪里

无字仓颉

郭老汉常去高速公路边的河滩放羊，那里水草丰美，他每次去都还顺手割点草背回家，为羊群囤粮。说起这群羊，郭老汉可看重呢，因为孙子刚考上大学，头一年的学费都指望这群羊了。郭老汉想，自己平时啃几个咸菜馍馍倒没什么，羊可都得喂饱，家里再穷，也不能耽误孙子念大学。

这天一早，郭老汉在河滩割草，正割得起劲儿，没留神身边不知什么时候多了个人：一个四十岁上下的男人，肥头胖脸，戴着墨镜，右手上还戴着三个明晃晃的戒指。男人低着头，边走边在地上搜寻着什么，还不时用脚在草窝里乱踢一番，但似乎一无所获。男人转过身来，摘下墨镜，和颜悦色地对郭老汉说："大爷，你的镰刀能不能借我使使？"

郭老汉犹疑了一下，将镰刀递过去。胖男人接过镰刀，在草甸上就是一阵扫荡。胖男人显然没干过农活，不一会儿就累得气喘如牛，也没见割下多少草，倒是那些草被他胖乎乎的身子压趴了不少，本来草立着还好找东西，一趴下就密密匝匝，把地面遮了个严实，还哪里找去？

胖男人喘着粗气对郭老汉说:"大爷,要不你帮我割吧?我给钱!"郭老汉心中暗笑,也不知他在找什么宝贝,竟然还要雇人找。胖男人看出了郭老汉的疑虑,接着说:"刚才开着车,随手将一团卫生纸扔到窗外,不想竟然把手上戴着的水晶链子甩了出去,一万多块钱呢!"哦,怪不得那么着急上火,郭老汉在心里盘算:一万多块,抵得上自家孙子一年的学费呢。胖男人接着说:"这样吧,大爷,你帮我找到手链,我给你一千块钱!"郭老汉以为自己听错了,动动手割割草,一千块钱就到手了?他有点兴奋:"真的?"

"那还有假?"胖男人解释说,"要不是因为赶时间,我就自己在这儿慢慢扒拉着找了。"

郭老汉怕他反悔,连忙从他手里要过镰刀,干开了。割了约莫有三四分地,草都堆了老高,也不见水晶手链的影子。胖男人有些急了,嫌郭老汉慢:"照这个割法儿,猴年马月才能找到?"郭老汉用褂子擦擦满头的汗:"都快把老命搭上了。"

胖男人眼珠子一转:"要不你去村里再叫几个人来,一块儿帮你干,怎么样?"郭老汉有些不情愿:"现在哪有人肯白干活的……"

胖男人看出了郭老汉的心思,说:"这样吧,我再给你添两百,你再叫几个人来,一人一百,帮你割,准有人干。你自己还能赚个五六百呢!"

郭老汉一合计,觉得靠自己一个人还真不行,于是就同意了。他知道离这儿不远的河滩上正在挖沟,他便小跑着过去,喊来了七八个河工。郭老汉向他们说明:一人一百,干到找着为止,找到手链的人单独再加一百。如此这般商量好,大伙儿捋开袖子就干开了。人多力量大,一会儿工夫,眼看一亩地的草都秃了，可还是没见着手链，有人有疑问了："你到底丢没丢东西啊？"

胖男人有些不高兴："我吃饱撑的啊，在这儿搭工夫陪你们玩？"一个小时过去了，手链还是没有出现；两个小时过去了，附近的草全除光了，仍然不见手链的踪迹，大家不由得又把质疑的目光投向了胖男人。

胖男人也丈二和尚摸不着头脑，他沉吟片刻，跑回车里，拿来一串和手链差不多大小的佛珠，像警察在案发现场做演示实验一样，重新试了一遍，寻找落点。他甚至连车辆行驶的惯性、加速度都考虑进去了，可折腾了好一会儿，还是没发现手链。

几个河工沉不住气了，说："我们在那边还有活儿，请假出来的，时间长了，领班不高兴，要扣工资的。"他这么一说，几个人便纷纷打起了退堂鼓，有个领头模样的人过来跟郭老汉要工钱，郭老汉瞪大了眼睛："不是说好找到了才给钱吗？"

领头的说："谁记得你说这话了？干活不给钱，想当黑窑主啊！"另外几个"叽叽喳喳"地也上来围攻郭老汉。郭老汉慌了神儿："那——你们找这位老板要吧。"胖男人一听不高兴了："哎，咱说清了啊，人可是你雇来的！"

郭老汉一听傻了眼，冷汗直冒，他清楚这帮人不好惹，这可咋办？自己一分钱没拿到，现在倒要反过来贴钱？郭老汉正在发愣，那个领头的眼珠一转，说："这样吧，工钱也不让你付了，我们就牵一只羊走。一只羊七八百块，价钱也合算，不算欺负你！"郭老汉大惊失色："你们……你们不能牵我的羊啊，你们不能不讲理啊！"

一个河工听见头儿发话了，不由分说，抱起一只半大的小山羊就走。小羊在他怀里"咩咩"直叫，挣扎着回过脑袋，眼泪汪汪地看着郭老汉。郭老汉心都要碎了,他发了疯一样上前去抢羊,被几个壮汉轻轻一推就倒在地上。一伙人扛着羊扬长而去,小羊的叫声渐行渐远。

郭老汉强支起身子,一脸泪水地对胖男人说:"老板,你看,我现在这个样子了,你能不能适当给我点钱?"

胖男人略一沉思,说:"好吧,看你一把年纪了,又是为了我的事,我给你点钱。不过我身上没带这么多,你等着,我去车上取来给你。"

郭老汉眼巴巴地望着胖男人翻过护栏,钻进了停在路边的"路虎"里。车门刚一关上,车就"嗡嗡"地发动起来,接着"嗖"地一下开了出去。胖男人从车窗里探出头来喊:"老头儿,东西没找到还想要钱?做梦去吧!"说完,"路虎"呼啸着开远了……

郭老汉又惊又气,加上又上了年纪,他眼前一黑,竟然昏倒在地上。等他醒来,天已经擦黑了,他揉揉眼睛,泪还未干,看看四周,他的羊们齐刷刷地把他围在中间,他的眼泪又下来了。

晚上回到家,郭老汉草草扒了几口饭,就和衣躺在床上睡了。可他哪里睡得着?这时,屋子里猛地响起了孙子的声音:"爷爷,睡着了吗?你看看,这是什么?"郭老汉歪了歪头,睁开眼睛,突然,一个明晃晃、亮晶晶的东西在眼前晃动。他一个激灵坐起身,一把夺过孙子手里的东西———条水晶手链!

郭老汉的声音都有些颤抖了:"你在哪里找到的?"

"在老山羊的角上,这是怎么回事啊,爷爷?"

郭老汉半天说不出话来,一把搂过孙子,"呜呜"地哭了起来,哭着哭着,又忍不住笑了……

第六章 走向新时代

关键词：扶贫

> 扶贫不仅是物质关怀，更要关怀他人内心真正的需求。

暖心扶贫

荻 秋

小马头脑灵活，能说会道，进单位没多久就被调到办公室去了，他接到的第一个任务是扶贫。

原来，单位对点的扶贫对象，是扶贫村里一个叫耿老头的独居老人。这老头性子倔、脾气急，据说他妻子早逝，儿子失散多年，他倾尽家财也没能找回来，因此对政府很不满意。每年到了扶贫日，他拿东西时一点都不客气，嘴里还常常冷嘲热讽的，让领导们倍感头疼。

小马把事情了解清楚以后，跟领导说："这事也难怪耿老头，我们每年送他些什么？"

领导说："米三十斤，油一罐，慰问金五百。"

小马追问道："能用多久？"

领导眨巴着眼睛，没有说话，那耿老头腿脚不便，平时干不了什么重活，就靠这些扶贫金度日的话，确实熬不了太长时间。领导看小马一副胸有成竹的表情，就问："看你的样子，已经想好办法啦？"小马如此这般地把自己的想法说了出来，领导点点头，让他照办。

很快到了扶贫日，众人坐车赶去扶贫村。这回开的车可不一般，是几辆小货车，车斗后面装着一些挺重的物品。车子从高速公路上走的时候，领导指着不远处说："喏，那里就是耿老头的家。"

可等车子下了高速公路，左拐右弯地跑了好久，才到了耿老头家。这地方不算偏僻，可路真的太不好走了。众人兴冲冲地拿着慰问品去耿老头家，照样是慰问金五百，加上米和油。

耿老头非但没有一句谢谢，反而看着他们开的小货车，语带嘲讽地说："哟，领导新风气了？这回下乡不开奔驰宝马，改开货车了？真是太阳打西边出来了呢！"

小马笑着说："耿老爷子，这货车是专门为你而开的。"他吩咐后面的工人，把耿老头家门口的一大块空地给整平、挖坑，然后从车上卸下好多橘子树，一一种上了。

耿老头纳闷地看着他们，问："你们这是干啥来着？怎么扶贫变成种树来了？"

小马笑而不语，让耿老头再认真看看那些树。耿老头留意了一下，这些树是本地特产的砂糖橘树，大概有几十棵，都已经是几年的树龄了，估计明年可以挂果了。他突然想到了什么，问："你们难道是想……"

小马点点头说："没错，授人以鱼不如授人以渔。我们每年送那么一些东西，可能真的帮不上什么大忙。我们这回干脆点，帮你种上这些树，明年就可以挂果了，这样你就可以自力更生，不用光依赖那么点慰问金了。卖得好的话，生活就可以大大改善了。"

耿老头没有再说话，但从他的眼神可以看出来，内心还是挺激动的。这一次扶贫，耿老头破天荒地没有继续对领导冷嘲热讽。

回来的路上，领导把小马好一顿夸奖："这种形式的扶贫，简直称得上'暖心扶贫'，小马，干得好啊！"小马听了，不由得心花怒放，回城开车时，差点把车撞到隔离栏上了。

本以为扶贫工作做到这份儿上，已经是圆满完成了。万万没想到，第二年领导带着小马下乡，那耿老头见了他们，脸色黑得像锅底一般，冷哼一声，转身回屋，"砰"的一声把大门关上了。

这到底是怎么回事？要不是小马有点涵养，差点都想破口大骂了。领导也一脸的不高兴，让小马不管用什么办法，也得弄清楚这件事。

小马只好跑了老远，去问村委会的人。村主任是个老实人，他搓着手，说："要说这事吧，也怪不了你们，这、这大家也不想的……"

原来耿老头凭空多了几十棵果树，开始是蛮高兴的，天天围着果树转。可很快发现有些树叶开始枯黄了，他跑去问人，回来又是施肥，又是除虫，好不容易才将这些树救回来。可偏偏天公不作美，挂果的时候碰上了连续几日的暴雨，没几下就把树上的果子给打蔫了。剩下的一些小果、烂果，也没怎么卖出去。耿老头倒贴了化肥钱、除虫剂钱，又花了那么多人工，结果竹篮打水一场空，岂有不气恼之理？

小马听完傻了眼，不敢作声。领导则气咻咻地说："你看，好心办坏事，好心办坏事啊！小马同志，这回你还有什么可说的？"

小马心里嘀咕：当初你不也同意这么干的吗？还说什么"暖心扶贫"来着，现在捅出大娄子了，就是我的问题啦？他看着落了满地的烂果，心里不服气，想着如何破解这困局，既不用耿老头有额外的付出，又可以可持续发展……

小马想了一阵子，突然兴奋地说："村主任，你不是说过，耿老头家里还有一块地，就在高速公路旁边，对吧？"

村主任点点头，说确实有这样一块地，老头原来把它让给了其他人种，但因为离村子太远，现在也没有人愿意去了。村主任不解地问："怎么啦？难道你还想去那里种果树？"

小马摇摇头，神秘地一笑，说："到时你就知道啦！"

很快，在耿老头高速公路旁的那块地上，竖起了一大块广告牌，牌上是本地知名房产公司开发的楼盘广告。当耿老头接过房产公司老总亲自送来的厚厚的一沓钱时，不禁露出怀疑的眼神："这……这钱是给我的？"

小马笑着说："老人家你不用怀疑，他用了你的地做广告，当然要给你钱。放心，以后他每个月都会派人来给你送钱的。"

竖个广告牌就得每个月付那么多钱，那这个公司岂不是很吃亏？耿老头这么想着，一旁的房产公司老总看在眼里，哈哈笑着说："这高速公路南来北往的，车流量非常大，在这里做广告很有影响力。说起来，我该感谢马秘书给我这么好的提议呢。"

耿老头听完，看了看小马，眼里第一次充满了感激之情。

回程时，领导有点不解："这广告牌不是每年给定额租金的吗？你干吗让老总每个月给他送钱，那不是挺麻烦的？"

小马解释说："按月给，耿老头才好省着用。一下子给他几万元，他可能就会把钱乱花了，说起来还是领导您给的好提示：可持续发展嘛！"

领导听了，满意地笑了。

不过这事还没完，过了两个月，耿老头居然跑到市里来找小马了。他一改往日的暴躁脾气，低眉顺目地问："马秘书，我、我想给广告牌换个内容行不行？"

小马吃了一惊，说："那可不行，我们跟房产公司那边是有协议的，一年未到期，可不能随意换。"

耿老头急得直搓手："那、那我把钱全部退还给他行不行？我一定要把这内容给换了。"说着，他几乎要给小马下跪了。

小马连忙拦住他，问到底是怎么一回事。耿老头声泪俱下地道出了真相，小马听完，不禁被感动了，说："原来是这样，怪我们考虑不周。好吧，我马上替你跟领导反映。"

很快，在高速公路旁村主任的一块地上，又竖起了一块大广告牌。广告牌上面没有任何公司的广告，只有耿老头和他儿子小时候的一张合照，旁边写着一行字："耿德深，你爹爹喊你回家……"

这耿德深，正是耿老头从小失散的儿子。

小马看着远处的广告牌，感慨道："南来北往的车子会把这个信息带到全国各地去，相信很快，耿老头就能找回他的儿子了。看来，这才是真正的'暖心扶贫'啊！"

领导点点头说："没错，我们以前搞扶贫工作，往往只想到给钱给物，却没有关心他们的内心所需。现在才算是真正的扶贫呢……"

关键词：生态

> 人类自认为是"高级动物"，就总想在其他动物面前称王称霸。说到底，人类只是生态链中的一环。

谁是猴王

廖 华

李然是个摄影发烧友，最喜欢拍摄动物和自然风光。一个偶然的机会，他听说通天峡有很多猴子，而且有一只与众不同的猴王，不由得大感兴趣，立即启程前往，想一探究竟。

到了通天峡，李然发现，山下有一家饭店。一踏上饭店的台阶，他不由得眼前一亮，只见石头栏杆上蹲着一只猴子。这只猴子体形很大，而且神色傲慢。难道这就是传说中的猴王？

李然拿起相机，试探着接近猴王，不料猴王立即龇牙咧嘴地发出了警告。李然吓了一跳。只听身后有人说道："你可别随便逗它，这猴子脾气不好，小心它抓你。"

李然回头一看，身后站着一个胖胖的中年人，不由问道："难道这就是猴王？"胖子一愣，随即哈哈大笑："猴王？我就是猴王啊！"猴王竟然是个人？李然怎么也无法把眼前这个西装革履、大腹便便的胖子同猴子联系起来。见李然一脸的不信，胖子挥了挥手，刚才还恶狠狠的猴子立刻跳下栏杆，乖乖地跟在胖子身后。胖子说："你跟我来，我让你见识见识。"

见胖子露这一手，李然不由得有些惊讶，他跟着胖子，走进了饭店。胖子指了指饭店的招牌,说:"我这家饭店,就叫'猴王'饭店。"原来,胖子是这家饭店的老板。

胖子拍了拍手:"上茶。"立刻就有一只小猴子摇摇晃晃地端上来一杯茶。见李然一脸的佩服,胖子得意地大笑:"怎么样,想不想在我这里用餐,享受一下'猴王'饭店的特色服务?我看你像个记者,我请你吃饭。吃完你给我宣传宣传就好了。"

李然确实有些饿了,他一边声明自己不是记者,一边问:"你这里有什么特色菜啊?"胖子说:"不是记者也没关系。我给你打折,你多拍些相片,发到网上给我宣传宣传也一样。"

李然拿过菜单,一看菜名,不禁瞪大了眼:第一道菜竟然叫"凉拌猴脑"。他疑惑地问:"这……能吃吗?"胖子笑道:"这当然不是真的猴脑,这其实是一道豆腐做的菜。后面的'猴子捞月'是一道肉丸汤,'杀鸡儆猴'是清蒸土鸡,都是本店的招牌菜……"不知为什么,李然突然觉得胃里一阵恶心,一下子就没了食欲,他找了个借口出了饭店。

上了几级石阶,李然发现前面的平地上围着一群人。挤进去一看,一个年轻人守着一个塑料布铺的摊子。摊子前一块牌子上写着"猴儿酒"、"猴儿药",但塑料布上却空无一物。

年轻人身材精瘦,只听他打了声呼哨,突然从树上跳下来一只猴子,把一大捧草药放在了塑料布上。众人正在啧啧称奇,年轻人又吹了声口哨,石头后跳出两只猴子,抬着一个酒坛子。年轻人拍去泥封,顿时酒香四溢。年轻人大声喊道:"看到没有?本猴王给大家带来真正的猴儿酒、猴儿药,来自大自然,绿色无污染,祛病强身有奇效。"

众人纷纷感叹:"这才是真正的猴王啊!"李然忍不住说道:"下面那个饭店老板也自称猴王,你们俩到底谁是真正的猴王啊？"

年轻人轻蔑地说："他能指挥猴子采药酿酒？炒几个徒有其名的菜就敢称猴王了？"

这时，只听身后有人冷笑道："又在背后说我坏话了。我炒菜是徒有其名，你卖假药是不是坑蒙拐骗？要不咱俩再比一比，看谁才是真正的猴王？"李然回头一看，正是饭店老板胖子来了。

"比就比。一山不容二虎。这山上也容不下两个猴王。"年轻人说着，吹了声口哨。他的身后顿时聚集了一群猴子。胖子冷笑一声，用力拍了拍手，一群猴子也围到了他身旁。

"两个猴王要干架了！"众人纷纷退开，让出一个圈子。李然也举起了相机。就在这时，突听一声断喝，一个干瘦的老头走进了场内。一见老头，胖子和年轻人都露出了紧张的神色，他们身后的猴群也焦躁不安起来。胖子不停地拍手，节奏越来越快，年轻人不停地吹口哨，声音越来越响，似乎是要拢住猴群，但老头嘴里不停地发出短促的吆喝声，声音不大，却清晰有力。说来也怪，那些猴子仿佛得到了什么不可违抗的命令，一眨眼就消失得无影无踪。两个猴王都对老头怒目而视。老头一言不发，转身就走。

围观的人也慢慢地散了。李然却悄悄地跟在了老头身后。

老头头也不回地往山里走。羊肠小道越来越难走，走到一处峭壁下，老头突然不见了踪影。李然正在东张西望，突听头上有响动，抬头一看，峭壁上有无数黑点正在快速移动，原来那是一大群猴子。李然还没反应过来，就被一块石头击中了，一下子晕了过去。

醒来的时候,李然发现自己躺在一间草屋里。身旁坐着的,正是那个老人。李然疑惑地问:"我怎么会在这里?"老人微笑着说:"你跟在我身后,猴子以为你会伤害我,所以攻击了你。"

李然翻身而起:"我知道了,原来你才是真正的猴王!"老人淡淡地说:"我只是个没用的老头,哪里是什么猴王?"

李然站起来,四处看了看,发现这草屋真没什么特别的,就是间普普通通的山民的房子,也看不到任何与猴子有关的东西。难道老头真不是传说中的猴王?

李然走出草屋,发现草屋建在山上,屋外有几块绿油油的菜地,远处是层层叠叠起伏的山峦,山间云雾缭绕,景色壮美。李然拿起相机,一通猛拍,可让他遗憾的是,镜头里不见一只猴子,他拿起相机,放大了寻找,还是没有。

这时,老头跟出来问道:"你在找什么?"李然答道:"找猴子,还有传说中的猴王。"老头警惕地问:"你是记者?"李然摇摇头,说:"不是。我只是个摄影爱好者,喜欢拍动物,用自己的镜头记录大自然的美好,在网上做点宣传,也算是做点保护动物、保护自然的事。"说着,把自己相机里以前拍摄的相片给老头看。

老头看了,点点头,说:"我没什么文化,也看不出啥美不美来,不过,人和动物,就应该这样相处。"李然喃喃自语:"哎,都说这山里有猴王,可现在连一只猴子也找不到……"

这时,老头撮唇发出一声清啸,声音在山谷里回荡。李然正惊讶呢,突然,远处山谷里传来了猴子的叫声,此起彼伏,似在回应老人。老头啸声不停,一声接着一声,猴群的回应也越来越多,越来越近,波浪般一浪高过一浪。

渐渐地,李然看见远处的树林动了,一个个移动的黑点越来越清晰,正是猴群越来越近。不一会儿,草屋四周的山头都蹲满了猴子，但它们并没有太接近草屋，也不嬉戏打闹，只是静静地注视着老头，仿佛一支纪律严明的军队，正静候着指挥官的命令。

"太不可思议了！"李然不停地按着相机快门，心中也在期待着老人的下一步表演。老人却发出一阵短促的吆喝声，眨眼间，猴群就消失在森林里。

李然感叹地说："老人家，你才是真正的猴王啊！"

老人却摇了摇头，说："四十年前，就有人叫我'猴王'，当时我听了也沾沾自喜。那时，我是个耍猴的，能训练猴子做各种精彩的表演，因此赚了钱，娶了老婆，生了儿子。可是有一天，我惩罚一只不听话的猴子，猴子野性大发，竟然抓伤了我的妻子。妻子伤口感染，一病不起，但她无论如何也不让我伤害那只猴子。临终前，她嘱咐我别再耍猴了，把猴子都放回山里，说它们是属于大山的。我听了她的话，把那群猴子都放回了大山。这些猴子，都是它们的后代。"

听到这里，李然感动不已，转而又问："可山下那两个人，他们怎么自称猴王？"

老头哼了一声："他俩也配称猴王？两个忘恩负义的东西，顶多算猴子猴孙罢了。"见李然一脸的不解，老头又说："他俩都是我的儿子。我妻子奶水不够，他们都是吃猴奶长大的，却不听我的劝告，学了点皮毛就想靠猴王这个噱头赚钱！"顿了顿，老头又说："这些年，我早就想明白了，我不是猴王，人就是人，猴就是猴，我们不能老想着在动物面前称王称霸。我只是它们的朋友。它们听我的，完全是出于对我的信任……"

临走前，李然犹豫再三，删掉了相机里的相片。他不想任何人来打扰那山，那猴，那人……

关键词：支教

> 网络直播作为新兴事物，为深山里的孩子们带去了一种特殊的上课方式。

最美直播

无字仓颉

涂娟是来盘龙峪小学支教的大学生，没想到她刚来，大山就给了她一个下马威。

盘龙峪地处云梦山腹地，海拔近一千米。盘龙峪小学位于半山腰的一处开阔地，全校一到五年级总共才31名学生，他们的家大都在崖上的盘龙峪村附近。从村里到学校要经过一座"天梯"，是村里人在悬崖峭壁上开辟的一条通道。之前，涂娟曾在电视上看到过关于这条"天梯"的介绍，可用四个字来形容：险比华山。

涂娟并不胆小娇气，否则也不敢只身一人来大山里支教，来后第三天，她就按捺不住好奇，决定挑战一下"天梯"。她刚开始还信心满满的，爬得也很顺当，可是爬着爬着，道路越来越崎岖，刚到三分之一处，她便上不去、下不来了，往上看是笔直、数不完的阶梯，往下看万丈深渊，令人头晕目眩。

正感到绝望时，后面好像有了动静，涂娟扭头一看，一个男青年正从下面上来，涂娟连忙喊："哎，老乡——帮帮忙！"

男青年瞅瞅涂娟的狼狈相，笑笑，上前伸出了手，他轻轻拽着涂娟，亦步亦趋地后退，一直退到半山腰的开阔地上。

涂娟红着脸道谢，看到男青年有手机，便主动要了他的号，问了姓名，知道他叫夏俊峰，家就在上面盘龙峪村。

经过这番领教，涂娟再也没勇气挑战"天梯"了，只是隐隐地对学生们多了几分担心。难以想象，孩子们每天都要爬两个来回来上学，真是不容易啊！

这个学校里原有两名民办代课老师，是一对夫妇。说是老师，其实就是高中毕业生，因这里地处偏远，条件艰苦，上面派不下公办教师，就长期由他们代课，平时就吃住在学校。这里学生的程度都偏低，涂娟来后，一人轻松包揽了一到五年级五个班的教学任务。那对夫妇一看，主动让贤，没事就种种菜，做做饭，照顾好涂娟的生活，教学上随她折腾去。

这天晚上，涂娟正躺在床上看书，一阵"轰隆隆"的雷声响起，接着就"哗哗"下起了雨。这时，涂娟的心情沉重起来：下过雨的山路，一定很滑，走"天梯"这样的险路，孩子们能行吗？想到这里，涂娟睡不着了，心烦意乱地翻着手机。

突然，涂娟被一个直播网站的广告吸引住了，她一下有了主意：何不来场直播教学呢？这样，孩子们就可以不走"天梯"，留在家里听课了，一来保证了安全，二来也保证了教学进度不受影响，岂不两全其美？她兴奋起来，马上注册了那网站的账号。注册完，涂娟突然想到一个问题：孩子们哪里会有手机啊？他们不像城里的孩子，人手一机，没有手机，怎么看直播呢？想到这儿，涂娟又开始烦躁起来……对了，那个夏俊峰不是有手机吗？他还加了自己微信，一定经常上网。涂娟又兴奋起来，赶紧点开微信，给夏俊峰发了条信息："你好，在哪儿？"

不久，夏俊峰回过来信息："你好，在家。"

这就说明夏俊峰在家时能上网，涂娟对直播一事有了八九分把握，她拟了一条长微信，把自己的打算跟夏俊峰说了，征求他的意见。涂娟是这样打算的：夏俊峰把学生们召集到一起，包括邻村的几个学生，大家统一到盘龙峪村集合，然后通过他的手机看直播。考虑到手机屏幕较小，人多无法观看，可以讲得慢些，让夏俊峰准备个小黑板，由他来做"二传手"，将讲课内容"传"给大家。

信息发出后，好一会儿没动静，涂娟正担心夏俊峰可能不愿意找这麻烦，突然，手机"滴滴"响起，夏俊峰来信息了："我明天正好有空，一定大力配合你！"

涂娟心里的石头落了地，更兴奋得睡不着了，马上起来准备上课内容，一直忙活到后半夜。

第二天，天还下着小雨，学生们果然都没来上学，应该是夏俊峰起作用了。涂娟来到平日上课的教室，点开手机准备直播，并将"房间"地址转发给夏俊峰。不一会儿，一个叫"夏日凉风"的进了直播间，涂娟猜他就是夏俊峰，便对着话筒问了声"好"，"夏日凉风"打出一行字："开始吧,我们准备好了！"

涂娟为了方便夏俊峰转述，她尽量使用板书。就这样，一个人的直播开始了，从早上八点一直到中午，中途电没了，幸亏备了充电宝。"夏日凉风"很认真地在听，有听不懂的地方还问老师——应该是代学生发问，涂娟就耐心地重讲一遍。

中午休息,下午接着进行,和学校作息时间同步。一天下来，涂娟累得快散架了，可心里却是甜滋滋的。

晚上临睡前，涂娟留意了天气预报，明天终于没雨了，她才放心地进入梦乡。

第二天果然是个大晴天,学生们陆续来上学了,涂娟发现，有好几个学生都在咳嗽,一问是下雨天在家感冒了。涂娟埋怨他们不知道加衣服,嘱咐下回一定要注意。

夏天山里的气候多变,时常下雨,刚晴了没两天,便又阴雨连绵了。好在涂娟有了自己独特的讲课方式,风雨无阻。

涂娟网上直播讲课被一个热心网友发现了,经过扩散,又被一个微博大V推波助澜,一时间成了网络热点新闻。涂娟也成了主播红人,她的讲课被网友们称为"最美直播"。

直播网站也闻风而动,派出记者不远千里冒雨进山,对涂娟进行了专访。采访完后,记者还想趁着下雨,上山对收看直播的学生们进行现场实录。涂娟说冒雨走"天梯"很危险,劝记者等雨停了再去。记者一心想抢头条,觉得雨停了再去没有什么意义,就让涂娟只管直播,他去拍摄几个镜头就行了,涂娟只好任他前去。

次日雨还在下,涂娟之前跟夏俊峰和学生们约好了,只要下雨就在家等直播,已经成了习惯。涂娟想象着记者看到孩子们认真听讲的情景,一定会采写到很多动人的画面。

傍晚,雨停了,记者也回到了学校。吃晚饭时,记者犹豫了半天,终于还是说出了口:"涂老师,以后还是不要搞直播了。"

涂娟惊讶了:"为什么啊?"

记者说:"山里面手机信号不好,屋里信号时有时无,画面根本不连贯,为了有好的效果,夏俊峰带着孩子们来到很高的'老爷顶',那儿有一处破庙,年久失修,信号倒是很强,你直播时,孩子们就缩在那四面透风的破庙里听课……"

涂娟一听,呆住了,手里的碗差点掉在地上。她想起来了,每次直播后,第二天就有很多孩子感冒,她一直以为是学生没注意穿衣,却原来……还有,每次给夏俊峰发出信息后,他都半天才有回复，敢情也是因为信号差。

　　记者走后，接下来几天里，网站上并没有出现对"最美直播"的后续报道。而此刻，涂娟正在崖上的盘龙峪村给孩子们上课，她是怎么上来的呢？

　　这当然得归功于夏俊峰了，为了能让涂娟爬上悬崖，夏俊峰专门准备了一条粗大的麻绳，一头捆在自己腰上，一头系在涂娟腰上，上山时他在前面开路，涂娟在后面跟着，就这样顺利地到达山顶。下去时，夏俊峰还要系绳，被涂娟一把推开："当我真是胆小鬼啊？开个头就完了，看我的！"说完，她抢在夏俊峰前头向下爬着。

　　夏俊峰低头远远望去，涂娟鲜红的运动衣点缀在山崖间，成了一道最美的风景……

> 扶贫工作不是为了讨好领导,而是为了富裕群众;不是对上级负责,而是对贫困群众负责。

一条流产的新闻

杨 璇

民政局的王局长新官上任,准备去慰问一下县里的困难户,他不太了解情况,就问秘书小李,慰问哪些人家比较好。小李不假思索地说:"最好去水源冲慰问张二叔。"

水源冲是全县最偏僻的地方,王局长一听就皱起了眉头:"为什么去那么远,附近难道没有困难户?"

小李神秘地说:"附近是有困难户,但没有一个比得上张二叔。"

王局长好奇地问:"莫非这张二叔有什么与众不同之处?"

小李解释说:"张二叔最懂感恩。只要领导送东西给他,不管领导是大是小,也不管东西是多是少,哪怕只有几斤米,他都会感动得热泪盈眶,握住领导的手一个劲地说谢谢。记者们最喜欢报道领导慰问张二叔,所以他经常跟领导一起上报纸上电视,去年还上了省电视台的新闻呢!"

这确实是一个"绝佳"的困难户。第二天一大早,王局长就带领小李和电视台的记者,向水源冲出发了。他们坐车一路颠簸,翻山越岭,中午才来到张二叔家。

张二叔不在家，二婶热情地接待了他们。吃过午饭后，还不见张二叔的身影。王局长有点不耐烦了，问张二叔什么时候才回来。

二婶望着门外的大山说："说不准，也许过几分钟回来，也有可能两三天不回来。"

小李不解地问："昨晚我特意打电话给二叔，请他今天在家里等一等，他为什么还要出去呢？"

二婶淡淡地说："家里有人就行了，把东西给我也是一样的。"

小李下意识地望一眼二婶的脸，只见她一脸平静，连一丝激动都没有，更不可能热泪盈眶。王局长舍近求远，大冷天跑到山沟里来，就是要见眼泪的。他们只好把东西留在车上，继续等。

还好，又过了十几分钟，张二叔回来了。大家早已等得如坐针毡，见到张二叔就像见到救星一样。小李迫不及待地把慰问品从车上搬下来，让王局长交给张二叔。电视台的记者扛起摄像机，将镜头对准王局长和张二叔。

奇怪的是，张二叔接过慰问品后，只平平淡淡地说了声"谢谢"，就放到一边去了，脸上一点不激动，眼睛也是干干的。

王局长用眼睛瞥了一下小李，心想，这家伙怎么和你昨天介绍的大不一样？小李赶紧过来提醒："二叔,快感谢领导呀！"

张二叔淡淡地说："刚才不是谢过了吗？"

小李提醒说："你刚才说的话太平淡了，要像往年一样，激动起来。"

电视台的记者说得更露骨："二叔，眼眶里要饱含热泪，我给你和王局长来个特写镜头，说不定能再上一次省电视台的新闻。"

王局长也希望在电视上露一回脸，就掏出一个红包，双手递给张二叔。

张二叔竟然把红包推回来，说："谢谢你们的好意，红包和慰问品我都不要了。"

小李诧异地问："为什么？"

张二叔反问道："你以为眼泪是自来水龙头，拧一下开关就能流出来？"

小李问："可往年，你的眼泪怎么说来就来？"

张二叔叹了口气，说："因为我知道，只有我激动得流眼泪，你们才会年年大老远地跑到山沟里来慰问我。老实告诉你们吧，我的激动是装的，眼泪也是抹清凉油呛出来的。往年家里实在太穷，我也是没办法才这么干。今年不一样了，我意外得到了一个远方亲戚的一大笔遗产，所以现在我不需要装了，不需要流眼泪了。我只想直起腰板，堂堂正正地做人。"

大家一个个听得面红耳赤，尴尬极了。他们哪里还好意思待下去？王局长挥了挥手，一帮人赶紧上车。可刚上车，张二叔就提着慰问品追过来，大声喊道："等一等。"

小李叫司机快开车，别理这个不知好歹的家伙。王局长却探头到车窗外，问张二叔还有什么事。

张二叔举起慰问品，真诚地说："山沟里面还有一家人，姓刘，穷得连棉被都买不起。我早上送点腊肉给刘兄弟，他感动得一个劲下跪，拉都拉不住。我想请你们把这些东西送给刘兄弟，他一定会下跪流眼泪的，而且保证是真心流出的眼泪。那样的话，刘兄弟有点东西过年，你们也能拍到好新闻、上电视，一举两得。只是再往里就不通车了，路很难走，不知领导愿不愿意去？"

王局长伸出双手，没有接慰问品，却握住张二叔的手，感叹道："张二叔，跟你相比，我们真是问心有愧啊！"

王局长叫小李和记者把身上的钱都借给他，然后请张二叔带路，去慰问刘兄弟。记者兴奋地说："我还没见过群众给领导下跪呢，这回可要好好拍一拍。"

不料，王局长却摇摇头，说："把摄像机留在车上。"

记者疑惑地问："不带摄像机，怎么拍新闻？"

王局长神色凝重地说："今天只看望困难户，不需要报道。"

> "故乡不应是远方"。对许多年轻人来说,常年在外工作,几年才回一次故乡成了常态。想办法留住年轻人,乡村才会成为安居乐业的美丽家园。

谢客宴

王兴田

随礼惹出大风波

张二年与大旗家是邻居,两家平时关系特别好。这几天,大旗儿子结婚,张二年把在外地工作、常年不回家的儿子儿媳都叫回来帮忙,可谓是全家人齐上阵。

本以为这样尽心尽力,大旗一定会感激记在心,但事与愿违,大旗家摆谢客宴时,请了村里其他人,就是没请张二年他一家们!

张二年百思不得其解,站在自家院子里,见大旗家那边热火朝天,心里空落落的发慌。他自我安慰地想,可能是大旗太忙,忘了。可等到那边宴席快散了,大旗家还是没人来请他们家过去,张二年坐不住了,打算去看看究竟怎么回事。等张二年走进大旗家的院子,大旗见到他,愣是装作没看见,让张二年很尴尬。村里其他几个人看见张二年来了,老远就打趣地喊:"二年,这都什么时候了你才来,想喝大旗家的洗锅水啊?"

张二年很不自在地挤出几点笑容说:"我是来取借给大旗家的椅子和碗筷的!"

听了这话,大旗没好气地说:"二年,我家宴席都还没有结束,你就来取东西,不是存心拆台吗?"说着,鼻子里"哼"了一下,大声喊:"各位都起来帮个忙,把借张二年家的东西给找出来送回去!"

刚才喧闹的宴席立刻安静了下来,大家纳闷,大旗与张二年的关系平时十分要好,今天这两人怎么杠上了?

张二年看大旗这副样子,委屈地转身回家了。

几个长辈劝慰道:"大旗啊,今天这么高兴,你闹这一出,是不是有些失礼了?"

大旗满脸不屑地说:"他张二年忘恩负义!想当年,他儿子上不起大学,是我借给他钱,后来他儿子在城里要买房结婚钱不够,又是我借给他们。可轮到我儿子结婚这么大的事情,全村就他们家没有随礼,现在没等宴席结束又来取东西,这不纯粹是为难我,看不起我吗?"

大旗此话一说,大家都明白了原来是这么回事。

几个长辈也一愣,就说:"不会吧!二年全家人都来给你们帮忙,怎么会不随礼?是不是搞错了!"

大旗眼睛一鼓:"礼簿上就没有他张二年的名字,怎么会错!"

听了这话,大家都不说话了,村子里千百年来的规矩就是,无论谁家有个大小事,都要随个礼表示一下自己的心意,怪不得大旗生这么大的气!

解铃还须系铃人

张二年生了一肚子闷气,回到家越想越不是滋味。老伴见他垂头丧气,就说:"又不是咱家没饭吃,人家不请你,你还去凑什么热闹？我们给人家帮忙，人家领不领情无所谓，都是自个儿给自个儿添堵。就是让儿子儿媳大老远的回来一趟，真是不值！"

张二年叹了口气，说："正因为他有恩于我们，我才叫儿子儿媳回来，可这事弄的……幸亏小两口已经走了，不然也惹他俩不高兴了！"

老伴也叹了一口气，说："不生气，我把饭做好了，吃饱了你去村子里走走，消消气！"

吃过饭，张二年就背着手，去村子里溜达去了，可碰见村子里的人，都对他没了以前的热情，只有那几个关系好的对他笑笑，悄悄地对他竖起了大拇指。

张二年不知啥意思，就逮住其中一个问："你这是啥意思？"

几个老伙计就笑笑，说："二年，你真是有种啊！"

张二年听了这话是丈二和尚摸不着头脑，一脸的疑惑。几个老伙计就说："二年，你就使劲装！没给大旗家随礼，牛啊！"

张二年不乐意了："谁说我没有随礼？我再穷，给他大旗家随个礼还是有的！你们听谁说的？"

几个老伙计笑了："大旗在你走后，当着全村人说的！"

张二年脸都气绿了，嚷道："我随了！他是在败坏我的名声，我得找他去理论！"

张二年气冲冲地想去找大旗理论，突然记起，这次给大旗家随的五百元，是他交给儿媳妇的，难道儿媳妇没给随？想到这，他停下去找大旗的脚步，心事重重地回了家。张二年把刚才听到的事给老伴说了，老伴听后说："给儿子打个电话一问不就知道了。如果儿媳妇真忘了随礼，我们就去给大旗赔礼道歉，补随一个。"

张二年听了老伴的话，摆了摆手："儿媳妇好几年都没回来过，说不定我给她随礼的钱，她误会是我给她的呢！"

老伴问："那你说，怎么办？"

张二年听了这话，想想大旗家以前对自己的帮助，因为这档子事闹成这样，就说："解铃还须系铃人，既然大旗在全村人面前说我没有给他随礼，那我就给他随个礼赔不是，免得伤了两家人的和气。"

说着，张二年从抽屉里取了一千元钱去了大旗家，对大旗说，自己那几天只顾帮忙给忙忘了，没有给他家随礼实在不知道，这就补上。

大旗一想也对，张二年一家这几天确实给自己实心实意地帮忙，忙忘了也是有的，何不就驴下坡算了。

于是两家人又和好如初。

重逢再摆谢客宴

事情并没有想象得那么简单。年底，张二年的儿子带着媳妇回家过年来了。爷儿俩在大年三十多喝了几杯，张二年就把忘了给大旗家随礼的事给儿子说了。

儿子听了，把媳妇叫到面前："上次大旗家的儿子结婚，我爹让你给大旗随礼，你怎么没有随？"

儿媳妇委屈道："我随了啊！"

爷儿俩顿时傻了眼，儿子不相信地再次问："到底随了没有随？"

儿媳妇一见自己的老公这样不信任自己，气愤地说："连我都不相信！爹给了五百元钱，我以前听你说过大旗家对我们不错，想想我们大老远的回家一趟不容易，就没有跟你商量，还偷偷地多加了五百元,一起给随了。"

听了这话,全家人都"啊"了一声,那大旗怎么说没有给随呢?

趁着酒劲,爷儿俩来到大旗家,大旗一家正看电视,见他们来了,就起来热情地招呼他们坐。张二年冷笑着说:"大旗,你家门槛高,我们不敢坐。你先前对我家有恩不假,可我张二年也懂得知恩图报。为什么你儿子结婚我们随了礼,你却在村里人面前羞辱我没有随礼?"

大旗听了这话,强忍着不快说:"这大过年的,我不跟你吵。既然你们不信,我就把礼簿拿来给你看,免得说我欺负你!"说着,大旗从屋里取出礼簿。张二年翻了一遍,愣是没找到自己的名字。怎么回事,难道儿媳妇在撒谎?

这时,大旗说:"二年,我以为你上次来补礼是实心实意,没想到你一直记恨在心。好!今天啥话都不说了,我把你补的礼钱退给你,免得你以后又耍什么幺蛾子!"说着,大旗从兜里取出一千元,砸在张二年的手上,说:"从此以后,我们两家就算门清了,你给我滚!"

张二年的儿子见事情成了这样,觉得脸上无光,丢下张二年,气冲冲地回了家,拉住媳妇就是一耳光:"不就一千块钱,干吗要撒谎,让我们全家人都丢尽了脸!"

媳妇捂住火辣辣的脸,怒目而视:"随了就是随了,你们冤枉我,好,我跟你离婚!"说完,哭着进屋拿起背包,头也不回地出了家门。

就在张二年不知怎么办时,大旗却风风火火地跑来了,拉着他的手说:"你媳妇是不是叫林俊梅?"

张二年气鼓鼓地答:"是!"

大旗懊恼道:"错怪你们了!"

原来,张二年走后,大旗的儿子接过礼簿翻了翻,见一个叫"林俊梅"的名字十分陌生,就问这人是谁。大旗随口答道,是镇政府新来的大学生。儿子想了一下说:"爹,镇政府那天来的人,都是我誊写在礼簿上的,那个大学生根本没来,你再想想!"

经儿子提醒,大旗突然明白了,这个叫"林俊梅"的,难道是张二年的儿媳妇?他儿媳妇一年到头都不回来,村里人都不清楚她叫啥。想到这,大旗心急火燎地找过来了。

听了这话,张二年的老伴站起来,说:"大旗啊,你干的是什么事?为这事,我儿子跟儿媳妇闹翻了脸,儿媳妇已经赌气地拿着东西走了,说要跟我儿子离婚!"

大旗一听,懊悔地说:"都怪我!走,二年,我们一起去把你儿媳妇追回来!"

两个人骑上摩托车就追了出去,好不容易才在镇里追上正在吵架的儿子和儿媳。

大旗忙说:"俊梅啊,这事都怪我,我不知道你的名字,才闹了这么一出。你咋没用你公爹的名字随礼,用了你自己的名字?"

听了这话,林俊梅扭着老公的耳朵说:"听见没,你个没良心的,冤枉我,回家了我再跟你算账!"

说着,林俊梅来到张二年的面前说:"爹,这事全怪我。那天你让我去随礼,给礼金时要写名字,我想,写谁都是一样,就写了我自己的名字。这都是我的错!一直不回来,和你们太生疏了。假如我每年多回来几次陪你们,村里人就能认出我了!我做得不够,爹你不要怨我。"

张二年说："哎！我也有错，刚才我只顾找自己的名字了，如果能看仔细点，也不会发生这种事了！以后村子里大小事，都写你们小辈人的名字，免得以后再闹出这样的误会。走，咱们回家！"

大旗笑道："说好了啊，二年，明天你们全家都来我家吃饭，我要给你们摆一桌真正的谢客宴！"

> 一步错,步步错。童年时期的一个游戏,竟影响了人的一生。

跳房子

徐 涛

小孩子的游戏

20世纪60年代末,在一个小县城里,有两个同在小学读书的孩子,一个是女孩,名叫殷小蓉;一个是男孩,名叫万小林。孩子们晚饭后常聚在一起玩游戏,最爱玩"跳房子"。

跳房子,就是在地上画一个大方框,框里画上许多格子,格子里放一块扁圆的小石子,玩的人用一只脚跳着,把石子踢到另一个格子里,把所有格子踢完了,就算成功;要是石子压了线、脚压了线,或是两脚沾了地,就算失败了。

殷小蓉是班长,每次她都先到,用粉笔在地上画好格子。她画的方格很规范,都是12格,孩子们管这叫"12间房"。小伙伴玩的时候,殷小蓉就坐在一边做记录。

万小林也是天天来,就是成绩不好,天天给小伙伴垫底。忽然有一天,他出奇地大有进步,一连成功跳完两场。殷小蓉觉得很惊奇。眼看第三场他又快踢到12间房了,忽然,殷小蓉"啪"地放下纸笔,晶亮的眼光对着万小林,大喊一声:"下去!你的成绩是假的,你在玩鬼点子骗成绩!"万小林说:"我玩什么鬼点子？"殷小蓉厉声说："从明天起，你不要来玩了！"万小林"哇"的一声哭了起来，扭头跑回家。

万小林的父亲是县里的干部，见儿子进门眼泪汪汪的，一问原因，十分生气，就带着他来到殷小蓉家，问殷小蓉："玩个游戏而已，犯得着这样对待小林吗？"

殷小蓉的父亲是个工人，赶紧向小林父子赔不是，又对殷小蓉说："快给万叔叔和小林道歉！"殷小蓉倔强地说："我没有错，他弄鬼点子骗成绩，要认错的是他！"

小林父亲张口冷笑，说："嘀，真新鲜，我倒想听听，他玩了什么鬼点子？"殷小蓉说："他玩了三个鬼点子，但我现在不想说。"小林父亲不耐烦了，说："那好，等你哪天想说的时候，你说给我听。"说着就拉万小林回去了。

回到家里，小林父亲对万小林说："跳房子有什么玩头？来，爸爸和你玩别的。"玩什么呢，小林父亲拿出一枚五分硬币，在手中抛了抛，说："我们来猜硬币，你猜哪面朝上？"小林没有兴趣，就随口乱猜，奇怪的是，不管他怎么猜，打开一看，次次都猜准了，这下小林高兴了，父子俩越玩越开心……

一年后，万小林的父亲升迁到外地，万小林要随父母走了，殷小蓉和同学来送他。小林父亲上车后，忽然对殷小蓉招招手，打趣地说："小蓉，你还记得吗？小林玩的三个鬼点子是啥，你还没告诉我呢！"殷小蓉笑笑，说："我记着呢。"

大人的游戏

过了不多久，殷小蓉也随父亲"支农"下了乡，从此，两个孩子天各一方。一晃，四十多年过去了，万小林早已步入仕途，这一年，他被调到市房管局任局长。

上任不久，万小林应邀出席一个行业协会的座谈会，参加的都是本地地产界的"大腕"。休息时，有人说："找个什么消遣吧。"一个姓梁的老总拿出一枚硬币，对大家说："来玩猜硬币怎么样？"

大家围了过去，梁总拉开手提包，里面有一大把美元硬币，硬币旁还有一小串钥匙。梁总说："我摸一枚硬币，你们猜硬币上的头像是谁。"有人说："白猜有什么意思？要猜就来个有奖竞猜。"梁总说："我包里只有这些硬币和这串钥匙，要不这样吧，谁能连续猜中三次，我就把这钥匙奖给他。"

梁总这么一说，大家兴致高涨。可是头像有好多种，大家猜来猜去，很少有人猜中。有人忽然发现了站在后面的万小林，就嚷道："让万局长来猜！"万小林笑着推辞几句，随口就说："我猜林肯。"梁总松开手一看，嘀，还真猜中了。

梁总又摸了两次硬币，万小林都不假思索，一口猜准，大家惊诧不已，万小林却笑着离开了。梁总追到外面，将钥匙塞给万小林，万小林大笑："玩玩开心的，拿什么奖品？"梁总却收起笑容说："钥匙虽小，讲的却是守信，众目睽睽之下，我说话岂能不算数？"他把钥匙丢进万小林的车内，转身走了。

回到家里，万小林发觉钥匙圈上挂着张微型卡片，上面写着某小区几号房，不禁惊讶，原来这是一处豪宅的钥匙！万小林的老婆打趣地说："都说你自小就会猜硬币，没想到还真有本事。"万小林没吱声，他心里清楚，不是他会猜，而是这个梁总和爸爸当年一样，会玩点小魔术。他记住了这个人。

这天周末，万小林晚饭后在小区花园散步，忽然听见有人叫他，抬头一看，正是那个梁总。寒暄几句后，梁总说："万局，我想上个新项目，最近有没有地皮要拍出啊？"万小林盯着梁总，盯了好一会儿，说：" 棉纺厂附近有一块荒弃的地皮，你可以拍下来。"

梁总知道那块荒地，紧挨着一个几十年的老旧工厂，环境极其恶劣，周围的在建楼都被迫成了烂尾楼，拍那块地岂不是往水里丢钱？但梁总不是普通人，他敏锐地从万小林的眼神中看出了什么，于是他笑着说："拍那块地可要担风险啊，最好找一个合伙人，多上一份保险。"万小林说："我介绍的，只有我来做替死鬼了。"梁总咧嘴笑了，说："咱们一言为定！"

不多久，这块地果然开拍了，竞拍人少，梁总轻松地以起拍价拿下了，他心里没底，询问万小林下一步怎么办。万小林说："这块地两年内你不要动，押给银行做贷款，再用贷款收购周边的烂尾楼。"

梁总立即照办，开始收购周围的烂尾楼，那些楼主真像碰见救星，白菜价脱手给他。梁总对万小林说："同行都笑我是'破烂王'呢！"万小林：" 你怎么看呢？"梁总目光炯炯地说："我知道，你在下一盘棋，只是我不完全知道棋路。"

万小林一字一句地说："不错，我们在走三步棋，拍那块荒地是第一步，叫'瞒天过海'，背后瞒着一个重大消息；收购烂尾楼是第二步，叫'暗度陈仓'，在别人没有觉察到的情况下，收购价值即将暴发的资产。"

梁总似有所悟，问："那第三步呢？"万小林说："第三步叫'树上开花'，现在那个老厂面临困境，你将所有资金投到老厂参股，当这一片价值整体暴发的时候，咱们来个颗粒归仓，尽收囊中！"

梁总动了血本，参股到那个揭不开锅的老厂。一年后，一文不剩的梁总真是连买早点的钱也没有了。正当有的同行幸灾乐祸时，一个消息像重磅炸弹炸开了：老工厂很快将搬迁到外地，这块优质地皮被规划为商贸中心，一夜之间，这片地皮和老厂的价值暴增！

这一下，梁总的资产到底翻了多少倍，谁也说不准，有人说至少十倍以上！这天晚上，梁总来到万小林的家，家里只有万小林的老婆。梁总高兴地说："万局真是帅才，他不动声色，用瞒天过海、暗度陈仓、树上开花三招，使咱们两家财源滚滚！"说着他拉开皮包，掏出一大串钥匙，"我听说万局小时候爱玩'12间房'的游戏，这是12套楼房的钥匙，也叫'12间房'吧，圆万局长一个儿时的梦。"

"跳房子"的点子

正当万小林的事业顺水扬帆的时候，一个传言在市里传开了，说万小林有好多套豪华楼房。这天，万小林从酒店出来，正准备上车，见自己车旁挨着停了辆车，车上下来几个人，很客气地对万小林说："我们是省纪委工作组的，有一些关于财产来源的问题，需要你协助调查，请上我们的车吧。"

万小林酒醒了，神情非常镇定，他自信：他和梁总的合作天衣无缝，就轻松地说："好，走吧。"

到了一处地方，在一间办公室门外，工作人员对万小林说："我们领导要见你，你进去吧。"万小林走进办公室，桌前坐着一个人，不是别人，竟是殷小蓉，她正是省里来的工作组组长。万小林露出惊喜的神情，说："天哪，是你呀！几十年了，终于又见面了！遗憾的是在这种场合。"

殷小蓉说："别在意，我们请你来，是协助我们调查一些事。不过，咱们是几十年没见面的老同学，太难得了，感触太多了，我们先聊聊吧。"万小林感慨地说："人一生什么都能忘记，唯一不能忘记的是童年的伙伴！小蓉，我们在一起玩跳房子的情景，你还记得吗？"

殷小蓉点点头："说到跳房子，我还欠你爸爸一个承诺呢，一直没有告诉他，跳房子时你玩的是三个啥点子，不过，我现在可以说，说出来，还挺有趣味呢。"

殷小蓉面带笑容，说道："那天我注意到，你进场以后，脚在跳，两只手却伸得老高，做着搞笑的手势，小伙伴们被手势分散了注意力，就注意不到你脚下犯规，你这个遮人眼目的点子，算是'瞒天过海'吧，这是第一个点子。"

殷小蓉接着说："第二个点子呢，就是你的左脚看似在不停地跳，却并没有踢石子，而是用右脚尖悄悄移动石子，这第二个点子，可以叫做'暗度陈仓'吧。"

"第三个点子呢，你跳得非常快，别人眼花缭乱时，你一下子越过几格，直接跳到最后一格，口中喊'跳完了'，这点子叫什么呢？我想，叫做'树上开花'吧！"

殷小蓉依然挂着笑容，注视着万小林说："我没有说错吧？"万小林沉默了好一会儿，开口说出了三个字："我交代！"

万小林从"瞒天过海"开始，把他利用职权获取非法财富的事实，一五一十作了交代。交代完后他长舒了口气，从座位上站起来，对殷小蓉深深一鞠躬，说："顺便，我也为儿时跳房子的事向小伙伴们道个歉：我错了！"

这一天，早已两鬓斑白、年逾古稀的小林父亲，知道了儿子的事，也侧面从殷小蓉口中，知道了小林儿时玩的三个"鬼点子"！

关键词：生态

> 过度捕杀鸟类将会造成生态失衡，最终影响到人类自己的命运……

鸟司令

刘 勋

毛家岭一带是候鸟南飞过冬的歇脚地，每年秋天，成千上万的候鸟在这里临时休息、觅食。附近不少村民从中嗅到了商机，每年这个时候就去山里抓鸟卖钱。

有个叫胡大龙的抓鸟高手，人称"鸟司令"。胡大龙在这深山里从小玩到大，叫得出每一种鸟的土名，还了解它们的习性。他蹲点捕获的鸟类品种多、数量大，赚了不少钱。不过两年前，鸟司令栽在了一个叫江国庆的警官手里。那时，江国庆为拿下胡大龙，下足了功夫，在山里熬了大半年。最后，不但胡大龙被逮捕归案，警方还一举拿下了多个捕鸟窝点。只是好景不长，今年，毛家岭又有人开始大量捕鸟。很快，一张张候鸟粘在捕网上惨死的照片被公布到网上，引来了媒体的关注。

此时，已升任毛家岭派出所所长的江国庆，在执法动员会上攥紧了拳头，他强调要集中警力盯住一个人，那就是当年的那个鸟司令。胡大龙年前刚出狱，他一定是旧习未改，又在兴风作浪了。

第二天，江国庆带着民警进山清理捕鸟网，却在林里发现了一张粘了上百只鸟的大型捕网，不知是否是听到了风声，捕鸟者还没来得及卸下"成果"，但这下网的方法一看就是抓鸟高手。江国庆调取了监控录像，果然发现了胡大龙的身影，他背着个黑色的大包孤身进了山。江国庆一拍桌子，道："走，去会会那'鸟司令'！"

胡大龙见警察找上门，也不慌，他斜躺在沙发上，冲江国庆打招呼："江大所长，别来无恙啊！"江国庆没接他的话："胡大龙，昨天傍晚你是不是进山了？"

胡大龙回道："江所长是把眼睛安在我屁股上了？"江国庆说："我从监控里就认出了你那个大黑包，信不信我现在就搜出来？"

"不忙！"胡大龙忽然起身，从沙发后头拎出一个黑色大包，对着江国庆歪嘴一笑，道，"江所长来得正巧，我正想找你请功呢！"胡大龙边说边从包里掏出一堆破烂的捕鸟网，接着说："我响应号召，主动去山里清理捕鸟网，我可是做好事从不留名呢！"江国庆一愣，他原本想来个人赃并获，可没想到胡大龙会出这一招，他四处看了看胡大龙简陋的小院，并没有发现一根鸟毛。胡大龙调侃道："江所长这么大的打击力度，谁还敢抓鸟呀？"江国庆没有搭话，胡大龙上下扫了他一眼，忽然话里有话道："江所长又去黄泥坪堵我了？你这一鞋底的金泥巴，背上还沾着鬼针草，毛家岭就黄泥坪的鬼针草长得最高，那可是个下网抓好鸟的地方，江所长果然专业！"

胡大龙说的"黄泥坪"，是毛家岭一处不太被人知晓的捕鸟地，每年过鸟时，成批的禾花雀会栖息于此。民间传说食用雄性禾花雀有壮阳的效果，因此雄禾花雀一度成为黑市交易的热门，胡大龙就因此大发过一笔，黄泥坪也曾是他的"秘密基地"。

这会儿,听胡大龙一番嘲讽,江国庆狠狠地瞪了他一眼,带着人走了。回办公室后,江国庆一言不发,良久,他一抬眼,道:"加派警力蹲守黄泥坪!"

有民警不解地问:"黄泥坪,他还敢去?"江国庆冷哼一声:"这是他的老伎俩了,他故意提起黄泥坪,就是为了模糊焦点!"

接下去的几天,警方在监控中发现胡大龙果然又去了黄泥坪,还不止一次,只是他每次都去帮着清理鸟网,并没有下手捕鸟。

值得庆幸的是,在警方的努力下,毛家岭的非法捕鸟得到控制,加上候鸟的迁徙期就快结束,民警们终于能松口气了。

这天中午时分,毛家岭边上一个叫野鸭滩的地方,来了一个背黑包的男人。那人在一处开阔地两棵醒目的大树前停下了脚步,树杈间早已布下一张叶绿色的捕网,他抬头端详了一会儿,随即从包里拿出一个绿盒子,捣鼓了几下,然后小心地塞进网后面的草丛里。没一会儿,草丛里就传出一阵阵鸟鸣声,瞬间打破了野鸭滩的寂静。

随着鸟鸣声一波波荡漾开来,野鸭滩突然热闹了,一群褐翅黄羽的鸟儿朝着这边飞了过来,眼看鸟儿们就要一头撞上捕网了,有个黑影突然冲过来,用一根长杆子打下了那张绿网。鸟儿们像是受到了惊吓,一下子四散开了。

黑影又从草丛里取出了那个绿盒子,他熟练地按了几下,鸟叫声也戛然而止。接着,黑影发声道:"出来吧,江所长!"

谁能想到呢?说话的竟是胡大龙,而此刻那个躲在一旁树丛里的男人已顾不得回应,他拔腿就往林间深处藏,可令他意想不到的是,等待他的是早已埋伏好的警察——也是他的同事们。

没错，捕鸟者就是江国庆。原来，江国庆经不住老同学方明的诱惑，偷捕珍稀候鸟卖给他，方明则在自己经营的高档酒店里加工出售。因为江国庆加强了警力，附近基本没人敢抓鸟了，方明的酒店垄断了这一带的候鸟供应，大赚了一笔。那日，江国庆故意在山林里布置了大型捕网，设计让胡大龙成为最大嫌疑人，要他替自己背黑锅。

江国庆惊讶地问胡大龙："你怎么盯上我的？"

胡大龙笑着说道："那天你带人来我家，我就留意到你去过黄泥坪，当时我以为是你们警方又去那里埋伏我，想嘲笑几句，可直到你们走后，我发现我家地上只留下了你江所长一个人的泥脚印……"

一个派出所所长为何单独行动去了黄泥坪，这引起了胡大龙的注意。这些日子毛家岭出现的捕鸟高手，除了他鸟司令，又能有谁？胡大龙心里突然一"咯噔"：对啊，当年又是谁把他鸟司令逮到的呢？论起对这深山和候鸟的熟悉，江国庆这些年也学得不差！胡大龙想，江国庆八成是冲着禾花雀去的黄泥坪，而被他无意揭穿后，江国庆很有可能放弃那里，另觅捕鸟点。于是他将计就计，故意频繁地出现在黄泥坪，彻底破坏江国庆在那里的捕鸟计划，把他逼来野鸭滩。野鸭滩平时不起眼，也没有很多候鸟来栖息，但每到迁徙期临结束时，大批的禾花雀会栖息于此，这里便成了"错峰捕鸟"的宝地，也是警方监控的盲区。江国庆若是到了野鸭滩，一定会放松警惕，胡大龙要杀他个措手不及。

江国庆故作镇静道："你们别听他胡说，我来是为了伏击他胡大龙的，这捕鸟网可不是我放的！"

胡大龙一听,乐了:"江所长好精明,布网的活儿你找人替你干了,但有件事你可别忘了。"

胡大龙说,捕禾花雀有讲究,雌雀根本不值钱,雄雀才是捕鸟者的目标。当年他捕雄雀,少不了一个道具——录有雌鸟求偶声的播放器,这玩意儿比普通捕鸟仪好用,是胡大龙费了好大功夫自制的,光是录下清晰的雌性禾花雀的求偶声,他就在山里辛苦了半个月。胡大龙摇了摇手里那个绿盒子,说道:"我自个儿做的东西,我一眼就认得,只是我记得它当年就被警察收缴了,怎么跑这儿来了?对了,我这玩意儿特费电,江所长,我猜刚才你换下的三节旧电池,还在你那黑包里吧?"

江所长一听,腿一软,懊恼地低下了头。后来,警方查证了江国庆利用职务之便,非法捕杀珍稀鸟类的犯罪事实,这位昔日的护鸟英雄锒铛入狱了。很快,毛家岭迎来新一轮候鸟迁徙期。这天,派出所新上任的黄所长带着民警进山巡逻,路上遇到不少观鸟的游客。原来,由于媒体的持续关注,毛家岭出名了,吸引来了大批爱鸟人士。黄所长还意外地看到了胡大龙,他正用一套电子设备,给游客们讲解鸟类知识呢!

黄所长笑着问:"大名鼎鼎的鸟司令转行了?"

胡大龙乐呵呵地说:"去年的迁徙期,我就发现了这个商机,一天就能赚千把块钱,今年游客多了,找我就得提前预约啦,在毛家岭,没有谁比我更懂鸟呀!"

黄所长点点头,对胡大龙说:"难怪你之前和江国庆死磕,原来他挡了你的财路喽!现在好了,这些鸟真正成了你的财神爷,你这个'鸟司令'可要把它们保护好!"

胡大龙红光满面地说:"黄所长,不是我吹牛,毛家岭谁再敢抓鸟,我绝对跟他死磕到底!"

关键词：好家风

> 身教重于言传。作为父母，为子女做出良好的示范非常重要。

老爷子还会这一手

无字仓颉

李慕书的儿子小米正上初中，最近放暑假了，儿子说要出去旅游，李慕书欣然同意。行程很快就确定下来，第一站是湖南岳阳楼。听儿孙俩要去岳阳楼，李慕书的老父亲也想去，难得老爷子有这兴致，李慕书也很高兴。

三人来到了岳阳楼，这儿果然景色怡人。游客不少，售票窗口排起了长龙。李慕书让爷孙俩等着，自己去排队买票，这时，老李从后面叫住了他："我的不用买。"

李慕书看着父亲，不解其意。老李晃了晃手中的身份证说："我刚满七十，有免票资格啦！"

原来父亲已经满七十了！李慕书显然是忘了，不免有几分羞愧。

没过几分钟，李慕书便回来了，他还没买票，不过带来了一个奇特的信息——景区正在搞一项优惠活动：凡能一字不差背诵出《岳阳楼记》全文的，可免票入内。

李慕书判断了一下形势，觉得至少可以省一张票，如果发挥得好，今天爷儿仨都不用买票了。他把目光投向儿子小米："怎么样,这篇课文应该学过吧?"

小米的脸有些红,说:"刚学过,不过这篇课文老师只要求背诵第三段。"李慕书叹了口气,无奈地摇了摇头,一旁的小米大着胆子问他:"老爸,你会背吗?"

李慕书不吭声了,突然他想到什么,掏出手机一搜,很快就搜到了《岳阳楼记》全文。他扬了扬手机,对小米说:"怎么样,比试一下,看看谁背得快?"

这主意不错,小米拿过手机就背起来,李慕书让老父亲在休息区坐着等一会儿,自己也立马凑近儿子,开始背起书来。过了一会儿,李慕书灰心了,背后句忘前句,四十出头的人了,背古文还真有困难!小米倒利索,把手机往李慕书手里一塞,说:"老爸,我差不多了,你咋样啊?"

李慕书不甘心,可也没办法,说:"横竖就这样了,试试去!"

两人来到"免票通道"排队等背书。轮到小米了,他断断续续,像挤牙膏一样,总算背完了。服务小姐说:"第二段错了一字,第四段错了一字,一共俩字。"小米小脸儿挂不住了,讪讪而退,李慕书上前说:"能不能通融一下?小孩也不容易。"服务小姐看了他一眼:"好吧,算通过了。"说着,她递上来一张免费券。

轮到李慕书了,吭哧了半天,背了不到两段,服务小姐捂着嘴直笑,最后李慕书干脆放弃了。

退出背诵队伍,李慕书到售票窗口排队买票,一看休息区,老父亲不见了。李慕书对着小米远远地喊道:"你爷爷呢?"小米冲一边一努嘴:"在那排队呢!"

李慕书朝儿子示意的方向望去,嘿,只见老父亲正站在背书的队伍里,李慕书疑惑不解,干脆从买票队伍里退出来,拉着小米一块儿找爷爷。

小米来到爷爷身旁,大声问:"爷爷,您不是能免票吗?还站那儿干啥?"老李面带微笑,露出几分神秘的神色,说:"我想试一下。"小米吃惊了:"爷爷,您还会背古文?"老李笑而不答。

不一会儿轮到了,老李从容上前,一字一句地背诵起来,只听他背得抑扬顿挫,不快不慢,字正腔圆,一气呵成,李慕书和小米都惊呆了。

不消几分钟,老李一字不差地背诵完《岳阳楼记》,在场的工作人员和游客纷纷鼓起掌来。老李神气地接过服务小姐递过来的免费券,随手递给了一旁的儿子。

游玩过程中,李慕书和小米都一言不发,像是心事重重,老李却意气风发,每到一处古迹,他指点江山,侃侃而谈,俨然导游一般。

回程中,小米忍不住问爷爷:"爷爷,您啥时候会的这手啊?"

老李认真起来,说道:"孩子,咱们家一直有'耕读传家'的家风啊!"小米仰起头,问:"什么叫'耕读传家'?"

老李若有所思地沉默了一会儿,说:"这是从爷爷的爷爷的爷爷那里传下来的,孩子啊,'耕读传家'是我们祖上传下来的家训,耕田可以事稼穑,丰五谷,养家糊口,以立性命;读书可以知诗书,达礼义,修身养性,以立高德。所以,'耕读传家'既学做人,又学谋生。"

小米有些听傻了:"爷爷,您说得太深奥了,我听不太懂。"

老李"呵呵"笑了,抬眼看了一下李慕书:"你还小,你爸爸懂。"小米说:"我爸懂?他背书还不如我呢!"

老李说:"你可知道,你爸为啥叫'慕书'?"

"为啥?"

老李说:"他一周岁时抓周,什么都不要,单抓了本书在手里,所以给他起名叫'慕书',就是喜爱书的意思。"

李慕书在一旁听得脸都红了,老李又对小米说:"你不知道,你爸爸小时候学习好着呢,没事就捧着书看,有时候连饭都顾不上吃。可现在,动不动就捧起手机,哪还有工夫看书啊!一个社会,读书的人少了,浮躁之风能不蔓延吗?"

李慕书和小米听得只顾点头,小米突然想起什么,问李慕书:"爸,我的小名为啥叫小米啊?"

李慕书苦笑着,半天说了一句:"你抓周时,什么都不要,单挑了个小米手机……"

> 谁能想到,一则巧妙的民间传说,竟能将情节扭转乾坤。

第八座山峰

杨汉光

林树青是镇上河西中学的校长,这两年,他一直有块心病:学校的教学楼早就成了危房,全校师生天天在里面上课,太危险了。最近,林校长求爷爷告奶奶,几乎跑断了腿,才争取到一百万元建校款。

这天,林校长正忙着跟包工头商量怎样建教学楼,张镇长突然到访。当初争取建校款的时候,张镇长帮了不少忙,那一百万元还在镇政府的户头上呢。林校长以为张镇长是来关心建校的,张镇长却把他拉到操场边,有点难为情地说:"这教学楼,暂时不要建了。"

林校长一下子着急起来,指着身边陈旧的教学楼嚷道:"张镇长,你看这教学楼,地基都下沉了,墙壁也开裂了,随时有可能倒塌,不建新的怎么行呢?"

张镇长叹了口气,说:"教学楼的钱被挪去造山了。"

原来,离河西中学不远,有一座奇山,山坡陡峭,山顶却像足球场一样平坦,山顶周围立着七座小山峰,要不是南面有个缺口,在山顶搞足球比赛,那球都不会掉到山下来。不过,让人奇怪的是，山顶明明只有七座小山峰，当地人却祖祖辈辈把这座山叫做八峰岭。

八峰岭风光秀丽，是个旅游景点。前不久，县长陪同省城来的领导游览八峰岭，之后，县长就叫张镇长在八峰岭上再造一座山峰，让这座山名副其实。张镇长说镇里资金紧缺，没有造山的钱。县长说："你不是刚争取到一百万建校款吗？可以先挪过来造山。"

听到这里，林校长气坏了，他着急地说："这楼都快塌了，难道师生的性命抵不上那座破山？你怎么不跟县长争取争取？"

张镇长一脸无奈地说："我好话都说遍了，也说服不了县长。我还提议把八峰岭改成七峰岭，县长也不同意，他说八峰岭已经叫了千百年，这个名字既响亮，又吉利，改不得。"

两人在操场边琢磨了半天，也不知道怎样才能说服县长，凡是能想到的办法，张镇长都试过了。

当天晚上，林校长发动全家人出谋划策，邻居们也来凑热闹。人多嘴杂，说着说着，邻居们就开始骂人，有骂镇长的，有骂县长的，还有人骂起祖宗来："怪就怪我们的老祖宗，连七和八都分不清，不知搭错了哪根神经，偏要起这个名字！"

林校长说："不要骂祖宗，我估计山上原来是有八座山峰的，后来崩塌了一个，所以南面才有个缺口。南面山坡下，不是有一堆乱石吗？那些石头一看就是从山顶滚下来的。"

听了林校长的话，大伙儿又骂老天瞎了眼，好端端的八座山峰，干吗让一个崩塌掉？害得今天建不成教学楼。

林校长有个儿子叫林文，是河西中学的历史老师，上课之余，他喜欢收集民间故事，等大家骂够后，他才说："我们可以用一个故事，顶替那座崩塌掉的山峰。那样就不用造山峰了，一百万可以继续用来建教学楼。"

林校长撇撇嘴，说："人家张镇长磨破了嘴皮子都说服不了县长，你一个故事就能让县长回心转意？"

林文神秘地说："只要县长喜欢我的故事，就不愁他不改变主意！"邻居们一听，纷纷好奇地让他快讲出来，让大伙儿听听。

林文当即讲了一个故事，大意是说，远古时候，这一带并无山岭，偌大的平原上只住着八户人家。有一年暴雨连绵，洪水泛滥成灾，把先民们的茅草屋都冲毁了。幸好他们的首领有先见之明，预先砌有八个大石堆，让八户人家爬到石堆上躲避洪水。不料洪水越涨越高，眼看着要把石堆淹没了。危急时候，首领竟拆下自己家的石头，拿去加高别人家的石堆。此时，玉皇大帝外出巡游恰好路过这里，看到了这一幕，首领的无私行为让他深受感动。玉皇大帝决定拯救这几户人家，他食指一弹，洪水消退，拇指一跷，八户人家居住的地方就隆起成高山，他们砌的石堆，成了山顶上的小山峰。原本应该有八座小山峰的，因为首领拆了自家的石堆，所以只剩下七座。可为了纪念舍己为人的首领，人们还是把这座山叫做八峰岭。

这个故事并不新鲜，是当地古老的民间传说，只不过林文做了一些改造，让这个传说跟那七座山峰扯到了一块儿。大伙儿听到这里，都觉得这个故事太老了，担心县长不一定喜欢。

林文笑了笑说："那首领的名字叫王保民。"

大伙儿愣了一下，纷纷拍手叫好，说县长肯定会喜欢这个故事。原来，县长的名字叫王宝明，听起来跟那位首领的名字几乎一模一样。

第二天，林校长来到镇政府，把儿子编的故事告诉张镇长。张镇长觉得林文的主意不错，就带着林校长一起去找县长。

张镇长亲自把这个故事绘声绘色地讲给县长听，县长果然非常喜欢，他想了想，说："如果我们把这个故事写到景点的解说词里，再根据故事的内容，做成雕塑、绘画、影像，那一定会大大提高景区的吸引力，对招商引资也很有帮助。"

林校长兴奋地问："那第八座山峰，是不是不用造了？"

县长沉吟说："造山峰并非我的主意，是省里的领导开了金口的。解铃还须系铃人，我马上请示一下省里的领导。"

林校长的心立刻又悬了起来，他紧张地看着县长跟省里的领导通电话。拨通电话后，县长笑着说："李书记啊，我要向您做检讨。上个月陪您游八峰岭，有个流传千年的故事忘了告诉您，今天我要专门给您讲这个故事。"

顿了顿，县长讲起故事来："远古时候，我们这一带是没有山岭的，好大一片平原上只住着八户人家，他们选举出一位首领叫李勇……"

故事里的首领怎么改名换姓了？林校长和张镇长先是一愣，但很快想到县长是跟"李书记"通电话，两人就相视一笑。

县长添油加醋，把故事讲得更生动。李书记听完后哈哈大笑道："王县长，你这哪里是做检讨啊？分明是将我的军。你的苦心我懂了，那座山峰确实不该造。看来，走到哪儿都是不能乱说话的，谢谢你的提醒。"

通完电话后，县长说："没事了，你们回去好好建教学楼吧。"林校长和张镇长都如释重负地出了一口气。

很快，被挪走的一百万还了回来。不久之后，一幢崭新的教学楼拔地而起。

关键词：廉政

> 故事中，人物行为是反常的。在反常行为的背后，往往隐藏着惊人的真相。

三请诸葛亮

大刀红

县土管局发生了一宗土地腐败案，一正三副四个局长全被抓了起来，曹局长临危受命，从纪委火线调到土管局。他刚上任，怕不熟悉业务，把事情做砸了，所以求贤若渴，对人才十分重视。

曹局长经过考察，认为新古乡的土管所所长诸葛安是个难得的人才。诸葛安对业务很熟悉，回答任何涉及土地的问题都能脱口而出，和资料上的分毫不差。曹局长有心提拔诸葛安，恰好市组织部有个后备干部培训班，曹局长就让办公室下文件，通知诸葛安去参加这个培训班。

没料到第二天，诸葛安就匆匆找到曹局长，说："曹局长，这个培训班，我是去不成了。"

曹局长没想到诸葛安会推辞，忙说："这可是个好机会，参加这次培训的人，都有可能升任，对你的前途可是大大有益。"

诸葛安说："我知道您是好意，可是，我实在走不开身。"

曹局长问："有什么事吗？"

诸葛安无奈地叹了口气，说："给您说吧，我老婆得病了。"

诸葛安说,前几天,他老婆下楼时,不慎摔了一跤,到医院一查,是髋骨骨折。听医生说,情况好的话,得在床上躺半年;若不好,可能终生瘫痪在床。

曹局长前不久去过新古乡,也到诸葛安家里坐过,诸葛安还住在乡土管所二楼宿舍里,当时,也见到过他的老婆,没想到这几天就出事了。曹局长爱才心切,说:"你可以找个人照顾她嘛。"

诸葛安说:"曹局长,您不知道,我老婆这髋骨摔断了,连大小便也不能自理,请别人照顾,她难以启齿,您看这次培训……"

"好吧,你安心照顾老婆,我这次就安排别人去吧。"曹局长有些无奈,想了一下,又问,"你老婆在哪里住院?"

诸葛安说:"住在乡医院,离家近,这样,我不仅能照顾好老婆,还能正常工作。"

这下,曹局长除了对诸葛安的才能佩服外,更加佩服他的人品了。曹局长甚至在想,在现实生活中,很多人都在"官"途和"钱"途上奔波,像诸葛安如此关爱家人的"清流",可谓少之又少了。

过了段时间,市土管局的李局长找到曹局长,说市局刚成立一个乡村土地工程督查组,差一个懂得基层业务的人,就想找曹局长问一问,有没有这方面的专业人才。曹局长跟李局长关系好,就问:"你还有其他条件没有?"李局长说:"干我们这行的,除了懂得业务外,还得品德正直才行。"

一听说要品德好,曹局长马上想到了诸葛安,说:"我这里有个人,你看有什么优厚条件没有,我怕委屈了他。"李局长说:"当然有,我们那里还有个副科的位子,如果做得好,找个机会,向组织部申报,把他提为副科。"

曹局长听了很满意,第二天便专门来到新古乡,找到诸葛安,把打算安排他到市局工作的事说了,并且说:"许多在乡里工作一辈子的人,也遇不到这样的机会,这次你可得把握住这个机会。"

没想到诸葛安听了,却皱着眉头,满脸愁云地说:"谢谢曹局长,可我还是不能去呀,您知道,我老婆现在卧病在床,我根本无暇顾及其他。"

曹局长听了,对诸葛安说:"我就是知道你的情况,才找机会把你调到市局去。到了市里,你可以把你老婆送到市医院,那里的医疗条件好呀!"

诸葛安听了,对曹局长说:"我老婆的病好了不少,已经开始下地活动了,可您还是有所不知……"诸葛安说,他的老父老母已经八十多了,平时住在离土管所不远的村子里。以前,他曾想把家迁到县城住,但他父母舍不得离开家乡。诸葛安说:"我父母培养我不容易,俗话说得好,养儿防老,我要在家尽孝。忠孝不能两全,希望曹局长能谅解。"

曹局长也是个孝子,听了诸葛安的解释,连连点头,可想了想,又为难了,说:"可我已经答应李局长了。"诸葛安对曹局长说:"您看这样好不好,我们所里的小王是个本科生,跟着我学了两年,业务上绝对没有问题。您看,能不能把这个机会给小王?"

曹局长听了诸葛安的话,想起小王,一个戴眼镜的大学生,做事很有条理,就点点头,说:"那就这样吧。"

曹局长将小王送到市里,总算给李局长交了差。不过,通过这件事,曹局长对诸葛安更加钦佩了,他认为诸葛安不光是业务出众，更为难得的是人品第一，孝道第一。

又过了半年时间，土管局办公室主任退休了，曹局长便又把目光锁定在诸葛安身上，心想：前两次没有请到，那不算什么，刘备不也是三顾茅庐才请到诸葛亮的吗？我也来个三请诸葛安。

为了能把诸葛安说动，曹局长决定请诸葛安吃饭。为了这次把工作做通，曹局长把以前在纪委一起工作的同事刘经纬请来。这刘经纬呀，号称"铁嘴铜牙"，揣摩心理、做思想工作是他的特长，而且，为了便于倾心交谈，曹局长把地点定在县郊颇为清静的"寒山饭庄"。

等诸葛安来到土管局，曹局长先没说关于办公室主任的事儿，他看了看时间，对诸葛安说："到吃午饭的点了，我们吃饭去吧。"说完，他就拉着诸葛安上了车。

见曹局长驾车出了县城，开往郊区，诸葛安说："吃饭……还要出城么？"

曹局长说："城里太嘈杂，不如到乡下，地方清静，我们也好坐下，把事情说清楚。"曹局长透过后视镜，见诸葛安脸色有些苍白，忙说："你的脸好苍白呀，是不是病了？"诸葛安忙说没病，哼哼哈哈地支应着。

到了"寒山饭庄"，曹局长下了车，见诸葛安呆在车里，马上打开车门，开玩笑地说："你架子不小呀，还要局长替你开车门？"

曹局长见了"农家乐"老板，问道："人来了吗？"老板回答说："刘科长早来了，在梅厅。"

曹局长就带着诸葛安，来到梅厅，打开大门，刘经纬早就坐在里面了，他见了诸葛安，沉着脸说道："总算把你请来了……"

见到刘经纬，诸葛安再也支撑不住了，两腿瘫软，跪倒在地，说："我老实交代，我在乡下当土管所所长的这段时间，私自卖了二十块宅基地；另外，收了麦柜村一个改造公司送的二十万贿款……"见诸葛安这个样子，曹局长和刘经纬惊呆了。

后来，曹局长才明白，诸葛安早就听说过曹局长在纪委时的大名。这一段时间，县土管局发生"大地震"，一名副局长被安排"学习"，实际上是秘密"双规"。而前任局长异地升迁，其实就是纪委发现了他的问题，于是异地调离，以便更好地审查。

诸葛安心里有鬼，便开始留心曹局长的"动作"。第一次曹局长要安排他学习，他害怕这是个圈套，于是借口老婆受伤，婉言谢绝。第二次，曹局长让他到市里工作，他又借口家有老父母，推荐小王代替他。这第三次，他的神经已经紧张到了极点，他见曹局长带他到了郊区，怀疑这是纪委要对他进行"双规"，所以，当他见到纪委的刘经纬科长，精神便彻底崩溃，用诸葛安自己的话说："只要做了亏心的事，一怕去学习，二怕异地升迁，三怕被纪委的人带到'清静的地方'吃饭喝茶。"

发生了这样的事，曹局长也是十分感慨，他自嘲地说："三顾茅庐，本想请个真诸葛，没想到捉了个假司马。"

关键词：创业

> 无论是"白手起家"还是"东山再起"，创业者最重要的品质是"坚持"。

闻鸡起舞

侯 子

财神上门

崔东亮自主创业，承包山林养土鸡。可眼看要收益了，一场山火却毁了一切，他只好带着火场余生的几十只鸡，搬回了自家的老屋。老屋门前有个岔口，连接着国道，弯儿有些急。路左边是崖壁，右边是河堤，还都种着树，视野不好。崔东亮的鸡散养惯了，总乱跑，遭过路的汽车碾轧了一只又一只，如今只剩下一公一母两只鸡了。

这天，崔东亮正在屋内长吁短叹，远远听见有汽车引擎声。再看院内那两只鸡，激动地扑起了翅膀，八成是饿了。他犹豫了会儿，慢慢打开了院门，两只鸡"嗖"的一声就从门缝窜了出去。紧接着，就听外面又是喇叭声，又是刹车声，崔东亮应声奔出去，只见一辆破旧的面包车打着漂移，横在了路边。一个四十多岁的黑瘦司机从车里下来，惊魂未定地瞅来找去。

崔东亮操起个铁钩子冲上前，弯腰趴在车底，一探手，飞快地钩出一只被碾得稀烂的死鸡。他把死鸡提在手里冲着对方怒吼道："你怎么开的车？前面那么大的牌子你没看见？"岔口立着个硬纸板制成的警示牌，上面歪歪扭扭是崔东亮饱蘸浓墨涂成的大字："前方事故多发地段，减速慢行！"司机连连道歉："不好意思，我真没瞧见。这么着吧，我赔。"崔东亮上下打量了他一番，再看看他那辆破车，好长时间没洗了，连车牌上都蒙了层尘土。崔东亮开口道："我这是正宗土鸡，怎么着也有七八斤吧，一斤按五十算，你给四百吧。"

对方看了看他倒提在屁股后的死鸡，点了点头，从身上掏出一叠钞票，点出四张大钞。崔东亮偷眼一觑那叠钱，再一寻思，对方这么好说话，看来还有油水可榨。于是他又指指不远处咯咯乱叫的母鸡："我这鸡是夫妻鸡，感情深着呢。你把公鸡轧死了，母的肯定也活不了。这母鸡，就算你三百吧。"崔东亮边说边留意对方的神色，以防真惹恼了对方不好收场。没想到对方爽快地又点了三张大钞："行，谁让我今天心情好呢。"

看来今天是财神上门了。崔东亮又摆出一副哭丧脸："您别急，我这还没算完呢。这一公一母，开春就能抱窝了，不出一个月就又是群小鸡。就这群小鸡，算三百不贵吧？得，您掏一千元就完事。"其实说这话时，崔东亮心里也没底，他已做好了接招的准备，不料对方听了，尽管脸色有些难看，却依然不焦不躁，递过张名片："行。可你看，我现在身上只有不到两千，其中一千，是我今天要还的欠账。要不，剩下的钱我下次送来？"

崔东亮接过名片一看，这司机叫安光荣，还是家货运站站长。崔东亮想，今天能赚的钱可不能搁到明天。钱不够，拿点东西凑数算了。他二话不说，探头钻进车里，想找些可抵价的东西，可车里只有几个破纸箱。一扭头，驾驶台上有个亮闪闪的小镜子，是打鸣的公鸡形状的，挺精致。得，就它了吧！

没想到安光荣一见镜子，变了脸："不行，镜子留下！"

深不可测

崔东亮也不乐意了，把镜子往对方怀里一丢，说："我看你是想赖账吧！"说着，他把名片也一扔，嘀咕道："谁知道这玩意是真是假？"安光荣见状，思忖了片刻，面色凝重地弯下腰，擦去了车牌上的蒙尘："名片可以是假的，它可假不了吧！你把它记住了，就不怕找不到我了。"

崔东亮打眼一看，呵，这车牌是一连串的"九"组成的，这可是能上拍卖会的吉祥号啊！再瞅瞅这辆破面包车和面前胡子拉碴的安光荣，崔东亮有些不淡定了。这是那么值钱的车牌，怎么挂在了这破车上，这人，到底什么来头？

崔东亮细一琢磨：坏了，这车牌八成不是真的，这人敢伪造车牌，就不是什么善主，甚至有可能是混黑道的！崔东亮有些软了："嗯……赶着这快过年的当口咱俩碰上了，也算是缘分。您就给七百得了。"可安光荣却说："人无信不立，话出口不改。就一千。"安光荣这态度让崔东亮心里更发虚了："咳，要说我那对鸡，其实也不是原配，我看，你给四百够了。"安光荣乐了："你再这么说下去，估计一分都不要了吧？"

"嗨，其实吧，这鸡我正想今天宰了吃呢，不想您替我代劳了，咱俩就算两清了吧。时间不早了，大哥，您赶紧上路吧。"崔东亮越来越觉得对方在扮猪吃老虎，他心慌得很，想赶紧打发人走。

不料拦神容易送神难。安光荣这些年受够了欠人钱的滋味，眼看今天就能无账一身轻了，他可不想再多一笔糊涂账，他较上劲了："我轧死的鸡当然该由我来赔。"

怎么还不依不饶呢？崔东亮有些恼火了，话里有话地说：

"大哥，这伪造车牌可是犯法的！"安光荣一听，笑了："兄弟，你把镜子翻过来看看。"崔东亮接过镜子，一翻，后面还夹着一张小小的剪报："我市'五连九'车牌拍出天价，购主为天成实业董事长安光荣。"剪报上附有安光荣的照片。崔东亮扭头再仔细瞧瞧眼前这人，不由惊叫："大哥，真是你！"

安光荣说，他白手起家，创办天成实业，获得了成功。可在成绩面前，他自我膨胀了。车牌拍卖会上，许多实力雄厚的公司老板都参与了竞拍，但别人懂得量力而行，安光荣却硬是斥巨资拿下了这块车牌。没多久，不良后果就显现出来了，天成公司因资金周转不灵倒闭了，还欠了一屁股债。为了还债，安光荣只好开了个小货运站，当站长兼司机，没日没夜地忙。

崔东亮仍有点不敢相信："可是大哥，光这个车牌就值不少钱啊！"安光荣点点头，说："是，但我不能卖了它。因为它是我人生的一个转折，我相信，终有一天我会真正配得上它。还有这面镜子，每当累了，就看看背面，再照照自己，我就明白现在所做的一切，都是在为自己的过去和未来负责。所以这镜子，我不能轻易送人。"

崔东亮傻傻地听着，突然，一只大公鸡从河堤下的草窝里窜了出来。安光荣看看崔东亮遮遮掩掩藏在身后的死鸡，再看看脚下正相互打招呼的公鸡和母鸡，问道："你不是只剩两只鸡了么？"崔东亮长叹了一声，丢了死鸡，抱头蹲在了地上。其实，这一切都是他设的局。

闻鸡起舞

那场山火带来的损失太大了，连崔东亮用来运货的皮卡车都烧了。灾后他没钱买饲料，那些鸡都饿得咕咕叫。也是穷极生智，崔东亮想起过去他开着送饲料的车上山时，一鸣笛，鸡群就会跟在车后抢吃饲料的情景，他动了歪心。他搞了些玉米和一个模拟汽车鸣笛声的喇叭，喂鸡时，他故意边按喇叭，边把玉米粒往已烧成残骸的车轮下撒。训练一段时间后，鸡形成了条件反射，只要听到有汽车驶来，就争先恐后往车轮下钻，崔东亮就借机以死鸡来碰瓷了。有时车一停，也可能一只鸡也没轧到，崔东亮就预先在路边的树叶堆里藏一只死鸡，趁人不注意，飞快地用钩子钩出来，好讹对方。

"这只公鸡叫灵灵，很聪明，知道车轮下危险，就飞到对面河滩上找吃的，这不，吃饱了它才回来。"崔东亮说着一摆手，"您没轧着它，您走吧。"安光荣听罢，目光一凛："难怪我看你手中的鸡怪怪的，不像刚死的样子，那路口的警示牌也是你写的？"崔东亮羞愧地点点头，他立那个牌子，是想让司机减速，这样他才有时间"设埋伏"反应。他结结巴巴地说："这段路有些险，我怕万一司机没经验受了惊，心一慌开车冲下了河堤或撞了崖，我可担待不起，所以提醒司机开慢些。我只想昧两个钱，并不敢害人啊。"

"你这还不叫害人？"安光荣怒气冲冲挥起了拳头，转瞬，他握拳的手又松开了，轻轻在崔东亮肩头一拍，"嗯，谢谢你救了我。"

这阵子安光荣白天黑夜连轴转，车到岔口时，他已困得不行。迷糊中，突然有东西从车窗前掠过，吓得他一激灵醒过来，才发现车子正直直往崖壁撞去……

"要不是那只大公鸡从车前飞过，我怕是在劫难逃。"安光荣心有余悸地说着，略一沉吟，把手中的镜子递了过来，"要不，这镜子就给你吧。"迎着崔东亮不解的目光，安光荣松了口气:"知道么,这是我最后一次送货了,有了这一千元的送货款,我的欠账就全还完了。本来我想把它留做纪念,可现在看,你似乎比我更需要它。"

崔东亮心里一紧,嘴唇有些哆嗦:"大哥,今天您跟我说了您的事,我觉得我得到的就够多了。放心,我再也不干这种丢人事了。这镜子,您还是拿回去吧。"安光荣把镜子塞到崔东亮手中,乐了:"兄弟,你的鸡是怎么回事,说来听听?"崔东亮闻言,不禁鼻子一酸,细说了起来。

安光荣仔细听着,听崔东亮说得头头是道,安光荣认真地问:"你说,再翻一次身,得多少?"

崔东亮说:"二十万左右。"安光荣直起腰,静静思索着。良久,他掏出手机,拨了个电话:"喂,王总,你不一直想买我那个车牌吗?我决定卖了……"

崔东亮彻底蒙了:"大哥,最艰难时,你都没卖它呀!"安光荣的眼睛湿润了:"是,可它说到底就是个车牌嘛。其实我早盘算好了,当我偿清所有债务后,就把它变卖了,用作第一笔创业启动资金。不过我的创业计划还需要认真琢磨琢磨,而你的'东山再起'可不能等啦,虽然遭了火灾,可你承包的山林还在,等过了年开春,山林返了青,你的鸡场也该开始动作了。我这笔钱可以先借你。"

崔东亮听得热泪盈眶,不知说啥才好。安光荣拍着他的肩说:"兄弟,我这是救急,不是救穷。前面路还长,你还得靠自己,懂吗?"

"懂,我懂。"崔东亮欢快地应着。他悄悄别过脸,擦去眼角的泪水。这时,手中的镜子迎着阳光一闪,他才注意到镜框上还刻有四个字:闻鸡起舞。

> 人生最美丽的补偿之一，是在真诚地帮助了别人之后，别人也帮助了自己。

还有什么不能借

菊韵香

农村小子陈大力，高中没毕业就离开了家乡青石镇，一头扎进了大城市闯荡。转眼间，数年过去，这天，他开着辆中型货车回了老家。车到门前，众街坊纷纷围来，搭眼一瞧，呵，纯皮沙发、花梨木茶几、壁挂超薄大电视……清一色的新家具、新电器，林林总总足有七八样。

听闻院外热闹异常，陈老爹快步迎出门，愣了神："大力，这是？"

陈大力扫视一圈，颇为得意地回道："爹，我来给你屋里家什更新换代啦！"陈老爹一听，当即一跺腿："真是胡闹！"

其实，陈大力这番也不算胡闹。这些年，他在城里做生意，没少赚，兜里有了钱，第一个想到的就是老爹。老娘因病去世早，是老爹一手把他拉扯大的，当算吃尽了苦头。本打算请爹进城享清福，可老爹安土重迁，死活不去。再者，老爹心脏不好，城里车多人多闹得慌，哪有乡下清静自在？劝了几次，等于白说，陈大力只得改了路数：换家当，尽量让老爹过得舒舒服服有面子。谁想，老爹根本不领他的情，扯住他的耳朵训个没完没了："你个兔崽子有点钱就气粗了啊,这么显摆害不害臊!下次再胡来,我就不认你啦!"

"好,好,爹,下次我听你的。"陈大力忙招呼随行员工,动手置换家具。住在同一条街上的张顺和二嘎子也伸胳膊挽袖子,凑上前要帮忙抬电视,陈大力却拦住了他俩:"不劳两位费心。如果磕坏了,钱是小事,往回拉可费油。"

此话一出,两人哑哑嘴,讪讪后退。

一番忙活,旧的一去,新的一换,老房子内顿时亮堂得叫人直眼晕。陈大力余光里瞥到左邻右舍羡慕得不行,他满心都是美气。但没过多久,这份美气就变成了怨气。

半个月后的一天,陈大力出差,顺道回了趟青石镇,想瞧瞧老爹新家电用得顺不顺手。可前脚刚踏进门,人便惊得心头一哆嗦,失声惊叫起来:"爹,爹,你在家吗?"

能不心惊吗?屋内,壁挂电视不见了,沙发和花梨木茶几也不见了,看情形跟遭抢差不多。

显摆露富易招灾,难道是那天太招摇,让人给盯上了?这一琢磨,陈大力愈发心慌,急忙冲出院,四处找老爹。喊着找着,却见老爹从二嘎子家奔出,一把捂住他的嘴,紧张兮兮地催促说:"别喊,快回家!"

两人做贼似的匆匆回了院,老爹边关门边嗔怪问道:"大力,你回来,咋不提前给我打个电话?"

陈大力急不可耐地反问:"爹,沙发呢?电视呢?"

老爹挠挠头,支支吾吾。再三追问之下,老爹总算说出了实情:二嘎子今儿个相亲,原本也从城里买了新家具,但山道难行路途远,配送的货要迟两天才到。为给女方留个好印象,就暂借陈老爹的一用。陈大力听罢,拔腿便往门外冲。

"站住,你干吗去?"老爹急问。

陈大力没好气地回道:"拆穿他。这不摆明了骗人吗?"

"别胡闹!乡里乡亲地住着,谁家都有不凑手的时候。你不帮我不帮,都关起门来过日子,时间一长,哪还有人情味儿?"老爹也发下狠话较上了劲,"你要敢出这个门,瞎闹腾,就别再认我当爹!"

宁拆十座庙,不破一桩婚,人家是应急,人走就还,还是忍了吧。陈大力心里这么一想,便撂下一句:"爹,咱家东西往外借的事,有这次没下次!下次别说是借了,就是来摸都不能摸一下!"陈老爹听了,气得作势要一掌打过去,陈大力只得一扭头,气鼓鼓地回了城。

爷俩这一闹别扭,好一阵子不联系了。眼瞅着入冬了,北风越刮越猛,纷纷扬扬的鹅毛大雪下了一场又一场。陈大力开始惦记起老爹来,不知道这天气里,给老爹新买的暖风机,他有没有记得用呀……

这么想着,陈大力就给老家拨了个电话,电话响了好半天才有人接,但那头一顿人声吵闹,陈大力"喂"了好几声,才有个嗓门嘹亮的女人回了话:"喂,你找谁啊?"

陈大力一愣,家里哪来的女人?他忙问:"我是陈大力,我爹呢?"那女人似乎还在跟边上的人嘻嘻哈哈,陈大力不得不又大声问了一遍,那女人才答:"谁是陈大力,你爹是谁啊?"

陈大力急了,挂了电话想重拨一次,可看了通话记录,没错啊,是老家的电话呀!陈大力正纳闷,家里电话回拨了过来,他接起来就喊:"爹!是你吗?"

电话里却是张顺那小子:"大力哥,我是顺呀,刚才接电话的是我三姑,她不清楚情况,瞎应话呢,你别介意啊!"

什么三姑六婆的？咋都在我家了？陈大力火大了，说："到底怎么回事，你在我家开会呢？我爹呢？"

张顺明显有点不好意思："大力哥，是这样，我爹今天七十大寿，家里想着给他办寿宴，但亲戚多，我那院子又小，就……就跟陈老爹借了你家的院子用用……"

陈大力一听，气得发抖，他吼道："我爹呢？让他听电话！"

"好，好，我给你叫去啊，你等着啊……"顿了三秒，张顺又道："大力哥，另，另外，我三姑说，陈老爹的屋宽敞，下礼拜她外孙满月，也想借这屋摆酒……"

好呀！看来，锅碗瓢盆，桌椅沙发，能搬动的都能借，敢情搬不动的也能借！陈大力顾不得等他老爹来接电话了，他愤怒地挂了电话，抄起桌上的车钥匙——非得立马回老家不可！

陈大力钻进车就往百余公里外的老家青石镇赶。顶风冒雪，加速疾行，总算开上了那条唯一的进山路，陈大力又急得爆了粗口——大雪封道，开不动了！

从山口到青石镇，还有十多里路，怎么办？稍作寻思，陈大力锁了车，一咬牙跳进积雪没膝的山坳，抄近路回家。天暗时分，就在抵达青石镇、累得双腿再也迈不动半步的当儿，一阵嘈杂的吵嚷声撞入了陈大力的耳鼓。

"二嘎子，快去借车，借张老三家的老爷车！"

"路上全是雪，车子开不了。"

"那就去借爬犁。陈锁，你去借几条听话的好狗，再借两条棉被给老陈捂严实。快点啊！"

喊叫声中，有个体格壮实的小伙子背起一个人，拔腿就跑。陈大力看得清清楚楚，小伙子是张顺，趴在他背上的正是自己的老爹。"爹，你怎么了？"陈大力边喊边跌跌撞撞追去。

张顺说，陈老爹很可能是受了风寒，高烧不退，一个劲地说胡话。诊所大夫知道他有心脏病，担心出现并发症，建议转送县医院治疗。说到这儿，跑得大汗淋漓、呼哧直喘的张顺脚下一晃，差点摔倒。陈大力忙不迭地接过老爹，跟跟跄跄开跑。跑出了不过几十米，陈大力便没了力气。跟在身后的二嘎子又驮起陈老爹，继续跑……这一路，十几个小伙子，不知换了多少拨，终于瞄见了陈大力开的轿车。但尴尬的是，雪盖没了轮胎，陈大力踩油门过猛，该死，发动机烧了！

万幸，二嘎子驾着借来的雪爬犁到了……

爬犁是借的，狗是借的，棉被是借的，当然，还有钱。当夜，陈老爹被转到县医院，陈大力出门走得急，身上带的钱不够。二嘎子嘿嘿一笑，竟掏出了厚厚一沓钱，那是他用来操办婚宴用的，他说："还是我娘有远见。我赶着爬犁要走，她说，救急要紧。没想到，还真派上了用场。"经抢救，陈老爹很快转危为安。一周后，陈大力接老爹出院，一同回青石镇。此行，除了还钱，他还想对街坊邻居们说声谢谢。

刚上车，老爹的电话响了——

"陈叔，我是陈锁。我想和你商量个事儿。"

"啥事？你说吧！乡里乡亲的，别见外。"

陈锁解释道，自己是个孤儿，在镇福利院长大的。经人介绍认识了个对象，近日要结婚。按青石镇的风俗，拜完天地拜高堂，礼数不能少。没有父母，需请一位德高望重的老人"客串压阵"。说白了，就是"借爹"。

听明原委，老爹转头看看儿子，问："大力，借不借？"

这回，陈大力毫不犹豫地点了头："借，必须借！"

> 扶贫不是扶懒。只有勤奋的人，才会珍惜来之不易的帮助。

辣子扶贫

徐 涛

两个相亲的

卢小英在省机关工作，性格火辣辣的，人称"辣子"。这次，她被下派到一个县里挂职锻炼。这个县有个贫困村，年年在扶贫，却越扶越贫，卢小英主动申请到这个村任驻村干部。

卢小英住在夏婶家里。夏婶只有一个女儿，小名叫冬妞。冬妞虽是农家女，却又漂亮又聪慧，卢小英非常喜欢冬妞，两人亲如姐妹。

这天晚上，卢小英问冬妞："你说说，咱们村为什么越扶越贫？根源到底在哪里？"冬妞却望着外面发呆，好像有什么心事。卢小英说："你在想什么呀？"冬妞脸一红，就说开了。

原来，冬妞到了适婚年龄，明天是个吉日，村里有两个年轻人要来她家相亲。冬妞对卢小英说："明天你不要出门了，给我当参谋行吗？"卢小英笑了，说："好呀！"

第二天早饭后，门外有人轻声叫："夏婶！"跟着进来了一个年轻人，小伙子长得挺帅气。冬妞悄悄给卢小英介绍说："这人叫郭海，出门打了六年工，过年回来就没走了，在家乡创业。"

卢小英点头称赞："回乡创业，有志气！"

奇怪的是，夏婶对郭海却非常冷淡。郭海给夏婶捧上一个礼盒，夏婶一把就推了回去，说："婚姻是讲缘分的，不是讲礼物的，我们不收什么礼物！"郭海尴尬极了，这时候，他兜里的电话响起来，郭海才说了声"抱歉"，正想接电话，夏婶却下了逐客令："你是个大忙人，忙你的去吧，我还有事！"郭海怔了一下，只好说："那我就先走了！"他鞠了个躬，转身走了。卢小英对夏婶的态度十分不解，对冬妞说："这小伙子挺不错呀，为什么你妈这样冷淡呢？"冬妞还没回答，夏婶却催促冬妞说："快收拾一下，张满就要到了！"

母女俩忙碌起来，屋子收拾得窗明几净，又端上一大盘山果。看母女俩的态度，卢小英想：这个叫张满的一定不同寻常！没多久，门外"啪啦啪啦"地响起脚步声，夏婶说的张满来了。卢小英迎头一看，不由得大跌眼镜——这个张满，相貌平平庸庸，举止懒懒散散。

夏婶迎上去，亲热地招呼："张满，这些日子你在忙啥呀？"张满说："忙呢！老舅家里来了个收山货的客人，我陪他玩了几天牌，那个人鬼精，怕我们捉他的乌龟，盯得老紧，玩得真累人呀！"说着双臂一举，伸了一个大懒腰。

卢小英忍不住插话道："眼下不是收割季节吗？难道你没有种地？"张满说："种地？种啥地？我的地都租给别人了。"卢小英说："地租出去了，正好出去打工，收入不是更好吗？"张满打了一个哈欠，诧异地说："在家里过得舒舒服服的，凭啥要出门去遭罪？"

卢小英不想说了，夏婶和张满又聊开了，聊着聊着，张满哈欠连天。夏婶关切地说："看你困得不行，就先回去睡吧。"

张满半闭着眼睛嘟囔道:"是啊,几夜没合眼,是要好好睡一觉。"说着迷迷糊糊地站起来,东倒西歪地走出去了。

张满走后,冬妞问卢小英:"你觉得张满怎么样?"卢小英说:"这个人和你根本不般配,你问他干什么?"冬妞扭过头,羞涩地说:"我妈相中了这个人!"

卢小英惊讶不已,冬妞说:"我妈穷怕了,总想让我能过上舒坦日子。"卢小英说:"哦,我明白了,这张满家一定很有钱吧?"冬妞说:"不说了,我们去外面走走吧。"

两人在弯弯曲曲的田埂上走着,走了一段路,冬妞抬手指着前面说:"你不是问张满吗?那就是他的家!"

懒字值千金

卢小英抬眼一看,傻眼了,一处荒草丛生的地方,立着两间歪斜的老房,用几根木棍撑着,旁边用茅草搭了一个棚,大概就是茅坑了!卢小英疑惑不已,正想问冬妞,这时,有个做农活的大婶过来了。大婶对冬妞笑着说:"听说张满到你家相亲去了?冬妞,这是户好人家呀,你可真有福气哇!"

卢小英忍不住了,指着两间破房,大声说:"好人家?就这两间破房?这不是睁眼跳火坑吗?"大婶眼睛瞪得圆圆的,说:"你说啥呀,这是几间破房吗?这是栋小洋楼呢!他家里穷得像水洗似的,被定为重点扶贫户,只等风把房子吹倒,村里、镇里、县里都要给扶贫资金,要作为扶贫典型,建一栋高标准的小洋楼呢!你说,这是破房吗?这是块金字招牌呀!"

大婶又说:"小洋楼还不算,还有那吃的、穿的、用的,样样都不愁!"卢小英说:"怪了,就张满那懒样子,吃穿从哪里来?"

大婶不高兴地说:"别把一个'懒'字说得那么难听,俗话说懒人祸少福多,'懒'字值千金呢!"正说着,一辆中巴车从村公路颠簸着驶过来,停车后下来一行人,手里都提着东西,往张满家走去,其中一个还扛着摄像机。一行人走到张满家,不一会儿,就"啪啦啪啦"放起鞭炮来,气氛像过节似的。

大婶就说:"这都是到张满家扶贫慰问的,你看,不是啥东西都有吗?"卢小英注视着一行人,刚刚要说话,一掉头,看见村公路上又来了一辆车,跟着跳下来几个人,都穿着制服。卢小英问:"这又是来慰问的吗?"冬妞摇头说:"不是不是,他们是来找郭海的,多半没好事!"卢小英心里一动,说:"我也正想去找郭海!"

冬妞就领着卢小英往前走,眼前出现了一排砖房,冬妞说:"这就是郭海办的厂。"卢小英走近一看,见那几个穿制服的人正在厂内,郭海在旁边陪同着,门口还有一个人,像一尊门神,一脚堵住厂门口。厂房外有一个老伯,默默不语地站在那里,冬妞说:"他就是郭海的父亲。"卢小英把老伯拉到一边,问了起来,老伯一讲,卢小英前前后后都明白了。

原来,郭海在外打了几年工,积蓄了一笔钱,萌生了回乡创业的想法。他和一家知名超市达成协议,他回家办干果蔬菜加工,由超市贴牌经销。计划是天衣无缝,但是郭海回了家,创业的路却异常艰难。

老伯指着那几个穿制服的人说:"他们是来搞检查的,三天两头来。最近,厂里加工了一批干果,价值很高,由于厂里困难,拖延了发货时间,今天再不发货,协议就废了,厂子也就倒闭了!"

卢小英着急地说:"那赶紧组织发货啊!"老伯叹了口气,

说:"郭海在信用社贷了3万元的款,今天信用社催贷的也来了,说不还贷款,就不准发货!站在门口的就是信用社的人。"

卢小英沉思着,冬妞悄悄对卢小英说:"你看郭海,头发长得像蓬头鬼,连理发的钱都没有了!自从回来创业,天天有来找茬的,没有一天安稳日子,谁要是嫁给他,那才是倒了八辈子的霉,幸亏我妈有眼光,选定了张满!"

卢小英对冬妞的话非常反感,她冷眼看了看冬妞,不说话,大步向郭海的厂房走过去。

使出辣性子

卢小英走到厂门口,信用社的人还堵在门口,卢小英情绪激动,喝了一声:"请你让开!"信用社的人吃了一惊,本能地收起脚,卢小英一步走进厂内。卢小英走到检查人员面前,冷冷地说:"好看吗?看够了没有?"检查人员大为吃惊,盯着卢小英:"你是谁?干什么的?"

卢小英说:"我姓卢,叫卢小英,是这里的驻村干部!"

一个检查人员眨着眼想了一下,赶紧挪到一边,给单位领导打电话,不一会儿,单位领导回了电话:"是,是,她是从省里下来挂职锻炼的,这个人是个辣性子,你们千万不要惹她,没准以后还是咱们县的领导呢!"

检查人员换上一副笑脸,卢小英说:"一个打工的,用血汗钱回乡创业,利乡利民,你们应该热情支持,怎么能兴师动众地折腾!"卢小英又转过身,对信用社的人说:"你可否通融一下,让他们把货送走,回头再还贷款。"

信用社的人嘟囔说:"我是怕他把货一拉走,不回来了,我找谁去要?"卢小英大声说:"你找我,我走不了!"

信用社的人立即给主任打电话，打完后态度大变，说企业有困难，贷款可以延期，帮助企业应急。

哇，问题解决了，卢小英对郭海说："抓紧组织发货吧。"几个检查人员说："好了，没事了，我们走吧！"卢小英却说："慢着！"

检查人员站住了，卢小英说："既然来了，不妨都来出把力，帮忙装货，让他们尽快发货。"检查人员一齐说："好，好！"个个干得挺卖力，很快，货装完了。

郭海上了货车，向大家挥手告别，卢小英看见郭海眼里含着泪花。

郭海走后，卢小英去县里学习，一个月后，又回到冬妞的家。自从冬妞相亲以后，卢小英很少和这母女俩说话。刚进门，冬妞对卢小英说："你回来得正好！"卢小英问："有什么事吗？"冬妞脸涨得通红，说："明天我就要成婚了，想请你当我们的证婚人。"卢小英正要拒绝，冬妞说："这不，他来了！"卢小英冷眼向外一看，又傻眼了，来的不是张满，而是郭海！

郭海兴奋地对卢小英说："我和农户们商量了，联合成立了一个加工合作社！为了感谢你，我要送给你一份礼物！"卢小英高兴地说："可我们有纪律啊，不收任何礼的！"冬妞说："看一眼总可以吧！"郭海掏出一张纸，卢小英一看，哇！这是一份正式合同，连锁超市决定和郭海正式合作，对方投了五十万资金，议定年加工值几百万元，一条脱贫的路铺开了。

其实，冬妞和郭海相恋很久了。卢小英恍然大悟，对冬妞母女说："我明白了，你们用的是激将法，是怕我和过去一样，扶懒不扶勤！"

关键词：教育

> 不要用成人的思维去揣摩孩子的想法，孩子的单纯有时是我们无法想象的。

大美莲山

尘世伊语

大画家陆天青回国后的第一件事就是要到莲山村去。三十多年前，他凭着在莲山村画下的《大美莲山》一举夺得了世界金奖。

莲山村海拔高，终年云雾缭绕。对面屹立着的莲山宛若一朵漂浮在水中的莲花，山上隐约看得到房屋村民，好似人间仙境。当年陆天青被下放到这里，整天痴迷画画，多亏有淳朴善良的村长庇护。这次回国，陆天青的一个重要行程就是去拜访老村长。

三十多年过去了，老村长已满头白发。他带着陆天青参观村里的中学，感叹地说："这里爱画画的孩子不少，可惜学校一直请不到正规的美术老师，孩子们都是自己乱涂乱画。"

陆天青想了想说道："我这次回国，准备休息一阵，我可以留在这里当一段时间美术老师。让愿意学的孩子都交幅画来，我选一下。"

老村长听后激动地说："那真是太好了！"他忙让校长张罗去了。

于是，陆天青在村里住了下来。这天清晨，他一人出门四处走走。《大美莲山》成为名画后，好些人都背着画板专门来莲山村采风。陆天青不觉走到自己当年写生的地方，那是山崖边的一块大石头。可他发现，石头边居然有人用绳子拉了隔离带。这是干什么？陆天青没多想，就准备大步跨过去。突然，一个声音叫道："不许过去。"陆天青吓了一跳，定睛一看，是个半大的男孩。陆天青奇怪地问："为啥不能过？"

男孩还没说话，边上一个游客说道："我知道了，这块石头是画莲山最好的取景点，小朋友有生意眼光，来，给你十块钱，可以了吧？"

陆天青这才明白，原来这男孩是要收钱。这时，有个村民在旁边小声说道："这是老村长家的儿子，想了法子赚钱呢。"

这男孩是老村长的儿子！陆天青回来后，还没有去过老村长家。这孩子看起来十五六岁，一定是老村长晚年得子，宠得不行。陆天青懒得再说什么，自顾自往回走了。

回到住处，校长正抱着一大摞画找他。陆天青翻了翻，好些都是模仿《大美莲山》画的，缺乏创意。陆天青翻看着，突然，一张画吸引了他的目光。这是一棵初春的榆钱树，在春风的吹拂下，白色花瓣漫天飘落。画面温馨淳朴，陆天青不由得点了点头。校长在旁说道："这孩子叫许小勇。"陆天青说："叫他来聊聊吧。"

校长出去了，一会儿工夫就带了个男孩进来。陆天青抬头一看，不是别人，正是那个占着石头要钱的男孩。陆天青拉下脸，问："这是你画的？"男孩脸涨得通红，连连点头。

陆天青话锋一转，说："也难怪，天天问人要钱，画出来都是满纸的钱。"许小勇没听明白，疑惑地看着陆天青。陆天青指着画说道:"看看,这榆钱树上大大小小的都是钱,不是财迷是什么?"许小勇的眼泪在眼眶里打转,掉头跑了出去。校长疑惑地看着陆天青,陆天青说:"画画是条清贫的路,光想着赚钱,肯定走不远。"

傍晚时,老村长带着许小勇来了。老村长对陆天青说了原委,他说,许小勇拉着绳子并不是要收钱,他是发现那里的山崖下有窝白鹭,刚孵出两只小白鹭,他怕游人多,白鹭会受惊,所以远远地拉了绳子。没想到后来有人主动给他钱,孩子一时糊涂,竟然收下了。老村长说,自己已经狠狠地教训了他,孩子认错了,保证以后再不会收钱了。

见老村长眼巴巴地看着自己,陆天青实在拉不下面子,他叹了口气,说:"让孩子先学着吧。"

陆天青收了学生后用心教导,过了一段时间,孩子们的进步都很大。这天,陆天青宣布说要带孩子们出去写生,但刚宣布完他就想到一个问题,这些山里孩子哪有钱买画板啊?不料写生那天,孩子们背着清一色的"神笔马良"画板来了,这种画板买起来可不便宜。陆天青觉得很奇怪,一问,孩子们异口同声,说是许小勇卖给他们的。陆天青一听,心里的火又冒了起来,这孩子太会钻营了!

写生的时候,陆天青问孩子们:"你们学画都是为了什么?"有的孩子说,要把最美的东西画下来;有的说,以后要当个画画老师……陆天青边听边点头。轮到许小勇的时候,他瓮声瓮气地说道:"我要成为你,我一定要拿大奖。"陆天青不由得皱了皱眉头,这孩子的功利心太强了,他拉下脸来对许小勇说:"你以后不用再跟我学画了,你父亲来也没用。"许小勇不知道自己说错了什么,委屈地转身跑了。

别的孩子都傻了，陆天青指了指他们的画板说道："许小勇是个做生意的料，不是画画的人。"一个女孩子怯怯地站了起来，说道："老师您误会了，这些画板，许小勇只象征性地收了我们很少的钱。"

另几个孩子七嘴八舌地说："对，他说上次拉绳子收钱错了，就把收的钱买了画板，变着法子送给几个家庭困难的同学。"

陆天青没想到会是这样。

晚上，老村长还是来了，陆天青语重心长地说道："不管你愿不愿意听，别让孩子抱着出名得奖的目的去学画。"老村长愣住了，半晌才说："我从来没有这么教过他，这孩子有自己的想法。唉，其实小勇不是我的亲生儿子，原先他住在对面莲山上的白际村，他爸爸是我的远亲，家里很穷。前几年他父母去世后，我就把他过继过来了。"

陆天青愣住了，问道："白际村就是莲山村对面的那个小村庄吗？还像以前那么穷吗？"

这时，许小勇从老村长身后钻了出来，说道："老师，您画了《大美莲山》，莲山村就出名了。大家都来莲山村写生，莲山村通了公路，村民们都富了起来，可对面的白际村还是那么穷。我要学画，长大后画白际村，让白际村的人也富起来，这样我爸就不会因为看不起病去世了⋯⋯"

陆天青的眼眶湿润起来，他摸了摸许小勇的头，说："孩子，我明天就去白际村画画，画好多画，给全世界的人看。"不料许小勇倔强地摇摇头："不，我说过的，我要成为您，我要自己把白际村画下来。"

关键词：生态

> 有品酒师，有品茶师，但很少有人知道，还有一种新兴职业叫"品水师"。好的品水师，不但为水质把关，更能品鉴人心。

君子之交清如水

蔡美美

品水结缘

周倩是个海外华人，虽然年轻，但已是个颇有名气的品水师。最近，周倩决定回国发展。一下飞机，她就受到了国内一家饮用水企业的盛情邀请。

宴会上，这家公司的老总李同亲自为她斟酒，举杯说道："周倩小姐，咱们曾在一次国际饮用水展会上有一面之缘，算得上君子之交。人说君子之交淡如水，可今天是你的接风宴，水不足以表达我们的盛情，咱们还是喝酒吧。"

周倩闻言一愣，她觉得李同说的"君子之交"用在这里并不准确，不过也不好说穿，她给自己倒了一杯矿泉水，举杯说道："多谢李总盛情，不过品水师这一行，舌头是吃饭本钱。为了保持味蕾的敏感度，是不能沾酒的，我还是以水代酒吧。"

席间，周倩说起自己回国发展的计划，李同一拍大腿："周倩小姐，咱们是英雄所见略同啊，国内高端饮用水市场刚刚起步，咱们强强联手，一定能打响品牌。"

周倩笑了笑，说："我这次回来，还有一个重要目的，我要参加今年在中国举行的国际品水师大赛。这次大赛有一个要求，每个品水师必须推荐一种新发现的饮用水。我想在中国，自己的故乡找一种满意的饮用水，不过中国那么大，我还不知道从哪里找起呢。"李同听后连连点头，当即表示愿意提供方便。

第二天，周倩去了李同介绍的一个水吧，水吧不大，但门口挂的牌子吸引了周倩的注意。牌子上写着："如果你能在本店品出三种以上的水，就可以免费享受本店所有饮品。"

周倩一下来了兴趣。店主是个年轻小伙子，名叫王鹏，听说周倩要挑战，他拿出几个杯子，里面都是透明的液体，从外观根本分辨不出水的种类。周倩端起第一杯尝了尝，肯定地说："这是纯净水。纯净水虽然很'干净'，可在过滤有害物质的同时，也过滤掉了对人体有益的物质，所以并不适合长期作为日常饮用水。"她又拿起第二杯水，放在鼻子前嗅了嗅，说："这是苏打水。"见王鹏脸上露出惊讶的神色，她微笑着端起第三杯，呷了一口说："这是来自意大利阿尔卑斯地区的矿泉水。现在，我可以免费享用贵店的饮品了吗？"

王鹏连连点头，忍不住问起周倩的职业，听说周倩是品水师，他一脸羡慕："我的理想就是当个品水师。"周倩扬了扬眉毛："哦，那我可得考考你了。"她拿出自己带的一瓶水，倒了一杯给王鹏。王鹏仔细品了品，肯定地说："这是深层海洋水，它洁净、富含矿物质、极易吸收，是真正的'绿色'之水。"

这一次，轮到周倩惊讶了：这个小伙子竟有如此敏锐的味觉，对水的品种也十分了解。两人惺惺相惜，越谈越投机。周倩说起此行的目的，发愁自己找不到好水。王鹏犹豫了一下，说道："我知道一眼泉水，不过，咱们得先订个君子协定，你不能向别人透露水的位置……"

泉水叮咚

于是周倩跟着王鹏去了他的家乡。这里是山区,快到村子的时候,周倩见山脚下有一条小河,水流浑浊,散发着一股怪味。周倩不由得皱起了眉头,这样的地方,能有好水?王鹏看出了周倩的想法,说:"这条河原来很清澈,前些年上游开了一个矿,水就变成这样了。"

王鹏的家住在半山腰,王鹏的母亲是个腿脚不方便的老太太,见儿子带回来一个漂亮女孩,高兴得嘴都合不拢,忙着端茶倒水。周倩心里暖乎乎的,不过,她对那泡茶的水实在不敢恭维,这又一次加深了她的疑问:这个地方,真能找到好水吗?

第二天,两人出发去找水。山路陡峭难行,也不知道翻过了几个山头,王鹏终于停了下来。周倩累得一屁股坐在地上,问:"到了?"王鹏说:"还没呢。肚子饿了吧,咱们先搞点吃的。"说着,王鹏跳到土坎下,从地里掏出来几个土豆。

周倩好奇地问:"这地是你家的吗?"王鹏说:"不是。"周倩说:"那你不就是偷菜了?"王鹏笑道:"咱们这里,这样不算是偷。我小时候放牛,午饭都是这么解决的。"

王鹏又在山上摘了几个野山椒,生起一堆火,又变戏法似的掏出一个纸包,打开一看,里面是一块黑乎乎的东西。周倩问:"这是什么?"王鹏说:"腊肉,出门时我妈特意塞给我的。"周倩皱了皱眉头:"这些东西能吃?"王鹏嘿嘿一笑:"别担心你的味蕾,我从小就吃这些东西,现在还不是一样能品出水的好坏?"

王鹏把几样东西放在火上烤着,不一会儿,香气四溢。周倩禁不住诱惑咬了一口土豆,这一咬就再也停不下来了,她觉得自己尝到了平生最好吃的东西：撕破皮就往外冒香气的烤土豆、脂香四溢的烧腊肉、还有那让舌尖跳舞的野山椒……

吃过饭，两人又上路找水，终于，王鹏在一片长满荒草的岩石前停了下来。"就是这里，我找了好几年，才找到这眼泉水。"周倩四处张望，却什么也没发现，王鹏让她把耳朵贴在石头上。终于，周倩听到了细微的水声，原来水在石头下面！

王鹏拨开草，石头下面露出了一个洞口，洞口很小，仅容一个人弯着腰进去。王鹏做了一个请的手势："周倩小姐，敢陪我深入地下探险吗？"周倩挺起胸脯："有什么不敢的？我连南极的冰川都去过，还怕这个小小的地洞？"

一进入洞口，一股凉凉的水气就扑面而来。周倩吸了吸鼻子："好水！大家都说水无色无味，其实水是有味道的，有时我仅凭鼻子，就能嗅出水的好坏。"

洞口下面原来是个溶洞，幽深曲折，水声时有时无，王鹏打着手电，二人摸索着前进，走了好久，终于看见了那股泉水。泉水从石缝中喷涌而出，直接流入了地下暗河。

王鹏的眼睛在黑暗中放光："品水师，试试这水怎么样？"周倩拿出取水用的瓶子，小心地接了点泉水，轻轻抿了一口，她的嘴角立刻扬了起来，似乎有点不敢相信，她又抿了一口，眉头舒展开来："好水！这是我尝过的最好的泉水。"

出洞后，周倩说："我想把这水带去参加品水师比赛，你同意吗？"

王鹏摇了摇头："你得遵守君子协定，不能透露泉水的位置。"周倩不解："为什么呢？这太可惜了。"

王鹏问："你喝过我们家的水了，那水怎么样？还有我妈的腿，你也看见了。"周倩笑了："你家的水实在不敢恭维。你妈的腿……和这水有关系吗？"

王鹏叹了口气，说："以前，村里的水不是这样的，这些年味道才变了，村里生病的人也越来越多，都是腿关节肿大。大家都说，是因为开了矿，矿渣污染造成的。我这些年一有空就到处找水，终于发现了这眼还未被污染的泉水。我想攒够了钱，就把水引到村里去。"

周倩说："从这儿到你家那么远，引水得花多少钱啊？你得多久才能攒够钱？"王鹏低下了头："是很难，但我相信有一天能办到。"周倩说："你可以和有实力的企业家合作啊，比如李同，我这次回来，受到了他的热情接待，我觉得他是个不错的人。"

王鹏苦笑着摇摇头："周倩，你知道那个矿是谁开的吗？就是李同！矿渣污染水源的事，村里找过他多次，可他就是不理。他的生意做得很大，现在又想染指高端饮用水的领域，听说我发现了一眼好泉水，他亲自找过我，开出了诱人的条件，但我没有同意。如果泉水落到李同手里，一定会全部开采出来卖高价，到时候，村里人就再也喝不上这么好的水了。"

周倩想了想说："我相信你，尊重你的想法。"

好水无价

周倩回到城里不久，李同就亲自来找她。见她正在收拾行李，李同吃了一惊，问："周倩小姐，这么快就要走了？品水师大赛就要开始了，你不参加了吗？"周倩说："这次下乡，没有找到好水，我准备放弃这次大赛了。"李同哈哈一笑："原来是这样。正好，我的公司通过多年开发，找到了一种优质矿泉水，请你先品尝一下吧。"说着，他拍了拍手，有人端上来一瓶水。

周倩品了品那水，脸上露出惊讶的神色。李同问："怎么了，这水不好吗？"周倩摇了摇头："不，这是我尝过的最好的水。"李同哈哈大笑："好极了。周倩小姐，如果你能在品水师大赛上把这种水推广出去，我将用你的名字来命名它，我们强强联手，一定能成功！"

国际品水师大赛如期开幕。周倩凭着超凡的品水技能，一路过关斩将，进入了决赛。大赛的最后一关，是推荐一款新的饮用水，周倩向评委们推荐了李同提供的那瓶水。她在介绍中说："这是一款来自中国的矿泉水，它的口感、酸碱性，对人体有益的微量元素含量都恰到好处。"

评委们品尝后，对这种矿泉水做出了很高的评价。在热烈的掌声中，周倩获得了品水师大赛的冠军，但领奖时，她出人意料地说："其实，我并不是这款水的发现者，这款水的真正发现者名叫王鹏，他没有经过任何专业训练，却有着非同凡响的品水天赋。为了给水源受到污染的乡亲们寻找饮用水，他在荒山野岭里找了几年，他愿意同有诚意、有信用的饮用水企业合作，开发这种水，但有一个前提：必须保证村民有足够的饮用水，并能分享到开发的好处。"

从领奖台上下来，周倩被李同拦住了，李同愤怒道："你没有按我们的约定办事！这是我提供的水，我要告你，让你身败名裂！"

周倩冷笑道："李总，这水真的是贵企业开发的吗？那天我一尝，就知道这是王鹏发现的那眼泉水。我想，你一定让人跟踪我们了吧？还有，我去水吧，也是你精心安排的吧？你真是煞费苦心啊！可惜，我今天当着这么多媒体公布了水源的真正发现者,你的阴谋再也不能得逞了。"

李同悻悻地走了。周倩打电话向王鹏解释:"对不起,我没有信守我们的君子协定……"却听电话那头王鹏兴奋地说:"没关系,我已经知道李同派人跟踪我们的事了。就在刚才,已经有几家知名企业联系我,要共同开发饮用水。地方政府也和我取得了联系,他们也很支持,村里人有好水喝了,我不知道该怎样谢你……"

周倩笑了:"那么,我们再来一次君子协定吧,希望下次我回国的时候,你能请我喝你开发的饮用水,可以吗?"

"一言为定!"

关键词：好家风

> 家和万事兴。故事中的老父亲不仅传下了祖传的秘方，还传下了和睦团结的好家风。

三张接骨方

顾敬堂

张老爷子有一张祖传的接骨方。靠着这副药方的收入，张老爷子又当爹又当妈，一人把三个儿子养得跟牛犊子一般壮实。

可家里什么都好，就有一件事让张老爷子不顺心。仨小子挨着肩膀长大，脾气都挺火爆，经常为一点鸡毛蒜皮的事儿大打出手，把张老爷子气得每次都抡着棒子挨个揍一遍，过后哥仨还是该动手绝对不吵吵。

老大初中一毕业，张老爷子对他说道："你不是喜欢打架吗？干脆你考体校吧，就去学拳击，有机会跑外国擂台上揍洋鬼子才叫本事呢！"

老大一听，这个好呀！他没费啥事就去体校了。

转年老二也读初三了，也准备学拳击。张老爷子不同意："咱家又不是开拳击场的，你换个别的！"

老二立马说道："要不我学摔跤吧，以后和老大动起手来也不吃亏。"

张老爷子上手给老二一顿揍，最后还是把他送去学摔跤了。

轮到老三时，他在中考的节骨眼上忽然病倒了，啥也没考上，一赌气不念了，仗着身体健壮，到矿上当了井下工人，成了哥仨中第一个赚钱的人。

转过年，张老爷子的身体忽然就不行了，老三赶紧把他送到医院，这头打电话让俩哥哥赶紧回来。等哥俩赶回来的时候，张老爷子回光返照一般精神了，对三个儿子交代起后事。

老大老二都在上学，正用钱呢，老爷子这一走，学费都成问题了。老三拍了拍胸脯说道："爹，你放心，我挣钱了，以后大哥二哥的学费我包了，保证供他俩毕业。"

老大闷声说道："这成啥事了，哪能让你供，不行我下来工作，供着老二！"

老二也不干了："凭啥呀，你眼瞅毕业了，成绩也不错，我下来！"

哥仨谁也不让谁，吵个没完。老爷子喘着粗气说道："别争了，要不你们哥仨打一架吧，谁输了听谁的！"

老大老二一听，撸起袖子就要动手，老三喊道："停停停，没听咱爹说嘛，谁输了听谁的，我现在肯定打不过你俩，就听我的！"

老大老二这才反应过来，愣在那里不知道怎么办。

老爷子气喘吁吁地说道："就按老三的主意办。另外，我把接骨药方分开了，你们哥仨一人一份，谁也不许看别人的，有求药的，必须你们哥仨同时到场，各人配各人的方子，合在一起才是一副药，挣的钱除去学费，三个人分。"

老爹眼看着就不行了，哥仨也顾不上争执，一起跪在地上大哭起来。

之后的两三年里，因老大老二从事的运动都很容易受伤，每当队友骨折的时候,都会给老三打电话,三人各自按药方配好自己那份,然后合成一副药,非常管用。一来二去哥仨的接骨药名气越来越大,卖药的收入不但够老大老二上学用,哥仨还攒下了不少钱。

老大毕业后没能出国揍洋人,留在体校当了教练;老二干到省里,拿了回省摔跤冠军,也到站退役了,之后在中学当了体育老师;老三在矿上当了队长,小日子过得也不错。哥仨都结了婚,住得也不远,隔三差五约着喝点小酒,也不打架了,和睦得很。

老大老二琢磨着自己都有不错的工作,只有弟弟当工人,就想把自己手上那份接骨药方送给他,让他多挣点钱,可老三说啥不干,哥俩也没办法,遇到有骨折的照样还得三兄弟一起出马才能配药。

天有不测风云,这天老三媳妇突然给老大老二打来电话:"俩哥哥快来吧,老三在井下出事了!"

哥俩火燎屁股般地赶到医院。原来是矿井下落石头把老三腿砸断了,万幸没出人命。老三腿上打着夹板,安慰两位哥哥:"咱家是干啥的,骨折算啥大事?赶紧的,给兄弟配药去!"

老大掏出一张方子递给老二:"都这时候了,还玩啥神秘呀?老三,你也把方子给你二哥,让他一起抓了!"

老三掏出手机:"我存微信里了,这就发给二哥。"

"叮咚"一声,微信过去了,老二打开一看,眼睛睁得老大:"啥玩意?这不和我的方子一样嘛!"

老大凑过去读道:"血竭、没药、自然铜、骨碎补……我的方子也是这个呀!"

三人愣了半天,没琢磨出老爹葫芦里卖的什么药。

还是老三媳妇反应快,笑呵呵地说道:"你们哥仨以前天天打架,老爷子准是怕你们兄弟以后不和睦,这才把方子拆开,让你们谁都离不开谁,你们手里的剂量都是三分之一份的,合起来正好是一服药的量。"哥三个听完相视一笑,你拍我一下,我拍你一下,说不出来的亲近。

用了自家的药,老三很快出院了,但还要在家休养,其间照样有许多患者前来抓药。这天,老三给俩哥哥打电话,让他俩一起来配药。俩哥哥很奇怪:"都一样的方子,你按三倍的剂量配不就得了吗?"

老三无奈地说道:"咱哥仨配药的事儿远近闻名,我一个人配,人家根本不相信,说我糊弄他们!"

三兄弟放下电话,脑子里不约而同地浮现出老爹的面孔,暗暗赞叹一声:"姜还是老的辣呀!"

关键词：创业

> 父辈的权力与财富只是过眼云烟，要想挺直腰板做人，终究得靠自己的奋斗。

天价理发

冷 空

小城最热闹的商业街上新开了一家理发店，这家店很小，店里只有一个理发师，还不是什么帅哥靓妹，而是一个五十多岁的男人。这老师傅剪出来的发型不算新潮，但看起来很干净很精神。小店开张了一段时间，也没引起人们的注意。

这天，有个顾客去理发，老师傅看了他一眼，随口说了一句："你的脸稍微有点宽，我给你修饰一下。"

要知道，这位顾客的脸不是有点宽，那可是相当的宽，就像一张大饼，耳朵都快伸到肩膀外面去了！老师傅说话客气，这顾客也没怎么在意，打着瞌睡剪完，站起来一看，两眼顿时直了：怎么两颊瘦削了许多？自己什么时候这么英俊过？

这顾客是商业街上一家包子铺的老板，第二天大家去买包子，一见到他，一个个嘴张得可以放下十个包子，都问他去哪里整容了，包子铺老板笑嘻嘻地说，整什么容啊，昨天到那家新开的理发店理了个发。大家一边欣赏，一边纷纷惊叹："这师傅的手艺可真好哇！"

其实真要细看，每个人的脸型都不标准，西施太瘦，杨贵妃又太肥，要不是怕痛，几乎每个人都有整容的需求。这下好了，剪剪头发就能修正过来，那还不是喜从天降？理发店门前很快排起了长队，大家不说理发，都喊："老师傅，帮我把这里正一下！"一会儿剪完了，从里面出来，什么冬瓜脸三角脸饼脸猫脸，一律都成了标准脸，喜得大家忍不住每天在街上多逛好几遍。

小店的名声很快传开了，这热闹惊动了一个人，谁？本地无人不知无人不晓的"二公子"。这"二公子"可是个有钱的主，父亲权倾一时，哥哥富甲一方，"二公子"成天没事干，只好东游西逛。你别看他眉清目秀英俊非凡，就是身子骨太弱，犹如一根豆芽菜，特别是背驼得厉害。

这天"二公子"来到小店，一进门就问老师傅："你看，我这驼背能正过来不？"

老师傅绕着他转了一圈，说了声："难啊！"

"二公子"不屑地冷笑一声："我给你钱呢？"老师傅一愣："多少？""二公子"得意地看了他一眼，说："一万一次，剪得了，你这一辈子都可以衣食无忧了。"说着掏出银行卡来。

老师傅赶紧摆手："慢着！这样吧，我先给你剪，剪完你再看着给。"

"二公子"傲慢地"嗯"了一声，老师傅便把他带到一张椅子前坐下，接着就像陀螺一般转开了。这次剪发的时间特别长，足有一个多小时，好不容易剪完了，"二公子"抖落碎发，一站起来，大家不约而同地"咦"了一声：新发型一衬，"二公子"的肩背板直，如同换了一个人！

"二公子"含笑对着镜子照了又照，非常满意，扔下一句："很好，这钱花得值！"

从那以后，"二公子"每次剪发都来找老师傅，剪完就面貌一新，只是过不了几天，头发一长，就没了效果。好在钱对"二公子"来说算不了什么，他可以三天两头地来。有人好奇，问那天价的理发费到底给没给老师傅，老师傅却总是笑而不语。

这天深夜，老师傅正要关门，突然门口人影一闪，鬼魅般地进来一个人，老师傅定睛一看，来人正是"二公子"。老师傅问："你不是昨天刚来理过发，怎么……"

"二公子"回身关上门，压低声音道："老师傅技艺超群，今天我来，是想问问你，既然你能改变我的身材，那么，你能不能靠发型改变一个人的容貌？"

老师傅不禁抓抓脑袋："你的意思是……"

"二公子"干笑了一声，说："你别多心，是这样，家父老是嫌自己的眉眼长得太小气，听说你的手艺后，他很钦佩，如果你能给他理个满意的发型，把眉眼间的距离拉开，我给你这个数！"说着伸出一只手。

老师傅沉吟片刻，"二公子"的父亲在本地有权有势，口碑却不怎么样，他想了想，说："我的手艺没那么神，其实这只是理发的基本功，根据顾客的身材脸形，该显的地方显一显，该遮的地方遮一遮。说到底，只是利用了人们视觉上的错觉，并不能真正改变什么。"

"二公子"露出赞赏的神色："话虽这么说，可真正能做到的又有几个？你是怎么练成这一手的？"

老师傅沉思良久，说："这也是机缘巧合。头发多多少少能掩盖长相上的缺点，但如果全都理成光头，脸形的缺陷立刻就一目了然。我曾从事一项特殊职业，专门为别人理光头，几十年下来起码看过几千个光头，什么稀奇古怪的头型我都见过。"

"二公子"愣住了:"请问师傅以前在哪里做事?"

老师傅平静地说:"我曾是个罪犯,因为有点手艺,就在监狱里给犯人们理发,前不久才刑满释放。惊险曲折的故事我听得多了,现在只想普普通通地过日子,所以你还是请回吧,令尊想要的那个发型,我理不了。"

"二公子""哦"了一声,便默默地离开了。

"二公子"这次走后,就再也没来,没过多久,"二公子"家就出事了,先是他父亲一病不起,接着竟查出他哥哥经济犯罪。又有传言说,"二公子"的父亲其实没病,而是被双规了,还从家里查出一本因私护照,据说当时"二公子"的父亲正准备冒名逃往国外,他哥哥牵连较大,跟着就进去了,"二公子"虽然游手好闲,却没实质性的参与,只带去调查了几次。

这天,"二公子"无精打采地路过理发店,老师傅出门叫住了他,打量了他半天,叹道:"你的发型乱了。"

"二公子"茫然道:"我、我没钱理发了……"

老师傅摇摇头:"这次我不要你的钱。"他请"二公子"进店坐下,一边剪发,一边说道:"这是我最后一次帮你理发,以后你的背能不能直,要看你自己了。"说着老师傅掏出一张银行卡来,"这卡里是你这段时间付我的钱,一共十二万,我没动过,我看你付钱还守信用,为人本质不错,拿着吧,你现在用得着!"

"二公子"接过银行卡,看了一眼,一言不发,走出店门,从此就从大家的视野中消失了……

十几年过去了,老师傅的理发店一直生意红火,这天,店里来了一个人,大家仔细一看,竟是好久不见的"二公子"!

只见"二公子"变得又黑又瘦，但傲慢丝毫不减，进门就大马金刀地往椅子上一坐："老样子，给我把背正一正。价钱嘛，图个吉利，一百八十八万，给，这是卡！"

此语一出，四座皆惊，一百八十八万理一次发，那可是名副其实的天价理发啊！老师傅也是一惊，但随即就笑眯眯地说："这么多？那我再试一试。"然后就全神贯注地忙活起来。过了一会儿，他利落地抖掉"二公子"身上的碎头发："你请看一看。"

一片惊叹声响起来，连"二公子"自己都没想到，他的虾公背竟能溜得这样笔直！他满意地点点头，说道："好极了！一会儿我让他们把钱打过来。"

不料老师傅却笑眯眯地说："不用了，难道你没注意到吗？其实，你进店的时候，背已经直了。"

"二公子"一愣："怎么讲？"

老师傅笑道："其实你的背和发型关系不大。你第一次来我这儿理发，我就发现了，你的驼背是姿势性的，可能是长期懒散的不良姿势引起的，所以每次理发，我都让你坐在这把特制的椅子上，在剪发的一个多小时里，你只能保持背脊挺直的姿势，这样可以起到暂时矫正作用。听说你现在创业成功了，恐怕再也没有时间懒散了，骨架这一伸开，自然就好了。而且，自己挣钱自己花，没有腰板不直的！"

大家都以为老师傅在故弄玄虚，但说来也怪，这以后"二公子"渐渐像变了个人似的，身板直得就像一杆标枪，你简直不能想象以前他的背会是弯的！

但"二公子"有空时还是常去老师傅的理发店坐坐，有人开玩笑："你现在还需要正啊？""二公子"笑答："需要正的地方还多着呢！"

关键词：教育

> 孩子的未来，就是祖国的未来。农村留守儿童的教育问题，牵动着许多人的心。

私建幼儿园

牧　谦

靠山村背靠大山，位置偏远，村里的青壮年大多外出打工了，只剩下老人和孩子。

撤点并校后，靠山村小学的几十名学生被并入邻村小学，之前的校舍都空了。像这样的村小学，整个县有几十所。教育局还没来得及安排处理这批空置的校舍，就有消息说，靠山村未经审批，擅自使用小学校舍私建了一所幼儿园。

"这还了得！出了事怎么办！到时候该追究我们的责任了！"几位副局长义愤填膺，建议坚决查处。新来的葛局长想了想，决定先调查一下再说。毕竟要想查处，得要有确凿的证据嘛。

趁工作不忙，葛局长专门来了一趟靠山村。之前葛局长就联系过村支书老张，说是去调研农村小学教育，要在靠山村住几天，请他安排食宿，费用按市场价给。

见到老张后，葛局长就随他安顿了下来。

中午吃饭的时候，葛局长试探着问起了村里孩子上小学的事，问还有没有学龄儿童没上学，老张说："绝对没有，现在大家的教育意识提高了，都把孩子送到了乡小学，孩子们都住校，每周回来一次，乡小学的教学水平的确高多了，孩子们的学习也进步了……"葛局长几次想把话题绕到三到六岁孩子上幼儿园上，可都被老张绕开了。

下午，老张带着葛局长到村里转转，路过村小学时，葛局长提出想进去看看，老张只好讪笑着打开了锁。

这看起来是一所空置的村小，人数最多的时候，也不到一百人，只有五六名民办教师，因此被合并到了乡小。说是一所小学，其实也就只有一个小院子，五六间平房。

葛局长假装不经意地问："小学被合并后，这校舍没人用吧？"

老张忙不迭地答："没人用、没人用，我们收到过文件，擅用空置校舍是违法的，我们知道……"

前前后后转了一圈，葛局长心中有了数，看来，靠山村确实使用了空置校舍，而且，不出意外的确是办了一所幼儿园。为啥？虽然村小看起来空空荡荡，但葛局长还是发现了一些蛛丝马迹：钢制篮球架的四角被包上了旧轮胎做的防撞角；教室墙壁上有涂鸦的痕迹，笔法幼稚；校舍后面还堆着一堆新煤，明显是做饭用的……不过葛局长看破却没说破，因为他心中还有疑问，这种私建的"山寨"幼儿园能盈利吗？他们是怎么维持下去的呢？

晚上，葛局长让老张找几户有三到六岁娃娃的家庭，他要去走访。

他们先去了小芳家，小芳今年五岁多，爸妈都外出打工了，只有她和爷爷奶奶在家。爷爷老赵早就得到消息，说有人来访，特意张罗了一桌好饭。

饭后,葛局长问:"小芳上幼儿园了没?"

老赵说:"没有上,因为乡里的幼儿园太远了,住校的话一次得住一个星期,孩子吃不好,太辛苦了。"

小芳的奶奶补充道:"就是,有次我发现孩子一星期都没洗过脸,心疼得不行,后来就不让孩子去乡幼儿园了。"

这时,老赵试探地问:"现在村小空置了,要不场地让我们用用,让孩子们在里面玩呗?当时建村小,也征用了俺家几分地哩,按理说,这校舍,也有俺家的一部分。"

葛局长听出了话外之音,赶忙解释,现在的幼儿园可不比以前了,国家对生均用地面积、生均活动面积等等都是有要求的,而且消防、食品安全啥的都要得到国家相关部门的许可才行,以靠山村的实力,根本建不起一所合格的幼儿园,就算建成了,也是赔钱的。

"叔叔,我们少用一点面积可以吗?"在旁边玩的小芳突然蹦出了这么一句,葛局长很惊讶,小芳只有五岁,父母常年在外,爷爷奶奶说话都有浓重的方言口音,可小芳说的,却是字正腔圆的普通话……

这让老张和老赵都有些尴尬,赶紧岔开了话题。葛局长虽有疑惑,但也没有追问。

接下来的几天,葛局长又去了几户村民家走访,大家的意见都比较一致:现在幼教意识都提高了,不能让娃娃们输在起跑线上,靠山村急需一所幼儿园,公立的私立的都行,收费高点也可以……可葛局长心里明白,这是不可能的,为这三四十个入幼儿童建一所公立幼儿园,成本太高;私立幼儿园不赚钱,又不会有人干……

时间一晃就过了一周,葛局长要走了,靠山村私建幼儿园的事，他也通过另一种方式调研清楚了。

两三天前的晚上，葛局长请老张喝酒，本想套老张的话，问些情况，谁知老张嘴紧得很，一直到喝醉了趴在桌子上，都没说出啥有价值的东西。不过等老张趴下，葛局长却发现他放在桌上的手机一直在闪，拿过来一看，是微信群聊，群名叫"众筹幼儿园"。葛局长知道有戏，见老张的手机没有设置密码，就偷偷用老张的微信把自己拉进了群，然后删了对话框，之后他又仿照群里大伙儿的名字，给自己改了个群昵称。

后来的两三天，葛局长就在这一百多人的微信群里"潜水"，看看大家都说了啥。

"那个葛局长走了没？上次幼儿园老师教的儿歌，俺家孩子又快忘了。"

"快了吧，他人不坏，可听他的意思，公立幼儿园遥遥无期，孩子一天天长大等不起啊……"

"没事，咱们现在不是有幼儿园了嘛，那两个老师教得不错，就先这样吧，耽误啥也不能耽误孩子的教育啊。"

"保育组，你们多做点鸡蛋，有的孩子反映吃不饱。"这条是老张发的，他是群主。

"好的，老张，放心吧，"一个名为"保育组组长"的人回复道，"鸡蛋不够我挨家去收，只要是娃娃们的事，大家都很支持。"

这下，葛局长从微信群里搞明白了，原来他们靠山村是"众筹"了一所幼儿园！除了两名幼教老师是高薪从县里请的，其余的工作人员都是由留守靠山村的老人们志愿组成的，大家积极性都很高，五六十岁的农村老人也学会了微信，在群里领任务，积极地为孙子孙女们的幼儿园奔波……

他们的保安组，由一个四岁孩子的爷爷带头，每天负责在幼儿园门口巡逻站岗，保证安全；保育组则由奶奶们组成，负责给幼儿园做饭，蔬菜是专门的"种菜组"种的，鸡蛋是"养殖组"养的，都是特供幼儿园；而孩子们的木质玩具，都是一个干过木工的爷爷做的……这些都是免费的。至于保证幼儿园安全所需的灭火器、盾牌啥的，都是在外打工的年轻人凑钱买的。

　　葛局长了解到这一真相时，眼眶都湿了。现在办什么事都需要程序，特别是建幼儿园这样的大事，短则半年，长则一两年，可是留守儿童们却等不起，于是靠山村"众筹"了一所，有效地组织了农村留守老人，试图解决娃娃们上学的问题……

　　葛局长临走那天，众筹群里大伙儿在讨论给幼儿园的孩子们买一套叫"万能工匠"的玩具，发起人说见城里的孩子都在玩，也想给家乡的孩子们买一套。一番沟通交流之后，大家很快达成了共识，纷纷在群里发起了红包。不到一个小时，红包雨就逼近了5000元。

　　这些红包不分大小，都击中了葛局长的心。他终于不潜水了，"支持！孩子的教育最重要！"说着，连发了5个200元红包，然后退了群。

　　过了两个月，靠山村等来了真正的"大红包"，县教育局研究决定，在幼教稀缺的农村，在保证安全的前提下，特事特办，加快建设或扶持一批幼儿园，而靠山村"众筹"的幼儿园，进入了第一批重点扶持转正的名单……

关键词：廉政

> 为了达到"曲线救国"的目的，故事中的人物找到了一个巧妙的借口。

寻找"蹬山倒"

高凤顺

百味缺一

现在流行"吃货"这词儿，市交通局的副局长郝农超，就是这样一个爱好美食的人。这天周末下班前，郝农超给各科室送了一张请柬，说是周五晚上，邀请每个科室出一人到他家做客。这让众人百思不解：一不逢年过节，二非婚丧嫁娶，郝副局长请哪家子客？这家伙搞什么名堂？白吃白喝谁不乐意？晚上，各科室还是派了一人来到郝家，加上三位局长，正好一桌。一行人踏进餐厅，看着满满一桌菜肴，眼都直了：那一盘一盘的各式佳肴，全叫不上名字，是些什么菜呀？

上桌喝酒，自然是局长坐首席，局长姓庞，他也不客气，端起酒杯，指着面前的一盘菜问道："老郝，这是啥菜呀？"郝农超"嘻嘻"一笑，说："这是'凤凰展翅'、'天鸡虾排'、'龙凤呈祥'、'点豆成金'、'爆炒双翅'、'天女乾坤'……"

名字起得好，味道也着实可口，这一桌酒菜，吃得尽兴，喝得够味。酒足饭饱，庞局长在沙发上坐下，这才想起问道："老郝，这'点豆成金'是用什么材料做的，怎么这么好吃？"

郝农超诡异地一笑，说："很简单，就是豇豆烩金龟子，不过是金龟子的幼虫……"

郝农超还没说完，庞局长就吓得跳了起来："什、什么？金龟子？"金龟子可是一种有害的昆虫呀，吃水果，啃林木，啥都吃，可恶心哪，他又问："那'龙凤呈祥'呢？"郝农超微微一笑，答道："是蚯蚓和天蛾……诸位，实不相瞒，今天我请大家吃的就是'百虫宴'，不过，全是可以食用的昆虫。"

一句话惊得众人愣愣地说不出话来，醉酒的也立刻清醒过来。众人纷纷站起，有的打嗝，有的作呕，全是满脸的疑惑和惊愕……

庞局长稍稍平静后，他有点恼怒了，责问道："老郝，你竟让我们吃了一顿虫子？"

郝农超不慌不忙地从书橱里拿出几样报刊，平静地说："联合国粮农组织呼吁'食肉者'改吃昆虫，以减少动物饲料消耗，减少温室气体排放量。我查阅了不少资料，咱们地区有100多种昆虫可以食用，而且味道可口，今天各位不是尝到了吗？"

客人们回味着刚才吃到的菜肴，也确实有味道。

庞局长翻看着那些报刊资料，嘴里嘀咕着："话虽不错，可你也应该提前告诉我们一声呀！"郝农超"哈哈"一笑，说："我要是提前告诉你们，你们还敢来吗？不过，我这桌还算不上'百虫宴'，仅有几十种，而且还有一味十分有名的'蹬山倒'，想尽了办法，到最后还是没搞到，可惜啊……"

庞局长有点好奇："什么虫子叫'蹬山倒'，好吃不？"

郝农超说："那可是好东西，小时候吃过，唉，现在很难找到了。"他看着庞局长，又胡诌了一句："传说古代的彭祖就常吃它，要不人家彭祖怎么活了八百年呢？"

郝农超前面的话是真的，后面彭祖吃"蹬山倒"的话，可就是瞎编的了。没办法，这是老婆让他这么说的……

百里寻一

果然，就是郝农超瞎编的那半句话，让庞局长来了劲儿，这以后，他几次建议郝农超去找"蹬山倒"。

其实，"蹬山倒"就是蝗虫的一种，郝农超在筹备"百虫宴"时，原本就想用它作压轴大菜，他曾打电话给乡下的父亲，可父亲在电话里说，现在漫山遍野都用农药，"蹬山倒"早就看不见了，不过，偏家岭可能还有"蹬山倒"。偏家岭是父亲的姥姥家，路远山高，是本市最边远的小山村。

庞局长知道这些后，说啥也要去偏家岭找"蹬山倒"，郝农超回家将这事告诉了老婆，两人商议了一番。

去偏家岭村有150里路，这一天，郝农超和庞局长两人，让司机开着车出发了。过了偏远的县城，他们便换乘吉普车，在离小山村30里时，吉普车也不能前行了，只好徒步爬山。

爬过了一道岭，庞局长已经累得直喘气了，他实在走不动了，便就势坐在一块石头上，动弹不得。

就在这个时候，郝农超突然兴奋地喊道："看，那里有只'蹬山倒'！"这句话像一针强心剂，庞局长立刻跳了起来，瞪大眼睛一看，只见一只约有十厘米长的"蹬山倒"，正懒洋洋地趴在一丛杂草里晒太阳。庞局长顾不得满地的荆棘、尖石，撅起屁股，四肢着地，憋住呼吸，偷偷地朝"蹬山倒"爬去。大概这只"蹬山倒"正在睡觉，还真被庞局长一手按住了，可这家伙好大的劲，拼命挣扎，小腿上那几根尖利的毛刺竟刺进了庞局长的手指背上。庞局长一边吮着指头上的血，一边以欣赏的口气说道:"这家伙怎么这么大劲儿呀,成,就凭这,我就吃定它了。"

一句话提醒了郝农超,他想起儿时烧烤"蹬山倒"的趣事,便找了几把干枯的枝叶,点着火,揪去"蹬山倒"的头,带出它的内脏,然后捻住躯干放在火堆里烧烤起来。可惜就一只,他只好把烤熟了的"蹬山倒"递给庞局长:"局长,尝尝味道。"

庞局长接过来掰开一看,呵,里面是满满的卵籽,透着一股香味儿,他一口就放进嘴里嚼起来,连声说道:"好吃,好吃!"吃完了,他擦了擦手,"怪了,我怎么浑身有劲儿了?走,前进!"

郝农超听了,心中暗暗好笑:哪有这么神的,还不是心理作用?

九九归一

庞局长脚下生风,很快爬到了最后一道岭上,偏家岭就在眼前了。他一手叉腰眺望四野,像一个打了胜仗的将军,对郝农超说:"老郝,回局里后你找工程科来这里勘察一下,怎么也得修一条公路吧!"

郝农超赶紧回道:"那是,上级不是一直要求村村通公路嘛!"话刚说完,庞局长却站住了,说:"老郝,村里人要问咱们干啥来了,总不能说来捉'蹬山倒'的吧?那多掉价啊,人家会笑咱们没出息,咱们就说是来考察修路吧……"郝农超忙说:"对对,你刚才不是说要修条公路嘛!"

郝农超找的是一个表叔,表叔很好客,听说郝农超他们是来准备修路的,立马把这个好消息传了出去,这一下小山村可热闹了。表叔说一定要他俩住上几天,并表示午饭后就带他们四处转转,这正合庞局长的心意。

整个一下午，表叔带着他们两人满山转悠，介绍山势坡度和进山的最佳途径，庞局长和郝农超一边听着，一边严密地搜索着"蹬山倒"，到太阳落山时，两人总算捉到了十几只。

山里人有自己的待客方式，晚饭还挺丰盛的，可是，庞局长专吃郝农超做的爆炒"蹬山倒"，弄得表叔有点不解：莫不是咱农家做的菜不好吃？郝农超看出了表叔的心思，便解释说："我们局长是'老太太啃麻花——专好这一口'，他喜欢这东西。"

庞局长吃得不亦乐乎，还把最后剩下的三个"蹬山倒"装进了塑料袋，说是拿回家给儿子尝尝。正说着，庞局长放下了筷子，问表叔："能不能养殖'蹬山倒'？"表叔笑着说："有养牛养羊养鸡养猪的，没听说过有养'蹬山倒'的……"

郝农超在一旁听了，忽然想起网上看到的资料，他赶紧说："有啊，现在养蝗虫的很多，也有养'蹬山倒'的，我记得好像黑龙江就有养殖'蹬山倒'的技术传授，投资也不大。"

庞局长听后乐坏了，一拍大腿说："那就养'蹬山倒'，我估计到时候城里饭店就会抢疯了！老郝，你回去后赶紧查找资料，写一份报告给市里，偏家岭就是咱们局的扶贫单位，最好走走你家夫人的后门，一定要与偏家岭结对子。"

郝农超的老婆在市"扶贫办"当主任，当天晚上，郝农超就给老婆打了电话，讲了庞局长的想法，没想到老婆在电话里"咯咯"地笑了起来，她说："市里要求市直各局委办和贫困村结对子，帮助脱贫，可没一个单位愿和偏家岭村结对子，嫌路远，你们庞局长也是说了一大堆理由，推三挡四的。这回，我就想通过你的'百虫宴'，让他自己提出来，呵呵，这也是'九九归一，终成正果'嘛！不过你不能透露这个底，还得吊吊他的胃口，记住啊……"

关键词：好家风

> 简简单单的一句话，点燃了年轻人对未来的希望，助其南下闯荡，打拼出一番事业。而这句话背后的真相，却令人意外。

拜年有鲤

贺小波

三婶子是村里的奇人，相面、祈福特别灵验。

这些年，方原在城里的买卖越做越大，成了名正言顺的大企业家。这年春节，方原打算回老家好好过个年，一来荣归故里陪陪年迈的爹娘，二来去看看三婶子。

三婶子是有名的接生婆，在方原老家，由她接生的婴儿数不胜数。三婶子还略懂相面之术，当年接生方原时，就说这孩子额头宽广、两耳肥厚，将来必定大富大贵。

没承想，方原高考那年，全村的同龄人中就他一人落榜。有人提出质疑："像方原这样的，怎么会是富贵之人呢？三婶子一定是看走了眼。"三婶子不紧不慢地说："别看他现在不如意，不出二十年，村里的后生没一个比得上他。"

三婶子的这句话，让方原对自己的未来又重新燃起了希望，他决定去南方闯一闯，这才有了如今的一切。这次回老家，方原给三婶子准备了一个万元红包，想要好好谢谢这位给了自己奋斗动力的好人。

见方原带着妻儿回来了，爹娘自然是欢喜得不得了。方原陪爹娘聊了一会儿天,自然而然地就聊到了三婶子。方原问:"爹,三婶子身体还好吗?还给人家相面不?"方原爹点了点头,说:"好着呢,耳不聋眼不花。现在,偶尔也会给人相个一两回,在村里威望可高了!"方原由衷赞道:"三婶子人好心善,大家尊重她是应该的。明天,我就去她家拜年。"方原爹点了点头。

第二天一早,方原去了三婶子家。三婶子一见到方原,脸上就乐开了花,张着漏风的嘴不住地叨念说:"我没看错吧,我没看错吧,这孩子就是个大富大贵之人。"

方原眼眶一红,不由自主地回想起当初受人挖苦嘲讽的情景,双膝一弯,"扑通"一声跪了下去,颤声说道:"三婶子,方原给您磕头拜年了,祝您老福如东海,寿比南山!"三婶子伸出枯瘦的双手,紧紧拉住方原,连声说道:"起来,起来,用不着行这么大的礼,你能来看三婶子,我就很欢喜了。"方原还是坚持磕了头。

磕完头,方原刚站起身,就见三婶子哆哆嗦嗦地从衣襟里掏出一个沾满油污的布包。方原一愣,忙问:"三婶子,您这是干啥?""磕头得给红包呀,不然这头白磕了。"三婶子大声说。方原心里莫名地一颤,哑着嗓子说道:"三婶子,我今天是专门来给您送红包的!"说着,就把那个万元红包塞到她手里,"三婶子,这钱您可劲花,等过阵子让我爹再给您送,咱现在不差钱。"

三婶子坚持不要,弯着身子硬把红包塞回给方原:"不管差钱不差钱,在外面挣钱都不容易,你赶紧拿回去。"方原被推让得有些无奈,也顾不得和三婶子说话了,扔下红包转身就跑。

方原前脚进了家门,他娘后脚就跟了过来问他:"三婶子给你祈福没有?"方原纳闷道:"祈啥福?""能得到三婶子的祈福,你来年肯定顺顺利利。不信,你问你爹,她的话可灵验了。"方原挠挠后脑勺,努力想了一会儿,说:"还真是没说呢,是不是因为我走得急,她忘记了?"

这时,方原爹插了一句:"你给三婶子送鲤鱼了没?""送鲤鱼干啥?那玩意不值钱。我送的红包,包了一万块。"方原得意地说。方原爹埋怨道:"你这孩子,咋没给买条鲤鱼送去呢?前些天我不是打电话跟你说过吗?"方原这才隐约想起爹是交代过,只是自己因为太忙忘记了,只好讪笑着说:"要不明天我去镇上再买条送去。只是为啥要送鲤鱼呢?"方原爹沉吟半晌说:"鲤与礼同音,送鲤鱼显得尊重,这已成了村里不成文的规矩。至于你送的那个红包,你三婶子是不是不肯收?你明天就去拿回来,她不收自有不收的道理。"

方原尽管满腹疑问,第二天还是开车去镇上买了两条大鲤鱼,当天下午就送到三婶子家里,并听了爹的话,顺从地接过了三婶子退回的红包。

方原陪三婶子又拉呱了半天,却始终没见她送出祈福的话,终于忍不住问了起来:"三婶子,是不是我哪里做得不对呀?"

三婶子说:"看你说的,哪个后生有你做得周到?"

"那,那……"方原迟疑了片刻,红着脸低声问道,"那您咋没给我祈福呀?大家都说能得到您的祈福,这一年里就会很顺利。"

三婶子笑道:"三婶子哪有这能耐?都是村里人传话传的。"

"可是当年您对我的祈福就很准!"方原大声说。三婶子收住笑,轻轻咳了一声,说:"其实,三婶子接生时,都会说两句暖心的祝福话。当年你出生的时候，不足月，又瘦又小像个小老鼠，我见你爹娘都不高兴，才故意这么说的。"

方原不甘心地又说道："可我当年高考落榜，您还说二十年后，咱村的后生没一个比得上我呢！"三婶子微微一笑，说："当年你高考落榜，我看你一副失魂落魄的样子，就故意在村里这么传话出去。再说，二十年后三婶子保不准就不在人世了，随后人说去呗！"方原一下愣住了，这真相也太让人意外了吧！

方原红着眼睛回到家，跟他爹说了这事儿。他爹沉默了片刻，一脸庄重地说："你三婶子是个好人，做了一辈子的接生婆，自己却没留下一儿半女。在她老伴走后，村里人就私下商量，要把她当成全村的亲人供养。"

方原不解地问："那您为啥非得让我送鲤鱼呢？"

方原爹叹了口气，说："你三婶子喜欢吃鲤鱼，现在年纪大了，牙掉光了，消化功能也不行了，更不能吃别的东西……而且鲤鱼也值不了几个钱，要是让每个人都送钱，那味道就变了，因为人的感情，一旦沾上铜臭，那就变味了。"

图书在版编目(CIP)数据

中国好故事．Ⅴ、Ⅵ /《故事会》编辑部编．-- 上海：上海文艺出版社，2018

ISBN 978-7-5321-6756-2

Ⅰ．①中… Ⅱ．①故… Ⅲ．①故事-作品集-中国 Ⅳ．① I247.81

中国版本图书馆 CIP 数据核字 (2018) 第 137383 号

书　　名	**中国好故事（Ⅴ、Ⅵ）**
主　　编	夏一鸣
副 主 编	朱　虹　吕　佳
责任编辑	陶云韫
发稿编辑	朱　虹　吕　佳　姚自豪　丁娴瑶
	刘雁君　王　琦　曹晴雯　赵媛佳
整体设计	周　睿
督　　印	张　凯
出　　版	上海文艺出版社
出　　品	上海故事会文化传媒有限公司
	（200020 上海市绍兴路 74 号　www.storychina.cn）
发　　行	上海文艺出版社发行中心
	（200020 上海市绍兴路 50 号）
印　　刷	上海中华印刷有限公司
开　　本	889×1194　1/32
印　　张	18.125（Ⅴ、Ⅵ册）
版　　次	2018 年 7 月第 1 版
印　　次	2018 年 7 月第 1 次印刷
书　　号	ISBN 978-7-5321-6756-2/I · 5394
定　　价	50.00 元（Ⅴ、Ⅵ册）

版权所有 翻印必究

上海故事会文化传媒有限公司 出品（00784）www.storychina.cn

上海故事会文化传媒有限公司所有图书可办理邮购，免收邮费（挂号除外）
汇款地址：上海市绍兴路 74 号（200020）　收款人：上海故事会文化传媒有限公司出版发行部
联系电话：021-64338113
如发现本书有质量问题，请与印刷厂质量科联系　T：021-60829062